suhrkamp taschenbuch 1119

Robert Walser
Sämtliche Werke in Einzelausgaben
Herausgegeben von Jochen Greven

Neunzehnter Band

Robert Walser, 1878 in Biel in der Schweiz geboren, lebte als junger Dichter und Commis in Zürich und anderen Städten seiner Heimat, dann als freier Schriftsteller in Berlin, wiederum in Biel und schließlich in Bern. Er starb 1956, nach Jahrzehnten stiller Zurückgezogenheit als Anstaltspatient.

In der zweiten Hälfte der 20er Jahre, als die in diesem Band gesammelten Prosastücke entstanden, fand Robert Walser keinen Verleger für seine Buchpläne mehr. Aber seine Beiträge erschienen im Feuilleton des «Berliner Tageblatts» und der «Frankfurter Zeitung», der «Prager Presse» sowie in vielerlei Zeitschriften, aus der Anonymität seiner außenseiterischen Existenz gingen sie ein in die Anonymität der Tageskommunikation und waren doch nichts weniger als alltägliche literarische Konfektion. Jeder einzelne Text ist ein sprachliches Kunstwerk, ein Experiment, ein Labyrinth, das «aus Wissen und Unbewußtheit» entstand, wie Walser einmal sagt – voll geheimer Reize und rätselhafter Korrespondenzen. Zusammen mit den Prosastücken aus dem vom Autor unveröffentlicht nachgelassenen Manuskriptvorrat, die etwa die Hälfte dieses Bandes ausmachen, ergibt sich das etwa zwei Jahre umfassende Mosaik seines Schaffens, einerseits ein fortgesetzter Monolog an den Leser, andererseits ein vielstimmiges Konzert, ein mit seinen Lichtreflexen immer wieder überraschendes Mobile aus Sprachfeldern, Motivzusammenhängen und, in dieser Zeit besonders, interessanten und hintergründigen Reflexionen. Robert Walser widmete diese Texte, mit aller Kunstfertigkeit und allem Witz, den er in sie zu legen vermochte, dem Vergnügen der Leser – so dürfen wir sie auch nehmen, mögen sie der Verzweiflung abgerungen oder gegen die Bedrohung der Selbstidentität aufgerichtet sein.

Robert Walser
Es war einmal

Prosa aus der Berner Zeit
1927–1928

Suhrkamp Verlag
Zürich und Frankfurt am Main

Diese nachgelassene Prosa erschien erstmals 1968
im Band IX der Edition »Das Gesamtwerk«
im Verlag Helmut Kossodo, Genf und Hamburg

suhrkamp taschenbuch 1119
Erste Auflage 1986
Mit Genehmigung der Inhaberin der Rechte,
der Carl Seelig-Stiftung Zürich
Suhrkamp Taschenbuch Verlag

Druck: Ebner Ulm · Printed in Germany
Umschlag nach Entwürfen von
Willy Fleckhaus und Rolf Staudt

1 2 3 4 5 6 – 91 90 89 88 87 86

ES WAR EINMAL

RAPPORT

Vor zirka sechs Jahren machte mich ein Verlagsvertreter mir nichts, dir nichts zum Monarchisten, worüber ich mir erlaubte, mich zu wundern. «Sie sind meiner Auffassung nach ein Snob, mithin etwas wie ein Elegantling oder Legitimist, denn letzteres stellt die Ridikulität unerhört guten Tones dar», glaubte mir der Bevollmächtigte ins Gesicht erklären zu dürfen. Das Wetter war bei dieser Gelegenheit ein prächtiges Sudel- und Hudelwetter.

Vor ungefähr zwölf Jahren erlebte ich, um auf etwas anderes zu sprechen zu kommen, eine Schwabenkäferaffäre. Am Hotelbüffet eines Städtchens, in dessen provinziellen Allerliebstheiten sich der Herr Graf Gobineau vorübergehendermaßen aufhielt, wies ich eines Tages eine Bratkartoffelportion zurück, worin es sich ein Käfer bequem gemacht zu haben schien, dessen Anwesenheit mich affrontierte. Reklamationen seien nicht am Platz, lautete der kurzdezidierte Bescheid des Büffetfräuleins. Man gibt sich gern mitunter ein sogenanntes Air oder Ansehen, indem man die Launenhaftigkeit über sich kommen läßt, außerordentlich gediegen zu scheinen.

Erinnerungen haben meiner Ansicht nach möglichst oberflächlich zu bleiben.

In unserer Stadt, die eine Zeitlang anläßlich einer Ausstellung für Frauenarbeit eine Feststadt mit feenhaften

Beleuchtungseffekten war, wohnen zwei nicht unhervorragende Publizistenpersönlichkeiten, die mir gegenüber eine Freundlichkeit übrighaben, die mich unbescheiden machen könnte, falls ich selbstbewußte Manieren für eine Erquicklichkeit von Dauer hielte. Beide Herrengestalten fragen mich allemal, wenn sie mich antreffen, dies und das aus und finden mich um meiner Wortträgheit und Zurückhaltung in bezug auf Gesprächigkeit willen witzig.

Meiner Meinung nach begleitet den Legitimismus eine Art leiser, distinguierter, sanfter, zarter Tragik. An meine monarchistische Gesinnung zu glauben erkläre ich für willkürlich. Menschen, die nicht Millionäre sind, laufen mit spielender Leichtigkeit Gefahr, in den Verdacht zu geraten, sie dächten kolossal nobel. Hinsichtlich etwaigen Existierens von Schwabenkäfern bin ich verantwortungslos. Diese Insekten zeichnen sich sowohl durch langsame wie gleichzeitig rasche Gangart aus, deren Behendigkeitsschlappheit Aufsehen einflößt. Die Frauen trugen mit der Auseinanderbreitung ihrer verschiedenen Leistungen einen unstreitigen Erfolg davon. Gobineau scheint etwas wie ein kultiviertes Talent oder begabtes Einziggeartetheitsgenie gewesen zu sein. Vertrauensmänner aus Verlagshäusern haben sich seit genannter Veranlassung nie mehr wieder bei mir eingestellt, was ich als eine Art von Entlastung empfinden durfte.

In Gesellschaft eines Gebildetheitsmachtfaktors trank ich einen halben Liter Wein, den ich begreiflicherweise den Kompetenten berappen oder bezahlen ließ.

Vor manchen Jahren, jedenfalls schon seit geraumer Zeit, zahlte mir einmal einer ein Glas Bier, der mir die Übermittlung nicht vorenthielt, er küsse seiner Geliebten vor lauter Ergebenheit die Schuhspitzen; infolge solchen Verfahrens mache sie mit ihm, was ihr einfalle.

«Mir gegenüber benahmen Sie sich überlegen», bemerkte ich, und nun finde ich, nicht nur das Aufgehen im Gegenwärtigen, sondern auch Erinnerungen seien ein Leben.

EINIGES AUS MEINEN JUGENDJAHREN

Die tit. Lehrerschaft auf meinem Erinnerungsblatt zweckdienlich mit Erwähnung verschonend, frage ich mich, ob ich mich in einen «er» verwandeln soll oder nicht.

Beispielsweise würde ich von mir sagen können: er aß da und dort Erdbeerschnitten und beteiligte sich dann oder wann an einer Schlacht, wobei ein Kämpfer ein Auge einbüßte.

Man kann meiner Meinung nach einem Schriftsteller nicht verbieten, zu tun oder zu sprechen, als sei er ein anderer. Formfragen sind sicher keineswegs unwichtig.

Ich wage nicht mit Bestimmtheit zu wissen, ob ich die Törtchen, die ich hervorhob, im Sommer oder im Winter, vor- oder nachmittags aß. Nur so viel weiß ich, sie wurden nicht nur mir, sondern einer Gesellschaft serviert, zu deren Mitgliedern ich mich zählte.

Erdbeeren sind harmlos, was man von Gefechten und Scharmützeln nicht mit ebensoviel Gelassenheit und Ruhe sagen kann.

Der aus mir entstandene «er» oder das «er»-produzierende «ich» sieht noch heute den Platz lebhaft vor sich, auf dem feindliche Auseinandersetzungen stattfanden.

Zu den Leckerbisseleien zurückkehrend, beschenkte uns eine angesehene Frau damit, nämlich die Gattin eines Baumeisters, dessen Söhne sich eines ziemlich guten Rufes erfreuten, da sie sich beim Spielen gewandt zeigten.

Eine Gans in Betracht ziehend, die zur Neujahrszeit gerupft, d.h. bratfertig vorlag, während draußen in den Straßen des Städtchens der Winter seine graziöse Pracht entfaltete, was auf irgendwelche Art und Weise von mir konstatiert wurde, könnte ich, falls ich dies für ersprießlich hielte, von einer Wasserkaraffe zu sprechen anfangen. Ich erlaube mir jedoch, ersteren sowohl wie letzteren Gegenstand feinsinnig zu umgehen, da es sich in bezug auf das eine so gut wie das andere leise Gestreifte oder aus gewisser Entfernung in Augenschein Genommene um womöglich zu stark-, d.h. naturburschenhaft wirkende Derbheiten handelt.

Ungezwungen weiterschreibend und mich in jeder Hinsicht als federführender «Künstler» fühlend, indem ich überzeugt bin, rein äußerlich sich künstlerisch gebärden sei sehr wahrscheinlich noch lange nicht die alleinige, einzige Künstlerschaft, bin ich geneigt, zuzugeben, daß mir hier Knabenerinnerungen entstehen.

Merkwürdig scheint mir übrigens zu sein, wie frühe Eindrücke bald lebhaft gegenwärtig sind, bald wieder in der Ungenauigkeit wie Lichter flackern, die auszugehen im Begriff sind.

Während es sich eines Tages zutrug, daß mir nicht zu konvenieren schien, einen aufwachsenden Menschen, aus dem mit der Zeit ein Fräulein werden sollte, irgendwohin zu begleiten, woran Nervosität schuld gewesen sein kann, erblickte ich anderseits gern von Zeit zu Zeit eine Frau

Großrat, deren Gestalt die Zierlichkeit selbst war. Mir imponierte die, sei's zu Hause, sei's in der Öffentlichkeit, sehr soigniert Einherkommende sehr, so, als hätte ich sie gleichsam um gehabter Bemühungen auf dem Gebiet der Pflege der eigenen Person willen gebührend anerkennen wollen.

Von selbst versteht sich, daß ich um jene Zeit unter anderm Erfahrenswerten auch Weihnachtsabende und -bäume erlebte.

Ich und diejenigen, die, wie ich, Knaben oder Kinder betitelt zu werden verdienten, trugen unsere Festzeitswünsche jeweilen rechtzeitig, auf hübsches Papier geschrieben, schicklich vor.

Obschon ich Erzieherinnen für Figuren halte, die unbesorgt in Erwähnung gezogen werden dürfen, zögere ich dennoch ein wenig, anzukündigen oder bekanntzugeben, in einem der Häuser, worin ich dazumal mit denjenigen zusammenwohnte, in deren Umgebung ich mich zu sehen gewöhnt war, habe sich zeitweise als Zimmermieterin eine Gouvernante aufgehalten, die im Osten Europas Wirkung auszuüben Gelegenheit gehabt hatte. Sie besaß ein unalltägliches Habichtnasenantlitz und schien zu lieben, für anspruchsvoll gehalten zu werden. Anspruchsvolle behaupten nie, sie seien es, sondern wünschen, daß man's ihnen anmerke.

Frühlingsbäume haben allenfalls mit Weihnachtsbäumen einige Ähnlichkeit, weshalb es den Leser kaum wird überraschen können, wenn ich sage, daß ich mich aufs lebhafteste eines sonntäglichen Ganges über ein Feld erinnere, das mit blühenden Bäumen besetzt war.

Manches Schöne, das offen zutag liegt, bleibt den Augen und der Seele von Heranwachsenden verhüllt. Dazu gehört jedoch der Anblick nicht, von dem ich sprach, der mich entzückte.

Bescheiden biete ich weniges dar; doch genügt es dir vielleicht.

ALS ICH KADETT WAR

Zur Gegenwart ja sagend, erinnere ich mich an ein Haus, woran ein nicht sehr breiter Kanal, der ebensogut ein ursprüngliches Flußbett sein mochte, vorbeifloß, und daran, daß sich über diesen Kanal eine verhältnismäßig nur kleine Brücke, man wird kaum sagen können, schlang oder schwang, vielmehr legte. Die Brücke machte auf meine Empfindsamkeit, deren ich mir zum Teil bewußt sein mußte, den Eindruck der Ausdruckskargheit, indem es, wie ich herauszufühlen vermochte, oder wie ich dies wenigstens tun zu können meinte, Brücken gab, die sich wie eine Art Gesang über den Erdeinschnitt streckten, den sie überbrückten. Im Kanal oder Flußbett floß stets so gut wie jedenfalls nur sehr wenig Wasser. Auch dieser besondere Umstand schien mir irgendwie zu denken geben zu wollen. Unfern des Hauses sowohl wie der soeben flüchtig besprochenen Brücke bildete sich im Mund einer Frau, die etwas wie eine ehemalige Königin gewesen sein dürfte und die vielleicht nunmehr zu ihrem Vergnügen oder aus dringlicher Notwendigkeit plättete, ein Gespräch aus, das sich auf eine vielleicht nur zu viel im Leben erstrebende, aber sozusagen nicht ans Ziel gelangende, interessante Gestalt bezog, wobei es sich um einen Menschen handelte, der eine Liebe erlebte, die ihn, was die Menge unglücklich nennt, zu werden veranlaßte. Ich war über die merkwürdig ruhige, eigentümlich kleine, stille, gleichsam knappgekleidete Brücke, die an sich gewiß ziemlich poesielos war, gegangen, wonach ich zu hören bekam, was die Figur sprach, die ich gebührendermaßen hervorhob. Haus, Brücke, Fürstin und ich selber und das Gespräch letzterer gehörten samt und sonders, nebst mancher andern ruhenden oder sich bewegenden Erscheinung, zu einem hübschgelegenen Städtchen, worin ich damals als Kadett diente und als Progymnasiast Lesebücher mit mir trug. Mir kommt jene Zeit nicht etwa als bereits längst verflogen vor, keine Spur, sondern wenn ich an genannte Epoche meines Lebens denke, wird mir, als stehe sie mir außerordentlich nahe. Beispielsweise sehe ich keine andere als die ebenerwähnte Brücke heute mit so intensiver Deutlichkeit vor mir, die meinem Gedächtnis, wie ich glaube, aufs gelungenste, glücklichste vorschwebt. Diese kurze, wahrhaft unbedeutende Brücke besaß eine durchaus eigene Physiognomie, nämlich sozusagen ein Gesicht lediglich des Geduldig-, des durchaus verstandesmäßigen Beharrlichseins. Andere Brücken scheinen bezüglich ihres Aussehens reicher, prächtiger zu sein, aber keine ließ mich dieses Besondere, Charakteristische lebhafter empfinden, womit ich das ausgesprochen Brückliche meine, die mich nun auch sogleich an das Buch erinnert, das ich einst in ihrer unmittelbaren Nachbarschaft las, das ein ungewöhnlich dickes, freilich illustrationsloses, nichtsdestoweniger äußerst interessantes, einnehmendes Buch war, dessen Inhalt mich halbe Tage lang, unter einem Baume, der ein Birnbaum gewesen sein könnte, sitzend, beschäftigte, indem es auf seinen Zeilen, die ich aufmerksam entzifferte, bewegt genug zuging. Ob das Stück Boden, auf dem ich einen sich fürs Lesen eignenden Stuhl zweckentsprechend plazierte, ein Gärtchen genannt zu werden verdienen könnte, will mir heute fraglich vorkommen; jedenfalls wuchs auf dem mit einer Mauer umzogenen winzigen Erdoberflächenteil Gras, das davon herzurühren schien, daß die Parzelle ehemals eine Wiese gewesen sein kann. Im Bewußtsein, daß mir das Lesen eigentlich nicht ohne weiteres erlaubt war, ließ ich's mir gleichsam um so besser schmecken. Bis hierher hätte ich es also mit einer Kanone zu tun gehabt, die ich mich hie und da tadellos aufs Ziel gerichtet zu haben erinnere. Unter allerlei andern Zielen befand sich die Schloßturmspitze des Nachbarstädtchens, das altertümlicher, aber dafür nicht so umfangreich wie die Stadt, worin ich aufwuchs, aussah. Die Kanone wurde bald in eine Allee, bald ins Feld hinausgezogen, und ich weiß jedenfalls mit Bestimmtheit, daß es mir anfänglich Mühe verursachte, sie mit gewünschter Promptität zu bedienen. Nur Schritt für Schritt, will sagen, nach und nach, bildete ich mich zum brauchbaren Kanonier aus.

AUFENTHALT IN EINER STADT

Nicht, als ob ich mich nach der Zeit sehnte, die hübsch wie ein fröhlicher Auftritt in einem Theaterstück war. Zwei Frauen ließen sich, Kindern ähnlich, von mir in die Vergeßlichkeit hineintragen, was sagen will, daß sie mir erlaubten, sie zu lieben, wie's mir in den Sinn kam, es mich die Laune lehrte, der Moment eingab. Ich kam vorübergehend in eine Stadt zu wohnen, die mir bereits bekannt war, worin ich mir jedoch gleichwohl halb heimisch, halb fremd vorkam. In einem Ratlosigkeitsaugenblick, in einer Stunde verzagter Stimmung, d.h. an einem der ersten Tage, die ich in der Stadt zubrachte, schrieb ich einer gebildeten Freundin, falls ich eine Frau, der ich keineswegs nahe stand, so nennen darf, einen sie, wie sie mir später gelegentlich antwortete, durch die Furchtsamkeit gegenüber dem Leben, das vor mir stand, der ich Ausdruck verlieh, nicht sonderlich angenehm berührenden Brief, der im Grund in einer Art von Leichtsinn verfaßt wurde. Diejenigen, die Briefe schreiben, denken manchmal zu lebhaft an sich und zu spärlich an die Person, an die sie sich schriftlich wenden. Eine zufällig gemachte, gewiß nicht unerwähnenswerte Bekanntschaft lieh mir ein nicht uninteressantes Buch. In einer von vielen Menschen besuchten Wirtschaft ließ es sich verhältnismäßig billig essen, und dann war es ja vor allem die das städtische Gemeinwesen ähnlich einem schönen Kranz umschließende Natur, die mich mit Vergnügtheiten verschwenderisch beschenkte. Blühten nicht in den Wiesen oder im Wald zarte Artigkeiten in Blumenform und stattete ich nicht im Laufe des hier zur Sprache kommenden Aufenthaltes einer freundlichen Dichterin einen Besuch ab, die in einem sonnigen Gemach an einem Roman schrieb, an dessen Niederschrift ich den Mut besaß sie zu unterbrechen? Durch die Straßen der Stadt flutete Wärme, zitterte, von vielen bürgerlichen Gestalten anschaulich angedeutet, bewegliches Leben, woran ich mehr oder weniger sorgfältig teilnahm. Nicht nur reizend, sondern auch vielsagend und Ernsthaftigkeiten in mir nährend, war es für mich, vom nahegelegenen Berg, der sich weder zu hoch noch zu unerheblich zeigte, auf die im Tageslicht glitzernden Dächer hinunterzuschauen. In einer der Gassen, aus denen sich das ausgedehnte Stadtbild zusammensetzte, befand sich meine kleine Zweizimmerwohnung, worin ich mich sowohl in der Schriftstellerei auszubilden versuchte, eine Bemühung, die einige geringe, wenn vielleicht auch genießbare Früchte zeitigte, als mir dadurch die Zeit vertrieb, daß ich es mir bequem machte und in irgendeinem beliebigen Buch, als hätte mir eine derartige Aufmerksamkeit Lohn eingetragen, emsig las. In der Gesellschaft eines verhältnismäßig namhaften Literaten unternahm ich zahlreiche anmutige Spaziergänge, die mich in Gegenden führten, die mich rührten, weil sie vielleicht jemand bewohnte, mit dem sich's herzhaft und zugleich bewegtheitweckend sprechen ließ. Für mich lebte der eine oder der andere Mensch, der mich, indem er mich mit seinem Gesicht, seiner Figur an Versprechungen erinnerte, die ich ihm gegeben zu haben schien, ermutigte, mir, mich auf schöne Art anklagend, eine Freude bereitete. Falls man mir eine kleine Eitelkeit gestattet, woran ich nicht zweifle, gebe ich mit Genugtuung bekannt, daß ich eine der Arbeiten, die meiner Feder entsprossen, «die rätselhafte Villa» betitelte, die ich übrigens in der Praxis nicht zu verwenden vermochte. Die Zeit floß, teils mit Zärtlichkeiten, teils mit Fragen durchaus nicht nur amüsierender, vielmehr hie und da sogar ein wenig bangmachender, d.h. besorgniseinflößender Art um mich herum und ins Weite; sie war süß, hauchte mich mit köstlich-duftendem Atem an, unterließ jedoch nicht, mich zu mahnen, sie könne von mir allerlei Fähigkeitbenötigendes fordern wollen.

Ich denke nicht von fern daran, irgend etwas anderes zu schreiben, als was mir, indem ich wünsche, es wohle mir hiebei, und das Geschriebene umsäusele mir die Stirne, als wenn mir sie jemand küsse, beliebt.

EINE ART NOVELLE

Wie es an jenen Tagen fast in einem fort regnete, regnete! Ich vermeide natürlich zu eröffnen, wo es war, wovon ich hier in vorsichtigster Tonart gleichsam Meldung abstatte. Mir scheint, daß wir beinahe alle dringend nötig hätten, uns in allen Fragen und bei allen Gelegenheiten des Lebens zu mäßigen. Diese Denkart ist für mich ein Standpunkt, von dem ich so bald nicht abzuweichen entschlossen bin. Mich schimmerte heute beim raschen Vorbeigehen aus dem Schaufenster einer Buchhandlung ein Buchtitel an, der lautete: «Der frenetische Mensch.» Ich glaube aufs festeste, zuversichtlichste, daß dieser nicht gebändigt zu sein Begehrende immerhin des Erprobtwerdens bedarf. Im übrigen gestehe ich, daß mir dieses scheinbar gänzlich neuartige Produkt eines Erdenbewohners nicht den Eindruck zu machen vermag, als ob er sehr nennenswert, d.h. sehr interessant sei. Ich glaube, mit einem Wort, an diesen kommenden Frenetiker nicht. Dies aber bloß nebenbei.

Ich hatte damals, d.h. um jene Zeit, an die ich hier denke, eine vielleicht gar nicht teure, immerhin aber verhältnismäßig ganz nette, stattliche Wohnung gemietet, um da Versuche zu machen, ein Buch zu schreiben. Anfangs ging es mir mit dem Versuch schwer. Nach Verlauf ungefähr aber eines Monates ließen mich die Umstände einen derart passenden Gedanken finden, daß mir in recht kurzer Zeit ein Roman aus der Feder hervorsproß, den eine Firma ablehnte, eine andere aber gleichsam mit dem größten Vergnügen in den Rahmen ihrer geschäftlichen Unternehmungen aufnahm. Über die Jahreszeit usw. möchte ich mich verhindern, mich zu verlautbaren, falls es statthaft ist, sich in dieser Hinsicht einen Zwang aufzuerlegen. Meiner Erfahrung, d. h. meinem Geschmack nach, dürfte es sich immer sehr empfehlen, beim Schriftstellern in bezug auf Örtlichkeit, Zeit, Geographik so ungenau wie möglich zu sein; denn ich finde, ein wirklich gebildeter Schreibender und Sprechender soll stets ohne solche Angaben auskommen. Während ich die Korrekturbogen aus der Druckerei abwartete, vertrieb ich mir die verfügbare Zeit damit, daß ich kleine Artikel schrieb, die ich mit Erfolg und Erfolglosigkeit an Redaktionen von Tageszeitungen einzusenden für gegeben erachtete. Inzwischen wogte natürlich in einem fort das, was man Öffentlichkeit nennt, in den Straßen auf und ab. In der Erinnerung, die für mich ein Instrument ist, das ich hochschätze, erblicke ich Bäume und hohe Warenhausfenster, und dann erblicke ich ja auch dieses – zarte Gesicht, aber wenn man es mir erlaubt, so spreche ich zunächst von etwas anderem.

Wenn jetzt gewisse Interessenten dächten, es könnte mir einfallen, wieder einmal von nichts sonstigem als vom Wald anzufangen Mitteilung zu machen, oder sozusagen Nachricht abzustatten, so sehe ich mich zur sehr höflichen Erklärung genötigt, daß dies völlig ausgeschlossen ist. Wald bedeutet meinem Empfinden nach immer so eine Art Flucht aus den trockenen Alltäglichkeiten in irgend etwas recht sehr bequemes Poesieartiges. Nein, ich will etwas ganz anderes, übrigens etwas ganz Nüchternes, Einfaches sagen, nämlich das, daß ich damals in einem Menschen, der sich Mühe gab, sich im Getriebe der Tagesanforderungen zu behaupten, einen immerhin durchaus schätzenswerten Freund besaß, der mich aufmerksam machen zu müssen meinte, es sei eine Keckheit, wenn nicht Waghalsigkeit von mir, eine Wohnung zu mieten, die ich seiner Vermutung nach nicht würde halten können. Heute wohnt nun dieser Freund, wie mir zufällig zu Ohren gegangen ist, sehr bescheiden, was mir als ein für die Zeit, die wir erleben, und die in bezug auf die Frage des Fortkommens sehr ernst ist, charakteristisches Merkmal erscheint, denn mein Freund würde sich natürlich gern luxuriös einrichten, das weiß ich, aber eine Sorglichkeit, der er sich nicht zu erwehren vermag, erlaubt ihm dies ganz einfach nicht. Die Erinnerung, mit der sich Leute gern, d.h. wie von selbst beschäftigen, die auf eine solche zurückzublicken in der gewiß nicht unangenehmen Lage sind, sagt mir oder läßt mir zum Bewußtsein kommen, ich hätte in jenen Tagen, von denen hier die Rede ist, mit meinem Freund in einem Restaurant sitzend, eine Hunderternote in der Hand gehabt, die mir für eine kurzweilige Geschichte ausbezahlt worden war, mein Freund habe diese Banknote gleichsam zwischen meinen Fingern schillern, schimmern, prunken gesehen, und er habe den Eindruck des Neides auf mich gemacht, er sei wegen des Geldes, in dessen fröhlichem Besitz er mich sah, ein ganz klein wenig böse auf mich geworden. Es gibt im Leben Erlebnisse geringen Umfanges, Alltagseindrücke, die man nie vergißt.

Darf ich nunmehr wohl gestehen, daß mir bei diesem Anlaß mein Freund, von dem ich genau wußte, daß er mit sich und den Verhältnissen kämpfte, flüchtig aber aufrichtig leid tat? Er warf auf mein Geld einen verneinenden, abgeneigten Blick, und darum tat er mir leid, und ich selbst tat mir in diesem Moment ebenfalls leid; denn der Anblick eines Menschen mußte mich schmerzen, der mir befreundet war, von dem ich eine schöne

Meinung hatte, und den nun mein bißchen, wie soll ich sagen, lächelndes Besitztümchen in eine seelische Unerquicktheit versetzte, die gewiß nicht schön sein konnte. Solche flüchtige, kleine Eindrücke, wie sie einem für die gesamte Lebensdauer bleiben. Ich darf dies wohl für ziemlich merkwürdig halten. In meiner nächsten Nachbarschaft wimmerte, weinte den ganzen Tag ein Kind, nämlich in der Wohnung, die sich an die meinige anschmiegte. Dieses Kinderwinseln störte mich im Romanverfassen, das begreift sich, und ich erkundigte mich eines Tages bei der Mutter des unglücklichen Kindes, was ihm eigentlich fehle. Daraufhin erhielt ich eine sehr betrübliche, traurige Auskunft. Das Kind litt an einer, wie mich die Frau informierte, unheilbaren Krankheit, und ich gewöhnte mir von da an natürlich nach Möglichkeit ab, mich über die eintönigen Leidensäußerungen zu beklagen.

Ich finde es jetzt für passend, von einem Besuch, den mir ein Kollege, d.h. ein Schriftsteller abstattete, Bericht abzulegen, womit ich gewiß keineswegs etwas Außerordentliches angeführt haben werde. Es handelte sich um einen anscheinend sehr begabten, feinen Menschen, der da eines Abends, ich vermag nicht mehr zu sagen, um wieviel Uhr, still zu mir kam, um einige Worte an mich zu richten, die mir auch wieder an sich weiter durchaus nicht bedeutend zu sein schienen. Er stellte sich mir als der und der vor, der von mir gehört habe, dem ich durch das und das Buch, das ich in den «Schoß der Gesellschaft» gelegt hatte, aufgefallen sei und der mir nun da so seine Visite abstatte. Dieser Kollege hob eine Stelle, die sich in einem meiner Bücher vorfindet, als eine ihm, wie er mit leichter Manier vorbrachte, lieb und wertgebliebene, vor mir hervor. Das Aufheben, falls ich mich so ausdrücken darf, schmeichelte mir natürlich; es betraf eine Kaffeehallenschilderung: Leute aus allen Ständen sitzen und essen in einer alkoholfreien Wirtschaft, und der Held des Buches oder des Romans sitzt und ißt auch so da; er ist irgendein junger Mensch, der kein Geld, aber dafür die denkbar schönste, feinste, vornehmste Freundin hat, die nun in all ihrer Pracht ins Lokal hereinschwebt und -schreitet und ihn mit ihren entzückenden Augen sucht und nach einer Zeit des Suchens, d.h. Umhersehens in der Tat im Gewühl erblickt und findet. An diese Stelle also erinnerte mich bei seinem Besuch, gleichsam ein wenig begeistert, der Schriftsteller, der «seltsam» vor mir dasaß, dessen Betragen nur ein wohlabgewogenes, kluges, äußerst feines, vorsichtiges zu sein schien. «Sie sind zart und schlank», sprach ich behaglich zu ihm. Nach beendigter Unterhaltung, die nur von kurzer Dauer war, entfernte er sich ebenso still und behutsam, wie er erschienen war, und seither habe ich diesen «eigentümlichen Menschen» nie mehr wieder gesehen; ich hörte bloß noch bei dieser oder jener Gelegenheit von ihm, und zwar viel später. Zeitweise war sehr viel und in sehr rühmendem Sinn von diesem Kaffeehallenszenenliebhaber die Rede. Professoren usw., so wird erzählt, hätten ihn für würdig befunden, daß sie geistreiche Abhandlungen über ihn in Zirkulation setzten. Mit einmal, so hieß es dann, habe er den vermutlich begründeten Entschluß gefaßt, sich vom Leben abzuwenden; er sei in eine Art, man möchte sich ermächtigen, zu glauben, Kloster als Bußeablegender getreten.

In Wirklichkeit trat er einer Gemeinschaft religiöser Tendenz als vielleicht zu innig dienendes, zu leidenschaftlich ergebenes Mitglied bei. Über seinen Schritt zu urteilen würde ich, was mich betrifft, jederzeit ruhig ablehnen; ich würde mich in einem Gespräch, das sich auf ihn bezöge, darauf beschränken, Verbindliches, d.h. ein paar achtungsvolle Worte auszusprechen, wobei es mir einfallen könnte, dem Ausspruch «Krisis» zu erlauben, aus der Wohnung meines Mundes mit möglichst viel Unauffälligkeit hervorzutreten. Auf allen Wegen, könnte ich mich bewogen fühlen, beizufügen, fänden sich Rosen, womit ich zwar gar nicht einmal etwas Eigengeistiges, vielmehr etwas zu irgendwelcher beliebigen Zeit von irgend jemand Vernommenes zum Ausdruck brächte.

Dürfte Vorliegendes als eine Art Novelle gelten?

ES WAR EINMAL

Ich bewohnte eine Räumlichkeit, in die Menschen von verschiedener Art Zutritt hatten. Hie und da durchquerte beispielsweise den weitläufigen Raum, worin ich es mir wohl sein ließ, eine schlanke und zugleich stattliche Frau, ohne daß ich von ihr zu wissen bekommen hätte, was sie mit ihrem gewiß einigermaßen eigentümlichen Benehmen bezweckte. Auf der Straße kam ich nach einigem Herumgehen, dem ich eine gewisse Bedächtigkeit zu verleihen wußte, jeweilen in irgendeine Beziehung, die förderlich für mich zu sein schien. Umsonst bat ich zu Hause ein Mädchen, die mir ihren Eifer insofern widmete, als sie Geschicklichkeit im Aufräumen usw. bewies, sie möge von jedem Hineinblicken in meine Manuskripte gründlich Abstand nehmen. Sie war neugierig; und eine meiner naheliegenden Obliegenheiten lag darin, mich an ihre Eigenschaft anzuschmiegen. In der Elektrischen, in der Eisenbahn pflegten Weiblichkeitsangehörige, die in meiner Nähe saßen, mit Hausschlüsseln vielsagend zu klingeln. Eines Tages lernte ich auf einer Omnibusfahrt eine Unbekannte kennen, die ein Gesicht besaß, das zum Liebkostwerden in jeder Weise geeignet zu sein schien. Meiner Schriftstellerei war um jene Zeit etwas Schmachtendes eigen, was daher kam, daß es in mir selbst verträumt aussah. Ich brauchte in keine Gemäldegalerie zu treten, um Bilder anzuschauen, indem mich das Leben täglich vor die lieblichsten Anschaulichkeiten führte, wobei man erraten wird, daß ich von den Mädchen spreche, die aussahen, als wenn sie etwas zu erleben wünschten, als seien sie, phantasievoll gesagt, Gärten, worin sich Romane abspielten. Aus dem erwähnten Wohnzimmer führte eine elegant gebaute Leiter in eine Stube hinauf, die ich aufsuchte, wenn ich mit mir allein sein wollte, z.B. Lust hatte zu lesen. Was ich las, betone ich nicht, da solches Verlautenlassen aussehen könnte, ich hätte das Bedürfnis, für gebildet gehalten zu werden. Einmal grüßte ich auf der Straße einen Gebildeten absichtlich nicht, um herbeizuführen, daß er mir sozusagen zürne, nicht wisse, woran er mit mir sei, was an sich interessanter war, als wenn er gedacht hätte, mit mir lasse sich's reibungslos umgehen. Vielfach macht uns ja erst das Nichtbegreifen zu leise mit Begreifen Beginnenden. Anderseits liegen für uns im Unverständlichsein Möglichkeiten, verstanden zu werden. Die Persönlichkeit, von der ich spreche, hatte mich während einer Abendunterhaltung unverblümt einen Plauderer genannt; dies Lob war's, was mich veranlaßte, ihm Gelegenheit zu geben, mich zu tadeln. Ein Lob ist stets etwas wie eine Verteidigung, und wer uns beistehen zu sollen meint, scheint sich zu erlauben, uns für zuwenig kräftig zu halten, allerhand Angriffe gemütlich auszuhalten, was meiner Ansicht nach einen Daseinsreiz bildet, auf den ein Bewußtseinsausgestatteter nicht gern verzichtet. Manchmal sahen Abende in den Straßen wie Gewänder aus Samt aus, und immer trat ich in Lokale hinein, wo mir vorkam, daß es zeitvertreibend zugehe. Meine Aufwartefrau rügte an mir, daß ich mich monatlich von meinem Verleger glaubte unterstützen lassen zu dürfen. Gewiß ist's kein sehr männliches Benehmen, jeden Monat in belletristischer Fasson in die Verlagsanstalt zu marschieren, um zum Inhaber derselben zu sprechen: «Falls es Ihnen lieb ist, benötige ich heute mit Ihrer Erlaubnis den und den schicklichen Betrag.» In meinem Arbeitszimmer schwirrten appetitlich befiederte Vögel von Blatt zu Blatt, und die Blätter zitterten, schwankten unter der nicht unerträglichen Berührung. Ich beschäftigte mich wiederholt mit dem Anschauen schöner Augen, und ich würde diese Art, wie ich meine Zeit zubrachte, als Müßiggang bezeichnen können, wenn ich Unartigkeit gegenüber mir selbst zuließe und Selbstkritik für sehr wichtig zu halten mich zu entschließen vermöchte.

BRIEF AN ALFRED KERR

Will ich mit diesem grandioswinzigen Versuch etwas sagen? Scheinbar keineswegs!

Schriebest Du nicht früh schon über keinen Geringeren als über den späteste Bühnentriumphe feiernden Bernard Shaw?

Du besangest auch Hauptmann.

Begehre ich selig zu werden, wenn Deine Kritiken keine Poeme sind? Eines muß man Dir lassen: Du begriffest, daß es von Vorteil ist, von sich reden zu machen.

Einst begegnete ich Dir im lieben, hellen, schönen, grünen, braunen, duftigen Grunewald. Wie Du jünglinghaft daherschrittest, Würde nichtsdestoweniger keine Minute außer acht lassend.

Wedekind usw., alle, alle sind von Dir, Du Zeisig, bezwitschert worden. Etliche schwanden schon dahin, die Du talentvoll klassifiziertest. Und immer und immer wieder erwacht frühmorgens das Leben neu, neu!

Alfred, wie gefielest Du mir, als Du abends oder zu vorgerückter Nachtstunde, die Füße und Beine mit Stulpenstiefeln aus der Wertherzeit geschmückt, vor der Dame Deines edlen Herzens voll Leidenschaftlichkeit niederstürztest und -knietest. Die Bäumchen des Herrschaftsgartens lächelten über Dein Genie, arm und schön und jung und klagend und jubelnd und ausgesucht galant, zuvorkommend und ritterlich zu sein.

Entschuldige bestens: ich sah nämlich heute einen Buchdeckel, der Roman trug den angenehm klingenden Titel: «Der schöne Alfred». Die junge Buchdeckelfrau trug eine Rosarobe, zart, kaum definierbar, und ich schaute, schaute auf diese romantische Illustration, wobei der Gedanke ans Motiv, das hier mit langsamster Vorsichtigkeit ausgearbeitet wird, nahelag.

Sprachest Du nicht gelegentlich einmal aufs allertapferste aus, Bayreuth sei für Dich um Jean Pauls willen die bedeutendste Stadt Deutschlands? Vielleicht sagtest Du's ein bißchen milder, gelinder, gemäßigter, als wie's hier von mir interpretiert wird.

Ich hielt Dich immer für ein wenig mißtrauisch. Eines Abends stellte ich mich Dir in den Räumen der Berliner Sezession freudig vor. Die Freudigkeit schien Dich in einem gewissen Grad zu stören.

Immer sahest Du ebenso stattlich aus, wie Du schriftstellertest, und benahmest Dich stets ebenso knapp und kurzangebunden, wie Du Wahrheiten zu verbreiten suchtest.

Dein Lebenswerk ist rührend wie jedes.

Darf ich Dich außerdem an die Tatsache erinnern, daß ich Dich im Alter von vierundzwanzig Jahren fröhlich, d.h. sachlich anpumpte? Für mich war es belehrend, aufklärend, daß Du mein Gesuch unbeantwortet ließest.

Schreibe und flöte auf dem Instrument Deiner Geistigkeiten weiter; tu es solang, als es Dir vergönnt ist.

Fühle Dich nicht gekränkt durch dieses scheinwerfende Essaylein oder Porträtchen. Bedeutende sind zwar leichter zu verstimmen als alle sonstigen Zivilisationsmitglieder, Teilnehmer an den Errungenschaften der Kultur und Bewohner dieser prächtigen Erde.

Was kann uns bedeutend machen? Daß wir so oft wie möglich über uns selbst lachen? Daß wir gegen das Unbedeutende in uns kämpfen?

Oh, wie schön, wie groß könnte mancher sein, der den Appetit dazu nicht hat!

Vielleicht leiden wir alle an Allzuselbstverständlichem!

EIN GEISTREICHER

Er ist vielleicht im persönlichen Umgang nur wohl beinahe schon zu liebenswürdig. In nicht zu ernsthafter

Tonart bringe ich vor, daß er mich eines Tages zum Mittagessen einlud. Irre ich mich bezüglich meiner Erinnerungen nicht, so bot ich ihm zeitweise mit einer gewissen Emsigkeit Beiträge für die Zeitung an, der er gleichsam seine Reputation verdankt. Von Figur scheint er eher eine mittlere als hochaufragende Gestalt zu sein. Im übrigen versichere ich, er sei sehr solid. Einmal sagte er mir, er habe den Eindruck, ich sei entzückend unzuverlässig. Ein anderes Mal nannte er mich mit einer Treuherzigkeitshandbewegung einen sowohl Unklugen wie Klugen, wobei er mir anvertrauen zu können meinte, man halte ihn für witzig, während er es im Grund gar nicht sei, er sich mehr nach dem Witzigsein sehne als darüber verfüge. In seinen Augen sei ich eine Art Engländer, gestand er mir gelegentlich, womit er mich veranlaßte, ihm zu sagen, gerne nähme ich an, er sei einverstanden, daß ein Engländer hie und da Phantasie besitze. Er lächelte auf diese Bemerkung hin unbeschreiblich zurückhaltend, wonach wir uns über Lustspiele usw. unterhielten. Machte er nicht vor etlichen Jahren den Versuch, mir im Literaturrestaurant ein Glas Pilsner zu bezahlen, und lehnte ich diese Zuvorkommenheit nicht mit einer Unwillkürlichkeit ab, die mir taktvoll zu sein schien? Kaum werde ich zu erwähnen nötig haben, daß er mir als ein Mitbürger vorkommt, der sowohl gebildet ist wie Freude hat, wenn er dies von anderen vermuten kann. Ein einziges Mal in seinem bisherigen Leben bestieg er eine Anhöhe, was beweisen zu können scheint, daß ihn Landschaften nicht zum Zeitverlieren verlocken. Daß er nicht jedes Schriftstellerwerk selbst liest und bespricht, sondern von irgendeinem Beliebigen lesen und besprechen läßt, was ihn nicht lebhaft interessiert, nimmt ihm gewiß niemand übel. Eines Abends oder frühen Morgens beeilte er sich, mir zu schreiben, er denke mein Wohltäter zu werden. Selbstverständlich hielt ich für schicklich, ihm dies ganz einfach nicht ohne weiteres zu glauben, und mein Glaubensmangel täuschte mich in der Tat nicht. Möglich ist, daß er mich von Zeit zu Zeit ein wenig beneidet, weil ich nicht Zeitungsmann bin, indem Redakteur sein ein Vorzug ist, den Obliegenheiten begleiten. Seiner Meinung nach sind mir nämlich Pflichten total fremd geblieben, und mit einer Bequemlichkeit, die ich zu verstehen fähig bin, zählt er mich zu den Sorglosen, will sagen Handwerksburschen oder Wanderern. Als ich vor einiger Zeit in einem aus dem Dixhuitième stammenden Landhaus wohnte und ihn hievon in Kenntnis setzte, erteilte er mir den Rat, nicht stolz zu sein. Anläßlich eines Ausdemfensterschauens dichtete ich einen Schwalbenessay für ihn, der mir Beifall eintrug, was ich nicht ohne Eitelkeit bekanntgebe. Weil er mir ehemals ein Manuskript kürzte, ein Vorgehen, wozu er nicht vorbehaltlos ja zu sagen imstande war, zürnt er mir. Was er an mir von jeher nicht zu billigen vermochte, sind die Schnörkel, die meiner Ausdrucksweise zum Teil eigen zu sein scheinen.

Diesen Artikel schreibe ich natürlich in der Voraussetzung seiner Verdienste, die ich mich immerhin nicht entschließen kann, zu überschätzen.

Ich meine, sein Einfluß, seine Wirksamkeit seien nicht frei von Fraglichkeit. Wer wäre übrigens nicht problematisch, lenkte nicht Zweifel auf sich?

Ich denke, es sei nützlich, sich sowohl gegenseitig mit Vergnügen anzuerkennen wie mit Bedacht zu prüfen, inwiefern sich dies empfehle.

Gewiß ist er geistreich; doch dies sind womöglich viele sonstige ebenfalls, wenn er mir vorurteilslos ins Leben zu schauen die Gewogenheit haben mag zu erlauben, wovon ich zu seiner Verwunderung überzeugt bin.

Ich wünsche, er läse meine Abhandlung mit Erstaunen!

AUTOFAHRT

Falls es nicht nur eine Einbildung ist, trug ich eines Abends ein Schulkind auf dem Arm in ein Haus hinein. Ein zweites kleines Mädchen bat mich: «Trag mich auch!»

Existierte nicht einst ein Illustrator namens Thumann, und war nicht seinerzeit Meissonier eine zeichnende Berühmtheit? Was wurde beispielsweise aus Felix Dahns epischem Lebenswerk?

Inzwischen erlebte ich eine Autofahrt, von der ich nicht weiß, ob sie bleibenden Wert hat, oder nicht. Einmal begab sich ein reizendes Fräulein zu einem Rechtsgelehrten, um denselben zu bitten, sie vor dem Rachebedürfnis einer Freundin zu schützen.

Mich in einer Stadt aufhaltend, die keine Großstadt ist, brachte ich es fertig, die vergnügungspendende Illusion, ich befände mich in einer Metropole, aufrechtzuhalten.

Immer wieder entdecke ich Unentweihtheiten in mir. Einer meiner schätzenswerten Kollegen schrieb mir, er habe sich ein Landhaus erschriftstellert.

Statt eine Fußpartie auszuführen, stieg ich, auf freundliche Einladung hin, in ein Auto, und während ich dahinfuhr, blieben vielleicht Jetztzeitmeisterwerke ungelesen.

Mit verhaltener Geschwindigkeit rollte ich fort. Die Frage, die ich an die Fahrzeuglenkerin richtete, ob ihr mein Rauchen unangenehm sei, wurde artig verneint.

Spießbürger fürchten wegen Dichtern usw. immer, sie könnten ein bißchen «spinnen».

Einmal fuhr ich an einem seinen Wagen reparierenden Fahrer, das andere Mal an einem Tempel vorüber, woran einstweilen noch gebaut wurde.

Daß Fahrer tolerant, sanft, schmiegsam zu sein hätten, wurde im Verlauf der sich befriedigend entwickelnden Fahrt aufs hübscheste bewiesen.

An Felspartien vorbei ging's in eine Provinzstadt hinein, die mich acht Jahre lang unverdrossen Prosastücke herstellen und sorgfältig ausfeilen sah.

Ein eleganter öffentlicher Platz wurde schlank durchquert. Mädchen, die zu Fuß gingen, und Herren, die in Autos saßen, schauten mich wie einen an, der etwas wie eine Persönlichkeit sei, die zu leben wisse.

Luft strich an meiner Stirne vorbei; von Zeit zu Zeit fand ein Ruck oder Stopp statt, der sich in neue Schnelligkeit verwandelte. Die unzweifelhafte Journalistensprache gehört gewiß nicht zur Fülle meiner Fähigkeiten. Ich irre mich nicht, wenn ich mich bisweilen für ungeschickt halte.

Wege schienen auf mich heranzukommen; eine Brücke sah mir schon beinahe zu schmal aus; in einem Industrieort fiel mir ein Kinogebäude auf; für mich gab es nichts anderes zu tun, als stillzusitzen; hinter mir lagen Landstrecken, vor mir ebenfalls; zuweilen holte mich ein Fahrender ein, der nachher zurückblieb; manchmal schien die Straße gewölbt zu sein wie ein Bogen; der Wagen tanzte, flog, schwamm, spielte, lachte, hüpfte.

Ich glaubte zwischen Geschwindigkeit und Langsamkeit passende oder unpassende Vergleichungen anstellen zu dürfen, zog, da mir der Zeitpunkt hierfür herbeigekommen zu sein schien, eine Art Unterhaltungsbüchlein aus meiner Reisetasche oder -mappe und entnahm der womöglich keineswegs reizlosen Edition folgende kuriose Geschichte:

LEHRER UND PFARRER

Die Dorfdächer lächelten; Sonnenschimmer strahlte liebäugelig aufs Wirtshaus herab, auf dessen Türschwelle sich die Tochter des Hauses aufhielt. Möglich ist, daß sie Radis gegessen hatte, wovon sich eventuell einige Restchen zwischen ihren blendendschönen Zähnen befanden. Vorher war's Morgen gewesen; später wurde es allmählich Abend. Der Himmel hatte einem reichgestickten Mäntelchen zu ähneln angefangen. Tannen standen an der Halde; Dichter, die zugleich Philosophen zu sein schienen, dichteten, an die schlanken Stämme gelehnt, fünfaktige Schauspiele. Die Mondsichel schien in jeder Hinsicht ja zum Leben zu sagen, was ein Lehrer nicht imstande war, der, mit einem unehelichen Kind im Arm, von Haus zu Haus eilte, keine Übereinstimmung mit sich findend. Einer seiner Schüler staunte, wie man dies ja auch leicht begreift, über des lange schon im stillen Verehrten Umherirrerei. Im Wirtshaus wurde von Förstern und Jägern Karten gespielt. Vor einem Haus, das wie die Entlegenheit selbst aussah, stand eine Frau, der man anzumerken vermochte, sie habe Geschehnisse hinter sich, und vor sich sähe sie eine womöglich noch reichere Erlebnismannigfaltigkeit. Ihr sehr gepflegtes Haar glich einer Novellensammlung. Während der im übrigen herzensgute Pädagoge noch immer nicht wußte, was er mit der unschuldigen Last anzufangen habe, sprach die Mutter des Kindes, die ins Leben blickte, als seien die kommenden Tage ein Trompetchen zum Tuten oder ein Trommelchen zum Daraufschlegeln, im Bett liegend, vor sich hin: «Unterschätzt er etwa jetzt das Unersetzliche?» Der Pfarrer sagte zum Lehrer, den er in der Freizügigkeit antraf: «Sie sind hart und haben zugleich gegen ihre Weichheiten anzukämpfen.» Das Kind war von rührender Schönheit. Des Pfarrers durchgeistigtes Antlitz besaß gleichsam etwas Situationswiederherstellendes. In der Befremdetheit seiner Seele warf der Lehrer dem Pfarrer das Kind, dessen Betragen keinerlei Tadel hervorrief, mir nichts, dir nichts an den Kopf, eine Handlungsweise, die dem Seelsorger zuzumuten schien, für des Kindes Zukunft selbstlos zu sorgen. Das Bestehen des Dorfes schien ein jahrhundertealtes zu sein. Im Schulhaus kam es bald hernach zu einem Rezitationsabend.

Als ich dieses Literaturerzeugnis in mich aufgenommen hatte, versperrte mir eine Bahnbarriere den Weg. Die Führerin und ich warteten geduldig aufs Vorübergefahrensein des Zuges.

Flüchtig dachte ich an die Klage des Dichters, der mir zu schreiben für geeignet erachtet hatte, seine Existenz komme ihm wie ein zu oft ausgesprochenes Wort vor.

Mich belästigt, was mir auszusprechen glückte, nicht, da ich alles, was ich zuweilen dichte, flink vergesse.

Ich flog im Auto auch an ihr vorüber, die ich im Stich ließ, was gar nicht wahr ist, ich mir nur hier und da einbilde, um zu meinen, sie denke an mich, sie und ich wären ein Roman.

ICH WOHNTE EINEM KONZERT BEI

Ich übernahm eine Aufgabe größeren Formates, mit der ich immerhin nur mit bescheidenster Schnelligkeit oder ausgedehntester Gemächlichkeit weiterkomme. Gehöre ich zu denen, die sich gern Zeit lassen? Jedesmal, sobald ich an den «Auftrag» herantreten will, um «Fortsetzungen» herbeizuleiten, tritt das «Leben» dazwischen und hält mich in der «Entwicklung» auf, und ich lasse mich scheinbar mit einer Art von Vergnügtheit «hemmen». Inwiefern ich dem täglichen Leben nach wie vor hold gesinnt bin, ließ ich es mir gestern in einer «völkischen» Gesellschaft wohl sein. Ich saß an einem Wirtshaustisch einer aus vier Personen bestehenden Familie gegenüber. Vater und Mutter schienen einander zum Glück noch keineswegs im Weg zu sein. Ruhig umrahmten sie mit ihren Ehegestalten zwei kleine Kinder, ein Mädchen und einen Knaben, die ungefähr gleichaltrig sein mochten. Ich finde es erheiternd, wie sich im zarten Alter Knaben und Mädchen ähnlich sehen, derart, daß sich Mädchen- und Knabenhaftes nicht sehr abheben. Die gesamte Familie trank Milch. Auf des Vaters Teller schien etwas wie eine Wurst zu liegen, die appetitlich genug aussah, daß man annehmen konnte, sie schmecke ihm. Ich gab nun zu verstehen, daß mich das Benehmen des Knaben belustige, was die Mutter von mir offenbar sehr artig fand, denn sie fing sogleich auch an zu lächeln, als sie mich über ihren Liebling lächeln sah, denn eine solche Rolle spielte er bei ihr, die mir um ihres familiären Sinnes willen sympathisch wurde. Sind nun einmal Familienfreuden nicht die schönsten, die es gibt? Wer hätte Lust, dies in Frage zu stellen?

Mir gab kürzlich ein jüngerer Intellektueller ein Buch zu lesen, dessen Inhalt mich außerordentlich aufschlußreich berührte. Ich hatte dieses ziemlich schwierig zu erfassende Buch in einem von unseren Kaffeehäusern beinahe in einem Atemzug gelesen. Durfte ich auf meine Ausdauer nicht beinahe stolz sein? Dies bloß nebenbei! Wie ich das so sage: «dies bloß nebenbei», als wenn die Lektüre famoser Schriften bloß Nebensache wäre! Übrigens erinnere ich mich in diesem Augenblick, wie mich ein modern eingerichtetes Zimmer entzückte, nachdem ich mich eine Zeitlang in einem Zimmer und in einem Hause aufgehalten hatte, wo mich Wände und Mauern beinahe allzuernst mit ihrem Vergangenheitscharakter anmuteten.

Gewisse Erinnerungen sind einem lieb, sie sind für uns etwas Feines, beinahe Köstliches, und sie liegen lange wie in einem Dunkel, um mit einmal, indem sie uns zur Gegenwart werden, ans Licht zu treten. Mich an etwas zu erinnern, das mir bedeutend vorkommt, wird mir zum Erlebnis, und Erlebnisse von so zarter Art kann man jede beliebige Minute haben. Nun zu der Familie zurück!

Mir war klar, daß die Mutter ihren Knaben deshalb so lieb hatte, weil er sie mit jeder seiner Bewegungen auf die fröhlichste, glücklichste Art lachen machte. Wir sind so gern bei guter Laune. Vielleicht darf man folgender Meinung sein: Väter sind zum Korrigieren, Überwachen ihrer Knaben da, Mütter aber mehr dazu, um sich heimlich und offen an der Ergötzlichkeit des aufwachsenden Stückes Männlichkeit herzlich zu erlaben, das sie mit dem so einfachen und doch auch wieder so merkwürdigen Namen «Sohn» bezeichnen. Ein Sohn ist für seine Mutter eine Sonne. Die Bezeichnung scheint dies ja schon an und für sich zu sagen. Die Natur selbst scheint anzuordnen, daß Töchter bei Vätern und Söhne bei Müttern auf eine Nachgiebigkeitsneigung zählen dürfen. Was gibt es Nachgiebigeres, Gütigeres, Geduldigeres, Anerkennenderes als das Vergnügtsein? Da die Töchter den Vätern unwillkürlich Vergnügen bereiten, was wohl weiter keiner Beweisführung bedarf, so sind nach dieser Richtung hin die Väter duldsam, und da die Söhne mit ihren Gestalten und mit ihren Äußerungen die Mütter mit freudiger Ahnung berühren, so sind auf diesem Gebiet die Mütter im allgemeinen überaus schonungsvoll. Ich ging nachher noch in ein Caféconcert, wo ein Geigenvirtuose brillierte, der mir in der Tat ungemein fein zu konzertieren schien, der aber, als er im Vortragen einer Etüde begriffen war, von einem gewissen Unwillen darüber ergriffen wurde, daß ihm das genügende Maß von Aufmerksamkeit nicht geschenkt wurde, und der zu dem ihn begleitenden Klavierspieler leise sagte: «Hören wir auf.» Aber ich sah ihn bald seiner Empfindsamkeit Herr werden. Er überwand seine Übelgelauntheit dadurch, daß er sie bei Gelegenheit vergaß.

Über das Vergessen wäre allerlei zu sagen. Ich vergaß z.B. letzthin einen Dienst, der mir erwiesen wurde. Wir sind imstande, das Wichtigste im Leben zugunsten von Unentscheidendem hintanzustellen. Man bildet sich oft auf Vergeßlichkeit recht viel ein. Es kann ebenso schön wie unschön sein, etwas zu vergessen oder sich irgend etwas zu merken. Ich finde es wundervoll, wenn in einem Spiel, wenn ein Ton kaum noch hörbar ist, man ihn desto eher zu vernehmen wünscht, man mit um so mehr Eifer auf ihn horcht. Ähnlich wie bei einer musikalischen Darbietung ist es im Leben, dessen Gutes, wenn es sich verlieren will, oder wenn es sich beinahe schon verloren hat, so wertvoll wird. Hier halte ich unwillkürlich, als wenn ich mich durch das Gedachte und Gesagte betroffen fühlte, inne. Gewiß gibt es etwas, das man nie vergißt.

OTTILIE WILDERMUTH

Hier spielt gegenwärtig mit behördlicher Bewilligung eine außerordentlich habile Truppe. Ich fand das Buch eines anerkannten Schriftstellers so großartig, daß ich von seinem noch immer ungenügenden Anerkanntwordensein überzeugt bin. Aus meiner Stube flog ein womöglich nicht unelegant verfaßter Brief fort, der seinen Empfänger freuen wird. Wieder, wie nun schon so oft, wurde eine Schöne aus Unzufriedenheit mit mir uninteressant. Diese Abhandlung hier wird mir glücken, ich weiß es. Kandelabria macht mir Sorgen, obschon ich nicht behaupten möchte, ihre Verdrießlichkeit verdrieße mich. Mein Gleichgewichtstalent grenzt ans Fabelhafte. Mir kam eine Kindergeschichte vors Gesicht. Übrigens korrespondiert seit einiger Zeit eine auf eine bewegte Vergangenheit zurückblickende einstige Gouvernante mit mir. Auch ich galt ja einstmals als Strahlender. Heute halte ich mich für einen geschmeidigen Unbeugsamen. Meine Landsleute schätzen jedenfalls meine Tugenden. Indem ich schriftstellere, vergesse ich, daß ich Schriftsteller bin, und ich finde alle Lachenden lächerlich.

Die Geschichte hat folgenden Ottilie-Wildermuth-Inhalt: Eine Frau von Welt, wie man so sagen mag, besaß ein Kind, das allerliebst war, und sie nannte außerdem eine Magd ihr eigen, die wieder ihrerseits eine zierliche Schürze besaß und wie eine Rose aussah, und nach der das Kind die Händchen ausstreckte. Machte sich das Kind aus der Mama, die wie eine Blume prunkte, nicht so viel wie aus der Mamsell? Unvermutet kam es zwischen der Hausfrau und der Dienerin zu Auftritten, die in der Wildermuthgeschichte bildhübsch erzählt sind.

Ich erwähne aus keinem triftigern Grund, als weil's mir einfällt, daß in den letzten Tagen in unserer Umgebung eine Prinzessinstatue ausgegraben wurde. In welch ein hoheitsvolles Antlitz man da schauen konnte. Die Lektüre eines genialen Romanes machte mich ungeduldig. Sekundenweise erhielt das Werk von mir geistige Prügel. Ich scheine mitunter von einer großartigen Kleinbürgerlichkeit zu sein. Meinen Mietzins bezahle ich meiner Ansicht nach zu pünktlich. Von Zeit zu Zeit eile ich in ein Bureau, um dort den Beweis abzulegen, daß ich im Zustand der Abgelenktheit exakt rechnen kann. Bereits sehr früh lobte einer meiner Lehrer meine Handschrift. Ein Blick auf die Landkarte hat für mich etwas Kräftigendes, das darin besteht, daß mir die Welt weidlich imponiert, was eine Art Schönheit in mir erzeugt. Die hübscheste Partie dieses Kurzbriefes dürfte Ottilie Wildermuth zu verdanken sein.

RADIO

Gestern bediente ich mich zum erstenmal eines Radiohörers. Ich fand, es sei dies eine angenehme Art, überzeugt zu sein, man habe Unterhaltung. Man hört etwas Entferntes, und die, die dies Hörbare hervorbringen, sprechen gleichsam zu allen, d.h. sie sind in vollkommener Unkenntnis über die Zahl und Besonderheit ihrer Zuhörer. Ich hörte unter anderem die Bekanntgabe von Sportergebnissen aus Berlin. Der, der sie mir mitteilte, hatte von meiner Zuhörerschaft oder überhaupt Existenz keine Ahnung. Ferner hörte ich schweizerdeutsche Gedichtvorträge, die ich zum Teil ungewöhnlich amüsant fand. Eine Gesellschaft von Radiohörern unterläßt naturgemäß, Gespräche zu führen. Indem sie mit Zuhören beschäftigt ist, wird die Kunst, Gesellschaft zu machen, sozusagen ein wenig vernachlässigt. Es ist dies eine ganz artige, selbstverständliche Folgeerscheinung. Ich und die, die neben mir saßen, hörten, wie in England Cello gespielt wurde. Das hatte etwas Seltsames, Wundervolles.

Es wäre unhöflich, den Siegeszug des technischen Erfindungsgeistes nicht schlankweg zuzugeben. Herrlich dünkte mich der Genuß eines aus zauberischer Distanz zu mir herübertanzenden Klavierspiels, dem eine gewisse beschwingte Trägheit eigen zu sein schien. Heute nun finde ich in einem bewährten Blatt eine Direktorstelle ausgeschrieben. Indem ich daran zurückdachte, wie mich einst jemand zu später Stunde eine Gelungenheit nannte, eine Charakterisierung, die mir keineswegs schmeichelhaft vorkam, fragte ich mich, ob ich mich für die ausgeschriebene Stellung anmelden solle. Ein führender Posten. Wie einem plötzlich längstvorübergegangene Lebensdetails einfallen, wie z.B. dieser kleine Vorfall in bezug darauf, daß ich ein «gelungener Mensch» sei. Wie ich damals sogleich vom Platz aufsprang und den Austeiler der mir unpassend erscheinenden Redensart zur Rede stellte. «Sie sind mir eine Erklärung schuldig», rief ich ihm zu. Er entgegnete mir, er habe bloß äußern wollen, daß er mich für einen unbegreiflich netten Menschen halte. Mit dieser Auskunft gab ich mich zufrieden. Was die Direktorialität anbelangt, so wird von der Bewerberschaft Energie und Gewandtheit verlangt. Allgemeine Bildung, heißt es in der Annonce, sei die Hauptbedingung. Daß ich mich mit der Frage befasse, ob ich Gewünschtes in genügendem Grad aufwiese, möchte mich weiter nicht wundern.

Vor einigen Tagen hat mich, nebenbei gesagt, die Tochter eines Hauses, das im besten Stadtviertel steht, gefragt: «Ist es dir lieb, wenn ich dich in Zukunft ‹Röbi› tituliere?» Die Frage wurde an einem Gartengitter an mich gerichtet, und ich glaubte, sie mit Ja beantworten zu dürfen. Man wird verstehen, daß mir die Direktorstelleninserierung zu denken gibt, und man wird ferner keinen Augenblick unbegreiflich finden, daß ich im stillen stolz auf die Frage bin, die eine Angehörige der besseren Kreise an mich zu adressieren für gut fand. Daß ich gestern zum erstenmal Radio hörte, erfüllt mich mit einem Internationalitätsgefühl, womit ich übrigens keine unbescheidene Bemerkung gemacht haben möchte.

Ich wohne hier in einer Art Krankenzimmer und als Schreibunterlage für diese Skizze dient mir eine Zeitschrift.

MASKERADE

Einer hatte eine ungeheure Stirne, mit der er überragte, was neben ihm einherging, was ihm ein großes Behagen zu verschaffen schien. In den Arkaden, die unsere Stadt zieren, wandelten Jünglinge, die sich wie italienische Nobili betrugen. Die Landschaft lag still wie ein unausrottbarer Gott. Ich ging eine Weile als alte Frau. Indem ich die Gebrechlichkeit meisterhaft nachahmte, zog ich von Zeit zu Zeit eine Flasche aus dem Gewand hervor, die einen Wein enthielt, der sich wie Milch trank. Der Saft machte mich klug, leichtherzig und hellsichtig. Draußen im Land tanzten Mädchen nach den Tönen, die ein Familienvater einer Handharfe entlockte. Die Töne gestanden irgend etwas zu und schienen über das Zugestehen glücklich. Ich musterte eine Hafenstadt, die in einem Reisealbum prangte. Gestern fanden Maskenbälle statt; der Zutritt dazu kostete schon an und für sich sehr viel. Die Flasche vom Bessern bezahlte sich mit hundert Franken. Ich traf einen Publizisten an, der wie ein Ordensritter aus der Frühgotik aussah. Zeitweise trug ich eine enorme Nase waagrecht in die Menschenmenge hineinstechend. Über eine Wiese herab ging ich in eine Wirtschaft, der Fluß floß daran vorbei; ebenso der Strom der Spaziergänger, von denen viele mit begehrlichen Blicken in den Garten hineinschauten, der nackt dalag. Die Sonne besaß etwas Liebkosendes. Die Alpen glichen einer Tapisserie und Patisserie, mahnten an Stoffe, Zuckersachen, an Spitzen, Geschmeide. Ich unterhielt mich mit einer Baslerin über den Basler Fastnachtszug, der ein gewisses Renommee besitzt, ließ flache Steine mit Erfolg auf einer Wasserfläche tanzen, sprang von einer kleinen Anhöhe auf ein Stück Sand oder Kies herab und machte ein Mädchen, das sich über eine Fensterbrüstung neigte, lachen. Der Tag war schön wie eine Liebe für immer, wie ein stolzer, blonder Nordlandszorn, der nachläßt, wie eine Tücke, die zutraulich wurde, wie eine zartangefärbte Heiligenstatue, wie eine Sünde, die man segnet, wie ein Muttergesicht, das sich in einem Palastzimmer über das Bettchen neigt, worin ein Kindchen liegt, dem ein schweres übersüßes, abgrundbanges Los bestimmt ist. Alle Straßen schienen um Manierlichkeit zu bitten, so hell, blank, glatt, weich, sauber sahen sie aus. Ich gab mir Mühe, die Bäume zu verstehen und fand Worte, sie zu charakterisieren, und die Häuser wurden mir zu Freunden. Ein Regen von Bläue strömte, stöberte als ein stilles Frühjahrsleuchten aus der Höhe in die Tiefe, und in einem Lokal sagte jemand: «Gottlob triumphiert der Geist über den Körper.» Maskerade ist sonst hier nicht Sitte. Sie gab sich aus diesem Grund fast unmerkbar. Von einem Sportplatz her war Beifallsrufen vernehmbar, das einer sanften, fernen Meeresbrandung glich; am Waldrand machten es sich Angehörige guter Stände auf Tannenzweigen und im ahnenden Grase bequem, und um den Hals der Welt legte sich das Sehnen von überallher. Vor einem Mädchen mit braunen Zöpfen wurde ich im Nu ein gedanklich produzierender Maler. Wie die blauen, jungen Augen zum Unschuldsbraun schön stimmten. Dann lachte dieses Mädchen über eine Bemerkung, die mir seiner Mutter gegenüber entfiel. Spazierende gingen über Treppen hinab und füllten die Wege, die sich durch die Täler schlängelten, wie sich Adern durch einen Körper ziehen. Die Stadt schien mir wieder diejenige zu sein, die man, ohne daß man sich Aufklärungen gibt, liebt; diejenige, die ich zum erstenmal sah, als ich ein Knabe war, wo sie mir unsäglich reich und groß vorkam. Ein Mädchen saß irgendwo da, die von mir voraussetzte, ich würde sie verhöhnen wollen, aber ich benahm mich so, daß sie sich bezüglich meines Charakters eines Bessern belehren mußte. Sie weiß nun, daß ich «eine Seele» bin, und sie wird an mich denken, weil sie sich diese ganze Zeit her sagen mußte, sie habe sich in mir getäuscht, und diese ganze Zeit wird eine Besserungs-, eine Passionszeit für sie sein mit Stationen der Vervollkommnung. Wie hat das Leben gestern für mich ein Lächeln der Verzeihung gehabt, dem ich gar nicht viel nachfragte, und da ich um so herrlicher Nichtachtung willen in bester Positur war, wurden Frauen ernst, mich betrachtend, die sonst lustig wurden, sobald sie mich kommen sahen. Vielleicht verletzt man die Gemüter durch ein Zurschautragen der Lebenskunst, die etwas Seiltänzerisches hat. Gewiß bestieg ich den Gipfel der Liebenswürdigkeit noch nicht.

Täglich finde ich neue Lehren, aber ich nahm mir, gleichsam im Gleichgewichtsinstinkt, vor, mich nicht zu sehr mit ihnen zu beschäftigen. Hügel und Wälder und die mit Menschen belebten Straßen wünschen, daß ich vor allen Dingen munter sei. Um der Munterkeit willen will ich nicht zu viel beherzigen.

SCHÜTZENFEST

Die Verhandlungen fielen mitten in eine Festlichkeit. Obschon die Presse ihrer Pflicht Genüge tat, täglich über den Verlauf des Prozesses umständlich Bericht ablegte, nahm die Öffentlichkeit, so schien mir, von den Wogen eines Schützenfestes umgeben, an der sich vor den Schranken des Gerichtes abspielenden Ernsthaftigkeit nur unvollständigen Anteil. Am Gang, den die Dinge im Gerichtssaal nahmen, haftete etwas Schleppendes. Aus der Ermüdetheit stieg von Zeit zu Zeit eine erregte Szene, indem etwa ein Zeuge nervös wurde. Eine Magd und ein Eheherr waren angeklagt, am Leben der Frau des Hauses Gewalt verübt zu haben. Wie es sämtlichen Prozeßteilnehmenden vorkam, entwickelte die Dienerin in allen ihren Aussagen einen bemerkenswerten Grad von Intelligenz, der Beschuldigte suchte sich seinerseits durch ruhige Haltung sympathisch zu machen. Inzwischen waren auf dem Festplatz eine große Zahl Schüsse abgefeuert worden, indem es jüngern und ältern Schützen um Gewinnung eines Lorbeerkranzes zu tun sein mochte. In der Festhalle, die mit sämtlichen Landesteils- oder Kantonswappen geschmückt war, knallten Pfropfen, perlten die Weine in den feingeschliffenen Gläsern, wurden Lieder gesungen und Reden gleich schwerbeladenen Frachtschiffen vom Stapel oder von den Ufern, die die Lippen der Sprechenden bildeten, in den See hinausgelassen, der allgemeine erhöhte Aufmerksamkeit hieß. In die Gerichtssitzung schlich sich vielleicht inzwischen etwas Monotones. Hübsch fielen auf jeden Fall die Fahnen und Flaggen von den Dachkammerfenstern länglichlächelnd und mit den Schwänzchen wedelnd in die von Figuren aller Art durchkreuzten Straßen herab. Ich sah einst ein Bild von Manet, die «Rue de Berne». Wie einem das so in den Sinn kommt!

Der Magdsprozeß dauert noch an, ebenso das Schützenfest. Morgen finden beide Veranstaltungen voraussichtlich ihre Beendigung. Wie wird es dem «armen Angeklagten» gehen? Wieso wäre er arm? Weil ein Gewicht auf ihm sitzt? Gestern wurde er übrigens von der Staatsanwaltschaft als schuldig hingestellt. Bereits äußerten sich auch schon, und zwar scheinbar nicht allzu interessant, die Verteidiger. Bei einer Gerichtshandlung spielt die Begabung ja bekanntlich eine erhebliche Rolle. Die

Magd, so las ich in einem Zeitungsbericht, sei in Schluchzen ausgebrochen. Ob dies günstig für sie sei, ob sie dies nicht vielleicht besser unterlassen haben würde, dürfte meiner Ansicht nach vorläufig nicht leicht zu entscheiden sein. Ich gestehe, daß ich vor einigen Tagen an eine Freisprechung glaubte, daß sich aber dieser Glaube sozusagen verflüchtigt hat. Mir scheint heute möglich zu sein, daß sie Strafe zu gewärtigen hat, weil sie hie und da zu einem Gähnen Veranlassung gab. Sie bot allerhand Grund zur Verstimmung dar. Eine meiner Befürchtungen läuft dahin hinaus, daß ich der Meinung bin, sie sei von einem Zeugen zu laut gelobt worden. Tadel scheint mir für Personen, die die Anklagebank mit ihrer Gegenwart zieren, günstiger zu sein als Lob, denn es liegt in der Natur der Zeit, in der Beschaffenheit unserer Beseeltheit, daß sich der Tadel in Lob, das Lob aber in Tadel verwandelt. Ich selbst bin natürlich jetzt, wie viele, auf den Prozeßausgang gespannt. Aus der Affäre geht jedenfalls hervor, daß ein Mitglied des männlichen Teiles der Gesellschaft zwischen zwei Mitgliedern des weiblichen gestanden ist, und es ist ferner Tatsache, daß alle drei litten. Natürlich beschäftigt sich eine Gerichtsversammlung nicht mit derlei allgemeinen humanen Fragen. Noch wehen die Schützenfestfahnen von den Hausfassaden herab. Eine ganze Woche lang hatten wir gleichsam prächtiges, lustiges, exzellentes, primadonnenhaftes, blauschimmerndes Wetter. Mich erquickt es, daß ich ein berühmtes Gemälde erwähnte. Nicht ausgeschlossen ist es, daß ich die Besuchs-Einladung einer Dame annehmen werde, die in Paris lebt. Sie ist Schriftstellerin und schreibt gleichsam einen glänzenden Berichterstatterstil, und wie sie mir mitgeteilt hat, bewohnt sie ein entzückendes Heim.

Ich füge noch bei, daß der Prozeß, wovon ich sprach, in einem Landstädtchen stattfindet, das als die Zentrale des Emmentaler- oder Schweizer-Käse-Handels bekannt ist. Einst erhielt Jean Paul aus diesem Städtchen von einem sich für seine Schriften begeisternden Käsehändler einen Käse zugesandt, von dem man annehmen darf, daß er ihm schmeckte.

Heutzutage, da der Geschmack sich ändert mit der Zeit, gibt es wohl keinen Jean Paul verehrenden Käsehändler mehr.

DIE PARISERIN

Ich saß gestern in einer aus neue Schuhe tragenden Saaltöchtern, zwei nach Montreux zu reisen beabsichtigenden Appenzeller Fräuleins, einer die Wiener Ringstraße für strahlend schön erklärenden Bernerin, einer fabelhaft üppig und herrlich bejuwelten Pariserin, die mit ihren rosenblätterähnlichen Lippen ein Gelispel veranstaltete, wie es mir schwierig sein dürfte, es mit irgend etwas zu vergleichen, und einem rotbackigen und -händigen Dienstmädchen zusammengesetzten Gesellschaft.

Eine lediglich oder doch hauptsächlich Körperlichkeit zu vergegenwärtigen scheinende Russin, die Füße von ungemeiner, in Stiefeln von himmelblauer Angemaltheit steckender Niedlichkeit besaß, sang uns etwas vor, indem sie den Glauben in uns aufkommen ließ, sie sei eine unkorrigierbare Teufelin, die von ihrem aufopferungsreichen Eifer, uns Unterhaltung darzubieten, ein ganz klein wenig schläfrig gemacht worden sei. Wer es auch sein mochte, der ihr in die halbgeschlossenen Augen schaute, der meinte im Nu Verständnis für das Volk zu haben, dem sie angehörte.

Eine wie die Feinfühligkeit selber aussehende junge Bürgersfrau lächelte dies Rätsel von Sängerin und Tamburinschlägerin freudig an, so daß angenommen werden durfte, sie sei ihr für ihr Auftreten gleichsam herzlich dankbar.

Über die Banknoten, die jetzt die scheinbar bestens ausstaffierte Bernerin aus ihrem Täschchen zog, um etwas wie einen schnellen Überblick über ihr Gesamtvermögen zu gewinnen, hinwegsehend, erwähne ich, daß mir zur Pariserin zu sagen einfiel: «Du nimmst gewiß meine ergebenste Einladung, die heutige Nacht in einem von meinen Zimmern zu verbringen, worin Kerzen angezündet werden sollen, damit goldene Lichtlein deine Erscheinung küssen, gern an.»

Sie nahm meine Proposition mit einer Sofortigkeit an, die ich erwartet hatte, da mein Anerbieten das frohmütigste und zugleich höflichste war, das je ungefähr abends um elf Uhr in einem Zirkel voll Ungezwungenheit an eine Schönheit adressiert worden ist, für die es meinem Ermessen nach zuwenig Spiegel innerhalb der Zivilisation gibt, damit sie sich über die Ausgedehntheit ihrer Valeurs orientiere.

«Trage mir meinen Mantel», sprach sie, und für mich lag es nahe, mit ihrer Zumutung einverstanden zu sein.

Einwilligungen sind bequem, Bequemlichkeiten angenehm, Annehmlichkeiten unabweislich.

CAFÉ CHANTANT

Ich saß im Varieté. Ich habe es jedesmal als Sünde empfunden, darin zu sitzen. Es sitzt sich dort womöglich nur zu vergnüglich. Kaum ist man hereingetreten, bekommt man schon irgend etwas Aufheiterndes zu hören. Vielleicht sollte man sich so etwas verbieten, untersagen. Ich trat also schon sehr oft in dieses Tingeltangel. Man kann es auch Singspielhalle nennen. Beinahe jedesmal gab es für mich in diesem Raum irgend etwas zu lachen, was natürlich für mich erfreulich war. Ich sah dort jeweilen allerhand Gesichter, Publikumsgesichter und Gesichter von Künstlern und Künstlerinnen. Man wird verstehen, daß mich das amüsierte. Also um des lieben Amüsements willen ging ich dort hinein. Klar ist, daß es dort derb, laut, lustig zuging. Andere Lokale kamen mir im Vergleich mit diesem zart, fein vor. Ich muß gestehen, ich sei vielleicht nicht berechtigt gewesen, mich nie zu fragen, ob ich denn eigentlich verdiene, mich in so viel gute Laune setzen zu lassen. Das taten nämlich die Mitglieder der dort gastierenden Truppen. Hie und da mahnte mich der Direktor daran, daß es nicht ganz angezeigt sei, sich mit den Bühnenleuten so ohne Vorbehalt zu befreunden. Das war meine Spezialität: ich war immer der Freund sämtlicher Artisten und Artistinnen.

Mir fiel das mit der Zeit selber ein bißchen auf. War meine Laune eine besonders prachtvolle, vorzügliche, so schenkte ich ihnen etwas, immer naturgemäß übrigens bloß Kleinigkeiten, z.B. einige Blumen, eine Orange, eine Tafel Schokolade oder auch manchmal eine Schachtel Zigaretten. Kam ich angesichts der Darbietungen nicht in Stimmung, was wohl auch etwa vorkam, so empörte ich mich über mich. Die Leute von der Bühne schienen mich in solchen Fällen strafend anzuschauen, gleichsam zu verurteilen, als einen Menschen abzutun, mit dem nichts anzufangen sei. Ich meine, so etwas fühlt man heraus. Die Artisten sind eine Art Wanderkomödianten. Vielleicht darf man sich erlauben, sie Zigeuner zu nennen, obwohl ich diese Benennung nicht für berechtigt halte, denn sie sind im allgemeinen durchweg anständig. Ich blieb länger oder weniger lang im Lokal sitzen, das kam auf die Verfassung an, worin ich mich zu befinden beliebte. Ich hielt es manchmal für gegeben, nur rasch einen Blick hineinzuwerfen, d.h. konstatieren zu gehen, was es wieder einmal Neues zu sehen geben könnte.

Ich erinnere mich z.B. einer sogenannten komischen Alten, die anscheinende Komikerin war, aber ein sehr ernsthafter, netter, gemütlicher Mensch, und die angebliche Alte sah gleichsam zum Anbeißen frisch und hübsch aus.

Ich sah auch dort schon «Mädchenkränze», d.h. ich will es so sagen: wenn man Mädchen mit Gedichten vergleichen kann, sie also eine Gedichtsammlung darstellen, so las ich dort schon sozusagen im schönsten, blühendsten Gedichtbuch. Ich erinnere mich einiger überaus rührender Erscheinungen. Einmal bezahlte ich einem rührenden Figürchen ein Knödel oder Eisbein. Immer hat es sich hiebei um eine Art Mädchen aus der Fremde gehandelt. Es sind Mignons, die man da kennen lernen kann, dadurch, daß man sich beliebt bei ihnen zu machen versucht, was ja absolut nicht schwierig ist. Man muß sich diesen Mädelchen gegenüber von der besten, d.h. von der gutbürgerlichen Seite aus zeigen. Zu überspannten

Elementen haben sie kein Zutrauen, weil sie selber die Überspannten spielen müssen. Sie wünschen mit Besonnenheiten und mit einem genügenden Grad von Gutherzigkeit Bekanntschaft zu machen.

Tanzen, singen sah und hörte ich euch dort! Gott, ich kann's gar nicht schildern. So z.B. gab es dort einmal eine Frau, d.h. eine Liedersängerin, die mich und andere, die sie ebenfalls mitanhörten, ganz mit Leidenschaft bewarf. Von ihrem Hals hing eine Lorgnette herunter. Sie war mir schon aus diesem Grund sympathisch. Für mich war es schön, der Singenden in die Augen zu schauen; was ich vielleicht folgendermaßen spezifizieren darf: meine Augen sangen dann mit, d.h. die Seele, die ich in den Augen habe, unterlag ihrem Gesang, also der Tonseele. Der Gesang sank jeweilen in den Schimmer meiner Augen, wie wenn sich eine Schöne in ein Bett gelegt hätte. Wie ich mich da phantasievoll ausdrücke! Manchmal kam es mit meinem Verstand so weit, daß ich die eine oder die andere der Sängerinnen für eine Baronin hielt, die von Familienverhältnissen veranlaßt worden wäre, das Metier zu ergreifen, das sie hier ausübte. Sie dürfen mir jeden erdenklichen Glauben schenken, wenn ich ausrufe: Ja, ich fand in diesem Varieté immer, ich hätte ein Herz. Wem erwachte das Herz nicht angesichts der Lieder-Bilder und der Konturen der Körperschönheiten der Musik? Eine Frau, die singt, ist zum Erfassen immer viel zu schön und zum Lieben zu groß und zum Hochachten zu achtunggebietend und zum Ernstnehmen zu sehr im Lichte und in der Positur des Poesieumwobenen stehend. Ich fürchtete jeweilen fast, mich mit einer der Sängerinnen eingehend zu unterhalten, weil ich glaubte, es sei schade, das zu tun, denn sie käme mir, von Alltagssachen redend, vielleicht nicht mehr so wertvoll vor.

Dann und wann wurde in diesem Lokal kleine Komödie in Szene gesetzt, woran sich die ältesten und seriösesten Zuschauer wie Kinder labten. Kommt es doch überhaupt vor, daß Zuhörer zum Hören oft noch ihren Mund zu Hilfe nehmen, den sie groß aufsperren, will sagen, öffnen. Das Staunen ist es, dieses immer überaus glückliche Etwas, was dies Mundauftun herbeiführt. Wenn einer etwas bewundert, denkt er nicht mehr daran, wie er eventuell dabei aussieht, ob er lächerlich sei.

Die Wände des Lokales sind mit Bildern aus der Geschichte unseres Gemeindewesens geschmückt. Ich erwähne aus der Reihe der Bilder bloß eines, das, auf dem einer mit seiner Haltung ankündigt, er sei entschlossen, indes die ihn Umstehenden mit ihren Gebärden zu gestehen scheinen, daß sie dessen nicht fähig sind, daß sie vorzögen, zu zaudern, abzuwarten, wie's herauskäme. Aber den Entschlossenen nimmt es wie an der Hand, er ist begeistert, er sieht sich verewigt, er fühlt, daß für ihn die Stunde da ist, daß er jetzt Gelegenheit hat, etwas aus sich zu machen, daß sich ihm diese Gelegenheit nie mehr wieder zeigen würde, und er zieht hin, das Herz klopft ihm, er kommt sich gut und groß vor, er läßt die Frage außer Betracht, was mit ihm geschehen könnte, oder er wagt es, sich diese Frage in einem für ihn denkbar ungünstigen Sinn zu beantworten, in ihm lebt ein Eifer, sich auszusetzen, zu exponieren, es ist ihm jedenfalls um Schönheit des Benehmens zu tun, es ist ihm darum zu tun, ein Andenken im Volk zu gewinnen.

Ich machte in diesem Varieté einmal die Bekanntschaft eines Postbeamten, der Witwer war und ein siebzehnjähriges Töchterchen zu seinen Besitztümern zählte.

Hier sind schon ungezählte Zigarrenstumpen geraucht und unzählige Gläser Bier, die angemessener Schaum geziemend zierte, an Lippen gesetzt worden, die den verschiedenartigsten Individuen angehörten. Ich möchte hervorheben, daß ich da einst eine Tänzerin sah, die einem Schwan glich, was vielleicht bequem gesprochen ist.

Gestern nun war die Bühne eine Art Altar, den ein vornehmer Landschaftshintergrund sich aufs sauberste abheben ließ. Die Szene wurde von einem jungen Krieger in schwarzer Rüstung bewacht. Er wirkte mit der Fahne, die er mit sehenswertem Anstand trug, sehr dekorativ. Ihn akkompagnierte bei der Wachhabung ein Mönch, der von durchaus schicklicher Schlankheit war, die von überstandenem Fasten ein beredtes Zeugnis ablegte. Auf dem Altar saß auf einem Teppich, der über denselben herabhing, eine Frau, die ein Kind im Schoß liegen hatte.

Ich hatte Magda bei mir, die mir gegenwärtig Unterricht im Englischen gibt, das ich einst recht gut verstand, das ich aber ein bißchen in Vergessenheit geraten ließ. Indem ich auf Magda bildend einwirke, lasse ich mich meinerseits von ihr bilden. Sie besitzt übrigens kaum Kenntnisse, dafür aber eine wahre Unüberblickbarkeit feinsten Instinktes. Es ist immer ein wenig riskant, mich in ihrer Begleitung sehen zu lassen, da sie Eifersüchtigkeiten weckt. Wen sie anschaut, den scheint sie einzuladen, sich mit ihr zu befassen. Weshalb sie ausgerechnet mit mir geht? Vielleicht deshalb, weil ich zu besseren Kreisen Beziehungen habe. Sie schätzt an mir, daß ich ruhig, moralisch nicht starr bin und einigen Begriff von Religion habe, von der sie mit Bewunderung spricht. Ich kenne sehr feine Leute, die von Magda entzückt sind, ohne sich ihr gegenüber ihres Standpunktes zu entäußern. Wahrscheinlich liebt sie mich nicht sehr, da ich mir aber daraus nicht viel mache, liebt sie mich auf gewisse Art.

Ich passe ihr.

Sie findet, sie bleibe in meiner Gesellschaft hübsch. Sie scheint zur Einsicht gekommen zu sein, daß ich sie animiere, was für sie von Wert ist. Ich halte sie für bedeutend, ohne sie dies im mindesten merken zu lassen. Anerkennungen sind für Naturen, wie sie eine ist, irritierend. Vor allem gefällt ihr an mir, daß ich mir noch kein einziges Mal die Freiheit herausnahm, sie zu duzen. Ich behandle sie mit ebenso gewählter wie selbstredend zugleich spaßiger Höflichkeit. Ich scheine etwas an mir zu haben, was ihr Anlaß gibt, vergnügt zu sein, in meinem Beisein zu strahlen. Darauf kommt es ihr ja an. Dadurch, daß ich den und den Gedanken in ihr wecke, ihren Geist nähre, wird sie schön. Wie sie schön ist! Sie darf dies bei mir unbekümmert sein. Bei irgend sonst wem müßte sie sich vielleicht hievor ziemlich in acht nehmen. Diese Sorge würde gleichsam für sie eine körperliche Beklemmung bilden. Bevor sie in Gesellschaft geht, läßt sie sich von mir küssen. Sie erhält davon ein Aussehen von etwas Sanft-Grandiosem. Sie bildet sich ein, so erst könne sie sich sehen lassen. Sie irrt sich darin nicht. Auf einer Einbildung beruht viel. Sie lacht, wenn ich sie küsse. Nicht laut, nein, ganz still. Sie wird zu etwas für sie Angenehmem.

Wenn wir uns selbst willkommen sind, haben wir am meisten Aussicht, es auch der Mitwelt zu sein.

WIE ICH EINEN SONNTAG ZUBRACHTE

Nachdem ich mich an einem Teller Suppe erfrischt und meine allzeit spaßhafte Herrin um Erlaubnis gebeten hatte, spazieren oder lustwandeln gehen zu dürfen, ging ich zunächst zu meiner Geliebten, küßte sie nach Herzenslust, wonach ich mich befugt oder befähigt fühlte, in die erwartungsvolle Landschaft hinauszustolpern. Mein systematisch-munteres Davontraben ließ mich eine Zeitlang mir einbilden, ich sei ein saubergeputztes, gutdressiertes Pferd. Zum Wind, der mir beinahe meinen Galahut vom Sonntagskopf wegriß, sagte ich: «Sei manierlich», und wie wenn er von meiner Ermahnung Kenntnis genommen hätte, verhielt er sich von da an still. Unmerklichkeit sei etwas denkbar Feines, dachte ich bezüglich des zur Ordnung Gewiesenen, den ich gleichsam in sich selbst Einzug halten sah. Nach Zurücklegung von zirka zwei Kilometern kam ich am schöngelegenen Haus eines Sonderlings vorbei, der in eigenster Person zum Fenster herausschaute. Mir war, ich besäße Flügel, so eilig fegte ich davon. In einer spiegelklaren Wasseranlage von nur geringer Ausdehnung sah ich eine gleichgültigdreinblickende Statue abgebildet. «Du empfindest nichts, ich aber fühle vielleicht gerade um solcher Fraglichkeit willen viel für Dich», sagte ich zu ihr, die mich oberflächlich und zugleich tief und aufmerksam zu mustern schien.

Nach und nach gelangte ich dazu, einen Waldrand entlang zu gehen, und nachdem diese Obliegenheit erfüllt worden war, erhob sich die Aufgabe hoch vor mir, einen Hügel, der einem ländlichen Gedicht glich, zu erklimmen, was ich pünktlich zur Ausführung gelangen ließ. Ein Kind grüßte mich, als ich mich auf eine Bank setzte und einen Brief mit Bleistift zu beantworten begann, dessen Inhalt mich lebhaft interessiert hatte. Unter mir lag ein verhältnismäßig stattliches Dorf, wo mir zwei bis drei Gasthöfe bekannt waren, in deren einem mir die Vorsehung womöglich eine Wurst oder eine Portion Schlagsahne zu essen, will sagen, einzunehmen gestatten würde. Der Baum, unter dessen Zweigen ich schrieb, schien meine aufrichtig gemeinten Zeilen blättelig zu belächeln; die Sonne sah wie ein schöngezeichnetes Gesicht aus, das kein anderes als ein willkommenes sein konnte. Hierauf weitereilend, schienen meine Beine über den Dienst, den sie verrichteten, glücklich zu sein, und in meinem Vorteil lag es, sie zu ihrer Vergnügtheit zu beglückwünschen. Ein aus nichts als Fröhlichkeit zusammengesetztes Tal durchwandernd, strahlte mich von der Berghöhe herab ein einzelnes, freistehendes Bauernhaus an, dessen gediegenes Aussehen sozusagen mein Selbstvertrauen wenn nicht erweiterte, so doch befestigte. In einem kleinen, aber prächtigen Dörfchen, das von nur wohlhabenden Menschen bewohnt zu sein schien, verfügte ich mich ins Wirtshäuselchen, wo einer saß und Imbiß aß, der mir versicherte, er denke alt wie Abraham zu werden. Die Kellnerin prangte wie eine Gemäldegestalt, die nicht ruhen durfte, sondern hin und her zu springen hatte, da Garten und Stube dicht besetzt waren, was einen recht guten Eindruck auf mich machte, der ich mit meiner eigenen Anwesenheit zur Gästefülle mitbeitrug. Draußen auf der Wiese flog ein Fußball mit angemessener Leichtigkeit und der nötigen Schwere durch die klare Luft, daß es eine Lust war, Zeuge der

Beschwingtheit zu sein, die zu jauchzen, frohlocken schien.

Aus einem nicht sehr weitläufigen Park schaute ein junkerliches Schloß, dessen Türme weit in die Gegend schimmerten, wobei es im zunehmenden Abendwerden gleichsam von Stimmungen wimmelte. Nacht war's, als ich mich wieder in der Stadt ankommen sah, deren Bewohner sich, Möglichkeiten, sich zu unterhalten, aufsuchend, nach allen Richtungen hin zerstreuten. Die ganze Zeit über hatte sich in meiner Tasche ein Theaterbillett aufgehalten, mittels dessen Vorhandenheit ich nun ins Stadttheater eher flog als nur trat, da die Glocken bereits acht Uhr geläutet hatten. Die Ouvertüre durchflutete goldig den Zuschauerraum, als ich mich auf meinen Platz zu setzen anschickte, der mir eine ausgezeichnete Aussicht darbot, die mich in die Zufriedenheit selbst senkte oder versetzte. Auf der Bühne begann sich die Hauptfigur deutlich abzuzeichnen. Von Akt zu Akt schien sich die Darbietung zu verschönern; ein Auftritt löste sich mild und vielsagend in den andern auf, und ich vermochte die Beobachtung zu machen, daß Heiterkeit und Ernst im entzückenden Stück jedesmal am Platz waren. Gern spräche ich so lange über dasselbe, wie seine Aufführung Zeit beanspruchte.

DAS WIRTSHAUS AM WALDRAND

Ich saß vergnügt, d.h. einen Anflug von Mißvergnügtheit heuchelnd, damit ich nicht nach allzu viel Vergnügtheit aussähe, in einem Wirtshaus am Rand eines prächtigen Forstes, durch dessen Schönheiten ich schon vielmals gewandert bin, worauf ich keineswegs stolz zu sein habe, wessen ich mir aufs bescheidenste bewußt bin. Als ich brav aß und trank und den naturliebenden Handelsmann spielte, sprang die Türe auf, und einer trat herein, der ausrief: «Wenn er nur wieder selbstlos wäre! Einst war er doch so!», mit welchen Worten er sich ins Nebengemach verfügte. Dem Wirt gefiel es, mit der Frage an mich heranzutreten, ob ich nicht der fortgesprungene Bursche sei, den Damen eifrig suchten, eine Ansprache, auf die ich antworten zu können meinte: «Früher las ich das Buch ‹Die Waffen nieder› von Frau Berta von Suttner.» – «So? So?» wurde gemacht, «sehr nett, sehr nett! Allem Anschein nach sind Sie geistreich.» Die Blätter des wunderbargroßen, weiten Waldes führten vor den Fenstern der Gaststube ihr unerforschtes, fröhliches Dasein, und nun kamen zwei Frauen derart herbeigetanzt, als hätten sie gefunden, daß Tanzen ehrfurchteinflößend aussähe, worin sie in gewisser Hinsicht recht hatten, denn ihr tänzerisches Auftreten schien von gemessener, durchaus anstandvergegenwärtigender Art zu sein. Ein zufällig anwesender Herr strich sich vor Behagen den Schnurrbart. Zwei Landleute sprachen über Preise, während draußen ein Kind laut lachte, daß es beinahe wie Silber und Gold in das mit Bildnissen von Heldensöhnen geschmückte Zimmer hineinklang. Niemandem anders als mir entflohen jetzt einige Zitate, da mir lebhaft daran gelegen sein mußte, das Meinige zur Unterhaltung beizutragen. Mir fiel ein, daß ich mich zeitweise in der Absicht abspiegelte, einen Schäferroman zu schreiben, worin viel über Liebe usw. gesprochen worden wäre. Inzwischen hatte sich ein junger, hübscher Mensch zu den Anwesenden gesellt, der von den zweifellos anmutigen Frauen als derjenige erkannt wurde, dem sie zu verstehen gaben, sie hätten ihn vermißt. Vor Freude über dieses Wiederfinden fing seinerseits der Wirt einen Genugtuungstanz an einzuleiten, und alle, die ihm zusahen, gestanden sich, daß er sich aufs vorteilhafteste mit seiner Aufgabe abfände. Um mir eine gewisse Bedeutung zu verleihen, zog ich eine Tageszeitung aus der Tasche und tat, als läs' ich darin, wobei ich den Inhalt zur Genüge kannte, da ich ihn schon früher Silbe für Silbe durchflogen hatte. Einer der Artikel bezog sich auf das lebensfrohe elfte Jahrhundert. Bezüglich Berta von Suttners Sendung, wandte ich mich an die Gesamtheit der in der Gaststube Vorhandenen, bleibe der Umstand, daß die schönste Idee zu versagen vermöge, menschlich erklärlich. Die Damen lächelten; der Wirt jedoch schüttelte den Kopf, als wünsche er mir zu bedeuten: «Freund, unterbrich wenigstens jetzt noch nicht die Ausflugslust.» Der Fremde mit dem Schnurrbart warf die Meinung auf: «Er glaubt sich ernsthaft gebärden zu müssen, weil er denkt, wir hielten ihn für zu sorglos.» Auf die Bitte der beiden Herzensguten, deren Angestellter er zu sein schien, setzte sich der Folgsame ans Piano, spielte eine Art Lied und begleitete die Musik, die er mit behenden Händen hervorbrachte, mit dem einnehmendsten Gesang. In einem Gast, der still an einem Tische saß, der etwas Entlegenes an sich hatte, glaubte ich einen Schauspieler erkennen zu können. Im Gesang erschien mir wie in einem Rahmen das Gemälde der soeben auf ländliche Art Gefeierten. Bestellungen flatterten wie Täubchen auf; der Wirt eilte hin und her; seine Magd trug artig lächelnd auf, was erbeten worden war; Gläser kamen in klingende Berührung; Messer und Gabeln wurden geschickt gehandhabt.

Sieh, lieber Leser, so schreibt man Aufsätze, von denen man annimmt, sie wirkten angenehm, was ich wünsche, es sei mit diesem hier der Fall.

WALDFEST (II)

Kaum werde ich anläßlich dieses Sonntages in Schwung kommen können. Ich nährte mich zunächst irgendwo mittels eines Kuchens. Im übrigen wünschte ich, daß ich nicht tränke. Meine Meinung war, es sei überflüssig, jeden Sonntag durch Trinken auszuzeichnen. Da ich nüchtern blieb, wird mir diesmal kein hinreißendes Prosastück entstehen; ich glaube dies versprechen zu können. Keine Frau, kein Fräulein, kein Mädchen, kein blasser, empfindsamer Knabe werden Gelegenheit haben, entzückt über die Zeilen zu sein, die sich mit einem Kreis beschäftigen, in den mich meine Schritte unerwarteter-maßen trugen. Den ganzen Sonntag lang waren meine Schritte Schrittchen gewesen. Meine Besonnenheiten fanden meinen Beifall, doch jetzt hörte ich etwas, und dies Etwas war ein Glücksrad, das herumfuhr und beim Herumlaufen rauschte und beim Sausen kleinlich brauste. Einer setzte das Glücksrad in Bewegung; über diese Tatsache freute ich mich, und diese Freude war eine kleine, kurze, aber gesunde. Langweilig, doch nicht gelangweilt stand ich so da, hatte das angenehme Gefühl, ich sei ein prächtiger Strammdastehender. Der Boden war weich und reinlich; mein Langweiligsein war ein reichliches und gefiel mir sehr. Wenn ich für die kurzweiligkeitsbedürftige Umwelt langweilig bin, so ist dies für mich vorteilhafter, als wenn ich mich selbst langweilte. Bier-

und Zuckerkarten wurden von hiefür Auserwählten feilgeboten. Ich fand ein Glas Bier annehmbar, indem sich Zucker, wie ich dachte, auf sich beruhen ließe. Nach und nach entwickelte sich bei mir die Überzeugtheit, ich befinde mich im Rahmen eines Waldfestes. Meine diesbezügliche Durchdrungenheit trog mich ja denn auch nicht im geringsten, und nun blickte ich lieb herum und nahm mit unwiderleglicher Freundlichkeit Lustiges und Liebliches wahr. Wie ungeziert, unangestrengt ich das sage! Indem ich eine Sonntagsweichheit, die mich besuchen kam, begrüßte, sorgte ich gleichzeitig für ein Nichtzusehranschwellen dieser an sich sicher schönen, geziemenden Empfindung. Eine zweite Biermarke wurde von mir als schicklich erklärt. Einem Mädchen kaufte ich Gebäck ab; von Zeit zu Zeit rauschte wieder das Glücksrad; ein bäumeabspiegelnder Teich oder Weiher lag reizend in nächster Nähe. Ein Musikkorps spielte und hatte nach erledigter Pflicht Durst. Das Bier in den Gläsern besaß das Aussehen, das ihm eigen sein mußte. Hündchen sprangen unter Röcken von Frauen weg; Zweige schwebten über umherstehenden oder -liegenden Gestalten. Ein Zuckerstock diente als Hutständer. Ringe wurden geworfen. Entweder fing ein Haken einen Ring auf oder ließ ihn abgleiten. Stücke Brot wurden geschnitten. Jemand sprach: «Mir machte eine Wurst Durst, nun trinke ich.» Meine Zufriedenheit nahm weder ab noch zu; sie blieb eine halbe Stunde lang dieselbe. Ungefähr so viel Zeit nahm das Anschauen des Festes in Anspruch. Nicht jedes Vergnügen kann oder will ein anderes als ein gefaßtes sein. Manchem ist es vielleicht nicht lieb, wenn ein Dichter nicht temperamentvoll dichtet, ein Vergnügter sich mit wenig begnügt. Dennoch sage ich zu mir, diese Skizze sei gut.

STÄDTEBILD

Schon beim Eintritt in die Stadt zog mich eine reichverzierte Fassade an, die einem Gewerbehaus angehörte. In den Zimmern, die das Gebäude enthielt, wurden Tücher gewogen oder gemessen. Ob das Stadtbild, von dem ich wünsche, es werde, wenn es fertig hingestellt sein wird, ordentlich lebendig sein, in einer Ebene lag oder sich an ein hügeliges Gelände anschmiegte, möchte ich unentschieden lassen. Jedenfalls waren die Türen der Häuser sauber lackiert und die Fensterscheiben mit sichtlicher Genauigkeit geputzt, gewaschen. Vor einer Schmiedewerkstatt wurden einem Pferde Hufe angesetzt; ein Schneideratelier ließ merken, daß man hier Anzüge anfertige. Aus dem eher praktisch als prächtig erbauten Schulhaus drangen die erfrischenden, von Lehr- und Lerneifer, die hier vorlägen, überzeugenden Stimmen der Lehrer und Schüler. Von Industrieetablissements zu sprechen wird zeitgemäß sein. In der Tat fand der Wanderer ein paar Fabriken, worin nützliche Artikel hergestellt zu werden schienen. Ein schmales, gleichsam zartes Haus, dessen spitziger Giebel zu kokettieren schien, prangte mit einer dichterinschriftenthaltenden Gedächtnistafel. Über die Dächer, die eine anmutige Symmetrie bildeten, flogen mit flatternder Behaglichkeit Tauben, während sich Sperlinge auf Brunnenrändern mit Wassertropfennaschen befaßten. In einer Schuhmacherei wurde Schuhwerk hergestellt und in einer Sparkasse korrespondiert und gerechnet. Vor einem herrschaftshauscharaktertragenden Haus hielt ein eleganter Wagen, dem eine Frau entstieg, der vielleicht bald danach jemand entgegenrief: «Wie hübsch ist's, daß du da bist.» In der

Mitte der Stadt stand ein kurioses, dabei aber nicht unimposantes Rathaus mit der einem solchen Bauwerk eigenen Ruhe. In seinen Räumen wurde erwogen, durchdacht, was die Allgemeinheit anging. Daß nicht alle Häuser dasselbe Aussehen hatten, vielmehr jedes einer zugleich persönlichen und anpassenden Art entsprach, ergab eine abwechslungsreiche Übereinstimmung. Auf der Straße bewegte sich das Leben mit schicklicher Fröhlichkeit. Die Bäckereien ließen so viel Brot und Semmeln entstehen, wie von der Einwohnerschaft bestellt wurden. Schlossereien schufen Gartentüren; Buchdruckereien nahmen sich des Zeitungs- und Buchdruckes mit erforderlicher behender Umständlichkeit an. Ein hochgestockwerktes Warenhaus überragte, seiner Betriebsmannigfaltigkeit entsprechend, billig manches nachbarliche. Nebenstraßen ließen die Ersprießlichkeit der Landschaft in die städtische Gemessenheit fruchtbäumelig und wiesenkräutlig, naturwarm und sanft hereindringen und -blicken. Geziemendes läßt sich gern vom Wachsenden, Gedeihenden umschließen; die Umgebung freut sich des Mittelpunktes, wie sich dieser in der Umrahmung wohlfühlen will. Über den Fluß dehnte sich nach Bedarf die kräftigdienende Brücke. Gesang entströmte mit gewinnender Innigkeit dem Anmut und Ernst heiter und glaubenverbreitend zum Ausdruck bringenden Gotteshause, worin die Predigergestalt von der Kanzel herab befriedigend wirkte. Vielleicht wird erlaubt sein, zu sagen, daß in einem Konzertsaal eine Sängerin ein sich in seinen angenehmen Ausdehnungen melodiös abspiegelndes Lied vor einer mäßigen Anzahl aufmerksam und dankbar lauschender Anwesenden denkbar glücklich vortrug. Das Spiel und das Lied ließen in ein Erlebnis mitfühlend, mitgestaltend blicken. Lebhafter Beifall belohnte ein Bemühen, das um so mehr ein solches war, je weniger es dies merken ließ.

REISE IN EINE KLEINSTADT

In mir ist eine anscheinend immer noch wackere Menge von Unermüdetheiten vorrätig. Indem ich mit mehr oder weniger Entschlossenheit auf eine Kleinstadtbeschreibung losgehe, erlaube ich mir anzumerken, angesehene Witwen mit Söhnen und Töchtern kämen in kleinen Städten leicht vor, und wenn man vom Bahnhof aus gegen eine solche Art von Stadtbild hinzumarschiere, komme man womöglich an einem Dichterdenkstein vorbei, der mit seinen Poesieumwobenheiten eine Gartenanlage verziert.

Jedes Inland ist stets zugleich auch Ausland, da jeder Einheimische, sobald er sich in fremder Leute Heimatland einheimisch machen will, als Ansiedler oder Ausländer dasteht. Eine Heimat ist für einen Fremden fremdes Gebiet. Fort jedoch mit Gedanklichkeiten. Ihr, Räumlichkeiten, kommt, bitte, dafür in meine Nähe! Häuser mit Arkaden aus dem ausklingenden sechzehnten und antönenden siebzehnten Jahrhundert zum Beispiel. Wie bisher, möchte ich mich auch hier mit geographischen und jahreszeitlichen Angaben nicht befassen, eher mit Würsten und Schlössern.

Nach langer Zeit des Stillgebliebenseins fuhr ich gestern wieder einmal Eisenbahn. Nur schon die Fahrkarte am Schalter einzulösen, gewährte mir Genugtuung. Mit ungemein viel Vergnügen schwang ich mich in den Schnellzug.

Indem mein Prosastück solid, will sagen, mittelmäßig zu werden verspricht, vertraue ich mich ihm an. Ich zähle zur Sorte tapferer Tatmenschen, die man Aktivisten nennt, und für die es keinen fröhlichkeitweckenderen Anblick gibt als den, den Furchtsame oder Zögernde unwillkürlich darbieten. Die Kleinstadt, die ich mir zur Zeit vorstelle, in die ich Blicke zu werfen Gelegenheit bekam, besaß ein reizend gelegenes, angenehmen Baustil aufweisendes Kasino. Im Schloß besichtigte ich gegen Aushändigung einer Eintrittstaxe den sehenswürdigkeitenenthaltenden Rittersaal. Aussicht, herrliche, pracht- oder wundervolle, die ich von hier oben herab genoß, Dir möchte ich mindestens mit der Erlaubnis deines Landschaftsmundes eine flüchtige Zeile widmen. Mit ihrer Glänzigkeit und straffen Rundlichkeit bestachen mich die Würste, die sich im Schaufenster einer Schweinemetzgerei aufhielten, lebhaft. In einer anderen Schaustellung von allerlei Waren lagen Schokolade und sorgfältig in Silberpapier gewickelter Käse in friedlichem Beisammensein nebeneinander. Hierüber zuckt vielleicht irgendein Leser seine Achseln, während sich ein zweiter durchaus nicht abhalten läßt, ruhig weiterzulesen. Im übrigen findet der Hersteller vorliegender Notiz seine Lebensaufgabe, die darin besteht, die Mitwelt und Jetztzeit stets von neuem zu überzeugen, daß er, wenn er schriftstellert, dies tatsächlich tut und nicht nur flunkert oder faselt, manchmal fad, mühselig und undankbar genug, und er ruft aus: «Wie beneide ich Menschen, die nicht kurzweilig zu sein verpflichtet sind.»

Ich vernachlässige absichtlich, d.h. instinktiv seit einiger Zeit den sogenannten Elegantismus hinsichtlich der Schreib- und Denkweise, um ihn mir einigermaßen zu erhalten, da sich besonders alles Feine schnell abnutzt.

Ich eile nun ins Haus eines kleinstädtischen Kaufmannes hinein, nehme den Vieruhrtee ein und benehme mich artig, manierlich, gutmütig, als sei ich nie etwas anderes als ein biederer, zuverlässiger, anstelliger, brauchbarer Bezirksbewohner gewesen. Nebenbei betont, bekam ich während der Fahrt in die Kleinstadt einen Europäer zu Gesicht, dem ich den Europäismus lediglich an einer gleichsam behaglich sprudelnden Sprachgewandtheit anmerkte. Gekleidet war er wie ein gewöhnlicher, ich meine, unehrgeiziger Mensch. Eine kleine Stadt liegt ja ebenso gut und unverkennbar in Europa wie jede große und größte. Ich zittere ab und zu vor mir, weil ich eigentlich schon zu oft gezeigt habe, ich könne dies und das, doch ich komme nun, mich meines Schloßbesuches erinnernd, aufs Mittelalter zu sprechen. Indem meine Geschichtskenntnisse unzulänglich sind, sage ich das kleinlaut.

So eine mittelalterliche Burg rührt mich, wie wenn sie ein schönes Mädchenantlitz sei. Burgen wurden nicht um des Stolzes, sondern um der Nützlichkeit willen errichtet. Einmal, vor bereits vielen Jahren, stand ich vor dem Grabmal einer Gräfin. Ich erwähne das einstweilen, um den sich vor mir auftürmenden Schwierigkeiten zunächst auszuweichen. Wie heiter machen mich die Zinnen und Wimpern eines Schlosses, das mich anschaut, als habe es große, sprechende Augen. Den zweifellos an sich feudalen Damenschuhabsatzianismus berücksichtige ich in Bälde oder Kürze herzlich gern. Im Kaufmannshaus beherrschte ich den Salonton, wie ich annehmen zu können glaube, spielend. Jetzt aber nehme ich einen Anlauf ins Ritterlichkeitszeitalter, indem mir einleuchtet, daß um die Zeit, da die meisten mittelalterlichen Burgen aufgerichtet worden sind, Venedig vielleicht die hervorragendste Stadt gewesen sein mag, die weit und breit vorhanden war. Worms, Ravenna, Byzanz scheinen mir weitere erwähnenswerte Städtenamen in bezug auf mein Thema zu sein. Die Frage macht sich geltend: wie sah das Leben in den damaligen Kreisen aus? Zahlreiche Städte, die heute groß sind, standen überhaupt noch gar nicht da, glänzten durch totales Nochnichtvorhandensein, waren noch ungegründet. Immens reiche Herren schienen um jene Zeit Einfluß ausgeübt zu haben, Herren herrlicher, großartiger Art, wie man sie sich in unsern abgeklärten Tagen kaum noch vorzustellen vermag, Herrschende, die nie und nimmermehr irgend etwas Salonhaftes, ich meine dies im Sinne des Literarischen, an sich hatten, eine Aussage oder Annahme, worin ich mich freilich irren kann, da alles moderne Literatentum auf sicher sehr alter Tradition beruht; veritable Herren immerhin, nicht um Höflichkeitsbeabsichtigungen willen. Ferner beschäftigt mich die gewiß an sich nicht uninteressante Frage, was man zu Hause oder auf der Wanderung, zu Land und zu Wasser, in Zelten oder auf Schiffen aß, Gesottenes oder Gebratenes? Wie mag das tägliche Brot beschaffen gewesen sein? Bezüglich der Bekleidungsweise liegen eher nachrichtliche Beglaubigtheiten vor. Die fragwürdige Frage taucht nun vor mir auf, welcher Sprechweise bedienten sich beispielsweise Schloßfrauen um jenen Zeitpunkt? Sprachen sie eine Sprache kraus wie Locken, wirr und dennoch begründet und graziös geordnet wie eine Schar Wachteln und dunkel, wie's im Inwendigen ausgedehnter Waldungen ist? Die Schuhe schienen zeitweise Schnabelform besessen zu haben, wofür wir verständigen Heutigen uns in jeder

Hinsicht bedankt hätten. Mir scheint, in kleinen Städten seien die Mädchen mädchenhafter, die Spielsachen spielerischer, die Theatervorstellungen theatralischer als anderswo.

Ich wohnte einem Stück bei, das sich anschauen und -hören ließ, als sei es während der Sturm- und Drangperiode geschrieben worden, stamme mithin aus der Genieepoche, wo die Dichter noch ausgesprochene Dichtergesichter aufwiesen und sich unvorbehältlicher, vollständiger, mit reiferer, reinerer Leidenschaftlichkeit, als sich dies heute bei den Dichtenden verhalten mag, den Bezauberungen ihres Berufes hingaben. Irre ich mich nicht, so betitelte sich die Dichtung: «Die Rivalen». Falls ich von Schauspielkunst nur das mindeste verstehe, verdiente die Aufführung die Note «prachtvoll», indem sie, was Kostümierung anbelangt, in Samt und Seide glänzte und zum Teil hoch zu Roß einherritt. Das Stück war zwar arm an glanzvollen Frauenrollen, strotzte dagegen von wackern, beherzten, tapfern, charaktervollen, zielbewußten Männern. Die Heldin, eine Hausfrauengestalt von außerordentlicher Manierlichkeit, erquickte die Anwesenden durch Gediegenheit, womit ich nachgiebige Standhaftigkeit und unerschütterliches Anpassungstalent meine. Ein intelligenter Spitzbärtiger verfuhr gegenüber einem sich auf seine Kraft stützenden Vollbärtigen hart und hatte keinen erheblicheren Grund hiezu, als weil er ihn benied. Er haßte ihn, weil er ihn schätzte, und er verfolgte ihn, weil der günstige Eindruck, den der Verfolgte auf den Verfolger machte, Folgen haben zu sollen schien. Als die Abrechnung erfolgt war, der Herausfordernde besiegt am Boden lag, der Sieger oder Unterdrückersüberwinder jubelnd und glückstrahlend zu Hause bei seiner Ehehälfte anlangte, gestand ihm diese, sie traue seinem Glück keineswegs, ihr sei es bang um ihn. Der Freiheitsheld erbleichte, denn er fühlte mit einmal tief, seine Gattin gebe etwas Wahrem geziemenden Ausdruck. In der Tat sehen sich Helden lieber in der Mühsamkeit, bei ihrer Arbeit, wenn, was sie bezwecken, noch nicht vollführt ist, als auf dem Gipfel der Zielerreichtheit, wo sie sich nicht allzu wohlaufgehoben vorkommen. In obenerwähntem Kaufmannshaus wohnte ich einem beinahe dramatisch anmutenden Auftritt mit Vergnügen bei. Dem Kaufherrn dienten nämlich seit nun schon anscheinend langer Zeit zwei Frauen, eine Haushälterin sowohl wie eine Geschäftsvorsteherin. Erstere war hübsch; letztere ragte mehr durch Tüchtigkeit als durch Vorzüge des Äußeren hervor. Am Tag meines Aufenthaltes im Städtchen sagte die kommerzielle Leiterin der Direktorin des Hauswesens, sie sei ihr längst einen Denkzettel schuldig, wobei sie eine ohrfeigelige Handbewegung machte. Der Hausherr wurde in die weibliche Affäre hineingezogen. «Ereifere dich nicht», befahl er der Schönen, erwägend, daß die Schönheit kommandiert sein will. «Ich hoffe, du werdest dich zu mäßigen wissen», wandte er sich gewandt an die andere. Indem sich beide Verfeindete hier vertraulich zurechtgewiesen, dort jedoch auf eine heitere, gewinnende Art aufgemuntert sahen, schienen sie wieder zufrieden miteinander zu sein.

DAS SCHÖNE STÄDTCHEN

Der in seine Garnituren verstrickte, in sein eigenes Selbst verwickelte Wald, der sich aus der Tiefe verschiedener Waldteile aufs Uneintönigste, will sagen, Unterhaltendste zusammensetzte, liebkoste gleichsam im Frühling mit grünen, im Herbst mit braunen, im eigentümlichen, aber dennoch schönen Winter mit weißen Händen die Mauern oder Gebäulichkeiten eines wundervoll gelegenen Landstädtchens, worin mit fieberhafter Eile geschriftstellert wurde. Eine bemerkenswerte Fülle literarischer Kultur schien sich mit anerkennenswertester Schaffensemsigkeit in einer Ortschaft angesiedelt zu haben, die in ihrem ehemaligen Landvogtschloß eine Perle baumeisterlichen Reizes ungezwungen vorwies, indem ja alles Überlieferte, Historische väterlich und mütterlich aufs Getümmel und in die mannigfaltig befangenen Bemühungen der Gegenwart herabblickt. Das Schloß besaß, was seine architektonische Schönheit, seine bauliche Selbstverständlichkeit und Angepaßtheit an die Umgebung betraf, sozusagen ein bezauberndes Lächeln, als wenn es etwas wie ein in irgendwelcher Bildergalerie befindliches Mädchenporträt gewesen sein könnte, woran kein Durchstöberer oder Besichtiger vergangener Kunstpracht vorbeiging, ohne sich von der Unbestreitbarkeit der Vortrefflichkeiten des überaus anmutigen Schaustückes oder Bildes im Innersten gerührt zu fühlen.

Im Städtchen gab es ein paar allerliebste, man möchte glauben, man sei berechtigt, zu sagen, seldwylische, alte und doch auch wieder unglaublich jung gebliebene Gesichter von Gassen, in die man sich unwillkürlich ein bißchen beim Hineinschauen verliebte, um sich hierauf vielleicht schnell in eine Süßigkeiten in Bereitschaft haltende Konditorei zu begeben, worin womöglich stattlich konzertiert wurde. Über statuengezierte Brücken, unter denen kristallklares Wasser vorübersprudelte, was einen sogleich an gewisse Holbeinzeichnungen erinnern zu wollen schien, glaubte ich immer noch, wie es in frühern, interessanten, von Begebenheiten aller Art durchzitterten Tagen der Fall gewesen sein mochte, Figuren aus Büchern von Konrad Ferdinand Meyer teils martialisch, andersteils lyrisch schreiten zu sehen. In Gaststuben waren, falls man ihnen einen Besuch abzustatten hätte geneigt sein können, Gaststubenabbildungen zu schauen, ein Umstand, der einen sogleich in die beste Laune versetzte. Autoren oder Belletristiker waren in gewaltigen Buchbindereien damit beschäftigt, eines ihrer womöglich zahlreichen Werke mit eigenhändiger Signatur zu versehen, eine Tätigkeit, die doch schon mindestens einen Tag in Anspruch nahm. Beständig fanden Vorlesungen aus eigenen Dichtungen vor auserlesenem Damenpublikum in Räumlichkeiten statt, die zu derartiger Vergnügtheit wie geschaffen sein mußten, denn sie umfingen die Zuhörerwelt wie die Freundlichkeit selbst.

Mir fällt auf, daß ich hier sehr rosig schreibe, aber gibt es denn in Wirklichkeit etwa keine Rosen? Existieren die Duftigkeiten nicht ebenso gut wie was keinen Duft hat? Meiner Meinung nach hat sich ein Schriftsteller, der es mit seinen Mitmenschen auch nur einigermaßen gut meint, nach Möglichkeit so aufzuführen, daß er die Illusionen retten, vor Verdrängung durch die Illusionslosigkeit bewahren hilft, wodurch ich in die Lage gekommen zu sein glaube, von einer Dichterin oder Bücherverfasserin erzählen zu dürfen, die ihre Bücher insofern nicht selber zu verfassen brauchte, als sie über eine Schar von Anbetern verfügte, die gottlob jung und unangekränkelt genug waren, daß sie sich von der Fähigkeit durchflammt oder -flutet fühlten, für ihre Herrin zu schwärmen, die im Städtchen, wovon ich zu sprechen unternommen habe, eine Liegenschaft von außerordentlichem Liebreiz ihr eigen nannte, die vor lauter Umschlungenheit mit Blumenzucht kaum noch erblickbar war. In ihrem so ausnehmend hübschen Wohnhaus verlegte sie sich hauptsächlich aufs Ausfindigmachen von immer neuen Wegen in die Beibehaltung von Kraft und Schönheit, dermaßen, daß sie nicht mehr anders konnte, als diejenigen anzustrahlen, die in ihrem Verdienst Novellen verfertigten, die sie auf ihre Brauchbarkeit hin prüfte, günstigen Falles gern behielt und nach Belieben verwendete.

Unter diesen Geschichten oder Novellen oder, als was man sie sonst bezeichnen konnte, befanden sich mitunter zum Vergnügen der Abnehmerin Prunk- oder Kabinettstücke, denn Bewunderung und Liebe, Treue und Hingegebenheit arbeiten in der Regel gut, ausnahmsweise geradezu ausgezeichnet. Gern gönnte sie, die sich vielleicht längst mit dem Namen Klarissa geschmückt hatte, ihren Mitarbeitern, die natürlich jeweilen maßgeblich abgelöhnt worden sind, die Freude, ihr die gütig ausgestreckte Ladymilford-Hand zu küssen, denn für eine Gestalt würde man sie beinahe haben halten wollen, die bekanntlich in einem der pathosreichsten Theaterstücke vorkommt, die es auf dem Bühnenliteraturgebiet gibt. Das Stadttheater des Städtchens, an das sich weite Äcker und Felder anschmiegten und an dessen Brunnenröhren ich mir oft zur Sommerszeit den Durst aufs köstlichste und wohlschmeckendste habe löschen können, stammte mit seinem treppenstufenförmig aufsteigenden Giebel aus der Zeit der Gotik, woraus hervorgeht, daß es einst anderweitigem Zweck diente, da das Mittelalter noch keine Musentempel kannte, sich vielmehr beinahe ausschließlich auf die Kirche stützte.

Wenn im Städtchen nicht die geringsten Kunststreitigkeiten und nicht die kleinste Uneinigkeit bezüglich des guten Geschmackes vorhanden waren, so legte dies von der Gutherzigkeit des führenden Teiles der Einwohnerschaft, vom Feingefühl und vom echten Liberalismus, die in diesen Kreisen vorherrschten, einen überzeugenden Beweis ab. Ein Vetter von mir bewohnte diese liebenswürdige Gegend als Inhaber eines Konfektionsgeschäftes. Klarissa nimmt die Pflege ihres vorzüglichen Herzens in Anspruch. Über den Ästen des Waldes flimmern in wolkenlosen Nächten die Sterne, und wer auf den Wegen wandert, die in das Städtchen führen und die sauber sind wie sorgfältig polierte Stubenböden, der hat Einfälle, die ihm den Kopf erheitern. Oh, wenn es in der Seele auflebt!

WAS SIE FÜR EINEN ERFOLG HAT

Ich übe mich hie und da im Herstellen von ganz kleinen Gedichten, was vielleicht seiner Natur nach etwas wie eine Mädchenübung ist, derart mit in die Hand gestütztem Kopf am Tisch zu sitzen und unmittelbar danach auf ein Blättchen hinzukritzeln: «Ich sitze am Tisch und wie ich sehe, will sich mitten in mir etwas über mich wundern.»

Mein bißchen Gedichtemachen, das natürlich für mich

überaus wertvoll ist, weil ich mit ihm gleichsam Minuten oder halbe Stunden ausfüllen kann, die sonst leer, unausgefüllt, unbenützt vergehen, verwehen würden, pflege ich allemal mit Prosazeilen zu umrahmen oder abzulösen, wie die hier sind, worin mir behagt zu sagen, daß mir soeben auf dem Nachhauseweg ein Mädchen begegnete, das mich mit dem Charme, der ihr eigen zu sein scheint, sogleich glauben machte, es sei womöglich das zweitschönste weibliche Gemälde unserer an Mädchenschönheiten so reichen Stadt. Gestern ließ ich etwas Annehmbares in eine weiche Hand gleiten, über die ich mich sogleich näher erklären werde.

Inzwischen gestehe ich, daß ich Vorträge usw., ich meine das Auftreten von Persönlichkeiten, die bemüht gewesen sind, Verständigungen anzubahnen, mitanzusehen und zu -hören versäumt oder vernachlässigt habe, wobei mir als Ausrede dient, es sei immerhin ziemlich schwierig, bei keiner einzigen bildenden Veranstaltung nicht zugegen zu sein.

Einige mittelalterliche kunstgewerbliche Abbildungen überzeugten mich neuerdings, mit welch liebenswürdiger Bequemlichkeit, mit was für einer auserlesenen ruhigen Energie einstmals Künstler und Kunsthandwerker arbeiteten, Worte, womit es mir selbstverständlich nicht einfällt, heutige Art und Weise zu kritisieren, ich vielmehr bloß geglaubt, gedacht haben will, daß wir in vieler Hinsicht von den Einstigen zu lernen bestrebt sind. Bei uns Heutigen ist es eine Tatsache, die ich weder als unerbaulich noch als durchweg angenehm empfinde, daß jedes Ausführen, Herstellen usw. auf dem Gebiet der Kunst literarische Begleitetheiten, ein geschriebenes oder gesprochenes Hin- und Herraten, was schön und nützlich sei, hervorruft. Mit dieser Tatsache verhält sich's ganz einfach so: es gibt in unsern Tagen viele unproduktiv Gebildete, die man freilich nicht wird hindern wollen, sich auf verfeinerte, gleichsam bloß anschauende Weise zu betätigen.

Doch rasch zum Geschenkchen, wovon ich oben sprach, und ebenso schnell und hurtig zur in Wirklichkeit schönsten Mädchenerscheinung unserer ein bißchen von Hügeligkeit gehemmten Stadt zurück. Nebenbei gesagt, haben ja Anhöhen etwas Romantisches.

Es scheint nun durchaus zutreffend zu sein, daß sich das schönste Mädchen in bezug auf die Vorhandenheit des zweitschönsten in vollendeter Unwissenheit befindet und daß sich die weit und breit Schönste gestern durch meine Geschichten und Aufsätze hervorbringende und verbreitende Wenigkeit beschenken ließ, indem sie mit der sanftesten Stimme, die je existiert hat, und mit einem anscheinend sehr klugen Lächeln zu mir sprach, sie wünsche nicht anders als mit vollkommener Hingebung von mir verehrt zu werden; ob ich mir's merken wolle?

Ich erhebe mich im Gefühl vom Schreibtisch, etwas verhältnismäßig Nettes geschrieben zu haben. Was doch diese absolut nicht mehr durchaus junge Tänzerin immer wieder für einen jugendlich blühenden Erfolg hat!

DIE STADT UND DIE GELIEBTE

Je nachdem man es nimmt; ich meine, zu wissen, daß die Stadt, die ich bewohne, immer wieder eigentümlich neu für mich sei, was mehr oder weniger tief begründet zu sein scheint. Mir wird beispielsweise jeden Morgen klar, daß es nicht so leicht ist, wie vielleicht allgemein angenommen wird, schnell in eine Richtigkeit, in die Vernunft zu blicken, derart, daß man weder sich noch einem andern etwas vorzuwerfen braucht und einem die Tage, die Lage, worin man lebt, als von der eigenen Seele gebilligt vorkommen. Ich lebe hier akkurat so, wie ich anderswo auch leben würde. Darf ich Sie übrigens bitten, überzeugt zu sein, daß ich mich hier lebhaft bemühe, natürliche, zugleich aber nicht Worte zu gebrauchen, die schon häufig beim Schreiben von mir verwendet wurden. Es leben und wirken hiesigen Platzes sicher viele Menschen, die mir bis heute noch nicht zu Gesicht kamen, und dieses absolut nicht ungewöhnliche Wissen gilt für mich mehr, schätze ich aus einem bestimmten Grund höher, als wenn ich Freunde hätte, die mich zu mancherlei Sprechen veranlassen würden, was mir die Stadt verkleinerte, die für mich zum Glück recht sehr erheblich blieb, die ich mir vielleicht weit schöner denke, als es sich mit ihr in Wirklichkeit verhält. Ein Freund würde für die Zartheit meines Empfindungslebens irgendwelche Belästigung bilden, weshalb ich mit ungezwungener Ausgesprochenheit auf einen Genannten verzichte. Ich besitze bloß eine mich in denkbar befriedigender Weise liebende Geliebte, weshalb ich mir als geliebter Liebender vorkommen darf, der Ihnen für die Wärme, womit Sie mir schrieben, aufrichtig dankt. Ich weiß nicht, ob ich die Stadt, die mich zu ihren Einwohnern zählt, liebe. Diese Frage beschäftigt mich ebenso wenig wie eine Menge übriger Fraglichkeiten. Mich berührt übrigens die Tatsache angenehm, daß ich hier noch von so gut wie niemand verstanden worden bin, was eine der Ursachen ist, weshalb ich mich mit ungestörtem Vergnügen hier aufhalte. Begreifende greifen in uns hinein, tun uns mit ihrem Verstehen weh. Empfanden Sie dies noch nie? Doch, doch! Mißverstandenwerden hat etwas Lustiges, wogegen das Erkennen oder Verstehen an sich uninteressant ist. Ich bringe der Stadt meinerseits, so andauerlich ich nun schon in ihr wohne, wenig oder keinerlei Verständnis entgegen, und wie meine Geliebte bedeutend ist, weil sie für mich ein ungelöstes Problem blieb, so mutet mich die bekannte Stadt unbekannt an, und ich wünsche, daß sich dies durchaus erträgliche, weil annehmbare Verhältnis nicht im raschen, kleinen Glauben verliere, es gäbe für mich ein Besseres.

WISSEN UND LEBEN

Ich stand vor einem Schaufenster eine Zeitlang still, las sodann einen Artikel und werde mich über beides so eingehend, wie mir dies mein Geschmack gestatten wird, äußern. Wichtig scheint mir, daß ich mich bei geradezu glänzender Gesundheit sehe. Das selbstredend bloß nebenbei. Sollte ich nicht auch etwas von einer Marktfrau zu sagen haben? «Ganz zuletzt» kam ich dann an einer Kapelle vorbei. Wann und wo war das? Aber ist es nicht vollständig egal, zu welcher Stunde und an welchem Tag ich dieses Miniaturgotteshaus streifte, das ja übrigens nah an einem Waldrand steht, in dessen Umgebung Tennisturniere abgehalten werden. Ich sah nämlich «bei diesem Anlaß» eine Weile dem Tennisspiel zu, das mir gefiel, weil es elegant aussieht. Längst hätte ich, beiläufig hervorgehoben, einer Predigt, wissen Sie, einer sonntäglichen Kirchenandacht, beiwohnen sollen. Wahrscheinlich hätte sich dies speziell für mich die längste Zeit schon geschickt; ich vermag hieran keinen Augenblick zu zweifeln. Daß mich gerade Leute, die an mir stets irgend etwas auszusetzen haben, eigentlich furchtbar lieb haben, erzählt mir mein kleiner Finger sozusagen seit langem. Dies scheint mir ein Umstand zu sein, über den ich vollständig im klaren bin, der mich also nicht im geringsten anzufechten braucht. Ah, da fällt mir ein: in der Nähe unserer Stadt werden um diese Zeit militärische Manöver absolviert. Nun könnte ich natürlich da so als eine Art Schlachtenbummler in Wald und Feld hinausbummeln, um Zeit zu verbrauchen und zu verlieren, die ich indessen zur Niederschrift vorliegender Epistel, wie Sie sehen, nötig habe. Als Spaziergänger glaube ich mich hinlänglich ausgezeichnet zu haben; um so ruhiger darf ich also zu Hause sitzen, obgleich gewiß das herbstliche Wetter einfach prachtvoll ist. Es gibt unter denen, die ich kenne, Menschen, die des Glaubens sind, ich besäße nicht moralische Kraft genug, bei schönem Wetter arbeitsam zu sein. Daß diese meine vortrefflichen Freunde sich denn doch diesbezüglich scheinbar ein bißchen irren, darf mich freuen. «Die, die ihn kennengelernt haben, wollen nichts mehr von ihm wissen», hörte ich einmal in einem Restaurant jemand reden. Unwillkürlich regte mich diese mich gewiß weiter gar nichts angehende Redensart zur Nachdenklichkeit an. Sicher mag es bei jedem von uns vorkommen, daß er kennengelernt wird und daß alsdann nichts mehr von ihm gewußt werden will. Ich brauche wohl kaum in dieses zufällig Gehörte einzudringen, da es sich bloß um eine Alltagslappalie, gewissermaßen um eine jener Phrasen handelt, die uns über die Lippen springen, ohne daß wir uns irgendwelche «Rechenschaft ablegen», ob, was wir sagen, wirklich einigermaßen richtig ist. Meiner Meinung nach läßt sich immer wieder versuchen, mit Menschen neuerdings anzuknüpfen, und mir scheint immer wieder möglich zu sein, solchen einen bessern Begriff oder Eindruck beizubringen, bei denen man meinetwegen fünf bis sechsmal einen ungünstigen hinterließ. Ich rede da absolut prinzipiell, d.h. wie ich hoffe, durchaus logisch.

Und dann: was für arme, karge Menschen wären das, die auf einer einmaligen Überzeugtheit starr zu beharren sich entschließen könnten? Denn, nicht wahr, es ist doch dringend nötig, daß wir, mögen wir sein, wer wir wollen, zu geistiger und seelischer Beweglichkeit neigen. Weil Hamlet fettleibig wurde, wurde er vielleicht mit sich und seiner Umwelt uneins? Dies flog mir soeben durch den Sinn, was freilich nicht als Wesentliches zu bewerten ist, sondern lediglich als Einfall. Die Sache mit Hamlet scheint mir ungefähr die gewesen zu sein: weil er Kronprinz war und als solcher vielleicht keinerlei Pflicht zu erfüllen gehabt hat, sich vor keine Aufgabe gestellt sah, wurde er von Tag zu Tag unerquicklicher und mürrischer; wiewohl ich es vermieden wissen möchte, hierüber in eine Debatte zu fallen. Ist's nicht das bißchen Betätigung, das uns die Fröhlichkeit verschafft, deren wir bedürfen? Übrigens ist das Hamletmotiv sicher ein riesiges. Fest steht jedenfalls, daß er sich häufiger, als ihm womöglich lieb gewesen sein wird, den Schweiß abwischen mußte. Allmählich komme ich nun zu dem Schaufenster zurück. Es betrifft dies ein Buchhandlungsschaufenster, worin sich die umliegende Welt, das Leben, das sich auf der Straße bewegte, treulich und malerisch abspiegelte. So ziemlich zehn Minuten lang genoß ich auf diese Art den Anblick abgebildeten und -gespiegelten Lebens: benachbarte Häuserfronten, Fuhrwerke, Autos, Motorräder, Kinder, Mädchen und Damen mit großem, ernsthaftem Betragen. Hinter mir ging z.B. eine bejahrte Frau vorbei, deren Gesicht ich, vorwärtsschauend, ihm also den Rücken kehrend, nach Herzenslust studieren, prüfen konnte. Ist vielleicht alles sich Widerspiegelnde um irgendwelche Nuancen deutlicher, als es in der sogenannten Wirklichkeit ist? Im Schaufenster hingen Reproduktionen von bekannten Bildern, wie z.B. der Holbeinsche «Kaufmann», ich meine damit jenen Mann jüngeren Alters, der seltsam still und ruhig an seinem Zahl- und Rechnungstisch sitzt, einen Kontrakt, oder was es sein mag, papierig-glitzernd in der Hand haltend. Neben ihm, auf dem Tischüberzug, der herrlich gemalt ist, steht eine zarte, schlanke Vase, die Nelken enthält, die in hübschen, präzisen Bögen aus ihrem Ruheort heraushängen, wobei ich natürlich unmöglich wissen kann, ob ich dies nun geziemend wiedergebe. Immerhin ist dieses Bild schön; vor allem ist es ja ein weltbekanntes Gemälde, das irgendwelchem Museum einverleibt worden ist. Auffallend gediegen, gelassen blicken die Augen dieses Kaufmanns vor sich hin.

Doch nun zur «roten Königin», die keine andere als eine Kinokönigin sein kann, der ich im Vorbeigehen meine Honneurs machte, schon deshalb, weil sie husarenhaft bestiefelt war. Hier küßte und herzte sie sich mit einem Offizier, indes sie sich dort von einem Proletarier per Peitsche traktieren lassen mußte. Welch ein wendungenreiches Los sich da in Lichtbildproben abrollte! Ich stand ganz gebannt da! Indem ich mich von diesem weiblichen Dämon nur mit Zusammenraffung sämtlicher in mir blühender und gedeihender Energien zu trennen vermochte, ging ich langsam und vorsichtig weiter. Wenn ich nur doch auch schon gesagt hätte, wann «dies alles eigentlich» war! Doch nun zu dem Artikel, den mir eine Zeitung servierte, und worin Tolstoi-Äußerungen zu beliebigem Genuß gedruckt standen, die mir von Lebendigkeit zu glänzen, blitzen schienen. Täuschen wir uns über Tolstoi, wenn es uns möglich ist, nicht. Was mich betrifft, so hielt ich ihn immer und halte ihn auch noch heute für einen Liebhaber des Lebens, für einen echten Liebhaber des Schicksals, um mich an den Titel eines Buches von dem Schweizer Albert Steffen zu erinnern, der sozusagen «inzwischen etwas abseits ging». In Tolstoi lebte eine prangende Lebenslust, an deren Auswirkung er sich aber eben in denkbar umfangreicher Art und Weise hinderte. Sein Haß gegen das Leben glich mit der Zeit freilich seiner Liebe zu demselben, was mir aber doch nur wieder letztere beweist. Sollte man unter anderm sagen dürfen, daß sich Tolstoi über seine Liebe zum Leben geärgert hat, und sollte man glauben dürfen, daß diese Geärgertheit immerhin einigermaßen gerechtfertigt gewesen ist? Ich kenne sehr Fröhliche, die sich sehr stark ärgern können, was mir ohne weiteres verständlich ist. Tolstoi ist doch wohl einer von den vielen (von seiner Schriftstellergröße abgesehen), die das Leben mit ihrer Liebe umarmten, und die dann fanden, es sei anders, als sie sich's vorstellten. Ich für mich finde, daß er jedenfalls interessant ist und so bleiben wird. Nun hervor mit dir, reizendstes Marktfrauchen. Heraus an die Luft der Öffentlichkeit, denn du scheinst mir diese Ehre zu verdienen! Was ich über sie sagen will, ist übrigens nur wenig, indem man ja über sehr Nettes nicht umhin kann, beinahe eher Stillschweigen zu beobachten, als es auszuplaudern oder sogar damit zu renommieren, was ich auf das allerallersorgsamste vermeiden will. Zum Sterben hübsch war sie; mehr brauche ich wohl kaum mit der Miene eines Lebenskenners kundzutun. Gibt es ja doch eine Methode, leicht anzudeuten, man kenne die Frauen. Hiezu bedarf es bloß eines kleinen schnippischen, pfiffigen bißchens Zurückhaltung, eines vielsagenden Gesichtsausdruckes, der zugleich wieder gar nichts sagt, einer Bescheidenheitshandbewegung, die zu verstehen gibt: «Ich bin diskret», und dazu noch etwa eines hellen, lustigen, frechen, fröhlichen, ernsthaften, kurzen, werktäglichen und zugleich festlichen Lachens. Wie wenig ist doch nötig, um als «vollendeter Weltmann» zu brillieren. Einst wurden mir übrigens, ich vermag mich dessen mit spielender Leichtigkeit zu entsinnen, Lyrismen, Langfädigkeit und Provinzialismus bezüglich meines Schriftstellerns vorgeworfen, weshalb ich zu diesem Prosastück hier sage: «Nimm dich zusammen.» Darf ich nun noch ein Schulmädchen anführen, dem ich schon einigemal begegnete, und die immer so für sich allein zur Schule pilgert?

Der genannten Kapelle wünsche ich lebhaftesten Anteil. Die rote Königin dürfte mit dem wenigen, was ich über sie sprach, zufrieden sein. Zeitungsartikel und Schaufenster scheine ich in genügendem Grad besprochen zu haben. Hamlet versuche sich zu fassen. Sauer genug dürfte ihn das ankommen. Doch es muß, es muß sein! Einsichtsvoll dünkt mich von mir zu sein, daß ich ausgerechnet «einen Tolstoi» gebührend in Schutz nahm. Nicht unmöglich ist, daß er sich hie und da etwas zu wertvoll vorkam. Über Straßen und Menschen würde ich vielleicht besser getan haben, mich mit mehr Umständlichkeit zu verbreiten. Doch still, das Mädchen kommt, das ich Ihnen soeben vorstellte! Wie lieb ihr Gesichtchen ist. Ich erkläre dieses junge Antlitz für ein Wunder. Mit beinahe zu viel Würde schreitet sie einher. Von Schreiten usw. spricht man aber eher nur bei Söldnern und Landsknechten, die die kulturentfaltenden Städte mit ihrem Gepolter, Geklirr zittern machten, nicht bei so zartwachsenden und -empfindenden «Blümchen», denen von weitem vielleicht schon der Garten einer pflichtenreichen Ehe vorschwebt. Das Mädchen sieht aus, als sei sie schon verantwortliche Gattin, und dieses würdevolle Aussehen bei so viel Jugendlichkeit der Gestalt, das ist's ja, was mich an ihr rührt. Beinahe möchte ich mich glauben machen, sie gehe gravitätisch. Ob sie wohl kenntnisreich, begabt ist? Duldsam und sanft ist sie sicher. An wen, oh, an wen mahnt sie mich, die großscheinende Kleine, die Unerfahrene, die aussieht, als hätte sie schon viel erfahren? Es gibt Menschen, mit denen es anders ist, die beim Mancherleierlebthaben nach Naivität, Unerfahrenheit aussehen. Vielleicht möchte ich der Kleinen einen Brief schreiben, was mir, was Schreibart, Einfühlen betrifft, wahrscheinlich gelänge. Vorher müßte ich natürlich ihren Namen, ihre Wohnung, d.h. die genaue Adresse, wissen.

Wie schön scheinen uns Menschen zu sein, mit denen wir auf eine heitere, herzliche Art plaudern, nicht schwatzen, nein, nur ruhig reden würden.

DER MANN MIT DER EISERNEN MASKE

Vier Uhr nachmittag ist's jetzt, und vielleicht fällt mir von neuem ein, was ich gestern nacht über die Eigentümlichkeit des Mannes mit der eisernen Maske dachte, der bekanntlich zur Zeit Ludwigs des Vierzehnten gelebt und, wie man sich leicht glauben machen möchte, gelitten hat.

Gelitten hat?

In diesen Zeilen, die, wie ich hoffe, mit einer Park-

oder Waldlandschaft Ähnlichkeit haben werden, was ein Anspruch ist, den Ernsthafte, die dies wirklich sind, zu entschuldigen wissen werden, will ich untersuchen, inwieweit das der Fall gewesen sein kann. Gibt es nicht übrigens unter anderem einen gewissen Mann im Mond, der ein geistvoll geschriebener Roman von Wilhelm Hauff ist, einem der begabtesten Deutschen, den ich auf dem Wege dessen, was er Schöpferisches hinterließ, kennenlernte? Hauff zog mit scheinbar größtem Eifer, zu Fuß oder zu Roß, gegen die Süßlichkeit zu Felde, indem er sich vielleicht ein wenig in die tapetentürliche Angelegenheit, die er bekämpfte, verliebt hat. Für mich ist nicht zweifelhaft, daß Hintertreppenhaftigkeit, die der Gebildete, scheinbar mit Recht, geringschätzt, immerhin ein Stück Welt ausmacht.

Ich ließ mich gestern nacht sonderbarerweise von der Idee durchdringen, daß der Mann mit der Maske vor dem Gesicht verhältnismäßig glücklich gewesen sei, dem das Maskentragen vielleicht deshalb auferlegt wurde, weil er einer Dame von Einfluß mißfiel.

Kürzlich entnahm ich einem Geschichtsbuch, das ich von der ersten bis zur letzten Zeile gleichsam verschlang, der Kerker des Mannes, mit dessen einzigartigem Geschick ich mich hier beschäftige, sei von durchaus annehmbarer, weil komfortabler Art gewesen. Beispielsweise wird ihm Gelegenheit geboten worden sein, sich von Zeit zu Zeit im Spiegel zu beschauen, was er nicht getan haben wird, ohne sich im tiefsten Innern, das ein feinempfindendes Inneres gewesen sein muß, über sich lustig zu machen. Ich bin der Ansicht, daß sich diejenigen irren, die der Meinung sind, daß Einsame in ihrer Einsamkeit das Lachen verlieren; vielmehr lachen gerade sie meiner Überzeugung nach am naturhaftesten und schönsten, schon weil sie nie Grund haben, sich zu einem Lachen oder Lächeln zu zwingen, was eine harte Aufgabe genannt werden kann, die diejenigen zu erfüllen haben, die sich unter Menschen, will sagen, in Gesellschaft bewegen.

Der Mann mit der eisernen Maske genoß in einem fort die vergnügteste Gesellschaft, die er sich vorzustellen vermochte: seine eigene.

Darf in Frage gestellt werden, er habe dann und wann Besuch empfangen dürfen, wie zum Beispiel den Besuch vielleicht irgendeines Angehörigen der epochalen Kulturbestrebungen, mit dem es ihm kaum verwehrt gewesen sein wird, nach Noten zu debattieren?

Mir fällt übrigens zum Glück jetzt ein, was ich gestern noch zu sehr später Stunde über die Ursache seines Gesichtsverkleidens dachte, die darin bestanden haben mag, daß er mit einer Frau von Rang auf eine womöglich etwas zu ungewöhnliche Art korrespondierte, indem er Briefe an sie adressierte, deren Inhalt unter Umständen zu notorischem Verderbnis Anlaß geben konnte. Wenn man sich den Briefschreiber als hochentwickelten, gewissermaßen schönen Menschen und unter der Empfängerin seiner Äußerungen eine, was Bildung, Charakter usw. betrifft, nicht durchaus sattelfeste weibliche Persönlichkeit vergegenwärtigt, so wird man sich eine der interessantesten Maßnahmen einigermaßen erklären können, die dringend erforderlich gewesen zu sein scheint, da sie von der Natur selbst gebilligt wurde. In stilvollster Anordnung wird er ihr die denkbar stärksten Unordentlichkeiten und mit der Stimme, Stirne und Miene des gesellschaftlichen Verantwortungsgefühles die unerhörtesten

Leichtfertigkeiten aufgetischt haben, derart, daß zuerst vor Glück ein Lächeln des Behagens über das unmöglich anders als schöngeschnittene Antlitz glitt, sie jedoch hernach von um so jäherem Entsetzen und von um so aufrichtigerer Abneigung erfaßt wurde, einen Gemütszustand produzierend, worin sie sich nicht anders zu helfen gewußt haben wird, als daß sie ihre Augen groß und lodernd rollte. Ein Schrei wird sich lautlos-gellend, in kanonenschußartig donnernder Ersticktheit, ihrem Mund entwunden haben, wonach sie für alles Weitere Sorge trug.

Die Frage erhebt sich gleich einem Riesen von ungewöhnlichem Ausmaß vor mir, ob der Maskierte wenig oder viel, kurz oder lang, unbeeinträchtigt oder beunruhigt geschlafen habe oder nicht. Ferner drängt sich mir die andere wichtige Frage auf: wie war es mit seinen Ein- und Ausatmungen? Waren sie regelmäßig? Es dürfte Tatsache sein, daß er sich öfter abwechslungshalber ein bißchen am linken oder am rechten Ohr gezupft hat, und daß dies eine Art Aufweckung für ihn bedeutet haben würde, falls ihn die Geschlossenheit seiner Kopfbedeckung am Ausüben erwähnter hygienischer Maßregel nicht hinderte.

Gewiß spielt eine erhebliche Rolle, was diesem Individuum von Bedeutung tagsüber in den Sinn kam. Ohne Zweifel sah er sich aufs Führen eines Erinnerungsdaseins angewiesen, weshalb er von seinem Gedächtnis ausgiebigen Gebrauch machte. Las er viel? Vielleicht anfänglich, später aber sicher nicht mehr. Was Unterhaltungsmöglichkeit betrifft, möchte ich glauben, er habe sich auf die Fähigkeit gestützt, sich allerlei einzubilden, was so zu verstehen ist, daß er sich von den Gemäldeausstellungen oder Bildersammlungen seines allzeit lebhaft arbeitenden Gehirnes in einem fort bezaubern, d.h. aus der Wirklichkeit fortziehen ließ.

Ich weiß beispielsweise mit unerschütterlicher Genauigkeit, daß er sich das Vergnügen machte, diejenige, der er das Vertrautwerden mit der eisernen Maske verdankte, aufs fröhlichste zu lieben. Lustig stimmt uns das mit dem gesunden Menschenverstand nicht durchweg Übereinstimmende. In allem, was uns in Erstaunen setzt, liegt für uns, wie ich hier zu beweisen unternahm, etwas Amüsantes.

Zeitweise erheiterten ihn Ansprachen verschiedenster Art. Man wird vermuten dürfen, daß er mittels des einzigen Schauspielers, über den er verfügte, mit der eigenen einzelnen Person mehrere Personen darstellend, Theater spielte, wobei anzumerken sein könnte, er habe auch noch den Zuschauer aus der Fülle seines in bildendem Sinne Beschäftigtseins gezogen.

Teppiche bedeckten den Boden seines Gemaches.

Er zuckte hie und da die Achsel.

Ich eile jetzt ins Konzert.

DIE SCHÖNE NACHT

Ich notiere schnell folgendes: Man zieht, etwa beim Essen, ein Kätzchen, das ein wirkliches und kein allegorisches ist, beim sammetweichen Schopf zu sich herauf, um zu sehen, ob es Lust hat zu bleiben, oder ob es sich wieder zu entfernen vorzieht. Kein Denkender, Empfindender wird einem Kätzchen seine Zärtlichkeit aufdrängen. Soeben begegnete ich in einem Gedichtbuch einem

Marktplatz. Bezüglich des am Horizont der Kulturbestrebungen neuaufgetauchten Problemes «Geist und Technik» dachte ich vorige Nacht, die ich als die schöne bezeichnen möchte, weil sie windstill und wolkenlos war, Technik sei ein Mittel, in den Geistigkeiten Ordnung zu stiften, der Geist sei das zu Geniestreichen usw. aufgelegte Männchen, das vom Technik-Weibchen aus mancherlei Irrungen in die Nützlichkeit geführt werde. Erwähntes Gedichtbuch ist von Ludwig Lockenkopf verfaßt und mir vom Lach-Verlag in Lustigstadt zugesandt worden. Gehöre ich zu den wahrheitsliebenden Berichterstattern oder nicht? Ich will in diese Frage wie in einen knusprigen Kuchen hineinbeißen und als Antwort vorbringen, daß ich beispielsweise über das Wetter nie eine Silbe verliere. Reise ich in eine fremde Stadt, wo mich vielleicht barscher Wind anweht, so schreibe ich später, meine Grundsätzlichkeiten verböten mir, mich über Einzelheiten zu verbreiten. Ich tue das, weil ich zur Erkenntnis gekommen bin, daß gewisse Aufrichtigkeiten nichts anderes als geistige Abhängigkeiten sind. Meiner Ansicht nach dürfen Korrespondenten, hier sind natürlich nicht Handels-, sondern schöngeistige Schreiber gemeint, nicht den sinnlichen Einflüssen unterliegen, zu denen ich Stimmungen usw. zähle. Wozu besitzt ein Journalist Überlegenheit?

Die Nacht, die mich wunderbar umgab, umflog meine Seele wie eine Philomele. Ich kam von irgendwoher und ging irgendwohin. Flieger flogen silbrig befiedert über dem Theater des Lebens, vertragsmäßiges Honorar abverdienend, und um gedruckte Schriften auf die Erdoberfläche herabfallen zu lassen, damit das Publikum sie aufhöbe und läse. Ein mit elektrischer Beleuchtung versehenes Berghotel schwebte wie in der Luft, da man im Nachtduft die Bergsilhouette nicht wahrnahm, was prächtig aussah. Im Strom, der von innerlichem Goldlicht blinkte, gondelten Musikanten, und es war, als seien die Zweige, die sich von hoch oben herabbeugten, dankbare Lauscher auf das Konzert, und mir fielen frische Prosastücke ein. Bedeuten nicht Einfälle, die ein Schriftsteller hat, Ausblicke in kommende Bemühungen? Ich bin deshalb oft beinahe froh, wenn mir nichts einfällt. «Une heure d'oubli» nennt sich eine Pariser Bücherreihe, deren Freund ich längst bin.

Die schöne Nacht gestaltete sich zur denkbar schönsten, als ich auf einer Veranda in der Umgebung der Stadt Menschen feierabendlich nachtessen sah und eine gutenachtrufende Harmonika aus einem schlummernden Garten klang und sich Blätterschatten an einer Hauswand abzeichneten und Wege schwach kennbar zu Häusern und von solchen wegführten.

Doch jetzt ein Wort davon, daß es mich vergnügte, Lockenkopfs zwanzig Gedichte in der Zurückgezogenheit meines Arbeitsgemaches vorzulesen, als läse ich sie mit verhaltener Lautheit einer Frau vor, die sich für Lyrik und dergleichen interessierte.

Mich macht Lyrik allemal fröhlich, indem Taktfehlerchen in derselben mir eine Separatfreude schenken. Für das etwas magere Gedichtbuch spreche ich dem Verfasser zwanzigmaligen Dank aus, nämlich für jeden einzelnen beflügelten Beitrag extra. Anderseits dankt mir vielleicht Lockenkopf, daß ich ihn in die schöne Nacht verflocht.

Klein von Gestalt, wie es sich mir in meinem jüngsten Traum zeigte, sei dies Prosastückelchen.

Ich hoffe, mir gelinge nächstens eine umfangreiche dichterische Unternehmung, obwohl ich grundsätzlich immer so wenig wie möglich hoffe. In ein Haus fliegt man meist nicht von oben herab, vielmehr steigt man von unten her, langsam oder schnell, in seine Etagen hinauf. Man scheint es diesbezüglich mit einer natürlichen Bedingung zu tun zu haben. Das Haus, wovon hier gesprochen werden soll, war gleichzeitig proletarischen Charakters und von träumerisch-zierlicher Art. Als ich gemeinsam mit ihm, den ich im Anfang vorliegenden differenzierten Zeilenreichtums erwähnte, die Stiege oder Treppe hinaufging, kamen wir an einer Gruppe von Sitzenden vorbei, die Arbeiter zu sein schienen.

Ein junges Mädchen mag sich, bei allem Amerikanismusmangel, der meine diesmalige Arbeit auszeichnet, im kleinen Kreis befunden haben, den ich und er streiften, der mich gleichsam besuchen gekommen war.

Ich nannte vielleicht etwas vorlaut, will sagen, wichtigtuerisch, meine wenigen heutigen Zeilen eine Arbeit. In Wirklichkeit dürfte sich dies kaum so verhalten. Anstandshalber, ich meine, der Einfachheit wegen, sagt man statt Spielerei Arbeit, statt Tändeln Bewerkstelligung, indem man manchmal unvorsichtigerweise den Leser für humorvoll hält.

Wenn dies doch in vielen Fällen der Fall wäre!

Derjenige, der sich entschlossen hatte, mir das Vergnügen seines Besuches zu schenken, schien über die

Umgebung, in die ich ihn führte, nicht im geringsten verwundert zu sein.

Irgendwie und -wo war uns die Frau, bei der ich gewissermaßen möbliert wohnte, eigentümlich weich und leicht entgegengetreten. Es war, als bestehe sie aus etwas Schwebendem, als sei sie ein Bild, das die Fähigkeit habe, sich zu bewegen.

Im Traum fiel mir eine gewisse Ähnlichkeit mit irgend jemand an ihr auf. Italianismen usw. scheinen mir selbstverständlich in einem Prosastück, das ein untersuchendes, prüfendes, tastendes, ganz auf denkbar feinster Aufmerksamkeit beruhendes ist, nicht am Platz zu sein. Mit stürzenden Sätzen käme man kaum weit, wo es sich um Porträtierung von etwas im Schlaf Erlebtem handelt.

Falls hier eine nur leise, dünne Möglichkeit vorläge, sozusagen östreicheln zu können, täte ich's mit unumwundener Offenherzigkeit. Man ist jedoch erstens nicht immer in der hiezu erforderlichen Laune, und zweitens wird jeder, der östreicheln will, seines Stoffes oder Schreibvorwandes kolossal sicher zu sein haben. Vielleicht ist Östreichelei wesentlich nichts anderes als ein gedankenloses Gedankenvollsein, ein stillstehendes Galoppieren, ein versteinertes über die Dinge, die man beschreibt, Dahinfließen. Gewiß lassen sich solche beruflichen Finessen nur schwer definieren. Etwas Schwieriges läßt sich meiner Meinung nach immer eher flott und rasch ausführen als zergliedern, d.h. begreiflich machen.

Seinen Einzug in meine Wohnung hielt mein Begleiter merkwürdig wortlos ab. Von Zeit zu Zeit sprachen seine Hände mittels eines kleinen Zeichens etwas aus, das einem Wort ähnlich zu sein schien.

Wenn ich sage, daß er mir bekannt vorkam, spreche

ich von etwas Seltsamem. Seltsam pflegen ja an und für sich die Vorgänge in allem, was man nachts träumt, stets zu sein.

Alles Geträumte streift ans Komische, und er kam mir in der Tat beinahe ein bißchen komisch vor, der mir die Ehre erwies, mein Gast zu sein, wenn auch anscheinend nur vorübergehend.

Das Haus selber war ja ebenfalls nur etwas Vorübergehendes, denn ich sah das eigentümliche bauliche Arrangement sich öffnen und schließen, vorhanden sein und doch auch zugleich wieder verschwinden, ich sah, wie es sich entfernte und in die Nähe kam.

Nun waren wir beide in einer Stube, um die sich eine weitere Stube zog. Das eigentliche Zimmer lag oder saß wie ein Kern in der Schale, wie ein Bild im Rahmen, von einem zweiten Zimmer umfaßt, was sehr hübsch und anmutig aussah.

Nachträglich möchte ich übrigens beinahe glauben, daß auf dem Tisch Bücher lagen.

Besteht nicht Schriftstellern vielleicht vorwiegend darin, daß der Schreibende beständig um die Hauptsächlichkeit herumgeht oder -irrt, als sei es etwas Köstliches, um eine Art heißen Brei herumzugehen?

Man schiebt schreibend immer irgend etwas Wichtiges, etwas, was man unbedingt betont haben will, auf, spricht oder schreibt vorläufig in einem fort über etwas anderes, das durchaus nebensächlich ist.

Dies eine wußte ich: ein Schriftsteller von Ruf war's, der da den Weg zu mir gefunden hatte, was für mich weiter gar nichts Erstaunliches besaß, obwohl es wieder als sehr eigentümlich auf mich einwirkte.

War er für mich der heiße Brei, oder war ich er für

ihn? Hatte er mir, oder hatte ich ihm etwas von Belang zu sagen?

Jetzt erwachte ich.

EIN TRAUM

Wie schön ich während vergangener Nacht träumte. Ich will davon auf leichte Manier Bericht ablegen. Ich sah mich irgendwo, von angenehmen Bekannten umgeben, in einem eigentümlich reizvollen Raum sitzen. Etwas Hübsches lag darin, daß mir eine anheimelnde Frau zu verstehen gab, sie freue sich über meine Nähe. Das Zimmer enthielt zahlreiche, zierliche Tische und glich infolgedessen beinahe einem Restaurant, obschon es, um in jeder Hinsicht ein solches zu sein, nur schon zu artig, mit zu viel aparter Lieblichkeit ausgestattet, aussah. Hoch und sehr stattlich war der Raum übrigens nicht gerade. Was mir gefiel, mithin paßte, bestand in einer überaus feinen Platte, die mir irgendeine Hand zum Verspeisen dargebracht zu haben schien. Ich aß jedenfalls, was auf dem Teller lag, wovor ich gleichsam einige Achtung hatte, mit Appetit. Die Frau, die mit mir sprach, tat dies sichtlich mit Behagen, ich darf das versichern. Nun veränderte sich die Szenerie, und ich befand mich in einem in eine weite, aussichtsreiche Gegend gestellten, bescheidenen Bett. Fremdartig anmutende Anhöhen machten auf mich einen romantischen Eindruck, den ich willkommen nennen konnte. Indem ich still, mich an freundlichem Ruhen erquickend, in der säuselnd-linden, leise über mein Gesicht hintänzelnden Luft dalag, machte mich ein weiter auf keinerlei Weise überraschender Anblick aufs wohltuendste aufmerksam. Ich sah ganz klein, weil fern, zwei Mädchen offenkundig glücklich sein, ein Freundschaftsideal vergegenwärtigend. Eine der mich, um es zu gestehen, beinahe entzückenden Gestalten kniete vor der zweifellos Verehrten hin, wobei ich mit keiner Silbe zu beschreiben wagen würde, wie anmutig, wie tauig, mit wie viel Selbstverständlichkeit sie die Bewegung ausführte, an der ihr viel gelegen zu sein, mit der sie's heiligernst zu nehmen schien, und über die sie lächelte, als sei sie selig, und das Selige komme ihr lustig vor. Alles wirklich Schöne beschenkt uns ja in der Tat mit einer Heiterkeit, die wir sogleich verstehen, womit wir's gut sein lassen dürfen. Dadurch, daß sich beide Mädchen in meine Nähe verfügten, wuchsen sie zu eleganten und zugleich quasi erhabenen Figuren, deren herrlich ebenmäßige Glieder mich eine Bewunderung kosten ließen, die mir den Frieden, dessen ich mich erfreute, durchaus nicht störte. Sie gingen, mich anschauend, an meinem Lager mit einer ins Große gehenden Schönheit, ich meine, einer Bezauberung auf mich ausübenden Haltung vorüber. Zu meinen Füßen lag ein winzigkleines Wesen, ein Kind oder ein Knabe, und indem die Mädchen etwas wie eine mit allerlei Kräutern, Gräsern oder Pflanzen bewachsene Felswand emporkletterten, eine Übung, die ihnen nicht die geringste Beschwerde verursachen zu können schien, und mir von oben herab gutherzige Blicke zusandten, deren Güte ich schätzte, erwachte ich.

ICH BIN ZUR ZEIT KRÄNKLICH

Ich träumte vergangene Nacht, obschon ich im Wahn schlafen gegangen bin, kein Windchen würde mir um die ruhende Stirne wehen, schauerlich. Durch mehrere Zimmer ging das mit langherabfallendem Gewand gekleidete Taumelnde, Wandelnde, und Stimmen riefen, falls ich's richtig wiederzugeben vermag, von zierlichgebauten Galerien herab: «Geh nicht weiter!», wobei mir's gar nicht etwa war, als richtete sich, was da gesprochen wurde, an meine Person, die mir am Tag sowohl wie in den Nächten gleich unbedeutend vorkommt. Eine Gleichgültige schaute mich übrigens gestern, als ich mich, durch geduldige Straßen schreitend, meiner eigenartigen Wohnung näherte, mit dunkel blitzenden Augen an, wonach mir die Freude einer angenehmen Begegnung zuteil wurde. «Nie mehr wieder habe ich mit Dir etwas zu tun haben wollen, und nun tausche ich von neuem ein Lächeln mit Dir», sprach es aus dem Mund einer verhältnismäßig eilig Vorübergehenden.

«Wenn ich Dich begleiten darf...» fragte ich. Sie schnitt rasch meine vorsichtige Gebärde mit einem: «Ja, tu das», ab. Das Ergebnis dieses Wiedersehens lief übrigens für mich auf den schönsten Wunsch hinaus, den mein kindergleich in den Entlegenheiten meines Wesens herumziehendes, -wanderndes Herz kennt, nämlich, ein seltsameres, viel, viel wichtigeres Wiedersehen zu erleben, was ich natürlich aus Artigkeit höflich verschwieg.

Zum Traum zurückkehrend, kann ich die Versicherung ablegen, daß mich mein nokturnes Wissen mit scheinwerferhafter Deutlichkeit glauben ließ, fünftausend Menschen kämen in einem stählernen, brennenden Hause um. Kalt überblickte ich das grausige Ereignis mit Augen und Sinnen und einem Begriffsvermögen, die einer andern, einer bedeutenderen Welt angehörten als derjenigen des Wachseins. Weshalb vermag man Gegenstände wahrzunehmen und in der Traumlautlosigkeit Laute zu hören, wenn man mit geschlossenen Augen im Bett liegt, als sei an einem Leben, sobald man sich vom Leben entfernt hat, nicht zu zweifeln. Wenn du schläfst, gleichst du ja sozusagen einem vollständig Abwesenden, einem Gestorbenen, nein, letzteres nicht; denn Schlafende sind Lebende, wobei jedoch für mich und wohl auch für andere das Rätsel unaufgelöst bleibt, weshalb solche etwas sehen können, deren Augen geschlossen sind.

Ein Haus, das mit einem Panzerschiff Ähnlichkeit zu haben schien, ließ aus vielen gleichförmig in die Hausgestalt gebauten Fenstern hellgelbe Glut hervordringen, und zu meinem großen, vielmehr unbeschreiblichen Bedauern sah ich in dieser porzellanenen Glut Menschen stehen, und es kann unmöglich anders gewesen sein, als daß sie um Hilfe riefen, obschon ich mit meinem Ohr keinen Hilferuf unterschied. Näher trat mir später eine Frau, ich spreche hiebei immer noch vom Traum, die einer Verzweifelten verzweifelt glich, und besonders setzte mich die niedliche Exaktheit in Erstaunen, worin sich das entsetzliche Bild gefiel, als sei es wie eine Illustration in einem Bilderbuch enthalten gewesen.

Um auf die Wirklichkeit überzugehen, aß ich gestern geradezu splendid zu Nacht, wobei ich mich eines auserlesenen Anstandes befliß, worüber sich, wie ich merkte, jemand innerlich beklagte, der mich vielleicht lieber mich burschikos aufführen gesehen hätte. Aus hiesiger Gegend entfernte sich, um vom Tagesvorkommnis zu sprechen, auf denkbar überraschende Art ein bis dahin obliegenheitliebender Beamter, der sich inzwischen samt der Menge oder Fülle des veruntreuten Anvertrauten erwischen ließ.

Absichten, nach Paris zu reisen, durchqueren mich sanft. Ich würde mich aber jedenfalls in dieser Stadt gern längere Zeit aufhalten wollen, indem ich mich mit einigen Museumsbesuchen unmöglich zu befriedigen vermöchte. Bis heute kenne ich bloß die Zeitungen dieses Zentrums europäischer Bildung.

Einer unserer lebenden Schweizer Dichter schrieb vor kurzem ein Wilhelm-Tell-Schauspiel, das jedoch nicht zu überzeugen vermocht hat. Jeder Versuch, einen Tell zu dichten, steht gleichsam frierend im Schatten eines Titanen, dessen Name genannt ist, sobald man auf die schweizerische Freiheitsfigur anspielt. Ich kränkle zur Zeit ein bißchen, doch das geht weg, ich meine, was ein Unsterblicher schuf, bildet etwas Unantastbares.

NEUJAHRSBLATT

Wende reimt sich auf Hände, Wände. Es klopfte, ich rief «herein» und versteckte mich im Kleiderschrank, und der Ankommende wird lange gelauscht, gewartet haben. Vielversprechend fing schon mancher Roman an. Gestern nacht im Traum verwandelten sich meine Hände in morsche, verfallende Türme. Eine Ruine, ich meine, eine alternde Millionärin vermachte mir einst hunderttausend Franken, die ich in kurzer Zeit verjubelte. Was für eine betörende Erinnerung! Trat ich damals aus Vergnügungslokalitäten in die frische Straßenluft heraus, so besaßen die Perspektiven etwas Märchenhaftes. Geldausgeben hat etwas zweifellos Beglückendes. Ich hoffe, mir gelinge demnächst eine Novelle, die geschrieben sein soll, als klimpere eine Mandoline. In besagtem Traum brüllten meine Hände lautlos um Hilfe. Ein mir zum Mund bärenmäßig herauszottelndes und -ungetümelndes Stöhnen weckte mich, ich dachte an ein Mädchen, das mir während der Hunderttausendfrankenperiode prophezeit hatte, daß einmal eine Zeit für mich kommen werde, wo ich Gelegenheit erhielte, laut aufzuseufzen. Sollte ich solchem Wendepunkt schon entgegengegangen sein? Ich bin diesbezüglich guten Mutes und komme neuerdings auf den Traum zu sprechen, dessen Vorgänge mich geradezu zertreten zu wollen die Absicht zu haben schienen. Als Knabe kam mir eines Tages, eine Zeitschrift durchblätternd, eine Sklavenzüchtigungsabbildung vors Gesicht. Die Frage klöpfelt mir auf die Achsel, ob ich hier leise oder laut schreibe; ebenso frage ich mich, ob vorliegende Skizze spitzig oder stumpf töne. Meiner Ansicht nach klingt sie wie von einem tugendhaften, zuverlässigen Halunken ersonnen. Obenerwähnte reiche Frau war übrigens von sehr ausdrucksvoller Unschönheit, die für mich nichts durch die Bank Abschreckendes aufwies. Ich fiel anläßlich einer sich mir darbietenden Gelegenheit vor der Figur, die sie vergegenwärtigte, auf die Knie, ein Benehmen, das die Gute, die im Ruf einer Bösen stand, verlockte oder veranlaßte, mich für einen außerordentlich liebenswürdigen Menschen zu halten. Falls ich nicht lüge, weinte sie vor Freude, obschon sie's vielleicht ebenso gut aus irgendwelchem anderen Grund tat. Das Mädchen, das mir Schlimmes weissagte, weinte ihrerseits eines Nachmittags, von Sonnenlicht umschimmert, ebenfalls. Hiebei hatte ich selbstverständlich ein denkbar schlechtes Gewissen. Ein aus hervorgehobenen Champagnertagen stammender Mantel befindet sich noch heute in meinem Besitz. Irgendwo kampierte im kalten Abend eine Gruppe von Vaterlandsverteidigern. Eine Nonne mit unsagbar schönem Antlitz beschenkte denjenigen der Soldaten mit einer Birne, der von sämtlichen, die da eine angenehm aussehende Zerstreutheit bildeten, der Unansehnlichste zu sein schien. Der betreffende Soldat besaß absolut keine Manierlichkeit, indes die Gebende oder Begnadende aus lauter holdseligem Anstand bestand. Das weiter gewiß nicht erhebliche Erlebnisselein kam mir merkwürdig vor, weshalb es sich mir ja denn auch gewissermaßen wie für immer einprägte. Darf ich jetzt einem Schlingel meine Aufmerksamkeit widmen, der seiner feinfühlenden Frau Mama mittels einer Nichtsnutzigkeit Angst einjagte? Die Angst jagte durch ihre Inwendigkeiten ähnlich einer Horde von Hunnen, die, der Weltgeschichte gemäß, das Europa der Frühmittelalterlichkeit durchrasten oder -sausten. Vor einiger Zeit fand man auf einem Feld in der Nähe unserer Stadt ein aus der Hunnenzeit herrührendes Hufeisen, das dem historischen Museum einverleibt wurde. Angsteinflößen kann als eine auf Ungezwungenheit beruhende Ungeschicklichkeit bezeichnet werden.

Schon zweimal nacheinander sank nun die Pracht des Literaturnobelpreises auf ein Frauenhaupt.

Eines Nachts betastete nebenbei mein Gesicht eine ledern zu sein scheinende Schuftenhand. Das Entsetzenserlebnis vermittelte mir eine in ihrer Gewaltigkeit montblanchafte Furcht.

Mir will einfallen, man habe gegenwärtig häufig von Krisis usw. zu lesen Gelegenheit. Anscheinend gehört es in heutiger Zeit beinahe zum guten Ton, sich in einer Art von Krisis zu befinden.

Wie hübsch vor einigen Jahren die Weihnachtszeit war. Ich ging leise durch die Gasse, die läutenden Glokken und die silbrigen Schneeflocken. Die bequeme Art, wie ich meine Geliebte, die fortwährend mit totalem Abwesendsein glänzte, liebte, glich einem schwellendweichen, bezaubernden Sofa. Eine geschätzte Schriftstellerin beglückte zu jenem Zeitpunkt ihre Gemeinde mit einem entzückenden neuen Buch. Wende? Duftet dies Wort nicht beinahe nach ein bißchen Wehmut? Wenn ein Jahr aufhört, fängt sogleich ein neues an, als wende man ein Blatt um. Die Geschichte geht weiter, man nimmt das Schöne eines Zusammenhanges wahr.

DAS ERLEBNIS JOSEFS

Er verstand mich damals nicht, wollte, konnte oder durfte mich nicht verstehen, als ich mich ihm zu öffnen kam. Man mißverstehe übrigens dieses «öffnen» nicht. Und sie, was tat sie anderes, als daß sie ihrem weichen Gemüt erlaubte, Tränen zu vergießen, da ich ihr erzählte, wie übel es mit ihm und mir ging, wie er mir geradezu den Mund zu halten befahl, eine Maßnahme, die sich bei ihm doch augenscheinlich nur auf eine Schwäche gründete. Scheinbar stützte er sich auf seine Würde, aber in Wahrheit beriet er sich mit seiner Empfindsamkeit, die ihm keinen guten Rat gab. Mich selbst «durchbohrte» gewiß ein großer Schmerz, als ich sie nun so mir nichts dir nichts weinen, auf überaus feine, zarte Art verzweifeln sah, und sie hat seither nie aufgehört, an die Permanenz eines Unglücks zu glauben. Er ist jetzt nicht mehr. – Ich aber bin noch, und vielleicht kann sie heute noch nicht fassen, daß es so ist, daß es so kommen mußte, daß nicht er weiterleben, sondern daß ich dies durfte. Sie hat zeit ihres Lebens nie die Armen begriffen, in denen so viel Lebenskraft steckt, und auch ihm ist ein solches einfaches Verständnis nie aufgegangen, denn eigentlich war er immer von einem geradezu «kolossalen» Stolz. So z.B. ist er zu stolz gewesen, sich zu geben, zu betragen, wie ihm seine innere Stimme sagte, daß er sei. Doch ich möchte einstweilen lieber hierüber schweigen und von diesem Klapperbeinchen reden, das mich nachts heimsucht, was es vielleicht darum tut, weil «er» innerlich viel weinte, dem ich mich vergeblich bemühen wollte, mich zu öffnen, der mich brüsk zurückwies, weil er mich vielleicht riesig lieb hatte und mir das nicht zeigen wollte. Ich meine, daß dieses nächtliche Beinchen vielleicht etwas wie sein Gesandter oder Botschafter ist. Hier aber bekenne ich folgendes: Mir fiel heute früh ein, mir zu sagen, niemand, wer er sei, dürfe sich herausnehmen, den Staat an die Wand zu malen, ein Gebilde seines Vaterlandes zu zeichnen, seine Heimat zu lobpreisen, weil hinter solchem unpassenden, unangemessenen Lob der Teufel lauere. Beispielsweise spielte ich eine Zeitlang in einem Lokal, worin es sehr lustig herging, das Engelchen, behandelte alle Menschen, die in diesem Sälchen ein- und ausgingen, mit brüderlicher Freundlichkeit, was zur Folge hatte, daß ich dort als Teufel verschrien worden bin, denn die Mitbürger sagen mit großer Vorliebe, fast instinktiv, das Richtige, zugleich aber auch das vollständig Falsche, Verkehrte. Was ist übrigens dieser «hinkende Teufel» von Lesage, der den «Gil Blas» schrieb, für ein geniales Buch. «Alle meine Mitbürger sind ja mehr oder weniger arme Teufel, gelangweilte Angestelltenteufel, geplagte Handlangerteufel, verantwortliche Volksvertretersteufel», sprach ich auf dem Wege zum Frühstück nicht ohne eine gewisse Schadenfreude zu mir, und dann hatte ich wieder einen ganz anders gearteten Gedanken, nämlich den, der mich an einen sonst außerordentlich höflichen, zartfühlenden Menschen erinnerte, der sich einmal gegenüber einem Mädchen eine Grobheit zuschulden kommen ließ, die sie ihm mit fast leidenschaftlichen Worten vorwarf, was er auf keine Weise erwartet haben würde. Er war sehr erstaunt über die ihm merkwürdig erscheinende Tatsache, daß also auch er, den man immer als einen Feinen pries, grob zu sein vermochte, was er nie für möglich gehalten hätte. Wir alle besitzen eben die nicht sehr empfehlenswerte Gabe, uns eines schönen Tages unbeliebt zu machen, indem uns statt einer guten eine schlechte Eigenschaft entschlüpft, entspringt. Über das seltsame, plaudernde, kläpperlende Beinchen, das nur ein ganz kurzes, leises, aber präzises, exaktes Tönchen zum besten gibt und das mir übrigens seit langem bekannt ist, bin ich gewiß noch lange nicht im klaren oder reinen, und es ist möglich, daß ich das überhaupt nie sein werde, denn mit diesem Beinchen verhält es sich so: es ist unbedingt ins Gebiet des Mysteriösen zu verweisen, es dürfte ein vollkommen unirdisches Etwas sein. «Der Tod ist groß», so fängt ein Gedicht an, das ich zufällig in letzter Zeit zu lesen bekommen habe und dessen Tonfall mir ein bewunderungswürdiger zu sein scheint. Ich sprach schon häufig aus, wie sehr ich

Verse zu schätzen nicht nur bemüht, sondern, ich möchte sagen, von Natur aus geneigt bin.

Eine Zeitschrift gebe sich entweder wie eine Vagabundin, trete demnach denkbar billig und unscheinbar auf, oder sie bekunde den Mut, sich wie eine Dame der großen Welt zu betragen, d. h. mit schwindligmachender Eleganz und Pracht in die Erscheinungswelt zu treten. Sie dufte also entweder nach Leichtigkeit und Vernachlässigung oder dann aber lieber gleich nach ausgesuchtestem Luxus, den sich die Verwöhntesten kaum vorzustellen vermögen. Doch jetzt zu dieser, wie mir scheint, äußerst sonderbaren, bizarren Geschichte, die sich erlaubt, zu lauten, es sei ein Knabe, der in seinem engern Herkunftsland gleichsam auf dem Schandbänkchen saß, weil seine Fähigkeiten zu schlendern und träumen liebten, er überhaupt von etwas langsamer, bedächtigkeitliebender Art war, in eine große, fremde Stadt gekommen, deren Straßen ihm in ihrer Menschenbuntheit wie prächtigschimmernde Schlangen vorkamen. Nicht unwahrscheinlich ist, daß er zuerst in einer Auskunftei vorsprach. Er erinnerte sich nämlich nachher eines Bureaumilicus.

Wenn er nichts dagegen einzuwenden hat, schmücken wir ihn mit dem schönen, lieben, altväterisch klingenden und zugleich jugendlich anmutenden Namen Josef.

Gibt es denn nicht eine Oper, betitelt «Josef von Ägypten»?

Ob ich annehmen darf, daß dies so sei?

Dieser alttestamentarische Josef soll ja seinerzeit eine schöne, vornehme Frau stark für seine vielleicht etwas prüde Person eingenommen haben. Hindiesbezüglich stand ich ja einmal in irgendwelchem Museum vor einem

Gemälde, dessen Herstellung man Rembrandt verdankt, der bekanntlich aus Motiven, die mir nicht bekannt sind, um Hab und Gut kam, woran er vermutlich selbst schuld gewesen ist. Und dann deutete ja Josef am Hofe von Ägypten allerhand Träume, und die meisten oder vielleicht sogar alle Deutungen gingen in Erfüllung, was uns die Geschichte Israels erzählt.

Doch nun wieder von unserem bescheideneren Josef, diesem Kind der Jetztzeit.

In einer der Großstadtstraßen, worin eine unerhörte Fülle von Leben pulsierte, machte sich eine Erscheinung geltend, die eine Art Tausendsassa zu sein schien, ein Turnkünstler, der über Kioske, Tramwagen, Droschken stieg, und zwar besorgte er das mit fabelhafter Behendigkeit, den Anschein erweckend, als besäße er Flugkräfte, mit seiner Elastizität beinahe wie ein Zauberer prunkend. Seinem Zaubererstand entsprechend trug er ein rätselhaftes Monokel vor einem seiner beiden Augen eingeklemmt, und ein farbiges Bändchen flatterte an diesem Ausstattungsgegenstand zierlich herunter.

Doch jetzt befand sich Josef, der ehemalige «Seppeli», wie er zu Hause gern genannt wurde, in einem vor Gebrechlichkeit beinahe schon schwankenden Haus, das von Bewohnern überfüllt zu sein schien. Was er hier sah und antraf, ersucht mich um sorgsames Vermeiden, es zu schildern, und ich gebe nach, indem ich sehr rücksichtsvoll aufgelegt bin. Josef ging treppauf, treppab, durch alle Zimmer, in deren einem eine ältere Frau am Verschmachten lag, und die von Josef verhältnismäßig sehr lang betrachtet wurde. «Was hier für seltsame Zustände herrschen», entglitt es seinen gewiß angesichts dessen, was er zu beobachten hergekommen war, und was ihm die Lage erlaubte mit anzusehen, bebenden Lippen, und er gestand sich: «Ich bin ganz krank, all dies Kranke anzutreffen.» Ob er das gern oder ungern tat, danach fragte niemand. «Soll ich Ihnen die Füße waschen? Das erquickt Sie vielleicht», fragte er sie, die jedoch zur Antwort gab: «Nein, lassen Sie's.» Die höchlich Hilfsbedürftige bedurfte also keiner Hilfe.

Tatsache schien zu sein, daß Josef eines der Zimmer dieses verfallenen Barockhauses gemietet hatte, das ihm trotz seiner Baufälligkeit in gewissem Sinn kostbar vorkam. Er stand jetzt in seiner Stube, die nun aber zu seiner Verwunderung mit mehreren Betten ausgestattet war, weshalb er sich die Frage erlaubte, ob die Räumlichkeit nicht ausschließlich für ihn selbst bestimmt sei. «Sie sind wohl nicht klug, Lieber. In diesem Zimmer wohne ich und meine Familie, fünf Köpfe. Danach richte sich das Herrchen freundlichst ein.»

Eine Frau war's, die ihn dermaßen an gewisse Wirklichkeiten mahnte. «Aufklärung», rief Josef als ein echter Kleinstädter aus, der an den Komfort gewöhnt war, den Wälder, Wiesen und Felder und grüne Gassen darstellen, und dem all dies Angenehme jetzt fehlte, «du kältest wie ein Winter in die Sommervorstellungen hinein, die sich ein Söhnchen aus der Provinz macht.» Mit diesen Worten ging er von dannen, und sein Mantel, den es zu freuen schien, daß er keinem andern als gerade ihm gehören durfte, und den er auf Anraten eines angesehenen Literaten angekauft hatte, begleitete ihn mit dunkelblauer Selbstverständlichkeit hinaus ins Freie. Das Überzieherchen frohlöckelte über die Art, wie sich sein Inhaber, Träger und Eigentümer still, so, als sagten sich seine Gesamteigenwilligkeiten: «das geht doch nicht», vom

Unschönheitsschauspiel wegwandte, wie wenn etwa jemand, in hellem, lustigem Kontor sitzend, in einem Antwortschreiben an einen seiner Mitmenschen auf eine Zumutung hin die Sprachwendung gebraucht haben würde: «Bedaure sehr.»

DER VERLORENE SOHN

Ich traf den «unvergleichlichen Unheimlichen» wieder an, den ich für einen netten, brauchbaren Menschen halte. Durch eine womöglich geradezu unheimliche, altertümliche Gasse eilend, kaufte ich in einem Zigarrenlädeli Tabak. Die Geschäftsinhaberin ließ sich hierbei «Frau Doktor» von mir titulieren. Höflichkeit hat nicht immer etwas Gewinnendes, sondern sie stärkt denjenigen, der gleichsam Partei für sie ergreift, für sie eintritt, sich zu ihr bekennt. Der Wind verhält sich still; die Menschen schauen mich an, als erwarteten sie etwas von mir, und ich lasse mich aufs gelassenste von den Augen anschauen, deren Strahl mich poliert, hobelt, abrundet, glättet. Meiner Meinung nach gehört es mit zur Annehmlichkeit des Lebens, die Gegenwart als das Auge Gottes zu empfinden, wobei ich Ihnen die Versicherung vor die Füße lege, daß mich eine gewisse Religiosität so sprechen läßt. Der Weltmann oder der Fromme, was keine Unvereinbarkeit zu sein braucht, glaubt nicht an «Verhängnisse», doch da fällt mir auf einmal wieder etwas ganz anderes ein, nämlich daß Herrische, Rechthaberische urplötzlich zu weichen Nachgiebigen, milden Entgegenkommenden usw. werden können. Indem ich mit Vergnügen wiederhole, daß ich vom nächtlich durch die Straßen ziehenden Unheimlichen einen keinesfalls ungünstigen Begriff habe, kündige ich Ihnen sehr ergeben an, daß ich ihn schon hier und da vor einem Schaufenster habe stehen sehen. Er steht zu bedeutenden Häusern in scheinbar vorzüglicher Beziehung und sieht aus, als sei er steinalt und blutjung, als bleibe er in einem fort derselbe unmittelbare Mittlere, der Gute, der nicht gut, der Schlechte, der nicht schlecht sei. Ist übrigens unsere Epoche nicht auch in mancher Hinsicht von einer heimeligen Unheimlichkeit? Ich möchte diese Frage dahingestellt sein lassen, um rasch und ungehindert zum «Glünggi» zu gelangen. Mag der Unheimliche immerhin Industrielle, die Ernst Zahnsche Bücher lesen, die vielleicht diesen Schweizer Schriftsteller zu ihrem Lieblingsbelletristiker erhoben haben, für in Geschmacksfragen und Bildungssachen schwankend halten, so erkläre ich nichtsdestoweniger die Löffelchengeschichte als eine Lächerlichkeitstatsache, an der nicht zu rütteln ist. Der Unheimliche gehört zu den kontinuierlichen Jünglingsnaturen, die eines Vormittags um neun Uhr in einer Küche ein Kaffeelöffelchen mit unzweifelhaftem Entzücken an den Mund drücken, das eine Frau von vielleicht vierzig Jahren zu Frühstückszwecken in Gebrauch gehabt hatte. Gibt es nicht ebenso geringfügige wie süße Sünden? Nicht Augen, in denen die Zufriedenheit wie ein prangender Sommer schimmert? Nicht winterliche Unbefriedigtheiten in den wärmeren Lebensjahreszeiten? Aber potztausend, mein Glünggi wartet auf Abfertigung.

Ich komme auf den bekannten biblischen verlorenen Sohn zu sprechen, der mit einer Bettelhaftigkeit sondergleichen in die erbarmenswürdigste Zerknirschtheit hineinsank und daher die Bezeichnung «Glünggi» in jeder

Hinsicht zu verdienen scheint. Die wunderliche Benennung deutet auf einen Weichling, empfindlichen Empfindling hin, dem es ums Abbitten zu tun ist. Glünggis haben keinen Schneid. Haben sie einen Fehler begangen, so bereuen sie ihn aufrichtig. Nachts stoßen derartige Charaktere helltönende Seufzer aus. Der verlorene Sohn dürfte hierfür ein Prachtbeispiel sein, denn er ist verworfen und kommt sich zum Überfluß auch noch so vor, stellt mithin den Glünggihaftigkeitsgipfel dar. Eine andere alttestamentarische Gestalt ist dagegen nichts weniger als eine Glünggifigur. Diese Figur heißt Saul, von dem bekannt ist, daß er die Rührung nicht vertrug. Saul hielt beispielsweise die Musik für gesundheitswidrig. Er liebte sie erstens von ganzem Herzen; zweitens jedoch verwünschte er ihre Rührungsfähigkeit. Dadurch, daß er sie herbeizog und zugleich fortjagte, bewies er sein Musikliebhabertum. Die Musik drang ihm ins Herz, das sich über ihre Eindringlichkeit im höchsten, also unkonvenabelsten Maß empörte. Einmal verlor Saul alle Haltung. «Man bringe mir David, damit er mir ein Lied singe, der junge Schuft.» So befahl er, und dem Kommando wurde augenblicklich Folge gegeben. Inwiefern es David nicht an Schönheit und Schmiegsamkeit fehlte, war er ein einwandfreier Schurke. Er sang, klimperte wunderbar, geradezu schurkischschön. Saul, nicht faul, sondern gewerbig, angriffig, warf seinen Speer gegen den Seelenwecker und -necker. In der Tat weckte, neckte er mit seiner künstlerischen Kultur Erstarrtheiten. Saul war kein Glünggi, David ebensowenig, da er sich vor Speerwurfseventualitäten nicht im geringsten in acht nahm.

Ich erlebte bisher sehr wenig. Eines der wenigen Liebesabenteuer, das durch meine kolossale Wenigkeit erlebt worden ist, bestand während einer Schnellzugsfahrt darin, daß ich vor einer außerordentlich feinausgeglichenen Üppigkeit in Gestalt einer reizenden Reisenden hinkniete. Ein anderes Mal betete ich, auf einer grasgrün angestrichenen Gartenbank sitzend, mit einer mich in Erstaunen setzenden Schnelligkeit eine zufällig Vorüberspazierende an.

Der Unheimliche, für den Sie vielleicht eine Spur Sympathie übrig haben, gehört zur schätzenswerten Sippe oder Gruppe von Menschen, die einen erträglichen Grad von Pech haben, und die über den Umstand, daß sie eine Art verlorene Söhne sind, glücklich zu sein vermögen. Ihm sind sogenannte gesunde Anschauungen eigen. Er ist harmloser, als er ahnt. Er meint, er sei lediglich unheimlich. Von seiner Ahnungslosigkeit nimmt er keinerlei Notiz. Beweist dies nicht eine bösartige Gutherzigkeit? Er verfügt über die landläufige Gebildetheit, die ebenso gut schädlich wie nützlich sein kann. Sein tadelloser Überzieher sieht unheimlich vorteilhaft aus.

Der verlorne Sohn tauchte in Fetzen eingehüllt zu Hause auf. Und wie vorbehaltlos hingegossen er bereute! Das Unheimliche unserer Zeit scheint mir möglicherweise darin bestehen zu können, daß keiner mehr etwas bereuen will, daß wir zu schwächlich sind, Schwächlichkeiten zu offenbaren. Keiner hat Lust, ein Glünggi zu sein; auch ich nicht. Bei allem dem freut mich, in diesem Brief vom verlorenen Sohn gesprochen zu haben. Er fand Verständnis. Glücklichsein übersteigt, übertrifft ja alle Schwäche und Stärke. Das Glück ist das Zitterndste und zugleich Festeste.

WAS EINE FRAU SAGTE

Schnell vor allem eine kleine Eintragung: Ich saß gestern beim Abendbrot neben zwei jungen Leuten, die von Entwicklungsmöglichkeiten und -undenkbarkeiten auf, wie mir selber schien, kluge Art sprachen. Wenn sie sich vielleicht in bezug darauf, daß sie vielleicht im Sprechen etwas zu eilig, zu feurig vorgingen, in diesem oder jenem Punkt geirrt haben, so unterhielten sie sich jedenfalls lebhaft, was mir an und für sich gefiel.

Ich legte übrigens diese Nacht meinen «kostbaren» Kopf abwechslungshalber auf ein härteres Kissen, indem ich das weichere beiseite legte. So weit ich zu überblicken vermag, sind dies Jahr so gut wie keine auffälligen Erfolge auf dem deutschen Buchmarkt vorgekommen. Woran das liegen mag? Ich verzichte, mir deswegen den erwähnten «wertvollen» Kopf zu überanstrengen.

Beispielsweise vermag ich mich zu erinnern, daß früher Aufsätze, Skizzen von mir in Zeitschriften usw. jeweilen ganz zuhinterst erschienen sind und vielleicht gerade um dieses Umstandes willen angenehm oder unangenehm auffielen, mithin Effekt machten. Es war dies vor ungefähr siebzehn Jahren.

Ich halte einen Letzten, Hintersten für verhältnismäßig durchaus nicht unvorteilhaft placiert. Doch nun zu den zwei bis drei sorgsam in verschiedene Tücher eingewickelten Kindern, die ich gestern Sonntag herumtragen gesehen habe. Sah das nicht wie Verschleppung aus; mußte dies nicht einen geradezu romanhaften Eindruck auf mein empfängliches Herz machen? Trug man die verhüllten Kostbarkeiten ungefragt herum? Lange schaute ich jedenfalls denjenigen allemal nach, die in das Transportgeschäft verwickelt zu sein schienen.

Auf zweierlei Nasen wurde ich in einem netten heimeligen Lokal aufmerksam, nämlich auf eine Mamanase und ein ganz geringfügiges Mädchennäschen. Das Mädchen war das Kind der Frau, und die Frauennase überragte an Erheblichkeit selbstverständlich die kindliche, und beide Erscheinungen auf dem Gesichtergebiet waren in einem Zärtlichkeitsspiel begriffen, indem sich Nase und Näschen gegenseitig rieben, neckend, spielend gegeneinander tupften, was riesig niedlich aussah. Die junge Frau fragte mich mit ihren hübschen Augen: «Wie gefällt dir das Spiel?», und mein Blick erwiderte: «Ich finde es wundervoll.»

Gestern ging ich durch einen Wald, den ich bis dahin selten beschritten und daher noch nicht beschrieben habe, und der mich zu fragen schien: «Bin ich schön?», und dem ich antwortete: «Ja, du bist es.» Die Besichtigung einer Knabenanstalt kostete mich weiter nichts als etwas Zeit. Auf einen größeren Ausflug verzichtete ich, weil ich mich meinen Beinen nicht zuviel zuzumuten getraute. Für diese Vorsicht belohnten mich ein ehemaliges Kloster nebst einem Landhaus mit ihrem Anblick. Zu letzterem gehört ein Hügel, der mit einem Generals-Grabmal geziert ist.

Hie und da will mir vorkommen, heutzutage betone man das Leistungen-Erzielen zu sehr, als wenn mit Jagen, Treiben Wesentliches erreicht würde. Manchmal glaube ich, eher das Umgekehrte sei der Fall. Ich finde, daß vorsichtig, achtungsvoll Betontem weit mehr inneres Leben, also weit mehr Nachhallsfähigkeit innewohne, als stark Gesprochenem, das, weil es sich zu sehr bemüht, zu wirken, von der Wirkungslosigkeit gleichsam aufgegessen wird.

Wie gewählt, wie fein haben schon soundso oft bedeutende Dichter zur Gesellschaft gesprochen, derart, daß diese allen Grund hätte, sich die schöne, humane Art des Sprechens nachgerade anzugewöhnen, was noch nicht Tatsache geworden zu sein scheint. Wozu gibt's eigentlich Kulturbeflissene, ich meine, wozu dichten die Dichter, wenn nicht offenbar bloß dazu, damit man nicht ernst nimmt, was sie sagen, und sich nicht bemüßigt fühlt, an ihrem liebenswürdigen Auftreten ein Beispiel zu nehmen. Wenn ich hier von Bedeutenden rede, für die es ein Schmerz ist, nicht eindringlicheren Einfluß auszuüben, als wie's der Fall ist, so denke ich natürlich nicht an mich, sondern an solche, mit denen leider immer wieder nur ein Gepränge gemacht wird, statt daß man sich merkte, was sie nicht nur des Ruhmes wegen, vielmehr doch wohl zuallererst fürs Merken, Einprägen schrieben.

Mit welcher Pracht mündlicher Aussprache, mit welch geradezu imposanter Sicherheit, weich und voll, neulich eine schöne Frau, an mir vorübergehend, von Mache sprach. Ich liebte, d. h. eigentlich besser, verehrte die Frau sogleich innig, weil ihr das wichtige Wort so großartig-nonchalant entfloh. Was mich betrifft, so meine ich, man dürfe den Begriff «Mache» nicht scheuen, man müsse ihn eher bekräftigen, da doch beispielsweise in der Kunst alles «gemacht» sein will, wobei es sich ums Unterscheidenkönnen handelt, ob das Gemachte gut sei oder nicht. Gemacht muß es jedenfalls werden. Mit dem gediegensten Meinen ist etwas, was gemacht sein soll, noch nicht gemacht. Aufs Ausführen kommt's dabei an. Gibt es nicht ausgezeichnete «Machenschaften»?

Wie die schöne Frau dem Wort mit dem unschönen Beigeschmack famosen Ausdruck verlieh, vergesse ich nie.

Vielleicht beruht hierauf vorliegender Aufsatz.

DIE LEICHTE HOCHACHTUNG

Ich schreibe hier ein Prosastück, worin ich jeden Satz mit einem selbstbewußten Ich anfangen will.

Ich mache hierzu ein sehr ernstes Gesicht.

Ich bilde mir ein, ich hätte vielleicht Anlaß, mir bezüglich des Gedeihens des Buchgeschäftes insofern einen Vorwurf zu machen, als ich durch eifriges Schreiben in die täglich erscheinenden Blätter, von denen man sagt, sie bedeuteten die Welt, dazu beitrage, daß das Interesse von der gehefteten und gebundenen Literatur abgelenkt und auf die gleichsam einzeln umherfliegende hindirigiert wird.

Ich behellige aber anderseits die Herren Bücherherausgeber oder Verleger in keiner Weise mit Anfragen, ob sie geneigt seien, spesenverursachende Editionen zu riskieren, indem ich Inhaber eines Nachrichtenetablissements bin, das mich mein Auskommen finden läßt.

Ich schrieb schon seit langer Zeit keinen Brief mehr, worin die Äußerung Aufstellung gefunden haben würde: «Bitte um wenn nicht sofortige, so doch möglichst förderliche Gewährung eines merklichen Vorschusses.»

Ich erblickte gestern um die Mittagszeit ein Kind, nein, zuerst eine junge, schlank gewachsene Frau, dann erst das Kind, das das Kind der erwähnten Frau zu sein schien, und das ich anlächelte, und das mir seinerseits ein Lächeln schenkte, wonach ich die Frau Mama mit einer leisen Anlächelei gleichsam grüßen zu dürfen glaubte, die dieselbe artig erwiderte.

Ich meine, es sei hübsch, eine mitmenschliche Erscheinung wahrzunehmen, die der Figur, in deren sorgfältiger Begleitung sie geht, was Gewachsenheit betrifft, kaum erst bis ans Knie reicht.

Ich bin überzeugt, daß man Augen haben muß, die ans Aufmerksamsein gewöhnt sind, um solche nahen und zugleich fernen, solche einfachen und zugleich merkwürdigen Alltagssächelchen zu sehen, die in ihrem immerwiederkehrenden Sichgleichbleiben etwas Köstliches enthalten.

Ich entfaltete heute früh die Morgenzeitung und widmete der Welt der Inserate so viel Zeit, wie nötig war, zu verschiedenen interessanten Feststellungen zu gelangen, wie zum Beispiel dazu, mir zu sagen, daß die Kinos durch Aktualität einen Vorsprung gegenüber dem Theater hätten.

Ich kam zur Beobachtung, daß berühmte Stücke sowohl in erstgenannter wie in nachher angeführter Institution gespielt werden, und ließ mich verleiten, zu glauben, daß das Theater große Opfer zu bringen genötigt sei, indem es sich an eine Tradition gebunden sähe.

Ich werde vielleicht nur ein einziges Mal während der gesamten laufenden Saison ins Theater gegangen sein, wenn sie zu Ende ist und der Frühling samt seinen Liebenswürdigkeiten herannaht.

Ich bin entschlossen, auch in diesen Tagen ein Haus unbesucht zu lassen, das der Kunst dient, und worin auch noch ein Gast von Bedeutung auftritt, damit er in einer Rolle erblickt werde, die zu aktuell ist.

Ich spreche folgende Glaubenswürdigkeit oder Wahrscheinlichkeit aus: allzu starke Aktualitäten sind beinahe ein wenig lästig, vertragen sich nicht mit dem Genuß und der Inempfangnahme des Lebens oder, mit anderem Wort, der Wirklichkeit.

Ich darf übrigens die zweifellos willkommene Bemerkung aufwerfen, daß ich Frauen sehr verschiedenartig anblicke, womit ich sagen will, daß es mir gefällt, Unterschiede zu machen.

Ich passe mir sehr, dadurch, daß mir das so paßt, und wenn ich nunmehr zum Theater zurückkehre, d. h. nochmals anfange von ihm zu sprechen, so dauert es mich beinahe, weil es mitansehen muß, wie ich ihm meine Anwesenheit huldvoll entziehe.

Ich glaube das Gefühl haben zu dürfen, das Theater warte gleichsam auf meine Anteilnahme, indem es hoffe, ich würde zu bewegen sein, ihm vor dem Kino den Vorzug zu geben, dessen Vorführungen mich hauptsächlich um ihrer Weltgeschichtlichkeit willen sozusagen zu bezaubern imstande sind.

Ich verstehe hierunter etwas Distanziertes, Abgetöntes, und dann berührt mich die Technik im Kino als etwas ungemein Einnehmendes, und dann die Schnelligkeit, dieses graziöse Vorüberhuschen der Bedeutungen, als sitze man abends beim Lampenlicht in einer Herberge oder in einem Kloster oder in einer Villa oder in einem Einfamilienhaus am Tische und blättere in einem Bilderbuch, das voll unaussprechlichen Lebens ist.

Ich zolle dem Theater übrigens, wie ich sagen darf, hohe Achtung, kenne jedoch anderseits einen Sofasozialisten, der offenherzig genug war, mir das Geständnis abzulegen, er vernachlässige das Theater, trotzdem demselben seine Frau Gemahlin als ausübendes Mitglied angehöre, total.

Ich frage mich, wie kommt ein Gebildeter, wie er einer ist, zu solch einer Sprechweise, und ich beantworte diese Frage dadurch, daß ich mich bewogen wähne, zu glauben, daß er zu denjenigen gehört, die die gesamte dramatische Literatur Wort für Wort kennen.

Ich sage mir, derlei Angehörige der Jetztzeit seien gleichsam theaterlich übersättigt, und sie sähen sich lieber irgendeinen mit Blüten bedeckten oder mit Schneeflocken verzierten Baum an, als daß sie mitanzusehen und zu hören Lust haben könnten, wie etwa Doktor Faust zum Gretchen sprechen würde: «Mein schönes Fräulein, darf ich wagen», indem sie diesen Ausspruch zum soundsovielten Mal in ihrem Gedächtnis zu vernehmen Gelegenheit hatten.

Ich wage kaum zu sagen, daß das Theater mit Veraltetheiten zusammenhänge, da dies, wie manches Sonstige, schicksalshaft ist und es Neuheiten geben kann, die zu neu sind, und das Theater eine womöglich noch zu junge, zu unabgeschliffene Existenz hat, es gegenüber dem jungen, erste Schritte probierenden Leben sozusagen etwas schonungslos, grell, hart, mithin etwas aufdringlich wirkt.

Ich will diesem Aufsatz erlauben, zu Bett zu gehen, als sei er ein Knabe, den man gern beizeiten schlafen schickt.

Ich bediene mich bei allerlei Anlässen der sogenannten leichten Hochachtung.

Unsere Zungen, unsere Zungen!

Bezüglich unserer Zungen gibt es vielleicht hunderttausend irrige Begriffe.

Ich ersuche mich um klarere Ausdrucksweise! Wie viele Damen bürgerlichen Standes gibt es beispielsweise, die sich mit erstaunlicher Ausdauer, Redegewandtheit und Verstandesgeschwindigkeit, mit einer Sicherheit des Intellektes, die eminente Bedenken zu wecken imstande ist, einen Nachmittag lang über männliche Unachtsamkeit beklagen.

Überall diese Beschwerden, diese Fülle verschwendeter Entrüstetheiten, diese Flüsse anscheinend total überflüssiger Bildungs- und Intelligenzströme, ich meine, diese weitverbreitete, man darf vielleicht des Glaubens sein, biedermeierliche Gewohnheit, das Leben lediglich oder größtenteils mit den Lippen, dem redenden, sprechenden, reflektierenden, reklamierenden Mund zu erleben, statt alle Gewandtheit daraufhin zu lenken, es wirklich zu erleben, es zu etwas Wirklichem zu gestalten. Millionen von Zeitgenossen scheinen sich angewöhnt zu haben, ein Leben des Räsonnierens zu führen.

Auch die Politik scheint mir voll hievon zu sein. Die Tagespolitik bedeutet ja auch weiter nichts als Leben, und sobald sie sich aufs Reflektieren verlegt, d.h. auf ein sich nicht genügend auf die Wirklichkeit stützendes Pathos, verliert sie gleichsam den Atem, wird ausdruckslos, leblos.

Schrieb mir da nicht vor kurzem ein um Gegenwartskultur äußerst Besorgter, er denke jetzt nur noch strenger Schädlingserscheinungen in Leben und Kunst zu verurteilen als bisher? Nachdem ich seinen Brief gelesen hatte, schaute ich in aufrichtig empfundener Nachdenklichkeit zur Decke meines Jetztzeitzimmers empor.

Heute nun hatte ich über dieses weltbekannte, sogenannte Arrivieren folgenden Gedanken: man dürfe weniger arrivieren wollen, als daß sich das eher und besser von selbst einfinden müsse. Mache es sich für diesen nicht, so mache sich's für irgendwelchen beliebigen andern. Alle diejenigen, die arrivieren, sähen sich zunächst oder vielleicht auch auf längere Zeit hinaus gebannt, bezaubert, seien vor die Aufgabe gestellt, gegen eine gewisse Beohnmachtung anzukämpfen, was mühsam, also an sich kaum erstrebenswert sei. Ich sei der Meinung, sprach ich zu mir, je mehr Individuen oder Personen oben ankämen, um so wohlfeiler sehe im allgemeinen dieses Obenankommen aus, das sich gleichsam mechanisch, arithmetisch entwerte.

Erstens also diese Zungenleistungen ohne eigentliches Ziel und zweitens dieses fieberhafte Arrivieren oder Glückhaben ohne feinere Berechnung.

Einmal sah ich einen Menschen, der mir sonst ein ganz netter Mensch zu sein schien, vor Belustigtheit beinahe umkommen, als er sich der Lektüre einer grausamen Theaterkritik widmete. Eine «ganze Welt» von bloß halb oder überhaupt nicht am Leben Beteiligten pflegt sich an Kunst- und Lebens-Beurteilereien zu sättigen. Sollte das nicht ein unempfehlenswerter Bildungszustand sein? Allerseits existiert eine eigentlich recht minderwertige Freude am Zuschauen, wie dieser oder jener Lebende, lebendig sich Einsetzende, auf den Leim geht. Im Grund ist nur der berechtigt, Zuschauer zu sein, der seinerseits sich schon tüchtig hat anschauen lassen. Ich finde, es wäre sehr gerecht, solche, die sich des Ausrufes: «Eh, mein Trost!» schuldig machen, mit einer angemessenen Buße zu bestrafen. In erwähntem Ausruf liegen Lebensablehnungen bedenklichen Umfanges, liegen Irrtümer bezüglich eigenen Wertes und Unwertes.

Ich nehme täglich dünkelhafte Gesichter wahr und bin oft selber mit größtem Vergnügen hochmütig. Kann man das Kultur nennen? Nun etwas über Bücher:

Finden Bücher keinen Erfolg, was ja heutzutage häufig der Fall zu sein pflegt, so erlaubt dieser Umstand dem Autor, sich auf eine Neuorientierung so sanft und zart zu werfen, wie sich ein Liebender seiner ihm nach langer Abwesenheit zu Gesicht kommenden Geliebten entgegenwirft.

Eine Gesetzesvorlage ist in diesen Tagen verworfen und einem Volksfreund ist zu verstehen gegeben worden, daß es speziell auch in bezug auf Beliebtheit Grenzen zu geben habe, wonach er eine Tribüne bestieg und sich für unbesiegt erklärte.

Was das neuste aller Gesetze betrifft, nämlich die Maßnahmen gegen den Schund und Schmutz in Wort und Schrift, so bin ich überzeugt, ich könne kaum je mit ihnen in eine Berührung kommen, indem ich mich für zu brav dazu halte. Mir scheint, ich verfüge über eine Art, lockere Sachen zu Lachgegenständen zu machen, daß da jeweilen zur Tatsache wird, wie in allem, was lustig ist, etwas liegt, was elegant ist, wie aus allem, was einigermaßen glänzt, eine Freiheit redet, die sehr fein ist, und wie alles, was den Anschein hat, es sei fein, respektiert wird. Auf das bißchen Respekt kommt's an!

BLEISTIFTSKIZZE

Also, Rücksicht kann man nicht nehmen. Ich hörte heute früh dieses anscheinend goldene Wort. Entsprang aber das Wort wirklich den Lippen eines Mannes mit goldenem Charakter? Ich kann das natürlich in diesem Augenblick nicht wissen. «Darauf kann nicht Rücksicht genommen werden», sprach er, der mitten unter frühstückenden Menschen saß. Ich wußte selbstverständlich nicht, wer er war. Nur so vom öfteren Gesehenhaben her kannte ich ihn, so dem Gesicht nach, das mir kein sehr freundliches Gesicht zu sein schien. Aus dem Antlitz desjenigen, der der Meinung Ausdruck verlieh, daß man nicht Rücksicht nehmen könne, sprach nicht sonderlich viel Liebe, vielmehr strahlte etwas Liebloses daraus hervor. Keine Rücksicht nehmen, hm! Wunderliche, seltsame Sache, das! Wenn alle so dächten, wie der Aussprecher dieses gleichsam beflügelten Wortes, so würden wir ja sozusagen mitten im Zustand der goldenen Rücksichtslosigkeit sitzen, mit der man ja mitunter, d.h. zu gewissen Zeiten und unter gewissen Voraussetzungen ganz gute Geschäfte machen mag. Meiner Ansicht nach macht man jedoch im allgemeinen ebenso gute oder noch weit bessere Geschäfte mit der Rücksichtnahme. Ich denke über diese Materie, falls ich so sagen darf, so: Einzelne sollten sich im Gesamtinteresse so zu nützen suchen, daß irgendein anderer dadurch nicht geschädigt, bloßgestellt wird. Man wird sagen dürfen, dies sei ein Problem von sehr hoher Bedeutung, um dessen Lösung sich ein Einzelindividuum oder ein Volksganzes einigermaßen wird zu bemühen haben müssen, wenn wirklich von Kultur, von Zivilisation gesprochen werden darf, und das sollte man doch nachgerade dürfen. Es gibt also immer noch, d.h. nach wie vor, Menschen, Einwohner, Bürger unter uns, die davon zu reden berechtigt zu sein glauben, man könne auf dieses und jenes unmöglich Rücksicht nehmen. Warum können sie das nicht? Ich für mich finde, daß sich einer den Anschein eines Steckkopfes gibt, wenn er sagt, es könne nach irgendwelcher Richtung hin keine Rücksicht geben. Ich aber halte es für eine merkwürdig große Sorglosigkeit, wenn nicht jeder Landsmann, sei er, wer er sein wolle, sich nicht unablässig vor die Aufgabe stellt, zu untersuchen, ob man nicht in dieser oder jener Beziehung Möglichkeiten ausfindig zu machen imstande sei, Rücksicht zu nehmen. Es ist dies ganz einfach meine nationale sowohl wie private Meinung. Meine Meinung ist ferner, daß eine Rücksichtslosigkeit die andere pflanzt, was ich auch so formulieren kann: wer auf dich nicht Rücksicht nimmt, auf den kannst du auch keine nehmen, ansonst du dich erniedrigen würdest.

Indem ich von einem andern Gegenstand spreche, der mich nur kurz beschäftigen wird, kündige ich an, wie ich heute eine Frau, die mir eine überaus gutmütige Frau zu sein schien, laut die Buntheit der Schaufenster rühmen und preisen hörte, und wie mir da sogleich einfiel, zu glauben, daß die Frauen im allgemeinen zu leicht bereit seien, Rühmens von der und der Erscheinung zu machen. Möglicherweise liegt aber in der Gewohnheit zu rühmen eine gewisse Gefahr, nämlich die, daß alles immer beim Gleichen bleibt, sich in der Gesellschaft, im Lande usw. nichts entwickelt. Wer rühmt, von dem nimmt man an, er sei mit den bestehenden Zuständen im höchsten Grad einverstanden. Wenn z.B. eine Frau ihren Mann rühmt, so begeht sie insofern dadurch eine große Unklugheit, als sie ihn veranlaßt, sich etwas auf sich einzubilden, und ihn eventuell zu unrichtiger Aufführung verleitet. Ich meine, wenn ich Einfluß ausüben will, und das sollten die Frauen in ihrer Totalität doch ein bißchen wollen, so tu ich gut, wenn ich mich bezüglich Loben, Anerkennen etwas in acht nehme. Ich finde, den Frauen sei Gelegenheit genug geboten, entweder sogenannte schlechte oder sogenannte gute Politik zu treiben, ohne eine öffentliche Tribüne hiebei betreten zu müssen.

Wenn's erlaubt ist, rasch noch von folgendem: es gibt Angehörige der Herrenwelt, die des Glaubens zu sein scheinen, jede Bemerkung, jede Anrede aus ihrem Munde gegenüber dem andern Geschlecht sei demselben stets das denkbar Angenehmste und Wertvollste, was es in der weiten, schönen Welt gebe. Daß aber derlei von den Mädchen oder von den Frauen nicht immer als ein Glück aufgefaßt würde, merkte ich gestern einer Dame an, man gönnt ja in der Alltäglichkeit jeder einigermaßen nett aussehenden weiblichen Figur diesen Titel, die über eine von den Artigkeiten, wovon ich sprach, unangenehm berührt schien. Für alle Anbändelei fallen immer noch allerlei Zeit-, Stimmungs-, Räumlichkeits- und sonstige Umstände in Betracht, und ein netter Blick bedeutet manchmal etwas viel Netteres als der netteste Versuch einer Ansprache.

Falls ich nun noch von mir selbst etwas vorbringen darf, so berichte ich, wie mir einfiel, meine Prosa jeweilen zuerst mit Bleistift aufs Papier zu tragen, bevor ich sie mit der Feder so sauber wie möglich in die Bestimmtheit hineinschrieb. Ich fand nämlich eines Tages, daß es mich nervös mache, sogleich mit der Feder vorzugehen; und mich zu beschwichtigen, zog ich vor, mich der Bleistiftmethode zu bedienen, was freilich einen Umweg, eine erhöhte Mühe bedeutete. Da jedoch für mich diese Mühe gewissermaßen wie ein Vergnügen aussah, so schien mir, ich würde dabei gesund. In meine Seele kam jedesmal ein Lächeln der Zufriedenheit, etwas auch wie ein Lächeln anheimelnder Selbstbespöttelung, darum, daß ich mich mit der Schriftstellerei so sorgfältig, vorsichtig umgehen sehen durfte. Mir schien unter anderem, ich vermöge mit dem Bleistift träumerischer, ruhiger, behaglicher, besinnlicher zu arbeiten, ich glaubte, die beschriebene Arbeitsweise wachse sich für mich zu einem eigentümlichen Glück aus, und wie ich es mit vielen Versuchen, der Öffentlichkeit etwas zu sagen, hätte machen können, seien vorliegende Äußerungen betitelt, wie sie der Leser überschrieben findet.

KRISIS

Daß bisweilen spielende Kinder fröhlich zu sein vermögen, stimmt mich kritisch.

Ob man diesen vielleicht nicht gerade, was die Verfassersverfassung betrifft, hellaufjauchzenden Satz kritisieren kann?

Ich wünschte, ich sei berechtigt, die Behauptung Herrn Zigerlis beanstanden zu können, die sich auf eine seiner Meinung nach innerhalb der Grenzen der menschlichen Gegenwartsgesellschaft vorhandene Munterkeitskrisis bezieht.

Darf ich dem Leser in erwähntem Herrn eine sich zu

ihrer Führerrolle nicht allzu einheitlich beglückwünschende Bildungsbefürwortungspersönlichkeit vorstellen?

Kunst und Literatur, und was solche Feinheiten, die leicht Miene machen, sie seien verstimmt oder fühlten sich zurückgesetzt, mehr sein mögen, sind nun ja meines Erachtens nach eigentlich von jeher sozusagen ein bißchen krisisfähig gewesen.

Die Lebensunüberdrüssigkeit übrigens, die man mit verhältnismäßig gleichsam nur geringer Beobachtungsemsigkeit nicht nur hie und da, sondern so gut wie überall zu konstatieren vermag, läßt mich einesteils einen Umstand sehen und scheint mir anderseits eine Tatsache zu sein, die mich nicht abhalten können, mich eines gewissermaßen sachermasochelig veranlagten Menschen zu erinnern, mittels dessen totaler Abwesenheit aus der Räumlichkeit, worin er sich samt seinen keineswegs unanzweifelbaren Eigenschaften täglich angesiedelt sah, ich mit seiner Frau eine ebenso kritische wie selbstverständlich lediglich okkasionelle Unterhaltung zu führen versucht war.

Indem ich ihr die Erlaubnis erteilte, mir nicht zu untersagen, ihre warme und gleichzeitig kalte Hand mit meinem Mund in eine mit neunzehntjahrhundertlicher Innigkeit zustande gebrachte, salonhafte Eleganz zum Ausdruck tragende Berührung zu bringen, hörte ich die durch meine sämtlichen Wenigkeiten hochverehrte Weiblichkeitsvertreterin sagen:

> Mein Mann jagt allen Unterröcklichkeiten nach
> und läßt mich einsam im Gemach.
> Bin ich zu freundlich mit ihm umgegangen,
> daß er mich zu umgehn hat angefangen?

Leise fügte sie bei: «Seien Sie diskret.»

Ich versprach es ihr. Wann hätte je ein sprachgewandter und doch wieder wortkarger Worteaneinanderreiher nicht Wort gehalten?

DER HEIRATSANTRAG

Ebenso unwiderleglich, wie es schlichte und schnörkelhafte, will sagen, prunkreiche Prosastücke geben kann, scheinen mir Möglichkeiten vorkommen zu können, daß es an hübschen und nichthübschen Menschen, respektive Frauen, nicht fehle. Mit einer eher unhübschen als bildhübschen Angehörigen des Rücksicht-in-Anspruch-nehmenden Teiles der Menschheitsgesamtheit hatte ich gestern, zu welcher Tageszeit braucht kaum ausgeplaudert zu werden, geeigneten Platzes, d.h. mitten im Stadtstrudel oder -trubel, eine meiner Meinung nach angemessene Unterhaltung, die sich unter anderem auf die, man wird sagen dürfen, gewiß nicht uninteressante Astrologie bezog, die ungezwungen betont, eine Art Modewissenschaft wurde. Neulich wies mir ein jugendlicher, also noch durchaus unältlicher Zeitgenosse mit gleichsam schüchterner Geste sein Horoskop vor, wobei ich mit Vergnügen die sicher verständliche Erklärung ablege, daß mir meinerseits nie einfallen würde, Horoskope, die mir von einem Sternkundigen ausgestellt worden sein könnten, einem Bekannten, und wenn es der vertrauenswürdigste wäre, zur Kenntnisnahme vorzuweisen.

Meiner gewiß unmaßgeblichen Ansicht nach sind Horoskope entweder nützlich oder schädlich, wie es die lieben Fügungen zulassen, die mir an und für sich verehrenswert erscheinen. Die nicht sonderlich Hübsche, mit der ich sprach, erhielt vor einigen Jahren, als ich mich noch in keiner Art und Weise mit Europapflichten und dergleichen beschäftigte, in einem Lokälchen voll bunt durcheinandergewürfelter Menschen vom Verfasser vorliegenden Alltagsvertiefungsversuches einen freilich gleichsam nur flüchtig und leichtsinnig angebrachten Heiratsantrag, den sie dadurch glatt ablehnen zu sollen geglaubt hatte, daß sie über mein immerhin freundliches Anerbieten laut lachte, was einen Klang hervorrief, den sich mein Gedächtnis anstandshalber einprägte. Ich bildete mir damals, wie ich mich erinnere, ein, ich besäße keinerlei Hoffnung, mich an den Europaaufgaben zu beteiligen. Ich sprach damals: «Fräulein, kurz und gut...» «Ich weiß schon, lassen Sie das gefälligst», erwiderte sie, und nun saßen wir beide nach soundso viel Zeit zusammen und berührten mit keiner Silbe, was sich einst zwischen uns zutrug. Noch immer bin ich trotz allem Europäertum eine Art Romantiker und noch immer scheint sie trotz aller Astrologie ein äußerst unvertiefter, gutmütiger weiblicher Mensch zu sein, der eher unansehnlich als hinreißend hübsch ist. Immer hat sich dieses Horoskopfräulein eingebildet, sie sei ungewöhnlich; immer hielt sie sich für irgendwelche Ausnahme, und noch heute befindet sie sich tief in diesem Irrtum, und auch ich sehe mich nach wie vor im Irrtum des Romantizismus. Nur mit Mühe vermochte ich mich einigermaßen zu überzeugen, daß ich die geborene Wirklichkeitsnatur bin, und nur mit Schwierigkeitsüberwindung machte sie ihrerseits die Wahrnehmung, sie sei eine Modeenthusiastin. Obschon sie nicht sehr hübsch ist, ist sie das. Daß sich nicht sehr hübsche Frauen nicht sehr sorgfältig kleiden, kann unmöglich ein Außerordentlichkeitsbeweis sein, und daß sich sehr hübsche Frauen sehr exakt herausputzen, stammt kaum von der Unoriginalität her, obwohl dies mitunter so zu sein scheint. Sie, der ich vor Jahren einen Heiratsantrag machte, hält sich nicht für modisch und ist es, und sie hat gestern in der Tat zu begreifen begonnen, daß sie eine Europäerin ist, die infolge keineswegs vorhandenen, aber um so lebhafter eingebildeten Tiefsinns einst einen Heiratsantrag, der an sich etwas Romantisches war, lachend ablehnte.

«Bin ich nichts, als was ich bin?» fragte sie plötzlich.

«Sie sind Europäerin. Sämtliche Europäer haben bis dahin den übrigens leicht begreiflichen Fehler begangen, daß sie sich für viel mehr hielten, als sie in Wirklichkeit waren», antwortete ich.

Sie verzieh mir diesen Bescheid und entfernte sich, da sie einen Besuch zu absolvieren hatte.

Bezüglich des Hübsch- und Nichthübschseins sind vielleicht schöne Frauen zum Europäischen zu sehr von sich selbst beansprucht, haben nicht Zeit zur Erledigung eines so Zeit-in-Anspruch-nehmenden Geschäftes, wie es der pflichtheischende Europäismus ist.

Schönheit ist eine Macht; Macht beglückt, das Glück will gepflegt sein, will herrschen. Vielleicht können nur Dienende in der Tat europäisch sein.

ARTIKEL

Bezüglich Frauen schaut in Wirklichkeit manches ganz anders aus, als wie sich's in Büchern oder auf dem Zeitungspapier ausnimmt, denke ich da so für mich. Es ist neun Uhr vormittags, und mein Blick fällt zufällig auf den Abrißkalender, den ich von der Herausgeberin, einer Nahrungsmittelfabrik, zugesandt erhielt. Gestern, so um die Abendessenszeit, saß ich wieder einmal in der Bahnhofswirtschaft dritter Klasse. Ich studierte da das Tableau, das heißt, die an der Wand angemalte Aufstellung der Abfahrts- und Ankunftszeitpunkte der Züge, wobei ich nachzählte, auf welcher Strecke oder Route die meisten Züge zirkulierten. Den lebhaftesten Verkehr wiesen die Richtungen von und nach Paris und von und nach Mailand auf. Hierbei dachte ich sogleich an den Verfasser zweier berühmter Romane, den das Leben sowohl nach der einen wie nach der anderen der beiden genannten Richtungen geführt hat, nämlich an Stendhal. So kann man also sogar in Bahnhofsrestaurants sozusagen ein bißchen gebildet sein, das heißt an höhere, feinere Dinge denken, Gespräche mit sich selbst führen, die, so kurz sie sein mögen, an irgendeine Bedeutung streifen.

Auf dem Abrißkalender ist ein junges Mädchen abgebildet, das bräunliche Wangen hat, keck in die Welt schaut, und jetzt erinnere ich mich plötzlich, so am Tisch sitzend und diese Skizze hier skizzierend, an Ellen Key, neben der ich einst, das heißt vor soundso vielen Jahren, die für die Menschheit so merkwürdig geworden sind, im Hause eines Berliner Verlegers, anläßlich eines Diners, bei Tisch saß, und die mir bei dieser Gelegenheit, vielleicht zum Zeichen des Wohlwollens, wozu eine ältere Frau gegenüber einem jungen Anlaufenden und Strebenden naturgemäß berechtigt war, eine Birne, die sie geschält hatte, auf den Teller legte. Ich meine, daß dies ja gewiß Nebensächlichkeiten sind, aber aus allerlei kleinen Geschehnissen, Vorfällen, Zufälligkeiten, Begegnungen setzt sich ja überhaupt unsere zivilisierte Existenz zusammen. Somit hätte ich vorher zwei große Städte und hiernach eine Schriftstellerin erwähnt, mit der ich persönlich bekannt geworden bin. Ihre Bücher sind ja von sehr vielen Leuten aufs eifrigste gelesen worden. Diese Kämpferin für die Interessen der Frauen fand ja seinerzeit mit ihren Schriften großen Anklang, anders ausgedrückt, Erfolg.

Nun ist mein Abrißkalender mit Sprüchen versehen, und zwar so, daß mir jeder neue Tag einen neuen Weisheitsspruch beschert. Solche Sprüche genügen uns, was ihren Gedankeninhalt betrifft, nicht immer, was ja verständlich ist. Aber der heutige Abrißkalenderspruch ist, ich möchte sagen, großartig. Er ist schön und fromm, fröhlich und tief, gutmütig und achtunggebietend zugleich, und er stammt aus persischem Geistesleben her. Ich füge nun vielleicht etwas Eitles, Selbstgefälliges bei, wenn ich melde, daß der Abrißkalender auch einen aus einem der Bücher, die ich schrieb, herausgezogenen Ausspruch birgt. Dies natürlich bloß durchaus nebenbei, und ich bedaure eigentlich, diese Persönlichkeitsbemerkung, die vielleicht nicht ganz statthaft ist, gemacht zu haben. Immerhin bin ich doch nun schon sowohl mit der Ankunfts- und Abfahrtstafel, also mit Bahnhofsachen usw., wie mit Kalendrischem ziemlich fließend, wie mir scheint, fertiggeworden, und nun dürfte ich mir vielleicht noch etwas über die Frauenbewegung zu sagen erlauben.

Selbstverständlich achte ich Bemühungen, die auf diesem Gebiet vor sich gingen, hoch. Das tut jeder Gebildete, zu deren Kreisen ich mich wohl auch zählen darf. Ich denke mir, daß manches Mädchen, das Ellen Key las, mit Vorstellungen von freier Liebe usw. ins Leben hinaustrat und sich in demselben Enttäuschungen holte, und zwar Enttäuschungen, die sich aufs Gelesenhaben genannter Schriftstellerin stützten. Ich las in der Tat vor kurzem in einem im allgemeinen lebhaft und klug redigierten Blatt einen Aufsatz über die Ehe, der mich begreiflicherweise fesselte und worin darauf hingedeutet wurde, wie in China die Ehefrau es aufs artigste, gewissermaßen kunstvollste, verstehe, ihrem Gatten eine Geliebte zu gönnen, es also zustande bringe, in einer Ehegenossin keine Rivalin, sondern eine Freundin zu erblikken. In dem an sich interessanten Aufsatz war verhältnismäßig anschaulich ausgesprochen, wie schwierig es für manchen Eheherrn sei, keine Geliebte neben seiner Frau zu haben, und eine wie schwierige Aufgabe es für viele Ehefrauen sei, das Hausfrauenwesen mit der Bestimmung zu verbinden, zugleich Geliebte zu sein. In dem Aufsatz war von der Persönlichkeitsgeltendmachung die Rede, wobei ich mir wieder, wie schon häufig, die Lebensweise und Anschauungen des Westens und des Ostens seltsames Gesicht vorstellte. Unter keinen Umständen möchte ich hierüber zu viel sagen, da dies alles für uns hochproblematisch ist. China hat eine mangelhafte Bildung, dafür aber eine tausendjahralte, überlieferungslebendige Kultur. Was in China bezüglich des Ausbaues der Ehe möglich ist, wird vielleicht für uns Europäer immer unausführbar bleiben. Sei dies, wie es sein will, jedenfalls erwähnte ich zu meinem Vergnügen eine hervorragende, verdienstreiche Frau.

Von dieser Frau lieh einmal ein geistvoller Mensch Geld, das er ihr nicht wiedererstattete, was gewiß nicht sehr fein von ihm war. Immerhin können solche Fälle leicht vorkommen, ohne daß Folgen zu entstehen brauchen. Sie erzählte mir das nämlich an obgenanntem

Tisch, derart, daß ich hier sogar noch die Gedeckte-Tisch-Frage leise berührt hätte. Mir ist so ein gedeckter Tisch lieb. Das Problem des gedeckten Tisches bleibt, wie so manches sonstige, ein offenes, d.h. wartet noch auf seine Lösung. Sehr wichtig ist dieses Problem ja nicht, sicher aber sehr reizend. Ich würde eventuell gern bereit sein, an seiner Aufhellung mitzuarbeiten. Ich glaube mich hierzu ziemlich befähigt.

Vorläufig glaube ich alle diese Fragen der Vorsehung anheimlegen und meine Aufmerksamkeit dem nahe bevorstehenden Mittagsmahl zuwenden zu können.

Es ist halb zwölf Uhr.

FERRANTE

Heute bin ich vor Bosheit ganz schneeweiß und gleiche an glühendroter Ungemütlichkeit einem gestiefelten Kater. Tulpenkavalierlichkeit, wohin flogest du? Was nützt es mir, wenn ich mir vergegenwärtige, in früheren Zeiten seien Schweizersoldaten mit dem Namen rote Schweizer beehrt worden; da mir doch scheinbar nichts übrigbleibt, als das «Kalb» zu machen, worunter ich dieses fortlaufende Gutaufgelegtsein verstehe, das meiner Ansicht nach ein energisches «Pfui» verdient. Wie ist es möglich, sich nicht von Zeit zu Zeit den pathetischen Ausruf «zukünftiges Kanonenfutter» zu gönnen, als trage man die Berechtigung oder den Erlaubnisschein in der Brieftasche, in den gähnenden Drachenrachen des Menschenhasses hinabzustürzen, wobei ich auf den idyllisch anmutenden Verfassernamen Kotzebue stoße, der zahlreiche Empirerührstücke schrieb, auf den jedoch eines Tages ein scheinbar zum Äußersten entschlossener Mensch, der kaum verdient, genannt zu werden, einen Revolverschuß abfeuerte, indem er die zivilisierte Welt von einem sogenannten Waschlappen befreien zu müssen geglaubt hat. Sorgte ersterer nicht für Unterhaltung, war er nicht aufs eifrigste ums Aufflammen von Fröhlichkeiten bemüht?

«Zukünftiges Kanonenfutter» nannte ich heute in außerordentlich schlechter Gutgelauntheit diejenigen, die, was sie erleben, mit den passendsten Worten zu begleiten pflegen, die zum Beispiel sagen: «Ich freue mich», sobald sie des Glaubens sind, daß dies der Fall sei. Gibt es nicht unanständige Anständige, zufriedene Unzufriedene unter uns? Von verantwortungslosen Verantwortungtragenden wage ich nicht zu sprechen. Die Zuverlässigkeit sei ihrer selbst überdrüssig geworden, meine ich manchmal. Zu all dem kommt nun noch dieses Meer von elektrischem Licht in den Nächten, das doch scheinbar gar kein Licht in die Köpfe zu tragen vermag, und die Hunde und die Buben bilden ein Kapitel für sich, das voll Gekläff, Gehetz ist, obwohl man nicht leugnen kann, daß man dazu Bube zu sein scheint, um das Recht auf bubenmäßige Aufführung zu besitzen, und obwohl außer Frage steht, daß es Hunde gebe, damit sie gehetzt werden. Die vielen Lichter in den Nächten lassen mich aber immerhin denken, daß es einst viel schwärzere, dunklere Nächte gab, und daß trotz solcher Stockdunkelheiten Lichtvolles gesprochen und gedichtet worden ist, und daß es trotzdem eine Gesellschaft gab, die es an Eleganz mit der heutigen offenbar jeden Augenblick aufnahm. Ich meine, daß uns materielles Licht nicht vor zukünftiger Kanonenfütterung bewahrt. Wahr ist zwar, daß man auf dem

Wege des Zeitunglesens phantasiehaft auf Presseballen anwesend sein kann. Journalismus, wie manches stille Vergnügen gestattest du mir vollständig kostenlos!

Was massenhaftes Hundehalten betrifft, so würde ich diese Gewohnheit, wenn ich etwas wie Erziehungs- oder Bildungsminister wäre, wie ein echter Ferrante bekämpfen, der der unvergleichlichste Tyrann war, der je existierte, wie mich eine Filmannonce überzeugte. Wie würde ich übrigens erstens einem Ferrante gegebenenfalls mit schweizer-freiheitlicher Unerschrockenheit gegenübertreten, als wenn ich Ferdinand von Walter wäre, der sich mit dem Hofmarschall von Kalb auseinandersetzt, und wie würde es mir zweitens Spaß machen, voller Wortgeschicklichkeit darzulegen, wie es klar am Tage liege, daß jeder Hund bestimmt sei, seinen Herrn zu verwöhnen, daß sämtliche Hunde eine sittliche Gefahr bedeuteten, denn der Treue und Anhänglichkeit des Hundes habe man soundso viel Hochmut, Anmaßung, Dünkel, Eigenliebe, die beim Menschen anzutreffen sind, zu verdanken. Wäre ich recht böser Laune, würde ich der guten Gesinnung ganz und gar keinen Einlaß in mein Bewußtsein gewähren, so könnte es mir einfallen, mit kanonenschußmäßig hallender Stimme auszurufen, die Menschheit verdiene eher einen Tyrannen als einen Hund, verdiente eher leibeigen als frei zu sein, da sie mitunter mit der Freiheit nur das «Kalb» mache.

Weshalb mußten mir Kinoannoncen zu Gesicht kommen, die mich auf einen Ferrante aufmerksam machten? Weshalb muß mir zufällig bekannt sein, daß Kotzebue ein russisches Rittergut samt dazugehöriger Leibeigenschaft für seine mannigfaltigen Bemühungen um das Gedeihen des Theaters geschenkt erhielt? Weshalb nahm ich von Presseballen Notiz? Ferrante, du Tyrannencharakter, was machtest du aus mir?

Gestern setzte sich im Restaurant derjenige in meine Nachbarschaft, dem gegenüber ich, indem er eine Frau hat, von der er weiß, wie sehr sie mir gefällt, den Ferrante spiele. Er schaute mich an, als wenn er mir hätte sagen wollen: «Deinetwegen schickte ich sie in die Ferien.» Ich verstand, was er verschwieg, und hielt für korrekt, zu sorgen, daß ich erblaßte.

STAUBLAPPENMENSCH

Wenn ich den gebildeten Wilden nur nie mehr wiedersehe, der mir vor einigen Tagen, als es in den Straßen schon dunkel war und ich mich in meinen Selbstgefälligkeiten abspiegelte, schroff mit dem Ausruf zu schaffen machte: «Sie schrieben vor Jahren ein vortreffliches Buch.»

Sanft versuchte ich ihm klarzumachen, daß der Ausdruck Staublappenmensch kulturhistorisch interessant sei; doch er schien unfähig zu sein, mich zu begreifen. Daß er mir den Eindruck machte, er habe das Bedürfnis, Kalb zu mir zu sagen oder sich glauben zu lassen, ich sei eine Kuh, bekräftigte mich in der Auffassung, er sei einer der vielfach in unserer Kulturwelt vorhandenen, zartfühlenden, grobauftretenden Barbaren, die sich herrisch zu benehmen gesonnen sind, weil sie als Entwurzelte die Rolle von Salonmenschen spielen, die nie in ihrem Leben zu erfahren bekommen, was Salonmenschen für Spezialobliegenheiten zu erfüllen haben.

Besaß er nicht eine Nase wie der Dichter und Raufbold Cyrano de Bergerac oder wie sich vielmehr der berühmte Schauspieler, der genannte Gestalt zu verkörpern bemüht war, eine zurechtsetzte? Packte er mich nicht bei beiden Schultern und schüttelte mich, um mich zu wecken, was er für eine anscheinend beinahe heilige Pflicht hielt? Unter Wecken verstehen Gesellen, d.h. Menschen, wie er einer ist, die vielsagende Nichtigkeit und nichtssagende Wichtigkeit, sich zwei bis drei Stunden lang über das gewöhnliche Dasein erhaben vorzukommen, um alsdann den Kopf wegen der Tatsache sinken zu lassen, daß sie selbst Veranlagung haben, gewissermaßen ein wenig alltäglich zu sein.

«Verschonen Sie mich mit Ihrem Staublappenmensch», rief er aus. Sein Sprechen glich einem Schreien, und sein Geschrei stammte aus der lächerlichen Quelle sorgenbelasteten Interesses für mich.

«Lückenlos kultivierter Kulturloser», sagte ich ihm leise, wobei ich jede Silbe sorgfältig betonte, eine Bemerkung, wofür er mich umarmen zu wollen schien. «Es ist furchtbar», stammelte er.

Immer wieder hörte er mich zu seinem ihn in gewisser Hinsicht entzückenden Verdruß auf das Staublappenmensch zurückkommen, eine Benennungsweise, die in frühern Zeiten weitverbreitete Geltung besaß, indem noch zur Zeit, da Goethe dichtete, Stubenmädchen derart tituliert wurden. Man kann das Wort beispielsweise in einem Theaterstück aus dem achtzehnten Jahrhundert antreffen, das von Wagner geschrieben wurde.

Meine Meinung ist, daß sich Entwurzelte nicht vom Bestreben loszulösen vermögen, andere in die Entwurzeltheit hinauf- oder hinabzuziehen, je nachdem man geneigt sein könnte, diesen Zustand zu bewerten.

Wir haben, nebenbei gesagt, in unserer Stadt Stadtteile, die still wie Landschaften sind, und schon öfter wunderte ich mich über die Entschlossenheit, mit der Eiligdahingehende kuvertierte Korrespondenzen in Postkästen werfen.

Nacht war's, als ich den Entwurzelten, der eher zu schweben als zu gehen pflegt, und dem Salons im Kopf herumpurzeln, in die er in Wirklichkeit nie eintritt, darauf aufmerksam machte, daß ein Staublappenmensch einst immerhin irgendwie fest verankert oder verwurzelt war, was er sowohl begriff wie kaum faßte.

«Gehen Sie zum Kuckuck», sagte ich ihm. Warum tat ich das? Weil er das Entzückendschöne, das unsere Stadt dadurch aufweist, daß sie stille Stadtteile hat, ignoriert, weil er das Präzis-Ausdrucksvolle des Ausdrucks Staublappenmensch nicht ohne Umschweife anzuerkennen den Mut hat, und weil er mich jedesmal, sobald er mich sieht, an den für mich uninteressanten Umstand erinnert, daß ich zu der und der Zeit ein treffliches Buch schrieb, das kein Mensch mehr liest oder nur noch von einigen wenigen Menschen gelesen wird, von denen mir der eine oder der andere hie und da einen, wie ich bekenne, womöglich etwas voraussetzungslosen Brief schreibt. «Weiß schon», besaß er die gewiß weitgehende Gutmütigkeit, zu antworten, als er von meinem Wunsch Notiz nehmen zu dürfen in die Lage geraten war, zum Kuckuck zu gehen.

Aus Wohnungen schauten Menschen auf unsere Unterhaltung herab.

«Schon gut, weiß schon», klang's aus dem Mund des gebildeten Staublappenmenschnichtbeachtenwollenden, als der er sich von mir entfernte, worüber ich froh war, da ich durch ihn entwurzelt zu werden aufrichtig besorgen zu müssen meinte.

Ich wurzle; er tut's scheinbar nicht, hat's nicht nötig. Er erinnert sich ans treffliche Buch, das ich einst schrieb, das für mich jedoch nicht mehr existiert, indem es lediglich für diejenigen vorhanden sein kann, die es lesen, nicht aber für den, der es einstmals herstellte. In seinem Kopf wimmelt's von Salons; der meinige weiß nicht hievon. Mich entzücken stille Stadtteile, die mich an die Staublappenmenschhaftigkeit erinnern. Solche Erinnerungen belustigen mich, während mich ausgezeichnete Bücher, die mir früher einmal aus der Feder flossen, und die man nur noch spärlich oder überhaupt nicht mehr liest, unzufrieden zu machen fähig sein können, was ich mit einer Entschlossenheit ablehne, als hätte ich's eilig und übergäbe der Post in der Hast einen Brief, wie ich's mit dem mache, der den Beitrag enthält, worüber ich hoffe, daß man lache.

DER GEMACHTE MANN

Er gehört verschiedenen schöngeistigen Gesellschaften an und lügt das Blaue vom Himmel herunter.

Mit derartigem Pathetismus fange ich einen Essay an, der mein neuester und jüngster ist, und wovon vielleicht irgendein Würdenträger der Meinung sein kann, er mute ihn bubenhaft an. Hundert dumme Buben in mir, die mir übrigens in diesem Moment wertvoll vorkommen, veranlassen mich zum klangvollen Ausruf: «Er hat mit einem sich melancholisch um seine Konzentriertheit drehenden Karussell Ähnlichkeit.»

Hunderttausend Jungburschenfrechheiten durchfluten mich, wenn ich mich in das Wagnis verliere, vorzubringen, mir sei irgendeinmal die Unvoreingenommenheit passiert, der Gattin des gemachten Mannes, dessen Existenz etwas Neckisches für mich aufzuweisen scheint, Schmeichelhaftes zu sagen. Ich betrug mich ihr gegenüber scheinbar etwas zu lustig, wonach sie sich berechtigt sehen mußte, mich ihrem Gemahl als frivol zu schildern, was sie zweifellos besorgt haben wird.

Ich ziehe die Tatsache in diese Zeilen hier herein, daß ich heute nacht vom Goldenen Kalb träumte, womit ich die Personifikation des Erfolges meine, den ich für etwas ebenso Stupides wie Nettes halte. Nun gibt es ja ganz bestimmt eine gewisse Stabilitätsstupidität. Sämtliche Feinere wissen dies zur Genüge, und sie wissen womöglich ebensogut um letzte Errungenschaften auf dem Erforschungsgebiet der Liebe, beispielsweise, daß die Genügsamkeit, was amoureuse Dinge betrifft, eine Letztheit ist, indem alles Anfanghafte täppisch-fröhlich und weinerlich fordert, demnach Ansprüche macht. Anspruchslosigkeit kann ein Raffinement sein, das darin bestehen zu können scheint, daß es mißverstanden wird.

Ich werfe die tragikomische Frage auf: Weiß der gemachte Mann um das Unentrinnbare seiner Stupiditäten, und vermag er sich vielleicht zu erinnern, daß er mir einmal sagte, ich trüge nicht Sorge zu mir, sei eine Art Verschwender meiner selber? Wirklichkeit scheint zu sein, daß wir zwei uns für tragisch halten. So sehr er sich anstrengt, findet er nirgends in sich Lustigkeiten, was für seine Eitelkeit, die die Lebenslust selbst ist, bemühend sein muß, und so innig anderseits ich mich bemühe, die Entdeckung der großen Ernsthaftigkeit mitten in mir zu machen, bemächtigt sich meines Wesens immer wieder eine nicht abzulehnende Fröhlichkeitsnotwendigkeit.

Ich spreche jetzt etwas für diesen vielleicht nur zu gemachten Mann voraussichtlich beinahe Niederschmetterndes aus: Machte er nicht bei Gelegenheit einen feinsinnigen Umweg um mich herum, um irgendwelcher Aufrichtigkeit bezüglich meiner Person Ausdruck zu verleihen? Er zog nämlich mit seiner Vorbehaltlosigkeit vor, zu andern zu gehen, statt sich mit der ganzen Schönheit des Unmittelbaren an mich selbst zu wenden. Für mich ging hieraus hervor, daß er mir sehr zart grollte. Meiner Ansicht nach gibt es viel solche leise Grollerei, die für uns ein Herkömmliches sein mag, das etwas Liebenswürdiges, Heimeliges, Häusliches besitzt, wovon wir uns aus Grundsätzlichkeit längst befreit haben, was uns jedoch in der Praxis aus Gefühlsgründen absolut nicht paßt.

Ich posaune in die Öffentlichkeit hinaus, daß im gemachten Mann Abhängigkeiten nach der Richtung der Familiarität hin schlummern, will sagen, als Einflußfaktoren vorhanden sind. Wenn er sich als Weltmann ausgibt, so recke ich mich so hoch wie möglich empor und donnere ihn mit den in einen Nachlässigkeitston gehüllten Worten an: «Sehnst du dich nicht mit nur zu viel Wahrscheinlichkeit nach deinen zweiundzwanzigjährigen, erstmaligen Aufstiegsversuchen?»

Auf alle Fälle ging mir die Nachricht zu, er wage seine tadellose Hosenfalte aus Bekümmertheit ob seines Seelenstillstandes nicht anzuschauen.

Gestern ließ er mich durch seinen Diener, den er überallhin mitnimmt, anfragen, ob mir eine Unterhaltung mit ihm willkommen sei. Ich ließ ihm meine Dankbarkeit für seine Bemühung, sich mit mir zu verständigen, überbringen, ihm aber gleichzeitig sagen, ich hielte mich für einen gemachten Mann, und meiner Meinung nach vermöchten sich zwei Gemachte oder Zurechtgedrechselte nur unter Überwindung lebhafter Schwierigkeiten zu verstehen.

Der Diener lächelte und ging, hatte nicht die geringste Ahnung, daß sein Herr einer von denjenigen sei, denen eines Tages im Eifer, großartig zu scheinen, einfällt, einen Brief, den sie an einen Zeitgenossen adressieren, mit der Sprechweise zu beginnen: «Sehr geehrtes Herrchen, obwohl Sie der Lieblingsquatschkopf der gebildeten Zirkel sind, sage ich Ihnen jetzt nichtsdestoweniger alles!»

Bringt wirklich nur ein gemachter Mann fertig, so unbeholfen zu sein und einem wegen seiner Unbehaglichkeit zur Behaglichkeit zu verhelfen?

Dafür, daß er mir die Buben oder Ungezwungenheiten, die sich in mir tummeln, stutzig machte, biete ich ihm hier trotzig die Spitze.

DER REPRÄSENTANT

Der Ofen ist geheizt, die Teppiche sind geschüttelt, die Schreibutensilien abgestaubt, das Zimmer ist mittels Fensteröffnen gelüftet, Schrank und Waschtisch sind annähernd in Ordnung gebracht worden. Sofa und Schlafstätte glänzen von Instandgestelltheit. Insofern alle diese Gegenständlichkeiten erledigt zu sein scheinen, trete ich an die Geistesarbeit, indem ich, nach allen vier Himmelsrichtungen gleichsam um mich blickend, ausrufe: «Heda, Herr Querkopf!» Die Feder spricht dieses Wort aus, nicht mein Mund, aber die Stahlfeder ist der lautlose und klangvolle Mund des Schriftstellers, und nun spreche ich aus: «Er hat Geld und ist ein ausgemachter Steckkopf; er begibt sich vor- oder nachmittags auf die Bank, um entweder eine Einzahlung zu machen oder sich eine Auszahlung aushändigen zu lassen, und kennt dabei die Menschen nicht, er kennt die Arbeiterschaft, die Mädel, die Damen, die Beamten, das Gymnasiastennaturell, Gouvernanten, Soldaten, Studenten und Rats- und andere Herren nicht und will in einem fort selber repräsentieren und von andern drauflosrepräsentiert wissen. Schon vor ungefähr drei Wochen verursachte er mir dadurch eine Unannehmlichkeit, daß er mich zur Skandalfigur zu machen bestrebt war. Restaurierungsbestrebungen erfüllen ihn von oben bis unten; mit seinen Wiederherstellungsinstinkten treibt er sich sowohl in den feinsten wie undistinguiertesten Restaurants herum, wo er sich durch einen Schlips auszeichnet, den er aus der Brusttasche seines Jackets hervorgucken läßt. Als ich ihn ermahnen wollte, sich zu besinnen, fühlte ich mich von seiner Repräsentantenhand angepackt und von seinen zornig lodernden Abstammungsaugen in meine Bescheidenheiten gewiesen, derart, daß ich zu einem gewissen Umgrenztheitsbewußtsein kommen mußte. Geld hat er und möchte immer noch mehr haben, als sich bereits in seinem konservativen Besitz befindet. Obschon er Geld hat, meint er, er sei arm, und obschon er sich für konservativ hält, sorgt er für Restaurantrevolutionen, führt er Auftritte herbei, die jedem Besonnenen deplaciert vorkommen. Weil ich ihn einmal zum Spaß mit «Heiduck» ansprach, halten mich seine sämtlichen Wohlerzogenheiten für ein Ungezogenheitsvorratshaus, und weil er aus ausgezeichneter Familie abstammte, ist er kein

Menschenkenner und unterliegt der bereits erwähnten Repräsentationsidee. Von Gestalt gewaltig, fiel ihm noch nie ein zu glauben, daß es bei der Arbeiterschaft konservative Elemente geben könnte und daß anderseits in Klavierlehrerinnenkreisen Rebellismen zu konstatieren seien. Daß sein Schlips, den er in die Restaurants trägt, liberal anmute, ist von ihm bis heute noch nicht für möglich gehalten worden. Im übrigen kann er natürlich für seines Herrn Papas vortreffliche Qualitäten nicht verantwortlich gemacht werden. Seine Frau Mutter war meiner Meinung nach gegenüber seinem allmählichen Aufwachsen eine wesentlich zu duldsame Direktorin. Was tat er beispielsweise gestern anderes, als daß er mich höflich lächelnd grüßte und mich gleichzeitig einen Taugenichts nannte? Er tat beides vielleicht deshalb, weil er mich schätzt. Vergeblich rief ich ihm zu: «Lassen Sie mich eine strenge Gebieterin neben ihrem flehenden Kind entzückend schön finden.» Umsonst strengte ich mich an, ihm begreiflich zu machen, daß es eine Menge von Autoritäten gebe, von denen seine Steckköpfigkeit nichts ahne. Nichts wollte er hören, sondern riß mir das Sozialistenblatt aus der Hand, worin ich zu meinem Vergnügen las. Nase an Nase gegeneinander gerichtet, standen wir da. Bereits hatten wir allerlei Aufmerksamkeiten auf uns gezogen. «Sie haben repräsentativ zu sein, verstanden.» Diesen Befehl sprach er nicht nur aus, sondern schrie ihn mir ins Gesicht. Inzwischen hörte ich die vornehme, feine Mama mit kalter Miene zum Kind, das aus dem Verhalten seiner Mutter klug zu werden versuchte, sagen: «Du plagst mich», und das unwissende Kind fragen: «Womit denn eigentlich?» und die Mutter antworten: «Das hättest du längst erraten können, wenn du lieb wärest», und das Kind erwidern: «Ich bin lieb», und wieder die unnahbare Mama strafend entgegnen: «Nein, das bist du nicht.» Von derartigem schien der Gesellschaftsretter und Wiederaufbaumann, der, der Schlipse in die Restaurants hineintrug, nichts zu wissen. Er und ich hielten uns gegenseitig für Narren.

Während er sich zum Prinzip des Energischeingreifens bekennt, eine Anschauungsweise, die ich immerhin als solche durchaus achte, sieht er sich genötigt, in mir einen unzweifelhaften Sorglosigkeitsvertreter zu erblicken, der zarte Mamageschichten wichtig nimmt, indes er Schlipse trägt und Umgepurzeltheiten möglichst rasch wiederaufrichten will.

Ich ersuchte ihn sanft, mich mit Stammbäumen usw. in Ruhe zu lassen. Tausende meinen nicht leben zu können, ohne sich einzubilden, sie seien in einem Aufstieg begriffen.

Er wird sich fernerhin mit Schlipsen und ich mich weiterhin mit Lebensfinessen befassen.

DAS STOLZE SCHWEIGEN

Wie mancher, bekenne ich mich, bei einer Vorliebe für die Form des Christuskreuzes, in gewissem Sinn zum Heidentum.

Nun von etwas anderem, nämlich davon, wie mir ein Freund den Rat erteilte, das häufige, planlose Herumziehen in Gottes schöner Welt zu vermeiden, und wie ich mir heute früh in Erinnerung an erwähnte Ermahnung vornahm, einen Warenladen in geeigneter Gemeinde zu eröffnen. Eine passende Frau sei hiefür ausfindig zu machen. Mit nicht zu schildernder Genugtuung läse ich morgens, mittags und abends meine Zeitung, die dreimal pro Tag wie ein Schwälbchen oder Täubchen in meine bescheidene Häuslichkeit hineinflöge. Gegenüber der Gattin wäre ich die Artigkeit selbst, und zur Kundschaft spräche ich in den gewähltesten Ausdrücken. In was für literarische Freuden vertiefte ich mich. Der Buchhändler stellte mir Prospekte usw. zur Verfügung.

Wenn ich einst so bei genanntem Ratgeber saß, geschah es, daß er elastisch vom Tisch aufsprang und zum Hut am Haken eilend zur Summe meiner Erstauntheiten sprach: «Unterhalte meine anspruchsvolle Frau so trefflich wie möglich; ich muß gehen.» Eines Tages versuchte er mich mit der flüchtigen Bemerkung zu beglücken: «Mir scheint, du gehst wie ein Marquis einher.» Ich bildete mir auf dies Lob unerhört viel ein. Gegenwärtig hüllt er sich mir gegenüber in stolzes Schweigen.

Ich komme auf das stolze Schweigen deshalb zu sprechen, weil mir beim Vorübergehen an einer Buchhandlung ein Buch zu Gesicht kam, das ich mit «stolzem Schweigen» betitelt sah. Das Titelbild stellte eine schöne, junge Frau dar, die in der Tat überaus stolz und schweigsam aussah. Scheinbar verharrt sie in Untätigkeit, unternimmt nicht das geringste. Unter anderm sieht sie aus, als sei sie zu stolz, um zu einer Handarbeit zu greifen, die womöglich aufheiternd, ablenkend auf sie einwirken würde. Man meint die Beobachtung machen zu können, daß sie liebt, jedoch zu stolz ist, sich offen zu ihrer Neigung zu bekennen.

Besagter Freund, d.h. besprochener Ausgezeichneter, der mich mit Ratschlägen überschüttete, die ich mir zu Herzen gehen ließ, schätzt mich sehr, ich weiß es; aber aus Stolz gesteht er das nicht ein. Ich freue mich aufrichtig, daß er unter seines Stolzes Tyrannei gleichsam seufzt. Ob der Stolz eine Art Krankheit sei, bin ich zu bequem, zu untersuchen.

Zweifellos habe auch ich Bekannte, denen ich das Schwergewicht meines Stolzes zu spüren gebe, was Wesentliches dazu beiträgt, daß ich mich wohlfühle. Meine Geliebte spielt auf den Saiten des Stolzes, der sich aufs beharrlichste ausschweigt, künstlerinnenhaft. Auch sie gehört zur weitverbreiteten Sorte oder Gruppe.

In einer spezereilädeligen Existenz würde ich also sehr viel lesen. Wie schonend ginge ich mit Büchern jeder Gattung um! Nach und nach entstünde mir ein allerliebstes Bibliothekchen, und das Kostbare daran wäre, daß ich die Bücherei Band für Band kännte. Keine einzige Seite oder Zeile entginge meiner Aufmerksamkeit.

Wie könnte ich da verschiedensten Menschen gegenüber in stolzem Schweigen schwelgen, und doch verhielte es sich im Grund anders, schiene nur so.

DER VERKRÜPPELTE SHAKESPEARE

Nacht war's, als ein Einsamer, dem der Name Mackensen nicht unbekannt sein konnte, der überdies wußte, was man unter dem Begriff Mac Mahon sogleich oder doch wenigstens schon nach fünf bis zehn Minuten zu verstehen habe, der drittens mit der Gestalt eines gewissen Generals Mack infolge Lektüre von Geschichtsbüchern vertraut war, wegen eines, man kann sagen, krachenden Lachens erwachte.

Die Sachlage war folgende: im Einsamen scheinen wir

das Vergnügen zu haben, es mit einem Gelehrten zu tun zu haben, den das Lachen derjenigen, die spät von Lebensbeherrschereien nach Hause kamen, lachen machte.

Still und machtvoll in seine Wesensabgründe hinab lachte er. Sein lautloses Lachen trug über das laute, schallende einen glanzvollen Sieg davon. Die Bewältiger des Nachtlebens sahen ein, daß ihres Lachens Auslachen eine künstlerische Erstrangigkeitsleistung sei.

Sofort verstummten sie, und da war es also sehr, sehr still geworden.

Die Nacht hörte sich wie ein Hermann Hessesches Gedicht an, und indem ich behaupte, daß sich der Einsame jetzt seiner sogenannten Gebieterin empfahl, die ihn mit unvergleichlichster Sanftheitsgewalt hierhin und dorthin zog, scheint wieder eine Kurzgeschichte samt all ihren Unnachahmlichkeiten im Hafen der Beendigtheit angelangt zu sein.

Sie sehen das ja wohl ohne weiteres ein! Nie, nie glaubte ich, daß sie so knapp, federleicht und gleichsam gleichgültig ausfallen würde.

Diese paar großen Namen, die ich einflocht!

Ein Kollege von mir wies einst auf meine verkrüppelte Shakespearehaftigkeit hin. Er sagte es in Gesellschaft, wo schon so viel Kluges, Treffendes, vielleicht aber auch Allzuschlagfertiges ausgedacht und gesprochen worden ist.

Mir wurde das Bonmot hinterbracht, und hier packe ich es aus der Gedächtnisschachtel.

Unglaublich, daß einer, der kein *savoir-vivre* besaß und der zum Leben nicht jeden Augenblick gehorsamst ja sagte, zu lachen wagte!

Derzeit ist meine Aufführung diejenige eines Mannes von Welt.

Wie er sich über ihre Amüsiertheit amüsierte, der Einsame.

Fabelhaft, wie die Nacht lachte.

Ehe ich gar nichts Shakespearesches besäße, würde ich mit dem «verkrüppelten Shakespeare» gern vorlieb nehmen.

EIN DUMMER JUNGE

Dieser Aufsatz oder Essay hier macht mich verächtlich ausspucken, wobei natürlich das Ausspucken lediglich angedeutet, gleichsam bloß geschauspielert wird. Mir fiel nämlich erstens heute früh ein, daß ich eigentlich immer eher sowohl französisch wie russisch als deutsch schrieb. Zweitens halte ich meine Schriftstellerei für eine nicht uninteressante kunstgewerbliche Spielerei. Drittens frage ich mich, inwieweit Reichtum und Ansehen zu verdummen imstande sein können. Viertens ist Armut für mich etwas Ähnliches wie Reichtum. Arme und Reiche können womöglich in die Gefahr geraten, aus Armut oder aus Reichtum sozusagen zu verblöden. Vielleicht kämpft in unserer Zeit die gesamte europäische Menschheit den aussichtsreichen oder hoffnungslosen Kampf gegen die Verblödung, was immerhin vom Vorhandensein einer Aufgabe spricht und an sich eine Hoffnung sein könnte. Auffallend viele Menschen, die einen Namen haben, einen Wert auf den Achseln tragen, feiern in diesen Tagen ihren sechzigsten Geburtstag. Die Zeit geht unaufhaltsam vorwärts, und Figuren, die man sich bisher fahrlässigerweise stets gewissermaßen als jung und rüstig vorstellte, wurden wie über Nacht verhältnismäßig alt. Vor einiger Zeit sah ich, falls ich die Wahrheit sage, wovon ich überzeugt zu sein bitte, eine entzückend elegant gekleidete junge Frau, die, auf einer Anhöhe stehend, freudig ausrief: «Wie schön ist dieses Stadtbild!» Die Berge boten einen auserlesen zarten Anblick dar; kleine Mädchen spazierten mit Puppenwägelchen umher und benahmen sich wie richtige Mütter, und die Puppen, die in den Chaisen lagen, schienen lebendige Angehörige der Jetztzeit zu sein, indem sie mit den künstlichen Augen blinzelnd in den Himmel hinaufliebäugelten. Hauptsächlich verbreite ich mich hier aber über einen scheinbar vortrefflichen, dummen Jungen, der nicht etwa ein Knabe, sondern ein erwachsener Mensch ist, und der auf die Idee gekommen zu sein scheint, sein Herz gehöre nicht ihm. Seit langem hielt ihn sein Bekanntenkreis bequemlichkeitshalber für nervös, und indem er dies absolut nicht war, glaubte er's um so lebhafter. «Du gehörst nicht dir», schwatzte man ihm sehr solid und aufrichtig vor, bis er sich bloß noch für eine Puppe hielt, die nicht das Recht habe, einen eigenen Willen zu besitzen. «Ihr habt recht; ich bin kein Mensch, vielmehr nur eine Maschine», sprach er bedächtig zur Schar seiner Ergebenen, die über solche Auffassung mit Mühe das Lachen verbissen. Sie sorgten sich um ihn und lachten, und das Lachen war derart, daß sie vor Belustigtheit beinahe platzten. Seine Freunde langweilten sich, und er tat dies nicht minder, und vor lauter Nichtwissen, was sie Amüsantes anstellen sollten, erblickten sie ihre Lebensaufgabe darin, ihm zu sagen: «Du bist doch noch ein kleiner, dummer Junge», und der feinfühlende Riese, als den ich ihn dem Leser vorstelle, glaubte ihnen den Blödsinn, da er begonnen hatte, vor lauter Gescheitheit nicht mehr zu wissen, was klug und was dumm sei.

Da er auf einem Landgut erzogen worden war, mag sein Aufwachsen ein vielleicht nur zu schönes und glückliches gewesen sein, und dann kam er ja in der Mitte seines Lebens mit einem abenteuerlichen Erotiker in Berührung, der ihm beispielsweise eröffnete, es sei überaus amüsant, vor Verliebtheit teilweise den Verstand zu verlieren. Ich nehme diesen Erotiker übrigens insofern in Schutz, als ich dafür einen Finanzmann fallenlasse, der den Glücklichen und Kräftigen dadurch schwächte und unglücklich machte, daß er ihn total bematerialisierte. Meiner Meinung nach kann nämlich Erotik immer noch zu ein wenig Idealität erziehen. Wochenlanges Mitanhören, wie einer zu kalkulieren habe, damit nicht ein dummer Junge aus ihm werde, verdrehte ihm den Kopf, und mit verdrehtem Kopf ging er nun auch noch zu den bestgedrechselten Köpfen und kultiviertesten Herzen, die es weit und breit gibt, und fühlte infolgedessen verlassener und einsamer als je zuvor. Menschen finden sich, die ihr Herz wegschenken und sich seinen Besitz dennoch zu garantieren wissen, und Dummköpfe von seltener Gescheitheit lassen sich feststellen, die aus nichts als Klugheit unklug tun und sprechen, und nun traten des guten Menschen Begleiter an seine Unzulänglichkeiten heran und behaupteten ihm mitten ins Antlitz hinein: «Es ist jetzt Mode, daß man ganz neu zu leben anfängt», und als er die sorgsame Frage an sie richtete: ob dieses vollkommene Neue vielleicht in einer Verrücktheit bestehe, sagten sie: «ja», und indem sie sich innerlich vor Lachen schüttelten, schauten sie ihn äußerlich denkbar seriös an, mit solch weltgewandten Zivilisationsangehörigen hatte er's zu tun, der ungestört wie eine Blume auf dem Land aufwuchs. Er wollte eine Verrücktheit begehen, wie sie noch nie gesehen und angestaunt worden sei, erklärte er den ihn täglich Umschwärmenden, die ihn um seines Geldes willen lieb zu haben schienen und ihn um seiner anmutigen Zerfahrenheit willen schätzten. Leider war jetzt der Erotiker nicht mehr zugegen, der ihm in einem fort gesagt haben würde: «In der Erotik liegen kulturelle Pflichten, komische und tragische Aufgaben in Hülle und Fülle, die den, der sie zu lösen bestrebt ist, mindestens von einer der größten Gefahren, die es gibt, von der Daseinsinhaltlosigkeit, befreien.» Jeder von uns kann zeitweise geneigt sein, ein dummer Junge zu werden. Möglich ist, daß er auf das, was ihm der Erotiker hätte sagen können, gelächelt hätte. Tatsache ist, daß er Nichterotikern sein wertes Gehör schenkte, die ihn gleichzeitig zu beklagen und zu belächeln wünschten, während ihn der Erotiker gern als einen Mann von Welt gesehen hätte.

Wenn Schwache in die unrichtige Gesellschaft geraten, dürfte es angezeigt sein, daß ich lache und gleichzeitig ein ernstes Gesicht mache. Immer glich dieser im freien Feld Erzogene einem durchaus ernsten Menschen, aber es kann vorkommen, daß Lachende ernsthafter sind als Ernste, indem sich vielleicht Lustigkeit zur Ernsthaftigkeit verhält wie Reichtum zur Armut, die einander ähnlich sind. Wenn ich über seine Persönlichkeit richtig unterrichtet bin, so war er kein richtiger Lauscher, weil er nur mit halbem Ohr horchte und das Halbe, das er hörte, wie von einer Zerstreutheit eingehüllt, befolgte, indes andere, was sie mit gespannter Aufmerksamkeit hören, total unbeachtet lassen, als wäre das Erhorchte eine Halle zum Hinein- und wieder Hinausgehen.

Menschen gibt's, die ihr schönstes Sehnen für eine Art von Vergnügen halten, während sich andere diesbezüglich zu wichtig, sich gleichsam zu wenig vor dem Heiligtum in acht nehmen, das die, die mit ihm scherzen, nie betreten, worin ich den Ernst der Scherzenden sehen zu können meine.

STÜCK OHNE TITEL (I)

Da schauten sie den durch, wie man wird sagen dürfen, vollständige Einschüchterung denkbar Unansehnlichgewordenen nun an, die Respektabelgebliebenen. Einst war er ebenso flott, stramm und frech wie sie oder sogar um einige Millimeter oder Zentimeter flotter und frecher. Doch jetzt war's anders. Wie komisch er jetzt aussah, den einst eine gewisse Achselklappenhaftigkeit schmückte. Er ähnelte nämlich früher einem Attaché aus Rokoko- oder noch weit eleganteren Epochen, doch inzwischen hatte er die Unvorsichtigkeit begangen, sich in eine Lächerlichkeit hineinzulachen, und die, die nun gern über sein Exterieur gelächelt hätten, sahen sich bei seinem Anblick, der ihnen fragwürdig vorkam, zu lebhaftem Ernsthaftsein veranlaßt. Doch da fällt mir Gott sei Dank eine Kleinigkeit aus dem Straßenleben ein, indem mir einer begegnete, der einen Tisch mit nur drei Beinen auf einem Handwägeli forttransportierte. Offenbar war der unperfekte Tisch reparaturbedürftig, wie wenn etwa das Manuskript eines Achselkläppelers nötig gehabt haben könnte, in die Flick- oder Abhobelungsanstalt getragen zu werden. Meines Erachtens macht eine Zeit aus Notzuständen gern Witze, was jeder Vernünftigdenkende begreiflich zu finden vermag. Das lautere Betonen des Standes- oder Achselklappenwertes stammt zweifellos aus allerlei Zeitverlegenheiten oder -unsicherheiten, die ich mir so freundlich wie möglich zu betrachten empfehle. Wie bedaure ich übrigens, daß ich eine Frau seit langem nicht mehr zu sehen bekam, von der mir schien, sie benehme sich anmutig, und in bezug auf die ich mich glauben machen durfte, sie frage den Vergnügungen wenig mehr nach und wirke gerade deswegen sinnerwekkend. Sobald genannte Frau bei guter Laune war, besaß ihr Mund die Lieblichkeit eines Büschelchens von Blümchen.

Reizend fand ich unter anderm an ihr, daß sie merklich wenig Geschichtskenntnisgenauigkeit besaß; sie ließ Danton, den Modernen, einen Mittelalterlichkeitsangehörigen sein. Daß eine zum Teil naive Frau scharmant sein kann, versteht man.

HERBST (II)

Wölkchen, die wie Stückchen Watte aussehen, schweben vor den Fensterscheiben im gelben Blau. Letzteres spreche ich mit der Trägheit eines gottbegnadeten Faulenzers aus, aber ich sage außerdem, daß ein Brief in meinem Manuskriptenbehälter liegt, den ich eventuell beantworten werde. Einen andern Brief, d.h. einen, dessen Inhalt mir allzu naiv vorkam, ließ ich bequemlichkeitshalber in den Papierkorb gleiten. Häufig treten Menschen mit der mich merkwürdig berührenden Zumutung an mich heran, ihnen diesen und jenen Ratschlag zu erteilen, wo ich meistens nicht im mindesten aufgelegt bin. Mit der Herbstsaison fing die Theatersaison an, und eine Zeitschrift warf die Frage auf, was für Qualitäten ein unsterblichkeitsfähiger Roman aufweisen müsse.

Mit einer nur bis zu gewissen Grenzen unfaßlichen Schwerfälligkeit befasse ich mich in vorliegenden Ausführungen mit einer Art Bettler, der sich in einer sehr schönen Landschaft aufhält, ein allem Anschein nach prächtiges Haus bewohnt, worin er um 4 Uhr nachmittags Kaffee trinkt, wonach er sich an die Ausübung seiner gewohnten Obliegenheiten begibt. Geht er spazieren, so umsingen und umringelreihelen ihn Kinder, was vielleicht insofern Verlegenheiten in ihm hervorbringt, als er in sich selbst nichts oder nur noch herzlich wenig Harmloses mehr zu finden vermag, so sehr er sich diesbezüglich anstrengt.

Früher, so erzählte er bei Gelegenheit selber, bewohnte er ein Schlößchen, dessen graziöse Giebelung sich mit gedichthafter Zartheit im See abspiegelte, an dessen stimmungsvollem Gestade sich der Wohnsitz erhob. Man kann den Bettler keinen nötlichen, etwa um ein Stückchen Brot demütig Bittenden nennen, sondern man wird bei ihm von einem seelischen Bettlertum zu sprechen haben, was an sich gewiß weiter gar nicht schlimm ist, da die Hauptsache für uns ist, wenn wir zu essen haben, und nachts wissen, wo wir hingehen können, um von den Kräfte in Anspruch nehmenden Tagesbemühungen auszuruhen. Man meint auszusprechen der Meinung sein zu dürfen, um die Bettelgestalt herum sei's Herbst gewesen, wobei jedoch Irrtum keineswegs ausgeschlossen ist. Beispielsweise weiß ich nicht mit Sicherheit, ob Schriftstellern gestattet ist, den frühen Morgen mit dem Frühling, die Mittagszeit mit dem Sommer, die Abendstunde mit dem Herbst und die lange, monotone Nacht mit der winterlichen Jahreszeit zu vergleichen. Um den Bettler war's also Abend geworden. Tiefe Einschnitte hatten sich auf beiden Seiten seines Mundes eingenistet, was als Beweis aufgefaßt werden konnte, daß er vielfach mit sich nicht einig sei.

Er hielt sich mitunter für einen Zauberer. Zauberte er aber einst zielsicher, d. h. auf naive Art, als spiele er auf der Flöte seines Unbewußtheitsreichtums, was eine vielleicht etwas unalltägliche Ausdrucksweise sein mag, so glich jetzt sein Zaubern eher einem nörgeligen Zaudern als einem fröhlichen Ausschreiten in die Lebensebene. Nun kränkt man meiner Ansicht nach die Natur, wenn man beispielsweise der Herbstlichkeit irgendwelche Verstimmtheit andichtet, der Herbst wehrt sich gegen den allzu naheliegenden Versuch, ihm quasi eine Wehmuts- oder Bettlerverwandtschaft aufzuoktroyieren; obwohl ja freilich mitunter Herbstbäumchen mit betteligen Gesichterchen in einigen Einklang gestellt werden zu können scheinen.

Der Bettler saß in zierlicher Haltung auf einer Bank im Herbstgarten und dachte über die Briefe nach, die er an die Herrinnen seines sammetschwarzen-weichen Herzens adressiert hatte, die sämtlich seiner zauberischen Bettelhaftigkeit wegen besorgt waren: «Meint er eine andere, indem er sich an mich wendet?» hatte sich jede gefragt, als sie von seiner jeweiligen Vertraulichkeit in Kenntnis gesetzt worden war, und jede hatte gefunden, es sei interessant, sich in schwellendzarten Zweifels Schaukel zu wiegen. Gewissermaßen hatte der Bettler diesbezüglich für die denkbar belebendste Verbreitung naturalistischer Romantik gesorgt, die als Problem gewertet werden kann. Ein Zweifler, wie er selbst einer war, mußte er auch diejenigen zweifeln machen, denen er sich brieflich anvertraute, die er auf seine Sprechweise zu horchen veranlaßte. Sein in gewisser Hinsicht vielleicht ein wenig bedenkenerweckendes Lieben wurde mit dem über die Abhänge seiner Existenz herabrollenden Goldkugelhaften seines nicht uneigentümlichen Wesens gern entschuldigt. Falsches an ihm wurde ihnen zum Offenheitsklang, denn der Suchende, dachten sie, suche ja nichts als «das Eine», sie sahen es ihm an den lustigernsten Augen an, daß er im Grund nur Treue aus einer Seele hervorzuzaubern womöglich bisweilen etwas zu emsig im Sinne habe.

Der Bettler hielt in einem fort seine Herbstlichkeiten für gegeben, als wenn es überhaupt genaue Lebensabstufungen gäbe.

Mir macht es Spaß, zu glauben, die Leser seien gleichsam die Aufpasser der Schriftsteller; aber auch der Strengstdenkende wird vielleicht zur gewiß feinen Eingebung gekommen sein, in diesen Zeilen hier herbstele es, womit ihr Zweck eigentlich erfüllt sein dürfte.

Zurzeit veranstaltet man in der Stadt, die ich bewohne, eine Van-Gogh-Austellung.

KATZE UND SCHLANGE

Ich schreibe beim Licht der Lampe. Wie mich dies jünglinghaft anmutet! Beinahe erbleiche ich in meiner Seele über mein heutiges Eingeständnis. Will ich hier irgend etwas gestehen? Man hat mir mit Recht oder ungerechtfertigterweise Geziertheit des Schreibens vorgeworfen. Eine schöne Frau schrieb mir einen Brief, über den ich dachte, er töne zu ernsthaft. «Was will sie von mir? Will sie sich an mir rächen?», sprach ich zu mir. Vielleicht war dieser Gedanke total unbegründet. «Ein Schwert wird dich durchfahren», prophezeite mir einmal eine arme Semmelausträgerin. «Zwei, die sich lieben»: lautet nicht so der Titel eines Buches, dessen Umschlagzeichnung mir kürzlich in die Augen fiel? Jetzt ist mir aparterweise zumut, als stehe hinter meinem Rücken eine mich beaufsichtigende, teils sorgenvolle, teils vergnügt lächelnde Ratgeberin. Bei dieser Gelegenheit gebe ich gern bekannt, daß eine Entschlossenheit in mir lebt, nunmehr eine Schlange in Betracht zu ziehen. Mit Freuden gebe ich zu, daß ich mich für einen ungewöhnlich trockenen Schriftsteller und Menschen halte; aber steht nicht die Tatsache zu eben Gesagtem in einem Widerspruch, daß mir ein Wohlwollender neulich schrieb, Stellen in meinen Schriften, die ja übrigens bis heute noch nicht gesammelt herausgegeben worden sind, hätten ihn sozusagen tief gerührt? Lakonisch antwortete ich ihm: «Dies war einmal. Mich freut es, wenn ich in Ihrem Herzen Bewegung hervorrief, aber Sie werden begreifen, daß ich mit jeder Faser der Gegenwart gehöre und mich durch Lobeserhebungen nicht in meiner Alltagsfestigkeit beeinträchtigen lassen darf.» Sogleich wird ein Kätzchen auftreten.

Halt, da fällt mir ein, daß eine nicht unimportante Persönlichkeit meiner Unwichtigkeit gegenüber die bedenkenerweckende Bemerkung fallenließ, ich könne nicht Deutsch. Der Nachthimmel ist mit blümchenhaftglitzernden Sternen geziert, indem ich mich anschicke, vom Kätzchen verlauten zu lassen, es habe mich scheinbar sehr geliebt, aber aus irgendwelchen Gründen sei mir eingefallen zu glauben, es habe sich in meiner Umgebung unmöglich gemacht, derart, daß ich es abschaffen zu sollen meinte. Ich weiß mit Bestimmtheit, daß sich das Kätzchen unentbehrlich zu sein einbildete. Bis dahin duldete ich sein Beisein mit Vergnügen; plötzlich jedoch war ich seinethalb unduldsam geworden, und da mich gleichzeitig eine gewisse Sehnsucht erfüllte, der Schlange eine Gefälligkeit zu erweisen, gewann der Gedanke nach und nach in mir Ausdehnung, das Unbeliebte, das sich nach wie vor geschätzt glaubte, worin es sich irrte, zur Ersehnten zu tragen, die sich bei mir beliebt zu machen verstanden hatte. Schön und einsam, in glühendkalter prächtiger Zusammengerolltheit verbrachte das Wunder an Eleganz ihre Tage in gezwungen-träger Gleichförmigkeit. Mit dem Kätzchen hatte ich immerhin Mitleid, aber mit der Schlange nicht minder. Dazu kam, daß ich die Beute einer Bewunderung gegenüber letzterer geworden zu sein nicht abzuleugnen vermochte, und dann wird mich wohl auch der Umstand beeinflußt haben, daß so ziemlich alle sowohl dem Kätzchen zugetan waren wie die Schlange abschätzig beurteilten, deren Vortrefflichkeit keinesfalls nach jedermanns Geschmack ist. Die Gefürchtete, Gehaßte liebte ich. Die Einziggeartetheit ihrer Körperform, speziell die Geöffnetheit ihres Rachens, die mir etwas Entsetzliches und Köstliches zugleich zu sein schien, bewog mich zum an sich womöglich bedauerlichen Schritt, und nun macht man sich sicher kaum einen Begriff, wie es kläglich aussah, als es zu ahnen, fühlen anfing, was ihm ungefähr bevorstehe.

Mit einmal kannte es nämlich sein Los mit geradezu possierlicher Unwiderleglichkeit. Seine Krällelein klammerten sich in meinen Anzug, als wolle es sich für immer aufs unzertrennlichste mit mir vereinigen, eins mit mir werden. «Zu spät, Unvorsichtiges!» sprach ich zu ihm. «Warum warst du stets sorglos? Nun tritt die Vergeltung an deine Unbekümmertheit heran, die einen Anspruch bedeutete, der mir immer unaussprechlich lächerlich vorkam. Bereite dich auf eine ernste Erfahrung vor! Sei gefaßt, ersuche ich dich eindringlich.»

Mit solchen Worten ging ich mit dem Schätzchen zum Ungeheuer, für dessen fremdartiges Dasein ich Verständnis besaß.

Das Kätzchen betrachtete sich nunmehr zitternd nur noch als Schlangenfutter.

DER ZAPFENSTREICH

In welcher Gegend bist du, in welchem Verhältnis? Ich lachte gestern jemand aus, der mich an dich mahnte, der mir mein Lachen vorwarf, der mir laut sagte, wie böse die Treulosigkeit sei; wieder aber andererseits gefiel ihm gewissermaßen meine Lieblosigkeitsmiene, meine lachende Augenblicksverherrlichung, die prächtigen Kräfte, mein mir malerisch von der Schulter herunterhängender Mantel der geistvollsten Geistlosigkeit, des beseeltesten Seelenabhandengekommenen. Ihn freute ja heimlich, daß ich wie einer dasaß, der die Höflichkeit besaß, Ursachen, zu schelten, darzubieten. Oh, wie sein flammend verurteilender Augenstrahl mich wie Blumenduft umduftete. Über Knechte kann plötzlich ein Königsstolz kommen, über Verräter ein Engelsunschuldsbewußtsein und über Verbrecher das Gefühl, im Besitz einer Tugend zu sein, wie sie dem frömmigkeitsfrohen, zwölfjährigen Jesus anhing, als er göttliche Worte wie Schätze aus der Höhle seines Erleuchtetseins hervorholte, aus den Seeabgründen seiner süßen Geburt, seiner angestammten

Begabung heraufzog. Mir war gestern, als sähe ich die Hinreißungen, die Körperheiligtümer der schönen Otero. Umflöten auch dich immer noch hie und da die Vergangenheits-, die Gegenwarts- und die Zukunftshindeutungen, und bist du dir auch heute noch die spielendste Anspielung? Pierrot trat, mit schwarzen Tränenstrichen geschmückt, die ihm wie Edelsteine über die Augen hingen, von den Sternen heißjubelnder Wehmut umzittert, aus der Kulisse der Mondmitternacht an den Wunsch hervor, sich wieder einmal von der besten, will heißen, geselligen Seite zu zeigen, und vor seinem braunen, blauen, wiesengrünen Saitenspiel zogen alle meine knospig aufquillenden Innerlichkeiten Mützen und Hüte ab, und wenn sich ein Schlangenmensch romantisch-ideal gab, gleichsam unerhört lyrisch, so rissen sich zwei Amerikanerboys mit Wildwestmanieren und -künsten selber herunter, indem sie sich mit kristallklarem und -heiterem Schmutz bekränzten und besudelten. Man kann vielleicht die Meinung aufwerfen, sie hätten sich geniert, die Pose nicht zu bestreiten und das Sublime ihrer Kunst nicht um eines Ernstes willen lächerlich zu machen. Es gibt Mütter, oh, du meine schöne, so seltsame und so prüfungsreiche Entschwundene, die sich aus der Schar ihrer Kinder einen Liebling auswählen, den sie vielleicht küssend steinigen, dessen Existenz sie mit ihrer zärtlichen Bevorzugung, mit der Unenthaltsamkeit ihrer Liebe untergraben. – Sind denn nicht von manchem Gesichtspunkt aus Lieblose pflegend und Liebende vernachlässigend, Pflegende tötend und Vernachlässigende belebend? Unerratenheiten strahlen sonnenhaft ins dumme, liebe, von Häßlichkeiten und Schönheiten strotzende Dasein, und nun aber wieder dieser Zapfen!

Du weißt, was ein Zapfen ist? Ein Zapfen kann zweierlei sein, nämlich sowohl ein Kork, der zum Verstopfen von Flaschen dient, als zugleich auch ein Monatsgehalt, der denjenigen mit seinem regelmäßigen Herannahen erfreut, der ihn abverdient. Über eine von Tänzerinnenfüßchen beklöpfelte, bepantöffelte Bühne röllelete so ein Kork, und dieser Kork oder Zapfen umlächelte durch die ganze Nacht mein Urwald- oder Kaffeegeschirrgehirn und alle seine mehr oder weniger hohen Ambitionen. Wie umfloß und umschimmerte mich stromhaft das wiedergewonnene, wiederaufgefundene Leben. Ich spielte mit einem Löwen, der mir das nötige Taschengeld zuschob, und begütigte und beruhigte eine ungehalten werden wollende Gemahlin und hörte von einem blinden Kind und sah Schnellzüge aus der Bahnhofhalle in die finstere Mondferne hinausrollen, und stündlich jagen im Tageslicht und zu Zeiten, wo wir schlafen, Eisenbahnzüge nach allen Richtungen über den selber wieder jagenden, rollenden Erdboden, der still und zugleich nie still ist, der sich so gottvoll-exakt bewegt, daß wir Mühe haben, zu glauben, er gleiche nicht einer Unerschüttertheit, sei nicht eine Fläche, auf der nur wir die Lebendigen seien, und doch hat er noch nie angehalten werden können und wird nie zu bewegen sein, aufzuhören, sich zu bewegen. Wie mich die Meisterhaftigkeit in der Gewöhnung, ihre Gebärden zu bändigen, ihrem Auftreten Präzision zu verleihen, an einer Sprecherin entzückte, die eine Rose zerzupfte, als zeige sie, wie unsere Üppigkeiten, unsere Genüsse zergehen.

Sei nie verzagt, wo du auch bist. Ich bin dir untreu, aber ich liebe dich, und ich könnte mich meilenweit von dir entfernen und wäre doch in deiner unmittelbaren

Nähe, und du verzeihst mir, ich weiß es; es würde dir nie einfallen, zu wünschen, ich büßte meine Unmittelbarkeiten ein. Gestern wurden mir die Straßen an der Seite einer Persönlichkeit, die sich im System, im Netz, im Ineinanderverworren-, -verwickeltsein nicht zurechtfand, nicht auskannte, wieder ganz neu, und die Säle und das goldene Ich, das aus den Verachtetheiten mit einem Gesicht stieg, das einem Menschen anzugehören schien, der verehrt würde. Ich ließ die Nachtkälte in die einsame Stube wehen. Die Amazone küßte mich. Aber dies sind vielleicht emporgeklettertste Verstiegenheiten im Vergleich mit einer Rekrutenschulerinnerung, die dahin zielt, mir wieder vorzustellen, wie es mir war, als jede Nacht um neun Uhr, um uns in die Kaserne hineinzulocken, die wir uns, der eine dahin, der andere dorthin, in die Gebiete der Freiheitlichkeit zerstreut hatten, der Zapfenstreich erklang. So nannten wir das Musikzeichen, das man uns gab, uns zur Nachtruhe zu versammeln, uns gleichsam heimzufinden.

Ich finde, daß du dich sehen lassen solltest, da du ja so schön bist.

KLASSISCHER BRIEF

Nicht, daß Sie mit jener Unweigerlichkeiten Voraussetzenden, der unerbittlich Fordernden, auf das in ihrer Hand hochgehobene Erlöserkreuz Hindeutenden, die nicht wirklich, sondern eine Figur in einem Gemälde ist, das ich letzthin zu Gesicht bekam, irgendwelche Ähnlichkeit hätten, obschon Sie mich unwillkürlich an eine Vergleichung, die Sie vielleicht nicht gänzlich schicklich finden, denken machen. Ob dieser Brief hier womöglich für mich nur einen schriftstellerischen Anlaß bildet, indem ich Sie mir als Modell dienen lasse, was vom künstlerischen Gesichtspunkt aus geschaut statthafter als vom bürgerlichen wäre? Letzterer kümmert mich, um vielleicht etwas Befremdendes auszusprechen, nicht im geringsten, wozu ich mir einbilden könnte, berechtigt zu sein, weil sich die bürgerlichen Herrschaftlichkeiten ihrerseits wegen dichterischen und verwandten Fragen keine grauen Haare wachsen lassen, was als anerkannte Tatsache gilt.

Sie sind mir in kurzer Zeit, offen gesagt, lieb geworden; besonders anziehend und schön fand ich Ihre Haltung. Im übrigen sahen Sie eines Abends ergreifend gravitätisch aus; etwas an Ihnen erinnerte mich um diese Stunde, die ich gleichsam schon an sich hochschätzte, an eine weibliche Repräsentationserscheinung, in früheren Zeiten als den gegenwärtigen lebend. Unmittelbar vor ihr oder in einer Entfernung von einigen Metern steht ein Machtmensch, und sie steht zu diesem Struppigen, Stämmigen, seelisch womöglich ein bißchen Unausgeglichenen in einer ihr innerliche Kämpfe verursachenden Beziehung. Lichter strahlten und Kindergesichter lächelten, und ein allem Anschein nach etwas unbildsamer Junge gab seiner dicht neben ihm sitzenden Frau Mama zu Reproschen Veranlassung, als Ihnen gelang, Sie gleichsam fertigbrachten, diesen Eindruck eines nicht für jedermann ersichtlichen Wertes, d.h. vielmehr ganz einfach diese, falls ich mich so ausdrücken darf, Feudalitätsillusion auf mich zu machen.

Meine Nahrung bestand im Augenblick erwähnter Impression in einem Kuchen, dessen appetitliche Oberfläche mit Schlagsahne geziert zu sein schien, eine Sorte von Speise, die ich zuerst mit den Augen genoß, ehe ich sie vorsichtig, achtungsvoll in den sorgfältig geöffneten Mund hinabgleiten ließ. Vor den Fensterscheiben, auf dem Trottoir, glitten Einwohnergestalten städtisch-anständig, d.h. mit einer gewissen Virtuosität im scheinbaren Sichgehenlassen an den drinnen Sitzenden vorüber, und nun ist mir natürlich unbekannt, ob auch Sie mit Bewußtsein auf dieses Charakteristikum achtgaben, oder ob nur ich es beobachtete. Ich wünsche aufrichtig, daß Sie diesen Brief nicht als einen Liebesbrief auffaßten, dem in diesem Fall ein Unstatthaftigkeitsbeigeschmack, ein Anflug von Salonunfähigkeit anhaftete, die an einem Briefe wie überhaupt jeder beliebigen Reihe schriftlicher Äußerungen das denkbar Unangenehmste ist. Indem ich vor Ihnen vorteilhaft, nicht nachteilig oder zweifelhaft dazustehen beabsichtige, erkläre ich Ihnen offenherzig, daß ich mich jedesmal, sobald ich Sie sah, fragte, ob Sie überhaupt zum Kreis meiner Bekanntschaften zu zählen seien oder nicht. Eine definitive Antwort gab es für mich diesbezüglich nicht, und vielleicht lag ja gerade in dieser Ungewißheit, in diesem Mysteriösen ein unwiderstehlicher Reiz, etwas Unalltägliches, Hochinteressantes.

Hatten Sie nicht irgend etwas von einer gewissermaßen geknickten Blume an sich, deren Geknicktheit ans Schlanke, Ragende mahnt, und ist es denn nicht eine Unumstößlichkeit, daß ich zeitweise in der Stadt, die mich beherbergt, nach Lust und Belieben herumzigeunerte, d.h. aus einer Wohnung in die nächstbeste andere wanderte, und daß man mich überall beinahe geradezu mit Freuden aufnahm, was ich mir natürlich nicht ungern habe gefallen lassen. Ich darf vielleicht glauben, mir wäre, was Domizilwechsel betrifft, eine verhältnismäßig stattliche Leistungsfähigkeit zu statuieren geglückt. Ohne sichtlich zu schwärmen, schwärme ich hie und da eine Frau an, ich meine, nicht irgendeine namhafte Frau aus der Gesellschaft, sondern eine beliebige, vielleicht sogar ganz gewöhnliche, die mich Ungewöhnliches an ihrem Auftreten wahrnehmen ließ, und die mich mit einmal wieder an ein ganz zufälliges Mädchen hat denken machen, deren Zufälligkeiten mir nicht gleichgültig waren.

Mein Schriftstellern besteht, nebenbei vorgetragen, in nicht zu unterschätzendem Maße darin, daß ich mich von Freunden usw., die ihrerseits ebenfalls publizierten, auf die Zivilisiertheit des Schreibens oder Publizierens habe aufmerksam machen lassen, und daß ich Winke, die mir erteilt worden sind, die Artigkeit besaß zu beachten, wonach ich mich halb im Ernst, halb scherzhaft einen vielkönnenden Nichtskönner und einen wenig- oder nichtskönnenden Vielkönnenden nannte, zu welcher Selbstbetrachtungsweise ich einigen Beweggrund zu haben glaubte. Mit einer Bescheidenheit, die für Sie wahrscheinlich etwas Hergebrachtes hat, bitte ich Sie, mir zu erlauben, Sie zu meinem Liebling zu erheben, das heißt zu den Frauengestalten rechnen zu dürfen, die ich auf gewisse Art und Weise in Herz und Phantasie bevorzuge und dermaßen achte und mit soviel Vortrefflichkeit umkleide, daß es mich lustig zu sein dünkt, es mich belebt, wenn sie mir zu merken geben, sie schätzten mich gering und fühlten sich mir gegenüber, wie Damen in etwas aus der Mode geratenen Romanen, als die Kostbaren und Schönen.

Wenn Sie mir überdies gütig gestatten, das, was mir in diesem Brief auszusprechen gelang, klassisch zu finden und für glaubhaft zu halten, auch Sie seien hiervon durchdrungen, so sorgen Sie beim Absender, der jeweilen nur mit geziemender Zaghaftigkeit Sendungen bewerkstelligt, für das dankbarste Lächeln.

ROMANTISCHE ANTWORT

Beinahe finstern Blickes stand der eifersüchtig den guten Ruf seiner Schwester überwachende Bruder neben dem altertümlichen, jedoch um seiner reizenden Bildlichkeiten nach wie vor jugendlich anmutenden Ofen. Ihren schätzenswerten Brief, verehrte Frau, erhielt ich, worin Sie sich das gewiß nicht geringe Vergnügen gönnen, mich wegen meines beharrlichen Stillschweigens kräftig zu schelten, das Ihnen zweifellos wie eine aufrichtige Unartigkeit erscheint. Sie halten scheinbar von einem Schriftsteller nicht sonderlich viel, den mein bester Freund und ich übrigens eigentlich bloß traditionellerweise zu verehren fortfahren. Gehören nicht Sie selbst zu den vielen, die sich von einmal liebgewonnenen Büchern und Menschen unmöglich zu trennen vermögen? Aber wie dieser ernsthafte Spötter, dieser höchst solide, ehrliche Lügner, alles mit Haßaugen betrachtende Menschenfreund in einem der zahlreichen Gänge des Theaters hinfiel. Er hatte mir gerade noch um eines geglückten Essays willen, der ihm von mir vorgekommen war, eine Artigkeit sagen wollen, was ich ihm am verbindlich lächelnden Gesicht ansah, als ihn gutgezielte Dolchstiche zu einem unwiderleglichen Entschwundenen machten. «Lange genug faseltest du von Gerechtigkeit, worin etliche eine unerträgliche Einseitigkeit erblicken. Jetzt erlebst du, wie die nackte Macht schmeckt», sprach es aus dem Munde von

Vermummten zum Verstummenden, dessen letzter Seufzer melodisch in der Halle verhallte. Besorgteste, Beste hören im Augenblick des Abschiednehmens von ihrem Wirken Ausdrücke wie Tölpel oder sogar Schuft. Sie machten sich in Ihrem Brief über mein lebhaftes Romanlesen lustig. Wie Ihnen aber meine Antwortzeilen deutlich dartun, lese ich Abenteuerlichkeit nicht nur, sondern lebe sie mit, derart, daß Ihre Achtung vor mir im Zunehmen begriffen sein dürfte. Möge sie wie eine bestrickend duftende Wunderblume in die Höhe wachsen. Sie lachen gern; nun, so will ich Sie damit lachen machen, daß ich Ihnen anvertraue, ich hätte Sie bis dahin für eine Gebildete gehalten, deren Bildung ein nicht uninteressantes Fragment blieb, und mir sei passend erschienen, zu glauben, Sie seien eine mit größter Aufmerksamkeit belegtebrötchenzurechtstreichende, hie und da in Buchhandlungen vorsprechende vornehme Hungerschluckerin. Des Bruders Gesicht zog sich merklich in die Länge, und Verdrießlichkeiten, deren es nie welche geben sollte, glitten über seine schöne Stirne, als ihn seine Schwester nichts als in einem fort bebrüderlen und beschwesterlen wollte, wie wenn beide noch in den Kinderschühlein steckten und absolut keine Pflichten besäßen. Die Eltern verhielten sich zunächst abwartend, während draußen auf der schlanken, blanken Straße ein Bettler, der sich aus Außenvierteln ins behütete, gepflegte, gekämmte oder gepuderte Quartier verirrt hatte, dramatisch gestikulierend vorübertorkelte, als figuriere er die anscheinend etwas heruntergekommene sittliche Ordnung. Bedächtig strich sich mit der bereits ein wenig verwitterten Hand der Onkel seinen langherabfallenden Gutsbesitzersbart, der Hauspriester blätterte in der Heiligen Schrift.

Wenn ich Ihren Brief, gnädige Frau, nicht wie eine wesentliche Arbeitsleistung taxiere, will ich mich nicht für berechtigt halten, Sie wissen zu lassen, daß die Bächlein vor Vergnügen hüpften, die Häuser blankgeputzte Fenster hatten, die Vöglein die Landschaft mit ihren Gesängen verschönerten, Felder und Äcker teppichähnlich prunkten, Wege sich wie Seidenbänder hinschlängelten, Wäschestücke an Waschseilen flatterten, Spezereiläden mit hunderterlei Waren liebäugelten, Wagen mit gebührender Bedächtigkeit herumrutschten, Wälder auf Anhöhen wie buschiges Haar auf Köpfen saßen, was Sie alles meiner Meinung nach bedeutend unamüsanter gesagt hätten, wenn man Sie vor die Obliegenheit hätte stellen wollen, Landschaftsabbildungen prompt abzuliefern. Bei allem dem scheint es Tatsache zu sein, daß Sie mit nicht zu verkennender Vollkommenheit meine Gediegenheit ignorieren, die geeignet ist, mich, was steifes Benehmen betrifft, in einen Spazierstock zu verwandeln, denn ich bestehe aus einem Bedenklichkeitsmeer, das wie ein Teller voll Suppe auf dem Tisch meines Daseins stillliegt. Die Tochter des Hauses, um mich des Juweles, das die Parkstraße bewohnte, angelegentlich von neuem anzunehmen, liebte einen Banditen, der für seinen unschönen Beruf im Grunde eine zu ausgeglichene Natur war, und der jetzt ins samtausgeschlagene Gemach mit dem etwas lauten Ausruf eher stürzte als bloß trat: «Haben Windigkeiten, wie sie von dir repräsentiert werden, mancherlei an einer Aufgewachsenheit in Rebbergen usw. auszusetzen?» womit er den Bruder meinte, an den sich das Familienoberhaupt mit der Aufforderung wandte: «Söhnchen, fasse dich.» Die Erzieherin stieß einen sich kilometerweit erstreckenden Entsetzensschrei aus. Nur die Frau Mama saß in sehr feiner, liebenswürdiger Entferntheit vom Gegenwartsspektakel in einem angenehm gearbeiteten Lehnsessel, einer Zahlungsermahnung mit heiterer Geringschätzung das bißchen Prüfung widmend, das ihr geboten erscheinen mochte. «Sollten wir dich wirklich, nachdem du unser Zärtlichkeitsgegenstand warst, vermissen?» fragten nicht die Lippen, wohl aber die Augen des Erzeugers nach der Richtung der rosig angehauchten Öhrchen der Erzeugten hin.

Ihnen, sehr Geehrte, gefiel es in Ihrem Brief, den Sie meiner Ansicht nach in keiner andern Räumlichkeit als einer Monarchistenmansarde geschrieben haben können, mein Talent bezüglich rhetorischem Gehaben zu loben. Ihnen ein Muster meiner Sprachbegabung überantwortend, bitte ich Sie herzlich, seien Sie glücklich.

ZWEI GESELLSCHAFTSSTÜCKE

I.

Eines Vormittags oder Abends wurde gelegentlich einer gesellschaftlichen Veranstaltung, wobei es vielleicht zu einigen und andern Artigkeitskundgebungen kam, ein Anwesender von der Hausfrau als Original bezeichnet, der über die unerwartete Auszeichnung verwundert, wenn nicht sogar verblüfft war, da ihm bis dahin in seiner Bescheidenheit noch nie eingefallen sein konnte, sich für eine Unalltäglichkeit zu halten. Dem Unalltäglichen schien die Unalltäglichkeitserklärung eher unangenehm als willkommen zu sein. Ob ich ihn dadurch charakterisieren kann, daß ich von ihm sage, sein Gesellschaftsanzug habe womöglich nicht wie die Tadellosigkeit selbst ausgesehen, ist mir im Moment unbewußt; mir genügt auszusprechen, daß ihn einige von nun an höher und zugleich geringer schätzten, als wenn ihn die erwähnte weibliche Bemerkung gleichsam gleichzeitig mit einem aufmerksamkeitherausfordernden Fehler ausstaffiert und aus jederlei Mangelhaftigkeit erlöst hätte. Freudig oder nicht, sah er sich genötigt, sich an die Neubekleidung anzupassen, und da er nunmehr als Original auftrat und einherging, war ihm die Beobachtung zu machen gegeben, daß er gewissermaßen nachgeahmt wurde, was er sich gefallen zu lassen hatte, da dies Takt und Anstand von ihm forderten. Bewegte er sich ungeschickt, so glaubten die ihn Umgebenden, Albernheit sei sozusagen klug, diese Art Klugheit sei gewinnend, dieses Gewinnende ziehe an sich herab, dieses an sich durchaus Herabziehende klinge wie eine Bejahung, die wie ein zierliches Narrenglöckchen töne. War er betroffen, so sahen alle oder wenigstens manche sofort mit großer Offenherzigkeit ein, daß sich eine solche Haltung in jeder erdenklichen Art schicke. Bisweilen kam es vor, daß der Nachgeahmte seine Nachahmer seinerseits mehr ergiebig nachahmte, wonach im Kreis, der hier seine Illustrierung findet, eine sogenannte Überraschtheit entstand, die sich glücklicherweise in ein Lächeln verwandelte. In einer Gruppe, die sich wie von selbst bildete, und die die Gruppe der Geistreichen genannt werden konnte, wurde mit gewiß in jeder Hinsicht anerkennenswertem Eifer die Frage aufgeworfen, ob das Original genial sei oder nicht. Zeitweise benahm sich das Original kolossal pedantisch, weshalb sogleich die Tüftelei in die Mode kommen mußte. Als er freizügig werden zu können meinte, fing es inmitten eines unverkennbaren Glanzes dermaßen zu freiheitelen an, daß die Hausfrau ihrem Erstaunen Ausdruck zu verleihen Anlaß zu haben glaubte. Sie erteilte dem Original den Rat, auf etwas unzweifelhaft Bildung nicht gänzlich außer acht Lassendes zu sprechen zu kommen, was er augenblicklich gehorsam ausführte, indem seine Originalität hauptsächlich in unübersehbarer Willigkeit gegenüber Frauen bestand. Kaum hatten seine Lippen auf das Gewünschte angespielt, als sich auch schon eine Feierlichkeit im Raum verbreitete, die dem Sonnenschein glich.

Das Original begab sich, Festlichkeit vergegenwärtigend, ans Buffet und befaßte sich daselbst mit Aneignen einer Scheibe Salami.

II.

Es gebe geniale Dilettanten, sagte ein mich aufs schlagfertigste als Künstler Bezeichnender. In unserer angenehm belebten Gesellschaft befand sich eine Exaltierte, die sich schon oft morgens früh um sieben oder abends um acht Uhr auf die Fensterbrüstung gelehnt hatte, um in die Landschaftszartheit hinauszuschauen und wegen ihrer irrlichterhaften Eigenschaften besorgt zu sein, indem sie einsah, sie bilde irgendwelche, da und dort zu Unruhe Anlaß darbietende Ausnahme. Ich bin der Ansicht, Schöne, daß ich Sie bis heute nur ein einziges Mal auf der Straße sah, wobei mir eine gewisse Wohlfeilheit in die Augen fiel, die am dünnen, übrigens kleidsamen Jäckchen zu konstatieren war, das Ihre zweifellos wertvollen Schultern bedeckte. Womöglich begehen die meisten Schriftsteller den begreiflichen, mithin verzeihlichen Fehler, zu häufig von Frauen zu sprechen, als gehöre diese Gewohnheit zu den Unvermeidlichkeiten, oder als sei ihnen diese Unumgänglichkeit zur Gewohnheit geworden und als empfänden sie diese Gewohnheit mit der Zeit als etwas beinahe sie ein bißchen nachgerade, ich meine, von verfeinertem Gesichtspunkt aus gesprochen, Kompromittierendes. In der Tat wurde schon namenlos viel über den Menschheitsteil geschrieben und gesagt, der entweder der argwöhnischere oder unbesorgtere ist. Ein Dichter und ein Schriftsteller vergnügten sich damit, daß sie sich gegenseitig spöttisch anschauten, da einer am andern manches auszusetzen hatte und beide dies wußten: «Wie komme ich mir in der kühn einhermarschierenden und zaghaft zitternden Vorbildlichkeit einsam vor», sprach ein längst anerkanntes Talent, die Schwerfälligkeit eines Kauffahrteischiffes verständlich machend, langsam zu sich selber. Selten in meinem bisherigen Leben bin ich mir so wohlerzogen, gebändigt wie an dem Abend vorgekommen, den ich im Kreise zubrachte, den ich Ihnen hier zu vergegenwärtigen versuche. Ein anscheinend ganz passabler Mitmensch bemühte sich, als der geeignete Augenblick für ihn herangekommen zu sein schien, den ihn Umgebenden die Überzeugung beizubringen, die Tatsache der Verfehltheit seines Berufes bilde eine für sein Wahrnehmungsvermögen fortwährend irritierende Vermeintlichkeit. Ein anderer sagte, er leide an der Leidenschaftslosigkeit, und er gehe zugrunde, weil er nicht fähig dazu sei. Ein Eleganter zog ob solchen verspäteten Romantizismus seine kultivierte Stirne unmerklich in Falten. Die Unmerklichkeit machte sich vielleicht etwas zu sehr geltend. Mehr als einmal nannte mich ein Spaßmacher ein Juwel von Freund, ein Lob, das meine Herzlosigkeiten großherzig ablehnen zu sollen meinten. Mit nicht zu leugnendem Behagen unterzog ich mich der Obliegenheit, ziemlich lang mit gerührtem Antlitz freudig zu lauschen.

Von allen Kleinstädten sei vielleicht Wetzlar eine der berühmtesten, erlauben Sie mir vielleicht mir einzubilden.

DIE NETTE

«Du bist der geborene Vermittler. Du siehst friedlich aus, sehnst dich nach nichts», sprach er zu mir. Die Nette stand in unserer Nähe, und es war unmöglich, daß wir ihr nicht den Glauben beibrachten, sie bilde den Gegenstand unseres Gespräches. Anscheinend amüsierte sie sich über uns sehr.

«Ich bin in flotter Position. Mir scheint richtig zu sein, daß ich mich Kapitalist nenne. Bei allem dem bin ich gutmütig», äußerte er, worauf ich vorbringen zu dürfen meinte: «Du bist vielleicht eine etwas zuversichtliche Haut.»

Inzwischen war sie näher zu uns herangekommen, jeder Schritt, Atemzug eine Feine. Jede ihrer Bewegungen sprach mit wünschenswertester Deutlichkeit, sie sei wählerisch.

Indem ich über ihn und mich inwendig in ein verhaltenes Lachen ausbrach, ließ ich über die offenbar schwierig zu Besiegende einen Anerkennungsblick gleiten.

Er, der auf Freiersfüßen ging, betonte jetzt, er benötige eine Aufrichtige. Sie hörte es und bestand hierauf ganz aus Belustigtheit.

«Ich halte Ritterlichkeit für notwendig», sprach ich laut. Er machte ein recht bedenkliches Gesicht. Die Bedenklichkeit machte jedoch rasch neuerlicher Überzeugtheit Platz, daß die Angelegenheit günstig für ihn stehe.

Zweifellos stand sie nicht durchaus ungünstig. Meiner Meinung nach sei sie eine ziemlich Böse, versicherte ich.

Er habe eine bessere, mithin bequemere Meinung, warf er hin, als werfe er ein Geldstück auf den Tisch. Seine Meinungsäußerung klingelte förmlich. Die Nette kräuselte vor Geschmeicheltheit ihre Lippen wie zu einem graziösen Blumensträußchen.

Unsere lebhafte Teilnahme machte sie zu einer Sehenswürdigkeit. Indes ihre Hand oftmals zu ihrem Haar hinaufwanderte, blickte sie freundlich vor sich hin.

Ihre Haltung sprach: «Ich entzücke euch», und: «Ich besaß einst einen Geliebten», lispelte sie wie für sich selbst.

Sie macht Ansprüche, dachte ich. Sie hatte sich von uns entfernt. Jetzt trumpfte er auf: «Sie ist eine famose Hausfrau», wonach ich zu mir selber sagte: Sie gehört zu denen, die unter Umständen mit Vergnügen ledig bleiben.

Laut sagte ich: «Daß sie eine Nette ist, sieht ein Blinder.»

Sie ist noch heute nett und ledig auch noch.

SPEZIALPLATTE

Erzähle ich eine Geschichte, so denke ich ans Essen. Sage ich beispielsweise, durch die Straßen einer Industriestadt sei eine Musikkapelle trompetend marschiert und vom Zeitglockenturm herab habe es während dieses Ereignisses elf Uhr vormittags geschlagen, so beschäftige ich mich gedanklich mit etwas ganz anderem.

Teile ich andererseits bezüglich einer geistvollen Frau mit, sie habe infolge Liebesmißgeschickes eine Kinderfräuleinofferte an ein Herrschaftshaus gerichtet, worüber letzteres in Erstaunen geriet, so befassen sich meine Geisteslebhaftigkeiten sogleich wieder mit Stehkragenfragen, die auf Lösung warten.

Schwalben flogen zwitschernd um den Kopf einer Waschfrau, den sie zwecks Lufteinatmung zum Fenster hinausstreckte, wobei die reizende Aussicht sie überwältigte. An dieser Waschfrau entweder keinen oder einen nur oberflächlichen Anteil nehmend, gleitet mein behendes Vorstellungsvermögen zu einer Studentin hin, die eines Tages ihr Gesamtkönnen dem Ziele widmete, voll aufrichtiger Aufmerksamkeit auf einen Prachtbaum zu klettern.

Hierbei denke ich an etwas Anderweitiges, nämlich an einen Sack voll Zucker in einem Spezereigeschäft, in dessen Inhaberin ich zeitweise mein Ideal erblickte. Die Erzählungskunst erlaubt mir nicht, die Spezereifrau wichtig zu nehmen. Der Leser wolle dies bitte ebenfalls nicht tun.

Nunmehr setze ich mich insofern mit dem Erziehungsproblem in Zusammenhang, als mir einmal ein Mädchen, das eine gewisse Gediegenheit zu besitzen schien, indem es auf allerlei Erlebtes zurückblickte, anläßlich eines Plauderstündchens erklärte, ich sei ein Flegel. Ob's ein anderer oder ob ich es war, dem diese Auszeichnung zuteil wurde, spielt vor dem Forum der Kulturbestrebungen keine Rolle. Wesentlichkeiten sind nicht ruhend, sondern sie wandern.

An jeden kann die Reihe kommen, daß ihm von einem Mädchen, das er in Ungehaltenheit gelangen ließ, die Hand zum Verzeihungskuß dargeboten wird.

Ich gab mich mit einem Musikkorps, einer Studentin, mit dreierlei Frauen und einer Zierlichen ab.

Ganze Abende hat man ja da gleich zur Hand. Warum ich übrigens, ohne mir's näher zu überlegen, mit den Abenden anfange? So mir nichts, dir nichts, als verstehe es sich von selbst? Frühe Morgen-Gebiete und -Stimmungen sind herrlich und heiter. Nun muß ich aber nachgerade fein mit der Sprache herausrücken, nämlich dem Leser sagen, wovon ich spreche. Ich spreche von der Bequemlichkeit des Bilderanschauens, das dem Betrachtenden Spaziergänge, die mit Anstrengungen verbunden sind, ersetzt. Lebt einer in einer größeren Stadt und geht er behaglich durch die Straßen, so kann es denkbar sein, d.h. vorkommen, daß er da oder dort Landschäftelchen ausgestellt sieht, denen gewöhnlich ein Verzeichnis beigegeben ist, das ankündigt, von wem die hübschen, gefälligen Arbeiten, die eingerahmten Annehmlichkeiten hergestellt worden sind und wieviel sie kosten. Obschon ich nicht weiß, ob es schicklicher ist, vom Wein zu sprechen oder das Wasser zu erwähnen, kommen mir jedenfalls stattliche Gebäulichkeiten, die ein Ufer mit ihrer mutmaßlichen Wichtigkeit zieren, still und zugleich klangvoll vor. Zufällig hat man es hier mit einem Stück Herbst zu tun. Diejenigen, die aufs Landschaftenwiedergeben aus sind, können dich mit der liebenswürdigsten Geschwindigkeit in eine frühlingliche Gegend versetzen, wofür man natürlich dankbar ist. Ist nicht manchmal ein geschilderter Frühling eindrucksreicher als ein wirklicher? Bald handelt sich's beim bißchen Kunstbetrachtung um eine mittägliche Wiese. Leitern sind an einen kurios geformten Baum gestellt; Früchte werden gepflückt; der Baum ist von Luft umgeben, in der es zu summen, säuseln scheint. Neben dem sommerlichen Bild befindet sich ein winterliches, wobei dir der Vorteil, den dir die Kunst gewährt, die Natur dir aber nicht darzubieten vermag, sogleich in die Augen springt. In der Wirklichkeit kann es unmöglich zu derartiger Nachbarschaft kommen, obschon die Natur dies eine Vortreffliche an sich hat, daß sie zu jeder Art Kunst- oder Kulturtat Anlaß gibt, Ursache, Triebfeder zu allem Bildenden ist. Indes du dich schauend auf abgebildeten Wegen bewegst, schaut dich vielleicht ein Mitmensch aufmerksam an, und du siehst, merkst dies nicht. Man kann sagen, er schaue dein Schauen an. Wenn Bilder für mich oder für dich existieren, so sind wir beide, wie du gern zugeben wirst, selber wieder Bilder, die von irgend etwas sprechen, etwas erzählen. Hier ist's ein knospender Zweig, dort ein romantisch übereinandergelagertes Häusergewirr, das anziehend zu sein scheint. Während ich meinen Blick auf bildhaften Wolken ruhen lasse, finden sich vielleicht gleichzeitig in der Wirklichkeit keine; Anhöhen auch nicht, enge Dorfgäßchen auch nicht, fremdartige, schlank und kühn in die Höhe steigende Denkmäler auch nicht. Der Bilderhersteller unternahm die und die Reise, er sah, was du nicht sahst; nun läßt er dich erblicken, wovon er vor so und so viel Zeit da und dort Notiz nahm. Alles, was er sah, was ihm Sehenswürdiges begegnete, schilderte, beschrieb er gewiß nicht, aber einiges wird ihm gegönnt gewesen sein, abzubilden, und nun sieht man, auf einheimischem Platz stehend, Plätze, die ganz anderswo vorhanden sind. Zwischen der Stadt, die ich bewohne, und der Stadt, die ich im Bild miterlebe, liegen Gegenden, die der Wirklichkeit angehören, von denen teilweise im Lauf vieler Jahre Abbildungen angefertigt worden sein mögen. Könnte es nicht stattfinden, daß in irgendwelcher beliebigen andern Stadt Bilder zu sehen sind, die motivlich aus der Stadt stammen, durch die ich täglich gehe, die mir eine Gewohnheit wurde, zu sehen, die ich kenne oder mindestens ziemlich genau zu kennen meine? Ich finde, daß Bilder das Leben bereichern, lebhaft zur Schönheit und Vielseitigkeit des Lebens beitragen und daher wert sind, daß man sie schätzt, man nicht an ihnen vorbeigeht, ohne zu versuchen, ob's möglich sei, sich eine Zeitlang mit dem Ansprechenden, das sie vergegenwärtigen, zu unterhalten.

Mir scheint, die Natur führe den Menschen zur Kunst; diese mache ihn wieder auf die Natur aufmerksam.

SCHAUFENSTER (II)

Ich frage mich, ob ich fähig sei, über Schaufenster zu schreiben. Womöglich wird es eine Art Genrebild sein. Für mich ist jeder Essay etwas wie ein Roman, jedes Gedicht etwas wie ein theatralischer Monolog, und jedes Schaufenster bald amüsant, bald ein bißchen langweilig, je nachdem der Schauende gestimmt sein mag. Ich ging einmal, es mochte zirka fünf Uhr oder meinetwegen halb sechs Uhr abends sein, durch die Hauptstraße einer großen Stadt. Könnte nicht eine Novelle so beginnen? Jede Stadt kann klein oder groß sein, inwiefern man sich in sie hineinstellt und -findet. Sind Schaufenster an Vormittagen interessanter, lockender, bunter, gesprächiger, launischer, reichhaltiger, vielsagender als an Nachmittagen? Ich halte es für reizend, wenn Schaufenster der Sonnenstrahlen wegen von Jalousien beschützt sind, und jetzt zweifle ich nicht mehr, daß ich hier in eine geeignete Sprech- oder Vortragsweise, mit andern Worten, in einen passenden Stil fiel. Übrigens denke ich plötzlich beiläufig ans Galanteriewarengeschäft meiner Eltern in meinem Geburtsstädtchen. Ich stand, noch ein Schuljunge, draußen auf dem Trottoir, teils gespannt, teils kindlich gleichmütig. In Schaufenstern sieht man, hübsch voneinander abgetrennt, Hüte, Brot, Zuckerbäckereien, Uhren, Gewänder, Bücher, Photographenapparate, Würste, Bürsten, Zigarren, Handwerkszeug, Kolonialwaren, Antiquitäten usw. ausgestellt. Die Geschäftsleute verstehen mehr oder weniger ihre Schaufenster, die hier hoch, dort niedrig, irgendwo schmal, anderweitig breit sind, derartig zu arrangieren, daß die Augen des Publikums fasziniert werden und Kauflust geweckt wird. Vielleicht vermöchte irgendein anderer Schriftsteller das Thema, das mich beschäftigt, eleganter, brillanter zu behandeln. Ein Literat, der gewissermaßen einen Namen hat, kaufte mir einmal, d.h. eines Tages vor soundso vielen Jahren, in einem Hutladen eine neue Kopfbedeckung. Damals fing Moissis Schauspielerlaufbahn an, und der Atlantische Ozean war noch nicht überflogen worden. Meine Zeilen, die bescheidene zu sein scheinen, geben kund, d.h. lassen ahnen, daß ich nicht Schaufensterfachmann bin. Ein hübsch dekoriertes Schaufenster kann wie eine Art Musik auf denjenigen wirken, der ihm seine Aufmerksamkeit widmet. Irgendwann stand ich vor einem Schaufenster, das Altertümlichkeiten wie Vasen, geschnörkelte Tische und Kommoden, verblichene Gemälde, Spiegel aus einstmaligen Zeiten enthielt. Ein fein aussehender älterer Herr fragte mich, an mir vorübergehend, ob mir Blumen nicht anschauenswerter vorkämen als Interessantheiten aus der Vergangenheit. Ich glaubte ihm antworten zu können: «Sie scheinen die Gegenwart zu lieben, um Liebhaber freundlichen Wachstums zu sein. Gewiß sind Blumen schön, aber für einen Poeten gibt es wenig oder nichts Unpraktisches.» Schaufenster von Apotheken haben gleichsam irgend etwas beinahe Geheimnisvolles. Man denkt hierbei unwillkürlich an Romeo in William Shakespeares Liebesdrama, den der Dichter aus den und den Gründen in ein Apothekergewölbe treten läßt.

Ich vergaß zu sagen, daß ich vor einiger Zeit an einer Möbelhandlung vorbeiging, in deren Schaufenster, das eine Schlafzimmereinrichtung vorwies, ein schönes, junges Mädchen in einem Bett lag. Das Mädchen sah wie eine Puppe aus. Schönes, langes Haar umrahmte ihr ovales Gesicht angenehm. Sie schien zu sinnen, schaute die Menschen, die Notiz von ihr nahmen, scheinbar an und doch wieder anscheinend nicht im mindesten, und es kam mir vor, sie weine in ihrem Innern, weil sie nicht an sich selbst zu denken imstande sei, oder weil sie nicht so sehr über irgend etwas gelacht hatte, daß sich ihre Lachkunst und -kraft erschöpfte, oder deswegen, weil sie das eigentliche Weinen nie gekannt hatte, und ein Sehnen danach sie zu einer ausgezeichneten Schaufensterzierde mache. Still, still – –

DER PAVILLON

Auf einer von bläulich-weißem Wasser umschlossenen Insel befindet sich ein Pavillon, der zu einer Zeit gebaut wurde, die als entschwunden bezeichnet werden kann. Indem ich die Absicht habe, hier ein wenig langweilig zu werden, erwähne ich, falls mir dies erlaubt sein sollte, Eulen und Rehe, die auch heute noch auf dem wunderschön abgerundeten Eiland, das ein Landschaftskleinod ist, anzutreffen sind. Singvögel aller Art halten sich auf den Zweigen älterer und jüngerer Bäume auf, die das chinesischgeschweifte Dach des zierlichen Gebäudes mit ihrem Blätterwerk sanft berühren. Die Insel ist grün, und da sich dies so verhält, lassen sich da Reben und Wiesen finden, denn Wiesen und Reben haben grünes Gras und Laub, und der Himmel über der Insel weist eine ihn durchaus kleidende, eigentümliche Farbe auf. Einst hielt sich ein Dichter, der ruhelos in der weiten Welt, will sagen, im Leben, herumgewandert war, im Garten auf, den die Insel bildet, um ihn zu preisen und hie und da ein Gedicht in bezug auf seine Schönheiten herzustellen. Der Dichter war etwas wie ein in mancher Hinsicht vorlauter Schwätzer gewesen und hatte sich um dieser Schwäche willen eine Menge Feinde erworben. Hier auf der Insel jedoch waren die Bäume, die Mägde, die Wege, die Blätter, die Kaninchen, die im Freien ungezwungen hüpften und sprangen, die Wellen, die mit den Steinen, die am Inselrand lagen, spielten, die Boote, in denen er auf soeben genannten gondelte, die Früchte, die er zu essen bekam, die Blumen, die er mit aufrichtiger Achtung vor der hohen Natur pflückte, die frische Luft, die er einatmete, die Freiheit, die er hier zu empfinden meinte, seine Freunde. Einen Wald gab es da, der unbeschreiblich traulich aussah, und während der Dichter in seinem winzig kleinen Stübchen Papier und Schreibfeder zur Hand nahm, um seiner Geliebten, die zweifellos häufig an ihn dachte, kund und zu wissen zu tun, er sei glücklich, lustwandelten, indem sich, vom gegenüberliegenden Ufer herwehend, Sonntagsglockentöne vernehmen ließen, Leute in angemessener Anzahl um den Pavillon, worin von andern Leuten, von jungen, bewegungslustigen, nach dem Takt, den eine reizende Musik angab, getanzt wurde. Bebänderte Hüte und die Kleider, die die Tanzenden trugen, tänzelten mit, da eine Schüttelung stattfand, die man sich nicht Mühe zu geben brauchte, zu vermeiden. – Besprochener Dichter gehört der Vergangenheit an. Im Pavillon wird nicht mehr getanzt. Ein Verein für Kunst und Geschichte sorgt für seine Erhaltung, aber einem Garten ähnelt die Insel noch heute, und man kann sicher noch heute glücklich sein.

GÄRTEN

Prächtige Gärten, die irgendwo sind, und unscheinbare Gärtchen, deren es viele gibt, ähneln einander und sind wieder anders, und in bezug auf die Freude an allem dem käme es immer auf Ausgeglichenheiten, ich meine, auf die Fähigkeit an, zu vermeiden, sich im Grünen, das bald dichter und dunkler, bald loser und heller ist, Verstimmungen zu holen. Gärten laden dich zur Vergnügtheit, zum Spielen, zum Sitzen auf einer Bank oder in einem Schaukelstuhl ein, wobei es vorkommen kann, daß das Schöne und Angenehme ermüdet. Anderseits sehnen sich gerade Müde nach dem lispelnden Erfrischenden, dem Wohnen in gartenumgebenen Häusern, worin die Stuben voll Licht und Klarheit sind. Eines Tages trat ich in Gesellschaft von allerlei Menschen in ein entzückendes Gartenhaus, das sich mitten in einer Fülle von Blumen befand, und das Gemächer niedlichen Formates enthielt, deren

Wände wieder nur mit Gartenszenerien geziert waren. Lange, schlanke Alleen durchwandern sich beispielsweise an einem frühen Morgen wie etwas Seltsam-Einsames, das ebenso gewinnend ist, wie es uns hoffen macht, man dürfe glauben, eines Abends habe in einem Park eine jugendliche Erzieherin zu sprechen Anlaß gefunden: «Nähern Sie sich nur, bitte, nicht zu sehr, Herr!» Wie haben da Augen jubiliert und sind Vöglein, die die Umgebung bevölkerten, herbeizufunkeln oder eigentlich schon eher zu flattern gekommen. Eines empfindsam aufwachsenden Knaben gefühlvolle Frau Mama wünschte ihr Leben lang, Mietshäuser bewohnend, sie käme einmal in einen Garten und wohne von nun an da, wo aber doch auch Sorgen, Mißhelligkeiten vorhanden sein können. Am interessantesten und schönsten sind vielleicht die von begabten Romanautoren beschriebenen Gärten in den Büchern. In die wirklichen Gärten begleiten uns unsere Wirklichkeiten, die uns nicht immer erquicken; das Leben mit seinen mannigfaltigen Anforderungen steht vor dir, wenn du dich in einem Gartenhäuschen mild vergessen möchtest und, als störte dich etwas, entgleitet deinen Lippen ein «Ach». Nun hat die Gartenkunst gewiß ihre Geschichte, und die andere anmutige Kunst, die Häuserherstellung, nicht minder; und man nimmt mit einer gewissen Berechtigung an, daß ein Garten, der wenig Schatten aufweist, gesünder, gewissermaßen vernünftiger, harmonischer sei als ein sonnenscheinfernhaltender, wo die Bäume das Haus mitunter vollständig zudecken. In meiner Jugendzeit hatten hohe Gartenmauern etwas Gedankliches für mich. So eine Umzäunung sieht eben ganz einfach aus, als sähe man einen alten Diener in steinerner Livree, der herrschaftliches Eigentum bewache. Früher scheinen häufig schöne Frauen mit einer Art von Selbstverständlichkeit in Jagd- und sonstigen Schlößchen gewohnt zu haben, wo sie dem allmählichen Altern entgegengingen. Gewisse Gärten haben ein junges, andere ein Vergangenheitsaussehen; Gärten aus der Zopfzeit kommen einem märchenhaft vor. Mich in das Gebiet meiner Erinnerungen begebend, wurde mir einst der Vorschlag gemacht, ein reizend gelegenes Gartenzimmer zu beziehen, damit ich da Tag und Nacht dichte, eine Zumutung, wozu ich ja sagte. Machte nicht auf einer seiner Reisen ein Lyriker von Rang bei glücklicher Gelegenheit eine anziehende Gartenbewohnerinnenbekanntschaft? Falls ich, was mir unwillkürlich einfällt, erwähnen darf, so sind Naturgärten theatralisch, wogegen Bühnengärten Natürlichkeit vorzutäuschen bestimmt sind. Herrlich in Gold und Grün schwebt mir das Parkbild vor, worin es zwischen der edlen Amalia und dem scheinbar weniger edlen und feinfühlenden Moorensohn zur beifallsauslösenden Unterhaltung kam.

Das Leben läßt die Gärten und die Gedanken, die man darin hat, die Spiele, die man in ihnen spielt, die Erholungen, die mit dem Grün, diesem idealistisch berührenden Luxus, verbunden sind, indem es uns zu tändeln gestattet, ernsthaft zu.

PROSASTÜCK

Zwischen Schneeflocken und Blättern sind Ähnlichkeiten vorhanden. Sieht man es schneien, so meint man Blümchen aus dem Himmel herunterfallen sehen zu können. Warum ist welkendes Laub im Herbst goldig-schön, und warum meint man, die Frühlingsblumen hätten Zungen, bildeten eine Art von Gespräch? Beim Anblick von Blättern denkt man an Hände, deren Befingertheiten knospenhaft sind. Die Federn der Vögel, die Blätter am Baum, das zierliche, federliche, fingerlige Schneien im Winter seien verwandt, meint man ein Recht zu haben, sich zu sagen. Der Wind scheint das Unachtsame zu sein, dem man nicht trauen kann; die Windstille ist süß wie die in sich selbst selig umherfließende Folgsamkeit, sich als schön empfindend. Empfindet sich der Wind als windig? Weiß das Blatt, wie schön es ist? Lächeln die Schneeflocken und bezaubern sich die Blumen selbst und wissen Locken um ihre Löckeligkeit? Ein Fluß ähnelt in seinem Ziehen einem geschmeidigen, eiligen Wanderer, die Wassermasse eines Sees in ihrer Ruhe einer schönen Frau mit weißen Handschuhen und blauen Augen. Die Blätterfülle verhüllt die reizende Feinheit der Zweige. Hübsch ist's, zu denken, daß Hübsches vorhanden sei. Wellen und Äste haben Schlangenform, und Augenblicke kommen, wo man weiß, man sei nicht mehr und nicht weniger als Wellen und Schneeflocken oder als das sich gewiß hie und da aus seiner so ungemein anmutigen Umgrenztheit sehnende Blatt.

DER SAUBUB

Schreitend blickte er ins zwanglos gewölbte Innere von an Wegen stehenden Bäumen, zwischen deren Blättern der Himmel lachte. Stattlich gekleidete Bäuerinnen ritten vergnügt an diesem Ihm vorbei, der ich selbst bin. Der Fluß rauschte, floh durchs üppig wachsende, gedeihende Land; im Gasthaus, in das ich getreten war, fragte ein

Vater sein vortreffliches Sohneskräutchen, der vier Jahre zu zählen schien, was ihn dünke, daß er sei. Der Sprößling erwiderte: «Ein Saubub», worüber die ganze Stube behäbig lachte. Besonders waren zwei Frauen über die Antwort beinahe entzückt, die bewußt humoristisch klang. Aus einem Gespräch voll Beschaulichkeit ging hervor, wie sehr der Käsehandel blühe. Mitten in die Käseexportunterhaltung fiel, von einem Frischeintretenden intoniert, der von mephistophelistischer Magerkeit war, die Äußerung: «Ich verstehe den Schmerz.» Sämtliche Anwesenden fragten sich unwillkürlich: «Schmerzt mich irgend etwas?» Ein Mädchen, das kostümlich wie eine Melone aussah, dachte: «Oh, welch liebes Besitztum ist mein Herzeleid.» Einer von fast imposanter Körperumfänglichkeit sah sich mit Vertilgen eines Lafflis beschäftigt, das ein Stück oder Teil vom Schwein ist. Gedanklich rastlos arbeitend, interessierten mich sowohl Magen- wie Seelenfragen, wobei ich soeben erwähntes Empfindsame durchschauen zu können meinte. Maria Stuart von Schiller glitt vielfarbig, mit prächtigen Roben prunkend, auf der Seefläche meines Erinnerungsvermögens vorüber, das ich für ein nach wie vor intaktes Instrument halte. Alles Gras war schwellend grün gewesen, und hier in der Stube mutete mich jedes Glas Bier wie eine duftende Blume an. Vielleicht verdankten die Schweizer ihre Freiheit nicht nur dem Freiheitshelden Wilhelm Tell, sondern auch dem freiheitnichtamplatzfindenden Landvogt Geßler, der ersterem Anlaß darbot, sich in Bewegung zu setzen, ging's mir durch den Wirtshauskopf, der vorher ein Landschaftskopf war. Der Dränger und der Gedrängte, der Druckausübende und der Druckabschüttelnde haben etwas Sichergänzendes, und was die Freiheit betrifft, so hat sie zu ihrem Wachstum Vögte usw. dringend nötig. Während des Spazierens lag vor einem Haus auf der Landstraße eine halbe Gabel, wobei nicht von einer Heu-, vielmehr bloß von einer Eßgabel die Rede ist. Vorkommen kann, daß man vor einem Schulhaus in eine Schulmädchengruppe gerät, und es freut einen Sittenschilderer, wenn ihn bildungsbeflissene Jugend freundlich grüßt. Zu Landarbeitern sprach der Wanderer, als wäre er Coriolanus: «Eure Stimmen hab' ich, nicht wahr?» So ein spazierender Spießbürger kommt sich bald als diese, bald als jene bedeutende Erscheinung vor. Im übrigen bin ich der Ansicht, daß beispielsweise Watteaus Wert zum Teil darin liegt, daß er lediglich Mögliches, Wahrscheinliches phantasiert hat. Ich stattete diese Woche einige Besuche ab, wobei ich Gelegenheit fand, über Möbel zu sagen, aus welchem Zeitalter sie herstammten. Ein Frauenbildnis wies die schönsten Hände auf, deren Finger wie Kleinodien, die in sich selbst verliebt sind, auf das Gewand fielen. Beim Kartenspielen komme es auf ein leichtes, zartes wohlangebrachtes Aufmerksamsein, im übrigen aber gar nicht so sehr darauf an, ob man intelligent oder mangelhaft spiele; vor allem müsse man das Spiel lieben. Mit sonnverbranntem Hügel- und Ebenengesicht, einem Körper, den man Anstrengungen unterworfen hat, glaubt man zur Städtergeringschätzung berechtigt zu sein. Ehemals im Elternhaus, wenn ich meiner Schwester nichts Neues vorzuerzählen Lust bekundete, galt ich bei ihr als unartig, d.h. als das, womit ich eine auf Selbsterlebtem fußende, demnach ehrliche Arbeit vielleicht ein bißchen verblüffend betitele.

DER ROTE FADEN

Durch die Weltgeschichte, die ich soeben zum Teil wieder einmal vornahm, zieht sich gleich einem roten Faden, und wenn auch auf den ersten Blick hin eigentümlich erschiene, was ich hier vorbringe, gleichsam das Losungswort: «Ich will», das durch eine schöne Abenteurerin personifiziert werden könnte, die mit einem Federbusch im Haar und mit einer eleganten Reitgerte in der behandschuhten Hand über die Ebenen des Geschehens reitet. Die Geschichte selber und dieses ganz, wie ich gerne zugebe, zufällig oder schicksalhaft gesprochene, geflügelte Wort können nicht anderer als weiblicher Art sein. Nun nimmt ja anerkanntermaßen erstere ihren Anfang, zur sehr großen Bequemlichkeit des Schreibers dieser Zeilen, im Bewillkommenswürdigsten, weil Fröhlichsten, was es je gegeben haben mag, im Paradies, wo gewissermaßen die erste Frau zum ersten Mann gesagt haben soll:

«Sei vorhanden, um mir womöglich in jeder Hinsicht Genüge zu leisten.»

Hierauf wird der erste Mann, wie angenommen werden darf, auf paradiesisch-zarte Art gelächelt und problemhaft-feinsinnig erwidert haben:

«Gern will ich viel aus mir zu machen versuchen.»

Wie man sich das Paradies, woran zu glauben man sich durch nichts verhindert sieht, zu vergegenwärtigen, will sagen, wie dasselbe ungefähr ausgesehen habe, ist eine Frage, die befriedigend zu beantworten mit ziemlich viel Schwierigkeit verknüpft sein dürfte. Einwandfrei scheint festgestellt werden zu können, daß in diesem Garten, um seine Bäume geringelt, eine Schlange von nicht unbeträchtlichem Umfang vorkam, die durch ihre Anwesenheit für Entfernung der beiden ersten Menschen aus dem Zustande der Glückseligkeit sorgte, indem sie sie dadurch in die weite Welt hinausjagte, daß sie ihnen die erforderliche Erkenntnis mit auf den offenbar beschwerlichen Weg gab, ein Geschenk, über dessen Bedeutung sich die damit Verliehenen in anscheinend gar nicht sehr hohem Grade freuten. Bitterlich seufzend sprachen sie zueinander: «Nun sind wir Proletarier, die sich vor die unerquickliche Aufgabe gestellt sehen, ihr tägliches Brot, das ihnen bis dahin in Form süßer Früchte aus dem gutherzigen Gezweig in den Schoß herabfiel, mit saurem Bemühen verdienen zu gehen.»

In der Tat beginnt mit dem Auszug des ersten Liebes- oder Freundespaares aus einer außerordentlichen Fülle von Annehmlichkeiten der eigentliche Gang der Weltgeschichte, die keineswegs als eine leicht zu beschreibende bezeichnet werden kann. Wird man behaupten können, daß mit dem Verlust des Paradieses das, was man Energie nennt, überhaupt seinen Anfang nahm, daß durch eine Preisgabe ein Gewinn, eine Eroberung entstanden ist, nämlich die ziemlich sogleich erfolgende Erwerbung des Willens zum Leben, d.h. die Kraft, einen Kampf mit allerlei Beschwerden, Nöten usw. erfolglos sowohl wie erfolgreich aufzunehmen und durchzuführen? Wie man hierüber immer gestimmt, gesinnt sein mag, so steht das eine auf alle Fälle fest, daß es sich von den ersten ernsthaften Schritten ins Kultur- oder Erwerbsleben hinaus bis etwa zur Erstaufführung des Mozartschen «Don Juan» um eine geradezu ins Ungeheure gehende menschheitliche Gemächerflucht handelt, in deren Reihefolge hineinzublicken etwas wie einen Schwindelanfall hervorzurufen geeignet sein kann, indem der Interessierte seine angespannte Aufmerksamkeit zu gleicher Zeit auf fünf Teile des bewohnten Erdbodens zu verteilen hat. Meine Meinung ist, es sei für den Betrachtenden eines beinahe unüberblickbaren Vorganges gleichgültig, ob er dieser Angelegenheit ein Alter von achttausend oder von achthunderttausend zu geben für richtig hält, da mehr oder weniger Jahre nichts an der Vermutung ändern, der Mensch habe sich der Fortentwicklung anheimgestellt gesehen, die er mehr und mehr genötigt wurde, liebzugewinnen, ob hierzu sehr große Lust in seiner Brust vorhanden gewesen wäre oder nicht. Es wird so gewesen sein, daß er das Leben liebte, da das Leben durchaus von ihm verherrlicht sein wollte.

Indem er sich aus der Sklaverei usw. emporgearbeitet zu haben glaubte, richtete er, eine Leistung wie Christus zeitigend, Kirchen und Verwaltungsgebäude auf, Bestrebungen, die natürlich nur langsam, d.h. stückweise vor sich gehen konnten, da sie sich gleichsam unter anderm auf das Hereinbringen der enormen Tatsache der Sprengung des Heidentumsgesteines stützten. Abgesehen von der in hohem Maß erschreckenden und rührenden Gewißheit, daß es lange vor dem Entstandensein irgendwelchen menschlichen Wesens ein Erdenleben gab, dessen alleinige Lebendige die Erde selbst war, wo weiche, langstämmige Wälder ihre einsamen, kolossalen Symphonien anstimmten, die von keinem Musikverständigen vernommen worden sind, wo Steinblöcke ihren Sitz- oder Standort wechselten und höchstens im Lauf der Zeit hie und da ein Drache, oder wie es ihm sonst gepaßt hätte, genannt zu werden, seinen vorsintflutlichen Kopf aus einem der trägschlummernden Sümpfe hervorstreckte, muß es mir ein Vergnügen sein, meine Welttheaterzuschauer in eine Zeit schauen lassen zu dürfen, wo Volksstämme mit sozusagen unbegreiflicher Schnelligkeit wie aus dem Boden wuchsen, was heute eigenartigerweise nicht mehr der Fall zu sein scheint, und zwar vielleicht deshalb nicht, weil eine Entwicklungsstufe errungen worden ist, die die Völker, so verschiedenartig sie sein mögen, zu einstweiligem Stillstand veranlaßt, ihnen empfehlend, es sich verhältnismäßig auf der erreichten Station wohl sein zu lassen. Eine nicht zu leugnende Bedeutung erhält beim Verfolgen des Werdeganges eines so anziehenden Objektes, wie es der Mensch ist, dessen künstlerische oder Zivilisationslust oder, zusammenfassend gesagt, die Lust, sich von allerlei Hemmungen, Unartigkeiten oder Daseinsgenusseseinschränkungen zu befreien. So bedeutet beispielsweise für mich das allmähliche Zustandekommen der christlichen Kirche weiter nichts als ein Weiterschreiten auf dem Wege der Befreiung, von der ich mir zu sprechen erlaubt habe. Daß das zehnte oder elfte Jahrhundert zahlreiche Burgen samt Damen und Herren und ihren Bedienungsmannschaften in Erscheinung treten ließ, ändert am Gesagten nicht nur absolut nichts, sondern beweist es befestigungsmäßig, denn von nichts anderem als von Freiheitslust bewogen, wurden die fröhlich und eigenwillig in die Täler herunterblickenden, mit ihren Türmen und Zinnen lebenslustig lachenden Schlösser errichtet, denen man, was

Herstellen von schönen, sittlichkeit- oder heiterkeitwekkenden Wohnungen betrifft, keinen, auch den stärksten, langanhaltendsten Beifall nicht wird vorenthalten dürfen.

In der Geschichte der Bildung oder zunehmenden Erziehung des Menschen spielen, was man Höfe nennt, eine führende Rolle, und dies nicht nur in Europa, sondern ebensogut anderwärts, wie Entdeckungsreisen, die freilich nur mit Überwindung vieler Schwierigkeiten erfolgt sind, lichtvoll gezeigt, oder etwas prunkloser gesprochen, bewahrheitet haben. Zeitweise begann sich zu langwieriger Unannehmlichkeit auszuwachsen, was bisher ein einheitlichender Segen gewesen war, wobei ich von den Uneinigkeiten spreche, die einen Verband erschütterten, dessen Vorzüglichkeiten ich oben gebührend in Betracht zog. Fest scheint zu stehen, daß sich der Begriff Erobern mit der Vorstellung Freiheit annähernd deckt, indem ja auch die Entdeckungsreisen, die nach allen Himmelsrichtungen hin stattfanden, eigentlich nichts anderes als Fahrten und Reisen in irgendwelche Befreiung gewesen sein können. Bemühten sich nicht zeitweise die Europäer mit außerordentlicher Beharrlichkeit um die Befreiung der heiligen Grabesstätte? Auch aus mannigfaltiger sonstiger Bewegtheit, handle es sich um frühere oder spätere, könnte ich unmöglich etwas anderes als den roten Faden wiedererkennen, wovon ich mich sogleich leiten ließ, als mich das Motiv zu beschäftigen begann, dessen Anschauung mir gewiß in keiner Weise gestattet, nicht weiterzufahren, teilnehmend in die sogenannten Alltäglichkeiten zu blicken.

Ich sprach von lediglichem Streifen von sich weitausdehnenden Verhältnissen und muß mich beinahe über den Wagemut, mit dem ich diese ins Große gehenden Zeilen schrieb, wundern, wodurch sich eine schickliche Haltung, was meine Person betrifft, von selbst bildet.

MINOTAUROS

Bin ich schriftstellerisch wach, so gehe ich achtlos am Leben vorbei, schlafe als Mensch, vernachlässige vielleicht den Mitbürger in mir, der mich sowohl am Zigarettenrauchen und Schriftstellern verhindern würde, falls ich ihm Gestalt gäbe. Gestern aß ich Speck mit Bohnen und dachte dabei an die Zukunft der Nationen, welches Denken mir nach kurzer Zeit deshalb mißfiel, weil es mir den Appetit beeinträchtigte. Daß dies hier kein Seidenstrumpfaufsatz wird, freut mich und wird, wie ich mir vorstelle, vielleicht einem Teil meiner geneigten Leser ausnahmsweise angenehm sein, da dieses beständige Mädelmiteinbeziehen, dieses unaufhörliche Frauennichtaußerbetrachtlassen einer Eingeschlafenheit ähnlich sein kann, was von jedem lebhaft Denkenden wird zugegeben werden können. Beschäftigt mich nunmehr die Frage, ob Langobarden usw. irgend etwas wie Bildung besaßen oder nicht, so bewege ich mich vielleicht auf Wegen, für die nicht jedermann sofort Augen hat, indem ja kaum eine Weltgeschichtsphase so befremdend anmutet wie die Völkerwanderungszeit, die mich aufs Nibelungenlied bringt, das uns Übersetzungskunst zugänglich machte. Mit dem Nationenproblem im Kopf herumlaufen, bedeutet das nicht, einer Unverhältnismäßigkeit zur Beute geworden zu sein? Millionen von Menschen so mir nichts dir nichts miteinbeziehen, das muß das Gehirn belasten! Indes ich dasitze und alle diese lebendigen Menschen zahlenmäßig, gleichsam kompagnieweise, in Betracht ziehe, hat vielleicht einer dieser sogenannten vielen insofern geistig geschlafen, als er hemmungslos drauflos-lebte. Vielleicht ist's möglich, daß Wachende von Schlafenden für schläfrig gehalten werden.

Im Gewirr, das vorliegende Sätze bilden, meine ich von fern den Minotauros zu hören, der mir weiter nichts als die zottige Schwierigkeit darzustellen scheint, aus dem Nationenproblem klug zu werden, das ich zugunsten des Nibelungenliedes fallenlasse, womit ich gleichsam ein mich belästigendes Etwas kaltstelle. Ebenso denke ich alle Langobarden in Ruhe, will sagen, schlafen zu lassen, denn ich bin in vollkommener Klarheit, daß eine gewisse Sorte von Schlaf nützlich ist, einzig schon, weil er ein spezifisches Leben führt. Um des bißchen Glückes willen scheint es mir um Seidenstrumpfdistanz zu tun zu sein, die ich mit der Distanz zur Nation vergleichen möchte, welch letztere vielleicht mit einer Art von Minotauros Ähnlichkeit aufweist, den ich gewissermaßen meide. In mir bildete sich die Überzeugung aus, daß mich die Nation, die für mich etwas wie ein Wesen ist, das aussieht, als fordere es mancherlei von mir, am besten versteht, d.h. am ehesten billigt, wenn ich sie anscheinend unbeachtet lasse. Brauche ich dem Minotauros Verständnis entgegenzubringen? Weiß ich denn nicht, daß er hiedurch fuchsteufelswild wird? Er bildet sich ein, ich vermöge ohne ihn nicht zu sein; die Sache ist die, daß er Ergebenheit nicht verträgt, wie er z.B. Anhänglichkeit zu mißverstehen geneigt ist. Ich könnte die Nation auch als mysteriösen Langobarden betrachten, der mir um seiner, wie soll ich sagen, Unerforschtheit willen, zweifellos einigen Eindruck macht, was meiner Ansicht nach vollauf genügen dürfte.

Alle diese irgendwie aufgerüttelten Nationen stehen ja wahrscheinlich vor den und den, dank- oder undankbaren Aufgaben, was für sie außerordentlich gut ist. Ich meine, daß man vielleicht nicht allzu sehr sein soll, was man ist, lieber nicht zu stark von Tauglichkeit strotzen. Das auf einen sanftgewölbten Hügel gebettete Taugenichtsproblem ist vielleicht einiger Beachtung wert. Aus dem regelmäßig atmenden Inhalt des Nibelungenliedes ragen Recken empor, und ich kann dem Gedicht, dessen Entstehung eigentümlich ist, meine Achtung nicht versagen.

Wenn ich, was mir hier aus Wissen und Unbewußtheit entstanden ist, für ein Labyrinth halten kann, so tritt ja nun der Leser gleichsam theseushaft daraus hervor.

ICH SCHREIBE HIER DEKORATIV

Mir schien, daß man lange Zeit überhaupt nichts merkte. Wovon wurde nicht Notiz genommen? Welche waren bei diesem Geschäft die Gescheiten? Diejenigen, die sich als die Unklugen entpuppten?

Welche standen als die Übervorteilten da? Die, von denen es sich herauszustellen schien, daß sie herbeizulaufen gekommen waren, um Werte usw. wegzuschleppen?

Handelte es sich hiebei um Gegenstände, Sachen, die von Händen auf Karren oder Wagen geladen wurden?

Eine Abteilung von Ursprünglichen hielt einen Haufen von in Sachen Bildung usw. Vorgerückten für Überbringer von Geschenken. Zum Teil verhielt sich dies in der Tat so, indem sich die scharenweise daherziehenden Kultivierten für den Kreis der Natürlichgebliebenen lebhaft interessierten. Weshalb anders geschah dies jedoch, als um die Natürlichkeiten der Natürlichgebliebenen in weite Ferne zu schleppen, wo man sie anscheinend schätzte? Beispielsweise fiel den Natürlichen nicht von fern ein, ihre durchweg unscheinbaren Unmittelbarkeiten für wertvoll zu halten.

Ich saß so da und glaubte mir folgende Merkwürdigkeit merken zu können: eine Bewegung sieht sich selbst nicht, bewegt sich lediglich, wird von andern auf denkbar natürliche und unmittelbare Art wahrgenommen. Einer, der merkwürdig ist, merkt vielleicht hievon lange Zeit nicht das geringste. Worin bestand das Geschenk der Gescheiten? In der Überbringung einer Menge von Gescheitheiten, womit die lieben, braven Ansässigen zunächst kaum irgend etwas anzufangen wußten.

Die Dummen sind insofern vielleicht sozusagen dumm gewesen, als sie brav und lieb waren. Die Gewiegten sprachen zu den keineswegs Versierten oder Gerissenen: «Wir sind lieb; ihr dürft uns dies glauben.»

Die Lieben und Guten glaubten es, statt es mit sofortiger Vollständigkeit zu glauben, bloß halb und waren daher womöglich nicht ganz, sondern bloß halb brav und lieb.

Der Führer der Abwartenden lud die an ihn Glaubenden umsonst ein, entweder geduldig zu sein oder auf das Gutmütigsein aufs ungeduldigste zu verzichten. Überzeugungsvoll stand er da, der die Wichtigkeit seiner zweifellos schwierigen Sendung einsah.

Weil er herausgefühlt zu haben schien, wie seine Schönheit allmählich für mich zu etwas in gewisser Hinsicht Komischem geworden sei, warf er zwei bis drei Mißbilligungsblicke auf mich, ein Benehmen, das mich in der Gewißheit bestärkte, er halte sich für von mir durchschaut.

Interessant war's, zuzuschauen, wie die Lieblosen Liebes aufladen und mit richtunganweisender Handbewegung fortschaffen ließen.

Im Grund sind stets die Guten die bevorzugten Lieblinge der Schlechten gewesen. Man muß ein Durchtriebener sein, um der perfekten Arglosigkeit einen Wert beimessen zu können.

Nun aber rasch zu den Überraschungen, die da stattfanden. Als die Beschenkten den Sinn des Geschenkes begriffen, riefen sie händeringend aus: «Wir wurden hintergangen.»

«Ihr werdet uns zu würdigen wissen», entgegneten die Gebenden denjenigen, die etwas genommen hatten, das ihnen zunächst ziemlich unbrauchbar vorkam. Dies Prosastück wirkt gewiß hauptsächlich dekorativ.

HERREN UND ANGESTELLTE

Ich will nur wenig über das Herren- und Angestelltenthema sagen. Tief schneidet das Problem in die Gegenwartszustände, worin es vor Existenzen förmlich zu wimmeln scheint, die Angestellte sind und die diesen besonderen Umstand manchmal außer acht lassen. Träumen wir denn nicht mitunter mit offenen Augen, sind sehend blind, fühlend fühllos, horchend ohne Gehör, und stehen wir nicht gehend oft still? Was für eine Reihenfolge ruhiger, solider, ehrbarer Fragen!

Ihr wirklichen Herrn, marschiert zu mir heran, damit ich wahrnehme, wie wahrhaftige Herrennaturen aussehen! Herren sind meiner Ansicht nach eine denkbar wertvolle Seltenheit, und ein Herr ist in meinen Augen ein Mensch, den hie und da das seltsame Bedürfnis anwandelt, zu vergessen, daß er ein Herr ist. Während sich die Angestellten dadurch auszeichnen, daß sie sich mit Vergnügen Herren zu sein einbilden, schauen von Zeit zu Zeit die Herren mit einer Art von leichtbegreiflichem Neid auf die Angestelltenfröhlichkeiten und -unbesonnenheiten herunter; denn mir scheint unzweifelhafte Tatsache zu sein, daß die Herren darin Einsame sind, daß sie in einem fort recht haben und sich infolgedessen danach sehnen, zu erfahren, wie das Unrechthaben schmeckt oder duftet, das sie nicht kennenlernen können. Die Herren dürfen tun und lassen, was sie wollen; die Angestellten nicht, die sich infolgedessen unablässig nach dem Disponieren sehnen, das sie entbehren, wogegen zu sagen sein könnte, daß die Herren oft ihr Befehlshabertum gleichsam satt haben, lieber dienen, gehorchen, als anordnen möchten, worin sie ihr Dasein auf eigentlich recht eintönige Art aufgehen sehen.

«Wie gern ich gelegentlich angeschnauzt sein möchte», kann meiner Meinung nach dem einen oder andern Herrn leicht in den Sinn kommen, indes die Angestellten von derlei Wünschen, die nie in Erfüllung gehen, nichts wissen. Reichtum allein ist es nicht, was den Herrn ausmacht, wie anderseits ein Angestellter nicht unbedingt ein armer Schlucker zu sein nötig hat. Ein Herr ist vielmehr meiner Überzeugung nach deshalb das, was er ist, weil er gefragt wird, wie ein Angestellter darum ist, was er zu sein meint, daß aus seinem Mund Anfragen schallen. Der Angestellte wartet; der Herr läßt warten. Warten kann jedoch bisweilen ebenso angenehm oder sogar noch angenehmer sein als Wartenlassen, wozu Stärke erforderlich ist. Ein Wartender darf sich den lieblichen Luxus des in keiner Weise Verantwortlichseins gönnen; er darf, während er wartet, an seine Frau, seine Kinder, seine Geliebte usw. denken; natürlich darf dies der Wartenlassende ebenfalls, wenn es ihm Freude macht. Es kommt aber vor, daß ihm die nichtssagende Figur des Wartenden absolut nicht aus dem Kopf gehen will, was ihn natürlich belästigt.

«Jetzt lächelt dieser von mir Abhängige vielleicht außerordentlich friedlich vor sich hin», denkt er, und er möchte vor beinahe fassungslosmachendem Herrenzorn vergehen, und daß eine solche gänzlich unbegreifliche Sorte von Zorn überhaupt möglich ist, gehört zu den Mißlichkeiten des Herrenzustandes. Ein Herr sollte vielfach etwas wie ein Übermensch sein, und dennoch bleibt er Mensch, Mitmensch, und: «Zum Donnerwetter noch einmal», ruft er, wie über sich selbst sozusagen erschrekkend, aus, «hat er wohl bald genug gewartet, dieser mich mit seiner Geduld Marternde», und er drückt auf den Klingelknopf, d. h. er versetzt diesem Knopf einen Schlag und sieht augenblicklich das Zwecklose der Entladung seines Wesens ein. Er fertigt einen dienstfertigen Eintretenden mit sehenswerter Theaterbrutalität ab und möchte das Schaf, das auf seine Beherrschtheiten oder Gemäßigtheiten wartet, tigermäßig fressen, und statt über eine enervierende Harmlosigkeitsexistenz vernichtend zu stürzen, wirft er Papiere, die ihn geschäftsmäßig anzuschauen scheinen, wirr, als wären es arme Sünder, durcheinander, und der Angestellte weiß in keiner Weise, was im Herrn vorgeht, den es kränkt, daß er eines Empfindens fähig ist, den es beleidigt, daß er dann und wann unglücklich zu sein vermag, den es innerlich beinahe zerschmettert, daß man ihn als Zerschmetterer betrachtet, was er nicht ist, nicht sein will, nicht sein kann.

«Gestatten Sie mir, zu helfen.» Unsäglich gut aufgelegt sind meistens die Schreiber derartiger Sprachwendungen, und unglaublich schlechte Laune kann in einem Menschen wohnen, der zu schreiben Anlaß hat: «Ich nehme gern an, dies und das sei prompt besorgt worden.»

Gehorchen, Befehlen werden durcheinandergemischt, der gute Ton beherrscht sowohl Herren wie Angestellte. Ich biete vorliegende Arbeit angestelltenhaft an und halte denjenigen, der sie in Erwägung zieht, für einen Herrn, dem ich wünsche, er mache sich mit der Genugtuung bekannt, eine Möglichkeit zu sehen, was ich ihm gebe, zu schätzen.

Mein Motiv rührt freilich ein wenig an, als trete es dem Leben zu nahe, das vielleicht wesentlich zu zart geworden sein mag. Wodurch wurde es so? Will es sich ändern oder will es so bleiben? Warum frage ich dies? Warum kommen viele Fragen zu mir, leise eine um die andere? Ich weiß beispielsweise, daß ich ohne Fragen leben kann. Ich lebte lange ohne sie, wußte nichts von ihnen. Ich war offen, ohne daß sie in mich hereintraten. Jetzt schauen sie mich quasi an, als wäre ich ihnen verpflichtet. Auch ich wurde, wie so mancher, zart. Die Zeit ist zart wie eine Hilfeflehende, Bestürzte. Die Fragen flehen und sind zart und unzart. Die Zartheiten verhärten sich. Der Nichtverpflichtete ist vielleicht der Zarteste. Mich z. B. machen Pflichten hart. Die Angeflehten flehen die Flehenden an, die dies nicht verstehen. Alle diese Fragen scheinen Herren zu sein, und die sich mit den Fragen beschäftigten, Angestellte. Die Fragen schauen sorgenvoll drein und sind sorglos, und die sich um sie bemühen, sorgen für Vermehrung der Fragen, die ihre Beantworter für unzart halten. Der, der sich durch ihr Kommen keinen Augenblick im Gleichgewicht beeinträchtigen läßt, ist zart in ihren Augen. Indem sie ihm gelöst vorkommen, löst er sie. Warum trauen ihnen viele dies nicht zu?

FREIHEITSAUFSATZ

Daß man sich ziert, daß man zimperlich tut, den Empfindsamen spielt, daß man zögert, finettelt, Umstände macht, und daß man nachts häufig träumt, gehört mit zur Freiheit, die man meiner Meinung nach nicht vielfältig genug auffassen, spüren, bedenken und achten kann. Vor der Idee der Freiheit muß man sich in einem fort seelisch verneigen; der Respekt vor ihr darf nie aufhören, der mit einer Art von Furcht stets verwandt zu sein scheint. Eine Merkwürdigkeit scheint darin zu liegen, daß die Freiheit einzig sein will, keine andern Freiheiten neben sich duldet. Obwohl man dies alles gewiß viel genauer sagen kann, nehme ich gleichwohl schnell Anlaß, zu beteuern, daß ich einer bin, der die Neigung hat, sich immer eher schwächer vorzukommen, als er vielleicht in Wirklichkeit ist.

Beispielsweise lasse ich mich von der Freiheit geradezu beherrschen, sozusagen unterdrücken, auf alle erdenkliche Art und Weise zurechtweisen, und in einer mich amüsierenden Ununterbrochenheit lebt das ausgesprochenste Mißtrauen in mir gegenüber der zweifellos an sich

Schätzenswerten, die ich mich beinahe scheue, überhaupt zu erwähnen. – Sie lächelt mich an, und was tu dagegen ich anderes, als daß ich zu mir selber spreche: «Sieh zu, daß du dich von diesem Lächeln nicht zu allerhand Unförderlichkeiten verführen lässest?»

Ich komme nun auf die Nachtträume zurück, die meiner Auffassung nach vorwiegend irgendwelche Einschüchterungszwecke haben. Die Träume machen den Freien auf die Fraglichkeiten, Grenzen oder Vorbehältlichkeiten der Freiheit, insbesondere darauf aufmerksam, daß sie ein schöner Wahn sei, der denkbar zarte Behandlung erfordert. Vielleicht wissen sehr viele mit der Freiheit deshalb nicht richtig umzugehen, weil sie ihre Leichtverletzlichkeit in Betracht zu ziehen sich nicht angewöhnen wollen. Schnell zerflattert ein Wahn; leicht bringen wir es fertig, daß uns die Illusion gleichsam haßt, weil wir ihr Wesen nicht fassen. Die Freiheit will sowohl verstanden wie fortwährend unbegriffen sein; sie will gesehen sein und will wieder sein, als sei sie gar nicht da; sie ist zugleich wirklich und unwirklich, worüber sich allerlei hinzufügen ließe. Gestern träumte mir unter anderm von ganz merkwürdigen Avancen, die mir von einer Persönlichkeit zukamen, von der ich so etwas nun und nimmer erwartet hätte. Entzückend, wie sich Träume über Schlummernde zu mokieren vermögen, wie sie ihnen die Stirn mit Freiheiten umgaukeln, die beim Erwachen lächerlich zu sein scheinen.

Mit Erlaubnis des Lesers oder noch lieber der Leserin, die dem Schriftsteller stets als etwas Holdes vorkommt, mache ich mit einer Ergebenheit, die natürlich nicht gänzlich von schicklicher Ironie frei sein kann, auf die possierliche Möglichkeit aufmerksam, daß innerhalb der

Freiheit Irritiertheiten denkbar sind. Eines Abends begebe ich mich auf den Nachhauseweg, und wie ich vor dem Haus, worin ich wohne, ankomme, sehe ich zwei Menschen, Mann und Frau, aus dem Fenster meiner Stube gucken. Die beiden unbekannten Menschen haben auffallend große Gesichter und verhalten sich unbeweglich, was ein Anblick ist, der den Freien im Nu in jeder Hinsicht unfrei zu machen geneigt sein kann. Er schaut die gleichsam nachlässig auf ihn Herunterschauenden seinerseits ziemlich lange an, vermag sich ihr Vorhandensein nicht zu erklären, geht hinauf, will die sich unerklärlicherweise in seinem Zimmer Befindenden so höflich wie möglich ersuchen, ihm über ihre Anwesenheit gütigst Auskunft zu geben, und ich trete herein, finde alles still, die Gestalten sind nicht zugegen. Ich spüre eine Zeitlang meine eigene Gestalt nicht, bestehe ganz aus Unabhängigkeit, die nicht in jeder Art und Weise ist, was sie eigentlich zu sein hätte, und frage mich, ob ich frei sei.

Kenne ich nicht eine schöne Frau, die mir allemal, wenn ich ihr begegne, zu merken gibt, ich sei ihr unangenehm, weil ich ihr einst angenehm gewesen bin, hierüber aber anscheinend nicht glücklich genug zu werden fähig war? Sie ist eine Freie und infolgedessen eine Feine, die jede Unfeinheit aufs feinste empfindet, mit anderen Worten, die jede Freiheit, die man sich ihr gegenüber herausnimmt, als etwas Unfeines betrachtet und ihre Unvoreingenommenheit, d.h. Freiheit teilweise einbüßt, die, wie ich hervorheben zu können geglaubt habe, viel Unbegriffenes, Nieerlebtes, Immerwiederüberraschendes, Wärmendes und Kältendes an sich hat, die ein Wesen ist, das dadurch gestört wird, daß man ihre Beschaffenheit nicht in Betracht zieht.

Möge man mir Glauben schenken, wenn ich mir zu behaupten erlaube, daß die Freiheit an sich schwierig ist und daher Schwierigkeiten macht, mit welchem Wort vielleicht meinem Mund eine Einsicht entsprang, wie sie nur einem Freiheitskenner und -feinschmecker zum Ausdruck zu bringen gelingen konnte, der sämtliche innerhalb der Freiheit existierenden Unfreiheiten feststellt und schätzt.

DER BLAUSTRUMPF

Ich schrieb einen Frauenaufsatz, um mich nun so freisinnig wie möglich über den Blaustrumpf zu äußern, was nicht allzu schwierig sein dürfte. Zu den Lieblingsgewohnheiten der Blaustrümpfe gehört fraglos das Adressieren von wohlerwogenen anonymen Briefen an Zeitungsredaktionen, worin sie ihnen die Eröffnung machen, sie hätten sich bewogen gesehen, über den und den Beitrag zu staunen. Mithin werden Blaustrümpfe leicht stutzig. Einmal sagte mir jemand über einen unverkennbaren Blaustrumpf, er besitze keinen Stolz. Eine gewisse Überwucherung an Leichtgläubigkeit einer- und eine gehörige Dosis an Ungläubigkeit anderseits gehören zur Blaustrumpfausstattung, die ein Magazin ist, worin vor allem riesig viel Gutmütigkeit von nicht gerade sehr hoher Qualität vorrätig ist. Blaustrümpfe setzen es sich gern in den Kopf oder auch bloß ins Köpfchen, zu politisieren, und wenn sie sich auf diesem Zweig blamieren, so gebricht es ihnen nicht an der Fähigkeit, eine Sekunde lang zu schmollen, ohne über die Richtung der Ungehaltenheit klug zu werden, was sie nicht für nötig halten. Daß sich ein Blaustrumpf nie für einen solchen zu halten vermag, gehört zu seiner Charakteristik, und daß er gern kritisiert, verdankt er seinem Literatentum, das heißt seinem Mangel an Kenntnis des Lebens, der ihm viel Zeit gönnt, sich vornehm vorzukommen. Hier scheine ich an einem wichtigen Punkt angelangt zu sein. Blaustrümpfe leben von einer Vornehmheit umwoben, die man gewissermaßen als ein Kind der Eintönigkeit bezeichnen kann, die den Blaustrumpf vom frühen Morgen bis in die sinkende Nacht hinein, wie man sagen möchte, phantasieren läßt, dieser oder jener bilde für ihn ein Hindernis des Glückes. Ein richtiger Blaustrumpf lebt sein Leben lang das Leben irgendwelches andern, nicht sein eigenes, und da es meiner Auffassung nach viele Blaustrümpfe gibt, so gibt es zahlreiche sich mit anderweitigen Existenzen beschäftigende Existenzen, wodurch das Gesamtleben gleichsam wesentlich zu kurz kommt, indem das Totalleben dadurch reich wird, daß jeder hauptsächlich munter drauflos lebt, bis er sich ausgelebt hat. Wenn alle sich hübsch ausleben, sieht es zweifellos bezüglich dessen, was man, allgemein gesprochen, Leben nennt, gut aus. Eine Eigenheit des Blaustrumpfes dürfte darin bestehen, daß er sich ausleben will und daß er das nicht fertigbringt, weil er sich durch allerlei Umstände am Wirklichwerden seines Wollens gehemmt sieht.

Was ich hervorgehoben haben möchte, ist, daß es nach meiner Meinung sowohl weibliche wie männliche Blaustrümpfe gibt. So kenne ich beispielsweise einen Blaustrumpf in Herrenform, der insofern blaustrümpflig veranlagt ist, als er überall Blaustrümpfeleien anzutreffen fürchtet, mit andern Worten, er wittert allenthalben Taktlosigkeit, vor der er in einem fort zittert. Meines Erachtens nach können bedeutende Menschen auffallend starke Blaustrümpfe sein. Gab es nicht seinerzeit einen verhältnismäßig großen Schriftsteller, der so sehr Blaustrumpf war, daß er anläßlich eines Diners zu einer Dame, die einen Blaustrumpfeindruck auf ihn machte, sagte: «Sie irritieren mich!» Keine andere Gattung verstimmt den Blaustrumpf so rasch wie die, die Ähnlichkeit mit ihm hat. Ob dieser Glaube widerlegt werden kann, darf ich bezweifeln. Wenn zwei Personen derselben Meinung sind oder ein und dasselbe Ideal haben, so kommen sie sich als Blaustrümpfe vor, und es ist dann leicht möglich, daß sie sich im Wege sind. Zeitweise stand ich einer Frau nahe, die wie der vollendete Blaustrumpf aussah; sie ließ mich aber schnell zu meinem Vergnügen merken, daß ihr innerlich alle Blaustrumpfigkeit fernlag, weshalb sie mir Sympathie einflößte. Der Umstand, daß sich gerade der Blaustrumpf gern mit Bildung befaßt, gereicht gewiß letzterer bis zu einer gewissen Grenze zum Schaden. Weil sich Naturgeschöpfe nicht um Bildung bekümmern, so tut dies der Blaustrumpf, er spielt Klavier, liest Bücher und besucht Gemäldeausstellungen, wofür man ihm anstandshalber dankbar zu sein hat. Er sorgt gewissermaßen für Instandhaltung des Tempels der schöneren Lebensweise, und wenn er, wie etwa Wina Zablocki in Jean Pauls «Flegeljahren», seine Lebensbahn nicht mit einem Weltkenner wie Wult, aber ebensowenig mit einem weltfremden Schwärmer wie Walt teilt, so wird zu bedenken sein, daß er ungemein zart erzogen worden ist. Der Blaustrumpf ist eine Blume jeweiliger Erziehungsmethode, und wenn von Blaustrumpfzimperlichkeit gesprochen werden kann, so wird auch von Verlegerzimperlichkeit die Rede sein dürfen, die oft Manuskripte kurzerhand ablehnen wie jene Heiratsanträge.

Wenn einem weiblichen Blaustrumpf ein männlicher begegnet, und ich setzte ja eben auseinander, wie die Vermutung naheliege, daß es Blaustrümpfe bei beiderlei Geschlechtern gebe, so ist es in den Augen des ersteren um letztere geschehen. Haargenau gleich ist es, wenn man die Sache umdreht, und das rührt daher, daß sämtliche Blaustrümpfe von Ansprüchen strotzen. Falls sie von sich selbst nicht immer ebenso viel verlangen wie von dem, mit dem sie's jeweilen zu tun haben, so beruht das bloß auf momentaner Vergeßlichkeit, hörte ich doch einmal einen Blaustrumpf klagen: «Ach, daß ich niemandem etwas bin!», was auf den ersten Blick von viel ernster Beschäftigung mit sich selbst Zeugnis ablegt.

Darf ich, indem ich beifüge, daß es der echte Blaustrumpf nicht liebt, wenn man gar zu nett zu ihm ist, und daß mir das als sehr verständig von ihm vorkommt, diesen Essay über ihn für genügend umfangreich erklären?

DAS KNABENHAFTE

Zu glauben, daß des Komponisten Berlioz Memoiren beinahe etwas wie ein keineswegs unspannender Roman seien, und bei einer gewissen Theateranläßlichkeit leise auszurufen: «Nein, tausendmal nein», ließe sich vielleicht gesellschaftlich rechtfertigen.

Man führt von frischem eine Komödie auf, die ihre Erstaufführung vor etwa 22 Jahren erlebte, worin das Heldentum persifliert wird. Zu dieser, wie ich meinen möchte, etwas unerbaulichen Art von Glossierung sagen ich und einige Verantwortungsbewußte: «Nein.» Mag das fragliche Schauspiel an sich glänzend sein, so hat meiner Meinung nach heute niemand mehr das Recht, über Helden und dergleichen zu lächeln.

Ich und einige, die stets an irgend etwas zu denken gewillt sind, ohne hierbei zu geistreich zu werden, was wir nicht für sehr empfehlenswert halten, sagen zur Heldenlächerlichmachung nein, wogegen wir nicht glauben zögern zu sollen, zu den in mancher Hinsicht womöglich etwas unkorrekt verfaßten Romanen von Sacher-Masoch, wenn nicht jubelnd, so doch freundlich «ja» zu sagen.

Wenn Heldenverulkung nicht weit von Heldenverhimmlung entfernt zu sein scheint, so hat anderseits Sacher-Masoch dargestellt und gezeigt, daß ebensogut weichherzige wie widerstandslustige Männer vorkommen können, was ein darstellerischer Versuch ist, wofür man ihm dankt, den seinerzeit die Göttin Erfolg unzweideutig küßte.

In künstlerischer Hinsicht war er nicht ohne Raffinement. Beispielsweise stellte er verhältnismäßig glücklich dar, wie in irgendwelchem Milieu eine Gebieterin ihrem Ankleidemädchen aus weiter keinem sonstigen Grund als infolge lieblicher Launenhaftigkeit ein geringfügiges Ohrfeigelein verabfolgt.

Gewiß weiß ich, daß man in einem Einfamilienhaus logieren und dabei ein grundsätzlicher Heldentumsbefürworter sein kann. Das Frauchen eines solchen Männlichkeitsprinzipiellen kann in die Lage geraten, denselben zu ermahnen, sich zu bändigen. Diabolistisch lächelnd verspricht er ihr, sich zu entschließen, Rücksicht auf ihren zärtlich gemeinten Ratschlag zu nehmen.

Ich erkläre, daß ich mich mutig zum seinen Lesern teilweise zu Entrüstetheiten verhelfenden, vortrefflichen

Sacher-Masoch bekenne, der uns Wege in die Stärke zeigte, Sinn für Schwäche zu haben, während der Autor obigen Heldenstückes Pfade oder Wege in die Schwäche zeigt, kaum einen Atemzug ausführen zu können, ohne daß wir stark wären.

Obwohl man die Gattin Sacher-Masochs als tiefunglücklich hinzustellen versucht hat, rufe ich mit zurückhaltender Lautheit aus: «Zum Kuckuck mit Naturen, die sich nicht zu vergnügen vermögen!», wobei ich denke, es handle sich heute um das Infragekommen einer Korrektur bezüglich männlicher sowohl wie weiblicher Ansprüche.

Was Verhältnismäßigkeit betrifft, erinnere ich mich eines neueren Gedichtes, worin von Mannesunausrottbarkeit gesprochen wird. Eine Frau, mit der ich mich brieflich unterhalte, liebt mich wie einen Knaben zu behandeln. Hier bin ich auf den Boden des Knabentums getreten, auf dem ich mich eine Zeitlang aufhalten will, indem ich an eine Verknabung zu glauben geneigt bin, die für die Jetztzeit charakteristisch ist. Liegt nicht Knäbelei darin, daß sich ein Dichter in einem Gedicht beinahe über Gebühr mannhaft aufführt? Was mich selbst betrifft, so gebe ich zu, daß meine Sacher-Masoch-Anerkennung von Knäblichkeit zeugt. Mich mit Vertiefung befassend, von der in unseren Tagen häufig gesprochen wird, sprach ich eines Tages mit einem männlichen Menschen über die Nützlichkeit oberflächlicher Betrachtungsweise. Gewissermaßen existieren heutzutage zwei Gruppen, die Oberflächlichen und die Vertieften, und wie mir scheint, handelt sich's bei beiden Sorten von Denkenden oder Gesinnten um irgend etwas Knabenhaftes. Schopenhauer, der allerlei Kluges über Frauen sprach, behauptete unter anderem mit dem ihm eigenen Freimut, die Frau bleibe ihr ganzes Leben lang seelisch und geistig etwas wie ein Knabe, womit er ihr insofern eine Artigkeit sagte, als er sie als jung bezeichnete. Vom Heroismus sprechend, haben wir es in bezug auf Heldenverehrung oder -verspottung mit einer offensichtlichen Knabenneigung zu tun, die eine Jugendlichkeit ist. Die Jetztzeit strebt mit einer Sehnsucht, die nicht mißverstanden werden kann, nach einem Sichjungfühlen. Vertiefung mache alt, sagen die Oberflächlichen, die in die Tiefe Dringenden können ähnlicher Meinung betreffs der Oberflächlichkeit sein. Ich spreche vielleicht etwas Unerwartetes aus, wenn ich zu erklären wage, Ehrbegriffe seien etwas Ältlichmachendes. Möglich mag sein, daß beispielsweise die männlichen Ehrbegriffe einer Ummodellierung bedürfen, womit ich mir auf die Heldenbegriffe anzuspielen erlaube.

In vielen von uns lebt jedenfalls das Knabenhafte.

DER ERSTE SCHRITT

An welch merveillöses Problem, wie wenn ich ein Hämmerchen in der Hand hätte, und als wenn das zu behandelnde Thema ein Musikapparat wäre, schlage ich hier mit soviel Takt und Feinsinn, Schlagfertigkeit und liebevoller Umsicht, wie mir aufzubringen möglich sein wird? An die Wand einer Stube, die ich während geraumer Zeit bewohnte, heftete ich einst ein Van Gogh-Bild, d.h. eine Reproduktion davon, auf der zu sehen war, wie ein kaum bereits vielleicht anderthalbjähriges Kind erste Schritte einleitete, woran Papa und Mama, die sozusagen auf dem Bild mitabgebildet sind, denkbar große Freude zu haben scheinen. Der Beschauer fühlt die elterliche Genugtuung so recht unmittelbar aus dem formal offenbar vorzüglichen Werke genannten Künstlers heraus. Mir kommt eigenartig vor, daß mich gerade Gemälde usw. zu schriftstellerischen Ausführungen verführen, was ich natürlich als eine für mich in jeder Hinsicht ersprießliche Verlockung betrachte. «Schauen Sie mich nicht so blöd an», sagte mir einmal eine Frau, die mich mit Studieren ihrer Kontur emsig beschäftigt sah, was eine Behelligung für ihr Gefühl für Würde bedeuten mußte, und was ich mich sogleich in die Lage gestellt fand zu begreifen. Möglicherweise gab es selten einen einsichtsreicheren Sünder, wie gerade ich mich glauben zu machen wage, einer zu sein. Übrigens fallen mir in bezug auf die Bedeutung gegenwärtigen Aufsatzinhaltes mehrere, ich möchte der Ansicht sein, hervorragende Persönlichkeiten ein. Ich erhielt beispielsweise vor einigen Tagen wieder einmal so eine Art Brief, worin man mich, wie das nun schon so häufig vorkam, um zeitgemäße Aufschlüsse bat. «Da Sie ja ganz einfach etwas wie ein Schlüssel sind, so müssen Sie mich durchaus aufschließen, denn ich komme nicht klug aus mir», rief der Briefschreiber aus. Ich beantwortete die Anfrage, ob ich den Behilflichen zu spielen geneigt sei, hauptsächlich mit den Worten: «Ihr erster Schritt war fabelhaft schön.»

Wie man hieraus ersieht, lege ich der Idee des Anfänglichen, des Angehenden einen erheblichen Wert bei, was viele andere ebenfalls tun, nicht bloß ich, und was für uns alle vielleicht nur zu nahe liegt. Hiebei handelt es sich nämlich um eine Art Gemütsangelegenheit, indem viele von uns ihren Mitmenschen die Gegenwart manchmal quasi zum Vorwurf machen und sie an ihre Einstmaligkeit, an das «Es war einmal», d. h. an ihre ersten Schritte ins Leben und in die Wirksamkeit nörglerisch zu erinnern für nötig erachten. Ich meine eine ganze Reihe namhafter Bekannter oder vielfach Erwähnter kennen zu sollen, deren Anfänge, erste kultivierenden Wagnisse ich, mit einem Wort, entzückend finde, wobei ich die Güte zu besitzen bitte, meine provinzlerische Begeistertheit zu entschuldigen. Mir nichts, dir nichts entzückt sein wirkt ja schon an und für sich provinziell, und nun erst solche Sentimentalität, wie soll man sie charakterisieren, die in einem Weinen, Unglücklichsein wegen Menschen besteht und gipfelt, weil diese Menschen nicht bei ihrem ersten allerliebsten Schritte stehengeblieben sind, sondern den zweiten, dritten, vierten Schritt usw. ausführten? «Außer seinen Erstlingsgedichten ist diesem Dichter nie und nimmermehr wieder irgend etwas gelungen.» So ungefähr sieht es beim Betrachten von Künstler- oder Schriftstellerexistenzen in den verständnisvollen oder ebensogut verständnislosen, vor allem aber fürchterlich gemütvollen Gemütern aus, wobei immerhin auch ich mit den Zahllosen, die hievon überzeugt sind, den ersten Schritt als unvergleichlich schön freudig anerkenne. Sind nicht erste Schritte in Kunst, Literatur, Politik, und, der Kuckuck mag wissen, auf was noch für sonstigen Gebieten, wie kleine Kinder, an denen man nun einmal allgemein Freude hat, die uns keine so starke Genugtuung mehr zu schenken vermögen, sobald sie aufwachsen? Gottfried Kellers Lebenswerk stelle ein Ausklingen dar; heutzutage sehne man sich jedoch mehr als je zuvor nach Anfängen, vertraute mir vor noch nicht langer Zeit ein äußerst rühriger Führer an, der nicht nur sein näheres Vaterland, sondern in ausgedehnterem Sinn die gesamte Menschheit zu fördern, wenn nicht vielleicht sogar aus Abgründigkeiten heraufzuziehen aufs aufrichtigste bestrebt ist. Jüngere Intellektualisten umzingeln mich im Wunsch, mich sowohl aus meinem Anfängertum zu befreien, wie mich zugleich andererseits wieder auf dieses Juwel des Noch-absolut-nichts-Könnens ergebenst, d. h. sorgsam aufmerksam zu machen.

Vor soundso vielen Jahren flog ich, einem Wanderburschen nicht unähnlich, durch bräunlichgrüne Wälder und über schimmernde, gelblichblaue, blumige, ahnungslose Ebenen, um in aller Harmlosigkeit dort anzukommen, wo mich bedeutende Zeitgenossen, die sämtlich auf einer Terrasse standen, freundlich lächelnd in Empfang nahmen, indem sie mit nicht mißzuverstehender Lustigkeit ausriefen: «Seht, hier marschiert und tanzt ein anscheinend noch vollständig Unangefochtener, Unverdorbener auf uns zu. Wir werden sorgen, daß sich ihm die Sphinx, genannt Leben, zu erkennen gibt.» Kollegen von mir, denen teilweise ich selbst meinen Lebenslauf erzählte, pflegen mich folgendermaßen anzudonnern: «Wie standest du damals großartig betroffen, so herrlich seelengut, mit solch wundervoller Hirtenknabenhaftigkeit da! Man möchte dich um dieses deines damaligen ersten Schrittes ins Leben hinaus willen küssen, während du in deiner jetzigen, wohlabgerundeten Philisterhaftigkeit einen keineswegs maßvollen, vielmehr eher saftigen, spontanen Klapf verdienst.» Für Leser, die mit entlegener Ausdrucksweise, mit Schluchten- und Schlupfwinkelworten wie «Klapf» nicht vertraut sind, sei höflich festgestellt, daß dies eine Ohrfeige ist. In «Wahrheit und Dichtung» verabfolgt, wenn ich mich nicht irre, ein

Leipziger Literaturgelehrter im Moment, da der nachmals größte deutsche Dichter in des Erwähnten Salon hereintritt, seinem Bedienten einen schallenden, kunsthistorischen Klapf, falls ihn nicht eher Madame gnädig oder ungnädig austeilte. Daß früher bedeutend mehr Kläpfe in Haus, Hof und Feld passende Placierung fanden als in unseren humaneren Tagen, stützt sich als erfreuliche Tatsache auf die kulturgeschichtliche Entwicklung.

Ein erster Schritt ist an sich immer etwas beinahe Märchenhaftes, obwohl er dies für andere eher ist als für den, der ihn ausführt, für den er eine Anstrengung ist. Das Kind, das gehen lernt, weiß vom Vergnügen nichts, das es dadurch den Eltern verursacht; es weiß nur, daß es sich bemüht, und es fühlt, daß die Bemühung Möglichkeiten des Ermüdens in sich einschließt. Jede Altersstufe, jede Entwicklungsphase, jeder Wirkungskreis kämpfen mit Müdigkeiten, und ich habe vielleicht einigermaßen klarzumachen verstanden, daß der erste Schritt ernster ist, als es den Anschein hat, wobei mir Lebende sympathisch sind, die gern von Zeit zu Zeit, sei es auf eigene oder fremde, frühe Versuche zurückschauen.

DIE NIE FERTIG WERDEN

Es scheint, es sei eigentlich ein bißchen ältlich, wenn man sich gleichsam nett an Jugendliches anklammert, als habe man nötig, sich vor Ältlichkeiten zu «retten». Rede ich beispielsweise mit einem älteren Herrn oder mit einer älteren Frau, so komme ich mir jugendlich vor, so, als sei ich jung genug, um die Gesellschaft der Jugend entbehren zu können. Halte ich Ruhe für etwas Junges?

Manche wollen sie für etwas Altes halten. Meiner Ansicht nach kommt es da ganz einfach auf den «Blick» an; auf die Gabe des Schauens, auf die heitere und feine Gewohnheit, richtig abzumessen. Ruhe braucht nicht unbedingt Friedhofsruhe usw. zu sein. Ich kenne einen Schriftsteller, der auf Ausflügen mit Vorliebe Friedhöfen seinen höflichen Besuch abstattete. Er schwärmte für Friedhofpoesie. Ein anderer trat wieder für eine andere Art Poesie ein. Charakterisiert den Provinzler nicht eine gewisse Lebenshast, ein eigentlich sehr humorentfremdetes Bedürfnis, es stets so laut, so gesprächsvollgepfropft wie möglich, rund um sich zu haben? «Jetzt, jetzt, bei Gott, befinde ich mich mittendrin in dem, was man Leben nennt», sagt der waschechte Provinzler, sobald er aber dieses Leben mit Händen packen oder mit seinen sämtlichen sieben Sinnen empfinden will, ist es fortgeflogen, hat es sich zu seiner großen Verwunderung verflüchtigt. Lärm, Radau, Betrieb stellen eben in der Regel nur ein Augenblicks-, ein Scheinleben vor oder dar. Daß aber das Leben das wirklich Junge sei, das wissen entweder die meisten oder alle, und deswegen wollen die meisten oder alle das Leben nichts als lieben, lieben, auf den Händen tragen, ihm Bonbons ins Mündchen stecken, und scheinen vollständig vergessen zu wollen, daß das Leben etwas Ernstes ist. Ernsthaftigkeit ist also meiner Auffassung nach keinesfalls etwas Ältliches, Lebensfremdes. Anderseits scheint mir die Lustigkeit keineswegs der einzige Beweis der Lebensbejahung zu sein. Ich halte sowohl die ernste, besinnliche Stimmung wie die fröhliche, gedankenarme für neutrale Gebiete, auf denen sich Ältlichkeiten und Jugendlichkeiten bunt durcheinander tummeln. Nun gab es da einmal einen Menschen, der sich in beständigem Entwicklungszustand befand. Darf ich bekennen, ich hielte, was man Entwicklung nennt, ebenfalls für neutrales Land, das heißt für Bildungslandstrich? Nunmehr, und so stand besagter Entwicklungsmensch in einem Liebesverhältnis zu einem schönen Mädchen, die dadurch hervorragen zu wollen schien, daß sie in einem fort an ihm etwas auszusetzen hatte, wie zum Beispiel, daß er eine Schlafmütze sei, daß er demnach nicht in genügend hohem oder großem Grade lebe. Sie hatte nämlich ein Buch des Berner Dichters Jeremias Gotthelf gelesen, worin beschrieben wird, wie zwei, die sich überaus herzlich lieben, häufig Ringkämpfe usw. zusammen aufführen. Dies schien es ihr in jeder Hinsicht angetan zu haben, und so sehnte sie sich schmerzlich nach einer Möglichkeit, herumgerissen zu werden, um wieder ihrerseits so recht nach Noten herumzerren zu können. Da würde sie schöne, rote Wangen bekommen haben, bildete sie sich ein, und vielleicht befand sie sich mit solcher Einbildung auf ganz richtiger Straße. Die Sache war die, daß sie Entwicklung für etwas Ältliches, Grauhaariges, Bedenkenerweckendes hielt, und weil sie ihren Liebsten sich so sehr entwickeln sah, wurde sie tiefunglücklich, nahm sichtlich an Schönheit ab, übergab sich als freiwillige Beute einem ganz erbärmlichen Gram, derart, daß er sie mehr als einmal fragte: «Was hast du?»

«Von dir habe ich jedenfalls nichts», fertigte sie ihn kurzerhand ab, und er saß in seiner Entwicklungsphase da und schaute voll Melancholie zu Boden, der ihn seinerseits ähnlich anschaute.

Ich meine, es habe sich ungefähr so verhalten: indem er sich rein menschlich nach der Richtung des Europäismus hin entwickelte, vernachlässigte er seinen gesamten äußeren oder repräsentierlichen Menschen, z. B. den Krawattenmenschen; er trug das ganze liebe Jahr lang ein und dieselbe geduldige Halsbinde, durch welche Eintönigkeit er so recht darzutun schien, wie sehr er sich mit Innenausschmückungen, d. h. Verfeinerung seines Innenmenschen, beschäftigte. Seit einiger Zeit lief er nun auch noch zu allem ohne Kopfbedeckung herum, und das einzig deshalb, damit sich hauptsächlich sein Haupt aufwärts in die Regionen einer gesunden Kosmopolitisierung bewege, was es denn auch nach Lust tat. Was sind Mädchenseelen für zarte Instrumente, die bei der leisesten Antastung entweder mißlich oder harmonisch tönen. «Verstehst du denn wirklich noch immer nichts von Entwicklung?» fragte er sie voll Besorgnis.

Sie erwiderte: «Ich werde kaum für etwas Verständnis nötig haben, das dich hindert, eine angenehme Erscheinung zu sein, und wenn du mich bemitleidest, weil ich für die Fülle deiner Entwicklung nicht Fassungsvermögen genug besitze, so spiele ich von nun an dir gegenüber erst recht die Unnahbare.»

Ihr Gesicht glich, während sie dies vernehmen ließ, einer eisbedeckten, zackigen Hochgebirgslandschaft. Als er sie von unten her ein wenig anzuschauen wagte, verwundete er sich an der Kantigkeit und Spitzigkeit ihres zu allen Schärfen entschlossenen Gesichtsausdrucks, doch ich will im Bild innehalten, das ich in beinahe doch schon etwas zu übertriebenen Farben male.

Um so ungezwungener kann ich melden: einst hatte sie wie eine Blüte im Frühjahr ausgesehen, jetzt aber glich sie samt ihren Abneigungen einem runzeligen Herbstapfel, der immerhin eine verhältnismäßig kostbare Frucht zu sein schien, obschon der Zustand der Reife sie keineswegs freuen zu können schien, indes sich ihr Partner in aller Munterkeit seinem Entwicklungseifer überantwortete. Wahrheit ist, daß sie ihn von sehr feudalem Standpunkt aus ansah, und der schlechte Mensch kannte ihre Überzeugungsweise, er sah «das alles» schon, aber glaubt man, er wäre deshalb aus dem Personen- oder Eilzug der Entwicklung ausgestiegen, um den Abrundungen und Ausbuchtungen, die er mit seinem Wesen vornahm, ein zeitweiliges Ziel zu setzen? Nein, so großmütig war er nicht! Das Sitzen, Weltblattlesen und mannigfaltige Überlegen im Coupé der unaufhörlichen Europäerei und der Ichpflege gefielen ihm scheinbar nur zu sehr.

«Willst du dich wohl endlich stabilisieren, Unartiger?»

Mit solcher Ausdrucksweise trat sie ihm eines Tages entgegen.

Wohl wußte sie, d.h. sie hatte irgendwo und -wann in Kenntnis zu bringen Gelegenheit gefunden, wie sehr Stabilbleiben zum denkbar besten Ton gehöre; er jedoch «pfiff» ganz einfach auf allen guten Ton, indem er mit der Tatsache einig zu gehen für tunlich hielt, daß er sich in teilweise oder total ausgetretenen Schuhen vor ihrem Antlitz aufstellte, das mehr und mehr Spuren eines Seelenzusammenbruches entdecken ließ, indem zwei Falten links und rechts von ihrem Näschen kanalartig hinabliefen, um den Mund wie mit Schnürchen vom völligen In-die-Tiefe-Sinken abzuhalten. Wenn so ein Mädchenmund schön sein will, soll er nämlich immer irgend etwas Schwebendes, dem Gesicht bloß so Angeflogenes an sich haben; er darf nie und nimmermehr aussehen, als hätten die Gesichtsmuskeln Mühe, ihn zu tragen, so, als wäre er etwas Beschwerliches geworden. Nein, etwas ganz Leises, Leichtes, Liebes und zugleich wieder Festes soll so ein

Mund sein und bleiben, das empfand sie sehr wohl, und sie sah, wie er mit ansah, daß sie unter der Schwere ihres Mundes litt, womit sie nur noch in den seltensten Fällen zaghaft lächelte.

So geht es, wenn man das Werden der Entwicklung zu verstehen nicht Tag und Nacht aufs eifrigste bemüht ist, wenn so eine Seele mit ungenügenden Begriffen des Konservativen nach wie vor vorlieb nimmt.

Auf der anderen Seite wieder, um objektiv zu sein, müssen doch auch die Schnellzüge des Ansicharbeitens hie und da in einer hallenden, schallenden, Mittag- oder Abendessen in Aussicht stellenden, koffer- und paketeausladenden Bahnhofshalle halt machen, die nicht durchaus den Stillstand überhaupt zu bedeuten braucht. Solches schien sich der Entwicklungsbeflissene in gewissen Momenten seines Lebenslaufes zu sagen.

«Es wäre Zeit, daß er endlich daran dächte, sich zu beruhigen», war ihre Meinung, alldieweil sie Aufschwung, Aufstieg usw. für etwas hielt, das mit Unzufriedenheit Ähnlichkeit habe. So gehen Meinungen, Auffassungen, Ansichten auseinander. Dem einen ist Nein, was für den Nächstbesten Ja ist. Und wir kämpfen, kämpfen, um uns vielleicht einmal lieben oder mindestens erträglich finden zu können; doch das darf vielleicht noch lang nicht so sein, und inzwischen bekommen die Lustspiele einen tragischen und die Trauerspiele einen komischen Anhauch, und wir können das nicht verhindern, wir sind Schauspieler und zugleich Zuschauer, und es mag vorkommen, daß die boshaftesten Menschen die Lieben sind und die Guten schlecht, und indem einer dem andern vors Gewissen führen will, was er ist und nicht ist, und daß er sich nicht kenne, stellt sich heraus, daß der, der helfen, bessern will, in bezug auf sich selbst auch nur wieder irrgeht. Warum kann es immer nur in der Finsternis und nicht im Licht ein Licht geben? Ist's manchmal zu hell in uns?

ICH WAR EIN SPATZ

Als ich mir viel vornahm, bildete ich irgendeinen Mißklang, sprach einer zu sich selber, der mit der Zeit wenig zu bezwecken gelernt hatte.

Ich war derselbe, der ich jetzt bin, und doch ein anderer, nämlich einer, der nicht vor sich zitterte, den Abend, der in ihn hineingegangen war, nicht wahrnahm, weil er ihn durchaus nicht sehen wollte. Meine Mittagszeit lag damals in der Tat hinter mir, und ich hatte nicht die geringste Lust, dies zuzugeben. Eine weitausgedehnte Lebensebene lag schön, jedenfalls nicht unannehmbar vor mir, deren Anblick mir jedoch nicht willkommen vorkommen wollte. Erst nach und nach wurde der Wunsch in mir lebendig, in jedem Gegenstand eine Art Frage zu erblicken.

Ein Mädchen trat beispielsweise in den Kreis meiner Erfahrungen.

Indem ich mich, wie das so meine Gewohnheit geworden war, mit Arbeits- oder Abenddämmerungsplänen abgab, lag ich müßig, allerlei Unentschlossenheiten gegeneinander abwägend, in einem hellen, schönen Zimmer, worin mir schien, ich müsse viel erreichen. Ich meinte, inwiefern es Abend in mir sei, sei es höchste Zeit, zu beweisen, daß ich viel könne. Das mir gegenüberstehende Mädchen sah mir das Unübereingestimmtsein mit mir an, und nun bildete ich mir ziemlich lange, d. h. sorgfältig ein, es sei dringend nötig, sie um ihrer Einsichten in bezug auf die Lage willen, worin ich mich befand, zu erobern. Ich fragte mich nicht, ob mir nützlich sei, wozu ich entschlossen zu sein schien. Sie war schön, weil sie mich in all dem Unschönen eines an mir Zweifelns vor sich sah. Schon nur, weil ich sie unbedingt sozusagen unterwerfen zu sollen glaubte, besaß sie eine gewisse Schönheit. Unter anderm kam sie mir komisch vor, weshalb ich mich mit der Einbildung befreundete, ich hätte leichtes Spiel mit ihr. Obwohl ich ernster aussah als sie, obgleich meine Ernsthaftigkeit ein weit hübscheres Bild darbot, als das ihrige sein konnte, war sie das schönere Problem als ich, was ich zu meiner Verdrießlichkeit herausfühlte, wodurch ich mir noch beeinträchtigter, wie dies bis dahin der Fall sein mochte, vorkam. Der Unterschied zwischen ihr und mir war, daß ich mich angriff, in einem fort zu beurteilen versuchte, sie dies jedoch unterließ. Sie stand wie aus einem Guß gegossen da, und diese Unbenommenheit gefiel mir, indes mir das beständige Michuntersuchen, Prüfen meiner selber mißfiel. Morgenlich benahm sie sich; hieran vermochte ich nicht zu zweifeln. Wäre mir dieses heitere Morgenliche problematisch vorgekommen, so hätte ich Veranlassung gefunden, zu lächeln, was für sie verwirrend hätte sein müssen, doch ich pflegte zu pünktlich, zu vollständig, zu schnell, gleichsam zu unmißverständlich, zu unabhängig zu denken. Meine Denkart von anno dazumal glich jeweilen etwas Spatzenhaftem.

Spatzen sind plötzlich in all ihrer Selbstverständlichkeit da, um mit ebenso vollendeter Gänzlichkeit wieder abzutanzen oder zu verduften. Sie sind, was ihr Auftreten oder Benehmen betrifft, durchweg spaßhaft; ihre Spaßhaftigkeit besteht darin, daß sie sich offenbar total unproblematisch vorkommen, daß sie von einer bildhaft wirkenden, gewissermaßen einzigartigen Unvorsichtigkeit sind. Ich war damals eine Art Spatz, den die Abendlichkeiten, die Besitz von ihm ergriffen zu haben schienen, unangenehm berührten. Ich hätte vielleicht des Mädchens Morgenschönheit dadurch in eine Abendschönheit umgestalten können, daß ich mich vermorgenlicht haben würde, wozu gewiß nicht sehr viel Bemühung nötig gewesen wäre. Ich wußte um jene Zeit gleichsam noch nicht, daß es vorteilhaft sei, wenn man sich diese und jene Mühe gibt. Ich gehörte zu denen, die von der Meinung betört sind, Bemühungen sollten von selbst zustande kommen; an sich seien sie etwas beinahe Herabsetzendes. Ein Etwas in mir, das ich nicht kannte, gaukelte, zauberte oder stellte, redete und raunte mir vor, ich sei längst aus Morgenmäßigem in Abendzustände hinuntergegangen, womit ich auszusprechen bestrebt bin, daß sich so ein Spatz, falls seine Spatzenhaftigkeit eine richtige und einwandfreie ist, ganz und gar nicht kennt. Gewiß war ich, wie bereits gesagt, ein Spatz, der sich erwog, prüfte, jedoch hiebei nicht das Leiseste ans Licht zog. Ist man, wenn man alt ist, alt und, wenn man jung ist, jung, oder ist man im Alter jung und in der Jugend alt? Derartiges Fragen scheint uns irgend etwas zu kosten, scheint einen zu behelligen, anzustrengen, doch in Wirklichkeit verhält es sich damit keineswegs so, vielmehr sind solche Fraglichkeiten an sich die annehmliche Leichtigkeit selber, indem Probleme nichts anderes als eine Lebensausschmückung sind. Daran dachte ich damals noch nicht im entferntesten. Das Mädchen übermittelte mir Unbehaglichkeiten, was daher kam, daß ich steif und fest meinte, ich hätte einen Spatz in ihr vor mir, der zum Beispiel hinsichtlich Lebenskunst ganz und gar ungeschult sei, was nicht zu stimmen brauchte. Meine spatzenhafte Absicht war, sie von meiner Überlegenheit zu überzeugen, als wenn's günstig für mich gewesen sei, ihr die Meinung einzuflößen, ich könne viel und besäße Qualität. Nicht ein einziges Mal fiel mir ein, mich zu fragen, ob sie gern von mir als Frage empfunden sein möchte. Wäre ich klüger gewesen, als ich war, so hätte ich sie gefragt, ob sie fragwürdig sei. Diese naheliegende und zugleich wie aus Meilenweitheiten geholte Frage hätte ihr sicher sehr gefallen, indem Sorglichkeiten schmeichelhaft sind.

Ein Problem ist immer etwas wie ein von irgendwoher an seinen meist durchaus passenden Platz geflogener Spatz.

BACKFISCHAUFSATZ

Einst gab es für mich eine Zeit, wo mich die sommerliche, also die schöne Jahreszeit, ich vermag kaum zu sagen, wie sehr hernahm, körperlich sowohl wie seelisch anstrengte. Die Tage waren schmachtend lang. Mir schien da immer zuviel Lyrisches in der Luft zu liegen. Der Sommer besaß für mein Empfinden einen Klang, der mich betäubte. Heute ist dies anders: ich ertrage heute die Schönheit des Sommers leicht; sie kommt mir nicht mehr als das Schwere vor, womit sie mich in früherer Zeit drückend beglückte, mit einem Entzücken beschenkte, das mich übellaunig machte. Indem ich nämlich inzwischen gleichsam eine Entdeckung gemacht habe, spaziere ich im Raum des Sommers kühl, beinahe gleichgültig umher. Jedenfalls macht mich heute die Jahreszeitluft lustig, während sie mich einstmals in alle Unlustigkeiten führte. Worin besteht die Entdeckung, wovon ich unternommen habe zu sprechen? Vielleicht in einer Art Höflichkeit. Wenn beispielsweise jemand aus Gutaufgelegtheit pfeift, so ahme ich diesen anscheinend vortrefflich Gestimmten nach. Diese Art von Nachahmung stimmt mich fröhlich. Indem ich auf dem Wege dieser Gutwilligkeit weiterschritt, kam ich nach und nach zu etwas vielleicht sehr Eigenartigem, in eine Art Märchenland, das heißt mit einem Worte in die Backfischelei, wie ich ein moralisches Gebiet nannte, das mir Heiterkeit zu versprechen schien. Backfischeln bedeutet in der Totalität nichts anderes, als sich als Einzelwesen der Gesellschaft gegenüber in scharmantem Unrecht fühlen. Man kommt sich in einem fort fehlerhaft vor und ist daher andauerlich bemüht, zu allen Bemängelungen usw. ja zu sagen, jede Art von Vorwurf restlos anzuerkennen, wobei man die kaum reizlose Beobachtung macht, daß man an Munterkeit zunimmt, sich erleichtert. Alles Rechthaben dürfte ja etwas denkbar Schweres sein. Auf Grund gemachter Erfahrungen darf ich vielleicht beantragen, das heißt womöglich bloß wünschen, zahlreiche Jetztlebende möchten denken, sie seien der Allgemeinheit gegenüber im Unrecht. Die Überzeugtheit, man habe recht, enthält fraglos etwas Schwächliches, das heißt Feindseliges, während derjenige, der sich für schlecht usw. hält, zweifellos die Friedfertigkeit selbst personifiziert. Um schlankweg von der Leber weg zu sprechen, bedeutet Backfischeln eine Selbstweckung oder -bestrahlung. Eines Tages sah ich eine Jugendliche, einen richtigen Backfisch, stramm und zielsicher, will sagen, fest auftreten, und unwillkürlich, das heißt mit vollem Verständnis, in der eingestandensten Erkenntnis, ahmte ich die Hübsche nach und kam hierbei zu sehr angenehmen Ergebnissen. Ich bebackfischelte oder bestrahlte mich, das heißt, es handelte sich um folgendes Experiment: ich konzentrierte meine Gedanken, ich weiß nicht, ob es ein großer oder nur geringer Vorrat war, auf meinen Körper, den ich hierdurch sozusagen befehligte. Ich legte meinen gesammelten Gedankenschatz in meine Augen, und mit diesem gleichsam wesensgesättigten Blick prüfte, kontrollierte ich mich äußerst sorgsam. Die Folge solchen Vorgehens war eine unverkennbare Ermuntertheit, anders gesprochen, eine Übereingestimmtheit mit meiner Umgebung, d.h. ich erreichte mittels des sogenannten Backfischelns ein lebendiges, unbedingtes Jasagen gegenüber dem Dasein, was mit ebenerwähnter Munterkeit identisch ist. Ohne irgend jemand aufklären oder belehren zu wollen, bin ich der Meinung, ich dürfe mir erlauben zu sagen, daß ich dadurch, daß ich eine alltägliche Beobachtung machte, in gewissem Sinne, ausschließlich mir selber gegenüber, ein wenig den Arzt spielte, worüber ich mich gewissermaßen mit der Öffentlichkeit unterhalte. Möglich ist, daß die Fähigkeit, backfischeln zu können, einzig mir gegönnt ist, indem ich dieses Könnens dringend bedurfte, der ich zeitweilig sowohl in körperlicher wie geistiger Klemme saß. Zutreffend bleibt, daß ich Lebensfreude nötig hatte, und da kam ich auf diese gewiß merkwürdige Backfischidee, die man ebensogut belächeln wie einigermaßen ernst nehmen kann. Ich halte, nebenbei gesagt, Massage mittels des bedächtig sich mit dem belebungsbedürftigen Gegenstand befassenden Blickes nicht für absolut unmöglich, wobei selbstverständlich eine gewisse Kultiviertheit oder Empfänglichkeit die Hauptrolle spielt. Zunächst ist mir bloß dies eine bewußt, daß ich einer bin, der für seine eigenen Anordnungen denkbar empfänglich, d.h. dankbar ist. Apart wird anmuten, wenn ich sage, ich wisse mit wünschenswertester Genauigkeit, daß vorliegender Aufsatz Fehler enthält und daß diese Gewißheit etwas Schönes ist, d.h. wieder nichts anderes, als dieses Aufmunternde für mich habe. Aus allem Unsichern oder Unvollendeten heraus gibt es meiner Ansicht nach eine Aussicht in das Sichere, indes die Gewißheit Ausblicke ins Ungewisse darzubieten scheint. Immer sind Wirkungen das Entscheidende, und die Zaghaftigkeit, meine ich, sei von der Bestimmung begleitet, Zustimmung zu finden, wohingegen jede Art von Selbstbewußtsein von allen denen in Frage gezogen werden kann, die mit größter Geschwindigkeit überzeugt sein können, der Glaube an sich selbst sei irgendwie nicht schicklich.

Ich biete, was ich hier schrieb, mit unzweifelhaftester Achtung an, will sagen, nicht ohne einen Backfischknix auszuführen, als sei nicht sehr viel wert, was ich quasi mit scheuem Ummichblicken bringe, obgleich ich vielleicht dafür die nur um so ruhigere Seele bin.

SCHWEIN

Man kann in Liebesangelegenheiten ein Schwein sein, und man vermag sich vielleicht hiebei einigermaßen zu rechtfertigen. Meiner Ansicht nach scheint es bezüglich Schweinerei usw. gewisse Possibilitäten geben zu können. Irgend jemand sieht womöglich wie einer aus, der ein Schwein zu sein scheint, dabei im Grund vielleicht ziemlich honett ist. Die Männer scheinen mir mit ziemlich viel Gewißheit mehr Schweinehaftigkeitsanlagen und -gaben zu besitzen als die Frauen, die sich natürlich hie und da diesbezüglich ebenfalls auszuzeichnen vermögen. Zweifellos besteht eine hervorragende Schweinemäßigkeit in den Liebesbeziehungen beispielsweise eines Mannes zu einem Mann. Ich gehöre zu denjenigen, die überzeugt zu sein willens sind, daß die Männer liebebedürftiger sind als die Frauen, die vielfach wissen, daß sie in dem, was man Liebe nennt, keinerlei Schwein haben. Würde man sich nicht vielleicht erdreisten dürfen, es schön zu finden, wenn so ein Müßiggänger und Schürzenjäger von Mann eine Freundin oder meinetwegen Göttin hat, die er anbetet, und dann eines Tages eine Knabenbekanntschaft macht, die ihm zusagt, weil ihn die Gesichtszüge und der Körperbau des Knaben ans Wesen, Aussehen und Betragen seiner Geliebten erinnern? Nebenbei halte ich Entsagung in Liebesangelegenheiten für gewiß manchmal so gut wie geradezu wundervoll, doch glaube ich, daß es viele gibt, die nicht Lust haben oder genügend seelische oder sonstige Kraft besitzen, hinsichtlich des eben Gesagten meiner Meinung zu sein. Mitunter gibt es sich, daß sich Frauen in Frauen auf irgendwelche Fasson verlieben. Ob solche Frauen feine oder nicht durchweg zarte, feine Schweine seien, scheint mir eine Frage zu sein, die kaum beantwortet zu werden nötig hat. An sich seien Vergnügtheiten immer sozusagen schön und zugleich unter Umständen schweiniglig, denn das Menschlichschöne sei den Menschen gleichsam zu schön, weswegen sie's gern zu den Schweineställen in eine Nachbarlichkeit stellen, meint man sagen zu können.

Mir und einigen andern ist klar, daß uns das mutwillige Verwechseln des Schönen mit dem Schweinischen gewissermaßen Spaß macht. Nun liegt ja in der Tat eine nicht zu bestreitende Notwendigkeit darin, daß das Schöne, Liebe, Süße wie überhaupt Willkommene lächerlich zu machen angestrebt wird, denn indem Freude an und für sich nicht moralisch ist, was Besorgnisse wecken muß, setzt man ihr mit einer Art von Genugtuung entweder direkt oder indirekt Moralisierendes entgegen. Angenommen kann wohl mit einiger Berechtigtheit werden, daß sich das Nichts-als-lustig- und -munter-Sein die Zivilisation zu beeinträchtigen eignet. Zieht uns das Ausschließlichliebliche nicht hinunter? Wenn die Moral an sich gewissermaßen etwas wie ein Schwein sein kann, so wird niemand in Abrede zu stellen unternehmen wollen, daß sie ein nützliches, will sagen kulturförderndes Schwein ist; wenn sich aber die Unmoral in lauter Anmut und Schönheit kleidet, so meint man vermuten zu sollen, sie fordere das Mißtrauen und Vorsichtsvorkehrungsbedürfnis der Gesellschaft heraus. Grundsätzlich sowohl wie launenhaft werfe ich die Befürwortung aufs Papier, man sorge einerseits fürs nicht zu Schön- und nicht zu Glücklichsein der Schönen und Glücklichen, anderseits jedoch mit nicht weniger Zielbewußtheit für das Nicht-allzuviel-Entbehren der Unbefriedigten.

Keiner kann behaupten, er sei kein Schwein.

DAS DRAMA

Kinder, die mich zum Spielen in prächtigen Gärten einluden, inspirierten mich zu Aufsätzen, die mir zum Selbstwiederaufbau dienten, indem ich vom Springen im Freien gekräftigt in die kultivierte Tätigkeit eintrat.

Aufs geschmackvollste mißlangen bis dahin der Frau Europa verschiedene Spazierfahrten, die sie mit anscheinend vielleicht reichlichem Dünkel zwecks Erreichung ihrer Freundin Amerika unternahm, die, womöglich bloß des guten Tones wegen, von ihr geliebt wird, die sie wahrscheinlich im Grund eher verneint als begrüßt.

Auf Amerika blickte ja Europa lange genug mit maßvoller Verächtlichkeit sozusagen herab, als sei es eine Ausgemachtheit, daß der Natur Bildung fehle, sie sich nach solcher sehne, sie sich sie nur schwerlich aneignen könne. Indessen scheint die Zeit, worin wir leben, gezeigt zu haben, daß es amerikanischer Wesensart geglückt sei, in die europäischen Salons einzudringen, mit andern Worten, der scheinbar etwas Eingebildeten, falls man sie so nennen darf, einen auf dem Luftweg eingeleiteten Besuch abzustatten, der unerwidert blieb, weil sich die Vorsehung einem Vorhaben entgegenstemmte, das als Elegantheitsakt, als eine Gewandtheitsprobe hätte gebucht oder notiert werden können.

Die Natur hat die Bildung an Umsicht, Anordnungstalent, vor allem aber an Glück übertroffen. Vergeblich bemühte sich bis heute die zweifellos etwas Ältliche, womit ich die europäische Zivilisation meine, sich die nötige Jugendlichkeitssumme anzueignen, die sich geeignet hätte, so elegant wie die mangelhaft Zivilisierte zu sein. Ein Ozeanflug gelang der teilweise allzu temerären, andersteils zu vorsichtigen Traditionsstolzen nicht, wobei ich an die moralischen Unbeholfenheiten des Hochmutes denke, den die Gottheit nicht zu bevorzugen scheint.

Durch eine gewisse Tölpelhaftigkeit zeichnete sich auf der einen Seite der Amerikanismus aus, während sich in anderer Hinsicht im Gesicht des Europäismusses graziöse Tölpelhaftigkeitspflästerchen schicklichkeitsmäßig abzeichneten. Die Flegelei von jenseits der ausgedehnten Wassermenge erwies sich als europa- oder salonfähig, während die zarte, feine Herkömmlichkeit von diesseits der erheblichen Anzahl zusammenhängender Naßeinzelheiten die Bengelhaftigkeit besaß, dem Anstand, der in jeder hervorragenden Arbeit enthalten ist, nicht mit ähnlicher vorzüglicher Manier zu begegnen.

Für mich sowohl wie vermutlich für andere hat dies beinahe etwas von einem Drama.

DER FLIEGER

Will einer seine Überzeugtheit geziemend lautbar machen, so spricht er ein kraftvolles, martialisches «Natürlich!» «Mit martialischem Gruß bleibe ich Ihr Ergebenster» klang der Schlußsatz eines Briefes, den ich an jemand adressierte, der mir gestand, mein Martialismus habe ihn über mich stutzen gemacht. «Plötzlich hörte er, wie einer neben ihm ausrief: ‹Das gibt's nicht!›» Könnte dieses Alltagsgeschehnis nicht in einem zeitalterabspiegelnden Roman stehen, worin vielleicht hauptsächlich Nebensächlichkeiten zur Sprache kämen? Wenn jetzt auch ich weithinschallend: «Natürlich!» ausrufe, so denke ich an den Flugkünstler, der mit bewundernswerter Energie den Ozean überflog, und ich zähle mich selbstverständlich zu den Unzähligen, die den glücklichen Schwierigkeitenbezwinger verehren. Wenn einer in keiner Weise an irgend etwas zweifelt, so pflegt er zu behaupten: «Das ist klar!» Daß sich der Aviatiker beim Besteigen seines Fahrzeuges gegenüber der Größe seiner Aufgabe klein vorkam, ist mir klar, und vielleicht dürfte mir erlaubt sein, zu glauben, er habe sich im bedeutsamen Moment in die womöglich recht kluge Einbildung gelullt, er sei, mit dem Weltall verglichen, ein Wickelkind, und seine Flugmaschine sei sein Bettchen, worin es für ihn nichts so Ausschlaggebendes zu tun gebe, als aufmerksam stillzuliegen. Meiner Ansicht nach dachte er während der geradezu fabelhaften Abwicklung seiner Fahrt auf besonders lebhafte Art an seine Mutter. Für mich steht dies fest, und nun stehe ich unmittelbar vor der Frage: Hat man einen von längst aus ihrem Wirkungskreis verschwundenen Seefahrern Abstammenden im Ozeanisten, im «Helden des Tages» zu erblicken, und hat er sich ferner, bevor er wegflog, zur Vorschrift gemacht, sein Unternehmen als etwas, das ihn gleichsam bloß schulen, bilden würde, aufzufassen? Unter anderm tun sicher speziell Poeten gut, auf dem beschwingten Roß, Pegasus genannt, mit bescheidener Geschwindigkeit zu fliegen, da ja der ungünstige Zufall die ausgezeichnetste Persönlichkeit so gut treffen kann wie das belangloseste Mitglied menschlicher Interessengruppen oder -sphären. Heute sprach ich zu mir, eigentlich sei jeder, der sich seines Lebens harmlos drauflosfreue, ein vollendeter Löl.

In bezug auf die Bezeichnung, die befremdenderweise meinem sonst so wählerischen Sprachgebrauch entfloh, scheine ich verpflichtet zu sein, zu verkünden, sie deute auf einen Minderwertigen hin. Unter einem Löl hat man sich die Vereinigung jeder erdenklichen Unklugheit in Form eines mitbürgerlichen Einzelwesens vorzustellen.

Mit prächtiger, weil maßvoller Schnelligkeit trat ich heute, nebenbei erwähnt, in eine Schuhsohlerei hinein, um mich nach den Fortschritten zu erkundigen, die die Arbeit gemacht haben mochte, woran ich mich interessiert wußte. Statt des Ausdruckes «Löl» bedienen sich manche in einem Lande, das sich eines Gastfreundschaftsberufes erfreut, und worin unter anderem auch ich mich aufhalten darf, gern des Charakterisierungswortes «dummer Cheib». Höflich klingt weder erstere noch letztere Sprechweise, die denjenigen, die sie zur Anwendung gelangen lassen, in ein gewisses Bildungsmangelslicht setzt. Paradiesvogelhaft flog er über den weitausgespannten, sich nicht durchweg glatt und ruhig verhaltenden Wiesenteppich hin, der den historischen Titel Meer trägt, der Narr oder Löl, der vielleicht insofern Löl genannt werden dürfte, als er mit einer an Übermut grenzenden Tapferkeit mit der unleugbaren Kostbarkeit seines Lebens spielte, das er anscheinend, indem er es allen Eventualitäten preisgab, auf etwas, na, wie soll man sagen, beinahe unfeine Art geringschätzte; denn man wird doch wohl zur Meinung berechtigt sein, daß ein Mensch, der sich für eine Pflichterfüllung, eine Menschheitsangelegenheit einsetzt, bei welchem Anlaß er keine oder nur wenig Rücksicht für sich selbst übrighat, ein ebenso langer wie breiter, womöglich sogar turmhoher Löl oder dummer Cheib ist. Anderseits scheint er mir einer zu sein, der sich die Lust und Herrlichkeit des Lebens wie keinem andern ein- und auszuatmen gibt, da gerade bei Nichtbeachtung des Vergnügtseins, d.h. des Prinzipes vom gesunden Egoismus, die reichere und reinere Quelle dessen beginnt, was zunächst verschmäht wird. Meiner Überzeugung nach sorgt der Sorglose oder

der Selbstlose nachhaltig für sich, wobei ich das Widerspruchsvolle jeden Augenblick zuzugeben bereit bin, das mir an und für sich viel bedeutet.

Wenn sich beispielsweise jemand wichtig macht, so hat er, volkstümlich gesprochen «einen Vogel». Man darf in Wirklichkeit nach Belieben wichtig sein; demgemäß aufzutreten ist jedoch für andere nicht immer angenehm.

In schönerem als in soeben angedeutetem Sinn lasse ich mit diesmaligem Aufsatze etwas wie einen Vogel zu Ihnen fliegen.

SÄTZE

Weil es schön ist, sich zu sagen, man könne noch wachsen, finde ich das Gefühl, ich sei klein, angenehm.

Emporschauen kann das bessere Geschäft sein als Herabblicken.

Angesichts einer für mich ungünstigen Situation trage ich den Kopf hoch, indes mich eine günstige Lage leicht einschüchtert.

Ich kenne nichts Belebenderes als Respekt vor dem Gesicht eines Mädchens zu haben, das dadurch schön wird.

Alles Vergnügen beruht auf dem Ausfindigmachen von etwas in einem fort Verlorengegangenem, was nichts anderes sein kann als Beseeltheit.

Wenn ich hier Aphorismen schreibe, so scheint es wahr zu sein, daß mich etwas Schwieriges beschäftigt.

Musik macht auf mich einen mathematischen Eindruck, mithin einen poetischen.

Rechnen scheint mir so alt zu sein wie der Mensch selbst.

Für einen Intelligenten bedeutet es eine sehr feine Freude, es fertigzubringen, an nichts zu denken.

Schreiben scheint vom Zeichnen abzustammen.

Der spannendste Roman, den es meiner Ansicht nach gibt, ist die Weltgeschichte.

Ich bin überzeugt, daß wir viel zu wenig langsam sind.

Wie interessant sind verbrecherische Frauen.

Eine Frau steigt nach meinem Begriff vornehmlich dadurch in den Damenrang hinauf, daß sie mindestens schon einmal einen Mann vor den Eventualitäten ihres Stolzes zittern ließ.

Autorität scheint sich auf die Übung zu stützen, den Einfluß nur spärlich merken zu lassen.

Was man Bildung nennt, ähnelt den Blumen, die von denen, die ersterer gehorchen, mit einer Sorgfalt behandelt werden, auf die man sie nicht aufmerksam zu machen braucht. Warum sind aber nicht alle Empfindsamen artig zueinander? Jeder Schonungsbedürftige schone seinerseits, möchte man glauben.

ETWAS ÜBER JESUS

Wenn ich hier über ihn etwas schreibe, so tu ich's ohne zu zittern, indem mich ja mein Glauben an ihn frohlocken läßt, er besitze genügend Güte, mir etwaige Fehler, unrichtige Anschauungsart ohne weiteres zu verzeihen. Mir würde aber auch dann nicht bang vor diesem anscheinend ziemlich komplizierten Aufsatz sein, wenn ich – ihn – mir streng, d.h. gebieterisch vorstellen müßte. Auf alle Fälle fühle ich mich beim Schreiben dieser unverzagten Zeilen als ein Mitglied der Kirche, die auf seiner menschlich-göttlichen Erscheinung aufgebaut worden ist, und wenn ich mir würde denken müssen, daß Theologen Kenntnis von meinem Artikel nähmen, so könnte dies für mich unmöglich eine unangenehme Voraussetzung sein, denn ich bin mir der guten Haltung, deren meine Aufgabe bedarf, wie beispielsweise vorliegende eine ist, bewußt, und bei diesem Punkte angekommen, zögere ich keinen Augenblick, zu sagen, ich sei der Meinung, daß bezüglich des Bemühens, sich ihm zu nähern, ihn zu erblicken, die Wahrung des Anstandes von Bedeutung ist. Wenn ich mich vulgärer Ausdrucksweise würde bedienen dürfen, könnte mir auszusprechen einfallen, er habe mehrmals «den Kopf gemacht»; denn es verlautet ja schwarz auf weiß, er habe einmal die merkwürdige Bemerkung fallen lassen: «Ihr werdet euch nach mir sehnen», gerade, als sei er zu schmollen bestrebt gewesen, wobei ich natürlich nicht außer acht lasse, daß es lediglich die Legende ist, die uns ihn mit den Reizen der Vertraulichkeit, dem Rührenden der menschlichen Schwäche schmückt. Die Erzählung, die sich seiner bemächtigte, will uns unter anderm glauben machen, er habe sich eines schönen Vor- oder Nachmittages mit einer rätselhaft schönen Frau in der Nähe eines Ziehbrunnens unterhalten; ebenso sei er gelegentlich mit einem Jüngling aus hochachtbaren Kreisen verhältnismäßig unhöflich umgegangen. Aus der gewiß zum Teil naiven Überlieferung geht eklatant hervor, er habe wichtig von sich selbst gedacht, dadurch, daß er zu unterlassen für gut gefunden habe, andern, sagen wir, den Armen, Wichtigkeit beizumessen. Scheinbar äußerte er sich mitunter stolz und schroff, und kein Mensch kann imstande sein, zu wissen, ob ihm dies leid getan habe oder nicht. Als Angehöriger der Jetztzeit finde ich einen seiner Aussprüche, nämlich denjenigen, der von der Darhaltung beider Wangen zwecks Backenstreichinempfangnahme spricht, wenn nicht geradezu überspannt, so doch immerhin bedenklich, und nur die überaus fröhliche Vorstellung, er sei ein Gott gewesen, vermag mir angesichts der Forderungen, die er scheinbar spielend, scherzend aufstellte, die ins Wanken geratene Fassung wiederzugeben. Wenn er ein Mensch war, warum sollte ihn dann nicht hie und da die Lust angekommen sein, ein bißchen zu spotten, und war er ein Gott, woran ich durchaus glaube, so durfte er erst recht sagen, was er wollte. Nun wandert ja im allgemeinen ein Gott nicht zu Fuß von Ortschaft zu Ortschaft, sondern existiert in irgendwelchem Schwebenden, Überwirklichen. Was mich betrifft, so bin ich überzeugt und glaube mit unanfechtbarer Andacht, daß er Gottes Sohn war, der die Kindlein zu sich kommen hieß, denn ich darf doch wohl mit Vergnügen gestehen, daß ich gerade das Unglaubhafte am liebsten glaube. Meine literarischen Freunde haben sicher das Recht, mir vorzuwerfen, ich klammere mich an die Kirche; aber aus welchem

Grund sollte ich mich nicht an diesem Gottesgewand festhalten, da er, von dem ich hier spreche, und die Kirche für mich unzertrennlich sind? Genannte vorzügliche Menschen, womit ich jene Freunde meine, nehmen sich unter anderm sozusagen heraus, Goethe und ihn in einem Atemzug zu nennen, als wäre – er – etwas wie ein Dichter gewesen, was ich nicht für richtig gedacht zu halten vermag. Die Folgen seines Auftretens auf der Erde in Betracht ziehend, muß man ihn eher für den Stifter der christlichen Religion halten, als daß man berechtigt sein könnte, zu denken, er habe in irgendeinem Sinn gedichtet, was nach meinem bescheidenen Begriff den religiösen Anstand antastet. Sämtliche Dichter waren doch immer irgend etwas wie Bürger, er aber glitt wie ein Licht in den Räumen des Lebens zum Glück kaum oder überhaupt nicht sichtbar einher, und die Dichter und Künstler und alle sonstigen Menschen können sich meiner Ansicht nach ihm gegenüber unmöglich anders als mit stärkerer oder gelinderer Gebärde anbetend betragen. Für mich hat er nie wie ein Schriftsteller, der nur sprach, aber nicht schrieb, sondern wie der Sohn Gottes gesprochen, wobei es mir beinahe eine Art Freude bereitet, diejenigen, die dächten, ich sei in dieser Hinsicht von einer zu großen Genauigkeit, um Verzeihung zu bitten. Vielleicht spreche ich in diesem meiner Meinung nach total harmlosen Essay so, weil mich die Tatsache, daß mein Großvater seinerzeit Pfarrer war, vollkommen unbefangen sein läßt. Falls ich mir erlauben darf, eine Sekunde lang vielleicht etwas zu aufrichtig zu sein, dächte ich gern daran, daß mir einmal meine Mutter, nicht direkt, sondern gleichsam wie bloß zu sich selbst sprechend, sagte, er habe kein Herz besessen, woraus ersehen werden kann, daß er ihr wahrscheinlich ein wenig zu vertraut war. Braucht ein Gott Herz zu haben, ist ihm dies möglich, und ist für uns irgendwelche spinnwebdünne Möglichkeit vorhanden, die uns das Recht erteilt, Kritik an ihm auszuüben, entweder mit ihm zu hadern oder zufrieden mit ihm zu sein? Nebenbei betont, saß ich neulich in eines gutherzigen Mädchens Gesellschaft, die es nicht für feinsinnig hält, viel Freundlichkeit an den Tag zu legen, und die ich unwillkürlich mit der Galiläerin verglich, die mit ihm, ihm ein anscheinend ebenso sonderbares wie wertvolles, kurioses Gespräch gehabt haben soll. Dem geistvollen, reichen Jüngling gegenüber benahm er sich also nicht so nett, wie er zu tun in der Lage gewesen sein könnte. Immer gebärdete er sich so, als müsse er von Schicksals wegen sorgen, daß er nachher ganz aus Leid, aus Seelenschmerz bestehe. Schon der kleine, für mich jedoch keineswegs belanglose Umstand, daß es ihm nie an Kleidung, Wohnung, Lebensmitteln usw. fehlte, weist auf etwas Hohes, Überirdisches hin, wobei ich meine Freunde aus den Kreisen der Intellektualität höflich ersuchen möchte, mich für fähig zu halten, daß ich hier gleichzeitig scherze und ernsthaft bin. Für mich ist der Glaube an ihn herrlich; sein heiterkeitreicher Lebensweg bedeutet für mich das Schönste, was es gibt, und ob er langherabfallendes oder kurzes Haar getragen habe und ob sein Lächeln in Nächten einem Leuchten glich oder nicht, macht mich mein Mitleid mit ihm innerlich schön, und sein Weinen mit dem meinigen zu bereichern, wird mir zu einem Bedürfnis, das ich liebe, das köstlich wie eine Salbe für mich ist. Die Frage, ob seine Menschenliebe aus der Liebe zu einer Frau herauswuchs, verbietet mir meine Kirchenbejahung zu beantworten. Seine Hände, mit denen er Heilungen vollführte, die Füße, die ihn zu denen trugen, die ihn vielleicht nie erblickten, sich dies nur einbildeten, denen diese Einbildung jedoch ein Ereignis wurde, seine Leiblichkeit überhaupt wächst für mich lebendig aus jedem Kirchenanblick oder -besuch hervor. Als ich längere Zeit nicht mehr an ihn gedacht, es ohne seine Aufmunterungen machen zu können gemeint hatte, ließ mich ihn eine Sonntagspredigt von neuem schauen, obschon die ländlichen Kanzelworte nicht durch sonderliche Bedeutung hervorragten. Beispielsweise ist eine Pfarrersfrau oder -tochter für mich immer etwas Liebes, und die Felder, die Arbeit, die sie beanspruchen, zählen für meine Auffassung mit in die ihn bewillkommende Gemeinde, als käme er noch jetzt aus irgendwelcher Richtung auf der Straße herbeigeschritten und lächle wohltuend während des Sichallmählichnäherns. Dürfte ich denken, diese schriftstellerische Arbeit gleiche einem Gesicht, das jeden Blick sanft aushält, das vor Freude, daß es sich geprüft sieht, strahlt, und dürfte ich nun vielleicht meine Freunde von der Unausdenkbarkeit überzeugt haben, mir fehle es an christlichem Glaubensgleichgewicht, und ich sähe seine Nähe und Ferne nicht mit ebenso großer Leichtigkeit wie sie? Manche von ihnen möchten seinetwegen die Kirche, die er doch selbst ist, ablehnen. Mir sagt sie zu; schon die bloße Absicht, wie die übrigen ins Gebethaus zu treten, mich wie jeder beliebige Betende zu benehmen, wirkt auf mich so, als sei ich wie ein verständnisangesäter Acker, eine Äußerung, die ich schon deshalb für eine religiöse halte, weil sie mich nicht vor dem Gedemütigtwerden schützt. Ich finde, daß ich hier wenigstens mit einigem Mut spreche. Zum Klugsein lud er uns meines Wissens ein.

LITERARISCHE REVUE

Ich erkläre vorliegenden Essay für eine Erzählung, und ich tu dies deshalb, damit, was ich da darbringe, nicht als Schwatzhaftigkeit, als Plauderei aufgefaßt wird. Ein Erzähler erzählt, er spricht nicht, und so erzähle ich denn mit großem Anstand, mit einer Gediegenheit sondergleichen und mit einer Ruhe, die, könnte man sie erblicken, eine Sehenswürdigkeit bildete, daß ich der Meinung sei, ein Poet sei verpflichtet, sich poetisch zu kleiden und eine möglichst poetische Wohnung zu bewohnen, damit allen Menschen sogleich bewußt wird: «Aha, das ist ein Poet», und jede Verwechslung ausgeschlossen ist.

Im schönen und reichen Frankreich existierte um die Mitte vorigen Jahrhunderts eine Dichterin, genannt George Sand. Seit jenen Tagen hat sich in genanntem Land keine erhebliche weibliche Persönlichkeit mehr schriftstellerisch ausgezeichnet. Die französischen Frauen scheinen seither für richtig gefunden zu haben, zurückhaltend zu sein und auf schriftstellerisches Hervortreten zu verzichten. Vielleicht hat man es diesbezüglich mit einer Art Schönheit, mit einer Bescheidenheit zu tun, die eine gewisse Bewunderung verdient. Die französische Fähigkeit, in kultureller Hinsicht traditionell zu sein, wird übrigens vielleicht noch immer nicht in genügendem Maß anerkannt. In der Figur der großen George

Sand bäumte sich Frankreichs frauliche Intelligenz vor zirka achtzig Jahren gleichsam hoch auf. Seit jener Zeit jedoch unterließ sie dies, und ich für mich, ich meine, in meinem Empfinden, finde dies schön, und ich glaube, daß man einem Staat wird gratulieren können, wo derartige Enthaltsamkeit, ein solches Übersichselbstsiegen bei der Hälfte der ihm Angehörigen sozusagen Mode geworden ist, was eine beinahe, wie man sagen möchte, von der Vorsehung unbedingt so und nicht anders gewollte Tatsache zu sein scheint. Vor nun schon gewiß recht langer, nämlich zur Barockzeit, lebte und schriftstellerte sowohl in Paris wie in provinzieller Landsitzlichkeit die kaum irgendwelchem Gebildeten gänzlich unbekannte Madame de Sévigné. Um auf Deutschland zu schauen, so kam in der Tat ums Jahr 1820, also um die Zeit, da Goethe noch dichtete, die zweifellos tiefvergeistigte Bettina Brentano vor. Von einer Gräfin, die den klassischen Namen Hahn-Hahn trug, wissen solche, die einen Schimmer von Literaturgeschichte ihr eigen nennen dürfen, daß sich diese Frau im Schloß, das sie bewohnt hat, ein Privattheater bauen ließ, was uns Heutige berechtigtermaßen beinahe märchenhaft anmutet. Vom Jahr 1880 an machten sich Schriftstellerinnen bemerkbar wie Marlitt und Werner, die gleichsam vom Schicksal oder wie von der Sternbahn auserlesen worden sind, zahlreiche und zugleich in ihrer Art fraglos tapfere, also sozusagen süperbe Unterhaltungsromane herzustellen. Die Frage, ob eine lebhafte weibliche Schreib-Beteiligung für ein Volk förderlich oder undienlich, ob erwähntes praktisches Teilnehmen an einem Geschäft, wie es die Verbreitung bildender Schriften ist, für das betreffende Staatswesen ein Glück oder ein Ungemach sei, ließe sich, falls man dies zu unternehmen wagen wollte, gewiß nur sehr schwer, erst nach äußerst gewissenhafter Prüfung mannigfaltiger Gesichtspunkte, beantworten. Österreichs Frauen scheinen ihrerseits ja eine geradezu üppige Fülle von Gelegenheit gefunden zu haben, zu Ruhm und Ansehen zu gelangen, denn Namen wie Bertha von Suttner, Handel-Mazzetti, Ebner-Eschenbach klingen noch heute, und ich überreiche der Schweizer Dichterin Maria Waser jeden Moment, falls mir dies irgendwie zukäme, mit Vergnügen einen Lorbeerkranz, und nun erinnere ich mich mit einmal daran, daß ich vor Jahren in einem meiner Bücher die in gewisser Hinsicht sicher überaus naheliegende Bemerkung machte, mir scheine schicklich zu sein, wenn sich unsere Zeit in bezug auf Gefühls- und Denkweise von Frauen und ihrer natürlichen Sorgfalt leiten lasse. Diese Bemerkung kann eine zufällige sein, aber alles Zufällige kann ebensogut irgend etwas anderes als etwas Zufälliges darstellen.

Indem ich, wie gesagt, überzeugt bin, daß hier eher erzählt als gesprochen wurde, finde ich mich insofern heute manchmal geradezu unbegreiflich, als ich es zustande brachte, acht meiner besten Jahre in einem Dachzimmer zuzubringen.

Vielleicht sind meine diesmaligen wenigen Zeilen eine Art Revue.

LITERATURBRIEF

Gestatten Sie mir, Ihnen zu sagen, daß ich dann und dann in einer Mansarde wohnte, obwohl man das eigentlich nicht tun sollte, und daß ich dort Alfred de Vignys Roman «Cinq-Mars» mit großem Vergnügen las, womit ich

Sie vielleicht gar nicht zu interessieren vermag. Ich hielt besagtes Buch für eine ausgezeichnete historische Dichtung, die mir eine denkbar willkommene Unterhaltung darbot. Die Mansarde enthielt übrigens ein Ruhebett, von dem ich mir, da ich hierzu Zeit hatte, einbildete, es stamme aus der Madame-Récamier-Epoche. Mitunter stand ich etwa fünf Minuten lang, ans Fenster gelehnt, da, wobei ich die Unverhältnismäßigkeit beging, mir wie der seinerzeit von Tischbein porträtierte junge Goethe im Elternhaus zu Frankfurt a. M. vorzukommen. Jeden Sonnabend fegte ich eigenhändig die Stube, was ich hauptsächlich des Spaßes wegen tat, der mit dieser gleichsam anheimelnden Beschäftigung verknüpft war. Vielleicht hätte ein anderer hierauf verzichtet. Hie und da ging ich ins Kaffeehaus, wo mir einmal eine Frau zu Gesicht kam, die für mich insofern anziehend wurde, als sie sich für mich zu interessieren vorgab. Ihr anscheinendes Interesse war für mich interessanter, als wenn's ein wirkliches gewesen wäre. Wirkliche Teilnahme wirkt oft erkältend, während uns eine gespielte als etwas Erwärmendes berühren kann. Koketterie scheint mir ein Belebungsfaktor zu sein. Aufrichtigkeiten werden gern mit Vortäuschungen erwidert, indes wir Vortäuschungen gegenüber aufrichtig zu werden vermögen. Einmal nahm ich, freilich nur ausnahmsweise, ein Buch mit ins Kaffeehaus, das sich «La petite Comtesse» betitelte, um mit demselben sozusagen ein wenig zu flunkern, damit man mich für weiß der Kuckuck wie gebildet hielte, womit ich mich etwas derb ausdrücke. Man sollte vor der eigenen Person stets die genügende Menge Achtung haben. Hier erwähne ich einen Romancier, der sich Octave Feuillet nennt und Mitglied der Französischen Akademie ist, von dessen Novellen ich gestehen muß, sie hätten mir gefallen. Nebenbei betete ich ein Mädchen an, die mir aus dem Kaukasus herbeigeflogen zu sein schien. Wieder zur Literatur zurückkehrend, spreche ich so flüchtig wie möglich von einem Erzeugnis, das sich «Vers le pardon» betitelt hat. Brantômes Frauenporträts scheinen mir ebenso einförmig wie hinreißend geschrieben zu sein. Die großartig-ruhige Schreibweise, die dieses Buch auszeichnet, strengt freilich den Leser an, aber eine Wanderung, auf der man allerlei Sehenswertes wahrnimmt, tut dies auch. Man macht bei Brantôme mit hochgestellten Personen Bekanntschaft, deren Menschliches zum Teil tief ergreift, und wenn der Verfasser seine Gegenstände ausnahmslos mit Ehrfurcht behandelt, so begreift man das ohne weiteres, denn er war Höfling. Zur Höflichkeit war er verpflichtet, jedoch nicht, geistvoll und von einer imponierenden Zurückhaltung im Anteilnehmen zu sein. Nur seine Begabung hinderte ihn, uninteressant zu denken und zu schreiben. An der Lektüre von Racines Theaterstücken fand ich die größte Freude. Ferner bitte ich um die Erlaubnis, hervorheben zu dürfen, daß ich gegenwärtig in einem Buche lese, das «La séductrice» genannt ist, worin es sich ergibt, daß die männliche Hauptperson keine Renaissancenatur ist, indem sie auf eine glänzende Art den Mut verliert, sich prächtig moralisieren läßt, statt daß sie diejenigen, die sie mit Vorwürfen meinen behelligen zu sollen, mit einem anmutigen Lächeln und einigen schlagfertigen Bemerkungen besiegte oder wenigstens schmiegsamer, toleranter zu machen versuchte. Vor einiger Zeit befaßte ich mich mit «La femme abandonnée» von Balzac, die gewiß ein Prachtexemplar von Prosastück ist. Ist diese Verlassene nicht die Erfolglosigkeit selbst? Sechs bis sieben Jahre lang ist Madame de Beauséant glücklich, was ich, offen gestanden, sehr nett finde. Nun ging ihr Geliebter eine Art Geldheirat ein; ich meine, daß der Dichter dies schreibt, wie nur er es imstande ist. Im Grund ist's ein gewöhnliches Vorkommnis, das sich schon tausendmal zutrug. Doch bei guter Darstellung bleibt es immer wieder neu. Derartige Ereignisse bilden gleichsam dadurch etwas Unverwelkliches, daß sie stets neuerdings möglich sind, und die Schlechtigkeiten sind ebenso poetisch wie die Wohltaten. In der Kunst kann stofflich Triviales durch lebhafte Gestaltung zur Kostbarkeit werden, was hier zutrifft. Wie er ihr die Neuigkeit eröffnet, die sie in der Stille ihres Gemaches zu einem Schrei veranlaßt, ist herrlich, d.h. derart gesagt, daß der Entschluß in mir reif wurde, bei Gelegenheit zu erklären, man könne auch in sentimentaler Manier Ausgezeichnetes hervorbringen, Balzac bilde hierfür ein Beispiel.

DER LESER

Er nahm vor einiger Zeit von Thomas Manns «Buddenbrooks» sorgfältig Kenntnis und wußte nun nicht recht, ob es ihm angenehm sei oder nicht, daß er sich genötigt sah, sich glauben zu machen, dieses Buch, das natürlich von hervorragender Kunstfertigkeit sei, mache als Ganzes nicht einen durchaus erfreulichen Eindruck auf ihn, beunruhige ihn sozusagen als Gesamtes ein bißchen, er müsse wünschen, es gefiele ihm denn doch noch viel besser, obgleich es ihm freilich Achtung in Menge entlocke. Der Leser durfte sich sagen, daß ihn beispielsweise Schillers «Räuber», als wenn sie eine wunderbar gedichtete Geschichte seien, ganz einfach entzückten. Er las lange Zeit mehr kein willkommeneres, unterhaltenderes Buch, und mit einmal erinnerte er sich dann, daß er die Art, wie Theodor Körner seine Dichtungen, falls man so sagen darf, flüssigzumachen verstand, elegant fand. Einst lag ihm Heinrich von Kleist gewissermaßen überaus nah, bis ihn irgendeine Stimme an andere Autoren mahnte, wie etwa an keinen erfolgloseren als Rudolf Herzog, dem jedenfalls Zeilen gelungen waren, die ihn interessierten, die diesen Verfasser aufs wärmste an sich selbst zu glauben angetrieben zu haben schienen. Ich charakterisiere den Leser mit den Worten: er sah sich nicht vom Vorurteil durchdrungen, nur Beifallsarme seien an schönerem Können reich, und er meinte, es sei für ihn ersprießlich, J.P. Jacobsen, wie irgendwelcher Laune gehorchend, aus dem Büchergestell hervorzuziehen, den er sich das Vergnügen gönnen durfte, als sehr feinen Schriftsteller anzuerkennen. Eine Eigentümlichkeit des Genannten lag gewiß in seiner Fähigkeit, zu etwas wie Bravourarien zu gelangen, womit ich sagen will, Seiten zu schreiben, die als etwas besonders Prächtiges eine Extrawirkung auszuüben imstande sind. Ein Band Jeremias Gotthelfs wollte ihm mit beinahe nur zu üppiger Fruchtbarkeit beladen vorkommen, derart, daß er nicht zu unternehmen gewagt hätte, ihn von Anfang an bis zum Schluß durchzulesen. Vielmehr zog er vor, bloß darin zu blättern, sich mit teilweisem Genuß zu begnügen. Die Lektüre des Gottfried Kellerschen «Martin Salander» ließ ihn in denkbar guter Stimmung, was ihm ein Beweis zu sein schien, er habe etwas in seiner Art Vortreffliches studiert oder aufmerksam beachtet. Indem er sich der Meinung zu sein erlaubte, Leser seien eher leise als laut, eher unscheinbar als imponierend, und das Lesen ähnele vielleicht stets sowohl einer Bemühung als einem Zeitvertreib, sei bisweilen anstrengend, mitunter jedoch geradezu irgendwie erlösend, hatte er sich Gelegenheit gegeben, gewisse Lesestücke vorzunehmen, in eine Reihenfolge oder Auswahl bemerkenswerter Prosastücke hineinzublicken, die Hugo von Hofmannsthal verdankenswertermaßen zusammengestellt hat. Balzacs «Peau de Chagrin» schien ihm zu gestatten, sich in einen Musiksaal versetzt zu wähnen. Der große Romancier bezauberte ihn auch hier, wie schon so oft, wieder. Gesammelte nachgelassene Schriften von dem und dem Vertreter ausgezeichneten dichterischen Könnens machten ihn fröhlicher, als er es sich vorgestellt haben mochte. Gobineaus «Renaissance» glitt ihm, als habe dies so sein sollen, in die Hand, die sich gleichsam über den Fund freute, was zu bequem und unmittelbar gesprochen sein dürfte; doch man drückt sich auf irgendeine Art aus, und man vermutet, man brauche sich nicht zu scheuen, kleinere Mängel an sich und andern gutmütig zu billigen. Er las bald in einem engen, traulichen Stübchen, bald in einem stattlichen, nichtsdestoweniger wohnlichen Gemach und schrieb sich vor, jeweilen die gelesenen Inhalte, von denen er sich hatte beleben lassen dürfen, hübsch wieder zu vergessen, was jedoch, genau genommen, auf dem Weg der Natürlichkeit vor sich ging. Ist nicht auch das Leben ein Buch, das man zu der und der Zeit las, worin man sich stets von neuem mit mehr oder weniger Teilnahme zu lesen bewogen sieht? Beides, Lesen und Leben, können nützlich und schädlich sein. Etwas webt, geht und lebt ganz für sich weiter und weiter: die Zeit.

Die Oper «Wilhelm Tell», sprach ich gestern vielleicht etwas zu harmlos zu einer Kellnerin, sei doch wohl nach wie vor, dächte ich, sozusagen von Rossini, eine Bemerkung, über deren Einfachheit das Mädchen nicht etwa laut lachte, nein, nur sehr amüsiert lächelte. Ihr Lächeln besaß für mich etwas Gedankenvollmachendes, indem ich eine halbe Minute lang oder noch länger ganz verdutzt, verblüfft über ihr Betragen dasaß, das ich mir nicht recht zu erklären vermochte. Sie hatte dazu ein kältlichfeuchtliches, wärmeliges Händchen, was ich insofern zu konstatieren vermag, als ich dieses gleichsam ebenfalls ein bißchen lächelnde Händeli angerührt hatte. Jedenfalls scheine ich für Eindrücke zarter, delikater Art erstaunlich empfänglich zu sein, und ich kann kaum glauben, daß hierbei etwas Besonderes mitspiele.

Nun gehe ich zur Süchelidee über.

Bei uns in der Schweiz werden ungehobelte, unpolierte Menschen mit der Bezeichnung Süchel beehrt. Ein Süchel scheint derjenige zu sein, der keine oder zu wenig Ahnung von Galanterie hat. Man kann hauptsächlich Frauen sich über Süchelei beklagen hören, indem die Frauen ja am Entgegenkommen naturgemäß interessiert sind, und mit einmal kam ich auf den vielleicht etwas seltsamen Einfall, mir zu sagen, daß der bekannte König Lear von Shakespeare unter Umständen eine Art Süchel gewesen sein könnte. Benahm sich dieser Herrscher, der gottlob bloß ein Theaterherrscher ist, gegenüber seinem Töchterchen Cordelia nicht doch schon beinahe ein bißchen süchelhaft, d.h. grob? Ich für mich glaube dies aufrichtig. Man wird mir entgegnen wollen, ein König sei weit eher zur Süchelhaftigkeit berechtigt als irgendein sonstiger Sterblicher. Hierauf würde ich meinerseits erwidern: Ganz recht, aber ob nun ein König recht habe oder nicht, wenn er drauflossüchelt, so schließt das die Tatsache, daß er unartig ist, keineswegs aus, und in der Tat läßt ja der Dichter den König für das Unrecht, das er begeht, und wozu er immerhin aufs königlichste berechtigt zu sein scheint, wacker büßen. Das Fabelhafte an Shakespeare ist ja, daß er mit Königen wie mit Menschen umging.

Gott sei Dank bin ich mit dem Süchelthema, das mir ein unsympathisches zu sein scheint, fertig und gelange zum Kurt vom Walde, dessen Figur mir Gelegenheit gibt, mich über das, was man unter Aktualität versteht, zu verbreiten. Vorerst dies: Dieser brave Kurt vom Walde ist eine Gestalt Gottfried Kellers, der ein Schriftsteller gewesen zu sein scheint, dem es bisweilen behagte, nachts zu später Stunde in nicht sonderlich alkoholfreiem Zustand nach Hause zu kommen, was als eine Junggesellengewohnheit bezeichnet werden kann. Nun läßt Keller den Kurt vom Walde einen außerordentlich fruchtbaren Federhelden sein, der über die kleinste, zufälligste Aktualität ein langes und breites schreibt. Alles, was ihm begegnet, sei es dieses oder jenes, schildert er mit wichtiger Miene, indem er's in sein Notizbuch trägt. Man bekommt das Gefühl, oder besser, man gelangt zur Ansicht, er sei der behendeste, besorgteste, genaueste, exakteste Tagebüchler, den es weit und breit gebe, und die Tagebüchelei, die ihn erfaßt hat, veranlaßt ihn, die schönste seiner Obliegenheiten total zu vernachlässigen: zu seiner Frau zu schauen, sich um ihr Wohlergehen zu kümmern, die sich im Lauf der Zeit glücklicherweise von ihm zu trennen weiß, indem sie denjenigen heiratet, der kein Kurt vom Walde ist, vielmehr ein ganz anderer, ein viel Liebenswürdigerer, vor allen Dingen einer, der nicht von fern ans Schriftstellern usw. denkt. Diesen Kurt vom Walde, diesen Vergegenwärtiger alles dessen, was Literaturteufelei ist, hat Selbstgefälligkeit zum ungefälligsten und Eingebildetheit zum ungebildetsten Menschen werden lassen. Keller stellt sehr fein dar, wie gerade der Aktualitätsaufschnapper mit der Zeit unaktuell wird.

Was mich selbst betrifft, so meine ich, daß ganz einfach der Brauchbare an sich der eigentliche Aktuelle sei, und ferner ist meine Meinung, daß man sich nicht in das verbohren darf, was man Bildung nennt, weil sonst nicht Bildung, sondern Verbohrtheit entsteht.

Lese ich nicht zurzeit in einem Buch, das bereits vor zweihundert Jahren verfaßt wurde, und empfinde ich es nicht trotz seines hohen Alters als überaus jung?

Indem ich für aktuell halten zu können glaube, was gut ist, und indem ich erkläre, was dauerhaft, d.h. von gesunder Konstruiertheit ist, sei jedesmal neu genug, empfehle ich mich, als wäre ich ein Kurt vom Walde, will sagen, ein flinker Handelsreisender, der sonstwo schnell noch vorzusprechen die Absicht hat, bestens.

ITALIEN

Fände ich's zulässig, so schriebe ich bezüglich meiner Beziehungen zu Italien ein Gedicht in wohlabgewogenen Jamben. Indem ich jedoch zu offenbaren habe, daß ich dies Land, so schön es sein mag, noch nie mit meinen Augen sah, fühle ich mich Prosa anzuwenden veranlaßt.

Derjenige, der Italien, kurz gesagt, den Italienern gleichsam überwies, hieß Garibaldi, der zu solchem historischen Zweck seinen Eifer, mithin seine Gesundheit, einsetzte.

Meine spärlichen Kenntnisse betreffs des Heimatlandes der Duse, Verdis oder Carusos stützen sich darauf, daß ich allerlei Bücher las, die mich irgendwie kennenlernen ließen, was seinerzeit Berlioz körperlich zu betreten Gelegenheit erhielt.

Ließ einerseits Heinrich von Kleist eine seiner Novellen in der Nähe vielleicht etwa Mailands vor sich gehen, so hat uns kein Geringerer als Goethe in seiner «Italienischen Reise» über das Thema Neapel eine berauschende, ich meine, entzückende, Schilderung geschenkt.

Wer schrieb beispielsweise je über Venedig reichlicher und anmutiger als der ehemalige weimarische Geheimrat, dessen schönes, seltsames Tagebuch übrigens für mich ermüdend ist, was ich wohl deshalb offen sagen darf, weil bekannt sein dürfte, in welch hohem Maß er sich um Anschauung und dergleichen bemühte, wie sehr ihn vieles interessierte.

Jeder, der sich prüft, gibt meiner Ansicht nach gern zu, daß das Mitanschauen, wie einer immer und immer wieder nichts als sozusagen nach allen erdenklichen Richtungen hin vortrefflich zu sein scheint, langweilt, ja sogar ein Gähnen dann und wann hervorruft.

Goethe wurde nun einmal nie müde, Gutes, Rühmenswertes und Schönes zu erblicken. Auf fünfhundert und mehr Druckseiten wird bei ihm in einem fort geschätzt, bewundert, gelobt und geliebt, vor allem geduldet, begriffen, eine Manier, die natürlich auch beim Leser Geduld voraussetzt.

Abgesehen nunmehr von den Hohenstaufen, die einst scheinbar in Italien manches zu suchen und ordnen hatten, gewinnt man aus dem Renaissancebuch des Grafen Gobineau einen überaus lebhaften, angenehmen Eindruck. Genanntem war's wohl sowohl um Gelehrsamkeit wie um Gestaltung zu tun.

Vielleicht machte mich von sämtlichen Dichtern Eichendorff mit seinem «Taugenichts» auf Italiens Romantik am gewinnendsten aufmerksam. Hier erlebt man eine beschwerliche nächtliche Wagenfahrt und das Ankommen in einem einsamen Haus, worin der, der nicht genau zu wissen begehrt, was das Leben von ihm will, anderntags in der Morgenfrühe in einem Zimmer erwacht, das hell und tauig von Hoffnungen schimmert, ihm mit allen Lieblichkeiten tapeziert zu sein vorkommt.

Wieder eine andere Art von Italien durchwandert man beim Lesen Stendhals, den man einen Italienspezialisten nennen kann, in dessen Parmaroman man zu den interessantesten Menschen- und Landschaftsbekanntschaften gelangt.

Von Italien hörte wohl noch niemand nie.

Wie liebreizend ist nur schon Mignon.

Stammt nicht der junge Piccolomini von dorther, der zwar gewiß womöglich bloß eine dichterische Idealfigur ist?

Italien gab Dichtern, Künstlern, wie überhaupt Fühlenden, von jeher viel, und ich wundere mich über die Leichtigkeit nicht, womit ich dies sage.

AN EINEN POETEN

Weshalb gingest du vor einiger Zeit zu jenen beständig schweigenden Zufriedenen, die ihre großartige Bedürfnislosigkeit in die Tücher vielsagender Einförmigkeit hüllen und fähig sind, ihre Sprachgewandtheit in eine Handbewegung zu legen, die vor ihren Häusern wie Bilder aus Erz stehen, und die dir mit ihrer Haltung sagten, dir fehle irgend etwas; warum sehntest du dich, als du dich denen gegenübersahest, die einen unnachahmlichen Anstand besitzen, nach der Belanglosigkeit beispielsweise eines Geplauders?

Doch zunächst möchte ich dich bitten, mir zu sagen, wie es kommt, daß eine Derbheit in deinem Mund keine Derbheit zu sein vermag; weshalb es dir nicht gelingt, deinen an sich gewiß wertvollen Ausgeglichenheiten die gehörige Wirkung zu verschaffen? Gingest du nicht in ein Nachtlokal, um das Leben pulsieren zu sehen, das nicht in dich eindrang, weil du es schon kanntest, weshalb ich die Frage an dich adressiere, ob du nicht lieber etwas unwissender ins Leben gehoben worden wärest?

Als du bei den obenerwähnten Gestalten ankamest, verstandest du sie bereits allzugenau, als daß sie dir zum Erlebnis hätten werden können. Als Kind glichest du einer Sonate in Form eines vielleicht bisher noch nie dagewesenen Exemplares von Ahnungsvermögen. Vielleicht bliebest du immer ein hochbegabter Knabe, und dies womöglich hauptsächlich deshalb, weil du nie witzig zu werden vermochtest, was eine Freiheitlichkeit ist, die man sich bemüht, zu überwinden, nicht eine Auszeichnung, wonach man sich sehnt.

Immer begleitete dich eine keineswegs mühsam erworbene, sondern dir, wie man sagen möchte, ähnlich einem Geschenk angeborene Ernsthaftigkeit, die du wie das Tragen eines kostbaren Gewandes genossest. Deine Umgebung hatte stets Anlaß, dich zu verehren; du schrittest gleichsam über diese Achtung wie über einen Teppich, statt daß deine Füße ab und zu mit der Landstraße in Berührung gekommen wären, was dir allerlei erzählt hätte. Du bewegtest dich fortwährend in einer Gesellschaft, vor der du kein einziges Mal zu zittern nötig hattest, die sich für dich vielmehr in eine Zither verwandelte, auf deren Saiten du nachlässig spieltest. Nie lächelte man dich anders als verbindlich und artig an, weshalb auch du nie anders als höflich lächeltest, und weshalb du dich an ein Differenziertsein gewöhntest, das auf diejenigen überging, die dieses Verfeinerte an dir wahrnahmen, was man als eine Art von Schönheit ansah.

Du erlebtest Städte und Landschaften und erlebtest sie nicht, da sie dich schon im Alter von neun Jahren illusionär umgaben. Untersagtest du dir nicht manches Können aus Gründen des guten Tones? Warum zog es dich zu den unnachahmlich Zarten, die ihr Leben zu beklagen imstande sind, ohne mit der Wimper zu zucken, denen du nicht fremd vorkamst, was du ihnen an den monotonen Mienen anmerken zu können glaubtest, denen die Kunst, duldend und dabei sehenswert zu sein, eigen ist?

Du versuchtest wortkarg wie ein Stein in stiller Gegend und munter wie ein Bächelchen zu sein, und deine Zurückhaltung verwandelte sich in ein Geschäker, und dein Sprechen sprach nicht, und eine zeigte dir ihren Rücken, weil du dich ihr gegenüber benahmest, als wäre sie nicht kennenlernenswert, die überzeugende Stimme.

HEINRICH VON KLEIST

Für mich ist Heinrich von Kleist einer der merkwürdigsten Dichter. Er schrieb im Fort Joux bei Pontarlier im Jura die Tragödie «Penthesilea», die der ausgeglichenste deutsche Dichter, wobei ich von Goethe spreche, vorsichtig mißbilligte.

Kleist war, möchte man sagen, darum, daß er schon in jungen Jahren nach Paris reiste, was sich meines Wissens kaum einer seiner Zeitgenossen herausnahm, ein ausgesprochener Europäer.

Er wollte die Welt sehen, und er sah sie. In Paris scheint er sein Erstlingsdrama, die «Familie Schroffenstein», einen meiner Meinung nach erstrangigen Wurf, verfaßt zu haben.

Eigenartigerweise ließ er sich hernach im Schweizer Städtchen Thun blicken. Was dieser Städtename nicht schon an sich für einen schönen Ton hat! Weshalb er sich gerade dort ansiedelte? Hätte er nirgends anderswo den «Zerbrochenen Krug» dichten können, der später in Weimar eklatant durchfiel?

Wie bei keinem Geringeren als Friedrich Nietzsche wurde auch bei Heinrich von Kleist ein Schwesterchen gleichsam bedeutend. Vermochte er seinen «Robert Guiskard» deshalb nicht zu schmieden, weil er ihn sich allzu stark dachte? Die an sich dramatische Frage wird ihn lebhaft beschäftigt haben, ob er vielleicht eher Erzählergabe habe? In Königsberg gediehen ihm Novellen wie das zweifellos interessante «Erdbeben in Chili», dessen Held in anscheinend feinem Hause den Privatlehrerberuf ausübte.

Ist nun nicht ungemein eigentümlich, daß Kleist eine

Kurzgeschichte schrieb, die ihm in der Schnelligkeit selbst entstanden sein mag, und die er «Das Bettelweib von Locarno» betitelte?

Ich gehe auf das «Käthchen von Heilbronn» über, das eine Mädchengestalt ist, wie man sie sich nicht lieblicher vorstellen kann. Wenn der Graf vom Strahl, Käthchens Geliebter, nicht womöglich mit dem Shakespeareschen Othello einige Ähnlichkeit aufweist, so täusche ich mich, was in literarischen Abhandlungen hie und da vorkommt.

Indem ich vom Negerfeldherrn sprach, kommt die «Verlobung in St. Domingo» an die Reihe, eine Erzählung, die kaum anderswo als in obenerwähnter Festung produziert worden sein kann, wo Kleist allenfalls die Bekanntschaft eines wirklichen schwarzen Generals machte.

Sollten nicht zwischen Dostojewskis «Sanfte» und Kleists «Käthchen» künstlerische Beziehungen existieren? Für das Europäertum des Letztgenannten dürfte der Umstand sprechen, daß ihm gerade bezüglich einer Übersetzung, womit der «Amphitryon» gemeint ist, am sichersten, rundesten, glücklichsten zu dichten gelang.

Er scheint im übrigen für den Mund des Schauspielers, will sagen, die Bühne, eine wesentlich zu bildreiche Sprache gesprochen zu haben. Daß ihn seine Familie als überspannt empfand, versteht man ohne weiteres.

Beim «Prinz von Homburg», dem letzten Werk seiner gleichsam fulminanten Feder, angelangt, bin ich mutig genug, mich für berechtigt zu halten, auszusprechen, daß dies Schauspiel mit dem Fehler der Tadellosigkeit geziert sei. Eine allzu saubere Arbeit entbehrt irgendwelcher Wirkung.

Kleist erreichte ein Alter von nur vierunddreißig Jahren.

KLEIST-ESSAY

Lorbeerkranzbedürftig scheint der junge Adlige mit dem Knabenantlitz gewesen zu sein, von dem sich wird sagen lassen können, er sei einer achtbaren Familie entsprungen. Seine Angehörigen als nette Menschen zu betrachten, wird erlaubt sein. Wie Frankfurt a. d. O. aussehen mag? Mir ist diese Stadt unbekannt, die ich mir hübsch vorstelle. Nach den Gebirgigkeiten des Daseins sehnte sich der Aufwachsende, und es scheint, daß ihm dieselben reichlich zuteil wurden, indem er, äußerlich gedacht, allerlei Reisen unternahm, von denen ihn eine der frühesten nach Paris führte, wo ihm die «Familie Schroffenstein» entstund, die man das Recht haben dürfte, als eine geniale Dichtung zu bezeichnen. Für mich sind die Verse in diesem kraftvoll hinstürzenden-strömenden Stück herrlich, aus dem er später schweizerischen Freunden Teile vorlas. Der «arme Heinrich» beabsichtigte nämlich, sich in der Schweiz anzusiedeln, um «im eigentlichen Verstand», wie er in einem Brief schrieb, Bauer zu werden, ein verhältnismäßig kecker Plan, der notwendigerweise mißlingen mußte. Zeitweise hielt er sich auf einer allerliebst gelegenen Aareinsel bei Thun auf, das eine Art Türe oder Pforte ins Berner Oberland bildet und ein prächtiges, viertürmiges, frühmittelalterliches Schloß aufweist. In Thun dichtete er den «Zerbrochenen Krug» und beschäftigte sich mit einer Serie von Trauerspielentwürfen, die ihm jedoch sozusagen über den Kopf wuchsen. Hie und da wusch ihm, zwanglos gesprochen, ein Bernermeitschi, die in ihrer Schürze und ihrem Miederchen niedlich genug ausgesehen haben wird, den Dichterkopf, aber das treuherzige Unternehmen scheint nicht von Erfolg begleitet gewesen zu sein. Klingt der Name Heinrich nicht schon an und für sich nach irgend etwas Rechtschaffenem, Immergrünem, nach etwas unausrottbar Deutschem, Jungem?

Wie seine Hände ausgesehen haben mögen?

Trug er einen hohen oder flachen Hut, und ließ er jeweilen seine auf mannigfaltige Art benützten Schuhe rechtzeitig bei einem Schuhmacher sohlen?

Dann verlobte er sich ja mit einer Generalstochter, die nicht ohne Schwierigkeiten an seine Sendung zu glauben vermochte, und die ihn eines Vor- oder Nachmittags mit schüchterner Stimme bat, auf ihre Lebensbegleitschaft zu verzichten, was ein Wunsch war, den er erfüllte, da solche Wünsche für ritterlich Gesinnte stets etwas wie unumgängliche Forderungen sind. Wenn ich sein Erstlingsdrama entzückend, packend finde, so kann ich ähnliches von der «Penthesilea» nicht sagen, die mir im Ton, im Atem, in der moralischen Placierung usw. verunglückt scheint. Selbstverständlich können manche diesbezüglich in aller Fröhlichkeit anderer Meinung sein. Mir liegt hier übrigens daran, über einen ernsten Gegenstand in einer möglichst heiteren Tonart zu schreiben, den Ernst des Themas aus Ausgleichsgründen nicht allzu ernst nehmend. Kleist war zudem meiner Ansicht nach von Zeit zu Zeit einer der glücklichsten Menschen seiner Epoche, was ja aus seinem teilweise geradezu glitzernden Schaffen mit wünschenswerter Klarheit hervorgeht. Mit der Weltstadt Paris, das seit langem eine Art europäische Hauptstadt ist, wußte er wenig anzufangen, und im Schweizerstädtchen Thun verlangte er erstens von sich ein Kind, zweitens ein schönes Gedicht und drittens eine bemerkenswerte Tat. Hieraus erhellt, daß er gegenüber sich selbst womöglich zu große Ansprüche stellte. Dichten und Leben sollten ihm in ein einziges, zusammenhängendes Glänzendes, Bedeutendes fließen.

WEITERES ZU KLEIST

Teile seiner Guiskardtragödie las er in Thüringen Wieland vor, der den sehr höflichen und artigen Fehler beging, seines jungen Freundes Versuche auf theatralischem Gebiet zu eifrig zu loben. Vor Wielands etwas billigem Erbaut-Entzücktsein riß der arme Heinrich aus, der in dieser oder jener Hinsicht der reiche Heinrich genannt werden kann. Alles Lob ist in der Tat meistens kolossal unzuverlässig. Wie ich glaube behaupten zu können, bewohnte der Dichter, mit dem ich mich beschäftige, zeitweise Dresden, das sich durch imposante Bauten, wie Terrassen usw., auszeichnet. Dichtete er dort das weltbekannte «Käthchen von Heilbronn», sein populärstes Stück? Kann sein! Genannte Dichtung ist halb in Prosa, halb in Versen verfaßt und enthält «Perlen», will sagen, Prachtpartien in Fülle, leidet jedoch, vielleicht etwas persönlich gesagt, an diversen Übertriebenheiten, die dem Autor selbst nachgerade anfingen unangenehm zu werden. Die «Penthesilea» sandte er eines schönen Tages zaghaft-vertrauensvoll an Goethe, der nicht unterlassen zu sollen glaubte, dem Übersender der wie im Fieberzustand geschriebenen Arbeit hochachtungsvolle Vorwürfe zu machen, die in jeder Beziehung berechtigt gewesen sein mögen. Wolle doch um Gottes willen der Leser nicht glauben, ich sei bestrebt, Kleist von seinem Ruhm zu befreien, ihn seines in der Tat großen Verdienstes zu entkleiden. Vielmehr erlaube ich mir nur, festzustellen, daß er momentan, nachdem er en vogue war, sichtlich ein wenig aus der Mode gekommen ist, was man sehr gut begreift, denn lassen sich eigentlich seine Dramen in aller Ruhe aufführen? Nein!

Hauptsächlich lassen sie sich lesen, sie besitzen als sogenannte Buchdramen Wert. Für die Schauspieler sind die Kleiststücke quälend, indem Kleist seine Figuren alles das sprechen läßt, was die Schauspieler lieber lediglich spielen, darstellen, als mühsam aussprechen. Hiezu kommt die ungeheure Formfeinheit, die komplizierte, barocke Schönheit der Kleistschen Ausdrucksweise, die den Schauspieler mit Abneigung erfüllen. Kleist hat eben nie eine Bühnen-, sondern immer eine Dichtersprache gesprochen, und nun spreche ich meinerseits vielleicht etwas Merkwürdiges aus, nämlich, ich sei des Glaubens, das weitaus beste, gesündeste, abgerundetste Stück von Kleist sei der «Amphitryon», bei dessen Herstellung er sich an Molière anlehnte, dessen Werk er mit unvergleichlicher Kunst, mit der denkbar talentiertesten Anpassungskraft in die deutsche Sprache übersetzte, seine Dichterunabhängigkeit dennoch bei dieser Gelegenheit aufs erfreulichste wahrend. Ich betrachte den Kleistschen «Amphitryon» als ein Juwel und halte die «Hermannsschlacht» für ausgezeichnet.

Ihr Dichter schrieb nun auch zu allem noch eine Reihe von höchst geschlossenen, kraftvollen Novellen, die außerordentlich «schneidig» geschrieben sind, mithin von eigentlich beinahe zu starker Wirkung sind. Eine bewundernswerte Energie lebt in ihnen, und das Wertvolle dabei ist, daß sie, bei aller sprachlichen Unweigerlichkeit, sehr viel Nuancierung, Stimmung enthalten. In der Novelle erweist sich dieser arme Heinrich als großer Beherrscher der Form sowohl wie des Inhaltes. Wo anders schrieb er diese Meisterstücke deutschen Dichtens als in Königsberg, wo er unglücklich gewesen sein muß, da er tagsüber in Bureaus rechnete und schrieb. Aber Unglückliche bauen sich ein innerliches Glück auf, falls sie hiezu die erforderliche Fähigkeit besitzen. Vorübergehenderweise hielt er sich sodann eine Zeitlang in Pontarlier auf, das mit dem Verrières in Stendhals Roman «Rouge et Noir» identisch ist, wobei man es mit einer Zufallsberührung zweier erwähnenswerter Belletristikerexistenzen zu tun hat, einer deutschen sowohl wie französischen.

Jetzt kam Berlin als Wohnplatz an die Reihe, wo er sein winterlich-eisiges und zugleich frühlingshaft knospendes Lebenswerk mit dem «Prinzen von Homburg» beschloß. In Berlin war ihm außerdem beschieden, die «Berliner Abendblätter» zu redigieren.

Ich bezeichnete ihn als reich und arm, als klug und unklug, als stolz und über und über bescheiden. Als seine pekuniären Mittel erschöpft zu sein schienen, war es zugleich auch ein für allemal mit seinem Willen zum Leben aus. Auf der heutigen Bühne behauptet er sich nicht. Eine Fremdheit blieb er immer. Er erlebte ums Jahr 1910 eine an exotisches Wachstum mahnende Auferstehung aus dem wenig oder überhaupt Nichtbekanntsein. Merkwürdigerweise wirkt im «Prinzen von Homburg», der wundervoll ist, der Reitergeneral Kottwitz verhältnismäßig ernüchternd. Einflüsse aus «Othello» und «Wallenstein» sind bei Kleist wahrnehmbar. Er wurde lange unter- und plötzlich überschätzt. Wie mutig er immerhin sein entschlossenes, schnelles Leben lebte!

WILHELM TELL

Ich leite diesen Essay mit dem einsichtsreichen Geständnis ein, mir scheine, es gebe in der Literatur Kitsch, der entzückend, und anderseits komme manches Nichtkitschige vor, das befremdend sein könne.

Was den Wilhelm Tell betrifft, so hat mich von jeher, d.h. vor etlicher Zeit, die Frage beschäftigt, ob etwa der Herr Landvogt eine hübsche Frau gehabt habe. Schon als ich noch an der ehemaligen Kloster-, jetzigen Marktgasse wohnte und auffallend dichterisch, d. h. eigenwillig angezogen im umliegenden Land herumlief, gab ich dem wackern Landvogt, geistreich gesprochen, eine elegante Gattin, indem ich mir zu phantasieren erlaubte. «Des Landvogts Frau interessierte sich für den Tell lebhaft», meine ich einst geschrieben zu haben. Heute jedoch schreibe ich folgendes: «Was bedeutete des letzteren überraschende Schießkunst? Ist sie reell oder nicht?»

Wer übrigens aufmerksam Heinrich von Kleists «Käthchen von Heilbronn» liest, dem fällt auf, daß das zarte Mädchen weiter vielleicht nichts anderes ist als das Weichheitselement im stählernen Wesen des Herrn Grafen vom Strahl, und wer sich Mühe gibt, Shakespeares «Othello» mit einiger Angelegentlichkeit zu betrachten, der wird zugeben müssen oder wahrnehmen können, daß Jago nicht viel anderes als die Figuration der Othelloschen Unruhe sein kann.

Derlei Ahnungen zu haben, finde ich reizend. Ich bin z.B. überzeugt, daß, um auf Wilhelm Tell zurückzukommen, der Schweizer, der die Freiheit liebt, dem eine verhältnismäßig interessante Behausung bewohnenden

Landvogt viel zu verdanken hat, indem letzterer erstern zu Taten usw. anspornte.

Sollte man nicht beinahe mit der Idee einiggehen dürfen, Landvogt und Tell seien eine einzige widerspruchsvolle Persönlichkeit?

«Schieße mir einmal einen Apfel vom Kopf deines Knaben!» wurde befohlen oder energisch ersucht, und sofort wird dem eigenartigen Wunsch entsprochen worden sein.

Der Landvogt veranlaßte Tell, sich im Treffen zu üben, wonach er ihm auch noch Grund gab, sich als Turner zu bewähren, wobei ich vom Sprung auf die Felsplatte spreche.

Bezüglich der Tellsage interessiert mich die Frage nicht so sehr, ob Tell ein guter, der Landvogt aber ein böser Mensch war, als der eben erwähnte Umstand des Beweglichkeitsveranlassunggebens.

Mir scheint bedeutend zu sein, daß beide ein Unzertrennliches, Einheitliches bilden: um einen Tell hervorzubringen, bedurfte die Geschichte eines Landvogts. Einer ist ohne den andern undenkbar. Ungefähr das ist's, auf das hin ich in diesen Zeilen wilhelmtellhaft hinziele.

EIN DRAMATIKER

Wenn man auf der Bühne mit etwas recht Feinem kommen will, so serviert man diesen nach allen Richtungen hin, die fürs Theater und den Geschmack daran in Betracht fallen, kränklichen, höchst unlustigen, über und über gefühlvollen, zu vielerlei gewiß ganz unpassenden Lyrismen neigenden, seinerzeit verblüffend früh verstorbenen Dramatiker, der nicht im geringsten Theatraliker ist, der viel zu vornehm, sensibel, nervös, philosophisch war, als daß er den Beruf eines Bühnenbeherrschers im Sinne eines wirklichen Gelingens hätte ausüben können. Meines Wissens schrieb er einmal, als er gerade nichts Pompöseres zu tun wußte, eines der seelenvollsten, schönstklingenden Prosastücke, die je im Zustand der Verfeinertheit geschrieben worden sein mögen.

Im Bereiche der Möglichkeit scheint zu liegen, daß er sich gern etwa eine Apfelsine zu Munde führte, denn er scheint sich aus dem Tannenwaldgebiet der gemäßigten und darum vielleicht etwas bläßlichen Temperatur, wo er zu Hause war, nach dem übermütigen, farbigen und gewissermaßen tragischen Süden gesehnt zu haben. Der Dichter, von dem ich hier eine Abbildung zu entwerfen versuche, schrieb keine Verse, weil ihn das Verseschreiben verwundet oder irritiert haben würde. Dafür warf er sich mit aller verfügbaren Jünglingskraft in eine zufällig gerade damals wellen- oder wogenemporwerfende, bald danach aber in alle Sanftheiten ausmündende Revolution. Seither lieben ihn sämtliche Jünglinge; sie finden z.B. unvergeßlich, daß er eines Nachts, während vielleicht der Westwind ging und der Mond wie ein Zauberer aus umherfliegenden, beruhigend aufs Gemüt wirkenden Wolken hervorleuchtete, sozusagen eine Art Flucht ergriff, weil ihn das Gefühl beschlichen haben mochte, man traue ihm eine Denk- und Empfindungsweise zu, die sich nicht schicke. Er lief, lief und langte nach soundso viel Zeit in einem Lande an, das sich in der Tat durch das Vorhandensein zahlreicher naturumdufteter Gasthäuser in des Wortes bestem Sinne auszeichnet. Wenn ich fallenlasse, daß aus des Dichters Rocktasche ein noch unaufgeführtes Drama weißblitzend hervorschaute, und wenn ich außerdem anmerke, daß er eine Jungburschenmütze auf dem denkbar genial veranlagten Kopf trug, worin es von Schaffens- oder Zukunftsplänen nur so wimmelte, so wird man vielleicht finden, daß ich ihn bis dahin schon ganz treffend porträtiert habe. Daß ihn Locken von der unschuldigsten Sorte schmückten, versteht sich von selbst.

Ein alter Landmann, mit dem er sich gelegentlich in ein Gespräch verwickelte, hielt den heute verhältnismäßig häufig auf der Bühne Gespielten für einen Friseur. Verwechslungen können vorkommen. So wohnte er denn also jetzt in einer Stadt, deren Gemeinderäte sich gerade mit dem Aufbau einer Tonhalle befaßten, in einer Stadt, die ihn als anerkannten Verfasser einer Schrift über das Leben der Fische zum Doktor der Naturwissenschaft erhob. Die Nachwelt, die feinfühlend ist, hat Briefe aus jener Akademiezeit an seine daheimgebliebene Braut für alle diejenigen aufbewahrt, die gefunden haben, daß diese Briefe eines glühend Liebenden entzückend seien. Gewiß gehe ich nicht fehl, wenn ich sage, er habe sich unter anderem an die Übertragung eines Theaterstückes herangewagt, dessen Verfasser sein Zeitgenosse gewesen zu sein scheint. Bereits mit neunzehn Jahren schrieb er übrigens eine historische Tragödie, die indessen für die Welt der Bretter stets etwas wie ein Dessert blieb, immerhin durch wundervolle Geniespritzer oder Details in die himmelblaue oder rosenrote Literaturluft hinaufragt. Wenn gesagt oder geschrieben worden ist, daß ein gewisser Dramenschreiber dramatisch von einem Dramatiker abstamme, der dies vorwiegend in seiner Seele war, so will ich dies mit dem größten Vergnügen für annähernd richtig halten, wenn aber ein Lustspiel von ihm, das gestern in unserer vorzüglichen Stadt mit Orchesterbegleitung aufgeführt wurde, als ein glänzendes bezeichnet wird, so kann ich mich an diesem Beifall unmöglich beteiligen; denn was den Humor in dieser sicher sehr vornehmen Posse betrifft, so scheint mir Tatsache zu sein, er sei unecht, indem er sich gleichsam vor sich selbst hochachtungsvoll verbeuge, und was die Schönheit des Stückes betrifft, so würde ich sie als fein bezeichnen, immerhin aber beifügen, sie stehe nicht ganz auf eigenen Beinen, es sei ein bißchen viel Anlehnung dabei. Die Jugend ist von diesem Dichter deshalb tief gerührt, weil er jung starb.

Man wolle dieses Moment nicht außer Betracht lassen. Auch ich liebe ihn, obwohl mich sein Witz streckenweise ermüdet. Was ich fehlerhaft an ihm finde, ist, daß er auf mich den Eindruck macht, er sei insofern unvorsichtig gewesen, als er über sein eigenes Lachen hell auflachte. Aus der Art seines Humors scheint zur Genüge hervorzugehen, daß ihn sein Eigentümer oder Schöpfer selber für sehr humoristisch hielt. Darf ein Dichter für seine eigene Belustigung dichten? Wenn sein Lebenswerk denjenigen gehört, die das vertreten, was man Mode nennt, so freut mich dies selbstverständlich aufrichtig, und wenn der Gegenstand dieser Zeilen jäh an einer Krankheit verschied, so finde natürlich auch ich diese Art abzutreten hochromantisch. Das Alter zu erleben, spät zu sterben, hat dagegen etwas Wirklichkeitliches. Das Theater war bei Anlaß der Aufführung, von der ich sprach, sozusagen nur maßvoll besetzt, und dem Beifall haftete etwas Gehorsames an.

Während der Vorstellung sah ich meine Nachbarin, eine Frau von nicht sehr anerkannter, aber eigentümlicher Schönheit, lachen.

Auf die Frage, was sie so amüsiere, antwortete sie: «Weil es als unverzeihlich gilt, diesen Dichter nicht lustig zu finden, und ich ihn bis dahin noch nicht lustig fand, überkam mich plötzlich dieses taktlose Lachen.»

«Wer schön ist wie Sie, benimmt sich mit unpassendem Benehmen reizend.»

Durch meine Bemerkung angenehm berührt, fächelte sie sich.

WENN AUTOREN KRANK SIND

Wenn es Autoren gegeben hat, die ich gern zum Mut gebührend beglückwünsche, den sie bezüglich Verkörperung von Herrenfiguren zeigten, die in Momenten der Ungehaltenheit nicht zögerten, ihren Dienern kurzerhand mittels eines handlichen Gegenstandes, beispielsweise eines Leuchters, den Kopf samt der darin befindlichen Ungehorsamkeit zu spalten, so gab es wieder anderseits einen, der die Feder mit erfolgreicher Erfolglosigkeit führte, und dem es einfiel, einen vielleicht ein wenig größenwahnsinnigen Hauslehrer darzustellen, der sich womöglich in ein vornehmes Mädchen oder Frauchen verliebte, die bald hernach starb, was ein Vorkommnis war, wofür der Schaffende verantwortlich zu machen wäre, wenn man ihn nicht insofern berücksichtigen müßte, als er selber in jeder Hinsicht leider Gottes kränkelte.

An einem schönen Seeufer litt, schrieb und atmete er Blumendüfte ein, die ihm der entstehende Frühling, dieses Kind des vergangenen Dezembers, ins Geruchsorgan und Dichterzimmer hinaufsandte. Narzissen guckten mit ihren närrisch-schönen Häupterchen in lauter Keuschheit und mit unbeschreiblicher Ahnungslosigkeit zur Erde heraus, die ein rechtschaffenes, schweigsames Haus genannt werden kann, und so schrieb er denn, nachdem er vielleicht eine Viertelstunde lang hektisch gehustet hatte:

Eines Nachmittags kam sie im Landhaus an, um sich sogleich in ihrer ganzen Schlankheit aufs Sofa zu setzen. Wie zum Porträtiertwerden sah sie aus. Auf ihre Bitte begab sich ein Knabe, der in allen seinen Jugendlichkeiten eine vorfrühlinghafte Zuneigung zur soeben Angekommenen spürte, in den Garten hinaus, um Geschöpfe zu pflücken, von denen er sich einbilden zu können meinte, man nenne sie weit und breit Blumen, und ihr dieselben, sobald die Beschäftigung des Einsammelns zu Ende geführt worden wäre, vors Gesicht zu stellen, damit sich ihre rätselhaften Augen an den Pflanzengebilden weiden dürften. «Danke!» sprach sie, indem sie ihn von oben bis unten mit beabsichtigt-unbewußt kaltem Blick maß, um, wie gesagt, bald hernach zu sterben, was sie einzig deshalb ausführte, weil es ihr vom Autor vorgeschrieben wurde, der in Verlegenheit geraten war, wozu er sie fernerhin würde verwenden können. Da er selber krank im Bett lag, dichtete er auch ihr unwillkürlich einen derartigen Charakter an.

Einstweilen schaute sie mit unwiderstehlicher Trägheit still, weich, traumhaft vor sich hin. Entschlossenheiten in ihr, die etwas Unentschiedenes an sich hatten, ließ sie nach einer Weile vors Haus treten, um hier die Erfahrung zu machen, daß Hauslehrer überlebensgroß sein können, indem sie sich ihres Standesbewußtseins entäußern, und daß eine Selbstgeringschätzung erheblichen Umfanges sie anpacken kann.

«Was tun Sie?» rief sie verwundert, entrüstet, geschmeichelt, gelangweilt und vergnügt aus. «Lassen Sie das doch! Sie benehmen sich wie das Kind einer fremdartigen Zeit, nicht wie ein Angehöriger der unserigen. Sie scheinen eine sehr moderne, gesprenkelte Herrennatur zu sein, ein philosophieimstichlassender Philosoph, und mir wird bang, lampenlichtflackrig vor Ihnen, und dann dieses Monotone, Ländliche ringsherum, und über meinen Autor, um wieder von dieser bedeutenden Persönlichkeit zu sprechen, ist das Bedürfnis, die Manie gekommen, mich mit einem Gemisch von Weichherzigkeit und Unerbittlichkeit zu Ihnen reden zu lassen, der mir mit verzerrten Gesichtszügen zu Füßen liegt. Wissen Sie aber, was ich Ihnen im Sinne habe zu machen? Den ‹Kopf› mache ich Ihnen! Ihre Geistigkeiten zanken mit Ihnen, aber die meinigen tun das mit ebenso großer Geschwindigkeit mit mir. Die Kultur, die ererbte Bildung, die lebhaft in mir schlummern und rumoren, stemmen sich mit aller Macht gegen die Überzeugtheit, daß Sie nicht ganz unbeachtenswert seien. Wie unschön, gewagt, rücksichtslos es von Ihrer Hauslehrerlichkeit ist, mich zu einem denkbar unangenehmen «Kopfmachen» zu veranlassen. Lassen Sie sich gesagt sein, daß man lieben darf, daß man das aber nicht mir nichts dir nichts offen zu zeigen nötig haben sollte. Wie undifferenziert ist Aufrichtigkeit, eins, zwei, drei, als exerzierten Soldaten! Können Sie denn nicht in der Umgrenztheit Ihrer Studierstube so kopf- und fassungslos, so hingerissen sein, wie Sie wünschen, mich aus nichts als Verehrung, falls Ihnen dies willkommen ist, aufessen?»

Milde ließ sie alle diese Worte aus dem phantastisch schöngeschweiften Mund gleiten. Draußen in der Bucht schlummerte währenddessen das mit Abendlichkeit durchsetzte morgendliche Gewässer, als sei es eine biegsame, schmiegsame Silberplatte, die vor Lebenslust müde und vor Lebensmüdigkeit lustig klirre, und das unhörbare Klirren drang hörbar zu den Ohrmuscheln hinüber, in die er vor Begeisterung am liebsten hätte hineinbeißen mögen. Diese Liebe hatte alle seine Unbesiegbarkeiten beeinflußt; er glich einer zusammengestürzten Unumgestürztheit, einer aus Flaum und Flötentönen bestehenden Felsenpartie, die wehklagend kicherte: «Ich las und weiß zu viel», indes sie tonlos aufjauchzend zurückgab: «Mein grausamer Gebieter empfiehlt oder befiehlt mir, in kurzem mein bißchen Amlebensein aufzugeben», womit sie ihren Autor meinte.

Wäre ich ihr Hervorbringer gewesen, so würde ich sie, nachdem sie einen Lehrer belehrt, einen Bemängelnswerten unterwiesen, einen Strauchelnden und zugleich Anmaßenden abgekanzelt hatte, glücklich, reich, sorglos usw. haben werden lassen. Er kränkelte; deshalb taten das seine Produkte ebenfalls. Zaghaftigkeit war seinerzeit Mode!

LITERATURSITUATION

Als sei ich kapriziös, will ich hier über einige Dichter sprechen. Sprechen? Warum nicht schwatzen, plappern, schwadronieren? Nimm dich in acht, Mund, und du, geschmeidige Zunge, gehe gelinde mit den Nummern um, die ich der Reihe nach hier aufzähle.

Die Situation oder Bilanz ist ungefähr folgende: Eine Pyramide kam mit einem Werk auf den Markt, das zur Zuspitzung ihrer nachgerade schwindeleinflößenden Höhe nicht Unerkleckliches beiträgt. Ich bewahre diesbezüglich ein gleichsam ehrfurchtsvolles, hutvomkopfherunternehmendes, achtungstellungannehmendes Schweigen, das die Begeistertheit selbst zu sein scheinen mag.

Ein sich nun schon seit mehreren Jahren in einer ihn in nicht geringem Maß wahrscheinlich sozusagen ein bißchen beeinträchtigenden Vornehmheit Aufhaltender bescherte uns eine von vielfachen Umjubelungen geschmückte, verwickelte, hochehrbare Dichtung, die zu zart geraten, zu gedichthaft und gediegen geworden ist, als daß sie nachhaltig von sich hätte können Wesens machen lassen, und als daß es möglich gewesen wäre, daß Schälle und Widerhallungen von ihrem zurückhaltenden Vorhandensein ausgingen. Die Menschheit wurde, kann gesagt werden, durch das wunderbare Meister- und meisterhafte Wunderwerk so gut wie keinesfalls gestört, angetastet oder aus ihrer materialismushuldigenden Behaglichkeit geweckt.

Rings um einen weitern, nämlich sein zwischen fruchttragenden Bäumen gelegenes Häuschen bescheiden bewohnenden, von Zeit zu Zeit etwa Wäsche an einem Waschseil aufheftenden oder spannenden, einstmaligen Liebling des literaturverehrenden Publikums ist es merklich still geworden.

Eine Kolossalität auf dem Buchstabenhervorbringungsgebiet und der Gedankengestaltungslandschäftelei ist bei einer achtuhrabendlichen Vortragsgelegenheit insofern im Entwickeln seiner Laufbahn aufgehalten worden, als ihn die Massen seiner Gönner und Gönnerinnen mit dem Gesamtgewicht ihres Eifers, ihn wiederholt mit ihrem Dankbarkeitsdrang bekannt zu machen, kurz gesagt plattquetschten, ein Verlust, der als Unberechenbarkeit gebucht werden müssen dürfte.

Nunmehr lasse ich lächelnd einen Naiven an die Reihe kommen, der früher herrlich-sorglos und unbedacht dichtete, als gliche seine Kunst dem unbeabsichtigt Düfte in alle Gegenden sendenden Strauch oder Baum, und der sich inzwischen mehr und mehr, vielleicht von Ehrgeizigkeit verführt, in eine seine Schriftstellerexistenz umabgründende Tiefsinnsbeute verwandelte. Rühren derartige Erscheinungen daher, daß es Literaturtreibende gibt, die ihre eigene Beflissenheit zur gegenstandslosen Gegenständlichkeit zu erwählen waghalsig genug zu sein fähig sind? Was gibt es für gleichsam in sich selbst hinabwachsende, statt aus sich hinausstrebende, tragikomische Buchverfasserpflanzen!

Erfolg mutete ich einem Autor zu, von dem ich bisher nichts als einige Zeilen während des Essens in einem lebhaft frequentierten Speisehaus las.

Im Schaubühnenrahmen zeichnete sich hier eine Beklatschung aus Vergnügtheit, dort eine Beifallnichtverweigerung infolge schicklichen Achtungsbeweises ab.

Ich wünsche, meine Bilanz sei zugleich charakteristisch und freundlich.

BEITRAG ZUR BEANTWORTUNG DER GUTENBUCHFRAGE

Die gute Literatur ist ein Bäbi geworden. Mit diesem vielleicht ein wenig befremdenden Satz leite ich meinen Essay ein. Ein Bäbi ist dasselbe, was ein Mämmi ist, und unter einem Mämmi versteht man ein Püppchen. Die gute Literatur stieg mithin in eine Puppenhaftigkeit hinauf oder hinab. Einige Verantwortliche glaubten mit höflich abgezogenen Hüten und mit Geschenken in den Händen in die Häuser treten zu sollen, und die Geschenke bestanden aus nichts anderem als sogenannten guten Büchern, d.h. aus Werken anerkannt gediegener Verfasser. Die Gesellschaft ist aufs anscheinend Beeinflussendste mit vortrefflichem Lesestoff gleichsam inkommodiert worden. Man hat durch das Gute-Buch-in-die-Stuben-Hineintragen Belästigung hervorgerufen. Wurde hiedurch der guten Buch-Idee gedient? Tat man nicht des Guten zu viel? Ähnlich, wie süße Täfeli freundlich empfohlen werden können, ist mit guter Literatur verfahren worden. Man ging hinsichtlich guter Literatur geradezu schlagsahnig vor. Meine Meinung ist, daß man in elegant möblierte Wohnungen hineinging, um das vorsichtige, feinfühlende Gesuch anzubringen, die Schriftsteller schätzenswerterweise zu bemitleiden. In Treppenhäusern, Korridoren und sorgfältig abgestaubten Zimmern ist für das gute Buch Propaganda gemacht worden. Heute befindet sich infolgedessen das gute Buch in einer Art von Rumpelkammersituation, durch zu eifriges Empfohlenwordensein wurde das gute Buch uninteressant. Kann von einer Entwertungsentwicklung in bezug auf das gute Buch gesprochen werden? Was an sich von den denkbar besten Absichten zeugte, könnte sich, bei ernsthaftem In-Betracht-Ziehen des menschlichen Charakters, als eine nicht in genügendem Maß erwogene Vorkehrung herausgestellt haben. Wer der guten Literatur zu nützen bestrebt war, hat ihr vielleicht geschadet, indem Ansehen und Anziehungskraft zweierlei Arten von Maßgeblichkeit sind. Man trommelte emsig drauflos, bis die

Trommelei ihre Wirkung eingebüßt zu haben schien. Wäre es nicht weitsichtiger gewesen, aufs Effektmachen zu verzichten? Man vertrat das gute Buch wie etwas Rücksichtbedürftiges. Die Rücksicht, die ihm die Gesellschaft schuldig zu sein glaubte, verwandelte sich, vielleicht weil auf diese Pflicht immer wieder hingewiesen wurde, in eine im allgemeinen recht sehr verständliche Gleichgültigkeit. Hätte man die Gleichgültigkeit gebilligt, die vorher vorhanden zu sein schien, ihr mit unabsichtlichem oder absichtlichem Leichtsinn die Daseinsberechtigung gegönnt, so interessierte sie sich vielleicht heute für das gute Buch, dieses scheinbar in jeder Hinsicht Bedauernswerte, aufrichtiger, als wie's der Fall ist. Beim Ergreifen von ausgezeichneten Maßnahmen denkt man oft nicht an deren Wirkung. In der Tat ist es schwer oder unmöglich oder wird sinnlos, fortwährend helfen, bessern, korrigieren, dienen, nützen, Gutes tun, Aufmerksamkeiten erweisen zu wollen. Man weckt hiebei, was man entfernen möchte, führt herbei, was man bekämpft, beklagt.

VORTRAGSABEND

Soeben komme ich von einem Dichtervortragsabend heim. Dem Dichter gelang es, ein gewisses Erbarmen einzuflößen, indem sich sein Anzug nicht frei von Bemängelungswürdigkeit zeigte. Irgendwann und -wo schien er schon einen Spitalaufenthalt absolviert zu haben, denn er sah aus, als habe er einst erheblich mit einem soliden, unzweifelhaften Kranksein zu kämpfen gehabt. Seine Verse trug er mit beinahe erloschener oder gestorbener, einer gleichsam winterstillen und -kahlen Stimme vor, die gewissermaßen an ein Hündchenwinseln oder Sperlingpiepsen mahnen zu wollen schien. Nicht unbeachtet wurde gelassen, daß seine lange, leidende, bebende Hand fieberhaft zitterte, als sei sie ein zappelndes Herbstbäumchen. Vielleicht schickt es sich, zu sagen, daß es an Händen frühzeitiger herbstelt als an Hälsen, die übrigens zum Glück mit Krägen usw. bedeckt zu sein pflegen, die die Aufgabe haben, zu verhüllen, was zu frei und unumwunden aussehen könnte. Nackte Hälse haben in der Tat meist irgend etwas ans Lächerliche, ich meine, Unangenehme Streifendes. Des Dichters Haar war meiner Meinung nach nicht ganz einwandfrei gescheitelt, und die Gedichte, die er zum besten geben zu dürfen meinte, gefielen ihm einst selbst, als er sie schrieb, sehr; doch jetzt, als er sie rezitierte, taten sie dies eigentümlicherweise nicht mehr. Beinahe möchte man sich zu sagen erlauben, die Gedichte des sonst sicher verhältnismäßig gewiß recht sehr sympathischen Dichters hätten in seinem Mund getönt, als seien sie über sich selbst enttäuscht gewesen, als hätten sie große, erschrockene Augen bekommen. Auf das nicht allzu zahlreich erschienene Publikum übertrug sich, wie man gern würde verlauten lassen wollen, ein Verlassenheitseindruck, dadurch, daß sich die anwesenden Menschen einsam vorkamen, weil die Gedichte wie aus Einsamkeiten hervorzuspazieren schienen. An sich freilich glichen die lieben Gedichte der Lieblichkeit eines Frühlings; da jedoch der Dichter in einem fort ziemlich ängstlich dreinschaute, mit anderen Worten ein Winterlandschaftsantlitz zu seinen Frühlingsblumendarbietungen machte, verging für die schönen Wesen der Sommer nur zu schnell. Indem er sie eins nach dem anderen vorlas, sanken sie welkend um, ohne daß eines Zuhörers oder einer Zuhörerin Augen deswegen naß wurden. Einmal zupfte sich der Niedlichkeitenauseinanderbreiter an seiner an sich ohne Zweifel keineswegs unansehnlichen Nase, womit er anzudeuten bemüht zu sein schien, er habe an seinen Gedichten gezweifelt, als er sich entschloß, sie der geehrten Mitmenschheit nicht vorzuenthalten, sondern anzuvertrauen. Er lächelte, und sein Lächeln stellte eine herunterstürzende Obenangekommenheit und ein emporstrebendes sich im Grunde unten überaus Wohlaufgehobenwissen dar. «Warum trage ich hier vor?» fragte seine Vortragsweise. Hätten ihn seine Gedichte ganz und gar, ich meine, komplett eingeschüchtert, so würde er vielleicht während des Vorlesens ihres Inhaltes jeden Zweifel derart eingebüßt haben, daß er großzügig in die Höhle dessen, was er gedichtet hatte, hineingegangen und von Schönheit umschimmert daraus heraus zu ziehen gekommen sein könnte. Ein selbst nicht Ergriffener vermag nicht ergreifend einzuwirken. Aufmerksamkeit und Aufnahmefähigkeit verhielten sich gleichsam flau. Man klatschte kleinlich, als gehöre sich's so.

Zum Warmwerden lag allem Anschein nach keine Ursache vor.

HIER WIRD KRITISIERT

Ich bin bescheiden, bin absolut nicht stolz, bin weder hoffärtig noch hochtrabend. Nur schüchtern wage ich mich an das Kritisieren eines Buches heran, das mir soeben ein Verleger höflich zusandte; aber indem ich zu kritisieren beginne, stellt sich die Idee bei mir ein, ich säße in einem

Klubsessel. Die Aufgabe, der ich mich hingebungsvoll unterziehe, stimmt mich direktoriell. Sollte übrigens ein Literaturdoktor etwas wie ein Bildungsdiktator sein? Bin ich etwa jetzt ein Machtfaktor? Indem ich an dem Buche bemängle, daß auf Seite soundso die Seitenzahl fehlt, greife ich zunächst unverkennbar die Druckerei an; indem ich mir nun aber die größte Mühe gebe, mir des Werkes Inhalt zu vergegenwärtigen, und indem ich einsehe, daß jede derartige Anstrengung zu keinem Ziel führt, schaue ich, als stände ich auf einem Berg, auf den Autor herab, den ich hiemit belächle. Andere Kritiker taten es vor mir so; ich ahme diese Vorläufer nachkömmlingsmäßig nach. Der Verfasser wird zu ahnen angefangen haben, daß ich Überlegenheit über ihn in mir spüre. Ähnele ich einem Garten, worin Blümchen wie Hochmut und Verachtung gedeihen? In der Tat scheint es so zu sein. In mir will in diesem Moment irgend etwas vor Lachen beinahe glücklich sein, und warum bin ich derart gut aufgelegt? Soll ich es sagen? Vielleicht wäre es geistreicher, wenn ich es für mich behielte; da ich aber hörte, daß Unumwundenheit einen erheblichen Teil dessen bilde, was man guten Ton nennt, so zögere ich keinen Augenblick, zu sagen, daß mich die Emsigkeit, die der Erzeugnishervorbringende an den Tag legt, belustigt. Ich bin über seinen Eifer erhaben, weil ich diese Zeilen in einem sorgsam parfümierten Müßiggang schreibe, der mich befähigt, namenlos zart zu empfinden. Ich las das Buch rascher, als es gedichtet worden sein mag. Die Schnelligkeit, womit ich es kostete, glich einer sausenden Windstille, einem sich unbeweglich verhaltenden Pfeil. Langsames Lesen stellt ja die weit größere Anstrengung dar als ein flüchtiges Über-die-Druckseiten-Hinwegfliegen, das etwas wie eine Bequemlichkeit bedeutet. Zwei bis drei Sätze gefielen mir während des Eilens durch die Äcker, Felder und Wälder des Buches, nebenbei betont, ungemein. Dieses offenherzige Bekenntnis findet meinen Beifall. Jetzt hingegen kommt der ganze Ernst der Kritik: der Schreiber des Buches rückt mit einer Frau auf, die durch ein unbestreitbares Uninteressantsein hervorragt. Ich rauche eine aromatische Havanna, indem ich mich zur Bemerkung aufraffe, der Verfasser bilde sich eigenliebig ein, er wisse, was Liebe ist. Mit einer ihn kennzeichnenden Atemlosigkeit, mit der ridikülen Energie eines vollkommenen Nichtswissers rennt, stolpert oder stürzt er in Leidenschaftsdarstellungen hinein, die ich mit einer Geste der Überzeugtheit als mißlungen erkläre. Greife er lieber nie mehr wieder zur Feder, bilde er sich so schleunig wie möglich zum ausübenden Wegknecht aus, der, in einen meinetwegen total verlöcherten Mantel eingehüllt, seine Tage in kompletter Bedeutungslosigkeit verbringt. Ich bin mit Vergnügen bereit, zu glauben, er sei einen Hammer zu schwingen, einen Sack zu tragen, einen Karren zu schieben, eine Schaufel in Bewegung zu setzen oder einen Pfahl in den Erdboden zu bringen fähig, der Auserlesene, der sehr überraschte Augen machen wird, wenn ihm diese eherne Kritik vors Gesicht kommt. Zweifellos vergoß der hochintelligente Schwachkopf beim Erzeugen seines fragwürdigen Wunderwerkes Schweißtropfen, das eher mit einer Heugabel, für deren Erwähnung ich um Verständnis bitte, als mit einer Schreibfeder geschrieben worden sein dürfte. Ich sank, als ich mit Lesen zu Ende gekommen war, in eine Ohnmacht, die mich überwältigen zu wollen schien. Nur mühsam gelang es mir, wieder Haltung zu gewinnen.

Mag sein, daß der Autor persönlich ein lieber, sanfter Mensch ist; sein Buch jedoch ist unzart wie eine Ohrfeige, die er dem guten Geschmack versetzt.

Ich finde, eine schöne Seele zu sein sei für einen Buchmacher wichtiger als möglichst häufig recht zu haben; ein echter Poet kenne die Frauen und die Liebe immer am besten, und es gebe keine taktvollere Art, eine Liebesgeschichte zu schreiben, als sie möglichst vollständig zu erfinden.

ABFERTIGUNG

Ein Buchverfasser benimmt sich manchmal ganz bettelhaft, indem er einem sein Werk gratis zur Begutachtung einsendet.

«Würden Sie nicht die Gnade haben wollen, sich gütigst gelegentlich über mein Produkt zu äußern?» fragt er schlotternd an und fügt kläglich bei: «Ich habe in jeder Weise nötig, daß sich jemand, der's gut mit mir meint, für mich interessiert und einsetzt.»

«Was fällt Ihnen Wichtigtuer ein?» sage ich ihm, nachlässige Blicke in seine Geistesleistung werfend, die ich mit hochherrschaftlicher Wurstigkeit durchblättere.

Federleicht komme ich mir hiebei wie eine *Grande Dame* vor und bilde mir ein, ein Lorgnon diene mir zwecks Zeilen- und Druckseitenvisitierung bestens.

Zunächst rümpfe ich über den Roman, der mir keineswegs zu imponieren vermag, meine Nase. Der Herr Autor schaut mir zu und scheint geknickt zu sein.

Aufmunternd wirkt auf einen Kritiker der Anblick eines anscheinend vollständig verdutzten oder erschrokkenen Belletristikers, der sich sagt, er sei von meiner guten und üblen Laune abhängig, eine Einsicht, die eher mich als ihn amüsiert.

Mir flugs vorgaukelnd, ich sei Friedrich Schillers Franz Moor, und der Dichter, der mir sein Kunststück unterbreitet hat, stecke in der Haut des seelenguten Dieners Daniel, schnauze ich ihn einigemal gehörig an, dadurch, daß ich ihm offenbare, es beliebe mir, ihn für einen impertinenten Halunken zu halten.

«Erbarmen mit meinen eminenten Kultiviertheiten!» bringt er stotternd und zähneklappernd vor.

Die Antwort, die ich ihm auf seine Zumutung erteile, besteht in der hartherzigen, schonungslosen Frage: «Weshalb betitelten Sie Ihr Werk, das mir Schund zu sein scheint, ‹Gipfel der Schlechtigkeit›?»

Wie ein Schulbub stand er vor mir wie vor den hochemporgerichteten Unumstößlichkeiten seiner Lehrerin.

Nun will ich ihn andonnern, doch ich ziehe vor, mich gegenüber dem zweifellos verhältnismäßig armen Schlukker zu mäßigen und bewillige ihm die herablassenden Worte:

«Verachtungüberhäufter Wertgeschätzter, Sie betitelten Ihr Buch wesentlich zu prunkvoll, vielversprechend und daher anmaßend. Wer zweitens meint, er dürfe dies und das sagen, sage es deutlich und bündig, d.h. klar und unzweideutig. Meint oder glaubt er jedoch andersteils, er sei nicht imstande, diesem oder jenem geziemenden Ausdruck zu verleihen, so bemäntelt er seine Verlegenheit nie und nimmermehr mittels gescheitheitvorspiegelnder Gedankenstrichelei, sondern zeichnet sich in solchem Fall durch Verzichten aus. Ihr Buch oder Machwerk macht um seines allzuprächtigen Titels willen von vornherein einen Eindruck der Prahlerei. Der, der es schrieb, scheint hiebei nicht ruhig genug gewesen zu sein. Einem unruhigen Menschen und Schriftsteller meint man wenig oder keine Gestaltungsgabe zumuten zu dürfen.»

Er lief weg, indem er mich erleichtert, befreit aufatmen ließ.

GNÄDIGE FRAU

Ich werde Ihnen möglicherweise nicht allzu viel zu sagen haben. Indem Sie ein Erlebnisbuch veröffentlicht haben, gefiel es Ihnen vielleicht, eine Frau nachzuahmen, die vor Ihnen getan hat, woran Sie ein Beispiel nahmen, was unter Umständen unrichtig von Ihnen gewesen sein kann. Beabsichtigten Sie, sich interessant zu machen? Ich vermag dies kaum anzunehmen, weil ich Sie für eine feine, naive, empfindsame, übrigens ganz natürlichdenkende Frau halte. Sie besaßen, wie man sagen möchte, die Temerität, sich in die Schar oder in den Kranz der ausübenden Schriftstellerinnen zu begeben, und in welcher andern Epoche taten Sie dies, als ausgerechnet im Zeitalter der Bewegungslosigkeit der Frauenbewegung? Mir will nicht gelingen, den Eindruck abzuschütteln, als seien Sie mit Ihren Bekenntnissen wesentlich zu unzeitgemäß gekommen. Die Menschheit sehnt sich wie nie zuvor nach Gutmütigkeit, indes Sie ureigentlich aufzubegehren unternahmen. Sie nahmen ein Instrument in die Hand, die gewiß schön ist und von Zeit zu Zeit empört bebt, das man Feder nennt, und die Kritik, die Ihnen entgegengesetzt wird, verstimmt Sie nun, was Siejedoch schnell überstanden haben werden. Womit gestatteten Sie sich aus dem Zustand des Bisdahinnochnieetwaspublizierthabens auf die Bühne des Sichgedrucktsehens zu treten? Selbstverständlich mit allerlei Enthüllungen, Eröffnungen, Aufdeckungen, Vorhangbeiseiteschiebungen, Knöpfchenenthäftelungen, wobei Sie sich sehr wahrscheinlich in eine Fülle oder Menge von Ereiferungen hineinschriftstellerten oder -schrieben, was schon an und für sich ein Beweis ist, daß Sie sozusagen die Tricks des in Frage kommenden Berufes nicht kannten. Jeder Beruf baut sich auf eine Reihenfolge aufmerksam absolvierter Übungen auf. Als Sie an Ihrem an sich zweifellos schätzenswerten Buch schrieben, wurden Sie da irgendwie behelligt, gestört oder nicht? Man wird annehmen dürfen, daß Sie sich einer Freiheit erfreuten, eine Ungestörtheit genossen, die Sie verführt haben mögen, zu viel zu sagen, d.h. zu wenig für sich zu behalten. Möglich kann unter anderm sein, daß es Ihnen an der genügenden Achtung vor der freilich manchmal launenhaften, nichtsdestoweniger stattlichen Dame Öffentlichkeit gebrach, vor der man meiner Meinung nach ungemein gut tut, beständig gewissermaßen, der Schicklichkeit wegen, zu zittern. Machte Sie auf dieses wichtige Moment niemand aufmerksam? Für Sie wäre sehr vorteilhaft gewesen, während der Niederschrift dessen, was Sie nach und nach aufs Papier warfen, unter sorgsamer Beaufsichtigung beispielsweise einer Kulturgouvernante zu stehen, die um Sie und Ihre Äußerungen besorgt gewesen sei. Zweifellos würde es Ihnen eher genützt als geschadet haben, wenn Sie sich eine derartige Persönlichkeit mindestens lebhaft vorgestellt hätten, denn derjenige Schriftsteller hat am ehesten Aussicht, Erfolg zu ernten, der sich vor der Mitsowohl wie Nachwelt möglichst klein macht, sich beim Schreiben von irgendwelcher unerbittlich-strengen Instanz oder Unnahbarkeit unterjocht vorkommt. Ich bin sehr ernsthaft, wenn ich lächle, Kenntnis erhalten zu haben, daß Sie in Ihrem Buch auszusprechen sich bemüßigt sahen, Herr Soundso habe sich irgendwo und -wann nicht korrekt Ihnen gegenüber benommen, indem er sich in Ihrer Gegenwart zu gähnen erlaubt habe. Sich eines Verlagshauses bedienend, unterrichteten Sie die Gesellschaft von der Tatsache, Sie hätten sich der Auffassung nicht zu entledigen vermocht, zu einer andern Tageszeit und bei sonstiger Gelegenheit für gegeben zu erachten, laut auszurufen: «Ein Sprung von dieser Brücke macht mich frei.» Alles in allem fühlten Sie sich bewogen, sich am Schreibtisch über dieses und jenes zu beklagen, und nun machen Sie die Erfahrung, daß sich die Leser beklagen, Sie hätten sie nicht zu unterhalten verstanden. Das Schriftstellern ist ein Erlebnis, und mit Ihrer Erlaubnis verbeuge ich mich vor Ihrem Mißerfolg, der mich rührt, tief.

DETEKTIVROMAN

Er gab vor, technisch gut zu sein. Betitelt schien er immerhin brillant. Ich nahm mir vor, ihn näher kennenzulernen und fing an, ihn zu lesen, aber er ließ zu wünschen übrig. Er und sein Autor ließen es gewissermaßen an Gewandtheit fehlen. Er schien mir nirgends heimatberechtigt. Wie kann mich einer behaglich machen, der es selber nicht ist? Seine Zeilen waren für den, der sie beschritt, recht mühselige Wege. Ich erinnere mich schönerer Wanderungen und gestehe das gern, da ich durch dies Geständnis gewinne. Betrachtet wurde er durchaus milde. Ein Bestreben, interessante Situationen zu schaffen, wurde mit Vergnügen entdeckt. Schon das erste Kapitel zog sich in die denkbar angenehmste Länge. Jeder einzelne Abschnitt entlockte mir ein dankbares Gähnen. Ich finde übrigens, daß die Blütezeit der Detektivromane vorüber ist. Rätselhaftes Verschwinden von fein erzogenen, scharmanten Menschen mutet heute nicht mehr gar sehr neu an. Mit Chemikalien usw. haben Schriftsteller nachgerade genügend operiert. Ich versuchte, ihm Reiz abzugewinnen, leider gelang mir das nicht. Vielleicht fehlt es mir an Aufnahmefähigkeit, sagte ich lächelnd zu einem nicht mit allen Neuerscheinungen einverstandenen Menschen und meinte damit mich selbst. Ich halte es in der Tat für mißlich, zu allem ja zu sagen. Im weiteren Verlauf ließ er mich in eine Russin blicken. Mag sein, daß ich mich da etwas salopp ausdrücke. Alles in allem hielt ich ihn für seiner selber nicht gewachsen. Ich mache seinen Vater für ihn verantwortlich; seine Existenz tut mir weh. Die Mitwelt sei auf seine Harmlosigkeit aufmerksam gemacht. Darf aber ein Detektivroman harmlos sein? Ist der nicht verfehlt, der uns in Spannung setzen sollte, uns aber statt dessen erlaubt, uns in seiner Gegenwart zu langweilen? Anspruchsvoller Armer, für dich wär's das beste, wenn du verschwändest. Daß du gedruckt wurdest, bedeutet für dich ein Unglück. Wer dich liest, bemitleidet dich. Wer dich prüft, muß dich auslachen, aber du bist ja unschuldig, leider, leider! Du bist jedenfalls nicht, was du sein solltest. Was du sein könntest, wenn's mit rechten Dingen zuginge, bist du nicht, weil's nicht recht zugeht. Fahr wohl, ungerechtfertigter Detektivroman.

EINE FRAUENGESTALT

Ich las einmal zu meinem erheblichen Vergnügen, mich in denkbar angenehmer Umgebung aufhaltend, die meinem Gedächtnis nicht leicht entschwinden wird, ein mich gleichsam mit weitgeöffneten Frauenaugen anschauendes Buch memoiristischen Inhaltes, dessen Verfassernamen ich für mich behalten will, weil er für die Literatur nicht sonderlich in Betracht fällt. Er schrieb meines Wissens nicht mehr als zwei Werke, die sich zu seinen Lebzeiten weitgehender Beliebtheit erfreuten. Lebenswerk und Namen des vortrefflichen Federführers oder Schriftstellers fielen interessanter Verschollenheit anheim. Es heißt, er sei in den Armen einer unsagbar schönen, liebenswürdigen Halbweltlerin schicklich entschlummert. In dem Buch, worüber ich hier kurz und energisch und doch wieder vielleicht eher langatmig einen wohlüberlegten Bericht abstatte, begibt sich eine Verheiratete, die mit lebhafter Empfindsamkeit ausgestattet zu sein scheint, mit leisen, aber unwiderleglichen Schritten ins Gebiet des Unzufriedenseins mit ihrem Gatten. Der geschätzte Verfasser öffnet eine Türe und läßt den Leser in die Gemächer eines mit romantischen Auftritten verschiedenen Charakters verknüpften Ehekonfliktes treten oder bloß blicken, wobei sich der Dichter in die weibliche Hauptfigur mit hinlänglicher Geschicktheit hineinschauspielert, von vornherein vortäuscht, die Figur, um die's ihm zu tun ist, erzähle selber, wie wenn sie irgendwann und -wo wirklich existiert hätte. Ihr Mann scheint ein Spekulant, ein Glücksjäger zu sein, der, ohne daß er Geld gewinnt und verliert, nicht leben zu können meint. Mit der sozusagen ungemein wohllautenden Sprache, womit mich der Herr Autor willkommenermaßen überraschte und eilig über seine Zeilen hingleiten ließ, durfte ich mich zu meiner Bequemlichkeit, ohne mich im geringsten bemühen zu müssen, mich zufrieden zu stimmen, einverstanden erklären. Mir war, soviel ich mich zu erinnern vermag, als höre ich begabte, d.h. geschulte Sängerinnen aus der anziehenden, ja spannenden Geschichte heraussingen, was ich übrigens gewiß nicht unbedingt nötig gehabt hätte zu erwähnen. Erfreulich war für mich, daß mir dies geschriebene Gemälde gefiel, falls es erlaubt sein sollte, eine Kunstart bedächtig in die andere hineinzuziehen, sich das Glück zu gönnen, zu dem derjenige gelangt, der fähig ist, sich einzubilden, er erblicke eine Malerei, wenn er liest, er höre Musik, wenn er ein Bild betrachtet, und er läse eine Dichtung, wenn er durch den Garten der Natur lustwandelt, die ja durch Bebauung längst zu einer Art Kunst wurde. Die Frau, die zur Frage Veranlassung gibt, ob ihre Schönheit mit ihrem Bildungsbesitz zu wetteifern imstande, was stattlicher sei, ihre Gestalt oder die Mannigfaltigkeit ihres Herzenslebens, sitzt abends mit ihm, an dessen Seite sie sich zu abenteuerlich vorkommt, in der Loge irgendeines Theaters oder, da er Schloßbesitzer ist, begibt sie sich mit ihm auf die Jagd, und der Darsteller hebt hervor, sie habe ein Sehnen nach einem schönern, inhaltreichern Dasein, nach einem glücklichern Verhältnis nicht bewältigen können, und dies vorwiegend deshalb nicht, weil er, mit dem sie sich vereinigt sah, das Bedürfnis nicht zu haben, ihm nicht von ferne einzufallen schien, zu ahnen, ihr fehle viel, und er sei verpflichtet, sie zu beschwichtigen. Heiratlich an einen Mann gefesselt zu sein, glich für eine feinfühlende Frau einer Ursache zur Unruhe, was der Gatte zu verstehen nicht imstande zu sein schien. Sie lehnte sich jedenfalls durch die ganze schlanke, gemessene, solid und hübsch in allerlei Abschnitte graziös eingeteilte Länge des Romanes hindurch in einem fort auf im Grund glücklicherweise nicht unelegante Art und Weise gegen ihn und seine ausgesprochene oder heimliche Zumutung auf, sie könne unmöglich gegen den besten, besorgtesten Lebensbegleiter irgend etwas einzuwenden haben, der er auf die Tatsache gestützt sei, er sähe überaus vorteilhaft aus. Seine Herkunft blieb ihr fremd; er benahm sich seiner kostbaren Frau Gemahlin gegenüber eigentlich stets, wie soll man sagen, merkwürdig. Er betrug sich wie geschmeidiger Marmor. Sie war unzufrieden, weil er's nicht zu sein schien.

GARTENLAUBEN-AUFSATZ

Ich schreibe diesen Gartenlaubenaufsatz aus eigenem Ermessen. Gartenläubelig muten schöngekleidete, imposante Frauen an, die an irgendeinem schlanken, gardinengeschmückten Fenster stehen und vor sich hinsprechen: «Der vortreffliche Junge macht mir erheblichen Kummer.»

Ich deute hiermit auf die Romane hin, die in den Gartenlauben-Anfangsjahrgängen veröffentlicht wurden, und ich tu dies mit Vergnügen!

Liebe ich die Gartenlaube?

Ja, ich glaube es.

Schleppen rauschen stolz über sauberpolierte Fußböden, an Kavaliererscheinungen vorbei, die sich notwendigerweise sagen zu müssen scheinen, sie hätten nicht genügend Eindruck auf ein pathetisches Herz gemacht.

Schon als Knabe vertiefte ich mich eifrig in derlei Inhalte. Eine gewisse Vorliebe für sorgfältig erzogene, differenzierte Jünglinge sowohl wie anspruchsvolle Mädchenschönheiten, die die Unanrührbarkeit selbst sind, hat sich seither in mir keineswegs vermindert, sondern ist lebendig geblieben. Ein Angesehener gibt einem gleichsam, was Verdienste usw. betrifft, Eingeschlafenen zu verstehen, daß er ihn ignoriert, indes sich anderwärts eine Zartfühlende, Entsagungsvolliebende mit erquicklichem Klavierspiel abgibt. Irgendwo drückt ein Enthusiast Blätter eines Gebüsches in der Illusion an seinen Mund, seine Herrin habe sie mit dem Saum ihres Gewandes oder mit der Hand gestreift, die ihm heilig ist. In diesen heute sozusagen verblichenen Romanen kommt vor, daß eine Hausfrau mit verhältnismäßig gebieterischer Stimme in die Küche ruft: «Flink, na, was soll das eigentlich sein, den Kaffee!» «Verlassen Sie mich augenblicklich!» sind Worte, die vielleicht von einer aufrichtig Achtenden geringschätzig gesprochen werden, während draußen weit sich hinziehende Felder die Sorglosigkeit selbst sind und mannigfaltige Spaziergangsgelegenheiten darbieten.

Viele hübsche Augen haben im Lauf der Zeit auf den Druckseiten und Illustrationen ausgeruht, die vorliegendem Versuch, Angenehmes zu sagen, als intelligenzauslösende Grundlage dienen.

Gutsverwalterstöchter, deren Zöpfe ihnen naiv über den Rücken fallen, beschauen sich, ehe sie frühstücken gehen, mit einer Sorgfalt, die ihnen jedesmal dasselbe unzersplitterte Vergnügen verschafft, im Spiegel.

Hauslehrer und Pferde werden je nach Maßgabe oder Umständen gebändigt. Täubchen flattern. Lakaien nehmen stramme Haltung an.

Wurde je eine erfolgreichere Zeitschrift gegründet? Genial war an und für sich schon die Erfindung ihres Titels, dessen liebenswürdiger Begriff mir zu meiner Arbeit Anlaß gab.

DIE GLOSSE

Wer etwas zu sagen habe, schreibe mit Freuden, mit ersten und letzten Kräften hin und wieder eine Glosse, möchte man meinen, und man möchte, indem man dies sagt, vor lauter Trauer darüber, daß die Glosse eine Verkommenheit bedeutet, und daß man in diesen Sumpf hineinfiel, um vielleicht nie mehr wieder daraus in die Luft und in die Lust schönerer Übungen emporzuklettern, laut lachen, wonach einen dieses wie Äpfel oder Kartoffeln rollende Lachen, diese krankhafte Gesundheitslustigkeit unsagbar traurig machen würde. «Oh, ich stolzer, großer Glossentor, der ich war, hu hu», krächzt es mitten im Fabrikantenbewußtsein, in der Skizzenhervorbringerseele, die Mühe hat, das Mindestmaß an innerer Ordnung einigermaßen aufrechtzuhalten. Bürgerliche und sonstige Leser lesen zwar herzlich gern Glossen, das steht mit Felsenfestigkeit fest, wird doch immer wieder von Zeitschriftredaktoren, von Führern in die Kulturheiligtümer hinein die höfliche Anfrage an den kolossal bekannten, anerkannten Glossenschmied gerichtet, ob er nicht für einige Franken witzig sein möchte, wozu der Schreiner oder Schlosser meist freudig ja sagt. Nunmehr, indem ich den Finger an meine geistvolle Nase lege, bemächtigt sich meiner der Einfall innerhalb meines Gesamtgedankenlebens, ein Essay sei beispielsweise kaum irgend etwas anderes als eine erweiterte, vergrößerte, verfeinerte Glosse, und Glossist und Essayist seien so gut wie ein und derselbe heiße und kalte Sichbemühende, und man könne den Essay oder die Glosse auf alle erdenkliche Art und Weise behandeln, auf die Schreibweise komme es nicht so sehr an, vielmehr auf das Bestreben, irgend etwas Lesenswertes, Aufheiterndes segelschiffwimpelnd ins liebe Publikummeer hinauszusenden. Mit welcher Art von Sprachlichkeit soll ich aber zu mir selbst sprechen, wenn ich daran denke, daß die Glossen in ebenso entschiedenem Maß geliebt wie ihr Schreiber bald mit Erbittertheit gehaßt, bald mit der blühendsten Geringschätzung gleichsam bekränzt wird? Übrigens haben viele andere Arbeiter auch schon erlebt und werden immer wieder von neuem erleben, daß es etwas Eigentümliches ums Schätzen und Anerkennen des Stückes Arbeit, zugleich aber ums Mißdeuten und Herabsetzen der Person des Arbeiters ist. Nein, der Glossist sitzt auf dem Rosse seines schönen und unschönen Berufes keineswegs einsam, vielmehr steht seine Figur in Reih und Glied eines Heeres von solchen eingegliedert da, die für ihre Anstrengungen im Menschheitsdienst höchstens einen, wenn vielleicht auch nur flüchtigen, Nasenstüber als Belohnung eingeheimst haben, Worte, die von einem Sentimentalgewordenen abzustammen scheinen, aber wie fröhlich, wie feierlich wird es mir zu Mute, wenn ich die edle Charakterschwäche in mir finde und aufstöbere, die darin besteht, daß man gefühlvoll wird. Somit bin ich froh, eine Glosse über das Schicksal und den Wert der Glosse in Angriff genommen zu haben, und als Feldherr der Buchstaben, die ich befehlige, und die meine treuen Truppen sind, glaube ich einen, wenn auch nicht großen, so doch echten Glossensieg zu erringen, indem mich nämlich jetzt die Engel der Prosapoesie umsingen. Ich erkläre mit einem Gesicht, das vom Gefecht, das vorliegende Zeilen darstellen, noch etwas gerötet ist, daß die Glosse, obwohl sie, streng genommen und vom bepolsterten Stuhl der schriftstellerischen Sittlichkeit aus angeschaut, eine Verdorbenheit repräsentiert, klein von Gestalt, wie sie ist, indem man sie um ihres geringen Umfanges willen bequem placieren kann, nach überallhin wirkt, und wenn sie einigen Eindruck macht, wie rührt dann ihren Empfänger ihre zarte Beseeltheit, die ihn mit stiefmütterchenhafter Großäugigkeit gefaßt anschaut. Keiner bedauert aufrichtiger als ich, daß jene bildschöne, junge Frau, von der ich einmal zu hören bekam, Glossen, wie ich sie herstelle, verfasse sie jeden Vormittag ein Dutzend, jäh welkte.

Wie find' ich bei diesem Anlaß, wie sehr wir darin, daß wir nicht gleichsam goldiger, ich meine milder, vorsichtiger zu urteilen vermögen, ungeschickt sind.

Die Kunst könne in großem Maß wecken und viel Unrichtiges, glaube ich, geschehe aus Phantasielosigkeit.

THEATER (II)

Wie brüllte der Liebhaber mutig, schrill und schön! Er glich keinem erfolgreichen, sondern einem sehr haltlosen Helden. Er schalt sich einen dummen Buben, und indem er sich demgemäß benahm, umarmte er seinen Busenfreund mädchenhaft. Derselbe war jedoch gleichsam schon erledigt. Was plaudere ich hier aus, doch ich will weiterfahren und werde mir die Bemerkung erlauben dürfen, daß ich den Theaterdirektor prunkvoll in einer Loge hocken sah, statt daß er seine frechen, trägen Schauspieler angefeuert hätte, die beispielsweise die Verse des Dichters kaum auszusprechen imstande zu sein schienen. Das Stück an sich glich einer Flamme, doch die Herren Komödianten oder Darsteller stellten wenig oder nichts vom Flammenden dar. Den Dichter trugen mitleidig ihn Umgebende, ihn in eine Ohnmacht fallen sehend, in einer Sänfte aus der Schauspielbude oder -baracke hinaus. Der Liebesfigurant und der Vernünftigkeitsvertreter glichen einander zum Verwechseln. Dramaturgen stürzten ein übers andere Mal in Fräcken, welche jodelten und wedelten, und mit Manieren von nie uniformiert gewesenen Säbelraßlern, Verbeugungen machend und ausrufend: «Alles, was hier vor sich geht, verdankt man unsern Findigkeiten», ins Spiel hinein, eine Dreistigkeit angestelltenhafter Art, die vom Publikum begrüßt wurde. Man kann den Gebildeten nicht mit Unmittelbarkeiten dienen, denen die Kunst selbst nicht so künstlerisch vorkommt wie ihre Gerupftheit. Die Schauspieler bissen ins Stück hinein wie Buben anläßlich eines Picknickes in einen Apfel. Die Dichtung wurde zur spritzenden Wurst; eine verbotene Liebe gab Grund und Ursache zum Verdrießlichdarübersein. Ein Kalter nannte einen Heißen und Hitzigen einen Knaben. Der, der den Ungestümen ermahnt hatte, mäßig zu bleiben, sah sich selbst unvorsichtig werden, und eines Einsamen Erfolg biß ihn flohhaft ins eigene empfindliche Bein, weswegen sein Vergnügen naturgemäß nur ein bescheidenes zu sein vermochte. Ein Söhnchen zeigte ein viel zu jähes Bedürfnis, sich frühzeitig auszuzeichnen, und das Monsieur Papachen unterließ nicht, zu demjenigen, den er zu begreifen gesonnen zu sein schien, fürchterlich lächelnd, zu sagen: «Schade, daß Sie kein Schinkenbrötchen sind, junger Herr, den ich Lust aufzufressen haben könnte.» Sind solche Bühnenpersönlichkeiten nicht interessant und zugleich entsetzlich? Eine schöne Frau fand nichts Ununterbrocheneres zu tun, als ohne Fassung zu sein und Atem zu holen, und eine zweite verteufelt Feine und verflixt Tapfere winselte wie ein Hündchen und miaute wie ein Kätzchen. Mit wunderbarer Gemessenheit wurde die Liebende von der womöglich noch viel Verliebteren anmutig gemaßregelt. Ein als einziger unverkennbarer Mann Taxierter oder Anerkannter fiel infolge solcher holden Anerkennung systematisch.

«Ich befehle den mich zaghaft Anschauenden, hoffnungsfreudig zu sein», sprach der Sorgetragende, wonach der Vorhang hinunterrutschte und ich und die übrigen den strahlenden Tempel der Kunst verließen.

Sie ging, was Hübschigkeit betrifft, einigermaßen an.

Bereits schrieb ich im Leben ziemlich viel Prosa und habe infolgedessen Mühe, Worte zu finden, die mich wie neu anmuten, die nicht zu treffend sind, die sich anhören, als sei der, der sie schrieb, etwas wie ein Zeichner. Ich hätte übrigens nie einen Maler aus mir zu machen vermocht, obwohl mich einmal ein anscheinend sehr gescheiter Mensch glauben machen wollte, ich besäße Aquarellistenbegabung, was ich mir innerlich erlaubte, leise zu bestreiten. Vielleicht bin ich ein bisweilen dichtender Schauspieler oder ein Sänger ohne Stimme oder ein Redner, dem jedes Rednertoupet fehlt. Vielleicht bin ich insofern ein wenig spießbürgerhaft, als mich in bezug auf den armen Vater ein helles, kurzes, an sich gewiß kleines, enges, dummes, armseliges Lachen ankam. Lachende sind meistens kleine Menschen, ich meine, nicht klein von Figur, sondern vom Standpunkt des Menschseins aus geschaut.

Wie ein kleines Kind erquickte mich der Anblick der Stube, worin sich Mitbürger aufhielten, die Stumpen in den Mund steckten oder sich von Zeit zu Zeit gestatteten, einen Schluck Bier zu sich zu nehmen, d.h. in ihre Eigenheit hinunterzuschütten. An den Wänden las man sorgfältig kalligraphierte Aufschriften wie Kaviar, Schinkenbrötchen, Kutteln, Geschnetzeltes oder was derartige Schmackhaftigkeiten mehr sein mochten. Während es draußen in den Straßen schneite, wurde im Raum rührend Theater gespielt, und während der Herr Impresario nicht imstande zu sein schien, nicht mit einiger Verlegenheit zu kämpfen, glänzten die Augen einer Zuschauerin schon von Beginn des Stückes an von holdseligen Tränen. Als der Starke, der ich bin, wußte ich mich sichtlich zu beherrschen. Das Leben hatte sozusagen sein großes Maul aufgesperrt, und das vielleicht ein wenig unvorsichtig gute Papachen war in den Rachen hineingelaufen. Mit andern Worten verarmte er infolge verfehlter Spekulationen, indes sich sein Schwiegersohn mit staunenerweckender Eleganz, wie man zu sagen pflegt, in die Höhe schwang und eine luxuriöse Villa bewohnte, die nicht kulissenmäßig vorhanden war, von der jedoch gesprochen wurde. In einem Schauspiel bildet das Wort, das den Spielern von den Lippen strömt, genügend Grund, sich diese und jene Gegend, sei es ein Gebäude oder eine Landschaft, mit Leichtigkeit zu vergegenwärtigen. Ich möchte sogar der Meinung sein, die Abwesenheit jeglicher Dekoration wirke auf der Bühne belebend, d.h. vorteilhaft, womit ich natürlich durchaus nichts behaupte.

Man konnte den alten Vater samt seinen Vortrefflichkeiten durch allerhand Gassen wanken und wackeln sehen, obgleich er ruhig deklamierend auf dem Fleck stillstand. Er brauchte nur vom Wandern zu sprechen, und siehe, er wanderte, und er hatte nur nötig zu sagen: «Mir geht es schlecht», so glaubte man es ihm und erblickte ihn in Not, Erbärmlichkeit und Elend. Zauber des Wortes, wie bin ich dir gut gesinnt, wie finde ich dich schön! Besitzt ein Vater einen Schwiegersohn, so hat er ohne weiteres auch eine Tochter, d.h. er hatte sie, einst war sie sein, doch nun kann er sie nicht mehr sein eigen nennen, er besitzt sie nicht mehr, zwar lief sie ihm nicht weg, aber indem sie sich verehelichte, kam sie ihm naturgemäß abhanden. Derjenige, der sie küßt, herzt, umhalst, mit ihr lächelt und scherzt, hat sie, und indem der Schwiegersohn sie sich auf durchaus ehrbaren Wegen erworben, errungen hat, humpelt der Verlassene von einer Vereinsamtheit in die nächstbeste andere und ist froh, wenn ihm nicht verweigert wird, in eine Herberge einzutreten, wo ihm Gelegenheit dargeboten wird, sein Patriarchenhaupt auf irgendein Kissen zu legen. «Wo mag er nun sein?» fragt in der Pracht, die sie bewohnt, vielleicht die Tochter. Ihr Gatte meint sie ersuchen zu müssen, keine überflüssigen Sorgen zu nähren, sondern lieber ans Essen usw. zu denken, das sei gescheiter. So ein Schwiegersohn sieht und hört nicht sonderlich gern, wie sich seine Frau Gemahlin fortwährend noch als Tochter ihres Vaters fühlt, er wünscht vielmehr, sie gehöre einzig und allein nur ihm. Als die Tochter im Salon der Emporgekommenheit entzückend lieb und glühend schön sprach, fragte, sang und klagte, netzten sich obenerwähnte Zuschauerinnenaugen von neuem mit denkbar kostbarer Feuchtigkeit, was der Schreiber der Zeilen, die prunklos und fromm klingen, mit Vergnügen konstatierte. «Mache, wenn ich dich bitten darf, kein verstimmtes Gesicht, liebes, herzensgutes Männchen», schmeichelte das Villafrauchen mit beinahe kristallklarer Sprache. Er werde wohl hie und da in der Ehe verdrossen oder mindestens ungehalten sein dürfen, setzte er sich hausbacken zur Wehr, eine Geste, die vom mosaikartig durcheinandergewürfelten Publikum gebilligt wurde. Die Skizze dehnt sich aus; um sie geziemend abzukürzen, lasse ich den Vater Wege aufstöbern, die ihn ins Haus führen, worin diejenige lebt, die gewöhnt war, zu ihm hinaufzuschauen. Er tritt zum Glück nicht allzu zerzaust in ihren Gesichtskreis, ein Etwas versetzt ihr einen Stoß, sie taumelt, schreit nicht allzu ungeniert und laut auf, der galante Gatte fängt sie in seinen freundlichen, diensttuenden Armen auf, sie erwacht aus ihrer, nebenbei betont, ausgezeichnet dargestellten Ohnmacht, findet, gewinnt sich allmählich wieder, singt wunderschöne, stille, stumme Augenwimpernlieder, kommt Busen in Wallung bringend zu niedlicher Beruhigung und sagt, sie freue sich, daß der Herr Vater keinen Anblick des Außer-Rand-und-Band-Geratenseins gewähre.

Inzwischen hat der Inszeneur sein Taschentuch vor sein Bühnengebieterantlitz gedrückt, damit man entweder meine, er weine, oder weil er wirklich bewegt war.

Der von weither gekommene Vater stand wie ein Hebräer, aus eines jeden Kindheitstagen abstammend, da.

Der Schwiegersohn sah sich veranlaßt, sich zur Gutmütigkeit aufzuraffen, die Gestalt im abgetragenen Mantel mit einer gewissen Derbheit, die als Drolligkeit wirkte, einzuladen, sich zukünftig in der Villa aufzuhalten, indem des Schwiegersohnes Ansicht sei, der Ankömmling könne beispielsweise hie und da schuhputzen.

Bei solchem Verlautenlassen fingen einige Zuhörer an lustig zu werden. Der Alte glich einem Bild aus Erz. «Meines eigenen löblichen Töchterchens Schuhe putzen, welch befremdende Zumutung», kam es ihm, ähnlich einem sagenhaften Drachen, mit langsamer Betonung, zum Mund heraus. Er nahm indessen die Bedingung an.

Die, die gespielt hatten, lüfteten die Masken. Aus der Masse der Versammelten löste sich eine Gestalt um die andere manierlich los, bis das Lokal leer geworden war.

EIN THEATERSTÜCK

Ich vermag nicht zu entscheiden, ob der Beginn des Theaterstückes ein geschickter oder ungeschickter war, der darin die Laune besaß zu bestehen, daß der Verfasser einen Menschen am Leitbändelchen auf die Bühne zog, dem das Herbeigezogenwerden und die Sichtbarmachung unlieb zu sein schienen. Die Witzigeren oder Reiferen im Zuschauerhaufen, falls man die Menge, die einen Theaterabend bevölkert, auf so ursprüngliche Art bezeichnen kann, fühlten sofort heraus, wen sie im Verlegenen vor sich hatten, dem Erschrockenheit appetitlich-präzis aus den Augen hervortrat. Im Grund hat sich ein Bühnenstückverfasser auf der Bühne nicht blicken zu lassen. Wie man begriff, fand hier diesbezüglich eine auffallende Ausnahme statt, die einiges Erstauntsein hervorrief. Über sämtliche europäische Bretter war das Stück, das man da spielte, mit brillantestem Erfolg gegangen. Tageszeitungen hatten diese Tatsache zu verkündigen verstanden. Jetzt aber machte sich ein Strahlender bemerkbar, über den alle vorhandenen Gescheiten mit unzweifelhaftester Augenblicklichkeit Bescheid zu wissen schienen.

«Der Hörneraufsetzer ist's», lispelte eine Frau, indes sich die Herrenwelt, die mit ihrer Zugegenheit den Zuschauerraum schmückte, streng mit der schmunzelnden Gestalt zu verfahren vornahm, die von Eleganz glänzte und sprühte.

Mit der Frage, ob der Gehörnte bereits gehörnt sei, oder ob dies Geschäft erst noch seiner Verwirklichung entgegensehe, schienen sich, wenn nicht viele, so doch einige mit zunehmendem Eifer zu beschäftigen. Anzunehmen könnte sein, daß sich Vernünftige, die sich im

Parkett sowohl wie auf den Galerien befanden, und die den Strahlenden mit ihrer wie von selbst aus ihnen hervorwachsenden Verachtung straften, den Einfall gönnten, sich Mühe zu geben, für den Beklommenen Sympathie übrigzuhaben. Beim Verfasser bedankte sich der Glückliche für die Fröhlichkeit der ihm übertragenen Rolle. Mehr und mehr machten sich auf dem Kopf des in jeder Art und Weise zu Gedanken Anlaß Gebenden Hügeligkeiten sichtbar. Von selbst versteht sich, daß man fand, die Teilnehmerin am Werk der Behörnung sei wert, daß dies Werk zur Ausführung gelangte. Die Bestürzung des Bestürzten wurde mit mitleidigem Applaus beklatscht, eine Auszeichnung, die ebenso ironischer wie liebenswürdiger Art gewesen sein dürfte. Interessant war's, mit anzuschauen, wie die Prunkvollkostümierte auf die ihr sattsam bekannte Stirne schaute, die sie aufs erbaulichste mit einem gewissen Zierat verziert sah. Mit dem in einem fort Strahlenden zu strahlen, setzte Unermüdlichkeit voraus. Amüsant schien es für zahlreiche sich Amüsierende zu sein, mit demjenigen, der verdutzt dreinblickte, verwundert und überwältigt zu sein. Das Dumme und doch wieder Schöne am Horntragenden schien zu sein, daß er an seinem Mißgeschick eine Art von Gefallen fand, das, indem es rührungweckend wirkte, die Lachmuskeln in Bewegung setzte. Mehr als einer gehörte zu den Mitanhörenden, der am liebsten dem Liebling der Prachtvollen, mindestens moralisch, eins hätte verabfolgen mögen. Schwer hatte der Reichausgestattete am Reichtum seiner Wohlausstaffiertheit zu tragen. Kein Wunder, wenn er sorgenbelastet seinen Kopf senkte. Um so höher trugen den ihrigen der Sorglose und die Mitbesitzerin dieser, man kann sagen, üppigen Ungezwungenheit. Steif wie ein Bild und von leichtbegreiflichem Nachdenklichsein erfaßt, stand der Starke da, der hauptsächlich dazu stark war, daß er mit Schwäche kämpfe, was er mit überraschender Einheitlichkeit besorgte.

Vom Stück selbst könnte gesagt werden, daß es, weil es vom Erfolgreichsein verwöhnt worden war, auf einen neuen durchschlagenden Erfolg gleichsam mit Vergnügen verzichtete. Eine gewisse Längstabgehaspeltheit war an der Darbietung unverkennbar. Man verließ das Theater mit achselzuckendem Erleichtertaufatmen.

Als man gegangen war, begab sich das Stück quasi zu Bett, falls es nicht schon schlief, indes es spielte.

DAS ANDERS BETITELTE LUSTSPIEL

Ich hörte von diesem Stück nichts wie seinen denkbar unklugen, unüberlegten oder vielleicht nur zu sehr in alle Fraglichkeitslänge und -breite gezogenen Titel, d.h. ich las in einer europäisches Format aufweisenden Zeitung davon. Europa mag jetzt vielleicht mit einer Kleinkinderstube Ähnlichkeit haben, in die die Vorsehung mit freundlichem Gesicht und mit den Worten blickt: «Was machen meine Kinder? Sind sie immer hübsch artig? Ich glaube es und setze es jeden Augenblick voraus.»

Wie mir dieser Theaterstücktitel an sich zu denken gab! Früher hieß er anders; nunmehr heißt er so. Bedeutete die Veränderung auf dem Betitelungsgebiet in der literarischen Welt ein Ereignis? Das Stück wurde in einer Stadt, die die Stadt der Städte genannt zu werden verdient, mit dem denkbar unnachhaltigsten Erfolg aufgeführt. Schon unter dem alten Titel schwang es sich zu keiner eklatanten Wirkung auf; auch mit dem neuen trug es wesentlich bloß einen Achtungserfolg, eine Art sehr zarten Lächelerfolg davon. Man sagte im Parterre, als man das Stück sah: «Ja, ja, wir wissen, wir wissen, wir sind unterrichtet.»

Nun ist der Verfasser zufällig früher ein exquisiter, frühlingsgrünähnlich sprießender Lyriker gewesen, die Eier, die er diesbezüglich einstmals zu legen für gut fand, sind erstrangige Nummern.

Doch zum Stück zurück, womit er nur ein schwaches Glück hatte. Zahlreiche Anwesende aus feinen Kreisen spendeten ihm für seine Bemühung, seinem Stück den scheinbar einzig richtigen Titel zu verleihen, höchst maßvollen, mithin recht wertvollen Beifall. Einigen kam diese Neubetitelung immerhin etwas familiär vor, so, als erkläre sich der Dichter als ihren Hausautor. Meines Ermessens nach aber schließt das Theater jede Vertraulichkeit zwischen Bühne und Publikum kurzerhand aus, und das war's ja: dieser liebe Titel klang viel zu hoffnungsvoll, viel zu artig sich an die Gemüter annähernd. Eine gewisse Bequemlichkeit schien strahlenartig von dieser Aufmachung auszugehen, denn um weiter nichts als eine Aufmachung handelte es sich, die unglücklicherweise keine glückliche war.

Gott sei Dank zeichnete sich der Erfinder des Titels durch Abwesenheit aus. Weit, weit weg war er. Er saß, vielleicht jetzt gerade, in einer Nische, las einige Seiten eines Buches und rauchte dazu, wonach womöglich seine schlanke Frau Gemahlin zu ihm trat, um ihn zu ersuchen, zum Tee zu kommen, der serviert sei.

Es gibt Theaterstücke, die Kaviar sind und es bleiben, und alles Neubetiteln nützt da nichts oder wenigstens nicht viel. So war's auch hier, wo es sich zeigte, daß der

Applaus eher der Artigkeit der Neubetitelung als dem Stück selbst galt, dessen Kaviarlichkeit man zur Genüge kannte.

Die Kritik erteilte der Tribüne bezüglich Mangels an Teilnahme einen entsprechenden Wink, von dem ich vermutete, er bliebe eindrucklos. Das Volk ist auf seine Art groß, es hat Launen, und es wünscht gut unterhalten zu sein, indem es einer kräftigen Kost den Vorzug gibt.

Das ganze Schauspielhaus schien auszurufen: «O du Unzulänglichkeit zum Ausdruck bringender, dem Stück, das du beleben solltest, keineswegs Durchschlagskraft einverleibender Titel!»

«Zu spät, zu spät!» rief jemand mit der hellen Stimme der Belustigtheit von der Galerie in die Auserwähltheiten herab, die ihre Köpfe nach dem Rufer mit der schicklichen Erstauntheit heraufbogen.

Wie ein Volkstribun stand er da! Wer war er? Wie kam er hierher? Besaß er nicht das nötige Schwergewicht, daß er sich mit so viel Leichtsinn bemerkbar zu machen fähig war? Die Götter wußten es, die sehr feine Beobachter sind.

War das ein Lustspielabend! Ein Lustspiel nämlich war's, das durch seinen neuen Titel nicht um ein Tüpfelchen lustiger wurde.

Ich saß vorn an der Rampe und sprach zum Ergebnis der Vorstellung: «Schade, daß die Änderung an dir nichts zu ändern vermocht hat.»

Andere mochten vielleicht ähnlicher Meinung sein.

EIN SCHAUSPIELER (II)

Wenn mir je ein Schauspieler zu Gesicht gekommen ist, der mich in den Glauben einlullte, er bewege mich, Mitleid mit ihm zu haben, so betrifft es einen jungen Menschen von vorzüglicher Herkunft, der sich mit einer Gaunerrolle abquälte. Für die Gestalt, die er spielte, schien er ausnehmend viel Verständnis zu haben. Man kann sagen, die Rolle sei von seinem Verständnis gespielt worden, nicht von seiner Begabung, die ihn eher zum ausgezeichneten Mitbürger als zum Akteur prädestinierte. Ich bemitleidete mich selbst, darum, daß ich dasaß und mit einem brillanten Menschen Mitleid hatte, der kein brillanter Schauspieler war. Indem er bemüht zu sein schien, einen Bösewicht ersten Ranges herauszumodellieren, sagte jede seiner Gesten: «Der Bösewicht, den ich spiele, entzückt mich.» Gleichzeitig schien er jedoch zu sagen: «Ich bin ein harmloser Junge, der, wenn er seine Unkrautfigur fertig gespielt haben wird, Sauerkraut mit Würstchen bestellen wird.» Unkraut verderbe nicht, lautet ein anscheinend vortreffliches Sprichwort. Der Schauspieler aber, von dem ich hier spreche, verdarb das Unkraut, das er glaubhaft zu machen aufs anerkennenswerteste bestrebt war, vollständig. Ich saß auf den glühenden Kohlen eines umfangreichen Mitleidmitihmhabens, und der Autor des Stückes, der neben mir saß, verzagte von Akt zu Akt stärker am Erfolg, zu welcher unangenehmen Empfindung er in jeder Hinsicht berechtigt zu sein schien. Der Autor und ich, der ich die Vorstellung mit meinem Besprechertum beehrte, nahmen uns vor, nachher Kalbskopf zu bestellen, Kalbskopf zerfließt auf der Zunge wie Butter und hat dabei die rühmenswerte

Eigenschaft, Fleisch zu sein. Oh, wie das Gesicht des Bösewichtspielers vor Freude darüber glänzte, daß er eine Figur darstellen durfte, die ihrer gesamten Umgebung Schaden zufügte. Er verdarb gerade dadurch das Unkraut, das er nie hätte verderben lassen dürfen, total. «Er ist, weil er kein überzeugender Schurke ist, ein Schurke», sprach der Autor mit mühsam verhaltenem Zähneknirschen von seinem Diener, denn es leuchtet ein, daß die Schauspieler die Diener der Autoren sind, und es ist wünschenswert, sie dienten talentvoll.

«Armer Autor», sprach ich zu mir selbst.

Der Autor begann zu fürchten, der Schauspieler raube ihm den Kalbskopfappetit. Die Unkrautrolle zerfloß sichtlich unter den Sonnenstrahlen der Sauerkraut- und Würstchenfreuden. Vielleicht sollten sich weder Autoren noch Schauspieler, noch womöglich auch Berichterstatter auf nachherige Schmausereien im voraus freuen. Das ganze Stück kränkelte, weil die Hauptrolle mit dieser Unerfreulichkeit ausgestattet zu sein schien. «Sei doch ein richtiger Schuft, du Schafskopf», brüllte, ächzte, wimmerte, weinte, klagte es mitten in des Autors Gesamtwesen, das aus empörter Enttäuschtheit bestand.

«Das Publikum gähnt», flüsterte ich dem Autor ins Ohr.

«Schlange», zischte er mich an.

Der Schauspieler spielte seine Rolle immer noch mit strahlendem Verständnisgesicht. Es hörte sich an, als hielte sein Spiel über Schauspielkunst einen hinreißend schönen Vortrag.

«Er scheint zum Schauspielerberuf zu intelligent zu sein», meinte der Autor.

«Er ist zur Dummheit nicht klug und zur Klugheit nicht dumm genug», war meine Meinung.

Des Schauspielers Spiel spielte weniger, als daß es zu verstehen gab, es tue dies. Das Spiel blieb scheinbar immer zehn Meter hinter dem Spieler zurück, der zu versichern schien: «Es kommt mir nach», was aber nicht der Fall war.

Der Vorhang lächelte sozusagen über das Stück, als er herunterrollte, als wolle er eine gutgemeinte, aber mißlungene Angelegenheit zudecken.

Er glich einem Mund, der das Stück verschlang.

STÜCK OHNE TITEL (II)

Ich kam noch immer nicht vom Kinopfarrer los, der den Einfall gehabt hatte, sich als Kanzelredner total zu verunmöglichen. Jetzt saß ich im Theater, das mir traumhaft schön vorkam, obgleich es bequem von mir ist, das zu sagen. Im Stück, wobei es sich um eine Art Singspiel handelte, kam eine Bestiefeltheit in Form eines Gouverneurs vor, der aussah, als solle er bald ersetzt werden. Im Zuschauerkopf wogten und schwellten mir Wälder wie Schaum von auflaufender heißer Milch. Eiskalt und kritisch, will sagen grämlich, saß neben mir ein junger Lehrer, der in einem hübschen Dörfchen lehrte und wirkte. Bauernburschen hatten eines Tages aus nichts als Kraftausprobierungslust Händel mit ihm anfangen wollen; er wußte sich jedoch geschmeidig aus der Affäre herauszuziehen, und nun langweilte er sich neben mir, da ihm die Fähigkeit fehlte, die Musik bezaubernd zu finden, die uns beide umtönte. Wie ich gern bekanntgebe, war der Komponist nicht anwesend. Krank, mit einem Fieber kämpfend, lag er in einem nur von einem kleinen Lämpchen spärlich belichteten Saal. Indes sich seine Phantasiegebilde in allen Menschenherzen ansiedelten oder einbürgerten und ihn die Lorbeerkränze des unumstrittenen Erfolges umschwirrten, begnügte er sich mit der kurzen, eintönigen Stammelung: «Mit mir ist's aus. Jugend, wie täuschest du mich! Leben, soll ich böse auf dich sein?» Mit solchermaßen seinen schmalen Lippen entgleitenden Worten überaus fein lächelnd, schaute sein anmutiger, mit wellenhaftem Haar reizend umrahmter Kopf still und bewegungslos wie etwas Bildhaftes aus den Kissen seines Bettes heraus. Der Lehrer neben mir wußte, er habe zu Hause in einer der Schubladen seines aus der Biedermeierzeit stammenden Schreibtisches ein so gut wie annähernd zu Ende gekommenes, fünfaktiges Schauspiel liegen, worin ein Held Wesens von sich zu machen entschlossen zu sein schien, dem, statt daß er Erkenntlichkeit in Hülle und Fülle geerntet hätte, ein Mittelmäßigkeitsvertreter begegnete, der ihn insofern ziemlich unsanft anpackte, als er ihm sagte: «Du scheinst mir samt allen Verdiensten, die Du Dir prachtvollerweise angeeignet haben magst, eine Nichtsnutzigkeitsmannigfaltigkeit zu sein.» Dem Helden wollten ob solcher unerwarteter unartiger Behandlungsart Hören und Sehen vergehen. Man wolle die Güte haben, sich zu merken, daß sich die Heldengestalt nirgends in Wirklichkeit vorfand, sondern bloß in einem Primarlehrerkopf geltend machte. Wunderbar sang eine sich meiner Meinung nach unbeschreiblich gut benehmende Primadonna im bestrickendem Schmelz ihrer Liebe, die ich für echt hielt, indem sich im Theater Illusionen in Menge finden, die geeignet sind, Vorbehältliche in Unerfahrene zu verwandeln. Im Geist Kindern Unterricht erteilend, erlebte ich mittels meiner Einbildungskraft die landschaftlichen Lieblichkeiten des Dörfchens, worin er wohnte, der Dichter werden zu können hoffte, sich jedoch zunächst mit der Lehrerschaft begnügen zu müssen schien. Ein Fluß umfloß Schloß und Kirche, als eigne sich das liebenswürdige Ganze für eine Kinokulisse, und das Pfarrerstück könne sich darin abspielen. Der Pfarrer wurde seiner Rolle enthoben und entwickelte sich zum hochherrschaftlichen Hauslehrer, und es kam zu einer romantischen und großen oder hohen Liebe, und eine schöne Frau sprach zum anscheinend Hochbegabten: «Sei vernünftig.» Er sei es, behauptete er vergeblich; sie glaubte ihm etwas so Einfaches und Naheliegendes nie und nimmer. Wenn sie sich hätte sagen müssen, er sei zu den Verständigen zu zählen und ähnele irgendeinem beliebigen andern, würde sie mißmutig in ihr Kämmerlein oder Boudoir gegangen sein und hätte vor Enttäuschtheit geweint. Doch nun ruhig wieder zu den Stiefeln zurück, die theaterlich glänzten und mir deshalb etwas unwahrscheinlich vorkommen wollten. Was an Theaterstiefeln auszusetzen oder zu rügen sein könnte, ist die Eigentümlichkeit, daß sie weichlich sind und durchaus kein Geklapper oder Gepolter verursachen oder veranstalten. Man kann an solche Stiefel kaum glauben. Die Stimmlichkeit des Bühnengouverneurs schien etwas an und für sich Erquickliches, vielleicht sogar Gewinnendes, ja Hinreißendes zu sein, was den jugendlichen Lehrer nicht hinderte, seinen Kopf in die Hand zu stützen und heiß an seine frühdahingeschwundene Geliebte zu denken, sich ihre Reize Stück für Stück treuherzig vergegenwärtigend, eine Beschäftigung, die ihn ein- bis zweimal laut oder leise seufzen machen mochte. Die erstrangige Sängerin suchte ihren vom schlankbeinigen Gouverneur jämmerlich gefangengehaltenen, angeblich total unschuldigen, lieben, guten, braven Mann, und sie fand ihn, wonach ein Auftritt denkbar rührenden Wiedersehens unglaublich sympathisch stattfand, in seligen Tönen schwimmend und hinströmend, daß manche Zuhörer meinten, sie säßen in einem Boot oder Kahn, den nicht bloß fischebergendes Wasser, nein, ein goldenes Weinen trüge. Er möge die Essayistenlaufbahn einzuschlagen versuchen, wandte ich mich, freilich meinen Ratschlag ziemlich überflüssig findend, an den nach wie vor an Wandtafeln usw. geschmiedeten Dramenverfasser. Ernst schaute er mich an, was ich ihm gegenüber gleichfalls tat. Den Gefangenen, die im Theaterstück an die frische Luft hinausgeführt wurden, unsäglich melancholisch die Köpfe neigten und überwältigend mit ihren Ketten melodiös klirrten, übermittelte der gemalte Dekorationshimmel eine blaue Kindheitlust, weswegen sie mit den Geknicktheiten ihrer zitternden Beine dankbar zu wackeln und tänzeln begannen. Falls alles ging, wie es gehen sollte, brachte es der Kinohauslehrer zu einer beglückwünschenswerten Vermählung.

Ist ein Stück ausgespielt, so begibt man sich, nicht ohne vielleicht vorher rasch noch in einer Wirtschaft ein Schinkenbrötchen gegessen zu haben, unauffällig nach Hause.

WORTE ÜBER MOZARTS «ZAUBERFLÖTE»

Einem mit anmutigen Gliedmaßen und einem lebhaft empfindenden Innenleben begabten, aus anscheinend angenehmem Hause abstammenden jungen Menschen begegnet es, daß er scheitert und sanft von blauen Wellen auf eine Insel, die sich durch reiche Vegetation auszeichnet, geworfen wird. Zunächst lassen ihn seine Niedergeschlagenheiten ein erstauntes, träumerisches Gesicht machen, das ihn so sehr ermüdet, daß er auf dem Teppich, den eine blumige Wiese bildet, einschläft. Während er schlummert, erblickt ihn eine Frau von Rang und Ansehen, die nichts Gescheiteres und Geschwinderes zu tun zu haben scheint, als ihn ohne langes Überlegen zu lieben. Zufällig ist es eine von denen, die gefährlich werden können, wenn sie von der Zärtlichkeit erfaßt werden. Sie entschließt sich, den Gegenstand ihrer Neigung entweder zu besitzen oder zu verderben, und verläßt mit solchem Vorsatz den Schauplatz, ein Mädchen von erheblichem Liebreiz, die ihre Tochter ist, auf demselben zurücklassend, ohne daß sie ihre Handlungsweise eingehend begründen zu müssen meint. Der Erwachende sieht und liebt sie, doch bevor er sich mit ihr für immer vereinigen kann, die ihrerseits gegen die Vermählung nichts einzuwenden hat, da sie ihn schön, hochherzig, schlank, galant und infolgedessen liebenswürdig findet, entreißt sie sich ihm oder entflieht ihm oder wird ihm, noch besser gesagt und treffender gesprochen, zunächst vorenthalten, indem die Vorsehung haben will, er solle sich bis auf weiteres gedulden und sich in allerhand schicken lernen. Die Mutter, die noch keineswegs alt, sondern in jeder Hinsicht lebenslustig und abenteuerlich ist, versteckt ihre Tochter in einem Schloß, oder was es sonst für eine Befestigung sein mag. Anderseits erteilt eine Versammlung von Ratsherren dem jugendlichen Suchenden den Rat, zuerst einmal gehörig zu erfahren, was Hochachtung vor Institutionen usw. sei. Geheiligte Überlieferungen machen sich geltend. Der weise Rat und die Frau Mama stecken womöglich unter ein- und derselben Decke. Der Jüngling erfährt hierüber nie irgend etwas Genaues. Einer Schar hübschgekleideter Knaben vertraut er sein Sehnen an, die ihn, so unerwachsen sie sind, zu verstehen fähig zu sein scheinen. Zeitweise begibt er sich der Zerstreuung wegen in einen Spielsaal, läßt sich meinetwegen eine Flasche Wein servieren und erlebt allerhand Vergnügtheiten. Unter anderm übt er sich gern hie und da im Flötenspiel und entlockt dem in Frage kommenden Instrument von Zeit zu Zeit den einen oder andern nicht unartigen Ton. Gegenden, Landschaften wechseln bildhaft und beruhigend ab. Die weisen und untrüglichen Männer sprechen zur leidenschaftlich Entflammten: «Mäßige Dich», und donnern den Jüngling sympathisch mit einem: «Zurück», an. Er will nämlich immer ein wenig stürmisch sein und dem Stück ein Ende machen, dem jedoch eine bestimmte Ausdehnung vorgeschrieben worden ist, deren Längen und Breiten die Zuschauer um der darin enthaltenen Schönheiten willen begrüßen. So geht denn das Stück, dessen Maßhalten in lauter langsam und behaglich aufeinanderfolgende Zauberhaftigkeit getaucht ist, insofern weiter, als es einem Schlafenden ähnelt, der entzückend schön träumt und im Traum auf die lebhafteste Art und Weise lebt. Der famose junge Mensch ist inzwischen in Höhlen hineingetreten, aus denen er nach langer mühsamer Wanderung wieder herauszutreten Gelegenheit fand, und nachdem er sich in einen Helden umgewandelt sieht, der den Ernst des Lebens kennenlernte, kennt er seine Geliebte nicht mehr, die doch die Veranlassung gewesen war, daß er fröhlich und unerschrocken an sich arbeitete. Er steht da, ruht wie in sich selbst aus, sieht und hört sie nicht, die ihn in einem fort mahnt, an sich zu denken, dem der Sinn für sich selbst abhanden gekommen sein könnte, als hätten ihn seine Erlebnisse versteinert. Doch man gewinnt den Eindruck, er finde sich in der, die er liebt, von der er zeitweise nichts weiß, wieder. Einigen Zuhörern glänzten Tränen des Ergriffenseins in den Augen, was von der Lebensabspiegelung des Stückes herzurühren schien.

MÄRCHEN (II)

Ich erzähle hier eine vielleicht zum Teil lächerliche Geschichte.

Eine Zeitlang ging's mir glänzend; ich erbte eines Tages ein übrigens gewiß nur geringfügiges Kapital, das mich befähigte, sorglos in den Tag hineinzuleben. Die Tage, die vor mir lagen, glichen einer bezauberndschön und lockig eingerichteten Wohnung.

Welch ein prosaischer Vergleich!

Ich bildete mich in aller Gemächlichkeit zu etwas wie einem Liebhaber aus, der unter anderm in seiner Nebenzeit vergnügt dichtete. Ich wußte, ich sei irgend etwas von Belang, oder ich bildete mir dies ebensogut bloß ein.

Hübsche Einbildungen machen uns bekanntermaßen fröhlich.

Nun komme ich auf sie zu sprechen, die ich liebte, und der gegenüber ich gern mit meiner Neigung kokettierte. Sie war gleichzeitig wenig und viel, ich war dies ebenfalls. Bald war ich das All, bald nur in diesem All ein Atom.

Darf ich das für Philosophie halten zu dürfen hoffen? Prächtig war's für mich, wenn ich wahrnehmen konnte, ich schüchtere sie mit meiner Zuversichtlichkeit, meiner Eleganz ein. Diese Eleganz beruhte zwar womöglich ebenfalls nur auf einer Idee. Sah ich meine Geliebte zaghaft, so fand ich sie entzückend.

Nun kommt etwas anscheinend ganz Märchenhaftes.

Mit einmal büßte ich nämlich meine bisherige flotte, kecke, schlanke Gestalt zu meiner Verwunderung ein. Irgendeine unbekannte Macht verwandelte mich in einen Ball; ich wurde kugelrund und rollte statt zu Fuß zu gehen und kugelte herum.

Sie erblickte mich, und als sie festgestellt hatte, was aus mir geworden sei, zuckte sie ihre Achseln, indem sie sich sowohl über mich lustig machte, als wegen meines Aussehens verblüfft oder überrascht zu sein schien. Ebenso fand sie sich zum Ungehaltensein bewogen, was man begreiflich zu finden imstande sein wird.

Mir gefiel meinerseits die Lage, worin ich mich befand, obgleich ich sie gewiß nicht als imposant zu betrachten wagte.

Zuerst wußte meine Schöne nicht, wie sie sich zu fassen habe, wonach sie mir einen, wenn auch nur kleinen, feinen Fußtritt gab, der mir in Erinnerung blieb.

Jahre vergingen seither. Mit der Zeit habe ich neue Formen angenommen.

DER HOCHSTAPLER

Mein Merkmal bestand in einer merkwürdigen Zerstreutheit, erzählte mir auf Befragen dieser Hochstapler, indem er sich in einer Geste gefiel, die auf eine elegante Selbstverneinung deutete.

Ich stellte, fuhr er fort, im allgemeinen auf eine Vergeßlichkeit ab, von der ich ahnte, daß sie mich vorzüglich kleide. Selbstverständlich bin ich von denkbar geringer Herkunft, was zum Hochstaplertum so mitgehört.

Hochstapelei besteht ja in angemaßtem Feinfühlen. Erzogen worden bin ich in einem Varieté. Das Varieté ist absolut keine schlechte Vorbereitungsschule. In gewisser Hinsicht kann man's als Erziehungsanstalt betrachten. Ich lernte dort Manieren, da solche daselbst nötig sind.

Plötzlich hielt ich einen Universitätsvortrag ab, ohne zu wissen, wie ich dazukam. Es schien etwas ungemein Einladendes an mir zu sein; mein Vortrag gefiel sehr. Ich will Ihnen sagen, worin meine Begabung, meine Eigenart bestanden hat: ich war vage.

Ich meine Ihnen damit mein Charakterbild angedeutet zu haben. Es war an mir etwas, das laut ausrief, ich sei berufen zu schwindeln, und meine Schwindeleien seien erwählt, meine Mitmenschen zu beglücken, und dieses Glück sei auserlesen, später als etwas überaus Einfältiges dazustehen.

Ich zog eines Tages ein gewisses Interesse gleichsam aus der Westentasche. Dieses Interesse bezog sich auf etwas sehr Wichtiges, auf die Erhaltung der Menschheit. Auch ein Hochstapler macht Selbstbestimmungsrechte geltend. Auf Grund einer unbezahlt gebliebenen Restaurationsrechnung und im Hinblick auf mein gewinnendes Benehmen wurden mir die Flügeltüren eines der ehrwürdigsten Gebäude der Welt geöffnet, wo ich eine Frau, die schwer an einem uralten Namen zu tragen hatte, glauben machte, ich sei von allerbester Abstammung.

So ein Hochstapler phantasiert von nichts so leicht und überzeugt seine Mitmenschen von nichts so einleuchtend als von seinem Stammbaum. Ihm kann unmöglich unbekannt sein, wie gern Lügen für Wahrheiten genommen werden.

«Gnädigste», redete ich sie an, «werden ohne weiteres an meine Großgrundbesitzerswirklichkeiten glauben.» Sie erwiderte lispelnd, d.h. mit einer Stimme, worin eine Entzückung zitterte, sie glaube mir alles aufs Wort. «Liebe Mama», wandte sie sich graziös an dieselbe, «auch du mußt unbedingt an eines so schönen Mundes Äußerungen glauben. Sieh, wie man ihm den Landedelmann sowohl wie den ausgesuchtesten Salonmenschen anmerkt.»

Die weibliche Leichtgläubigkeit bereitete mir eine tiefe Freude, und in dieser Freude spendete ich dem städtischen Spital ein Kapital.

Indem ich um die Hand des Fräuleins anhielt, versicherte mir die Mutter, daß es ihr höchst unzart vorkommen würde, wenn sie sich über mich erkundigte. Nichtsdestoweniger zog sie Informationen ein, die ein Licht auf alle meine waghalsigen Harmlosigkeiten warfen. Meine Laufbahn lag klar zutage.

Ich floh, wurde aber eingeholt. Die jugendliche Schöne sprach, sie wolle meine Veruntreuungen wiedergutmachen, und erklärte, daß sie mich nach wie vor liebe, daß sie mit allen meinen Hochstapeleien einiggehe.

Oh, die erstaunten Gesichter, als sie ausrief: «Er ist ein braver Mensch, der vom Wunsch erfüllt ist, seinen sozialen Pflichten aufs pünktlichste nachzukommen. Für ihn sind Aufgaben, die ihm Mühe verursachen, das Schönste, was ihm das Leben bietet.»

Sie sagte dies mit solcher Entschiedenheit, daß es kein Anwesender fertigbrachte, ihren Worten nicht den gebührenden Glauben zu schenken.

Sie besaß den Mut zur frommen Lüge.
Welch eine Menschenfreundin!

BRIEF EINES SOHNES AN SEINE MUTTER

Kalt war es auf der frühmorgenlichen Straße, als Du mir die Anweisung erteiltest, mich von nun an selbst um mich zu kümmern. Du hörtest mit einmal auf, für mich zu sorgen oder mich sogar zu bevorzugen. Infolgedessen schaute ich mich zunächst im Leben überrascht um. Dir zuliebe schüttelte ich jedoch alle Nachdenklichkeit ab, und siehe, sogleich verwandelte sich mein Erstaunen in Selbstverständlichkeit. Ich fand, indem ich mich nach Beschäftigung umblickte, bei einem Mäusefallenhändler Aushilfsarbeit, der mich jedoch bald, weil er wegen seiner durchaus nicht üblen Ehehälfte, die für meine Geringfügigkeit hie und da etwas wie Anerkennung übrighatte, Bedenken bekam, wegjagte. Verschleiertheiten umgaben mich, die mich so ein- und umsichtig werden ließen, daß ich zu glauben begann, ich taugte als Hauslehrer. Mit dieser angenehmen Einbildung ausgestattet, bot ich meine Kenntnisse einem jungen, um ihres Reichtums willen schwerfälligen Mädchen an, deren Eltern nach kurzer Probezeit eine Autorität in mir erblickten, eine Zumutung, die mir behagte. Meine pädagogische Tätigkeit erhielt gleichsam Flügel, indem ich sie nach allen moralischen Richtungen hin vojaschieren ließ. Jedes disziplinarische Gebiet besaß für mich etwas Reizendes. Meine Schülerin war mir zwar überlegen, aber ich brachte ihr Philosophie bei, die ich gründlich studiert hatte und deshalb kannte. Mit der Zeit verwandelte sich für sie jedoch die Art, wie ich unterrichtete, in eine Unterhaltung, die sie nicht zu billigen vermochte. Weil sie nur Mühsamkeiten für etwas Ernsthaftes hielt, nur die Ernsthaftigkeit bei ihr als berechtigt galt, nur das Berechtigte gleichsam an ihr Herz klang und nur Klingendes ihr etwas versprach, woraus evident hervorgeht, daß sie musikalisch war, und sie mir in Zukunft zu sehr dankbar sein zu müssen fürchtete, entließ sie mich, zu welchem Zweck sie sich an einen zierlichen Schreibtisch setzte, um mir mit einigen wegwerfenden Worten ein verhältnismäßig günstig lautendes Zeugnis auszustellen, das sie mir mit einer energischen Millionärinnenhandbewegung eher mißgünstig als gütig, d.h. mit konventioneller Freundlichkeit übergab. Ein aus nichts als Trockenheit bestehender Regen fiel auf meine Schultern herab, als ich aus der Lehrtätigkeit herauseilte, um bald danach einen Gedichtemacher anzutreffen, der mir den Vorschlag übermittelte, in seinen Dienst zu treten, der sich zart anfasse wie die Feinsinnigkeit selbst, worin ich aufs eiligste einwilligte. Aus Verliebtheit, die ihn sprachlos machte, war dieser Wortkünstler nämlich nicht imstande zu dichten; bloß zu fühlen usw. vermochte er. Meine merkwürdige Aufgabe trug mir auf, zu erraten, was er dachte, und dieses goldene, tauige Denken in passende Ausdrucksweise zu kleiden, eine Obliegenheit, der ich mich aufs meiner Ansicht nach glücklichste widmete, und wofür mich der Inhaber kostbaren Erlebens, das ihn verwirrte, entsprechend belohnte. Nachdem ich ihm zu einer Sammlung von Versen verholfen hatte, die er zu bejahen in der Lage war, erklärte er mich für fernerhin nutzlos, wonach mich eine Gärtnerei vorübergehend beschäftigte und beköstigte, denn die Not lehrt, wie man sagt, beten, und Verlegenheiten legen einem nahe, sich mit jeder Ausübung abzugeben und sich in jede Pflicht zu schicken. Wenn ich Dir erzähle, daß ich mich zeitweise in einer Buchdruckerei aufhielt, worin ich Anstelligkeit an den Tag legte, so fragst Du mich vielleicht, wie ich dies anfing, aber Tatsache ist, daß ich mich jedesmal schnell an einen Beruf gewöhne, in kürzester Frist mit neuen Milieus bekannt mache. Der Buchdruckereibesitzer machte einem Mädchen den Hof, wie ich in meinem Leben noch kein so schönes angetroffen habe, und seine Frau schaute diesem Zustand zu, ohne daß sie deshalb die geringste Ungehaltenheit gezeigt hätte, weswegen sie mir wie ein Wunder vorkam. Daß ich mich in der Buchdruckerei bald gewissermaßen unmöglich machte, kam daher, daß ich Bücher druckte, die niemandem als nur mir selbst gefielen, und so bat ich bei einer Gelegenheit, die mir wie ein Spätzchen zuflog, eine Modistin, mich das zierlichkeitsreiche Gebiet der Damenhutmacherei kennenlernen lassen zu wollen. Die Bitte wurde bewilligt; ich erhielt von ihr ein Zimmer zum in Momenten An-Dich-Denken, wo mir vorkam, ich hätte Zeit dazu. Schon nach denkbar kurzer Zeit schien meine Arbeitgeberin zufrieden mit mir zu sein, obschon sie sich aus Klugheitsprinzipien nicht das kleinste Lob erlaubte. Die Hüte, die ich herstellte und mit allerhand Tand versah, erfreuten sich wachsender Beliebtheit. Ich arbeitete liebevoll und rasch, oberflächlich und tiefsinnig, exakt und flüchtig.

Jede Haushaltung, jeder Geschäftsbetrieb, jede Arbeit, meine ich, habe ihr Besonderes, bei verschiedenen Menschen fänden sich verschiedene Manieren. Ich glaube nicht, daß Du mich vergessen hast, wie denn ja anderseits ich Dich, wie Du siehst, nicht vergaß.

WELTSTADT

Ich lief mit Pagengeschwindigkeit durch die jedem Passanten genügenden Spielraum gönnenden Straßen der in herrlichstem Morgenlichte schimmernden Weltstadt. Mit welchem Interesse ich übrigens gestern Weltblattnachrichten las! Heute sage ich denen, die mir ihr Gehör schenken, daß die Weltstadt, von der ich berichte, von gleichsam träumerischen Kanälen durchädert war, an deren Ufern sich ein nicht endender Verkehr abwickelte. Oh, in welch hohem Anmutsgrad sich nur die von Sorglosigkeiten durchflogene Weltstadtvormittagsstunde darbot! Das Wetter war hübsch, und nun begegnete mir noch die hübscheste Frau, vor deren Antlitz ich meine Weltstadtbesichtigersmütze höflich lüftete, und die ich mit desinteressiertester Stimme fragte, wieviel Uhr es sei. Die Frau, die mir lebhafteste Sympathie einflößte, bedauerte mit graziösem Lächeln, genötigt zu sein, mir zu eröffnen, sie habe keine Uhr bei sich.

«Diese Stadt ist wunderbar, aber noch wunderbarer scheint mir zu sein, daß ich mit Ihnen spreche», sagte ich, worauf sie sich erstaunt zeigte, darüber, wie gut ich in der Weltstadtausdrucksweise bewandert sei, und die Frage an mich richtete, wie sie sich dies zu erklären habe.

Indem ich der lieblichen Fragestellerin Auskunft erteilte, erwiderte ich, daß ich die Literatur kannte, die sich auf ihre Stadt beziehe. «Sie durchzogen demnach öfters mit Ihrer Phantasie, was nun Ihre Augen anschauen», äußerte sie mit einer Sinnigkeit, die ich bei einer Vortrefflichgekleideten, wie sie war, voraussetzte. «Mein Mann ist sehr bedeutend», warf sie hin.

«So, so?» machte ich.

«Sie können mich begleiten.»

Wir gingen neben vielen an uns Vorübergehenden bis dorthin, wo ich dachte, es sähe wohlhabend, das heißt, sehr gediegen oder, wenn das vielleicht gerade nicht, so doch immerhin äußerst anständig aus. Angesichts der sowohl aus Gestrigkeiten wie Heutigkeiten zusammengesetzten Atmosphäre war ich gespannt, was ich erleben würde. Was ich nicht unerwähnt lassen darf, ist, daß ich sie für eine Vielinanspruchgenommene hielt, deren schöne Aufgabe zu sein schien, Vergnügtheiten zu wecken und sie zu gleicher Zeit zu umgrenzen.

«Ihr Gesicht», bemerkte ich, «ähnelt einem Tüpfchen. Ich sah Sie vor vielen, vielen Jahren schon eines Morgens auf einem Provinzbahnhof.»

Sie gab zur Antwort: «Treten Sie im Treppenhaus eines Gebäudes, worin es bis dahin noch nie laut zuging, so unauffällig auf, wie Sie dessen fähig sind, und Sie sollten keine Unverhältnismäßigkeiten aussprechen. Wie kommen Sie zur Erwähnung weitentfernter Zeiten, da Sie doch noch so jung sind?» Wonach ich ihr damit meinte aufwarten zu dürfen, daß ich vorbrachte, ich hätte in Erfahrung zu bringen gewußt, im Lügen läge, im Gegensatz zur Wahrheit, die man nirgends spontan willkommen heißen könne, etwas geradezu mitunter Erlösendes.

Als wir an ihrer Wohnung angekommen waren, entnahm sie ihrem Täschchen ein Schlüsselchen. Ich sagte: «Alles hier macht nur den Eindruck, als handle sich's eher um Gedichtetes als Wirkliches.»

«Wenn Sie sich einbilden, Sie gehörten einem von unsern Romanen als Figur an, so anerkennen Sie die Weltstadtliteratur.»

Sie strahlte von Niedlichkeit und glich einem Ausgeglichenheitsinbegriff, die nun die Türe geöffnet hatte und die mich, als der Zeitpunkt hiefür herangenaht war, dem Bedeutenden mit dem Worte vorstellte: «Er scheint hie und da an sich zu glauben.»

Der Angesprochene betrachtete mich von da an als Gerngeschehenen.

Ich hätte Lust, noch allerlei beizufügen; doch die Rücksicht, die an sich etwas Vielversprechendes ist, legt mir ein gewisses Maß von Zwang auf. Infolge meiner Fähigkeit, genügsam zu sein, ging's mir gut.

DER MÄDCHENHÄNDLER

Was würde es für ein nie wiedergutzumachender Fehler sein, wenn ich zu den hochaufgehäuften Fehlern, die mir im Verlauf meines Lebens gleichsam wie aus Eiern unrichtiger Auffassung entschlüpft sind, noch den hinzuzufügen vermöchte, dieses irgendwo auf einer Anhöhe gelegene Haus für einen Palast zu erklären, das vielmehr nur eine Villa oder ein Pavillon, ein niedliches Erholungsheim zu sein schien, worin ich als Lakai, denn kaum als etwas Besseres und Höheres konnte ich dort figuriert haben, Dienste von meiner Meinung nach vortrefflicher Qualität verrichtete, wobei mir freilich meine etwas langatmige Ausdrucksweise einleuchten muß.

Wenn ich meine Herrin, ich weiß nicht, ob ich so sagen darf, es sich mitunter in der Gewohnheit wohlsein lassen sah, die sie die Lippen, die unnennbar schmal waren, aufeinanderzupressen veranlaßte, so blieb sie nichtsdestoweniger die schönste Frau der Welt für mich, indem es mir nie eingefallen wäre, sie nicht zu einem Wunder von seltener Proportioniertheit zu erheben, wozu mir die Wirklichkeit allen erdenklichen Grund gab.

Der Bergrücken, auf den man aus einem der sicher sehr zahlreichen Fenster hinüberblickte, besaß ein sehr angenehmes Gesicht, womit ich angedeutet haben möchte, es sei eine Lust gewesen, ihm das gehörige Maß von Aufmerksamkeit zu widmen, das er vollauf verdiente. Oh, die Freiheit, die Feinheit, deren vollendeten Ausdruck er von weitem darstellte, der weit und nah zugleich zu sein schien. Ich meinte den Berg mitunter mit den Händen berühren zu können; auf alle Fälle wirkten seine Steinigkeiten wie ein Gedicht, das, was Inhalt sowohl wie Form betrifft, jederlei Anforderungen genügte.

Tage um Tage vergingen, ehe ich mich einigermaßen zu orientieren vermocht hatte, auf was für eine Art von Handel sich das entzückend gelegene, sozusagen von Tänzeleien umgaukelte Haus eigentlich gründete. Welchem sehr merkwürdigen Zweck diente es? Dermaßen lautete mehr als einmal meine Frage.

Unerhört weitschweifige Feste, die sich in die wünschenswerteste Länge, über fabelhaft schön angelegte Gärten erstreckten und die vom frühen Morgen, der jedesmal einer erwachenden Göttin an Grazie glich, bis in den Abend hinein und wohl noch darüber hinaus, an den Rand der Nacht reichend, dauerten, wurden in der Landschaft, worin sich die tempelhaft-stolze und wieder in jeder Hinsicht bescheidene Liegenschaft erhob, allen denen zum besten gegeben, die den Wunsch hatten, an etwas Gesundem und darum Erlebenswürdigem teilzunehmen, und die hiezu teils mündlich, teils schriftlich eingeladen worden waren.

Daß die Wiesen, die hie und da von Bäumen aufs reizendste belebt wurden, von einer Grünheit waren, an deren Intensität selbst intensivste Nörgler und an deren Fröhlichkeit sogar die geborensten Verdrießlichkeitsmenschen wenig oder nichts auszusetzen vermocht hätten, versteht sich doch wohl schon beinahe von selber.

Im Hause wimmelte es von gutgeschulten Mägden, von denen eine ihre Obliegenheiten besser kannte als die andere, womit wohl das Beste und Geziemendste gesagt ist, was sich von menschlichen Erscheinungen aussprechen läßt, die gemeinhin mit Schürzen bekleidet und mit befiederten Staubaufsaugern versehen sind.

Von Zeit zu Zeit hörte ich meine schöne und zweifellos aufs mannigfaltigste in Anspruch genommene Gebieterin verhältnismäßig laut ausrufen: «Macht mich nicht nervös!» Zu was für einer Gattung von Erdenbewohnern sagte sie das? Für mich mußte dies naturgemäß lange ein undurchdringliches Rätsel bleiben, dessen Unauflöslichkeit einem prächtigen Gewande glich, in das ich mich gleichsam verliebte.

Eines darf und muß ich gebührend erwähnen: im Garten, der im Süden vielleicht an einen Strom, der sich mit außerordentlicher Sanftheit vorwärtsbewegte, angenehm und kühl grenzte, und der sich nach Norden hin in eine abwechslungengestattende Hügeligkeit zog, gab es eine blumenstraußähnliche Menge von lieblichen Ruheplätzchen, die an sich das Aussehen von freundlichen Gesichterchen aufwiesen, und wo es sich nach Belieben, d.h. aufs ungezwungenste, scherzen, ruhen, liebeln ließ, bei welchen Worten mir einfällt, daß mich das gütige Geschick, über das ich mir vorgenommen habe, mich nie zu beklagen, da sich dies meiner Ansicht nach nicht schickt, einst ins Theater führte, um mich ein Stück mitansehen zu lassen, das mich gleichzeitig entzückte und gewissermaßen unbefriedigt ließ. Darf ich gestehen, daß ich es als fein empfinde, gegenüber Kunstwerken möglichst geteilter Meinung zu sein? Etwas zu bemängeln, das mir im großen und ganzen willkommen ist, wie finde ich das hübsch!

Bezüglich der blühenden Bäume im Garten wird mir erlaubt sein, den Ausdruck «bezaubernd» anzuwenden, und über die Besitzersperson, d.h. über die Persönlichkeit, die zu all dem Schönen, das ich beschrieb, sagen durfte: «Du gehörst mir», wird mit einer Art von Entsetzen in der Stimme, mit der ich es sage, mitzuteilen erwünscht sein, daß es sich um einen Mädchenhändler handelte, den die gediegensten Beziehungen unauffindbar machen zu wollen schienen.

Welch eine einnehmende Figur er besaß, und wie gewinnend er sich jeweilen in der allerpassendsten Gesellschaft zu bewegen verstand, der als einer der gewandtesten Verführer des Jahrhunderts einherging und dastand, und der eines Tages, es fing bereits in der Atmosphäre veilchenhaft zu abenden an, auf abschüssigen Pfaden in meiner Begleitung den Berg hinunterging, demnach als ein Individuum, dem ich gehorsam den Mantel nachtrug, und der plötzlich vor meinen Augen, inmitten einer alten Allee, in einen sich öffnenden Abgrund sank, um samt seinen eleganten Schlankheiten, verwirrenden Unerklärlichkeiten, ähnlich einer Bühnenfigur, schlankweg zu verschwinden.

Eine Frau aus dem Bürgerstand, die das Drama mitansah, rief gellend aus: «Da hat er seinen Lohn!» Nie werde ich die knappe, gleichsam bolzgerade Art, wie dies originelle, d.h. vollständig auf Eigentümlichkeit fußende Mitglied der menschlichen Gesellschaft in die denkbar glatteste Abgesägtheit hinabfiel, vergessen.

Eins, zwei war er erledigt. In Gedanken gehüllt, begab ich mich nach Hause. Der Mantel des Schätzenswerten war ein Prunkstück der Kleiderfabrikation.

«Unter seinem Banne war sie», glaubte ich flüstern zu dürfen, das Licht nicht für zu hell haltend, das mir aufging, und zunächst eine feinduftende Zigarette rauchend.

Sie stammte von ihm.

BAHNHOFHALLENVORFALL

Im Bahnhofbüffet, worin unter andern auch ich mich aufhielt, kam es kürzlich zu einem zweifellos nicht belanglosen Auftritt. Vier Menschen verschiedenartigen Wertes sollten bei diesem Anlaß ihr Leben aushauchen. Die Person, um die sich die Aktion drehte, verhielt sich zuschauend, indem sie sich eine sorgsam zubereitete Bratkartoffelnportion zu Gemüt führte, d.h. schmecken ließ.

Mit den Worten: «Du willst sie nicht aus Deiner Seele entlassen; Du liebst sie, ihr Bild bezaubert Dich. Ihr beständiges Gegenwärtigsein hindert Dich an der Ausübung Deiner feineren Pflichten. Jetzt züchtige ich sie», schoß eine Hervorragende auf eine Gewöhnliche mir nichts, dir nichts eine Revolverkugel ab, um sich hierauf denselben Dienst zu erweisen, dermaßen, daß zwei Schönheiten von verhältnismäßig weit auseinandergehender gesellschaftlicher Eingeordnetheit, geknickten Blumen ähnlich, scheinbar für immer beruhigt am Boden lagen.

Nicht genug, daß sich diese beiden Allerliebstheiten brüsk aus dem Vorhandensein wegbegeben hatten, tat jetzt eine gleichsam stadtbekannte Kleinlichgesinnte mit großer Flink- oder Promptheit einer Spirituellen an, was der Demütigen von der Anspruchsvollen zuerteilt worden war.

«Als wenn ich zugeben dürfte, daß er durch Dich verdrießlich gemacht wird, dem jeweilen in meinem Beisein das Essen vortrefflich mundet», rief die Überlegene aus, bevor sie sich zur unüberlegten Handlung hatte hinreißen lassen.

Auch diesmal strafte eine Strafende sich selbst, indem sie sich mittels eines Knalles oder Schusses, den sie für ihr Eigenleben aufsparte, in die Gefilde zu schweben zwang, die man auf vielleicht etwas leichtfertige Art die seligen nennt.

Der, der Ursache zu genannten bemerkenswerten Vorkommnissen gab, verhielt sich, wovon ich gebührend Notiz nahm, gegenüber der Doppel-Unannehmlichkeit insofern denkbar still, als er weiterfuhr, sich mit nicht mißzuverstehender Angelegentlichkeit mit seinen gebratenen Kartoffeln zu befassen, deren Verbrauch von Wichtigkeit für ihn zu sein schien.

«Bratkartoffelüberschätzer», rief ich ihm zu. Die Anwesenden benahmen sich übrigens mit gleichsam beinahe vollendeter Mustergültigkeit. Niemand entweihte durch störende Aufführung die Erhabenheit, will sagen, den Ernst des Momentes.

Der Urheber, von dem man immerhin zu sagen imstande ist, daß er sich schicklicher Nachdenklichkeit überließ, schien jetzt den Wunsch äußern zu wollen, das mit anerkennenswertem Appetit Bewältigte zu bezahlen.

«Einen Wagen für die Haupt- oder Bratkartoffelperson, die vor Ergriffenheit unmöglich zu Fuß gehen kann», wurde gerufen. Achtungsvoll machte man Platz.

Der Verantwortliche für diese Zeilen empfiehlt sie einem freundlichen Verständnis.

DER TREUE BLICK

Die sentimentalste Geschichte, die ich je schrieb, führt mich in ein Tingeltangel, dessen Direktor mich jeweilen kameradschaftlich grüßte, sobald er mich unter den Anwesenden wahrnahm. Mit der Zeit lernte er freilich in mir einen kunstliebenden Egoisten vermuten, was ihn etwas kühler werden ließ. Im Grund war mir dies total egal. Zeitweise trat im Lokal ein Knabe auf, der auf einen Teil der Zuhörerschaft Eindruck machte. Ich behandelte diesen Knaben und seine Gesangsdarbietungen mit absichtlichem Achtungsmangel. Einmal entzückte mich übrigens in der Vergnügungshalle eine Vortragskünstlerin. Den Knaben nannte ich insofern im stillen eine Unalltäglichkeit, als er sich gesanglich nicht uninteressant gebärdete. Er war blind. Ich ersuchte ihn eines Tages, mich in seine Laufbahn einzuweihen, woraufhin er mir erzählte, er habe in einer strahlenden Straße gewohnt und sei in ein Verhältnis zu einem Mädchen gekommen, deren Gestalt ein Gejubel war. «Sorge, daß Du mich immer süß anschaust», lautete die Art, womit sie zu ihm sprach. Als er sie einmal kalt anblickte, winkte sie einen ihr ständig, wie es schien, zu Verfügung Stehenden herbei, der dem jungen Sänger die Augen ausstach. Mit der Bemerkung: «So, nun schaust Du mich nicht mehr an, wie's mir nicht erwünscht ist», kehrte sie ihm den Rücken.

«Du singst nun vielleicht nur um so schöner», sagte ich ihm mit einer herablassenden Geste, die er nicht in der Lage war, würdigen zu können. Ich schenkte ihm ein Geldstück, wofür er sich artig mittels eines Komplimentes bedankte.

Wirkte der treue Blick verinnerlichend an seiner Kunst mit?

DIE BLUME

Meisterhaft war das von mir. Ich möchte der Meinung sein, daß ich da genial war. Ich nahm eine Blume nicht, weil ich mich glauben machte, ich sei gar nicht da. Hie und da bilde ich mir zu meinem Vergnügen ein, das Leben überstanden zu haben. Wie schön, wie angenehm diese Illusion ist! Ich saß da, als befände ich mich im Gefilde der Seligen. Indem der andere lebte, also noch keineswegs den Erfordernissen des Daseins ausgewichen sein konnte, bat er das Mädchen um die Blume, die sie in der Hand trug, und sie gab sie ihm ohne Zögern. Höchst talentvoll war's von mir, daß ich wie ein kaum in Frage Kommender artig dasaß. Ich spielte den irgendwie Abwesenden. Nichtsdestoweniger sah sie mich, die mit ihrer herrlichduftenden Blume kokettierte. Solange sie die Blume noch nicht weggegeben hatte, lächelte sie. Jetzt tat sie dies jedoch nicht mehr, blickte kalt. Sowohl sich selbst wie denjenigen, den sie beschenkt hatte, schaute sie gleichgültig an. Von mir war's meisterhaft, daß ich ihr nicht Grund gab, mich gleichsam gelangweilt anzuschauen. Vielleicht hatte sie jetzt etwas wie Achtung vor mir. Hätte ich sie zu fragen gewagt, ob sie mir ihre Blume zu geben bereit sei, würde sie sie mir verweigert haben. Jetzt hingegen, wo sie sie dem andern anvertraut hatte, hätte sie sie mir gern gegeben, denn sie streifte mich mit einem Blick voll Sehnsucht. Daß ein Blick mehr wert sein kann als eine Blume, hierüber war ich mir klar. Für mich ist's herrlich, wenn sich jemand meinethalb bedauert. Das tat sie, und der andere nahm es wahr, und seine Wahrnehmung machte ihn verlegen. Verlegenheiten gibt's, die sich, gerade, weil sie nur gering sind, in der Tat lebhaft geltend machen. Was die Blume betrifft, die er sich auf vielleicht ziemlich gewohnheitsmäßige Art erbeten hatte und die sich nun zweifellos nach wie vor in seiner Hand befand, so könnte ich eventuell überzeugt sein, sie habe wie eine Verlassene ausgesehen. Ihr nunmehriger Inhaber liebte sie nicht, ich sah ihm dies mit unsäglich behend und prompt an meinem Erkenntnisvermögen vorüberschwebender Plötzlichkeit an. Das Mädchen trauerte, die Blume duldete, der andere wanderte durch die Länder der Enttäuschtheit.

Ich wandere nicht, lebe, ohne etwas zu erleben, fahre in keine Erfahrung hinein.

Die Blume, das Mädchen und der andere schauten mich mit langen, obschon gleichzeitig glücklicherweise nicht unfreundlichen Blicken an.

Diese fraglos meisterhafte Skizze gab sich mir wie eine Blume.

DAS KLEINE GENIE

Ja, er war ein sehr netter Mensch. Ob er das noch heute ist, weiß niemand, doch man nimmt gern an, daß es noch der Fall sei.

Einer, der es gut mit ihm meinte, weil er seiner Frau nicht sonderlich gefiel, eine Tatsache, die ihn gleichsam aufatmen machte, nannte ihn aus nichts als Vergnügen, d.h. Dankbarkeit, ein kleines Genie.

Er besaß schauspielerisches Talent, wurde jedoch nie in seinem Leben Bühnenkünstler, sondern bildete sich ein, Gelehrter sein zu sollen, weil er einen gewissen Anstand besaß, will sagen, aufzutreten imstande zu sein schien. Beispielsweise fielen seine Verbeugungen ungemein, wie soll ich sagen, getragen aus. Meistens in irgendwelchem Zimmer sitzend und sich in Bücherinhalte vertiefend, führte er gedanklich-mühelose, langandauernde Wanderungen aus, die ihn zahlreiche unvermutete Bekanntschaften machen lassen würden.

Als kleines Genie erwies er sich im Gefallen bei den Frauen Finden und im nichts hievon Merken, was man gewiß als ausgesprochenen Stubenhocker- oder Bücherleserzug betrachten kann. Indessen machte ihn das viele Lesen eher jung als alt.

Zeitweise wieder tat er nichts als durch die zahlreichen Straßen einer ziemlich umfangreichen Stadt eilen. Schöne, großäugige Frauen verbargen ihre Verlegenheit entweder überhaupt nicht oder nur spärlich, wenn sie ihn herankommen oder herumstehen sahen, denn er übermittelte ihnen den Glauben, er wünsche sie kennenzulernen, so schmachtend schien er sich zu benehmen.

Warum er sich nicht als Hauslehrer anstellen ließ? Er übte auf Unerwachsene anscheinend Einfluß aus.

Besaß er kein Geld mehr, so brauchte er niemanden mühsam hierum zu ersuchen. Er erhielt das Nötige, ohne zu wissen, woher es ihm entgegenfliege.

Einmal sagte ihm ein Mädchen, der er sympathisch vorkam, er sei reich, man sehe es ihm an. In Wirklichkeit schien sich dies durchaus nicht so zu verhalten.

Das kleine Genie konnte nicht weinen. Als er's eines Tages in seiner Kindheitszeit im Elternhaus aus Schicklichkeitsgründen tun sollte, trat dieser Mangel sichtlich zutag.

Man hielt ihn überall, hauptsächlich, weil er ruhig auftrat, für klüger, als er sein mochte, weshalb es vorkam, daß man ihm den Rat gab, nicht zu gescheit zu werden.

Genial an ihm war, daß er einen hübschen Mund hatte und daß er sich zu freuen vermochte darüber, daß ihm eines Abends in irgendeinem Lokal, worin allerlei Menschen zusammenkamen, ein anscheinend durchaus Unbekannter sagte, man sei allgemein überzeugt, das kleine Genie sei denkbar mittelmäßig.

Frauen schrieben ihm, er bliebe ihnen unvergeßlich, was er nicht unbescheiden genug war zu glauben, ihn aber an die Annehmlichkeit des Artigseins erinnerte. Auch ein kleines Genie scheine nötig zu haben, artig zu sein, dachte er.

Zeigte er kein Talent, so war man geneigt, geradezu

für ihn zu schwärmen. Offenbarte er jedoch Begabung, so fand man ihn befremdend.

Macht man einen Aufmerksamen, auf den man aufmerksam wird, unaufmerksam? Wirken Geschicklichkeiten eine Zeitlang wärmend, dann aber erkältend?

AUS DEM LEBEN EINES COMMIS

Rasch lebte er sich in der fremden Stadt ein. Am zwölften Mai gelang ihm, in irgendwelchem Restaurant ein Würstchen zu essen. Von seinem Zimmerchen aus schaute er über Dächer. Die Zeit, über die er verfügte, brachte er damit zu, daß er Seiten eines Buches las, das von einem Dichter gedichtet worden war, und daß er einen Bekannten aufsuchte, der ihn mit einem Schriftsteller bekannt machte, der berühmt war.

«Da Sie sicher viel erlebt haben, so sind Sie vielleicht so freundlich und erzählen etwas.»

Als sich der Berühmte dermaßen von der vollkommenen Ungenanntheit aufgefordert sah, gefälligst für Unterhaltung zu sorgen, ließ ihn sein Erstaunen beinahe außer sich kommen.

«Etwas zum besten zu geben, steht eher Ihnen als mir an», sprach die berühmte Persönlichkeit zur zweifellos mit irgendwelchem Ruhm noch nie in Berührung Geratenen.

Der an sich kaum bedeutungsreiche Auftritt, der aber charakteristisch sein dürfte, fand am neunzehnten Juni abends um zehn Uhr in einer Weinstube statt, die meistens von Dichtern und Künstlern besucht wurde.

Der Held der Geschichte, die hier erzählt wird, war

Commis, der zur Zeit stellenlos war, der aber nichtsdestoweniger Frauen gleichsam patent anzuschwärmen verstand. Wie wenn er dabei bloß so in den lieben Tag hineingeträumt hätte, richtete er ein Dienstanerbieten an den Direktor eines nicht unerheblichen Geschäftshauses und stellte sich am 1. Juli persönlich dem Herrn Geschäftsführer nicht ohne Erfolg, zugleich aber wieder gänzlich erfolglos vor.

Folgenden Tages saß er in einem lauschig, will sagen interessant gelegenen Kastaniengarten bei einem vom Sonnenschein, der durchs Blätterdach fiel, schimmernd umkosten Glas Bier, um in aller Beschaulichkeit über seine Fertigkeiten und Unvollkommenheiten nachzudenken, eine Übung, worin er in jeder Hinsicht versiert zu sein schien. Tiefsinnig zu sein und zugleich zu glauben, er erfreue sich weitgehender Sorglosigkeit, kostete ihn keinen Pfennig.

Er hatte bereits am zweiundzwanzigsten Mai ein Heft, das einige saubergeschriebene Gedichte enthielt, die ihm herzustellen geglückt war, einem vornehmen jungen Herrn zur Begutachtung eingesandt. Nachdem er nun mit seinem Glas Bier fertig geworden war, begab er sich in die Wohnung des soeben Erwähnten, um zu vernehmen, was derselbe für eine Meinung bezüglich seines Talentes im Gedichtemachen habe. Es kam zu einer für den Aufgesuchten sowohl wie den Besuchenden verhältnismäßig durchaus angenehmen Besprechung, die sich hauptsächlich auf die Literatur der Zeit bezog. Der vornehme junge Mann setzte sich ans Piano, womit sein Gemach ausstaffiert war. Vor dem Fenster der ausnehmend hübsch gelegenen Wohnung standen Bäume; die Gegend war eine halb städtischelegante, halb ländlichurwüchsige, und die Töne, die der Spielende dem Flügel entlockte, fanden einen stattlichen, freundlichen Raum zum darin aufs natürlichste Verhallen. Vier bis fünf Gedichte des Commis, der sich vielleicht ein bißchen unüberlegterweise sogar schon Glacéhandschuhe angeschafft hatte, erschienen bald danach in einer Zeitschrift, die von einem prächtig fühlenden, freigebig gesinnten, begüterten Gebildeten wahrhaft scharmant finanziert wurde.

Am achten August besuchte er eine Bildergalerie, um drei Tage später anläßlich eines Herrenabends in einer geschmackvoll möblierten und dekorierten Lokalität eine Tänzerin aufs denkbar gewinnendste auftreten zu sehen.

Er lebte weiter und war bald entzückt, bald verstimmt. War er nicht gut aufgelegt, so versuchte er so rasch wie möglich in gute Laune zu kommen, und war er glücklich, so vermochte er nicht zu verhindern, mißvergnügt zu werden. In dieser Hinsicht ging es ihm, wie es den meisten andern geht. Er sah eigentlich immer eher gärtner- oder jägermäßig als commishaft aus.

Eines Tages, ich meine, um in bezug auf Zeitangabe bei der Genauigkeit zu bleiben, wurde er am elften September einer Frau vorgestellt, die sich bei seinem Anblick den Ausruf gestattete, er sehe wirklich nicht wie ein aufsteigender Stern am Himmel der Dichtkunst aus. Auf seine Frage, wie er aussähe, erwiderte sie: «Lediglich wie ein beliebiger, vernünftiger Mensch», was eine Aufrichtigkeit war, die denjenigen, an die sie adressiert worden war, in nicht geringe Verlegenheit setzte, indem wir ja womöglich so ziemlich alle lieber einen kränklichen als kerngesunden Eindruck machen möchten.

Ihm war's beschieden, am fünfzehnten genannten Monates in einem nach nichts Auffallendem aussehenden

Atelier zu stehen, wo ihn ein Zeichner von den Beweisen seines Schaffens Kenntnis nehmen ließ. Mit diesem Zeichner unternahm er am achtundzwanzigsten Oktober einen gemeinsamen Spaziergang, bei welcher Gelegenheit beide vorwiegend über Beziehungen zu Mädchen sprachen.

Am neunten November nahm ihn der Ankauf einer Mütze oder Kappe in Anspruch. Eine Kleiderhandlung lieferte einen vortrefflich sitzenden Mantel.

Zum erstenmal in seinem bisherigen Leben wagte er am einunddreißigsten Dezember einer jungen, hübschen Frau, die er aus einem Gesellschaftsanlaß heimbegleitete, vor der Türe des Hauses, worin sie wohnte und wo sie sich gute Nacht sagten, die Hand zu küssen.

An diese tapfere Tat dachte er mit unverminderter Genugtuung noch im darauffolgenden Frühling. Mit Patronzigarrenrauchen war's einstweilen aus. Er trat in Stellung.

DER IDEALIST

Ich vermag von der Gunst, die er dort genoß, keinen genügenden Begriff zu geben.

Sollte er nicht von einer gewissen leichtsinnigen Schwerfälligkeit gewesen sein?

Nie gab es übrigens einen ausgesprocheneren Zahmen. Was für eine Zaghaftigkeitsaddition er darbot. Bildhübsche Mädchen führten sich in seinem Beisein, d.h. sobald sie ihn einher-idealisteln sahen, ausnehmend munter, will sagen, überaus tapfer auf. Im Eifer, ihn zum Sprühen oder Sprudeln zu bringen, was keine unschwierige Aufgabe sein konnte, nannten sie ihn leise oder laut einen Einfältigen.

Hier wurden ihm belegte Brötchen, dort Kuchen aller Art zum Essen vorgesetzt.

Er war mit einem seiner Meinung nach göttlichschönen Romanmachwerk heranzuschwirren oder -hüpfen gekommen, um von überall her die pikante Vermutung in seine verhältnismäßig auffallend erklecklichen Ohren tönen zu hören, das reizvolle Pfuschwerk sei in seiner denkbar mißlungenen Vollendetheit sympathisch und in seiner weitausgedehnten Unzulänglichkeit einfach ein Schatz. «Welch ein interessanter Mensch Sie sind.» Mit derlei beinahe überschwenglichen Worten lud ihn eine Anmutige zum Mittagessen ein. Er nahm die Aufforderung, kulinarisch Unvergleichliches zu leisten, dankbar an, und während er tafelte, entfielen seinem Mund die belustigendsten Bemerkungen.

Wie kaum ein Zweiter oder Dritter schien er ein Daseinsbejaher zu sein.

Gelegentlich ging er in Gesellschaft eines Töchterchens ins Theater, wobei er das Stück, das man aufführte, für das schönste hielt, das existiere.

Am folgenden Vormittag erlebte er eine Straßenstimmung, die ihm unvergeßlich bleiben zu wollen schien. Nicht wissend, was eigentlich das Leben von ihm begehre, machte er die eine oder andere nette Bekanntschaft.

Die Tage, die vor ihm lagen, erschienen ihm wie eine Sorte von Torte zum beständig ein bißchen Dranknuspern. Liebenswürdigerweise bot ihm ein Theaterdirektor Freibillets an. Anläßlich eines Anlasses sprach ein Industrieller von verführerischen Faulenzerinnen. Eine werdende Bildhauerin kicherte künstlerisch zu einigen anscheinend nicht gänzlich wertlosen Anspielungen, die der Idealist zum besten gab, ohne sie sich lange zu überlegen.

Schlaraffenlandannehmlichkeiten, ja, ja, schon gut!

Die vielleicht etwas leichtfertige Idee, die Menschen seien gütig, wollte nicht aus seiner an sich gewiß schönen Leichtgläubigkeit weichen.

Er sprach von Inseln und dergleichen, der Narr, der er war, dem der Wein im Glase heilig-frivol vorkam, woran er lachenden Antlitzes schlürfte und nippte. Der Idealist war womöglich gar nicht mal so dumm.

SEBASTIAN (II)

Eine sogenannte ganze Welt lag nachgerade für diesen Sebastian, oder wie er sich sonst betitelt sehen will, darin, daß er einst in ein Bureau getreten war und zu dem daselbst befindlichen, einflußreichen, übrigens recht sehr gemütlichen, ruhigen, friedlich seines Berufes oder Amtes Waltenden, mit andern Worten, zu jemand, der etwas Starkes, Braves von ihm zu erwarten sich für berechtigt hielt, gesprochen hatte: «Es kommt, es kommt schon. Wollen Sie, bitte, nur noch hübsch Geduld haben.»

Man kann sagen, er habe damals eilfertig ein gewagtes, leichtsinniges Versprechen abgelegt und sei dann hingegangen, um es gleichsam zu verschwitzen, zu vergessen oder mindestens fortwährend hintanzustellen, indem ihm alles Sonstige, Lebendige, Wichtige, d.h. Hübsche, bevorziehenswert erschien. Er lebte da also gewissermaßen wie einer in den blauen oder bloß bläulichen Tag hinein, der irgendwem etwas schuldig blieb, das keineswegs nebensächlich zu sein schien.

«Oh, ich zweifle keinen Augenblick, mein lieber sehr geehrter Herr, daß ganz bestimmt bei Ihnen landen wird, worüber wir schon so oft zusammen unterhandelt haben.» Solche oder ähnliche Worte hatte er bei jener Gelegenheit für gut gefunden, in aller Fröhlichkeit und Höflichkeit zu reden. Alsdann war er, umsonnt von sträßlichlächelndem Sonnenschein, seines Weges gegangen, um natürlich wieder einmal irgendwo ein Bierchen zu konsumieren und sich ein mit kaltem Schweinebraten belegtes Brötchen dazu zu leisten.

Zu besorgen hatte er wegen seines täglichen Auskommens weiter nichts, da er den Vorzug genoß, um seines liebenswürdigen Gesichtes und seiner gefälligen Manieren willen von einer Dame unterstützt zu werden, zu der ihn eines Tages der Zufall mit der Anfrage im Munde hatte hingehen lassen: «Ist hier ein Zimmer zu vermieten?»

Wie das alles nun schon recht lang her war, will sagen, zeitlich zurücklag. Möglich kann sein, daß er genannter Dame wie ein junger, unglücklicher Edelmann vorgekommen sein mag, als er ihr erzählte: «Ich habe einen Bruder, der mir natürlich innerlich ungemein nahe steht, und zwei Schwestern, die ich schon seit langem nicht mehr gesehen habe, und das Leben in dieser großen Welt scheint mir gleichzeitig klein und immens groß und wieder ebenso einfach wie höchst verzweigt und kompliziert zu sein.»

In einem nur halb hellen, gleichsam also in eine Art Halbdunkel gehüllten Korridor war's, wo er sprach, wie ich unternommen habe zu illustrieren. «Sie machen auf mich den Eindruck eines bereits auf irgendwelche Art erschüttert wordenen Weltmannes», gestand ihm die gute Frau mit einem gewinnenden Lächeln, und in der Tat, gut, das war sie. Man könnte sogar behaupten, sie sei die denkbar beste, gutherzigste Seele gewesen, die je existiert habe.

Auch sie hatte vielfach Unglück im Leben gehabt und besaß deshalb für allfälliges fremdes Mißgeschick, namentlich wenn es sich nett aufführte, einigermaßen graziös dazustehen wußte, unmittelbares Verständnis, das der Verstehenden eine feine, geheime Freude bereitete.

Sebastian hatte übrigens damals, wie er sich später nuanciert erinnerte, in einem Vergnügungslokal eine Negerin geküßt, sich die Erlaubnis zu diesem Amüsement seltsamer Sorte mit einem geringfügigen Geschenk erkaufend. Wie es ihn sonderbar anmutete, mit seinen zivilisierten, europäischen Lippen naturhafte afrikanische, gleichsam darauf ausruhend, zu berühren. Die seinigen waren rot, die ihrigen ebenfalls, aber seine Hände und sein Gesicht hatten weiße Farbe, indes sie bei ihr schwarz waren.

Vor dem Fenster seines sehr hübsch möblierten Zimmers, das unter anderm einen Schreibtisch aus der Biedermeier-, wenn nicht Empirezeit enthielt, und das auch noch mit einem zur Bequemlichkeit einladenden Ruhebett ausgestattet war, stand eine Birke, die zu jeder Jahreszeit gleich freundlich aussah, und auf deren Zweigen sich Singvögel aller Schattierung, jubilierend, ungezwungen zwitschernd, ihre Daseinslust bekundend, aufhielten.

Einzig darum, daß ihn die Dame hie und da mit überaus zurückhaltender Zärtlichkeit beim Ohr anfassen durfte, das ihr vielleicht als ein außerordentlich schönes, reizvolles Ohr vorkam, ich weiß das natürlich nicht genau, gewährte sie ihm vollständig kostenlosen Aufenthalt bei ihr, ja, sie fragte ihn sogar, was er gern esse, und wenn er ihr anvertraute, wonach er gerade Appetit hatte, so beeilte sie sich, in die Küche zu kommen, wo sie nicht zögerte, eigenhändig das Gewünschte zuzubereiten, und zu allen diesen Annehmlichkeiten, mit denen er förmlich überschüttet wurde, trug er nicht das leiseste Bedenken, an irgendein Möbel gelehnt, in malerisch-romantischer Körperhaltung von mannigfaltig erlebtem Mißgeschick zu reden, und die, an die er sich mit dem Ausdruck zarten Wehmütigseins wandte, schenkte ihm fraulichen, treulichen Glauben, indem nämlich ganz einfach vor soundsoviel Zeit ihr einziger Sohn gestorben war und sie nun leicht geneigt sein mochte, in Sebastian etwas wie einen ihr wie aus weiter Ferne zuzufliegen gekommenen Ersatz dessen zu erblicken, was ihr für immer entrissen worden war.

An einer der vier Wände seines Zimmers hing eine Wand- oder Landkarte oder auch nur ein Stadtplan, für den er eingehendes Interesse bekundete. «Sie interessieren sich mehr für Gegenden als für Frauen, denen Sie das Herz erweichen», schmollte sie etwa mit dem Bewohner ihrer Stube, der für populäre Konzerte, die ihn zirka achtzig Pfennig kosteten, glühte und schwärmte, da er ein Freund der Musik war, was immerhin zu seinen Gunsten spricht.

Er besaß nun in der Tat damals nebenbei etwas wie eine kleine, drollige Maitresse, der er jetzt mittels eines Miniaturbriefes schrieb: «Besuche mich doch. Ich wohne jetzt sehr fein, obwohl ich allzeit lebhaft an dich denke, die mich auf so lustige Art beherrscht hat.» Der Brief ging ab, aber die Rose kam nie. Er nannte sie nämlich zu seinem Spaß so, weil sie völkisch-rotprangende Wangen besaß, die ihn immer an- oder ausgelacht hatten, was für ihn verführerisch gewesen sein mag.

Der Leser wolle ins Auge fassen, daß Sebastian damals, wie gesagt, einem Menschen von Gewicht, der das vertrat, was man die Gesellschaft nennt, etwas vorspiegelte, indem er durchzublicken für angezeigt hielt, er werde mit Beweisen von Tüchtigkeit aufwarten, und daß er's sich zur selben Zeit unter dem Schutz einer lieben Frau gutgehen ließ.

«Zur Tüchtigkeit usw. ist immer noch Zeit genug», pflegte so seine Redensart zu sein. Er besaß scheinbar viel Talent, sich jeweilen sanft in «alles das», d.h. ins Unvermeidliche, zu schicken.

Vielleicht war er von einer charaktervollen Charakterlosigkeit. Ich möchte es aber vermeiden, ihn derb zu zeichnen.

EIN FLAUBERTPROSASTÜCK

Er wohnte jetzt wieder dort, wo er zu leben angefangen hatte, wo er von neuem heimisch wurde, weil er es früher gewesen war, und daß sich dies wiederholte, gefiel ihm; die Erneuerung von etwas Einstigem glich dem Wiedereintritt in ein Haus, in einen Zirkel, worin er sich täglich hatte blicken lassen, bis es ihn in eine lange Abwesenheit hineinzog, aus der er nun zurückkehrte. Längst vergessene Gewohnheiten fielen ihm ein, glitzerten ihn wie mit einem bekannten, fröhlich-schönen Gesicht an. Wenn ihm das Leben wie ein Traum erschien, so durften ihn manche Träume wie ein Leben anmuten. Er erinnerte sich, durch die vertraute Umgebung gehend, an diesen oder jenen kleinen und doch bedeutungsvollen Ausspruch irgendeines Bekannten, Befreundeten. Unter anderm hörte er mit einmal deutlich jemanden von neuem zu jemand anderm sagen: «Darauf kommt's ja gar nicht an!» Ob es wirklich nicht darauf angekommen sei?, entstand in ihm eine Frage, die er sich nicht von fern bemüßigt fühlte zu beantworten, da sie an sich eine Größe zu haben schien, eine Schönheit, woran er sich gleichsam sattschaute. Fragen sind meistens schöner, bedeutender als ihre scheinbaren Erledigungen, die doch immer keine sind, weil sie uns nie genügen, nie befriedigen, während einer Frage ein beglückender Duft entströmt. Was nahmen jetzt alle seine Erinnerungen für blumenhafte Augen an. Er sah sich in einen längst vorübergegangenen Augenblick gestellt, wo er herrischer aufgetreten war, als klug gewesen sein mochte, und es bereitete ihm ein gleichsam feingegliedertes Vergnügen, hie und da den Kopf über sich zu schütteln, als säße er sanft, geduldig und strahlend vor Freude über seine Selbstbetrachtung wie mit sich selbst in einem Gericht. Die Reisebilder, die Fülle seltsamer Geschautheiten wollten ihm im Vergleich mit dem Geringfügigen seines Erinnerungslebens geringfügig vorkommen. «Wie uninteressant das Interessante werden kann», meinte er zu sich, und er kam sich verjüngter vor dadurch, daß ihn das innere Leben stärker als das äußere anzog. Wie lebten beispielsweise Landschaften wieder intensiv in seinem Gedächtnis auf, die darin haftengeblieben waren, obwohl es sich vielleicht um nichts Bemerkenswerteres als um ein dörfliches Brunnengeplätscher samt dazugehörigen Staffagen handelte. Wie nett es sei, daß er noch an jene Frau denke, an jene sehr Zarte, Schlanke, die, als er ihr begegnete, gerade ihren Finger leicht auf den Mund gelegt hatte, dachte er. Der Anblick des Bekannten, die Menschen, Kutschen, Schaufenster usw. wollte ihn vorübergehenderweise in eine gewisse Melancholie führen, die ihm dann doch wieder Erheiterungen von sehr feiner Art schenkte. Übrigens war es seltsam, daß er gerade an sie nicht dachte, von der er geglaubt hatte annehmen zu sollen, sie stände ihm auf Schritt und Tritt gebildehaft zuvorderst im erscheinungenerschaffenden Bewußtsein, womit Erscheinungen gemeint sind, die nicht fremd und deshalb beinahe fremdartig sind. «Wie schnell mir Fremdes vertraut vorgekommen ist, und wie mich nun das, was ich kenne, auf gewisse Art und Weise befremdet», war einer seiner zahlreichen Einfälle. Daß er sich mit Freunden zerworfen hatte, wollte ihm leichtbegreiflich wie die Bezahlung einer Geldschuld oder wie das Eintreten in einen Laden oder wie das Rauchen einer Zigarre erscheinen. Als ihn die Freundschaft beschäftigte, sprang da nicht sogleich Shakespeare mit dem unglücklichen und doch an Glück und wahrem Vergnügen so reichen Antonio herbei, diesem beneidenswerten Besitzer echter Freundesanhänglichkeit? Einer seiner Lebenskameraden hatte noch in vorgerücktem Alter eine zierliche Jugendliche geheiratet; ein anderer schätzte sich glücklich, daß seine Frau nicht zum in gewisser Hinsicht bedenkenerregenden Kreis der Schönheiten zu zählen sein konnte. Schöne gaben ja mitunter zu unschönen Auftritten, Erlebnissen usw. Anlaß. Es war Abend geworden, und beim Schimmer einer Laterne fiel plötzlich von hoch oben der Gedanke auf seine weitumhergereiste Schulter herunter, daß er sehr wahrscheinlich einer von denen sei, die es in den Augen der Mitwelt zu nichts gebracht hätten. «Du hast ungebührlich viel Zeit verschwendet», lispelte eine anscheinend feine, etwas zimperliche, sensible Stimme in sein Wandererohr. Was seine Wandererschaft betreffen mochte, so war er allerdings nie handwerksburschenhaft herumgezogen, sondern hatte sich dabei der Eisenbahn oder des Postdampfers bedient und war eher stundenlang stillgestanden oder -gesessen, als daß er sogenanntermaßen rüstig auszog. Von nun an würde er natürlich in vielem sozusagen etwas einsam sein, ihm würde die vornehme Obliegenheit zufallen, sich unter Umständen mit der Vereinsamung möglichst gut, d.h. so elegant, unauffällig wie möglich abzufinden. Gewiß würde ihn von neuem die Lust ankommen, Bücher von Qualität zu lesen; hieran könne er keinen Augenblick zweifeln. Unter anderm versuchte er sich einzureden, daß ihn die Frage, ob es ihm gelänge, Frauenbekanntschaften zu machen, nur nebenher berühre. Ohne Zweifel hatte er eigentlich mehr als je das Recht dazu, wo ihn doch ein Blick in eine Scheibe flüchtig von seinem verhältnismäßig vorzüglichen Aussehen geradezu überzeugte. Er war zu Hause angekommen. Dieses Zuhause bestand aus einer anheimelnden, wenn auch nicht übermäßig traulichen Wohnung von vier Zimmern, die er möbliert vorfand und nach kurzem oder überhaupt weiter keinem Besinnen gemietet hatte und die ein durchaus annehmbares Heim darstellte, indes ja doch immer das eigentliche Heim im eigenen vertrauenswürdig gewordenen Selbst bestand, das er, wie er sich gern von Zeit zu Zeit sagte, im besten Zustand wußte. Eine Frau saß auf dem Sofa seines Wohn- oder Empfangszimmers, und er brauchte sie nicht noch erst anzuschauen, um zu wissen, mit jeder Faser seines Wesens zu empfinden, wer sie war. Sie war's, die er zu suchen nicht für nötig hatte halten können, weil sie immer, immer mit ihm gegangen war, nach der er sich nicht mehr hatte zu sehnen brauchen, da er immer bei ihr war, und da er hiebei kaum überhaupt noch an sie dachte. Vollkommene Angehörigkeit ist etwas, das kein anderer versteht, als der, den's angeht, der um dieses Rätsel ganz genau weiß. Vollkommene Treue kann mit vollkommener Untreue täuschende Ähnlichkeit haben.

«Ich gehörte Dir, und nur Dir, immer», kam es ohne jedes Überlegen, ohne die geringste Theatralik über seine Lippen, von denen er fühlte, daß sie jetzt entzückend schön lächelten, so, als springe dieses Glückslächeln gleich einem Tänzer aus einer schönbemalten, sich lüftenden, auseinanderfallenden Kulisse siegreich-demütig, zur Bezauberung aller ihn Anblickenden, auf die Bühne einer unvergleichlich-seltenen Gelegenheit hervor, nach langem Gebundengewesensein tanzen zu können. «Ich weiß es», sprach sie, und sie fügte bei: «Ich habe vom Moment an, da Du mir einmal ein Notizbüchlein mit wunderbarer Erfreutheit, mir dienen zu dürfen, vom Boden aufhobst, am Meere Deiner Zuneigung zu mir nicht gezweifelt.» Minutenlang schauten sie sich in der Stille dieses zunächst ganz zufälligen, von weiter gar nichts redenden Zimmers mit aller erdenklichen Wiedersehenslust an, wobei gewiß vorgekommen sein mag, daß jedes auf das flüchtigste vom andern dachte, es habe, wie das ja ganz natürlich sei, gealtert, aber gewiß war das Aufflackern dieser sehr alltäglichen Idee ein nur verschwindend kleines, kurzes gewesen. Er fing an zu erzählen, zu fragen und unterbrach sich, indem er zu stottern begann, als sei er ein Sprachenunkundiger und freute sich über seine

Bangigkeit, die ihm etwas Süßes zu sein dünkte, indem ihn geschicktes Reden und Benehmen hier schier wie eine Sünde oder wie eine Taktlosigkeit berührt hätten, da er sich ja hier nur mit der Ergriffenheit einverstanden zu erklären vermochte, so, als ginge er wieder wie in den ersten Tagen ihrer freudenreichen Bekanntschaft bei ihr in eine Schule, um mit der Schüchternheit eines Anfängers aus ihrem Mund und aus ihren Winken Unterricht in der Kunst zu empfangen, durchs Beglücken glücklich zu sein. «Sind Sie's wirklich? Ich darf es kaum glauben!» Gewiß war sie's, und sie beantwortete seine seltsame und doch wieder ganz einfache Frage so: «Mir bedeutet es die größte Freude, Dich zu veranlassen, Deiner Freude zu untersagen, daß sie zu groß werde. Was könnte es für mich Schmeichelhafteres geben, als daß Du mir zu dieser Ermahnung Grund gibst?» Sie vernahmen in Augenblicken, die vielleicht eine leise Ermüdung oder ein kleines Ernüchtern für sie bedeuteten, das Rollen der Räder von unten heraufrattern, das sich mit einem Aufklatschen verband, das ihnen als ein Rhythmus bekannt sein mußte, den die Berührung von eisenbeschlagenen Pferdehufen mit dem asphaltenen Straßenboden hervorbringt. «Oh, wie ich einmal am hellen Tag im Sehnen nach Ihnen weinte», brachte er vor. Sie erwiderte: «Ich kann hierauf nichts sagen, als daß Sie mich mit einer derartigen Eröffnung neidisch machen. Während Sie sich die Seligkeit gönnten, von der Sie reden, hatte sich vielleicht Ihre Gestalt, der Ton Ihrer Stimme samt all Ihrer Liebenswürdigkeit auf eine Spanne Zeit hinaus für mich verflüchtigt, und mein Kind oder mein Mann oder sonst irgend etwas Vernünftiges hatten meine Aufmerksamkeit in Anspruch genommen, ohne mich zu erheitern, zu stärken oder freudig zu stimmen. Wenn Sie wegen mir unglücklich waren, oh, wie glücklich sind Sie dann gewesen, wie gut, wie groß machte ich Sie da!» Sie hielt sich mit diesen Worten das Taschentuch, das sie rasch ihrem Kleid entnahm, vor die plötzlich, sie verstand selber kaum warum, von Tränen überflossenen Augen, und: «ich knie vor solch einer rührend schönen Erregtheit nicht?» rief er mit einer Liebhabergebärdung aus, über die sie, zwischen all ihrem Mitleid, das sie mit sich hatte, und mit dessen Dämpfung sie so reizvoll, so wundervoll kämpfte, schon beinahe wieder lächeln mußte. Er führte in der Tat aus, auf was es ihn hingerissen hatte anzuspielen, und sie duldete seine Jetztzeitbräuche nicht in Betracht ziehende, Bildungswandlungen, Erfahrungen usw. teilweise oder vollständig übersehende Überwältigtheit mit dem Zagen einer sich auf ihrem Antlitz abspiegelnden Befürchtung, daß er zu weit gehen könnte, was aber nicht der Fall war, indem er es bei der Herausformung seines Entzückens bewenden ließ, aus dem heraus er zu ihr sprach: «Sie haben recht, daß Sie mir Vorwürfe machen, und Sie sind glücklich deshalb, und ich hatte recht, als ich um Sie weinte und Ihnen daraus einen Vorwurf gemacht habe. Wie spielen unsere Gefühle mit uns! Wir wissen das immer erst später richtig abzuschätzen.» Sie war mit der Bemerkung aufgestanden, sie müsse jetzt gehen. Auf seine Frage, ob er sie begleiten dürfe, sagte sie: «Ja.»

«Haben Sie nichts bei sich, das ich Ihnen nachtragen kann?»

Nein, sie war ganz und gar gepäcklos zu ihm gekommen.

«Wie kamen Sie zur Kenntnis meiner Wohnung?» Von irgendwoher brachte sie es in Erfahrung.

Er glaubte sich ein bißchen nach ihrem Gatten erkundigen zu sollen.

Ihr Bericht enthielt nichts in Verwunderung Setzendes. Sie glitten und gingen unter den übrigen Dahingleitenden und -gehenden wie ein Geträumtes in einem Geträumten.

KANZLEIGESCHICHTE

Hier standen nun seine elastischen Zusammengesunkenheiten an einem Stehpult, und mit einer verknöcherten Liebe zum Leben, deren sich seine nervösen Wesenheiten erfreuten, übersetzte er den Inhalt jahrhundertealter Handschriften in die Sprache der Jetztzeit. Mit wunderbarer Bemühung geschriebene alte Verordnungen umgaben ihn wie mit der Jugendlichkeit blendender Gebärden. Er besaß die blaukalten Augen eines Ebenendurchwanderers, weswegen ihn ja denn auch seine Kanzleikollegen einen Gescheiterten nannten. Fragte man ihn nach seinen Erlebnissen, so entflogen ihm verwirrte Erwiderungen. Seine Gesamtschiffbrüchigkeiten nahmen sich eigentlich ziemlich angenehm aus, derart, daß eine nicht unbedeutende Frau aus Rücksicht auf die Fragwürdigkeit, die er vergegenwärtigte, eine Gelegenheit vernachlässigte, sich gesellschaftliche Festigung zu gewährleisten. Gravitätische Kätzlein jederlei Umfanges begleiteten jeweilen den Kostbaren auf dem Weg in die Schaffensanstalt, die eine altväterische, dabei aber nicht ungraziöse Architektur aufwies. Zum Fenster hinauszuschauen hielten seine angespannten Aufmerksamkeiten als unter ihrer Würde. Seine Zurückhaltung im Umgang mit Mädchen bildete sich zur Sprichwörtlichkeit aus. Inzwischen wußte man nachgerade irgend etwas von seinen geradezu seltsamen Beziehungen zur Frau mit den abgehauenen Köpfen, die sich unnahbar in einem unterirdischen Saal aufhielt, wo es dem wunderlichen Mitweltsmitglied denkbar zu behagen schien. Über der unzweifelhaft umstrittenen Wohnung, die ehemals eine Ratsräumlichkeit gewesen sein mochte, erhob sich im schimmernden Tageslicht die Kathedrale, deren Spitze von mannigfaltigem Geflügel umzwitschert wurde. Besagte weibliche Erscheinung ging von Zeit zu Zeit, sich eher der Form zuliebe als um der Notwendigkeit willen auf einen Spazierstock stützend, in eine Likörstube, um weiter nichts als etwa ein Kognäkchen zu sich zu nehmen. Dem Kanzlisten gefielen enge, altersgeschwärzte Gäßchen. Bisweilen legte er sich bezüglich Bejahrter ernsthafte soziale Fragen vor. War es beispielsweise nicht nett von ihm, daß er einer wissenslustigen Witwe mit Zeitungsvorlesungen diente? Ich bringe sicher nichts Unfaßbares vor, wenn ich sage, daß ihn eines Morgens sein Vorgesetzter zu sich kommen ließ, um ihm mit gleichsam zartfühlender Großartigkeit zu eröffnen, daß er ihn entlasse, weil er glaube, sich eines Kanzlisten behutsam entledigen zu sollen, dessen Lebenswandel hintertreppenhaft aussehe, Worte, mit denen er auf die Frau diskret anspielte, in deren Truhen Köpfe von Zeitgenossen in einwandfreier Anordnung aufgestapelt lagen. Jeder dieser Köpfe bildete etwas wie ein geistreiches Porträt.

DER NEGER

Sein Lebensbild wird nie komplett geschrieben werden können. Schon scheint mancher seinen Charakter zu umkleiden versucht zu haben. Beispielsweise sprach einer seiner Biographen bezüglich seines zeitweiligen Auftretens von einem ihn teilweise entstellenden Mantel. Möglich ist, daß auch bei mir, d.h. in diesen Zeilen hier, die irgendein Ziel zu haben scheinen, von einem Mantel gesprochen werden kann, obschon mich eigentlich die Absicht durchdringt, hievon Abstand zu nehmen. Ich halte jede Lebensbeschreibung insofern für nicht sehr geistreich, als sie in Lesern, die jugendlicherweise in Dachzimmern wohnen, die vielleicht mit Schillerbüsten ausgestattet sind, Nachahmungslust weckt, die zu Irrtümlichkeiten führen kann, was, streng genommen, dem Erziehungsprinzip widerspricht, das auf Wahrung der Eigentümlichkeit hinzielt. Sind mir nicht Bedeutende bekannt, die die fixe Idee in sich aufkommen und Platz greifen ließen, sie besäßen nicht die schöne, heitere Berechtigung, sich für solche halten zu lassen, die sie eventuell nicht wären, die sich gleichsam verpflichtet fühlten, sich dadurch unglücklich zu machen, daß sie sich eine Wichtigkeit beilegten, die von niemandem beachtet wurde? Besteht nicht vielleicht eine Portion Bedeutendheit darin, daß man sich bemüht, sich nie zu bedeutend vorzukommen? Wie schnell flog allemal an ihm der Gedanke vorbei, er wäre nicht gut, sondern schlecht, mit andern Worten hielt er sich samt allen seinen Lügen für wahrhaftig, trotz aller Unehrlichkeit für denkbar rechtschaffen, und in der Tat blieb er bei aller Unschönheit, mit der er verschwenderisch geziert war, hübsch. Nicht, weil er ein wirklicher Neger war, nenne ich ihn einen Neger, sondern weil ihn einige hiefür hielten, die Strohköpfe und gleichzeitig klug gewesen sein können. Gibt es denn nicht gebildete Tröpfe und ungebildete Genies, betrunkene Nüchterlinge und spießbürgerliche Betrunkene und schüchterne Frechlinge und freche Andächtige? Mich freut in besonders auserwähltem Maß, daß er in einer Minute, wo er einen Gediegenen, einen Geistvollen scherzhafterweise einen Geschäftemacher nannte, total ahnungslos, will sagen, negermäßig, dastand, indem er dem Vorteile ganz und gar nicht erwägenden Idealismus Handelsbedeutung verlieh, wo er ihn zu Unterhaltszwecken lächerlich zu machen versuchte.

Es gibt nun ja bekanntlich allerlei nette Städtchen, und ich werde vom Neger doch wohl bloß sogleich auszuplaudern in der Lage sein, daß er die körperkräftevoraussetzende Schwäche bekundete, alle oder die meisten dieser Städtchen handwerksburschenhaft zu durchstreifen, denen er eine Blumenanmut andichtete, weil ihn ihre geographischen Reize allfällig entzückten. Wenn er in eine altertümliche Wirtsstube trat, kam er sich wie ein Lebenskunstbewältiger vor, und wenn er gegessen und getrunken und mit einer Zufallspersönlichkeit ein paar beliebige Worte gesprochen hatte und er sich weiterzugehen anschickte, kannte er sich vor Zutrauen zu sich selbst kaum noch. Als Moralist schelte ich ihn hiefür, aber als Porträtist schaue ich ihm kühl zu, lasse ihn mit kaum bemerkbarem Schmunzeln Beschäftigung übernehmen, um zu wiederholt herbeigeleiteter Arbeitspreisgabe zu gelangen. Fest steht, daß er sich in einer größeren Stadt zu mehreren Malen sehen ließ, um ebensooft aus derselben spurlos, wie man sagen möchte, zu verschwinden.

Andere schauten ihn aufmerksamer an als er selber, womit ich einem Allgemeinvorkommnis hinsichtlich der Selbstkenntnis Ausdruck gebe, die eine leichte und zugleich schwierige Aufgabe ist, weil der Hauptbestandteil menschlicher Wirklichkeit Wirkungen sind, die am ehesten für Fremde ein Gemälde darbieten. Gab man dem Negerexemplar gelegentlich zu merken, es sei unmöglich, ihn ernst zu nehmen, so brachte dieses offene Bekenntnis einen pflanzenhaft aus ihm sprießenden Ernst zum Herauswachsen, den er immerhin zugunsten eines Gleichgewichtes nach kurzer Zeit zu verarbeiten verstand. Lustig war, wie ihm die Möglichkeit Befürchtungen einflößte, Lustigkeiten könnten in ihm überhand nehmen, und ernst war, wie er sich des Ernstes erwehrte, vor dem er sich wesentlich stärker zu fürchten schien wie vor sprudelnder Spaßhaftigkeit, die ihn ihrerseits ernst werden ließ, woran er kaum dachte. Ernsthaften erschien er zu ernsthaft; Lustigen zu lustig, und das Lustigste, vielmehr Ernsthafteste war, daß weder erstere noch letztere an die Wirkung ihrer Meinungen dachten.

Man kann meiner Ansicht nach einen Neger nicht zart genug behandeln, weil man ihn sich ja womöglich nur einbildet, indem er während seines Lebenslaufes allerhand las und Lektüre ja doch nun einmal aufklärt. Irgendwelche feine Beschränktheit blieb ihm freilich, voll zurückhaltender Ehrlichkeit gesprochen, für immer. Um ihn naturwahr abzubilden, gab er hie und da zu Beanstandungen Anlaß, wogegen ihn ein landschaftliebender Bankkassier bei irgendeiner Gelegenheit seiner Sympathie versicherte. Spuren seiner Vorübergewandertheit lassen sich sowohl in einer gewissen Gasse wie vielleicht an einem See wahrnehmen, der wie ein schönes Wort im Munde der duftigsten Gegend liegt. Er scheint sogenannte Findlinge, d.h. vorhistorische Steinblöcke bestiegen zu haben, was von ans Kindliche grenzender Kletterlust zeugt. So ein Neger ähnelt ja in seiner verhältnismäßig erheblichen Voraussetzungslosigkeit einem vorwärts- und rückwärtslebenden Kind, dessen Geistigkeiten lediglich etwas wie seltene Funde zu sein scheinen, dessen Intelligenz kaum jemals zu überwuchern Gefahr läuft und vielleicht aus diesem speziellen Grunde eine glücklich zusammengesetzte genannt werden darf. Kam es ihm unter anderm deshalb vorteilhaft vor, getadelt zu werden, weil er in jedem Lob mittels seines Heimatinstinktes eine Grube oder Falle witterte, was übrigens etwas zu direkt, prompt gesagt sein kann? Im allgemeinen übermittelt uns eine Anerkennung ein Schwanken in uns, eine leise Zertrümmerung von etwas, das sich, auf Unbewußtheit gestützt, in uns auf baut. Gottlob erblickte der Neger mehr und mehr ein Problem in sich, dessen Feststellung förderlich für ihn wurde. Eine drollige Tracht Selbstachtung schützte ihn von da an vor zu starker Negerlichkeit.

Seine Augen ließen an das stahlharte Blau eines Winterhimmels samt schlittschuhlaufender, Äpfel-und-Brot-als-Imbiß-essender, rotwangiger Jugend denken. Nie ließ er sich anmerken, wie ihn etwa Küchen usw. anheimelten. Gegenüber der Pracht von Salons verhielt er sich so gleichgültig und überwältigt, wie sich's mit dem guten Betragen in Einklang bringen ließ. Vorkommen konnte, daß er, während er sich in guter Gesellschaft befand, von bedeutsamem Einsamsein phantasierte. Ein Landprediger, der in Dingen Dostojewski sozusagen zu Hause war, hielt ihn für einen Menschen, der eines Nachts, zwei geladene Pistolen in der Hand, eine, wenn nicht kilometerlange, so doch sich gewiß in die Tiefe verlierende Treppe hinabschritt, die vor eine Türe führte, die jeden Moment von einem Mitglied achselzuckenauslösender sozialer Gestuftheit blitzähnlich geöffnet werden konnte.

Vielleicht gestattet man mir zu erwähnen, daß ihm einmal eine Schöne aufs bronzene Gesicht einen Kuß preßte.

Was ließe sich über einen unter Palmen Geborenen nicht noch alles erzählen, wenn mich nicht andere Figuren wie im Wunsche anblickten, ich solle sie aufrufen, damit an bisher Unbekannte die Reihe käme, etwas zu sein.

SCHNORI

Einige nannten ihn Schori, aber er hieß Schnori, und er öffnete jahrelang seinen Mund nicht, da ihn eine angeborene Behaglichkeit zierte, die man, wenn man will, Faulheit nennen kann. Seine Trägheiten waren tannenhaft schlank, und seine Fehler glichen an Ausdehnung einer Landschaft. Sein Kopf war eine kugelrunde Kränkung für diejenigen, die Schnoris Kopf gern weniger abgehobelt gesehen hätten. Aus Raffiniertheit liebte er zu stottern, und aus nichts als Geschicklichkeit unterließ er es, Befähigtheit an den Tag zu legen. Sein Benehmen schien zu verkünden, daß ihm sein Lebenswerk schlafend entstehe. Intelligenter hat nie irgend etwas ausgesehen wie sein Mund, dessen Lippen zu angenehmem Erzählen wie geschaffen schienen, die er aber nichtsdestoweniger selten in Bewegung setzte, indem er offenbar zu nachlässig und bequem dazu war. Oft genug guckte ihm der

Taschentuchzipfel auf die unschuldigste Art aus der Tasche heraus, was beinahe aussah, als schaue eine sich, was Geistestätigkeit betrifft, mit nichts befassende Schöne träge aus einem Fenster aufs Leben herab, zu dessen Gestaltenmannigfaltigkeit doch auch sie zähle, die diese Tatsache aus träumerischer Ziererei vergesse. Der Rock Schnoris war nach der Meinung seiner Besichtiger zu lang, während ihnen seine Hosen zu kurz vorkamen, wobei sie ihm immerhin jederzeit gern zugestanden, sein Hut sei ein Korrektheitswunderwerk, worin sie womöglich ein wenig übertreiben mochten. Traf er einen Bekannten an, so wurde er ironisch gefragt: «Wie geht's, was treibst du, was geschieht bezüglich deiner Schaffenstapferkeit Ersprießliches?» Schnori pflegte derartige Fragen aufs denkbar zurückhaltendste zu belächeln. Diejenigen, die Schnoris Lächeln als rätselhaft erklärten, haben vielleicht mit derartiger Kennzeichnung bloß spötteln wollen, und womöglich kam ihnen nie zum Bewußtsein, wie sehr ihre Auslegung den Nagel auf den Kopf träfe. Sein Lächeln glich einer Blume, die nach dem Bedürfnis und der Kunst, zu zögern, duftete. Sah man ihn lächeln, so meinte man an eines Abgrunds romantischem Rand zu stehen. Schnori und das ganze übrige weitläufige Leben bildeten etwas wie einen gemeinsamen Abgrund, und wer hinabblickte, sagte sich unwillkürlich, er gehöre dazu, sei ein Teil davon. Beobachter übersehen mitunter ihre von ihnen unbeachtet gelassene Zugehörigkeit. Schnoris Zeitgenossen haben ihm immer wieder die Stipendien, die er erhielt, mit der maliziösen Bemerkung zum Vorwurf gemacht, wozu er sie eigentlich entgegengenommen habe, ob zu seiner persönlichen Vergnüglichkeit oder damit er sich dementsprechend ins Zeug lege.

Durch Gassen und Gäßchen schlendernd und in seiner Stube sitzend, entstanden ihm in merkwürdiger Unmerklichkeit stille, beglückende Werke, als plaudere einer im Traum herzhafte Dinge mit einer ihm angewachsenen, breitspurigen und doch wieder äußerst eleganten Schwatzhaftigkeit aus. Kein anderer war fähig, auf so ungeschwätzige Art gesprächig und auf so schwatzhafte Weise wortkarg zu sein wie er. Schnori war in der Stadt, deren Einwohner er war, gewissermaßen zur komischen Figur vorgerückt, was er natürlich klug genug war festzustellen, weswegen er jedoch absolut kein Aufhebens machte. Kam doch wieder ihm das Leben im großen und ganzen wie ein nicht unbegabter Komiker vor. Später, als Schnori längst nicht mehr mit seinen Augen in das Gewirr von Straßen und Begebenheiten blickte, beklagten sich gleichsam Nachfolgergruppen, die sich Stoffe, Vorwände aufzustöbern beeiferten, er habe ihnen sämtliche Motive vor den Nasen weggenommen, derart, daß ihnen nur noch Resthaftes zur Bearbeitung übriggeblieben sei. Sein spaßhaftes Existierthaben gab ihnen zu mancherlei Betrachtungen nahrhaften Anlaß, und so ungern sie's vielleicht taten, mußten sie sich von Zeit zu Zeit sagen: «Ja, er war einer, obgleich er bloß den weiter keinerlei Erheblichkeit verratenden Namen Schnori trug.» Gern hätte man über ihn wegblicken mögen, aber man brachte es nicht fertig. Noch immer stand er mit der wie im lächelnden Schlafzustand hervorgebrachten gesammelten Sammetheit seines Werkes, die etwas Kostbares blieb, da. Umsonst sprach man: «Schnori, geh weg.» Er unterließ dies.

War das artig von ihm?

LEBENSWEG EINES EITLEN

Als er fünf Jahre zählte, besuchte er die Gfätterlischule. Unter Gfätterlen hat man Spielen, Scherzen, Tändeln zu verstehen. Statt Gfätterlen kann auch Gäggelen gesagt werden. Jahre vergingen; mit der Zeit wurde er dadurch Professor, daß er sich von einem Bücherverfasser zum Modell für einen solchen auserkoren sah. Das Buch, worin er professorlich auftrat und das vielleicht kein sonderlich gutes war, nannte sich: «Der Mann für alles»; sein Inhalt trug sich in einer Großstadt zu, die von Takt, Geschmack, Vortrefflich- und Vorzüglichkeiten strotzte. Durch die Straßen, die sich durch das Buch zogen, ging eine bereits ältere, alleinstehende Frau in des denkbar brauchbaren «Mannes für alles» Begleitung, der für Übernahme von Aufgaben zierlicher Art gleichsam Garantie darbot: Unter anderm übernahm er die Pflicht, ein glänzender Gesellschafter zu sein. Ich las dies Buch nämlich irgendwann und -wo, worüber ich beiläufig hier spreche, was man, so wunderlich die Einflechtung sein mag, gutmütig begreifen wolle, obschon ich weiß, wie schwierig es für die meisten Menschen ist, in Fällen, wo sie Gelegenheit haben zu kritisieren, auf das Vergnügen, das in einer Mißbilligung liegen kann, zu verzichten. Abgesehen vom vorübergehenden Gelehrtentum, an das er sich mit Geschicklichkeit anzupassen verstanden haben wird, schien er von Zeit zu Zeit frei von Ehrgeiz gewesen zu sein, was er gar nicht wahrnahm, indem er sich hiezu zu wohl fühlte. Das Wohlbefinden will bloß erlebt, nicht notiert oder festgestellt sein. Dagegen eignet sich das Unbehagen fürs literarische Ausnützen weit eher, will sagen, oft ganz ausgezeichnet.

Man macht sich mit dem Einiggehen mit sich selbst und damit, daß man das andern erzählt, nicht interessant. Eine seiner hervorragendsten Eigenschaften war seine Langsamkeit, womit er nirgends anprallte. Meine Schreib- und Denkweise passen zu ihm, da auch sie langsam sind. Diejenigen, die Schnelligkeit von ihm erwarteten, glaubten berechtigt zu sein, sich einzubilden, er enttäusche sie. Nichtsdestoweniger verfügte er über die eine oder andere Lebhaftigkeit und meinte, das sei sehr gescheit. Seine Ungewitzigtheiten beschützten ihn vor mancherlei Verständnishaben für verhältnismäßig vollständig Nutzloses. Nie fiel ihm beispielsweise ein, sich für nicht zu kostbar zu halten, seiner Verliebtheit zu erlauben, eine unglückliche zu sein. Das Schmollen von nicht mit ihm Einverstandenen machte nur einen schwachen Eindruck auf die Schwächlichkeiten seines Wesens, das er Vernunft genug besaß, nicht mit irgend etwas Starkem zu verwechseln. Er ging im Meer des Lebens hauptsächlich zunächst nicht sogenanntermaßen unter, weil er es nicht für etwas Unernsthafteres hielt, als was es aller Wahrscheinlichkeit nach war. Täglich unternahm er Versuche, sich für sich selbst zu interessieren, und inwiefern ihm dies gelang, hatte er nicht nötig, sich mit irgend etwas zu brüsten, durfte er wagen, bescheiden zu sein. «Ein Kind und eine große Tat» glückten ihm nie, und nie kam ihm ersprießlich vor, auf den Zehen zu einer in ihrem Bett Liegenden hinzugehen, um zu sehen, ob sie im Schlaf niedlich aussehe, ob's intelligent sei oder nicht, sie zu wecken. Irgendein musikalisches Instrument handhabte er weder stümper- noch meisterhaft; er glaubte bloß an die Glaubhaftigkeit, die Möglichkeit sei möglich, er höre Musik gern, und das Hören gehöre zu den Zugehörigkeiten des nicht absolut Undenkbaren. Andern gegenüber war er undankbarer als gegenüber seiner eigenen Person, die er mit fortwährender Anerkennung förmlich überhäufte. Zeitweise figurierte er auf einem Gutshof als Förster. Ein Zirkus beschäftigte ihn als Clown. In einer Besserungsanstalt war er eine Zeitlang jederzeit auf Wunsch Auskunft erteilender Portier.

Als er ins Alter trat, wurden ihm Landschaftsabbildungen die bevorzugte Art, sich der Natur zu erfreuen.

Sicher sah er manches nie ein. Wenn es aber Schönes gibt, sind alle daran beteiligt. Wie es Zeiten gab, wird es auch fernerhin immer welche geben.

EIN LAKAI

Frisch wie Bergluft mutet mich meine diesmalige Aufgabe an, die mich zu einer Art von Schulknaben macht. Ich bin zum Glück ein Schulbub, kein Lakai.

Alle unechten Lakaien fühlten sich von jeher lackiert. Mit welcher Präzision ich das sage!

Mein Lakai hier war kein geborner. Er vermochte nämlich zeit seines Lebens nicht herauszubringen, ob er zum Schmausen an herrschaftlichen Tafeln oder zum Servieren hieran auserkoren sei. Zeitweise bewohnte er das allerliebst gelegene Haus einer reizenden Frau, die ihm nach und nach das Talent beibrachte, zärtlich zu werden.

Wenn ich beteuert habe, er sei kein Schuljunge gewesen, werfe ich ihm um so mehr vor, er sei irgendwann zum Kuckuck gejagt worden.

«Scher dich fort», wurde gesprochen, und die Lakaienseele zog von dannen.

Gewissermaßen war er herrisch! Soll ich diese Behauptung sogleich beweisen? Als er eines Abends ein achtjähriges Herrinchen, eine wohlabgemessene Distanz beobachtend, ins Theater begleitete, glaubte er sich, was menschliche und mitbürgerliche Würde betrifft, gekränkt, beengt fühlen zu dürfen.

Man wird ausstreuen können, er sei, schlank gewachsen, wie er war, zweieinhalb Meter lang oder hoch gewesen.

Das Lächerliche war, daß er neben seiner Lakaienschaft schriftstellerte. Besitzt ein Lakai die Ungezogenheit, schöngeistig tätig zu sein, so ist er ein Streber, der mit den Obliegenheiten seines Berufes nicht einigzugehen imstand ist. Einmal erhielt er anläßlich des bei aller Klugheit Dumm-genug-Seins, eine kostbare Tasse zu zerbrechen, eine Backpfeife, bei welcher Gelegenheit er mit der Betitelung Schlingel noch nicht mal einverstanden zu sein schien.

Ihm fehlte die Lust, das zu sein, was er war. Schade, daß sein Antlitz eine Nase besaß, die mit einer eigentlichen Lakaiennase keinerlei Ähnlichkeit aufwies.

Er sah sich genötigt zu wandern, um auf der Wanderschaft von Zeit zu Zeit an seine Lakaienzeit zurückzudenken, die ihn das Leben hatte begreifen lernen lassen.

Mit einer Reihe antilakaienhafter Schriften, die er seinem Freiheitsherzen entnahm, sorgte er, daß man an ihn zu glauben begann. Er gönnte jedoch der Menschheit den Einfluß nicht, den er auf sie ausübte.

Fragte man ihn in den Räumlichkeiten, die er betrat, nach seinen Herkömmlichkeiten, so antwortete er: «Einst war ich Lakai.»

Nein, so was!

DER SHAKESPEARELESER

Lächerlich kam er sich schon durch das Mitschleppen seines Lebenslichtes vor. Ließ er nach oder nahm er zu? So lautete die Frage, die ihn, weil er sich sie aufgehalst hatte, ähnlich einer Last, verfolgte, die ihm auf dem Nacken saß, den er von Zeit zu Zeit grämlich, mürrisch schüttelte, als sei er ein Baum, woran er rüttle. Nacht war's. O, wie kann eine Nacht lang und unerträglich schön sein. In jener Nacht glich er einer sich aus nichts als Übelgelauntheit zusammensetzenden Klotzigkeit. Arme und Beine kamen ihm lästig vor. Seine Persönlichkeit schien ihn zermalmen, erdrücken zu wollen; dennoch wußte er, sie beherberge Elastizitäten. Flüchtig dachte er ans längstvorübergegangene veilchenhaft duftende Knien vor den schürzlichen Niedlichkeiten einer Magd, die ihn mit ihren Augen einlud und ablehnte, willkommen hieß und fortjagte, bejahte und verneinte, moralisch unterstützte und fallen ließ. Herrlich war's, wie er bei dieser Gelegenheit sanft und sie hart gelacht hatte, wie er die Mitleidlose zu bemitleiden imstande gewesen zu sein schien, wie sie dies schön fand und ihn streichelte, nicht unterlassend, ihn, da er vergessen habe, klug zu sein, dumm zu nennen. Viele Frechheiten und Freiheiten, deren Träger oder verantwortlicher Inhaber er war, fielen ihm der Reihe nach ein, während ihm die Nacht wie ein Mantel oder Vogel vorkam und er einen Hügel hinauf- und hinabging oder eher kroch, indem ihn zeitweise sein Bewußtsein, allerhand erlebnishaft erlebt oder erfahrungsgemäß erfahren zu haben, sich auf die Hände niederkrümmen ließ, wobei er sich vornahm, zur Entschädigung für die Mühe, der er sich unterzog, in erstklassigem Hotel zimmerbeziehend vorzusprechen, koste ein solcher Anspruch, was er wolle. Sicher sei, daß er die tolle, hie und da Dörfer und Kleinstädte, die er an sich vorüberhuschen lassen durfte, streifende Nachtwanderschaft nicht bald vergäße, die ihm streckenweise die Einbildung übermittelte, er sei ein Desdemona irgendwie und -wo befugter oder unbefugtermaßen in verdiente oder unhervorgerufene Unruhe geworfen habender Geselle, den die Kräfte, die er besitze, in nur zu umfangreichem Maße matt zu machen geeignet seien. Funkelnagelneue Neuheiten begleiteten, ihm wie Hoffnungsgroßstädte vorschwebend, seine Sattsambekanntheiten. Wer sich kenne, komme sich alt vor, dachte er und wünschte sich vorzukommen, als stehe, gehe, rudere, ruhe, spaße, liebe, hasse, schaffe, erschlaffe er zum ersten Mal, sei sich noch nirgendwo begegnet. Sein Marschieren schien ihm die Langweiligkeitsverwirklichung selbst zu sein; nichtsdestoweniger marschierte er weiter. Macbeth- und Hamletverse verarbeitend und sich wie Lear vielleicht zu lebhaft mit Töchtern usw. abgebend stürzte er eher stockend als fliegend oder beflügelt in ein Gasthaus hinein, wo er sich das Shakespearelesen sich abzugewöhnen vornahm.

KOCHTOPFS BRIEF

Der jugendliche Waschlappen machte eines Tages einen Ausflug. Oh, wie liebe ich Sie, liebe Kaffeemühle. Ihre Gestalt ist göttlich! Vom vortrefflichen jungen Waschlappen vermag ich Ihnen zu berichten, daß er, nachdem er seinen Ausflug absolviert hatte, auf einer Tribüne saß und in ein Bühnenhaus hinabblickte. Noch hatte das

Stück nicht begonnen, aber er durfte annehmen, der Vorhang erhebe sich bald. Alle Figuren auf dem Schachbrett des Lebens läßt mich die Zuneigung zu Ihnen, liebe Kaffeemühle, nett finden. Wie entzückt mich dieser Zustand, der ein reicher genannt werden kann. Dem etwas schäferlich veranlagten Waschlappen kam in Feld und Wald und beim Streckenzurücklegen ein Gedicht in den Sinn, das er nie geschrieben, bloß empfunden hat. Wahr dürfte sein, daß ich Ihnen zeitweise treulos wurde, aber ich tat es nur deshalb, um die Teekanne nicht gänzlich außer acht zu lassen, die, wie Sie werden zugeben müssen, so gut da ist wie Sie und sich ihrerseits auch ganz gern geliebt sieht. Ist Treulosigkeit dasselbe wie Lieblosigkeit? Gewiß nicht! Aus lauter Rücksichtnahme schaute der ausgezeichnete Waschlappen auf seiner Wanderung überhaupt nichts an; er notierte alles, und alles entglitt, entschwebte ihm wieder, was er sich als etwas sehr Merkwürdiges einprägte. Er notierte das Nichtsnotierthaben und prägte sich die Fülle seiner Vergeßlichkeiten ein, worüber er glücklich war. In seiner Herzensgüte meinte er, seine Beobachtungslust könne der Landschaft unangenehm sein, als so empfindsam erschien sie ihm. Welch ein reizender Mensch, dieser Waschlappen! Werden Sie mir verzeihen können, daß ich der Teekanne mein Interesse nicht zu entziehen vermag, liebe Kaffeemühle, die ich einmal, wie Ihnen bewußt ist, umfing, was vielleicht nicht hätte vorkommen sollen? Auf welch schonungsvolle Art Sie sich alles Umarmtwerden verbaten! Doch jetzt ging im Theater der Vorhang in die Höhe, wodurch angedeutet wurde, daß die Vorstellung beginne. Der Zuschauerraum sah in seiner Ausverkauftheit prächtig aus. Es ist, wie ich gern zugebe, überaus erheiternd für mich, treu und treulos zugleich zu sein. Indem ein Treuer einer andern treu ist, wird er treulos. Obschon Waschlappen eine scheinbar etwas naturalistische Benennung ist, kritisiere ich ihn folgendermaßen: Er dichtete insofern gut, als er eine Figur aufstellte, in die er sich emsig und waghalsig hineinlebte. Ein richtiger Dichter unternimmt immer irgend etwas, er ist immer einer, der von Anfang an etwas riskiert; er dichtet drauflos, ohne zu wissen, woran er ist, wohin ihn das Dichten führt.

Als Waschlappen jedoch von sich selbst und einigen Personen, die er kannte, seitenlang sprach, also sehr viel sagte, benahm er sich doch wohl schon ein bißchen unkünstlerisch, da ja irgendein Beliebiger ebenfalls sehr viel Liebes, Gutes, Schönes, Freudiges und dergleichen sagen oder schreiben könnte, falls es ihm paßte. Schönes und Liebenswürdiges aussprechen macht den Dichter noch nicht aus. Zeitweise plauderte Waschlappen und war daher ein Plauderer, kein eigentlicher Dichter. Zu anderer Zeit rückte er mit einer Gestalt auf, der er weitherzigerweise Leben verlieh, indem er sich ihr hingab, und dann war an seinem Dichtertum nicht zu zweifeln. Es gibt zweierlei Arten Sprechende oder Schreibende: solche, die sich bequemlicherweise dabei geben, wie sie sind, und solche, die sich beim Sprechen oder Schreiben in ein Kleid hüllen. Erstere sind menschlich; die letztern dichterisch.

«Wen erblicke ich?» rief die Vertreterin der Hauptrolle mitten im weiblichagierenden Spiel, das ein faszinierendes war, insofern aus, als sie Waschlappen unter den aufmerksam Lauschenden und Schauenden wahrnahm, der ihr bekannt war, weil er sich ihr eines Vor-

oder Nachmittags persönlich vorgestellt hatte. Glücklicherweise achtete niemand auf die Unsachlichkeitsäußerung. Die aus ihrer Rolle heraustrat, schmiegte sich sogleich von neuem wieder ihrer Mission an, die Eingekleidetheit beachtend, worin sie sich befand und der Aufgabe gehorchend, die sie übernommen hatte. Vielleicht kam ihr dies im Moment schwer vor, doch spielte sie womöglich um der Überwindung ihrer selber willen nur um so eindrucksvoller. Ob ich Waschlappen für eine Gestalt halten darf, die sich umrißhaft abhebt?

Wie bin ich Ihnen gut, daß Sie mich zu einem Brief veranlaßten, der vielleicht mit einer Erzählung Ähnlichkeit hat!

Die Teekanne verzagt wegen Ihnen, obschon sie nichts dafür kann, daß sie gewissermaßen allen erdenklichen Grund dazu hat.

Darf ich Sie bitten, sich des Gefühles, sie sei Ihnen unsympathisch, zu erwehren; darf ich glauben, Sie hielten es für ein Glück, ihr nicht zu verübeln, daß nicht nur Sie mir gefallen, daß auch sie in meinen Augen hübsch ist?

Wen ich mit Waschlappen meine, wird niemand erfahren.

Gern verehre ich Sie fernerhin.

EINE EINFACHE GESCHICHTE

Einmal gab es einen einzig in seiner Art dastehenden Einfachen, gegen den diejenigen, die nicht einfach waren, wie gegen eine Fortifikation gleichsam ankämpften.

Dieser eine Einmaligkeit bildende Einfache wurde von den einen geliebt, indes ihn viele andere lächerlich fanden. Was blieb unter solchem Umstand dem Schlichten anderes übrig, als schlicht zu bleiben?

Nicht, daß er dies aus Trotz tat, nein, absolut nicht, sondern er tat es, weil es ihm das einzige zu sein schien, was er tun konnte.

«Hebt mich doch um meines bißchen Einfachheit willen nicht empor», bat oder flehte er nach der einen Seite hin, um die Andersmeinenden zu ersuchen, zurückhaltend zu sein.

Nun verhielt es sich so: Der Einfache war eigentlich gar nicht so einfach. Er wurde mithin von einigen als unergründlich bezeichnet. Sie gingen hin, wohin sie vielleicht besser nie und nimmermehr gegangen wären, und erklärten, er sei ein Cheib. Ein Cheib ist etwas wie ein Schurke.

Als dies dem Einfachen zu Ohren kam, freute er sich über die Ehre, die ihm erwiesen wurde, und torkelte und schurkelte vergnügt herum.

Wenn die Einfachheit in gewisser Hinsicht kompliziert

ist, so folgt daraus, daß der Kompliziertheit irgend etwas Einfaches anhaftet. Ich meine, man habe es hiebei mit einer Art Naturspiel zu tun, und man dürfe glauben, kein Einfacher sei so einfach, als er aussieht, womit ich bei einem Problem angelangt zu sein glaube.

In was für eine Spitzbüberei gerate ich aber, wenn ich sage, daß es einen Spitzbuben gab, der zum Einfachen sprach, er wolle mit einem so Einfältigen, wie er einer sei, nichts zu tun haben? Der Spitzbube trieb den Nichtspitzbuben dadurch ins Spitzbubentum hinein, daß er ihm die liebe, höchst wertvolle Einfältigkeit zum Vorwurf machte.

Wäre der Schlaue so schlau gewesen, den Kopflosen um seiner kostbaren Kopflosigkeit willen sozusagen ein wenig zu protegieren, so würde letzterer keine Sekunde lang an die Notwendigkeit gedacht haben, sich zu entwickeln.

Die Moral der Erzählung lautet: sei vorsichtig im Tadeln. Über den Einfachen wäre zu sagen, daß er sich nach der Einfachheit zurücksehnt, denn er fühlt zweifellos von Zeit zu Zeit, er habe das sogenannte Wunderbare verloren; es wiederzufinden, dürfte freilich für ihn mit Langwierigkeit verknüpft sein.

Einfache Seelen, wird man vielleicht meinen dürfen, leben vom Vorhandensein von uneinfachen, und die Uneinfachgewordenheit der Einfachen entstehe durch das Einfachwerden der Uneinfachen, womit ich etwas womöglich nicht Unbedeutendes ausgesprochen zu haben so gut wie überzeugt bin.

DICHTERGESCHICHTE

Ich spotte über den Dichter nicht, der jeden Abend, um es frisch von der Leber weg zu sagen, Käse aß, mittags meinethalb Suppe zu sich nahm und ein solides Leben führte.

Spott liegt mir hier fern. Spöttisch schauten bloß einige alte, ehrwürdige Tannen, die mit Mänteln bekleidet zu sein schienen, aufs Haus herab, worin der, mit dem ich mich beschäftige, alljährlich etwa einen einzigen Einfall hatte.

Von Zeit zu Zeit setzte sich die Gattin des Tannenumschlossenen und Studierzimmerniemalsimstichlassers zu ihm hin, schaute ihn mit aufrichtiger Anteilnahme an und legte ihm die Frage vor, ob er nach wie vor an sein Dichtertum glaube?

Der solchermaßen in Anspruch Genommene pflegte jeweilen zu erwidern, ja, er sei in bezug auf seine Sendung die Überzeugtheit selbst.

Die Frau, die ich mir da dem Leser vorzuführen gestatte, besaß einen feinen, kleinen, kaum mit Lippen versehenen Mund und Löckchen von ungewöhnlicher Zartheit.

Wenn dem Dichter einige gute, ich meine, wohlabgetönte oder ausgeglichene Zeilen gelungen sein mochten, an denen er außerdem sorgfältig herumfeilte, fingen die Vögelein im Garten, worin des Dichters Haus lag, zu singen, pfeifen und jubilieren an.

Der Park war an und für sich ein Gedicht von sehr ehrbarer Form. Täglich betrat die bildhübsche Dichtersgattin die Stadt, wozu sie ihre niedlichen Füße benützte, die aussahen, als seien sie witzig und vermöchten zu lächeln.

Ihr Mann sei sehr arbeitsam, sprach sie zu Bekannten, denen sie begegnete. Zwar verhielt sich's nicht so; sie glaubte es jedoch gleichwohl behaupten zu dürfen. Sie sagte es des günstigen Eindrucks wegen und besonders darum, daß die Leute dächten, sie sei mit ihrem Gatten denkbar zufrieden.

Vielleicht hätte sie ihn gern emsiger gesehen. Er glich den Tannen an Geduld und Ruhe.

Sie weiß ich mit nichts anderem als mit der Geschichte zu vergleichen, die mir hier entsproß und die ich für hübsch halte.

Vielleicht ist sie's ihres spärlichen Inhalts wegen.

DREI KOMÖDIEN

DIENSTMÄDCHEN UND DICHTER

Leute von Gewicht erkundigten sich nach Erichs Befinden. Der dichtete. Honorare hatten ihn die schöne Möglichkeit erleben lassen, sich hübsche Möbel anzuschaffen. Seine allabendlichen Erholungsbedürfnisse begaben sich ins köstlichste Bett. Alabastervasen zierten seinen Schreibtisch, worin sich Freundinnenbenachrichtigungen aufhielten, indes sich Erika damit beschäftigte, daß sie den Verfasser manchen gediegenen Prosastückes aufmerksam anschaute. Ihre Figur war entzückend, was von Erich verhältnismäßig rasch wahrgenommen worden war. Er lächelte sie eines Tages vielleicht nur zu freudig an, obgleich er über die einflußreichsten, elegantesten Bekanntschaften verfügte, und von da an hielt sie ihn für den Ihrigen.

Gelegentlich sprach sie zu ihm: «Hier gibt's Wanzen!»

Tatsache aber war, daß gar keine solchen in der Dichterwohnung existierten. Erika tat bloß, als sei dies der Fall, um Erich sagen zu können: «Komm mal her!», bei welcher Gelegenheit sie ihn, wie man hört, duzte. Er erbebte! Nichtsdestoweniger versuchte er sich zu fassen, und nachdem ihm dies gelungen zu sein schien, begab er sich dorthin, wohin er gerufen worden war und wo es Erika einfiel, ihn mit den Worten zu erquicken: «Geh hinaus!»

Wo es gegolten hatte, schleunigst zwecks Wanzenbesichtigung seriös heranzukommen, kam es lediglich auf Ewigweibliches usw. an. Als er zu stammeln im Sinne hatte: «Ich liebe dich!», fertigte ihn die Bemerkung ab: «Weiß es schon!»

Nachdem sie eine Minute geschwiegen hatten, führte sie aus: «Um dich zu verhindern, dir auf dein Dichten viel einzubilden, will ich dich beherrschen. Dein bisher Geschriebenes drückt, plagt dich. Mein Einfluß wird dir die Fähigkeit beibringen, mit so viel Sprachsparsamkeit wie möglich in deinem Beruf auszukommen. Ich werde bemüht sein, dich an deiner Arbeitsamkeit irrezumachen. Meine Absicht ist, dich zum zeitverschwenderischsten Autor zu machen, den's je gab.»

Vergeblich hielt er ihr vor das Gewissen: «Meine Kollegen werden sagen, daß es schade um mich sei.»

Sie entgegnete: «Binde mir die Schuhe!»

DIE BEGABTE SAALTOCHTER

Nachdem der Heimatschriftsteller in einer nett gelegenen Erfrischungsstube Kaffee getrunken hatte, und nachdem außerdem noch eine Portion Käse in ihm Platz fand, bewegten sich Blätter an Baumzweigen pläpperlig, was eine mit süßem Gesicht versehene Saaltochter mit ungekünstelter Verwunderung wahrnahm.

Ich sagte mit der Schwatzhaftigkeit eines Buchfinks, daß sich die Saaltochter hin und wieder in der holdseligen Dichtkunst übte, wie es andrerseits Tatsachen entspricht, daß der Poet, statt dem emsigen Hervorbringen von Poesie obzuliegen, über Werkzeugkisten sprang.

Vorbeispazierende Gemeinderäte mißbilligten des Schriftstellers Versuch, der ihm übrigens teilweise gelang, sich über seine verhältnismäßig üppige Abgelebtheit hinwegzusetzen.

Als die Saaltochter von ihres Verehrers, nämlich des Dialektdichters, Turn- oder Tanzlust Notiz nahm, glitt ein beifälliges Lächeln über ihre Lippen.

Man kann mit Zuhilfenahme von ein wenig Phantasie eine zierliche Völkische in ein Anbetungsprunkbett legen, und jeder Normalveranlagte wird ohne Schwierigkeit zu begreifen fähig sein, daß sie sich mit gleichsam golddurchflochtenem Vergnügen sagte: «Er kommt nicht los von mir!», wobei sie an ihren Springinsfeld dachte, der, wenn er ihr begegnete, ehrfurchtsvoll den Hut vor ihr abzog.

Auf einem Tagebuchblatt scheint ja denn der Indentaghineinlebende die Macht der wunderbaren Serviertochtergestalt, für deren Bild er ein Museum bildete, handschriftlich anerkannt zu haben.

«O, des Flusses Welle,
des Vogels schneller Flug!
Helles Hundegebelle
sein Getön mir zu Ohren trug.

Des Waldes Blätterfülle,
Berge stehn weich wie Seide da.
Alle, die ich in mein Denken hülle,
sind mir nah»

sang sie, indem sie wie eine Heilige am schöngarnierten Fenster saß, zur in der Kristallquelle des sich Vergessens plätschernden Gitarre, die sie anmutig bezupfte, das Instrument wie eine liebe Freundin behandelnd, und der Nationalökonomen in Erstaunen versetzende Heimatkunstschätzende lauschte.

DIE GESCHICHTE DES HERRN CAMEMBERT

Einmal gab es einen Menschen namens Camembert. Ein käseliges Geschlecht, das, beim Eid! Herrn Camemberts Gattin hielt ihn für verstorben. Die Nachricht, er sei in der Schlacht am Glasberg fürs Vaterland umgekommen, schien die Glaubenswürdigkeit selbst. Frau Camembert fand inzwischen Gelegenheit, Herrn von Spiegelei zu heiraten, dessen gewinnendes Benehmen ihr in jeder Hinsicht zusagte. Während sie sich aus der Beweinung des Verschollenen ein Vergnügen machte, der am Glasberg in ein Massengrab gelegt worden war, leistete sich das Geschehen den Witz, daß es Camembert aus des Grabes Nacht zu entschlüpfen gestattete. Vollständig verlottert langte er eines schönen Tages, wie uns Herr Mehlsack versichert, dem wir die Erzählung verdanken, in der Stadt an, wo sich Herr und Frau Spiegelei eines sorglosen Daseins freuten. Daß ich Mehlsack zu erwähnen vergaß, ist ein Fehler, den ich hier korrigiere. Der Dichter Mehlsack schrieb spielend; mit staunenswerter Mühelosigkeit bewältigte er ein imposantes Lebenswerk. Als die Spiegeleier von der Ankunft der Portion Käse Bescheid erhielten, würde ihnen ein Überraschtheitsschrei entglitten sein, wenn sie sich nicht beherrscht hätten, und nun ratschlagten sie, was angesichts des schwierigen Falles zu tun sei. Befürchtungen nahmen ihnen beinahe den Atem. Bereits bereiteten sie sich vor, allen camembertlichen Ansprüchen den Ausruf entgegenzusetzen: «Unverschämter!» Sie täuschten sich jedoch insofern sehr, als Camembert ein Mädel kennenlernte, in deren Besitz er sich glücklich pries, denn sie war schön wie der Tag und lieblich wie das Licht, das demselben Schönheit spendet. Anläßlich einer Unterredung mit seiner Früheren besaß er die Unhöflichkeit, zu ihr zu sagen: «Dein bißchen Hübschsein wird von einer Strahlenden übertroffen, die mit Vergnügen den Namen Camembert trägt.» Frau von Spiegelei war sprachlos. Camembert gründete mit Hilfe eines Kredites, der ihm infolge günstig lautender Information eröffnet wurde, eine Handlung, die sich glänzend bewährte. Mehlsacks Original mündet ins Tragische, indes sich meine Anlehnung im Gewande der Komik gefällt. Bei Meister Mehlsack kommt's zu einem für Freund Camembert unglücklich ablaufenden Prozeß; bei mir wird solches säuberlich vermieden. Genannter deckte sogenannte Schlechtigkeiten auf, während der Verfasser vorliegender Zeilen zu den Schriftstellern gehört, die das Unfeine usw. ignorieren, das hierdurch seine Bedeutung einbüßt. Mein Kniff besteht darin, daß ich für Ausgeglichenheit bei einem vermutlich Unzufriedenen sorgte. Welch ein Erfolg war das für ihn!

ERZHERZOGS-PROSASTÜCK

Der Erzherzog nahm die Dirne nicht ernst; dafür meinte er's mit dem süßen Mädel um so aufrichtiger, das ihn in schönem Sinne trunken machte.

Er sah beispiellos elegant aus, und mich kostet's nicht viel Anstrengung, zu behaupten, daß ich ihn ernst nahm, als ich ihn sah. Mich nahm übrigens einmal eine bedeutende Erscheinung auf literarischem Gebiet nicht ernst.

Nahm das süße Mädel ihren lieben Erzherzog ernst? Gewiß wird sie dies je nach Fähigkeit getan haben! Er benahm sich ja so charmant!

Häufig gingen beide an Fassaden vorbei, die auf jeden Gebildeten Eindruck machten. In des Herrn Erzherzogs Herz flämmelte das Lämpchen der Liebe zum süßen Mädel ununterbrochen.

Nebenbei legte ich einst einem Schwerenöter die an sich vielleicht bedeutungsloseste Bedeutung bei. Die Dirne, die der fescheste aller Erzherzöge nicht ernst nahm, war die Ernsthaftigkeit selbst. Sie glich gleichsam einem Rätsel. Anläßlich eines Balles schloß sie mit dem süßen Mädel Freundschaft.

Der Erzherzog merkte, daß sie ihn hinterging, und daß ihm das unangenehm sein mußte, begreift man. Kinder wurden zu Inhabern von Überlegenheiten, Hunde fingen an zu philosophieren, Täubchen und Spätzchen zogen mit Kanonen in einen zierlichen Krieg. Meine Spießbürgerlichkeiten verhindern mich am Weiterphantasieren.

Der phantastische Erzherzog zählte zirka fünfundzwanzig Jährchen. Ging er spazieren, so nahm er das geringfügigste Schaufensterbonbon wahr. – Schlinggewächse ringelten sich inzwischen um die Göttinnenfiguren in den Prachtgärten seiner Prunkschlösser. Seine Pflichten glichen einem fernen Meer, auf das er von Zeit zu Zeit einen Blick warf.

Zeitweise ging nun das süße Mädel mit einem Schriftsteller von Rang, dem sie Bierbrauersgeld zufließen ließ.

«Liebst du mich nicht mehr so sehr wie bisher?» fragte das Erzherzogsexemplar das Mädelmuster. Sie küßte ihn, und ihn überkam die superbe Empfindung, daß die Betrügerinnenküsse ihn beglückten. Er wurde zum Bubi, großer Gott, das kam daher, weil er so vertraulich mit ihr umging.

Für das süße Mädel war die Dirne das Wunderbare geworden. Die erzherzoglichen Schlösser schlummerten fleißig weiter.

Das fesche Mädel bat den Erzherzog um seine Krawattennadel, die er ihr ohne Zögern aushändigte, und die sie ihrem Schriftsteller schenkte.

Eines Nachts erblickte er seine Stecknadel in einem Kabarett. Bierbrauerhände hinderten ihn am Herbeiführen eines Auftritts. Er verließ das Lokal mit erzherzoglichem Anstand. Die Nacht glich einer sich um ihre Schönheit nicht kümmernden Dirne.

Wie ernst mich dieses possenhafte Prosastück gemacht hat.

GEBIRGSGESCHICHTE

Ich bin scheinbar von der Absicht erfüllt, hier wieder einmal nach Herzenslust spielerisch zu sein. Womit anderm tändle ich gewissermaßen, als mit einer Tochter, die von wundervoller Gestalt ist und ein Sportkostüm trägt, in dem sie im Verein mit ihrem Anbeter eine geröllreiche Anhöhe besteigt? Die Gute, Schöne und Feine ist die Abkömmlingin eines Menschen, der allerhand erlebt zu haben scheint. Vieles Erleben ist ja so unfein! Und nun spielt sie also, ohne eigentlich dazu berechtigt zu sein, die Unerreichbare, die sich zeitweise dennoch sozusagen ein bißchen von demjenigen erreichen, d.h. um die Hüfte fassen läßt, der sich genötigt sieht, in Henriette, denn so nennt sie sich, etwas wie sein Ideal zu erblicken. Er ist schlicht und brav, sie hingegen schillert, schimmert, glitzert von Verwöhntsein. «Du stehst so hoch über mir, daß ich mich beinahe nicht kenne, wenn ich dich auf deinen stolzen Mund zu küssen wage», flüstert's heiß aus ihm heraus, und sie findet es angenehm, sich von Gustav aufrichtig geliebt zu wissen, der eine Kraftnatur war, die nie ein Glas Bier über den Durst hinaus trank, was seine Partnerin sehr an ihm schätzte. Nunmehr spielten einige Herren in einem Kaffeehaus Skat, aber ich will dies lieber auf sich beruhen lassen und kehre ins hellaufjauchzende Gebirge zurück, das in einem Meer von Blau, Gold und zwitscherndem Grün schwamm. Zwar zwitscherte das Grün an sich nicht, sondern die vielen sich in demselben aufhaltenden lieben Vögelchen besorgten das, aber es sah aus und hörte sich an, als wäre die Stimme des Vergnügtseins aus dem Mund des Grüns herauszuspringen und -klingen gekommen. Wie kommen uns gewisse Sinnestäuschungen anmutig vor! Doch weiter!

Silberbäche schmückten mit ihrer lebhaft sprudelnden Gegenwart klaffende, mit üppiger Vegetation bekleidete Abgründe oder Schluchten. Hoch empor ragten wieder anderseits Hochgebirgsgipfel in das Wundervolle hinauf, das man mit dem Namen Äther zu bezeichnen pflegt. Scharf hob sich von der Bergluft Gustavs Habichtsnase wirkungsvoll ab, und das Ganze sah aus, als wäre es in der Unterhaltungsbeilage einer Zeitung gedruckt gestanden und sei von mir gelesen worden, und jetzt dichtete, malte und ahmte ich es nach. «In welch hohem Maß du für mich eine Göttin bist», entrang es sich seiner vor Glück zitternden Seele. Ihr knappanliegendes Kleid schmiegte sich aufs traulichste jedem ihrer einzelnen, reizenden Gliedmaßen, die durchaus ebenmäßig zu sein schienen, gleichsam mit ihrer Übereinstimmung an. Er sah es, wagte es beinahe nicht wahrzunehmen; immer wieder preßte er die kostbare Figur, die einen Herrenhut auf dem Frauenhaar trug, mit innigster Unwillkürlichkeit ans Herz, falls nicht vollständig ausgeschlossen gewesen sein sollte, daß er ein solches sein eigen habe nennen können. «Würde es nicht schicklicher sein, wenn du dich etwas gebändigter verhieltest?», fragte sie ihn besorgt, und die Besorgtheit kleidete sie zum Entzücken. Ihm kam vor, sie stehe im Ballkostüm vor ihm. «Wenn ich dich doch einmal in uneingeschränktester Ausgeschnittenheit sähe», kam's harmlos über seine Lippen. Er könnte so etwas womöglich auf andere Art vorbringen, meinte sie, war aber dennoch über soeben Ausgesprochenes froh. Immer höher hinauf glaubten beide klettern zu dürfen. Die zu ihren Füßen heiter ausgebreitete Erde glich einem teppichartigen Spielzeug. «Wir sind zwei Träume», sprach sie sanft, «begreifst du's, kannst du's fassen?» Er antwortete: «Ja, ich kann's bis zu einer gewissen Grenze.»

Sekundenlang schwiegen sie, dann entstand neues Geplauder, und die Tannenwipfel schwiegen und redeten ebenso intensiv. Das Leben kam ihnen genial vor. Sie übertrugen ihre Gabe, glücklich zu sein, aufs umliegende All.

Was ist feiner, einen «Essay» zu schreiben, oder sich wie Henriette und Gustav in die Bergeinsamkeitsaugen zu schauen?

DIE TRÄNENTRINKERIN

Während ein äußerst Sensibler, dessen Berufszweig ich nicht anzugeben brauche, seine Frau seit nun schon so langer Zeit immer wieder ersuchen mußte: «Rage doch durch etwas mehr Einsicht hervor», eine demnach also denkbar häufig wiederholte Ermahnung zur Sprache brachte, die nicht die kleinsten Früchte tragen zu wollen schien, weswegen er hie und da samt allen seinen Enttäuschtheiten in eine Ecke schlich, um sich den Luxus zu leisten, eine Träne liebender Wehmut aus seinen gewiß sehr kummervollen und daher großgeöffneten Augen aufs Sofa oder auf die Weste oder auf die duldende Hand herunterfallen zu lassen, während ferner einer der vielleicht nur zu vielen, die um des Wohlergehens der Menschheit willen in den tiefsten Besorgnissen sitzen, sich ein Gewissen machen zu wollen schien, daraus, daß er sich hin und wieder anscheinend überaus fehlerhafterweise seines bißchen Lebens zu erfreuen die unschuldige Absicht bekundete, während zudem eine reizend gekleidete und beseelte Maschinenschreiberin auf dem ihr so monoton vorkommenden Weg ins Bureau, oder sagen wir lieber etwas ausgedehnter und langatmiger: Wirkungsstätte: «Ach, ich habe so gar nichts vom Leben», mit der graziösesten und in gewissem Sinne selbstbespöttelnden Melancholie zu sich sagte, während es außerdem, was das Wetter oder die Natur oder die metereologischen Umstände betraf, auf das Trockenste vom wolkenlosen Himmel herabregnete, was Lust hatte, über die Treppenstufen der Luft mit niedlichen Füßchen niederzusteigen, womit ich mich womöglich etwas phantastisch ausdrücke, und an gewissen Tagen derselbe Himmel wieder strahlend blau zu sein für durchaus statthaft hielt, obwohl er gleichzeitig trüb ausschaute, was mitanzusehen jedem seltsam vorkommen mußte, dem die Freude dieses unalltäglichen Alltagsschauspieles zuteil wurde, während anderseits eine Millionärin seelisch insofern zu kämpfen hatte, als sie mit der größten Anstrengung gegen das Pochen ihres schönen, edlen Herzens vorging, das sich deshalb nur zu deutlich konstatieren ließ, weil ihr Gatte die Summe seiner Neigungen einer listigen, immerhin aber wunderhübsch aussehenden Artistin schenkte, die er sich nicht scheute, eventuell ehelichen zu wollen, was er seiner Lebensbegleiterin mit verurteilenswertester Gemütsruhe anvertraute, während außerdem in einem der zierlichsten Landhäuser, die von Künstler- oder sonstigen Augen je wahrgenommen worden sein können, eine zum Glück noch junge und schöne Frau in der Stille ihres allerliebst ausgestatteten Boudoirs leise aufschrie, indem sie zu dem entzückenden, prächtig abgetönten Schrei die unerhört feingeformte Hand an ihre Brust legte, als wenn sie auf der Bühne eines Theaters gestanden wäre und tausend oder mehr Zuschauer ihr Beginnen beaugapfelt hätten: «Kaum ertrage ich, daß ich jetzt Frau bin und doch noch immer mit einer Lebhaftigkeit ohnegleichen an denjenigen denke, von dem es mir nach wie vor klar zu sein scheint, daß ich ihn liebenswürdig finde, und über den ich auch noch in Erfahrung gebracht habe, daß ihn junge Mädchen ihrer harmlosen und darum scharmanten Aufmerksamkeit würdigen», während sich also, was ich soeben auseinanderbreitete, da und dort zutrug, geschah in einem Hause, das vielleicht aus den sechziger Jahren des vorigen Jahrhunderts stammte und mit Korridoren versehen war, in denen man Damenkostüme von ehemals daherrauschen hören zu können meinte, etwas noch weit Herzzerbrechenderes, indem sich nämlich hier in einem Gemach, das einem anerkannt eleganten Lebemenschen gehörte, dessen Magd herausnahm, mit den Worten: «Dein Gesamtwesen horcht auf mich, verstehst Du?» ein Bild, das erstens auf einer Konsole aufgestellt war, und das sich zweitens darin gefiel, daß es eine Angehörige aus Kreisen der Verantwortlichen, will sagen, Denkenden darstellte, die desjenigen Geliebte war, der auf die Bemerkung der Dienerin hin vor sich hinschaute, als wäre er beschäftigt, sich in sein Geschick zu fügen, mitten entzweizureißen, wobei sie ihn aufmunterte, in eine Empirekaffeetasse hineinzuweinen, bis sie voll sei, und die die hochaufgerichtete Gebieterin einer Situation, die womöglich als eigenartig empfunden werden dürfte, austrank, indem sie das gefühlvolle Naß mir nichts, dir nichts in sich aufnahm, sich augenscheinlich aufs beste damit bereichernd und dann noch hinging und vor den Ohren derjenigen, zu denen sie eine Beziehung hatte, erklärte: «Ich bin die Tränentrinkerin».

DIENSTMÄDCHENGESCHICHTE

Eins mußte man ihr zuerkennen: sie naschte nie. Schon allein um dieser Tugend willen verachtete man sie. Ihre Treue strahlte wie ein Sternenhimmel. Hiebei scheine ich ein wenig pathetisch zu sprechen. Zuweilen dichtete sie in der Mansarde, wohin sie sich zurückzuziehen gewöhnt war, und übergab die mehr zierlichen als markanten und eher niedlichen als mächtigen oder wuchtigen Beweise ihrer Darstellungsgabe ihrem Herrn, der die Gedichte, mit seinem Namen versehen, den Verlegern zur Veröffentlichung einsandte, die ihn wissen ließen, er dichte ausgezeichnet. Zum Lohn erhielt sie von Zeit zu Zeit vom Gütigen, wie sie ihn gern nannte, eins mit der Peitsche. Eine ihrer Freundinnen, eine Angehörige besserer Kreise, mit der sie in andauerlicher Korrespondenz stand, schrieb ihr, als sie von ihr vernommen hatte, wie man mit ihr umgehe, sie beneide sie. In der Tat sehnen sich guterzogene Mädchen mitunter lebhaft danach, barsch behandelt zu werden. «Möchtest Du Dich nicht glauben machen, Du seist ein Mann und sähest Dich befugt, mich nicht allzu hart zu malträtieren?» fragte sie sie an, die ihr demütig und zugleich nachlässig erwiderte: «Ich habe hiezu nicht die geringste Lust, was sich ja gewiß für mich auch ganz und gar nicht schicken würde.» Die Kinder ihrer Herrschaft sagten ihr manchmal, sie stinke, wußten jedoch genau, daß sie zu ihrem Vergnügen etwas Falsches vorbrachten, um sich eines Hochmutes zu erfreuen, den niemand besser zu genießen versteht, wie dies ausgerechnet bei Kindern der Fall ist. Niemand verstand sich wieder anderseits besser, d. h. mit mehr Behaglichkeit zu schämen wie die, die einmal die

Frau des Hauses leise ersuchte, mit andern Worten innig bat, sie an der Nase zu fassen. Letztere untersagte sich nicht, der Anfragenden den Rat zu erteilen, gewählter, d.h. mit weniger Unverblümtheit mit ihr zu sprechen, sonst werde sie sie, so sehr sie sie schätze, wegjagen. Über die Frage, ob ihr Geruch oder Duft derart gewesen sei, daß man ihn auf einer Ausstellung für Wohlgerüche hätte ausstellen können oder nicht, elegant, wie mir scheinen will, hinweggleitend, erwähne ich nur noch rasch ihre vielleicht in Wirklichkeit schönen Augen, mit Hilfe derer sie mit der Tochter ihrer Herrin eine durchaus ernsthafte, mithin wertvolle liebschafthafte Freundschaft schloß.

Ich aß soeben einen Teller Suppe, dann eine ziemlich lange Wurst, dann ein saftiges Stück Käse, dann Sardinen, dann Schinken, dann einen Apfel, dann einige Nüsse, und Küsse der Magd wurden nie erlebt, denn sie küßte nie; sie jedoch zu küssen war von nahezu verzehrender Wirkung, weil sie die geborne Küsseinempfangnehmerin war.

Sie spielte jeweilen mit dem Kuß, den sie annahm, ungemein, will sagen, unsäglich gut, was sehr bequem gesprochen ist, indem ich die Art und Weise, wie sie mit dem Angenehmen umging, falls ich nicht, wie gesagt, etwas viel gegessen hätte und infolgedessen verhältnismäßig im Moment zu träge dazu wäre, mit sicher nur unerheblicher Müheaufwendung zu schildern imstande sein könnte. Sie besaß ein blasses, nasses Gesicht. Wer ihr nachgiebigkeitausstrahlendes Antlitz berührte, meinte nicht mehr davon loskommen zu können. Die Magd besaß Manier und Natur, ihre Herrschaft war bei etlichem Bildungsmangel kultiviert, während ich mit jedem

Atemzug Verantwortlichkeit, d.h. Bildungsbeflissenheit ein- und ausatme, weshalb man mich liebt und nicht liebt oder, kurz gesprochen, hochachtet. Ich schrieb diese Zeilen kalt, als sei ich herzlos.

Manchmal ist meine Lustigkeit, d.h. das, was man Herz nennen kann, bleich, manchmal rosig.

Ich erinnere mich, daß ich jahrelang nicht lachte.

Die Magd verdient die Ehre, die ich ihr zuteil werden ließ, sehr.

HERRIN UND SCHOSSHÜNDCHEN

Eine elegante Herrin saß in einer Haltung, die man eine nachlässige nennen kann, auf einem Möbel, dessen Charakterisierung keine Wesentlichkeit bildet, und erinnerte sich des Wunsches, der sie seit etlicher Zeit belästigte, ihrem Schoßhündchen eine gehörige Portion Prügel zu verabfolgen, damit das Nichtsnutzige erfahre, was angemessene Bestrafung sei. Die in der Tat schöne, weil prächtig gebaute Herrin vermochte sich vom Begriff Züchtigung nicht zu trennen, und ich bin vielleicht berechtigt zu glauben, sie habe vor lauter buntschillernder Maßregelungskunst nachts nicht ordentlich schlummern können, obwohl ihr allabendlich trefflich geschulte Musiker ein Ständchen, d.h. ein Konzert darbrachten, dessen Inhalt ihr die Meinung beibringen mochte, sie befinde sich mitten, sagen wir, in einer Oper, worin sie als entzückende Figur vorkomme, was gewiß eine famose Einbildung war. War ihr ihr Schoßhündchen lieb? Kein Zweifel! Erschien ihr dasselbe mitunter vielleicht beinahe unausstehlich? O ja! Sie verachtete, was ihr lieblich erschien, und sie strengte sich förmlich an, untauglich zu finden, was auf ihren Lippen ein Lächeln der Zufriedenheit entstehen ließ. Ein Dutzendmensch würde vielleicht der launenhaften Herrin empfohlen haben, zu einem anerkannt brauchbaren Arzt zu gehen, der ihr vermutlich den Rat erteilt hätte, irgendeinen Kurort zu frequentieren. Bereits hatte sie behufs Abwechslungsvertatsächlichung einen tagebuchartigen Roman, eine Art Bekenntnisbuch zu schreiben begonnen, und das werdende Werk schien mit einem intelligent dreinschauenden Kind Ähnlichkeit zu haben, dessen Bewegungen Staunen hervorriefen. Hervorgehoben muß werden, daß besonders der Umstand die Herrin in eine Menge von Entrüstetheit versetzte, daß das Schoßhündchen wie die Harmlosigkeit selber aussah. Beständig schaute das Ungezogene seine Erzieherin mit sehr viel angenehmer sowohl wie unpassender Dreistigkeit an, derart, daß sie sich zu ihm zu sprechen veranlaßt sah: «Wart, dir will ich», welche Worte sie mit dem Vorweisen einer Peitsche begleitete, eine Maßnahme, die auf das denkbar kluge und wieder höchst unwissende Schoßhündchen entweder überhaupt keinen oder nur wenig Eindruck machen zu wollen schien. Die Gelenkigkeit des Hündchens konnte als plump bezeichnet werden, und seiner Sauberkeit machte man Unappetitlichkeitsvorwürfe. Was eines Schoßhündchens Ursprünglichkeiten oder Absichtsabwesenheiten betrifft, so wird auch der unbegabteste Beobachter zur Erkenntnis gelangen können, daß etwas empörend Egoistisches darin liegt. «Ich will ihm eine Zurechtweisung zu kosten geben, die es nie wieder vergißt, und daß es für sein ganzes ferneres Leben bloß noch aus einem einzigen, unaufhörlichen, innerlichen Winseln besteht.»

Klar geht aus diesem Prosasatz hervor, daß Herrinnen streng zu sein imstande sind. Es kam vor, daß sie das Hündchen folgendermaßen ansprach: «Deine Zierlichkeit ist etwas in jeder Hinsicht Unverschämtes, und das Unverschämteste scheint in der Tat an dir zu sein, daß du dir dessen nicht im entferntesten bewußt bist. So winzig deine Erscheinung ist, so schwer soll dich das riesige Gewicht meiner Übelgelauntheit treffen.» Peinlich wurde der Herrin demnach also hauptsächlich das Kleinliche, das in heller Unbewußtheit am Schoßhündchen beinahe blendend zum Ausdruck kam. Umsonst gab sich die zweifellos auf erheblicher Bildungshöhe Stehende bezüglich Humanität usw. die unglaublichste Mühe. «Deine Komik stört mich; aller Wahrscheinlichkeit nach geht es dir bald immens schlecht, hast du verstanden?» Herzlosigkeit eines zarten und schönen Herzens, in was für genügenden Formen schildere ich dich? Das törichte Geschöpf verstand von der Problematik, worin es schwebte, rein gar nichts, und dieses Vonallemnichtsverstehen verstärkte letztere noch. Ich will einen Herrn in korrektem Hut, der der Schoßhündchenbesitzerin eines Nachmittags artig Gesellschaft leistete, nicht näher in Betracht ziehen. Figuren gibt es, die in gewissen Geschichten gleichsam nur Dekorationswirkungen haben können. Ich hob den totalen Mangel an Gemeinnützigkeitssinn am Schoßhündchen hervor und hoffe hierdurch dessen Gestalt in erwünschtem Umfang verständlich gemacht zu haben. Zu erwähnen könnte übriggeblieben sein, die Herrin habe in ihre Abneigungen gegenüber ihrem Hündchen wie in einen porträtzurückstrahlenden Spiegel geblickt. Die vollendete Unbeeinträchtigtheit, womit die bedeutungslose Vierbeinigkeit die auf Bedeutung Anspruch erhebende Zweibeinigkeit in einem fort anschaute, blieb Tag für Tag dasselbe Phänomen, bis der beschlossene Peitschenhieb zur Ausführung kam.

DIE ROTE LEDERTASCHE

Sie war, unter uns gesagt, eine Spionin. Zu gewissen Zeiten werden gewisse Personen mit Missionen betraut. Die Spionin war von der und der Regierung beauftragt worden, ein Täschchen mit Briefen, Skizzen usw. gewissen Händen zu entwinden. Was ich da für eine Hintertreppenhaftigkeit bringe!

Die Spionin glich an Schönheit und unschuldigem Aussehen einem Traum, einer Taube, und es fehlt denn auch nicht, daß der Inhaber, Träger und Besitzer des Täschchens von Liebe zu ihr erfaßt wurde. Die Liebe erhöhte ihn zu einer Art von Kind. Das Täschchen bestand aus rotem Leder.

Mit Spannung wartete die betreffende Regierung, was für Nachrichten ihr von der Spionin zugehen würden. Lange dauerte die Nachrichtenabwesenheit. Verschiedene Abgesandte kehrten enttäuscht dorthin zurück, von wo sie hergekommen waren. Die Auftragübernehmerin nahm es mit ihrem Auftrag scheinbar recht behaglich. Gewisse Leute hielten sie für unfähig. Ein Schriftsteller verspottete sie, doch man verspottet oft, was man lieb hat.

Mehrere Minister hatten schon den Geist aufgeben müssen, doch noch immer befand sich die Tasche im Besitz des eigentümlichsten Individuums. Dieses Individuum stellte gewissermaßen eine Macht dar. Das Luder mit seiner Liebe zur Spionin im Herzen und die fragliche Regierung führten gleichsam einen Geheimkrieg miteinander. Der Staat fuhr fort, sein hohes Vertrauen in die Spionin zu setzen.

Seinerseits schrieb der Ledertäschchenbesitzer von Zeit zu Zeit in inländische und benachbarte Zeitungen teils abfällig beurteilte, andersteils beifällig aufgenommene Artikel, damit man annehme, er sei Journalist. Nebenbei spielte er ungewöhnlich lieb, süß und schön Klavier.

Ihrerseits war die Spionin von einer Eskorte umgeben. Die Mitglieder derselben trugen jeden Moment losgehen könnende Revolver.

Alle diese Herren gingen häufig am Täschchenträger dicht vorbei. Hätte die erwähnte Regierung geahnt, wie sich die Spionin vor dem Luder mehr und mehr fürchtete, sie würde sich kaum besonnen haben, sie abzusetzen. Die Spionin zitterte vor dem Gedanken, er merke ihr an, was sie sei. Er gefiel ihr nämlich.

Der Schuft wußte genau, auf was es die Schuftin abgesehen hatte, die mies und zugleich fabelhaft schön gekleidet war. Die Regierung traute der Spionin nach wie vor. Die Eskorte bebte vor Erregtheit. Das Land war voll bestürzter Gesichter.

MANN UND FRAU

In einer schönen Stadt, die nicht nur dem Ruf und Ansehen nach, sondern in der Tat schön war, ein Umstand, der ihrer Schönheit Wirklichkeitswert verlieh, lebte das schönste und beste Geschäftemacherexemplar, das mir je zu Gesicht kam. Mir kam vor, er sei in der Geschäftemacherei ein Kind, in der Kindlichkeit ein Künstler, im Künstlertum ein Dilettant ungewöhnlichen Ausmaßes, in der Dilettantenhaftigkeit lieb, grausam und harmlos und in der Harmlosigkeit, Grausamkeit und Lieblichkeit ein Quäker und im Quäkertum ein hervorragender Realist gewesen. Haudegenmäßig raßle ich, wie es mir den Anschein macht, in ein Thema hinein, das mich auszusprechen veranlaßt, dem Geschäftelhuber sei seine treuherzige Frau überaus treulos gewesen, und sie habe ihn mit einer Lieblosigkeit geliebt, die an liebevollen Haß gestreift haben mag. Zu ihrem mitunter lebhaften, will sagen, erheblichen Indigniertsein las sie Briefe, die niegeschaute, d.h. fremde Frauen an ihn adressierten und worin sie ihn teilweise «Liebes Knäbchen» titulierten. Zweifellos beruhte seine Aufführungsweise auf einer staunenerweckenden Geschmeidigkeit. Ihm war beispielsweise in einem fort zumut, er trage keine andere als kurze, kaum bis an die Kniescheiben reichende Höschen. Eine Illusion war das, die wir ihm gönnen, wir, die wir die Gewogenheit besitzen, zu erzählen, seine Stirnrunzelzeit sei seine weitaus glücklichste oder sieg- und erfolgreichste gewesen. Seiner Schüchternheit verdankte er für bodenlos frech angeschaut, und sein Idealismus führte herbei, für enorm grundsatzlos gehalten zu werden. Eines Tages runzelte eine schöne Frau, die die Imposantheit selbst zu sein schien, seinem Benehmen gegenüber ihre Stirne, was ein Verhalten war, das ihn entzückte. Vor Freude, deutlich und unverkennbar angestirnrunzelt worden zu sein, ging er hin und machte glänzende Geschäfte, woraus ich zu folgern geneigt bin, daß die Geschäfte nicht nur irgendwie in der Luft liegen, sondern aus dem Herzen herauswachsen. So ein Geschäftchenmacherchen bedarf meiner Meinung nach einer Seele, die sich mit einem Gärtchen in Ähnlichkeit oder Verwandtschaftlichkeit setzen läßt, worin geschäftliche Unwiderleglichkeiten zur Gedeihlichkeit gelangen. Auf seine Geschäftsseele wurde denn nun ja auch tatsächlich seine außerordentlich wackere und anerkannt hübsche Frau aufs wackerste eifersüchtig. Eifersucht, welch ein theatralisches Wort bist du! Ich schwinge mein Essayschwert weiter, und indem ich vor derartiger Schwingerei und Ringerei keineswegs zurückbebe, sehe ich mich in die Lage gebracht, behaupten zu können, des Geschäftsmannes Frau habe das geschäftliche Leben ihres Herrn Gemahles verwünscht oder verachtet, dezenter betont, geringgeschätzt und, ich weiß nicht, was sonst, weswegen besagte Geschäfte nur um so besser gegangen und gelaufen seien. Wird etwas aufrichtig mißbilligt, so nimmt dies Etwas aus irgendwelchen bestimmten Gründen einen wünschenswerten Verlauf. Plötzlich ging es dem Famosen, der den Gegenstand vorliegender Aufgabeerledigung bildet, miserabel, wonach die Frau auf die gänzlich niedergedrückte Gestalt hinzutrat und zu ihm sprach: «Ich will Dir helfen», und so half sie ihm, richtete ihn auf, unterstützte ihn, stand ihm bei, nannte ihn ihren Liebling, steckte ihm womöglich, ja sogar sehr wahrscheinlich, um ihn zu begütigen, ein Biskuit in den Mund, betätschelte ihm die Wangen, zupfte ihn zärtlich am Ohrläppchen, klemmte ihn zu allem auch noch vor lauter Hilfsfreudigkeit in die Nase, doch alle diese herrlichen, gewiß an sich prächtigen, weil denkbar gutgemeinten Maßnahmen nützten wenig oder überhaupt nichts.

Lange schauten beide einander an, wonach er den Mut

aufbrachte, folgendem Atem, d.h. Ausdruck zu verleihen:

«Um gute Geschäfte zu machen, braucht man nicht viel hievon zu verstehen. Das Geschäft versteht sich selber. Ich habe gute Geschäfte gemacht, weil ich ein sozusagen erzdummes Bürschchen sein zu dürfen den Vorzug genoß. Indem ich nie geschäftsmäßig vorging, setzten sich meine Geschäfte in den Kopf, gute zu sein. Ich war sorglos; nun habe ich Sorgen, die Du teilst, wofür ich dir selbstverständlich dankbar bin.»

«Kannst Du nicht von neuem sorglos sein?» fragte sie ihn kummervoll.

«Weil Du für mich zu einer Hoffnung geworden bist, besitze ich keinerlei eigene Hoffnung mehr.»

«Wie kommt das? Sprich!»

Er entgegnete: «Es gäbe hierüber viel zu sagen. Hoffnungen sind Begriffe, mit denen man am liebsten nicht Bekanntschaft macht. Mir fiel nie ein, etwas zu hoffen. Das Hoffnungsvolle lebte als total unbekanntes Etwas in mir. Vermagst Du mich diesbezüglich zu fassen?»

Unerhört zaghaft küßte sie ihn.

Wie liebkosen Empfindende weit weniger gern Glückliche als Zaghafte!

Ich glaube, ich schrieb hier eine komische Geschichte.

LIEBESGESCHICHTE (I)

Einmal gab es eine Sie und einen Er und weiß Gott was für ein buntes Gemisch von Nebenpersonen, die, von anderem Gesichtspunkt angeschaut, Hauptpersonen sein mochten; hier aber waren sie nebensächlich, was uns leid genug tut und weshalb wir sie um Entschuldigung bitten. Was unsere zwei Leute und unsere Liebesgeschichte betrifft, die von einfacher Art ist, so verehrte er sie sehr, sozusagen von ganzem Herzen, und er würde sie womöglich gern geheiratet haben, im innig empfundenen Wunsch, sie und sich selbst glücklich zu machen, was gewünscht worden ist, seit es Menschen auf der Welt gibt. Nur war ein Hindernis da, und dasselbe bestand darin, daß die, die er liebte und mit der er vermählt zu werden wünschte, allzu viel Heftigkeit besaß, derart, daß sie sich leider immer schnell über irgend etwas ärgerte, was ihm nicht gefiel und ihr selbst vielleicht auch nicht. Es schien dies eine Schwäche an ihr zu sein; sie hätte sie sehr wahrscheinlich gern in eine Stärke umgewandelt, leider aber erwies sich die Schwäche sozusagen als stark, während sich ihre Stärke ziemlich schwach zeigte, was sowohl sie selbst wie er, der sie sonst hochschätzte, beklagen zu müssen in der Lage waren, anders gesprochen, Veranlassung hatten. Wie herrlich sah sie von Gesicht, Gestalt aus, eine wahre schlanke Pracht, um uns dieses Ausdrucks zu bedienen, solang uns kein anderer einfällt. Einfälle sind oft rar, und Autoren müssen mit dem bißchen Geist vorliebnehmen, das ihnen vom Geschick gnädig verliehen wurde. Groß und imponierend, o gewiß, aber sowie sie sich ärgerte, knickte sie jedesmal ein und verlor ihr Schönes, und das sah der zu seinem nicht geringen Bedauern, der sie sonst bewunderte, und mit diesem Einsehen ausgerüstet, sprach er eines Tages, so gegen 5 Uhr abends, in vertraulich-aufklärender Tonart zu ihr: «Beste, höre, ich heirate dich und diene dir fürs ganze Leben, wenn du's fertig brächtest, dich ein Jahr lang über jede Art Ärger, der dich jedesmal verkleinert, sobald er Macht über dich gewinnt, erhaben zu erweisen.» Indem er dies vorbrachte, lächelte er, wie einer, der über den Mut, den er an den Tag legt, zufrieden ist, und in der Tat gehört Mut zu einer so aufrichtigen Ansprache. Das versteht jeder. Nahm sie sich zu Herzen, was er sprach? Ja, das tat sie, und man vermutet, sie habe ihr Temperament zu zügeln gewußt und sei ein Jahr lang oder länger von einer Milde, Duldsamkeit gewesen, daß sie geblüht habe wie Blumen im Frühling und zum Schluß der Prüfungszeit so lieblich gewesen sei, so sehr nach innerer Ruhe und äußerer Gesundheit ausgesehen habe, daß es eine Lust war, sie anzuschauen, und das wird derjenige aufmerksam genug getan haben, von dem wir annehmen, er sei nun mit ihr zufrieden gewesen, und es habe ihm beliebt, das gegebene Wort zu halten. Sicheres wissen wir nicht; wir hoffen es bloß, und in der Hoffnung, daß sich die Dinge so zugetragen hätten, indem alles hübsch klappte, was nicht stets der Fall zu sein pflegt, hie und da aber doch wohl zutreffen kann, klappen wir den Deckel zu, als sei die Erzählung eine Schatulle, legen sie dorthin, wo sie hingehört und freuen uns über ihren, wenn auch nicht hohen, so doch eventuell bescheidenen Wert.

MONDSCHEINGESCHICHTE

Folgende kurze Geschichte sei mit der Geste eines Vortragenden erzählt:

Es scheint da einmal eine sehr feine, also sehr gebildete Frau existiert zu haben, die nicht nur von ungewöhnlicher Hübschigkeit, sondern auch noch eine emsige Bücherleserin war, und von der man glauben machen möchte, sie habe sich gleichsam auf den sanften Hügelzügen des Lebens aufgehalten, von wo aus es allmählich abwärts gehen würde, indem sie sich mit einer nicht mehr ganz und gar jungen Jugendlichkeit geschmückt sah.

Die Frau, die ich mit obigem, das heißt soeben zur Sprache gebrachten Worten geziemendermaßen glaube charakterisiert zu haben, besaß einen Gatten (die wievielte Ehegeschichte erzähle ich nun schon eigentlich?), mit dem sie, indem sie ab und zu unzufrieden mit ihm war, verhältnismäßig ganz gut auskam, und der die Unvorsichtigkeit beging, sie eines Abends beim Lampenlicht zu bitten, ihm gütigst anzuvertrauen, was sie im Grunde immer gegen ihn einzuwenden habe.

Weshalb sie mit ihm nicht total übereinstimmte, wußte er genau; nichtsdestoweniger fand er für richtig, zu tun, als befinde er sich bezüglich der hie und da vorkommenden Verstimmtheit seiner Ehehälfte in der eklatantesten Unwissenheit.

«Bist du einverstanden, daß ich verreise?» fragte sie ausweichend, und sie fügte mit scharmantester Schonungslosigkeit bei: «Ich mopse mich nämlich seit einiger Zeit in deiner Umgebung ein wenig.»

Also an genügend reichlicher Unterhaltung fehlte es der häuslichen Göttin. Ihr Vorschlag nahm ihn moralisch, wie man sagt, her.

Sorgenvoll stützte er sein Haupt in die durchgeistigte Hand. Zum Glück waren keine Unerwachsenheiten, will sagen, Kinder, vorhanden. Anderseits bedeutet Kinderlosigkeit eine Lücke, die Ausfüllung erfordert, ähnlich wie Löcherchen in Strümpfen gestopft, das heißt ausgebessert zu werden wünschen.

So verließ denn jetzt also das reizvolle Frauchen ihr keineswegs reizloses, weil mit allem Neuzeitkomfort ausstaffiertes Heim, um womöglich in einer unbekannten Gegend irgend etwas zu erleben.

Bald darauf wohnte sie in einem von jenen Grand Hotel genannten Prunkbauten, der gegen zweihundert Zimmer enthielt, und wo ihr niemand wehrte, sich mit Insichaufnehmen der Unaufhörlichkeit des einem monotonen Geplauder ähnlichen, gewissermaßen poesieauslösenden Wellengeplätschers beschäftigt zu sehen, wobei sie dann und wann an denjenigen zu denken in die Lage kam, der ihr Ursache gegeben zu haben schien, in der Vereinzeltheit sorgfältig mit sich zu Rate zu gehen und eine Reihenfolge von womöglich absolut unnötigen Betrachtungen über ihr bisheriges Leben anzustellen.

Eines Nachts bei Mondschein.

Doch ich spreche mit des Lesers Erlaubnis einstweilen von etwas ganz anderem, nämlich von einem lebensmüden Lebenskünstler samt seiner Gattin, die noch sehr lebenslustig war, weil sie zu vermeiden gewußt hatte, das Leben kennenzulernen.

Beide bewohnten eine Villa. Zum wievielten Male kommen in Erzählungen, die ich verfasse, Villen vor, und warum mußten beide einen Bibliothekar besitzen, dem es an einem aufgeweckten sowohl wie schäferlichen, d.h. manchmal etwas schläfrigen Kopf nicht gebrach, und der sich mit Ordnen und Sichten von hunderterlei Schriften befaßte, die gedruckt und gebunden vorlagen?

Dieser Sekretär war ein Kind und hieß Hans, und weil ihn die Kinderchen der beiden Bewohner der Villa liebhatten, so erlaubte sich die Hausfrau die Abenteuerlichkeit, den Bücherdurchblätterer und Kinderliebling nett zu finden, der sich ihr gegenüber mit ausgesuchtester Gelehrtenhaftigkeit benahm.

Während ihn der Verfasser von oben herab anschaut, wozu ich ja das Recht habe, da er meiner Feder entstammt, blickte die Mutter der Kinder, mit denen er geradezu naturburschenhaft umging, beinahe hochachtungsvoll zu ihm empor, und eines Tages war sie so offenherzig, ihn ihres Neides zu würdigen, der vor noch nicht langer Zeit Geschirr abtrocknen half oder gar Treppenstufen scheuerte.

Die vortreffliche Frau war ganz einfach auf sein vergnügliches Verhältnis zu ihrer Nachkommenschaft eifersüchtig. Noch nie, solange ich dichte, dichtete ich eine schlichtere Geschichte wie die, worin ich berichte, sie habe ihren Hauslehrer auf die Anmaßung aufmerksam gemacht, die darin liege, daß er sich in ihrem Hause amüsiere, indes sich ihr wackerer Gatte mit nichts als schwierigsten Zeitproblemen zu seinem gesundheitlichen Nachteil abgebe.

«Wie lieb, wie lieb Sie sind», flüsterte vielleicht zu demselben Zeitpunkt (ich kehre zum Mondschein zurück, den ich im Stich ließ) ein hochbegabter Feuilletonist derjenigen bewegten Herzens zu, die zwecks Verwirklichung eines Erlebnisses von zu Hause fortreiste.

« Schonen Sie sich», ermahnte sie ihn.

«Längst erschienen Sie mir rührend, und ich wundere mich, daß ich Ihnen noch nicht zu Füßen gesunken bin, um Ihnen zu sagen, wie durch Sie meinem Leben eine neue Wendung und meinem Beruf neues Leben gegeben worden ist. Wie sind Sie mir ein und alles.»

«Sie sind fassungslos», sagte sie.

Leise fügte sie hinzu: «Ich bin verheiratet.»

Er wäre sehr unhöflich gewesen, wenn ihn ihr Geständnis nicht entzückt hätte.

Doch nun wieder zum Bibliothekar zurück, von dem ein weniger besonnener Autor wie ich zu behaupten Lust haben könnte: «Er hielt sie umfaßt.» Wen? Seine Herrin?

Vielleicht fiel unten im Garten eine Spritzkanne um, und aus einiger Entfernung ließ sich vielleicht ein Pferdegewieher vernehmen, und im Erzieherkopf machte sich vielleicht Gelesenes geltend, und nun fällt mir Gott sei Dank vorläufig nichts mehr ein.

TRAPPI UND LAPPI

Ich nehme an, eine Geschichte, die vermutlich ziemlich zierlich, d.h. witzig, will sagen lesenswert sein wird, und die von einem Spießbürger handelt, der sich Trappi nannte, dem eine Braut von seltener Schönheit namens Lappi zugeführt wurde, gelinge mir spielend. Muse zeigt mir ein äußerst ernsthaftes Antlitz, indem sie ein bißchen an ihrem Gewand nestelt, als wolle sie mich geistreich zu sein ermahnen. Lappi war süß und gleichsam groß und sozusagen von bester Qualität, d.h. aus gediegenster Familie abstammend und gewissermaßen die Reinheit, Harmlosigkeit usw. selber, indes sich Trappi sukzessive durch starkes Auftreten geeignetermaßen auszeichnete, was Lappi entsprechend zu irritieren begann. Sie besaß Freunde, denen ob Trappis grobhölzigem Benehmen die Seele vor Ingrimm wehtat, indem sie in Erwägung zu ziehen begannen, es geschähe eventuell etwas. Verworrenes Stimmengewirr machte sich hier und da in einiger Entfernung hörbar, wogegen sich Trappi wiederholt sagte, er fühle sich als felsenfester Hausherr, falls er sich überhaupt kümmerte, was rund um seine Gefestigtheit vorging. Unverzeihlich von ihm schien immerhin zu sein, daß er in einem fort horchte. Sagte beispielsweise jemand zu irgendwem über einen beliebigen andern dies oder das, so hörte dies Trappi und meinte natur- oder unnaturgemäß aufs schnellste und korrekteste, er sei damit gemeint. Mit der Zeit fielen seine Freunde beinahe alle von ihm ab, obschon sie ihm äußerlich einwandfrei huldigten, da er das besaß, was man Macht nennt.

Baedeker erwähnt die Residenz Trappis. Nunmehr, und so glich Trappi tatsächlich einem schönen Menschen, aber infolge seines fortdauernden Mißtrauens nahm er an Ebenmaß ab, dagegen an Unausgeglichenheit zu, und je mehr dies der Fall war, um so blässer wurde die liebliche Lappi im Gesicht. Ihre vielen Gemächer schienen für sie wenig oder keine Unzweideutigkeit mehr zu enthalten. Wenn sie schlief, schien die Sonne, und war sie wach, so sah sie nichts als nackte, arme Nacht rings um sich, d.h. das ungeordnete Haar ihres in jedem Sinn zerzausten Daseins. Während ihr der Schlaf die freundlichen Gesichter derjenigen zeigte, die sich nach der vielleicht vorzeitig Weggegebenen sehnten, wies ihr der helle Tag nur Unlustiges vor. Wenn sich die beiden irgendwo begegneten, schlug ihnen das Herz. Wenn Trappi auch nur im entferntesten geahnt, gewußt hätte, daß sich Lappi irgendwann von einem ihrer Pagen die Schuhe hatte binden lassen, würde er zweifellos seinen halben Verstand eingebüßt haben, denn er besaß viel Fähigkeit, außer sich zu sein. Herrlich übrigens, so eine Zornesausbruchsunmittelbarkeit, so eine Gefühlsraserei! Von Lappis Zartheit kann man sich schwerlich einen Begriff machen. Wer sie anschaute, schien sie zu entheiligen, und wer sie noch nicht kennengelernt hatte, wußte nichts von Seligsprechung, irrte in hellgoldiger Finsternis einher, glaubte an einen Ersatz, solange sich ihm das einzige, was Wert besaß, noch nicht offenbart hatte.

«Obgleich mein Name ein wenig komisch klingt», sprach sie zu sich, «wird sich Tragisches in meinem Leben zutragen.»

Der unglückliche Trappi hielt Qualen aus. Zeitweise wurde sein Gesicht von zermalmendem, denkbar anmaßend über ihn herstürzenden Haß grün, indes sie vielleicht ihre Zofe bat, sie umzukleiden, damit sie strahle und dies ganz genau wisse, und er tose, tobe wegen entzückten Sich-nicht-mehr-Kennens vor den Wirkungen ihrer Schönheit.

Eines Tages fragte er sie: «Was sagst du?»

«Ich? Nichts!» erwiderte sie.

Sie hatte gelächelt und er infolgedessen geglaubt, sie sage etwas zu ihm, das für ihn unvorteilhaft sei, das wie Hohn klänge.

Porträtisten trugen fertige Ölbilder zu kunstfreudigen Leuten; hier riefen Herr und Frau ein Hündchen zu sich her; dort reiste eine Erzieherin in die Ferien. Ich verscheuche täglich nach Möglichkeit Vorurteile. Der Wind ist still wie ein Kind, das herumsprang und nun staunt.

DER KANARIENVOGEL

Heinrich begab sich mitunter auftragsweise auf eine Reise, indes sein Kamerad Franz an einer Biographie schrieb.

Letzterer wunderte sich über seine Schaffenslust. Beide hatten einen Freund namens Peter, der in Monte Carlo Glück machen gegangen war und der nun mit dem Bescheid wieder bei ihnen vorsprach, er habe so viel gewonnen wie bald hernach wieder verloren.

Ein Kanarienvogel begleitete dieses Geständnis mit Proben seiner zarten Stimmbegabung.

Nunmehr macht sich in dieser Geschichte ein Mädelchen geltend, die Heinrichs Geliebte war, und die ihn mit ihren Erinnerungen gleichsam oft behelligte.

«Was interessiert mich Deine Vergangenheit?» sagte er jeweilen.

Bisweilen lehnte sich Franz, um sich von den Strapazen seines Berufes zu erholen, ans Fenster; Mina ahmte ihn nach, wobei sie vielleicht gelegentlich zu ihm sprach: «Du hast angenehme Hände», wovon sich der Angesprochene gern überzeugen ließ.

Infolge nicht recht Wissens, was anstellen, kamen Franz und Mina auf den Einfall, Peter schriftlich zu benachrichtigen, sie hielten ihn für einen Tolpatsch.

Anderntags erschien der derart Ausgezeichnete und legte die Erklärung ab, die seinem Bildungsbesitz entsprach, womit die Sache erledigt worden zu sein schien.

Minas Lippen wiesen einen Üppigkeitsanflug auf. In Heinrich machten sich von Zeit zu Zeit Weltschmerzlichkeiten bemerkbar, die sich dadurch äußerten, daß er vom Heiraten zu sprechen begann.

Hie und da kam ein Herr von Gewicht im Auto an.

Man fuhr gemeinsam aufs Land und verbrachte ein halbes Stündchen in einer Wirtschaft.

Falls Franz alt wird, was nicht ausgeschlossen ist, dürfte er noch spät an die Bockwürste zurückdenken, die er abends zu verzehren pflegte. Anläßlich einer Uneinigkeit teilte er den Ausdruck Kamel aus, was ihm natürlich unlieb genug sein mußte.

Mina phantasierte zuweilen. Heinrich und Franz begaben sich mitunter zu Manfred, einem Herrenmenschen, der zu Menschen Beziehungen unterhielt, deren kulturelle Unsicherheiten ihm zustatten kamen. Die beiden ließen Mina, sobald sie zu Manfred gingen, sorgfältig zu Hause, und im Selbstverständlichen dieses Benehmens mochte für das Mädchen etwas Kränkendes liegen. Was wir ohne weiteres begreifen, macht uns empfindlich.

Daß sich Heinrich und Franz gut vertrugen, schien ihr unangenehm zu sein. Einmal nahm sie ihrem Geliebten eine Zeitung, worin er mit der Gemächlichkeit eines gemachten Mannes las, brüsk aus der Hand, Manipulation, die nicht die geringste Veränderung herbeiführte.

Im kaum merklichen Wind lispelten die Blätter an den Bäumen. Ich erzähle so gewählt, weil ich mir Elastizitäten vorbehalte. Zur Bockwurst scheint dann und wann Kartoffelsalat genehmigt worden zu sein. Über Kinderwägelchen beugten sich liebevolle Ammen.

Der Gesang des Kanarienvogels stimmte mit der Farbe seines Gefieders überein.

Eines Tages vertrieben sich Heinrich und Franz die Zeit dadurch, daß sie sich verprügelten.

Die Tage kamen und gingen, und für ein verfeinertes Empfinden sah es aus, als würden sie beim Weggehen von den nahenden Abenden mütterlich geküßt.

Franz schriftstellerte unermüdlich. Mina bildete sich zur Schauspielerin aus.

LANDAUFENTHALT

Gern würde ich den beiden jungen Leuten, die sich für einige Zeit auf dem Land angesiedelt hatten, wohlklingende Namen geben wollen. «Du solltest weniger launisch in einer Gegend sein, die geeignet ist, unser Entzücken zu bilden», sprach er mit einer Betonung des Verdrießlichseins zu ihr, die bewies, daß er ihr innerlich den Vorwurf machte, sie trage wesentlich zu Verstimmtheiten in ihm bei, deren er sich mit Mühe erwehre. «Schulmeistere mich bitte nicht!» lautete ihre Erwiderung, die ihn wieder einmal, wie nun schon so oft, scheinbar resigniert lächeln machte. «Wir haben ihn eingeladen, und er kommt noch nicht. Das ist unhöflich von ihm», fügte sie etwas spitzig bei. In vielen Fällen scheint mir spitziges Sprechen vollständig unbeabsichtigt zu sein, gleichsam traumhaft aus entwickelter Intelligenz hervorzudringen.

Die beiden jungen Landaufenthältler erwarteten einen «Dritten im Bunde», als ließe es sich zu dritt lebhafter, interessanter, befriedigender spielen, leben, zusammensein als zu zweien, was vielleicht auf die Dauer ein Verhältnis darstellt, worin sich Ruhe, Ausgeglichenheit, Unbesorgtheit, Glück, Sicherheit usw. etwas zu stark geltend machen. Nach Verlauf von einigen Tagen zeigte er sich ihnen übrigens. Sie begrüßten in ihm einen sogenannten Freund, mit dessen Gegenwart sie würden rechnen dürfen und müssen. In der Tat brachte der Neuhinzugetretene eine Art Hoffnung in den kleinen Kreis, aber jedesmal, sobald sie sich zu entfalten begann, stellte sich die Meinung ein, daß es damit nicht sehr weit her sei. Die Erweitertheit der Aussicht oder der Möglichkeiten, vergnügt zu sein, schien sich mit der Notwendigkeit zu verbinden, mehr oder weniger deutliche Maßnahmen gegen die Zunahme zu treffen. Beispielsweise blieb eines Nachmittags die junge Frau in dem Augenblick, da die Sonne, alle ihre Pracht noch in verschwenderischer Fülle über das Land schüttend, im Meer unterging, unzufrieden am Boden sitzen. «Du willst uns mit deinem Benehmen zu verstehen geben, daß du mit uns nicht harmonierst, daß die Unterhaltung, die wir zwei mitunter unwillkürlich miteinander führen, ohne immer auch an dich zu denken, dich unglücklich macht», auf welche Anrede hin sie sich sogleich erhob, wonach die kleine Gesellschaft ihre Schritte zur Dorfkirche hinlenkte, wo die gute Übereinkunft wieder gesichert schien.

Erklärt muß werden, daß sie sich zur Gewohnheit gemacht hatten, jeweilen bei Tisch das Essen eifrig zu kritisieren, es entweder zu tadeln oder zu loben. Einmal kamen sie unvorbedacht auf Vaterlandsliebe zu sprechen. Solcher Gesprächsgegenstand lag ja übrigens ganz nah. Täglich wurde unter behaglich schwebenden Kastanienblättern Kaffee getrunken. Der Wirtschaftsgarten schien vor Zufriedenheit zu glänzen. Nie würden sie geglaubt haben, daß im großen und ganzen die Tage mit so viel angenehmer Ereignislosigkeit, mit als so inhaltsreich empfundener Inhaltlosigkeit an ihnen vorüberziehen könnten, die Tage glichen in bezug auf die Sanftheit des Kommens und Gehens in gewissem Sinne der Herde, die in gleichsam schöner Eintönigkeit frühmorgens ins

Freie trat, um abends in ihre Bedachung zurückzukehren. «Wie sind die flachen, weiten Wiesen immer gleich grün anzuschauen», bemerkte sie einmal mit etwas verächtlichem Mund, als spreche sie von einem herzensguten, aber dabei womöglich ein wenig langweiligen Menschen. Das Meer, das sich meist ruhig verhielt, schien zum Ausspruch der komplizierten Seele gutmütig zu lächeln, aber bei all dem hatten die Abende einige Ähnlichkeit mit Sälen, die von der Dunkelheit überrascht worden waren. Jeder Baum wurde zu einem Lusthaus, in das der aufgeweckt Spazierende mit leichtfertiger Geistigkeit eintreten konnte, und die bescheidenen Wohnhäuser schienen beglückt im fünften Akt des Tagesschauspieles zu atmen, die Fensterscheiben schimmerten wie bezaubernde Augen, und jedes Blatt an jedem Zweige schien mitzuhelfen, das Abendlied zu singen, das die Ausdehnung einer Welt besaß. Land, Wasser und Luft bildeten einen einzigen Klang, und die kleinen, kunstvoll gebauten Städte, die im Grünen lagen, erhielten einen Anhauch wie von Rosen, die zu sich sagen: «Ach, wie schlafe ich gerne ein, um mich aufs Erwachen zu freuen.»

Eines Abends besuchten sie eine Theatervorstellung. Der ältliche Kunsttempel stand wie neu da. Nachmittags um vier Uhr wurde jeweilen im Herzen eines ehemals bedeutenden Handels- oder Hafenplatzes geistvoll konzertiert.

Er, der erwartet worden und verhältnismäßig spät angekommen war, machte mit der Zeit eine zarte Bekanntschaft, die ihm einen Blumencharakter zu vergegenwärtigen schien. Schlank, schwarz und mit goldigem Gespräch und Haar ausgestattet, verführte sie ihn, mit ihr zu ziehen, und blühte zu einer Prachtgestalt auf, als sie sah, daß er willig mitging. Er zog mit ihr von Laube zu Laube, von Erfahrung zu Erfahrung. Am Spiegel des Meers von Zeit zu Zeit innehaltend, versuchten sie sich zu finden, sie sanken und stiegen in die Tiefe und Höhe der ersten Umarmung, und ihr Weinen ließ die Meinung in ihnen entstehen, sie hätten bis dahin noch nie gelacht, verständen es erst jetzt, und ihr Lachen glich einem Weinen. Ein entferntes Dorf glich einem Waisenknaben. Kein Mensch zeigte sich, als sie es durchschritten, es sah sich wie Spielzeug an, und sie wanderten auf ihren Füßen, und der Sinn des Daseins zog wie ein anderer Wanderer auf den Straßen in ihnen dahin, sie mit munterkeitauslösender Schwachheit erfüllend. Ihr Wissen, daß sie zusammenpaßten, vergrößerte sich und wurde klein, und als es verschwunden war, störte nichts mehr ihr Angehörigkeitsgefühl.

DAS LANDHAUSFRÄULEIN

Beim Landhaus am Waldrand fiel freilich eines Nachts ein Schuß, über dessen Bedeutung niemand ins klare kam. Noch lange wurde morgens und abends beim Frühstück und Nachtessen davon gesprochen, und die Meinungsäußerungen bezüglich des Umstandes, der gleichsam großäugig wie ein Rätsel aus der dunklen Unverstandenheit blickte, glichen schwankenden Stengeln, an deren Blumenhäuptern sich Schmetterlinge sinnender Beschaulichkeit mit samtenen Flügeln festsetzten. Das auf einem Wiesenabhang gelegene Landhaus bewohnte ein Fräulein Bohnenstroh, die einen sich lebhaft für Wespennester interessierenden Kavalier besuchsweise beherbergte. Trauben fingen hastig an zu reifen, daß das Fleisch die Haut beinahe platzen ließ, und Äpfel, Birnen und Pflaumen, die sich im Obstgarten still entwickelten, leuchteten in lebendiger Eigenart. Fräulein Bohnenstroh schien die Klugheit selbst zu sein. Vergeblich sehnte sie sich nach einem Stückchen oder Schnäfelchen Unintelligenz; war und blieb sie doch eine unverkennbare Europäerin, deren Gewänderpracht durch eine unbeschreiblich harmonisch übereinstimmende Gemächerflucht rauschte, wobei erwähnt werden dürfte, daß der Kavalier mit den Mägden schätzelte, die er teils im Stall, teils in der Waschküche antraf, bis ihn einmal die Landhausbewohnerin aufforderte, sein Benehmen, so gut ihm dies gelinge, zu rechtfertigen, und er sich in Troubadourshaltung vor sie hinstellte und ihr eine Arie seidenbandhaft vortrug, worin er die in Gedanken Gesunkene hingebungsvoll emporhob.

Nachdem sie von seiner Dichtkunst Kenntnis genommen hatte und sich zunächst jeder Kritik sorgfältig enthielt, ließ sie ein Wägelchen anspannen, das einem Rokokolusthäuschen glich, setzte sich hinein und fuhr in die nahegelegene Stadt zur Fünfuhrkonversation, die ein jeweiliges Verjüngungsmittel für ihre Neigung bildete, sich einzubilden, sie befinde sich bereits ein bißchen auf dem Entjugendlichungsweg, worin sie sich glücklicherweise täuschte.

Liebenswürdige ahnen nicht, wie anmutig sie sind.

DAS HAAR

Eine nicht uninteressante Belanglosigkeit saß in Junggesellenform am Tisch. Bereits war ihm Gelegenheit gegeben worden, sich mit der Anrede: «Ungezogener», mühsam oder leichtsinnig abzufinden. Vornehme Möbel zierten seine überaus angenehm gelegene Wohnung, worin er einen Teil seiner Tage mit Zeitschriftenlesen zubrachte. Von Zeit zu Zeit sandte er einen mit ungemein leserlicher Handschrift geschriebenen Brief in die Ferne. Im Appartement, das aus zwei bis drei Gemächern bestand, schaltete und waltete eine mehr schüchterne als kecke und eher eigenartige als ohne weiteres schön zu nennende Dienerin, die einen Blick besaß, auf den der Inhaber der Wohnung erst acht gab, als ihm das Mädchen sagte, ihr scheine, er habe unsolid zu werden begonnen. Während sie sich zu dieser gleichsam etwas weitgehenden Bemerkung aufschwang, benahm sie sich insofern talentvoll, als sie ihre Ärmel hochzog und hiedurch etwas sprechen ließ, das bis dahin sozusagen geschwiegen hatte, jetzt aber unmittelbar wirkte. Als dies der Junggeselle sah, dachte er, sie gebe ihm zu verstehen, sie wisse um seine vielleicht nicht durchweg unliebenswürdigen Schwächen. Wenn ein Arm stets bekleidet war, nun aber mit einmal entkleidet wird, so finden sich vielleicht welche, die geneigt sind, dieser Vorkehrung zu wenig Wert beizumessen. Nebenbei betont, gehörte er einem emsig an seinem Emporkommen arbeitenden Herrenklub als Mitglied an, dem jetzt das Mädchen sagte, in ein paar Tagen werde er vor ihr knien. Seine Frage, wie sie dies zustande bringen zu können glaube, ließ sie unerwidert und veranlaßte ihn mit dieser Methode, seinetwegen unbesorgt zu sein, von da an in einem fort an sie zu denken, deren gar nicht sonderlich hübsches Aussehen sich für ihn zu einer Art Schönheit entwickelte. Vergeblich wandte er sich mit der Bitte an einen Schauspieler, ihn in der Verstellungskunst zu unterrichten. Mit nicht um so geringerm Entzücken nahm er wahr, daß ihre Augen lächelten und ihn ihr Lächeln denkbar ernsthaft anschaute und ihre ernsthafte Spaßhaftigkeit hauptsächlich dadurch zum Vorschein kam, daß bald hernach ein Haar in der Suppe lag, die sie ihm mit unauffälliger, aber gerade deshalb merklicher Anmut servierte. Von hinreißendem Reiz schien sie ihm in diesem Moment zu sein. Genugtuung zu verheimlichen sei nicht nötig, sprach sie träg. Von was für einem Vergnügen sie da eigentlich jetzt spreche, wollte er zunächst junggesellig fragen, doch schon sank er in seinem zweifellos mustergültig ausgestatteten Heim vor sie hin, indem ihm allem Anschein nach die Auffassung, die schönste Stunde seines Lebens habe sich eingefunden, besser behagte als eine Aufführungsweise, die für das Mädchen bemühend hätte sein können, die dabei noch nicht einmal tat, als sei sie zufrieden.

Leise berührte ein durchs offene Fenster hereinwehender kleiner Wind ihr Haar.

DIE FRAU AUF DEM BALKON

Schlanke, hochgewachsene, zartblätterige Bäume schienen sie mit ihrer Fächerartigkeit begütigen zu wollen, wenn sie, mit wellenhaften Wallungen kämpfend, auf ihrem Balkon saß, wo sie sich mit einer Kleiderwiederherstellungsarbeit beschäftigt sah, wobei sie, wie man zu sagen pflegt, Besinnungen zu sich herkommen ließ, um sie ebenso freundlich und ruhig, wie sie sie willkommen hieß, in die Ferne ziehen zu lassen.

In der Gesellschaft war sie bekannt als die Lustige. Sie mag zeitweise, als Herr verkleidet, auf Abenteuer ausgegangen sein, wobei sie zahlreiche Frauenbekanntschaften gemacht zu haben schien, die in Unentschiedenheiten endeten, als schwämme ein bewimpeltes Schiff ins bläuliche Unendliche. Mit gehöriger Bestimmtheit ließen sich ihre wie Seide schimmernden Erlebnisse nie feststellen, und diejenigen, die aus der Lustigen klug zu werden versuchten, sahen sich in die Notwendigkeit gestellt, sich mit Vermutungen begnügen zu müssen.

Jetzt stand einer vor der so bequem wie möglich Sitzenden, die die Vor- oder Nachmittäglichkeit behaglich auf sich wirken ließ, und wollte ihr, wie ehedem, vorstottern, daß er ohne sie nicht leben könne, daß er sie liebe.

«Das interessiert mich nicht», erwiderte sie ihm, als sei er ein total Fremder, mit dem sie in schicklichem Salonton zu sprechen habe.

Längst kannte sie ihn. Er hatte schon früher hie und da zur Lustigen gesagt: «Ich liebe Sie», und jedesmal, wenn er sie so ansprach, hatte sie geantwortet, womit sie ihn auch heute zart abfertigte, den diese Behandlungsweise nicht hinderte, zu glauben, sie habe Sympathie für seine Bemühung übrig, sie zu einer Empfindung zu veranlassen. Sie schätzte aber die nichtswissenden und -bezweckenden Blätter mehr als seine Neigungen, für die sie sich nun einmal nicht interessierte. In ihrem komplizierten Wesen wohnten hundert liebenswürdige sich um sie Bewerbende, womit ich nichts anderes betonen will, als daß sie kein interessanteres Vergnügen kannte, als sich mit sich selbst zu beschäftigen. Alle ihre Lustigkeit stammte aus ihr selbst.

«Reisen glätteten mich, und ich stehe entwickelter vor Ihnen als je», gab er zum besten. Sie entgegnete nichts als: «Das interessiert mich nicht.»

«Prächtige Menschen lernte ich kennen», glaubte er beifügen zu dürfen.

Da sie keineswegs zu wissen wünschte, wie sich diese prächtigen Menschen benommen, was sie gesagt, zu wem sie Beziehungen gehabt haben mochten, lehnte sie seinen Versuch, eine Anteilnahme in ihr zu wecken, mit der Erwiderung ab, die ich nicht zu wiederholen nötig habe, da der Leser sie bereits kennt, den ich bitte, sich die Frau auf dem Balkon als Schönheit vorzustellen.

Sie lächelte, und ihr Lächeln erschien ihr so lustig, daß sie's küßte. Die Blätterchen lächelten über die eigenartige Liebkosung. Muß das ein blätteliges Lächeln gewesen sein.

MAJA

Maja hieß sie, die das Aussehen junger Buchenblätter besaß.

Obschon ihr Auftreten ein gleichsam samtenes genannt werden konnte, verfügte sie über ein Seelenleben.

Ihre Familie war ihr wertvoll. Nahen Angehörigen gegenüber hörte sie nicht auf, sich beinahe vorbildlich zu benehmen.

Früh schon stellte sie etwas wie eine verführerisch duftende Knospe vor, die sich nichtsdestoweniger einprägte, was einmal ihre Mutter geglaubt hatte ihr vorschreiben zu sollen: «Gib acht auf dich.»

Wer sie sah, bekam die Empfindung, jemand Schätzenswertes lade ihn zu einer Vergnügtheit ein, und diejenigen, die ihr abends in einer Allee, worin sie behaglich auf und ab ging, begegneten und die Frage an sie richteten, ob sie gut aufgelegt sei, erhielten die Antwort: «Gewiß!»

Viele erhielten indessen von Maja ein mit meist kurzen, aber hübschen sprachlichen Wendungen verziertes Körbchen, womit sie sich, ob sie Lust hatten oder nicht, einverstanden erklärten.

Wer mühelos ihren Beifall einzuheimsen hoffte, erntete eine Mißbilligung, die er sich, weil sie sich lächelnd kundgab, gefallen ließ.

Ihre Figur und ihr jeweiliges Kostüm schienen einund dasselbe zu sein; denn mit präziserem Geschmack kleidete sich keine.

Vielleicht erlaubt man mir, von ihr zu sagen, für manchen sei es beglückend gewesen, ihr eine Haltung entgegenzubringen, als sei noch niemand respektlos mit ihr umgegangen.

Von einigen nahm sie eine zutrauliche Tonart an, von anderen nicht. Ich meine, daß dies Feinheiten sind, und Maja bestand eben aus lauter Feingefühl.

Mit der Maja von Goya hat die meinige übrigens kaum irgend etwas zu tun, die dadurch originell ist, daß sie sich zeitweise eines kleinen Kindes liebevoll annahm.

Eines Tages grüßte sie einen angehenden Wortkünstler, der seine Kopfbedeckung bescheiden und zugleich gewissermaßen arrogant vor ihr lüftete, ungezwungen und artig.

Sie befand sich bei dieser Gelegenheit bereits in einem aufschwungvergegenwärtigenden Auto. Revolution brach aus. Maja entwickelte sich zur einflußreichen Persönlichkeit; sie wurde wohlhabend, doch trotz ihres Armeekorpskommandantinnenranges schrieb sie wöchentlich einen verbindlichen Brief.

Sie ließ mit sich sprechen, indem sie frühzeitig sich anzugewöhnen begonnen hatte, Achtung und Neigung zugleich einzuflößen.

DER JUNGE DIENER

Mit Teppichklopfen beschäftigt, fragte er sich, ob seine Herrin schön sei, und indem er silbernes Besteck putzte, war er sich bewußt, er liebe sie mit sprachlos-kostbarer Leidenschaftslosigkeit.

Schwälbchen umschwirrten auf dem Dach seine schimmernd um ihn stürzenden Zärtlichkeiten, die die Frau umflogen, deren Gatte unsagbar elegant war. Doch erst die Zartheit der Tochter, die der junge Diener denkbar mühelos respektierte, indem er Töchterchenanbetung nicht für statthaft hielt, da solche Figürchen seiner Meinung nach irgendwelchem Zukünftigen gehörten.

Sorglos bürstete er des Herrn Gemahls Mantel und entfernte Staub von Etageren, worin ausgewählte Literatur dornröschenhaft schlief. Die Frage, ob er kapabel sei, Herrinnenstiefelchen zu beschuhwichsen, war zuerst ernsthaft besprochen worden, ehe sie bejaht wurde.

Während seiner Knabenzeit hatte er in der Umgebung seines romantisch gelegenen Geburtsstädtchens mit Kameraden Indianerlis gespielt, und den Schulsack noch am Rücken tragend, erlebte er eine frühe Liebe zu einer Komödiantenabkömmlingin, deren Haar wie Quellwasser zu lachen und sprudeln schien, und aus deren Augen ihn ferne Gegenden anschimmerten.

Jetzt befand er sich in der Macht gleichsam einer Frau, die bisher noch nie nötig gehabt zu haben schien, ihn anzuherrschen, da er ihr hierfür wesentlich zu jung und unerfahren vorkam.

Von selbst verstand sich, daß sie zufrieden mit ihm war, denn wenn sie's nicht gewesen wäre, würde sie ihn als behelligend haben empfinden müssen, und dann hätte sie bloß zu ihm zu sprechen brauchen: «Verlaß uns!»

Ohne daß sie's beabsichtigten, unterrichteten ihn die Dienstmädchen in der Kunst, ein angenehmes Aussehen an den Tag zu legen. Er fand sie amüsant, und sie taten dies in bezug auf ihn ebenfalls. Außerdem stimmte ihn das saubere Geschirr in der Küche schon fröhlich.

Das Haus, worin er sich dienend aufhielt, stand als palastähnliches Geschäftsgebäude in einer der belebtesten Straßen der Stadt, die er stets mit der Stadt verglich, worin er einst aufwuchs.

Wenn ich den jungen Diener als in seiner Berufsausübung glücklich gewesen zu sein bezeichne und die Bemerkung beifüge, er sei es vielleicht nicht nur um der Teppiche willen gewesen, die er klopfte, oder wegen des Silbers, das er putzte, oder infolge der Ankommenden, die er adrett meldete, so gehe ich weit, ich weiß es.

Ich ließ mich hier übrigens von einem Bild inspirieren.

EIN GEHEIMNISVOLLES INDIVIDUUM

Was gibt's hier für ein drastisches Sittenbild? Komme ich mir nicht beinahe als ein Emile Zola vor? Akustiko war früher Musiker gewesen, nicht ohne nebenbei in Handelshäusern tätig gewesen zu sein, wo er sich durch Pünktlichkeit und rasches Arbeiten beliebt gemacht haben soll, fing er doch Aufträge mit der Fingerfertigkeit und Geistesgegenwart eines erprobten Akrobaten auf, um sie als erklärte Lieblinge seinem Eifer einzuverleiben. Gehemmt und zugleich belebt wurde seine Laufbahn dadurch, daß er sich zum Frauenfreund entwickelte. Aufmerksamkeiten, die ihm zuteil wurden, machten mit der Zeit etwas wie einen schönen Menschen aus ihm, und als solcher lernte er Melancholia kennen, die die süßesten blauen Augen hatte, die je sinnend vor sich hinblickten, als wenn das in mancher Hinsicht doch so herbe Leben nichts als eine künstlerisch hochwertige Gartenlandschaft gewesen wäre. Wenn Melancholia nicht Modistin war, so nannte sie immerhin ein uneheliches Kind ihr eigen und verheiratete sich nachmals mit einem vielleicht etwas unbeholfenen Sektierer, der in seiner Nebenzeit Werkzeugstiele herstellte, die er zu nicht ungünstigen Preisen zu verkaufen wußte. Mit Melancholias Freundin bekannt gemacht worden, die nichts einzuwenden haben wird, wenn ich sie mit dem Namen Astronomia schmücke, hatte sich Akustiko zum Herrn über zahlreiche Milchgesichtchen aufgeschwungen, und wenn seine Hautfarbe eine dunkelgelbe genannt zu werden verdiente, so brachte dieser Umstand seinen Blick zu um so lebhafterer Geltung, der etwas Vielversprechendes enthielt. Davon, daß ihn gelegentlich eine unelegant gekleidete, aber geniale Dichterin mittels zwanglos dahingleitenden Versen andichtete, die veilchenhaft zu duften und juwelenmäßig zu schimmern schienen, nahm die Kraftnatur, die er zu sein schien, wenig oder überhaupt keine Notiz. Geschichte, die ich hier interpretiere und serviere, als wäre sie ein saftiges, nahrhaftes Stück Braten auf einem Silbertablett, wohin ziehst du mich, und warum verführst du mich, zu erklären, Akustikos Kopf, der von klassischer Rundung war, sei mit einem Turban versehen gewesen, der dem Gesicht etwas Unwiderstehliches verlieh, dem es doch schon an sich an Interessantheit in keiner Weise fehlte? Seiner Gangart schien eine Lautlosigkeit, auf unerhörter Geschmeidigkeit fußend, eigen zu sein, die ihn mit einem Tiger Ähnlichkeit haben ließ, und mit katzen- oder pantherhaftem Behagen pflegte er seine aus mehreren köstlich möblierten Zimmern bestehende, betörend schöne Wohnung zu besichtigen, als wäre sie ihm total fremd gewesen, was von diesem geheimnisvollen Menschen nichts als raffinierte Heuchelei sein konnte, deren Erlesenheit ihn amüsierte. Auch mit dem Wunder in Mädchengestalt, mit Astronomia, schien er sich lediglich zu amüsieren, die die zierlichsten Buchstaben schrieb, sich als Bürolistin ausgab und zu sagen pflegte, sie sei sehr für Ursprünglichkeit eingenommen. Sie tanzte nicht nur ausgezeichnet, sondern bewährte sich auch noch als vorzügliche Graphologin, indem sie auf diesem Wissenschaftszweig Triumphe in den Kreisen feierte, die sich, anfänglich nur eng, nach und nach erweiterten. Auf eine dreiste Bemerkung hin, die sich eines Tages ihr Freund ihr gegenüber herausnahm, und die auf eine Fähigkeit hinzielte, die sie, weil sie sie als ganz selbstverständlich voraussetzte, zu verhüllen für passend fand, erteilte sie ihm eine energische Lektion, die ihn veranlaßte, eine Viertelstunde lang wie versteinert vor Überraschung dazustehen. Der Umstand, daß sie beständig eine Peitsche bei sich hatte, trug ihr bisweilen eine Unannehmlichkeit ein; jedenfalls nahm sich Akustiko vor, sich so bald wie möglich an ihr zu rächen, von solch empfindsamem Charakter war er. Auf welche tragische Bühne machen mich meine zwei Personen treten, von der ich heruntergehen möchte, wenn mir nicht die Stimme der Pflicht zuriefe: «Sei lieb und artig!»

So schreite ich denn auf einmal eingeschlagenem Weg weiter und teile etwas Furchtbares zögernd mit, indem ich stammelnd vorbringe, der Unhold, der sich im übrigen als prachtvolles Europäerexemplar qualifizierte, dessen Seele für die Bedürfnisse der Menschheit allzeit sorgenvoll eingenommen war, habe seine Braut anläßlich eines Gespräches mit den Worten angeredet: «Dich verkaufe ich mit Haut und Haar», wozu sie bloß laut auflachte. «Lache doch nicht so wundervoll; es bestrickt mich zu sehr», bat, beschwor er sie mit der Innigkeit eines aufrichtig Flehenden, worauf sie nichts antwortete, als: «Du bist ja die Güte und der erhebliche Bildungsumfang selbst, und was du sprichst, ist ein Ergebnis deiner gewiß bedeutenden Sensibilität, die ich schätze.» Insofern sie ihm dann einmal erzählte, sie habe einen entzückend schönen, niedlichnasigen, jugendlichen Handelsbeflissenen über alles geliebt, der sich aber vielleicht gerade infolge des hohen Grades ihrer Zuneigung verräterischerweise mit einer gutbesoldeten Lehrerin vermählt habe, und der Turbanbekleidete die Schönheit der Erzählung mit einem träumerischen Zuhören aufs einnehmendste erwiderte, gewann sie den Unverständlichen mehr als je lieb, der ihre Silben mit dem Durst der Romantiker zu trinken schien, die seelenlose Seelen und eine herzliche Herzlosigkeit als seltsame Ausstaffierung besitzen, wie dies eine Schriftstellerin von Rang in einem langatmigen Essay endgültig auseinandersetzte, wofür man ihr gebührenden Beifall zollte. «Schätzchen, sei lieb», sprach er zu der ob einer so eigenartigen Redensart Verwunderten; sie schaute ihn, der so rätselhaft gesprochen hatte, fragend an. Sie fühle, sagte sie, indem sie beinahe etwas verlegen, einem Anflug von Ahnung Ausdruck verleihend, lächelte, daß er ihr jetzt unsagbar wertvoll sei, auf welches rührende und reizende Geständnis er weiter nichts glaubte erwidern zu dürfen, als, er könne es sich denken, und er sei ihr einstweilen immerhin dankbar. Sich mit all ihrer auf ihrer Haut mondscheinhaft schimmernden, ihren Mund und ihre Augen mit einer beinahe himmlischen Schönheit umzaubernden Gesamtempfindung ihm ausliefernd, fiel sie ihm, selig flüsternd: «Ich bin die Deine», um den Hals, und er küßte sie, aber es muß mehr von ihrem als von seinem Kuß die Rede sein, während es sich bei ihm mehr ums Aussprechen der Bemerkung gehandelt haben konnte, es sei schon gut. Seine Macht und die Entschlossenheit, sie anzuwenden, wahrnehmend, anerkannte sie dieselbe, und wenn er ihr nun die zweifellos entsetzliche Mitteilung zu machen für angezeigt erachtete, sie habe Talent zur erstrangigen Dirne, weil sie wie keine sonstige die Frage aufzuwerfen vermöge: «Was gibt's?», sobald man sie wissen lasse, man wünsche eventuell etwas von ihr, und sie zu dieser Eröffnung, von strahlender Einwilligung durchdrungen, ja sagte, so geht mit leuchtender Klarheit aus dem Auftritt, der hier stattfand, hervor, daß sie sich in den Klauen eines Prachtmädchenhändlers befand, der die Obliegenheiten seines Berufes bis ins feinste hinein kannte, über dessen Tätigkeit ich jedoch einen Schleier breite.

Der Händler versah die blendend weiße, seidenweiche Achsel seiner Ware mit einer Abstempelung oder Signierung, so, als wenn er ein Vertragsformular mit einer Beglaubigung würde haben ausstatten wollen.

Noch wäre womöglich zu sagen, daß sie keinen an sich herankommen ließ und dennoch oder vielleicht gerade deswegen Geld wie Heu gewann. Mit ihrem herausfordernden «Was gibt's?» wußte sie sie zu bannen. Das Geld, das man ihr in die Hand legte, ließ sie zu Boden fallen, um es sich dienstfertig von neuem darreichen zu lassen. Ihn erblickte sie nicht gern, liebte es aber sehr, an ihn zu denken, der sich mit der Zeit zu einem nützlichen Mitglied der Gesellschaft emporarbeitete.

Er trat diesem und jenem Verein bei. Nachträglich fing er an zu schriftstellern, und diese Art Beschäftigung verjüngte ihn. Seine guten Manieren empfahlen ihn allerseits. Eine vornehme Witwe schenkte ihm Hand und Herz.

Bisweilen beschlich ihn ein unterbewußtseinliches Aufflammen, das nicht derjenigen galt, zu der er in solchen Fällen ein auffallend zartes Lieb- und Artigsein hintrug, und die sich über seinen Wunsch, sie zu gewinnen, freute, wie es bei allen formell Gewonnenen vorkommt, die sich gern wie solche behandelt sehen, die noch nicht erobert sind. Wem schönes Benehmen entgegentritt, hat nicht nötig, sich um seine Ursächlichkeit zu kümmern.

Akustiko war überzeugt, er sei der gediegenste, rücksichtsvollste, brauchbarste, unvoreingenommenste der Menschen.

Man ist, was man ist und zugleich, was man sich zu sein einbildet.

SIE BESASS MÄDCHEN

Welch eine kaum andere als zartempfundene Geschichte, für die ich saftig honoriert werden zu können hoffe, entspringt hier eiszapfenähnlich und doch wieder frühlingsblümchenhaft meiner scheinbar jederzeit tätig zu sein gewillten Phantasie, die im sozusagen überspannten Kopf eines von Anstellung zu Anstellung hüpfenden und wandernden Commis wohnen, oder etwas umschweifiger gesagt, heimisch angesiedelt sein könnte.

Eine Frau von zirka vierzig Jahren, die sich jünger als fünfzehn und anderseits von Zeit zu Zeit, wie wenn sie für irgendwelchen Ausgleich hätte besorgt sein mögen, älter als fünfzig vorkam, hatte das Glück, eine Ansammlung oder Gesellschaft von vielleicht fünfundzwanzig Mädchen ihr eigen nennen zu können.

Die jungen, teilweise sehr hübschen Geschöpfchen befanden sich nicht unmittelbar unter ihrer Aufsicht, sondern wurden von einer kleinen Dicken beherrscht, die alljährlich in bezug auf das Gedeihen der ihr anempfohlenen Geschäfte ihrer Herrin zuverlässigen Bericht abstattete.

Unter den Mädchen befand sich ein Juwel, ohne daß ich dadurch die übrigen belanglos zu machen beabsichtigte, indem alle gewissermaßen einen Wert besaßen.

Von der Hervorgehobenen wird man sagen dürfen, sie habe ein Vermögen vergegenwärtigt, da sie über eine Entzücken erweckende Zierlichkeit verfügte.

Ihre geistige Minderwertigkeit verglich man unwillkürlich mit einer bestrickend duftenden Blume, und man vermochte nicht zu bestreiten, sie mache diejenigen, die sie anlächelte, zu erstrangigen Sündern.

Ich bin meiner selbst denkbar sicher, wenn ich sage, daß es eine Art Vergnügen gibt, die man sich nicht erlaubt, zu schildern.

Die Besitzerin der vielen Niedlichkeiten in Mädchenform ließ jedes Jahr ihren Liebling in ihre Nähe führen oder vor die Unnahbarkeiten ihrer, wie soll man sagen, in jeder Hinsicht überlegenen Persönlichkeit treten, weniger um ihr irgendein nichtssagendes Geschenkchen als vielmehr dadurch Spaß zu machen, daß sie sie gleichsam von oben bis unten fixierte, eine Art des Benehmens, worin sie Talent, ja man wird sich in die Lage versetzt sehen, zu meinen, Genie zeigte.

Genial sein heißt vielleicht nichts anderes, als in dieser oder jener Hinsicht Macht ausüben.

Schlank wie ein Waschbrett, eine Vergleichung, die überzeugend wirken dürfte, besaßen ihre Hände Schwanenähnlichkeit, und in ihrem bleichen Gesicht saßen ihre großen, schönen Augen wie Fenster in der Fassade eines Palastes oder wie auf unsäglich bestechende Art zwitschernde Vöglein im Neste.

Ich bin zur Zeit vor schon seit langem nichts mehr gearbeitet Haben ein bißchen abgearbeitet.

Nur die fortgesetzte Bemühung bewirkt Mühelosigkeit.

DIE HÜBSCHE SPITZBÜBIN

Um sie richtig zu verstehen, muß man zu glauben fähig sein, sie habe ein Talent gehabt, aus ihrer Sanftheit jugendlich wie aus einem erquicklichen Bad zu steigen. Sie als Spitzbübin zu erfassen, dürfte insofern verhältnismäßig schwierig sein, als beispielsweise eine nicht unimportante Persönlichkeit lebte, der sie sympathisch war, wobei nicht außer acht gelassen werden soll, daß ihr Geburtsdatum in eine Geschichtsepoche fiel, die gegen bedeutend mehr Verwahrlostheit anzukämpfen hatte als dies anerkanntermaßen in unsern scheinbar gefestigten Tagen der Fall ist. Beispielsweise schon nur die sozusagen glitzernde Erscheinung des Waffentragens und die mehr oder minder interessante Veitstanzgewohnheit! Der Umstand, daß sie Füße von ungewöhnlicher Zartheit besaß, hielt sie vom Tragen von Schuhen zu Wanderungszwecken nicht ab. Manche ihrer Kolleginnen fielen einer ans Vollkommene grenzenden Zerzaustheit anheim, indes der Gegenstand, der uns geistige Angespanntheit spendet, Ersparnisse von freilich nur geringer Ausdehnung zur Aufbewahrung gelangen ließ. Ich meine, daß ja damals unsere heute gleichsam vereinsamten Seen und Flüsse Handels- und Personenflottillen auf ihren Tragoberflächen erblickten. Eisenbahnen usw. wiesen mit gründlichem Nochnichtvorhandensein unverkennbare Ähnlichkeit auf. Die Spitzbübin hätte sich vielleicht vermöge ihrer Aufgewecktheit dichterisch betätigt, wenn in jener Zeit Volkszugezählte bereits bis zur Idee vorgerückt wären, Tagebücher zu führen, woran sie überhaupt nicht dachte. Die Chronik meldet, sie habe sich hie und da in eine Unzweckmäßigkeit hinauslocken lassen, aber dieselbe Institution, deren Zuverlässigkeit nicht in Frage gezogen werden kann, weiß unter anderm zu berichten, sie habe sich nützlich gemacht, wobei übrigens Messersowohl wie sonstige Affären damals nicht zu den kopfschüttelverursachenden Seltenheiten gerechnet wurden. Sie ließ sich ebenso leicht einschüchtern wie ermutigen, mit ebensoviel Leichtigkeit zu einer Irrtümlichkeit verführen wie für ernsthafte Mitarbeit gewinnen. Zu bewahrheiten scheint sich, daß etliche nicht klug aus ihr wurden. Mit Sicherheit kann aber angenommen werden, daß es sich hiebei jeweils um solche handelte, die ihr gegenüber mehr Interessiertheit an den Tag legten als sich ihrer Meinung nach schickte. Liebe kann eine Verblendetheit sein, und man kann etwas Unausstehliches lieben. Diejenigen kamen am besten mit ihr aus, die sie einigermaßen machen ließen, was sie für richtig hielt. Mit eherner Entschlossenheit durchgeführte Duelle gehörten gerade innerhalb der Kreise der Führenden zu den Eventualitäten, womit sorgfältig erzogene Elemente einigzugehen für unerläßlich hielten. Dichter großen Formates erlebten Schlachten, gerieten in abenteuerliche Abhängigkeit, um später ihre mannigfaltigen Erlebnisse humorvoll zu Papier zu bringen. Nichtsdestoweniger wurden bereits Krankenhauserrichtungsversuche gemacht. Wohltäterinnen hoben sich vorteilhaft am historischen Horizont ab.

Warum schauen wir nicht mit etwas mehr Anerkennungsmut in die Anmut und auf die Arbeit derer, die uns bedeutsam vorangingen? Wenn sie gleichsam ein Gewesenes sind, so scheint dagegen den Gegenwärtigen etwas zu fehlen, sobald sie sich der erfrischenden Nachkömmlingschaft nicht bewußt sind.

Überlieferungsgemäß war die Spitzbübin bildhübsch.

VON ZWEI RITTERN

Das Herz tat den beiden schweigend durch den Schnee reitenden, sich an den Hof begebenden Rittern weh. «He!» rufe ich ihnen in die Ohren, die von Helmen oder Kappen bedeckt waren, «warum so nachdenklich?» Doch die Nachdenklichkeit verstand sich bei beiden von selber, indem sie einem Ruf Folge leisteten, dem sie nicht allzu gern gehorchten. Aufgefordert oder, feiner vorgebracht, eingeladen waren sie worden, ihren Diensteifer ins Schloß zu tragen, das irgendwo eher schon kolossal als nur groß und imposant aus der Landschaft emporragte. Die Tannen des Waldes, durch den die Freunde mehr traurig als freudig ritten, sprachen keine Silbe, und indem sie vermieden, gesprächig zu sein, ähnelten sie den einsilbigen Reisigen oder Rittern. Dem Schnee schien eine Insichselbstversunkenheit eigen zu sein. Der Weg war von demselben feierlichkeitvergegenwärtigenden Weiß bedeckt, wie dies mit den Tannenästen der Fall war, die sich unter der schönen, schweren Last zu Boden neigten. Eine Frau, die gleichsam sehr viel zu sagen hatte, deren Gatte sozusagen mit einer Hauptsächlichkeitsbelanglosigkeit verwechselt oder verglichen werden konnte, hatte sie herbefohlen. Effektlosigkeit dieser Notiz oder Skizze, wie berückst, bezauberst du mich! Hoffentlich geschieht dies auch gegenüber dem Leser, was für mich selbstverständlich nicht durchaus unwichtig sein kann. Befreundet wußten und sahen sich die Freunde, deren Rösser ihre Köpfe hinabsinken ließen, als seien die guten, lieben, treuen Tiere ihrer Herren wegen sehr besorgt. Wenn der Schnee schwer am Boden lag und sich ein gewisser Druck in den Seelen der wackelig, will sagen, langsam Einherreitenden geltend machte, wimmelte es hingegen im nicht allzu entfernt gelegenen Schloß von Dienern, Pagen, Köchen, Schreibern, Stubenmädchen und Kammerherren. Dort schien alles farbig, lebendig, freudig und helltönig, hier jedoch alles einsam und eintönig zu sein. Von der Schönheit der Frau, zu der sie hinritten, hatten sie schon viel erzählen gehört. Sie trage mit Vorliebe eine leichte, kleine Tändelschürze, und ihre Schleppe pflege über sie sowohl, die sie trug, wie über ihre Umgebung zu kichern. Als die Ritter, an deren Ritterlichkeit nicht gezweifelt werden kann, am Hof ankamen, wurden sie der wundervoll in Weiß gekleideten Frau mit geziemender Höflichkeit vorgestellt, wobei sie das Gefühl nicht zu unterdrücken vermochten, daß es vielleicht, ja sogar sehr wahrscheinlich der Schönen gelänge, sie zu entzweien, eine Ahnung, die sie behandelten, als bemerkten sie sie nicht. Von nun an würde es sich für sie darum handeln, klug zu sein. Beide waren gescheit genug, dies zu begreifen.

«Zunächst macht ihr mir zwei Sauerkrautgesichter», sprach sie mit einer Anmut, über die sie jederzeit verfügte, zu ihnen.

«Wir wollen uns Mühe geben, artigere Mienen machen zu lernen», glaubten sie ihr versprechen zu sollen.

Zu Hause, in den daselbst beschlossenen bescheidenen Verhältnissen, hatten sie so ungezwungen dreinschauen dürfen, wie es ihnen beliebte. Hier im Schloß war's nun anders. Eine schwierige Aufgabe lag vor ihnen, wovon sie nicht wissen konnten, ob sie sie würden bewältigen können oder nicht. Einstweilen verfügten sie sich in das ihnen zum Wohnen angewiesene Gemach.

Beinahe belachten sie sie, weil sie mit so dumm-erschrockenen Gesichtern nun so dastanden. Wäre die Besatzung, die wie ein Kalb der Dinge wartete, die da kommen sollten, in ihrer Gesamtheit nicht in so hohem Maß die Beute eines großen Ernstes gewesen, so hätte sie vielleicht über sich selbst gelacht. Treue und Tücke schienen über der Festung gewaltet zu haben, die von ihr so gut wie möglich verwaltet worden war, nämlich von der Besatzung, die insofern mit einem Kamel verglichen werden durfte, als sie Ausdauer bewiesen hatte, weswegen sie nun in nichts als Befürchtung dastand. Ärmliche Blässe lebte in den Gesichtern derer, die ausharren zu sollen geglaubt hatten und denen jetzt einem nach dem andern bevorstand, geköpft zu werden. Um solcher Unliebsamkeit willen glichen ihre Köpfe Kalbsköpfen, ihre Hälse waren aufs sorgfältigste entblößt worden; ihre Hände hielten sich im Gebundenheitszustand hinten am Rücken auf, und es sah für einen Beobachtenden aus, als dringe aus diesen Händen eine Klage, oder die Aufgabe dieser Hände bestehe darin, kläglich zu lächeln, und in den Beinen der Treuen und Ausharrlichen machte sich ein starkes Zittern bemerkbar; die Beine bekamen gleichsam etwas wie Geist, indes die Köpfe mit Denken usw. vollständig aufgehört zu haben schienen, da alles Erwägen nichts mehr nützte.

Über jeder Treue schwebt eine Tücke, und wenn der Verfasser vorliegender Ausführung sozusagen ein wenig das Kalb macht, so empfiehlt ihm dies ein Vortragsinstinkt zu tun. Doch halt, mir fällt plötzlich etwas scheinbar Merkwürdiges ein: Die Haare dieser zirka sechzig

Mann zählenden Besatzungsmitgliedschaft sprachen an sich eine zu erbärmliche Sprache, als daß man sich über dieses Spezielle nicht hätte lustig machen sollen; sie sträubten sich, und nun ihre Augen, die kreisrund in den Raum der Tücke des geschichtlichen Geschehens hineinschauten! Einem oder dem andern fiel vielleicht ein, sich zu sagen: «Wir, die hier schlotternd stehen, machen Historie; man wird den spätesten Schulkindern von uns erzählen; das unaufmerksamste Schulkind wird achtgeben, sobald man ihm von unserer Erschrockenheit einen Begriff gibt.» Stolze Lebensverachtung zur Schau zu stellen, gelang ihnen nur mit großer Mühe. Zur Versammlung war gesprochen worden: «Euch Schurken hat man!» Darum, daß sie ihre Pflicht erfüllt hatten, wurden sie Schurken genannt, indem sich diejenigen, die sich derartiger Benennungsweise bedienten, bewußt waren, daß sie einem Hohn Ausdruck verliehen. Besonders belustigend war ja der Umstand, daß sich hier eine Schar von Wackeren in einem Enttäuschtheitszustand aufhielt. Die brave Schar glich einem knospenden, gleichsam famos gedeihenden Verzagtheitsbaum. Einer der «Spitzbuben» rümpfte seine Nase, ohne sich über dieses Benehmen die geringste Rechenschaft abgelegt zu haben. Einem zweiten juckte vielleicht irgendwo die Haut; gerne hätte er sich gekratzt; er war aber hiezu nicht imstande. Gebrauchte ich den zweifellos urgelungenen Ausdruck Kalb, so zeigte sich's, daß sie sich samt und sonders in einer Kalbslage befanden, da sie der Reihe nach zwecks Geköpftwerden hervortraten. «Bald komme ich dran», sagte sich dieser oder jener und fand die paar frommen Worte zu einem Gebet nicht, denn die Beklommenheit hatte sich wie ein Gewand über seinen Verstand gezogen.

«Ihr seid Dummköpfe, versteht ihr das?»

Ja, sie sahen es ein.

Möglich ist, daß sie sich in einer Art Bedürfnis, einstweilen noch nah beieinander zu sein, eng zusammenschmiegten, und dann besaßen gewiß einige daheim Frau und Kinder, die hier jedoch keine Rolle zu spielen schienen. Am Fuß der Zinnen, die sie bemannt hatten, ging eben beschriebener Akt, wie ich sagen möchte, vor sich her.

Denen, die das Feld behaupteten, schien nicht lieb zu sein, was ihnen die Tücke zu bewerkstelligen erlaubt oder befohlen hatte. Fest steht, daß sie tückisch dreinschauten, ohne daß ihnen das Errungene sonderlich behagte. Zu ihrem Erfolg sagten sie immerhin ja. Man versteht das!

Wenn die diesmalige Tücke nicht die letzte sein wird, so kann es auch immer wieder neue Treue geben.

Wie sie so von der eroberten Festung wegzogen, umschimmerte die Sonne ihre Rüstungen. Beigefügt muß werden, daß aller Erfolg etwas Tückisches enthält, daß aber die Tückischen so gut eine Treue gegenüber ihrer Sache kennen wie die Erfolglosen, und mir scheint außerdem dringend nötig zu sein, nicht zu erwähnen außer acht zu lassen, daß sich, was ich hier vorgebracht habe, im fünfzehnten Jahrhundert zutrug.

DER FREIGEBIGE LORD

In einem Forst oder Gehölz trieb sich eine Holzsammlerin, die an jeder Hand einen unerwachsenen Nachkommen mit sich führte, teils in Lichtungen, teils im Dickicht herum. In den Straßen der nahegelegenen Stadt rollten auf dem holperigen Pflaster Herrschafts- und Mietskutschen. Süffisante Menschen von Stand lächelten einander viel- oder nichtssagend an. Eines jeden Angefärbtheit, will sagen Umhanghaftigkeit war dem andern bekannt. Alle diese Gesichter besaßen frappante Ähnlichkeit mit Masken, so lautet der psychoanalytische Ausdruck für die Tatsache, daß uns Gezwungenheiten zur zweiten Natur werden und daß wir uns an allerlei Gewohnheiten anklammern, die uns ihr hochachtungsvolles oder ironisches Geleit durchs Leben geben, indem oft Folgen mächtiger werden als ihre Ursachen, diese einfach völlig verdeckend.

Im Walde nun spazierte um vier Uhr nachmittags ein immer noch junger und schöner Lord, der sich im Verlaufe seines sanften, vorsichtigen Spazierengehens aufs festeste vornahm, sich einmal mitleidig, das heißt von der schönsten Seite zu zeigen, und der im übrigen über den befremdenden und wieder durchaus annehmbaren Umstand heiter gestimmt zu sein schien, daß er eine ehemalige, äußerst hübsche Straßenfegerin als Gemahlin besaß, die durch die Eigenschaft hervorragte, daß sie Hausfrauentalent an den Tag legte.

Die Geschichte, die ich hier erzähle, spielte sich zu einer Zeit erstaunlicher Frauenlebensbahnen ab. Weiblicher Grazie war nicht untersagt, zu denkbar größten Erfolgen natürlichster Art zu gelangen. Die heutige Gesellschaft weiß hiervon kaum noch irgend etwas. Launen gehörten ehemals bei reichen, angesehenen Leuten zum guten Ton, während sich heute diese Leute von allem Besonderen beinahe ängstlich fernzuhalten bestrebt sind. Wenn ich günstig von vergangenen Tagen rede, so geschieht dies selbstverständlich nicht aus Böswilligkeit gegenüber der Jetztzeit, vor der ich den Hut lüfte, obwohl vielleicht nicht allzutief, indem man guttut, mit Höflichkeit sparsam zu sein, die leicht mißverstanden wird.

Dem Lord fiel ein, ein Hundertfrankenstück in Gold der Holzsammlerin in den Weg zu legen, die nicht umhin konnte, es zu bemerken. Als das der Fall war, hielt sie sich für berechtigt, zu glauben, der liebe Gott habe ihr da ein leuchtendes Geschenk dargebracht und sie dürfe dasselbe als ihr Eigentum erklären. Sie sank vor Gerührtheit in die Knie und vergoß Tränen der Dankbarkeit, und der Lord zerfloß seinerseits ebenfalls in einer Sentimentalitätsanwandlung, die ihm als etwas Erlaubtes, das heißt Einzigschönes vorkam.

Ein Dichter offerierte vielleicht um diese Tageszeit einem sich anscheinend ein wenig langweilenden Verleger eine stattliche Auswahl Erzählungen, und des Lords Gattin, die ehedem mit dem Besen Umgang hatte, machte womöglich in dieser Minute von der Fähigkeit Gebrauch, glänzende Unterhaltung zu machen, indem sie sich von einem Kreis von Frauen umkränzt sah, die sich bewogen fühlten, diejenige brillieren zu lassen, die früher von so etwas nichts wußte, inzwischen aber zu strahlen gewöhnt war.

Die Geschichte selbst las ich als Knabe in einem Lesebuch und teile sie aus dem Gedächtnis mit, das eine fröhliche und schöne Welt für sich ist, die mich stark macht.

Er hörte Novellen wie flatternde Drachen krachen und sah Gedichte wie Papierschnitzel oder wie Gewandfetzen davonfliegen und schaute sich behaglich im Provinzstadtabend, durch die Straßen des Stadtbildes schweifend, um.

An einen Beleuchtungskörper gelehnt stand die weiße Sklavin, die er, ohne zu wollen, liebte und sie, ohne sie zu lieben, schön fand und sie, ohne sie schön zu finden, als sozusagen hinreißend empfand. In bürgerlichen Stuben wurde vielleicht um diese Stunde, die noch halb zum Tag, halb aber schon zur Nacht gezählt zu werden vermochte, das Pfänderspiel gespielt, und eine junge Negerin, die für etwaige, die ihr begegneten, ein Anmutsschauspiel war und die sich als empfindsame sowohl wie intelligente Verkäuferin in einer Buchhandlung beschäftigt sah, überreichte einer Schauspielerin, die ins ernsthaft aussehende Stadttheater zu schreiten beabsichtigte, um ihre Pflicht ausüben zu gehen, eine Dankbarkeit und Bewunderung vergegenwärtigende, fabelhaft umfangreiche Rose, die ihr von der weißen Sklavin geschenkt worden war, von der man sagen muß, sie habe das prachtvolle Blumenexemplar vom tollen Haßberg in Empfang genommen, der dasselbe von der Herrin seines erstaunlich biegsamen Herzens erhalten hatte.

Die Rose glich einem Gedicht, an dessen Aufbau eine Kampfgruppe jüngerer Lyriker, Energieaufbietungen vereinigend, ein ganzes Jahr lang unverdrossen gearbeitet zu haben schien, und die herrliche Pflanze bebte, nein nicht sie, sondern die ebenholzschwarze Hand tat dies.

«Wie nett ist's, daß du mich ein wenig verstehst», sagte die Bühnenkünstlerin mit unnachahmlich feiner Nachlässigkeit zur Klassikerleserin und unumstrittenen Kennerin von auf Bergen zugebrachten Sommernächten, die in diesem kulturellen Moment die Liebe zur Schauspielkunst selbst war oder mindestens sein mochte.

Uhrmacher und Uhrmacherinnen gingen achtlos an der Vielbedeutenden einer- und der Urwüchsigen anderseits vorbei, und in einer Wirtschaft, die mit Bäckerei sowohl wie Metzgerei denkbar nutzbringend verknüpft war, tranken Schriftsteller, die in der heimeligen Gaststube von der Verantwortlichkeitsfülle ihres Tagwerkes ausruhten, ihren allem Anschein nach wohlverdienten Schoppen. Fabrikanten, Lehrer, Beamte, Kaufleute und allerlei Angestellte unterhielten sich hier teils mit Kartenspielen, teils mit der Pflege des Gespräches.

Der tolle Haßberg und diejenige, die ihm in der Folge ihren Mund mit der lächelnden Bemerkung: «Weil du es bist», zum Berührt- oder, deutlicher gesprochen, Geküßtwerden darreichte, hatten sich anläßlich eines Ballfestes im Rathaussaal kennengelernt, doch jetzt spazierte die Temperamentschillernde und -sprühende in einem Frühlings- und Schnee- und Eiszustand im Garten, der zu ihrem aus dem zwölften Jahrhundert stammenden Hause gehörte, vage, will sagen unentschlossen auf und ab, nicht ahnend, daß sie derzeit einem hauptstadtbewohnenden Novellenhervorbringer als Modell für eine mächtig wachsende, gleichsam trefflich gedeihende Figur diene.

Vergeblich ersuchte die weiße Sklavin, wenn nicht mit offener Aussprache, so doch mit der Ausdrucksfähigkeit ihrer schönen Augen, die junge Negerin, die in die Sphäre des Europäismusses emporzuklettern beschlossen hatte, um ein bißchen Freundschaft zwecks Ausführung von Ausflügen oder Veranstaltung gemeinschaftlicher Mandolinenzusammenkünfte. Das Naturkind wollte nichts Geringeres als Dichterin werden, während sich der tolle Haßberg die Zeit dadurch abkürzte, daß er sich über Abhänge hinabrollen ließ, wonach ihn die weiße Sklavin mit der nur ihr eigenen Schonung auf die Erforderlichkeit, sich untadelhaft aufzuführen, aufmerksam machte.

Die inzwischen Wirklichkeit gewordene Nacht wies irgendwie Handharfenklangform auf. Nachdem sich die Schauspielerin, auf Beifallsgebraus und Applauskanonenkugelhagel zurückblickend, von einem knabenhaften Theaterdiener ins Hotel hatte begleiten lassen, verfügte sie sich samt einer in einem wandererhaft ihre Seele nach allen Richtungen durchirrenden Pünktchen bestehenden, zarten Melancholie auf den mit kunstvoll gearbeitetem Geländer versehenen Balkon, um Blicke auf den Fackelzug hinabzuwerfen, der um ihrer Anwesenheit in der Gemeinde zuliebe vom kunstfreudigen Teil der Einwohnerschaft in Gang gebracht wurde und an welchem sich die Negerin, der tolle Haßberg, die weiße Sklavin und diejenige, die den tollen Haßberg in ein und demselben Augenblick willkommen hieß und von sich stieß, artig der Reihe nach beteiligten.

Ich schrieb diese womöglich etwas wunderlich betitelte Geschichte an einem Frühstückstisch.

Bereits hatte der Starke erhebliche Leistungen erzielt. Nun ist ja allen Einsichtsreicheren bekannt, wie solche, die es gewissermaßen zu etwas gebracht haben, nach gewisser Richtung hin schüchtern werden.

Dies könne nachgerade unbehaglich werden, sprach er zu sich, indem er bezüglich einer Gruppe von jugendlichen Mekontenten Anordnungen traf.

Die Gruppe befand sich in einer wenig beneidenswerten Lage, sie bestand sozusagen aus wunderhübsch gekleideten Bengeln vom Land. Schon nur die vorzügliche Abstammung, die sie aufwiesen! Welchem Unseligen war es möglich gewesen, sie gegen den Robusten aufzuwiegeln?

Umsonst repräsentierten sie in ihrer Totalität eine Stattlichkeit an Bildung. Von einer Menge trügerischer Aussichten ins Land froher Hoffnung umwedelt, standen sie in salonhaften Haltungen, mit selten schöner Gefaßtheit, kerzengerade emporgereckt, in der ihnen zu einstweiligem Bewohnen angewiesenen Räumlichkeit.

Ich sprach von den Zweifeln, einer gewissen Barschheit desjenigen, den ich den Starken nannte und den die erwähnten Abkömmlingspflanzen durch sozusagen romantisches Benehmen unwirsch gemacht zu haben schienen. Sollte er sie belachen oder ernst nehmen?

«Die Burschen müssen zur Vernunft gebracht werden.» Indem er dies äußerte, beehrte er den Fußboden mit einem ein- bis zweimaligen Stampfen, da die Methodisten, wie man sie nennen kann, aus beachtenswerten Kreisen abstammten, so machte es ihm besonderes Vergnügen, sie «Burschen» zu nennen. In der Irritiertheit zerschmetterte er eine kostbare Tasse.

Freiheitsluft fächelten sich ihrerseits die Mitglieder der Draufgängergruppe in ihrer Isoliertheit dadurch zu, daß sie aufmerksam eine Benachrichtigung lasen, die ihnen von einem Mädchen von unzweifelhaft guter Geburt zugestellt worden war.

Der Rädelsführer oder Anführer der Sippe drückte einen langanhaltenden Kuß auf das mit der zierlichsten Handschrift übersäte Stück Papier, dem ein feines Aroma entströmte.

Nun existierte eine schöne Frau, die auf den Starken Einfluß ausüben zu können hoffte, und die eines Tages zu Genanntem, unmittelbar nach Tafelaufhebung, die sicher überaus rührenden Worte sprach: «Nein, sie dürfen nicht an Unannehmlichkeiten glauben lernen», womit sie «die Burschen» meinte.

Ihre Gestalt, die eine unnennbare Anmut ausstrahlte, bebte bei der Vergegenwärtigung der problematischen Situation derer, für die sie sich mit echt weiblichem, zierlichem Ungestüm, falls dies Wort als passend deklariert werden kann, einsetzte.

«Wie hübsch Sie sind», bemerkte der Starke.

«Leidende fordern Protektion heraus», kam es in maßvoller Aufwallung über ihre Lippen. Sie hielt ihr Taschentuch vors Gesicht.

«Bedauere ich sie denn nicht selber?» warf er achselzuckend hin, und um ihr gewisse Undenkbarkeiten vor die Augen zu führen, gebrauchte er den eine auf ihre Art bedeutende Frau gewissermaßen ein wenig herabsetzenden Ausdruck «Frauchen».

Gekränkt entfernte sie sich.

Während die Gute mit hinreißend lieblicher Gebärde in ihrem Boudoir ihrer Zofe, um die Besinnung wiederzufinden, um den Hals fiel, warteten die Tendenziösen vergeblich auf ein Zeichen.

Sehr viel versprachen sie sich nicht mehr. Einige der Herren, die keine Ahnung hatten, daß sie zu Burschen gestempelt worden waren, verschmähten sogar ihr Essen. Andere beschäftigten sich mit Lektüre.

Ich will zugeben, daß es ein Film ist, der mich zum Stimmungsbild veranlaßte, das ich mit einem effektvollen Titel ausstatte.

DER FALSCHE GANINA

Ob ich diese Geschichte in der richtigen Manier erzählen werde, weiß ich nicht; ich weiß zunächst nur, daß es in einem ganz bestimmten Roman, der ein großer Roman ist, dessen Druckseitenzahl sich auf annähernd neunhundert belaufen mag, eine tragikomische Figur gibt, deren Wesen darin besteht, daß sie nicht sein will, was sie ist, daß sie mehr sein möchte, als was sie je aus sich zu machen imstande sein könnte. Er vermag nur mit größter Schwierigkeit oder überhaupt nicht bescheiden zu sein, er krankt also an der Unbescheidenheit, am Ehrgeiz, an üblem Stolz. Hinsichtlich der Moral befindet er sich in fortwährendem Fieberzustand. Über ihn ist eine Art seelischer Belagerungszustand verhängt. Er ist einer, der sich selbst in einem fort mit Hilfe von allerlei bösen, törichten Zumutungen belagert, also ein denkbar unausgeglichenes Individuum ist. Beständig fürchtet er, daß er sich nicht bedeutend genug vorkomme, und er fürchtet ferner, die andern könnten diesen Mangel an Zutrauen zu sich selber merken. Darf ich nach diesen einleitenden Worten zur Geschichte übergehen, worin ein Graf (potz tausend!) die Hauptrolle spielt, dem seine lieben, besorgten Eltern eine ungemein gute Erziehung angedeihen ließen?

Indem ich glaube, ich ließe mich von einer gewissen schwungvollen Erzählungsweise gern da- oder dorthin tragen, so, als läge ich aufs bequemste in einer sommerlichen Karousselchaise, melde ich, man habe mir erzählt, der Herr Baron (ich betitle ihn lieber so) habe zeitweise ein einsam und darum reizend gelegenes Schlößchen bewohnt, wo er sich hauptsächlich mit Lesen usw. beschäftigt zu haben scheint, indem er stunden- und tagelang sein Gesicht mit allerhand Büchern in nähere Berührung brachte, aus denen ihm Quellen der Unterhaltung und Belehrung aufs gewiß denkbar angenehmste entgegensprudelten und ihn mit dem stillen Glück des Miterlebens und des Mitfühlens bekannt machten. Mit der Zeit schien sich sein Vermögen zu verringern, mit andern Worten sah er, daß er ärmer und ärmer wurde, obschon er bei einiger Sparsamkeit eigentlich noch auf recht lange Zeit hinaus versorgt war. Nun lernte er eines Tages ein Mädchen, die über eine fraglos seltene Schönheit verfügte, kennen, die ihn in ihr Haus einlud, wo er sogleich, d.h. ohne die leisesten vorherigen Informationen, als ein Ganina angeschaut wurde, denn so hieß ja jener unglückliche Streber, der in oben besprochenem Roman vorkommt. Ich will ununtersucht lassen, ob die beiden einander wirklich liebten oder nicht, da ich dieser Frage (ist das nicht sonderbar?) keinerlei größere Bedeutung beilege. Wie ich vermute, hatten sie sich in einem bildhübschen Wäldchen, das im Frühling grün, im Herbst goldgelb, im Winter weiß wie ein Silbergeschmeide aussah, angetroffen. Ob sie es war, die zuerst den Mund auftat, oder ob dies zuerst ihm einleuchtete, meine ich nicht für opportun halten zu müssen, in Betracht zu ziehen, genug, er galt als ihr Bräutigam, und es konnte gar nicht anders sein, als daß er's lediglich auf ihre Moneten absah, der «Elende», wie sie ihn in ihrer Seele, d.h. ganz im stillen, «einfachheitshalber» nannte, und dies ganz einfach bloß deshalb, weil sie sich ans Mißtrauischsein gewöhnt hatte. Wer von uns befleckt sich nicht mit solcher Farbe?

Er besaß einige Lebemannsmanieren und durfte daher unter keinen Umständen zu den ehrlichen Elementen gezählt werden. Zu weltmännischem Auftreten gehört Reichtum oder wenigstens Wohlhabenheit; das verwöhnte Söhnchen von Barönchen jedoch war arm wie eine Kirchenmaus. «Warte, dich will ich auf eklatante Art beschämen», dachte sie, und sie hatte große Freude an dieser speziellen Gedankenrichtung. Sie hielt sich für ein wahres weibliches Genie darum, daß sie überzeugt war, er sei schlecht, und darum, daß sie sich entschlossen hatte, ihn zu «entlarven». Im allgemeinen hält man sich leider immer dann für klug, wenn man von seinen Mitmenschen möglichst schlimm denkt, und man glaubt sich für sehr dumm darum halten zu sollen, daß man der Mitwelt Schönes zutraut.

Sie gab ihm bei Gelegenheit ein Essen, wozu sie die Ihrigen eingeladen hatte, und nun saßen sie alle am schöngedeckten, mit Reichlichkeiten beladenen, prächtig dekorierten Tisch, dessen Glanz die Gesichter wie freundliche Gestirne leuchten ließ. Plötzlich gab sie ihm einen Brief zu lesen, worin geschrieben stand, daß er ein Schlucker und Schurke, einer der begabtesten Tellerlecker der gesamten Epoche sei, der sich zur Aufgabe mache, sich noch schnell, ehe es zu spät geworden sei, d. h. in der letzten Stunde zu retten, indem er sich an eine Tochter aus gutem Hause hübsch anklammere. Rätselhaft ruhig schaute er in dies Schreiben hinein; es schien, er studiere es mit der größten Genauigkeit und dazu noch mit dem größten Vergnügen. Nachdem er seine Spezialstudien beendet zu haben schien, sagte er zu seiner Braut: «Wer schrieb das?» – «Du wirst doch nicht etwa glauben, daß ich es schrieb», gab sie zurück. Schöner als je zuvor sah sie in dieser eigentümlichen Sekunde aus. «Nachbarn werden uns den Brief zugesteckt haben», bemerkte jemand. «Vielleicht bin ich sein Verfasser», spöttelte ein Mitglied der Familie, aber er sprach es zu spöttisch, zu vergnügt, als daß ein Verdacht auf ihm hätte ausruhen können. «Dem Baron schmeckt jedenfalls unser Essen sehr», wurde von anderer Seite her vernehmlich, und in der Tat stand die Beobachtung auf durchaus gesundem Fundament. Er aß und trank mit sichtlich großem Behagen, und jetzt wandte er sich mit geradezu bezaubernder Fröhlichkeit an die Schöne, die schön geworden war, weil ihr vielleicht irgend etwas leid tat, um ihr zu sagen: «Du schriebst ihn.» Dies Wort verpflichtete ihn natürlich zu sofortigem Aufstehen vom Tisch und zum Verschwinden aus dem Kreis von in diesem Augenblick sehr Erstaunten.

Vielleicht trug sich übrigens die Geschichte anders zu, und zwar so: Der Baron kam an diesem Abend noch nicht auf die Spur bezüglich der Verfasserschaft des anonymen Briefes, sondern erst lange nachher, auf irgendeinem beliebigen Wege, womöglich erst ein ganzes Jahr später, ganz zufällig, etwa dadurch, daß er unbewußt zu phantasieren anfing, absichtslos eine Briefgeschichte ersinnend. Man wird wissen müssen, daß er gern zu seinem Vergnügen «dichtete», d.h. Geschichten usw. ersann, und auf dem Wege harmlosen Herumsinnens kam er plötzlich in seiner Angelegenheit ins klare und wird sich vielleicht den freudigen Ausruf gegönnt haben: «Nun weiß ich's mit einmal!» Aller Wahrscheinlichkeit nach ging es so zu, und wenn ich noch etwas beizufügen habe, so würde es dies sein: es sind viele Schöne unschön gesinnt, und es sieht im Innern von vielen bös aus, die lieb aussehen.

Anscheinend hatte der Baron (er braucht ja kein echter zu sein) lange Zeit nicht für nötig gefunden, an den so überaus wichtigen Umstand zu denken, was man da und dort von ihm dachte. Das Denken und Meinen bildet ja die eigentliche Welt, diejenige, auf die es ankommt. Diese unersichtliche Welt hatte er zu schauen scheinbar «noch nicht gelernt». Die Geschichte, die ich zum besten gegeben habe, gab ihm Anlaß, Versäumtes nachzuholen. Seine Beobachtung über die Wichtigkeit des nicht ohne weiteres Wahrnehmbaren machte ihn zeitweise tiefsinnig, wobei es sich versteht, daß er die eigene Ernsthaftigkeit bisweilen belachte, indem er einsah, daß Nachdenklichkeit nicht die eigentliche Bestimmung im Leben sein könne, daß dieses Leben vielmehr immer wieder nur ein erneutes, munteres Probieren verlange. Er versuchte wieder heiter zu werden, und von einem so aufmerksamen Bücherleser, wie er einer war, ist nicht anzunehmen, daß ihm das nicht gelang. Seine mannigfaltigen Besorgnisse bildeten eine sogenannte vorübergehende Phase.

Wie es ihr erging, die ertappen wollte und dabei selbst

ertappt wurde, ist mir unbekannt. Sie wird hin und wieder Gelegenheit haben, ein bißchen zu stutzen. Es hieß da und dort, sie sitze die meiste Zeit zu Hause, halte es weder für rätlich noch für reizvoll, sich blicken zu lassen und ihrerseits etwas zu erblicken. Sie soll sich währenddessen zur Sängerin ausgebildet haben. Da genaue Angaben indes fehlen, so darf ebenso leicht geglaubt werden, sie habe sich auf die «Broderie geworfen» oder habe sich aufs Bemalen von Tüchelchen verlegt. Jedenfalls meint man, sie sitze täglich an einem gardinengeschmückten Fenster und schaue mit allem erdenklichen Anstand, d.h. mit dem wünschenswerten Grad von Freundlichkeit auf die Straße hinab. Einige wollen vernommen haben, sie befasse sich mit Kindererziehung; in diesem Fall würde es ihr an Zerstreuung oder an einer bescheidenen Förderung nicht fehlen. Wenn ich zu denken wage, es gehe ihr verhältnismäßig gut, so liegt gewiß im Versuch, sie in Verhältnissen zu sehen, die ihr angenehm erscheinen, etwas Statthaftes. Wie gediegen man sich in der Überzeugung vorkommt, daß für die menschliche Natur nicht so rasch irgend etwas «unwiederbringlich verloren» ist. Man meint selbst geordnet zu sein, wenn man glaubt, daß eine allgemeine Fähigkeit jeweiligen Sicheinrichtens vorliegt. Jeder wisse sich einigermaßen in Verlegenheiten zu helfen, denkt meiner Ansicht nach ein Vernünftiger, was vielleicht etwas selbstbewußt klingt. Sicher vergißt sie den begangenen Fehler nicht. Hiebei könnte aber in Betracht zu ziehen sein, daß das Fehlerbegangenhaben eine Lebensbereicherung bedeutet. Findet doch eine Seele an einem Unrecht eine viel lebhaftere Unterhaltung als an etwas Gerechtem, und auf Beseeltheit kommt's ja eben an, darauf, daß es in einer Seele überhaupt lebt, daß sie sich mit etwas beschäftigt, und dann liegt ja etwas Lustiges, ich meine, etwas Interessantes darin, daß man sich tadeln kann, während es meist überaus uninteressant ist, wenn man sich tugendhaft, lieb, gut, gerecht, d.h. lobenswürdig vorkommt. Etwas nicht zustande gekommenes Gutes bildet ja gerade aus diesem Grunde eine Geschichte. Über leichtes Zustandegekommenes gibt es wenig oder nichts zu erzählen. Ich bin also dem anonymen Brief gewissermaßen dankbar. Er und sie, von denen ich sprach, sind es nicht minder, obgleich sie sich das aus Takt oder aus Instinkt, sich eine Romantik zu bewahren, zu gestehen verhindern werden.

Hie und da sich im Ton aufrichtigen Bedauerns sagen zu können: «Warum kam es so?», wie gleicht das einem Erleben, wie ist das schmeichelnd-angenehm! Diejenigen, die gefehlt haben, können sich so nett begütigen, lieb mit sich sein, süßes Erbarmen mit sich haben, kommen in Gunst bei sich selbst. «Ich möchte mich nicht anders», rufen sie aus, und es ist ja auch eine überaus einfache Wahrheit, daß die feineren Freuden gern zu denen gehen, die sich um Freuden brachten.

Will denn das Leid nicht auch genährt sein?

WEIHNACHTSGESCHICHTE I

Irgendeiner schrieb: Man erwarte von mir keine lange und breite Geschichte. Sie wird vielleicht in gewisser Hinsicht schön sein, denn eine schöne Frau kommt darin vor, ein Mädchen von schlankem Wuchs. Vorliegende Zeilen bilden eine Erinnerung. Ich meine beobachtet zu haben, daß heute, ich meine, in den Tagen, die man die unsrigen nennen kann, Erinnerungen gleichsam Mode sind. Vor Gerührtheit kann ich übrigens kaum Bericht ablegen, will sagen erzählen oder schreiben. Ich schrieb neulich einem Töchterchen aus sicher sehr feinem Haus einen Brief, den ich mich entschließen zu dürfen glaubte, für in seiner Art vortrefflich zu halten. In der Geschichte, die ich hier verfasse, will ich nicht schriftstellerisch glänzen, vielmehr bloß etwas wie Empfindung an den Tag legen. Ich schreibe meine Weihnachtsdarstellung weniger, als daß ich sie weine, indem ich meine, dies nehme sich weihnachtlich aus, aber im Grund bin nicht ich es, der weint, sondern die Figur tat es, die in einem Vorstadthause wohnte, worin sie mich dann und wann empfing und worin sie für richtig hielt, stets ein wenig zu trauern, was ich an ihr entzückend fand. Wie kam ich schon so frühzeitig zu einem derartigen Raffinement? Sicher beruhen jedoch die meisten Raffiniertheiten auf etwas Natürlichem. Ich glaube, man könne der Meinung sein, die vielfältigsten Erfahrungen mache man, solange man noch überhaupt keine besäße, denn das Leben selber sei die Erfahrung. Nun bringe ich vor, die Frau, von der ich spreche, habe ein ausgesprochenes Damenaussehen zur Schau getragen, wofür sie natürlich nicht verantwortlich gemacht werden konnte. Ihre Schlankheiten sahen sich mit einer gewissen in jeder Weise gemäßigten Üppigkeit vereinigt, ein gegenseitiges Sichunterstützen, das eine Gestalt zustande gebracht zu haben schien, die gleichsam im angenehmsten Sinne blühte, mithin sozusagen gleichzeitig duftete. Ich und ein anderer junger Mensch, der aussah, als habe er bereits begonnen, dichterisch tätig zu sein, standen im weihnachtsbaumgeschmückten Zimmer so da und dachten beide gewiß nicht an sehr vieles. Das Denken bildet eine Belästigung, die jungen Leuten zum Glück fernliegt, mit der die Gereifteren in die zweifellos zum Teil bedauerliche Lage kommen, zu kämpfen. Wie ich mich erinnern zu können hoffe, rauchten wir zwei jungen Herren Zigarren, und was mich betrifft, darf ich sagen, daß ich bezüglich der schönen Frau dachte: «Gefalle ich ihr?», und daß mich die Wahrnehmung einigermaßen beunruhigte, die mich mit ziemlich viel Deutlichkeit sehen ließ, daß sie mich jetzt absolut nicht beachtete, wodurch mir ihre Schönheit noch lebhafter auffiel. Sie hatte mir bei irgendeiner Gelegenheit erzählt, sie sei Kinderfräulein gewesen. Sogleich werde ich mir übrigens erlauben, einen Brief zu erwähnen, d.h. eingehender zu beleuchten, den sie mir nie zu lesen gegeben hatte, um dessentwillen ich mich gleichwohl befähigt sah, sie zu belächeln. Ihre Freundin, eine Zierliche, Kluge, Gewandte, Begabte usw., die die Schöne ihrer Schönheit wegen womöglich benied und sie vielleicht gerade deshalb als unintelligent zu bezeichnen wagte, hatte mich den Brief, der irgendwie und -wo liegengelassen worden war, kennenlernen lassen, und nun waren ich und das geschmeidige, gescheite Mädchen der schönen Frau gegenüber anscheinend die Überlegenen, indem die Briefempfängerin und ehemalige Erzieherin, wie wir sahen und wußten, an den Inhalt des Briefes glaubte, während wir, die indiskreterweise in ihn hineingeguckt hatten, uns über den Absender desselben speziell lustig machten. Nun war sie gleichsam zu schön, als daß sie mir und ihrer Freundin hätte anmerken mögen, wir besäßen von ihrem Brief Kenntnis, den sie aller Ersichtlichkeit nach ernst nahm, obwohl er von der ersten Silbe an bis zur letzten vielleicht nichts als eine Irreführung vergegenwärtigte. Der Mann, der der Anfertiger oder Hersteller des Briefes war, ging kaum auf etwas Besseres als aufs Verführen aus. Inzwischen flakkerten und liebäugelten am Baum die Weihnachtslichter. Die lediglich zu Zieratszwecken dienenden Engelchen schienen etwas vom Ewigunveränderlichen des Lebens ausdrücken oder -posaunen zu wollen. Es schien nicht gesagt oder irgendwie bewiesen zu sein, daß die Schöne nicht zu unterscheiden fähig gewesen sei. Für die Gewitzigten sah das vielleicht nur so danach aus. Die Schöne stellte eine Lebensbereicherung dar, die Intelligenten sind Essende, während die Schönen mit der Speise selbst verglichen werden können, sie sind die Gläubigen und Hingebenden, die für irgend jemand gern etwas Bestimmtes sind. Das Verführerische des Verführers erkennend, nannte sie seinen Brief willkommen. Eine schöne Seele will gefühlvoll sein.

WEIHNACHTSGESCHICHTE II

Wenn es mir diejenigen, die den Entschluß gefaßt haben, mir ihre verehrte Aufmerksamkeit zu schenken, gestatten wollen, erzähle ich hier eine Geschichte, worin ein herrischer Mensch vorkommt, der sich die Lebensaufgabe gestellt zu haben schien, seiner Frau aus keinem erheblichern Grunde, als weil sie überaus schön war und ihn ihre Schönheit irritierte, wie einen Hudel oder womöglich eher sogar noch wie ein Speumuttli zu behandeln, indem er sie ganz einfach hie und da förmlich vor ihm selbst bisweilen unerklärlich vorkommenden Haß anscheinend anspuckte. Was mußte die ebenso Bedauernswerte wie Vorbildliche dulden. Gott sei dank bin ich nicht selber der Wüstling, von dem ich ein vielleicht nicht sehr anziehendes Porträt entwerfe, sondern lasse einen beliebigen andern die denkbar undankbarste Rolle spielen, die je einer Figur auf die Achseln geladen worden sein mag. «Bist du eine Sau, ja oder nein?» beliebte es ihn mitunter, wenn es draußen in der Welt entweder schneite oder sonnenscheinelte, die begreiflicherweise Tieferschrockene zu fragen, eine Herausforderung, der gegenüber ihr keine gescheitere Antwort als ein schüchterenes Ja übrig zu bleiben schien. Hatte ein solcher Mensch überhaupt sozusagen Art und Weise, und in welcher Gegend mag er seinerzeit in die Schule gegangen sein? Frage fliehe, halte dich in erforderlicher Entfernung auf, komme mir nicht vors Gesicht, verlange von mir nicht irgendwelchen gebührlichen oder unpassenden Aufschluß. Wenn mir das Wort «Scheusal» behagen würde, so besänne ich mich keine Sekunde lang, es in bezug auf denjenigen anzuwenden, mit dem ich mich, so sehr mich eine derartige Beschäftigung abschreckt, hier befasse oder abgebe. «Hure» nannte er sie hohnlachend und ließ sich, gütiger Himmel, von ihren feingefingerten Händen, die gewöhnt waren, mit unbeschreiblicher Anmut und Behendigkeit über die Tasten ihres Klavieres hinzugleiten, nichts Geringeres, doch andererseits wieder durchaus nichts Belangreicheres als seine Marschierschuhe oder Jagdstiefel ausziehen, eine Bemühung, die eher von einer Magd zu erledigen gewesen sein könnte. Seinen sicher an und für sich nichtsnutzigen Lausbuben von noch bei weitem nicht zur Reife gelangten jugendlichen Bedienten ließ der Gewaltausübende Zigaretten rauchen, indes er seine Gemahlin, die eine Schönheit von an mittelalterliche Madonnenhaftigkeit mahnendem Reiz genannt werden durfte, mit allen erdenklichen Mitteln zur Maßnahme nötigte, die darin bestand, daß sie sich einen Liebhaber anschaffte, der tapfer, schlank und gefügig war. Was ihr beidseitiges Verhältnis betraf, so zeigte sich dasselbe als ein ausgesprochen zärtliches, indem sich die Dame, die von Zeit zu Zeit Schläge von ihrem ausgezeichneten Mann bekam, und ihr Beschützerlümmel beim Mondschein in stiller Nacht küßten. «Mein braver Zuverlässiger, dem ich angehöre», sprach sie zu ihrem Fötzelcheib, von dem sie sich vergöttert sah, «hat mich satt bekommen, was bei dir, herzinniggeliebter Wicht, der du bist, nie der Fall sein wird.» Am heiligen Weihnachtsabend gelobte er ihr unauslöschliche Treue. Nicht wahr, lieber Leser, ich schreibe heute strubbelpeterhaft. Ich bin hier verdammt artig und nett.

ZWEI WEIHNACHTSAUFSÄTZCHEN

I.

Ich weiß nicht, ob die Straßen des Städtchens, worin sich zutrug, was ich hier phantasiere, schneeweiß waren oder nicht, ob's schneite, oder ob dies nicht zutraf. Ein Dörfchen sah wie ein Zuckerbäckerkunstwerk aus, so tief lag es in der Verschneitheit. Ein benachbartes jedoch hatte kein Flöckchen bekommen. Glich dieser Umstand nicht beinahe etwas Wunderbarem? Ob nun nicht eine Weihnachtsgans erwähnt werden dürfte, die von Kindern mit Interesse in Augenschein genommen wurde? Einem unfolgsamen Knaben wurde bedauerlicherweise noch kurz vor Einweihung des Heiligen Abends die Elastizität des Möbelklopfers zu schmecken gegeben. Oh, wie still war's in den kurzen langen, krummen und schnurgeraden Straßen. Stiller als alle Stille zu sein vermag, die man sich vorzustellen fähig ist, war das Benehmen einer um ihren Herzensfreund in stundenlanger Wortlosigkeit verharrenden Einsamkeitsüberantworteten. Irgendwo wurde ein Weihnachtsbaum angezündet, und wie sehr es Tatsache ist, daß ich dies scheinbar überaus präzis, doch stimmungsvoll sage, so sähe ich nicht ein, was mich hinderte, auszusprechen, daß, als die gleichsam helläugigen Lichterchen zu flackern und strahlen anfingen und es in der Stube nach Wünschen duftete, die ihre Köpfchen aus den Bettchen verständlichen menschlichen Sehnens streckten, ein Liebhaber in einem Kämmerchen die Beute der Angesammeltheit seiner Wehmut wurde. Anstatt die Schnippischkeiten seiner Angebeteten in jeder Hinsicht entzückend schön zu finden, stellte er ein Geschluchz und eine Händeringerei an, die man am liebsten in einem Gedicht hätte wiedergeben mögen. Ein ritterlicher Kniender schnürte einer geduldig diesen Dienst Entgegennehmenden die Schuhe zu. Doch rasch zu den Prachtsgeschenken, die in jeder Art Form unter den silberflitterumwickelten Zweigen ausgebreitet lagen. Das Familienoberhaupt war Notar, dessen Töchter beim Gedanken, sie seien heiratsfähig, konventionell kicherten. Die männliche Nachkommenschaft schaute mit einer etwas doch schon beinahe allzu pyramidalen Seriosität in die lieblich-glitzernde Weihnachtsbäumlichkeit hinein. Jetzt trat das Christkindchen herein.

II.

Weihnachtsabend war's, die Stadt lag klug und schön da. Einige Verspätete sorgten, daß sie raschmöglichst mit Bäumchen in der Hand nach Hause kamen. Kinder dachten, an Türen stehend, über Bettelmöglichkeiten nach. Die Münsterglocken fingen an zu tönen. Die beiden Domtürme verkörperten einen kraftvollen Historizismus. Stubenmädchen mit Schürzen traten aus Läden heraus. Indes sich in Kaffeestuben noch Gäste aufhielten, saßen in einem Industriequartierzimmer der kränklichzarte Durchgeistigte und die womöglich noch empfindsamere und auf Bildung usw. erpichtere Leichtinwallunggeratende, sich anscheinend vorzüglich unterhaltend, beisammen. Wenn irgendeiner über das noch durch keinerlei Baumeistertätigkeit oder Hausaufrichtung gleichsam entlandschaftete Land oder Feld mehr oder weniger einsam und eifrig wanderte, konnte er blätterlose Bäume in konzertdirigentenhafter Gestikulierung dastehen sehen. Das Mitglied einer jüngeren Dichtergruppe war's, dem derartige poetische Beobachtung aus der Fülle vorhandener Unwillkürlichkeit zweighaft entstieg. Sprach ich nicht schon von einer Räumlichkeit vorstädteligen Charakters? Schön, und nun komme ich auf ein Zimmer Nummer Zwei zu sprechen, das sich unmittelbar ans erste anlehnte, worin sich eine die Tiziangemäldehaftigkeit selbst zu sein scheinende, mithin unerhört schöne Schuhmacherstochter von einem in feinsinnigen Dingen Beginnenden den Hof tapfer und zugleich schüchtern machen ließ. Er verstehe famos vor Frauen zu knien, besaß er die Höflichkeit und gleichzeitig die Dreistigkeit zu beteuern. So möge er ihr von dieser Art Können einmal einen Beweis ablegen, ermunterte ihn die Liebesszenenliebhaberin. Da die Wohnung aus drei Gemächern bestand, so wird nun vielleicht hervorzuheben gestattet sein, daß sich im dritten Zimmer ein Entwickelter von einer aufs entzückendste im Unentwickeltheitszustand Befindlichen Natürlichkeitsunterricht erteilen ließ.

Nunmehr klingelte es mit einmal an der Türe der verschwenderisch mit dem dringend erforderlichen Luxus ausgestatteten Dreizimmerwohnung, und die sich darin Aufhaltenden fragten sich, wer dies wohl sei, und kamen herbei, um dem Einlaßwünschenden sorgfältig zu öffnen. Da war's niemand Großartigeres als in der Tat bloß das liebe Christkind.

ANHANG

NACHWORT DES HERAUSGEBERS

«Ich würde jetzt draußen in einer reichsdeutschen Kleinstadt, gleichviel, wo sie liegt, eine ‹Rolle› spielen können, denn meine Prosastücke sind in ganz Deutschland, Österreich, bis nach Ungarn hinein herumgekommen. Meine kleinen Prosastücke beliebt mir mit kleinen Tänzerinnen zu vergleichen, die so lange tanzen, bis sie völlig verbraucht sind und vor Müdigkeit hinsinken», schrieb Robert Walser am 12. Februar 1927 an seine Freundin Frieda Mermet. Den Prager Lyriker und Redakteur Otto Pick, einen der treuesten Abnehmer seiner Beiträge, beschied er am 17. Mai des gleichen Jahres: «Was meine Pläne betrifft, so glaube ich die meiste Plänemacherei für seelenschädlich halten zu sollen. Mein Hauptplan ist, möglichst ehrlich in literarischen Angelegenheiten zu sein, daneben gibt es diese drei Gebiete, Lyrik, Epik, Dramatik, und wenn man lebe, lautet mein Grundsatz, und dies tut man ja unwillkürlich, so bilde, forme sich dann und wann ein Schaffensplan von selbst heraus.» 14 Tage später ist in Briefen von einer «Krisis» die Rede, die in seiner Schriftstellerei eingetreten zu sein scheine: eine ablehnende Mitteilung der Feuilletonredaktion des «Berliner Tageblatts» deprimierte Walser nachhaltig. Enttäuschungen mit Buchverlagen, die seine Vorschläge ablehnten oder gar nicht beantworteten, kamen hinzu, und der auf seinen 50. Geburtstag zugehende Autor vermerkte mit Bitterkeit das ungenügende Ansehen, das er in der deutschsprachigen Kulturszene genoß. Aber allen Rückschlägen und Verletzungen zum Trotz fuhr er mit seiner Arbeit fort und rang bald mit Ironie, bald mit hochfahrendem Stolz um den Erhalt seines Selbstbewußtseins – wie so viele Jahre schon. «Meine Schriftstellergeschäfte wickeln sich, wenn auch eher langsam als eilig, doch im allgemeinen fortwährend zu meiner Zufriedenheit ab, was daher rührt, daß ich mich mit verhältnismäßig kleinen Erfölgelchen begnüge», heißt es schließlich wieder in einem Brief an Frieda Mermet vom 13. November 1928.

Über den biographischen Hintergrund des Abschnittes aus dem Schaffen Walsers, den dieser Band enthält, ist wenig mitzuteilen. Seit Anfang 1921, über sechs Jahre also schon, lebte er zu dieser Zeit in Bern. Im Sommer 1926 hatte er ein Zimmer an der Luisenstraße im Quartier Kirchenfeld bezogen, wo er zum erstenmal über längere

Zeit hin ausharrte – er verließ es erst Januar 1929, als er sich in psychiatrische Behandlung begeben mußte. Von da an lebte er in Heilanstalten, die Jahre 1927 und 1928 waren also die letzten, die er noch frei inmitten der Gesellschaft verbrachte: sehr zurückgezogen, einzelgängerisch, wenn auch nicht geradezu vereinsamt, ein Fünfzigjähriger, der seine Erfolglosigkeit als Schriftsteller und seine Außenseiterstellung in der bürgerlichen Welt mehr oder weniger hingenommen und auch vielfach reflektiert und zur bewußten Figur gestaltet hatte. Aber er fuhr unbeirrt in der Notierung seiner Gedanken fort, in der Suche nach dem Ausdruck seiner Welt, im experimentierenden Spiel mit der Sprache. Es war ein fortgesetzter, von Ironie durchschossener Monolog, den er hielt, aber doch zugleich ein imaginärer Dialog mit der ganzen Welt, und zwar auch in einem sehr äußerlichen Sinne. Er war ja zum «Zeitungsschreiber» geworden, wie er mit resignierender Endgültigkeit feststellte, aber als Feuilletonist hatte er immerhin, irgendwo in Europa, ein nach Hunderttausenden zählendes anonymes Tagespublikum.

Die Vermutung, Schatten einer Erkrankung hätten auch schon über diesen Jahren gelegen, scheint sich aufzudrängen. Aber aus dieser Zeit liegen keine sicheren Zeugnisse über ein abnormes, auffälliges oder verschrobenes Verhalten Walsers gegenüber seiner Umwelt vor, und auch seine Briefe, soweit sie erhalten sind, lassen keineswegs den kommenden Zusammenbruch ahnen. Dieser trat vielmehr überraschend ein, unerwartet auch für seine nächsten Vertrauten, die Schwester Lisa Walser und die Freundin Frieda Mermet. Schon um 1925 hatte sich seine psychische Labilität gelegentlich deutlich gezeigt, aber es war ganz offenbar nicht so, daß Walser sich seitdem in einem anhaltenden oder gar sich steigernden Zustand psychotischer Störung befunden hätte. Er vermochte die Spannungen seines Inneren wie die zur Außenwelt sehr wohl zu beherrschen, die Anzeichen sprechen für eine Phase der Beruhigung, mag sie auch von gelegentlichen Krisen und Depressionen, von denen wir nichts wissen, durchzogen gewesen sein. Auch die ungewöhnliche, vielleicht etwas hektische Produktivität Walsers während der beiden vorausgehenden Jahre scheint in dieser Zeit nachzulassen, der Fluß seiner Arbeit setzt sich aber, wie dieser Band zeigt, fruchtbar und vielgestaltig fort – von einem Versiegen und Verstummen kann keine Rede sein.

Etwa die Hälfte der Texte dieses Bandes erschien ab Frühjahr 1927 im Feuilleton von Tageszeitungen und in Zeitschriften, unter denen in diesen und den folgenden Jahren auch Unterhaltungsmagazine waren: u. a. «Sport im Bild», eine Gesellschaftszeitschrift des Berliner Scherl Verlags, und eine Frauenzeitschrift, die als Beilage zur «Frankfurter Zeitung» erschien. Robert Walser hatte die Abdrucksbelege als undatierte Ausschnitte gesammelt, allerdings nicht vollständig – bei genauer Durchsicht der Blätter, mit denen er in Verbindung stand, wurden noch viele weitere Beiträge von ihm gefunden.

Die übrigen Texte aber, fünfundsiebzig in diesem Band, gehören fast alle zu den Reinschrift-Manuskripten, die Carl Seelig, der Freund und spätere Vormund, von Robert Walser als unveröffentlichten «Nachlaß zu Lebzeiten» übernahm und aus denen auch er nur erst eine kleine Auswahl publizierte. (Die Angabe «Unveröffentlichtes Manuskript» bei den entsprechenden Titeln im Inhaltsverzeichnis bezieht sich auf diese Nachlaßsituation, steht also auch bei solchen Prosastücken, die noch zu Walsers Lebzeiten in einem der von Carl Seelig herausgegebenen Auswahlbände – «Große kleine Welt» [1937], «Stille Freuden» [1944] und «Unveröffentlichte Prosadichtungen» [1954] – gedruckt wurden.) Diese Manuskripte mag Robert Walser zum Teil selbst zurückgehalten haben, sei es, weil er überhaupt vor ihrer Veröffentlichung zögerte, sei es, weil er sie für eine bestimmte Gelegenheit aufhob (z. B. ein eventuelles Buch), oder weil er die Chance, sie bei einer der Redaktionen, mit denen er momentan in Kontakt stand, unterzubringen, als zu gering ansah. Ein Teil ist sicherlich Redakteuren angeboten und von ihnen zurückgesandt worden, wenn sich dies auch nur in einem Fall nachweisen läßt (vgl. Anmerkung zu «Das stolze Schweigen»). Der heutige Leser wird aber zwischen den erst postum veröffentlichten und den schon seinerzeit erstgedruckten Texten keine prinzipiellen Unterschiede der Form, Thematik oder der literarischen Qualität feststellen. Es bestand daher kein Grund, sie in dieser Edition nicht völlig gleich zu behandeln und bei der Bildung thematischer und formaler Gruppen zu mischen.

Robert Walser hat noch mehr Prosastücke geschrieben, als uns aus den verstreuten Abdrucken und aus den nachgelassenen Reinschriftmanuskripten bekannt sind – zumindest noch die Entwürfe, die in den sogenannten «Mikrogrammen», d. h. auf mit winziger Bleistiftschrift bedeckten Zetteln, möglicherweise unvollständig erhalten sind. Aus der in diesem Band dokumentierten Periode sind es jedoch sehr viel weniger Texte als aus den vorausgehenden Jahren, die Walser in dieser Stufe des ersten, spontanen Notats liegengelassen hat. Inwieweit sie eines Tages auch noch entziffert und in einer separaten Publikation vorgelegt werden können, ist noch nicht abzusehen. Schließlich ist auch auf die nicht wenigen Gedichte aus dieser Zeit zu verweisen, die in Band 13 dieser Ausgabe enthalten sind.

Die chronologische Abgrenzung dieses Bandes gegen den in der Ausgabe vorhergehenden und den folgenden bleibt leider noch unschärfer, als dies bei anderen Bänden der Fall ist: nur bei einer kleinen Zahl von Prosastücken ließ sich das Entstehungsdatum einigermaßen genau eruieren, bei der Mehrzahl sind wir auf Vermutungen und mehr oder weniger gewagte Schlüsse angewiesen oder müssen die Einordnung willkürlich entscheiden. Aufgenommen wurden hier die von Frühjahr 1927 bis Ende 1928 im Druck erschienenen Texte, bei denen eine frühere Entstehung nicht gesichert war, und von den noch später erschienenen diejenigen, deren Entwurf oder Reinschrift jedenfalls aus den Jahren 1927/28 stammt (die dafür geltenden Anhaltspunkte sind jeweils in den Anmerkungen mitgeteilt). Es ist also mit der Möglichkeit zu rechnen, daß trotzdem noch der eine oder andere Text aus der Zeit vor 1927 herrührt und daß andererseits Prosastücke, die nach 1928 abgedruckt wurden und erst in Band 20 dieser Ausgabe enthalten sind, hier nur deshalb fehlen, weil sich ihre frühere Entstehung nicht erkennen ließ.

Auf jeden Fall überschneidet sich der Inhalt dieses Bandes mit dem des folgenden (und z. T. auch mit dem des vorhergehenden) bei den Texten, die aus den nachgelassenen Handschriften herausgegeben wurden. Die Datierung der Manuskripte Walsers ließ sich nur über eine Gruppenbildung vor allem nach Papiersorten vornehmen und bleibt mit allerlei Unsicherheiten und Unschärfen behaftet (vgl. hierzu den Bericht in SW Bd. 20). Für den hier vorliegenden Band waren vor allem sechs durch äußere Merkmale definierte größere Gruppen von Reinschriften zu berücksichtigen. Drei von ihnen sind durch termini post quos im Jahr 1926 (Konzeptpapiere) und termini ante quos im Jahr 1927 begrenzt; aus einer dieser Gruppen wurden bereits Stücke in den vorhergehenden Band aufgenommen (darunter das Tagebuch-Fragment von 1926), es können aber auch weitere schon im (späteren) Lauf des Jahres 1926 entstanden sein. Bei zwei anderen Gruppen sind dagegen termini post quos erst im Jahr 1928 (z. T. bis in den Spätherbst hinein) gegeben, und es läßt sich nicht entscheiden, welche Texte dieser Gruppen mit Sicherheit schon 1928, welche aber vielleicht erst 1929, als Robert Walser als Patient der Nervenheilanstalt Waldau seine Arbeit wieder fortsetzte, entstanden. Diese Gruppen konnten daher nur nach thematischen und formalen Gesichtspunkten zwischen dem vorliegenden und dem folgenden Band aufgeteilt werden.

Robert Walsers Prosastücke stellen zwar, wie er selbst an einer Stelle sagt, «nichts als Teile einer langen, handlungslosen, realistischen Geschichte» dar, «kleine oder umfangreichere Romankapitel» («Eine Art Erzählung», SW Bd. 20, S. 322), aber sie bilden untereinander keine Zyklen, ihre inneren Zusammenhänge, Berührungen, Verwandtschaften sind zu komplex und zu vieldimensional, als daß sie sich widerspruchslos in das buchtechnische Nacheinander, die einfache Reihung, fügen würden. Dies gilt besonders für die späte Prosa, in der immer mehrere Perspektiven zugleich, dialektische Beziehungen, widersprüchliche Schichten des Lebens und des Begriffs, Konkretes und mannigfach Abgeleitetes in ein und demselben sprachlichen Zugriff gefaßt werden. Hier gehen auch die Spiegelungen realen Erlebens und die distanzierte Betrachtung, die essayistische und die erzählend-gestaltende Haltung ständig ineinander über, parodistische Momente treten dazu, alle möglichen literarischen Formen klingen an und werden sofort wieder aufgelöst. Die Texte selbst changieren unter dem Blick des Lesers je nach ihrer Beleuchtung durch Stimmungen und Bezugnahmen, und so gut wie offenbare Widersprüche der Aussage in unmittelbarer thematischer und formaler Nachbarschaft möglich sind, so gut kann auch das auf den ersten Blick Unverwandte, Gegensätzliche bei genauerer Betrachtung das gleiche sagen oder eine parallele Figuration bilden. «Der Roman, woran ich weiter und weiter schreibe, bleibt immer derselbe und dürfte als ein mannigfaltig zerschnittenes und zertrenntes Ich-Buch bezeichnet werden können», sagt Walser an der schon zitierten Stelle weiter – aber die Zerlegtheit dieses vieldimensionalen Konnexes, den der Autor hier als Quasi-Roman anspricht, in viele hundert je eigene Werkeinheiten darstellende Sprachfelder ist eben nichts Zufälliges. Jedes Arrangement der Prosastücke, das sie inhaltlich verwandte Gruppen bilden lassen will, bleibt daher problematisch und in den Einzelentscheidungen nicht frei von Willkür. Trotzdem schien sich für die Herausgabe kein anderer Weg anzubieten (zumal die Rekonstruktion einer exakten chronologischen Ordnung, als denkbare Alternative, für immer ausgeschlossen bleiben wird).

«Rapport», der erste Abschnitt in diesem Band, setzt in diesem Sinne die Gattung des «Berichts» fort, Notizen des plaudernden Spaziergängers und Tagebuchseiten des sich erinnernden Schriftstellers. Seit der «Neuesten Nachricht», mit der Robert Walser 1921 seine Ansiedlung in Bern und seine dortigen Lebensumstände vermeldete (SW Bd. 17), war dies eine Grundform seiner literarischen Arbeit geblieben, reich dokumentiert und andeutungsweise beschrieben auch in Bd. 18 dieser Ausgabe. Bemerkenswert sind jedoch die nun wieder stärker hervortretenden, an den Anfang des Abschnitts gestellten Erinnerungsblätter, die früheren Lebensperioden gelten.

«Wissen und Leben» entspricht etwa den Gruppen «Varieté» in Bd. 17 und «Moralpredigt» in Bd. 18: hier dringen die Betrachtungen, die an Erlebtes und Vernommenes anknüpfen, mehr oder weniger ausgesprochen in den Vordergrund, auch Träume und Phantasien haben eine demonstrative Funktion, das Erzählte ist Beispiel, repräsentiert etwas. Die nicht mehr naive, sondern reflektierte, Gesellschafts- und Menschheitsfragen mit einbeziehende Haltung wird ironisch unter das Stichwort «Europäismus» gestellt, sie bleibt ambivalent. Eine Reihe von Stücken vertieft das Selbsträsonnement, zum Teil in etwas verschlüsselter Form: apologetisch, für die Legitimation der ästhetischen Existenz plädierend, aber zugleich der Problematik voll bewußt, die in der gesellschaftlichen Abseitsstellung und ganz dem zeitlosen Augenblick hingegebenen Verfassung liegt.

Die «Essays» im Wortsinne Walsers sind bei dem Titelstück «Der rote Faden» versammelt. In ihnen sind die Gedanken abstrakter, zumeist auch strenger an ein durchgehendes Thema gebunden. Manche dieser Texte sprechen den Leser als Traktate an, ein ernstes Engagement spricht aus ihnen, gesellschaftliche Verantwortung und der Wille, aller nur zu bewußten Dialektik des Beginnens zum Trotz eine kritische Wirkung auf die Zeitgenossen auszuüben – in anderen wird das abhandelnde Theoretisieren aber als ironische Demonstration wieder zurückgenommen, und den Leser frappieren augenscheinliche Widersprüche zwischen dem einen und dem anderen Bekenntnis, der einen oder anderen Sentenz. Auch hier spielt Walser mit Rollen und Posen, und man wird über das jeweils Vordergründige hinaus seiner proteischen Verwandlungskunst nachfragen müssen.

Die unter den Stichworten «Literarische Revue» und «Theater» zusammengestellten Skizzen und Studien sind durch ihre Stoffe und Vorwürfe hinreichend miteinander verbunden, um die Gruppierung zu rechtfertigen, und sie sprechen im übrigen für sich. In den Anmerkungen wurde, besonders bei diesen Stücken, darauf verzichtet, die zahlreichen literarischen Bezugnahmen zu kommentieren, soweit Walser selbst Autoren und Werke im Text eindeutig bezeichnet. (Andererseits ist es mir leider nicht gelungen, alle verdeckten literarischen Anspielungen zu entschlüsseln.)

Mit «Märchen» setzen die mehr erzählerischen Stücke ein: hier zunächst solche, die in der ersten Person gehalten sind und Motive der eigenen Existenz Walsers spiegeln, freilich maskiert, zum Teil ins Phantastische und Groteske stilisiert. Auf «Das kleine Genie» folgen dann Texte, in denen Autobiographisches und Selbstreflexion in Fassungen der dritten Person objektiviert sind, wobei wiederum die Verfremdung sehr weit gehen kann. In beiden Gruppen überwiegen die von Walser unveröffentlicht nachgelassenen Manuskripte. Auf die innere Nachbarschaft mancher dieser «Erzählungen» oder «Bilder» zu den in die Gruppe «Wissen und Leben» eingereihten Selbstbetrachtungen braucht kaum hingewiesen zu werden.

Der letzte Abschnitt dieses Bandes – «Eine einfache Geschichte» – enthält schließlich alle übrigen Erzählungen des Zeitraums. Soweit hier noch Motive der Selbstdarstellung mitspielen, sind sie noch undeutlicher zu erkennen als in den vorangehenden. An den Anfang gestellt sind possenhafte und karikierende Texte, darunter sehr spielerische Sprachgebilde, im weiteren folgen aber auch parabelartige Geschichten, Porträts, stimmungsvolle Skizzen und eigentümliche surreale Allegoresen. Gerade hier muß der Zusammenbau der so verschiedenartigen, unter so verschiedenen Gesichtspunkten zu betrachtenden Texte zu einer kompakten Seitenfolge problematisch bleiben; die Häufung von teilweise sehr manieristischen Gestaltungen wird manchen Leser befremden. Demgegenüber kann man nur empfehlen, die Prosastücke je für sich und so unbefangen wie möglich aufzunehmen, unbelastet von konventionellen Erwartungen gegenüber Erzählungen, unbeirrt aber auch von ihrer gereihten Anordnung, und ihren besonderen Sprachmustern, Strukturen und Gehalten intensiv nachzugehen.

Gewiß enthält auch dieser Band, wie jede vollständige Sammlung der Arbeiten eines Autors, Texte unterschiedlicher Qualität, wie immer man diese bestimmen und messen will. Man wird aber bei Robert Walser immer beachten müssen, daß dort, wo seine Prosastücke einmal «schwächer» erscheinen, neben der Subjektivität des eigenen Urteils drei Faktoren auf Seiten des Autors mitspielen, die auch ineinandergreifen können: erstens eine bewußte antiästhetische Haltung, eine gewollte, provokative Nachlässigkeit und Eigenwilligkeit, die mit seinen vielfach geäußerten Vorbehalten gegenüber der etablierten Kultur und der literarischen Konvention zusammenhängen; zweitens eine gewisse Hermetik, ein Sichverbergen, das auch die Form der Verstellung annehmen kann; drittens ein tatsächliches Versagen, eine gelegentliche Schwäche des selbstkritischen Anspruchs und der Selbstkontrolle, wie sie bei einem in solcher Einsamkeit und Abseitsstellung arbeitenden Autor eigentlich kaum völlig ausbleiben konnte. Wie diese Faktoren sich im einzelnen Fall zueinander verhalten, ist oft schwer abzuwägen und müßte doch, ehe ein Werturteil gefällt wird, genau erfragt sein.

ANMERKUNGEN

S. 7 *Rapport:* Die von Walser erwähnte «Ausstellung für Frauenarbeit» muß die «Saffa» gewesen sein, die im September 1928 in Bern stattfand; daraus ergibt sich eine recht genaue Datierung des Stücks. – Das vorher genannte «Städtchen» ist Walsers Vaterstadt Biel, wo er von 1913 bis 1920 wieder gelebt hatte, die längste Zeit als Dauergast im Hotel «Blaues Kreuz». Der nachmalige französische Diplomat und Schriftsteller Graf Arthur de Gobineau (Walser schätzte sein Buch «Die Renaissance») hat als Jüngling 1831 bis 1833 mit seiner Mutter in Biel gelebt und das dortige Gymnasium besucht.

S. 12 *Als ich Kadett war:* Schauplatz der Erinnerung ist, wie auch im vorhergehenden Stück, Biel. Zu Walsers Jugendzeit traten im Kanton Bern die Progymnasiasten mit 13 Jahren in das Kadettenkorps ein, das sie mit Schulaustritt wieder verließen. In den traditionellen, jedoch von Kanton zu Kanton verschieden organisierten Kadettenkorps wurden Turnübungen und vormilitärische Ausbildung verbunden.

S. 14 *Aufenthalt in einer Stadt:* Ein Erinnerungsbild aus der Zeit kurz vor und nach der Jahrhundertwende, in der sich Walser wiederholt länger in Zürich aufhielt. Hier entstanden seine frühen Gedichte, Dramoletts und ersten Prosastücke; die gleiche Zeit spiegelt sich im Roman »Geschwister Tanner«.

S. 16 «In der Gesellschaft eines verhältnismäßig namhaften Literaten . . .»: hier wäre zuerst an Franz Blei zu denken, der den jungen Robert Walser in dieser Zeit entdeckte und förderte; tatsächlich hielt sich Blei aber von Herbst 1898 bis Anfang 1900 in Amerika auf, und Walser hat ihn in Zürich vermutlich nur wenige Male gesehen. Vielleicht gab es in Zürich noch einen anderen literarischen Mentor, über den biographisch noch nichts bekannt ist.

S. 17 *Eine Art Novelle:* Hier bezieht Walser sich auf seine Berliner Jahre, wahrscheinlich auf den Sommer/Herbst des Jahres 1907, als er den Roman «Der Gehülfe» niedergeschrieben haben dürfte. Der ihn besuchende Schriftsteller war Albert Steffen (1884-1963), der spätere Anthroposoph, der diese

Begegnung am 30. Oktober 1907 in seinem Tagebuch festhielt (vgl. Steffens Äußerung anläßlich des Erscheinens von Walsers «Große kleine Welt» 1937, in: «Über Robert Walser», Erster Band, hg. von Katharina Kerr, Frankfurt a. M. 1978). Die im Gespräch zwischen beiden erwähnte Szene aus einem Buch Walsers findet sich in «Geschwister Tanner» (Bd. 9 dieser Ausgabe, S. 64 ff.; Steffen bezieht sich allerdings auf eine andere Stelle des Romans). Bemerkenswert ist, daß er gerade diesen Beitrag mit der nur leicht verschlüsselten Erwähnung Steffens und der ironischen Kritik an dessen «Bekehrung» in der von Anthroposophen in Dornach herausgegebenen Zeitschrift «Individualität» veröffentlichte. – Mit Albert Steffen setzte sich Walser auch in einem nur im Entwurf erhaltenen Text anläßlich von dessen Buch «Der Künstler zwischen Westen und Osten» (Zürich 1925) auseinander (vgl. «Dies Buch eines Dichters, das er da zur Besprechung eingesandt bekommen hatte», in: R. W., «Aus dem Bleistiftgebiet», hg. von Bernhard Echte und Werner Morlang, Frankfurt a. M. 1985, Bd. 1, S. 21, u. Anm. dazu). Vgl. ferner die Anmerkung zu «An einen Poeten» w. u.

S. 20 *Es war einmal:* Der biographische Hintergrund des Stücks ist unsicher, die Erwähnung von Zahlungen eines Verlegers deutet jedoch auf die Berliner Jahre, in denen Bruno Cassirer Walser eine Zeitlang in dieser Weise unterstützte.

S. 22 *Brief an Alfred Kerr:* Mit Alfred Kerr (1867-1948), dem berühmten Berliner Theaterkritiker, war Walser zweifellos durch seinen Bruder Karl, der Bühnenbilder für Max Reinhardt entwarf, bekannt geworden. Kerr nahm später auch Beiträge Walsers in die von ihm mit wechselnden Partnern herausgegebene Zeitschrift «Pan» auf (1911/12).

S. 26 *Ein Geistreicher:* Das etwas boshafte Porträt stellt zweifellos Eduard Korrodi (1885-1955) dar, den Schweizer Literaturkritiker und -historiker, der von 1915 bis 1950 die äußerst einflußreiche Stellung des Feuilletonredakteurs bei der «Neuen Zürcher Zeitung» einnahm. Er veröffentlichte viele Beiträge Walsers in seinen Spalten, darunter am 8. Juni 1919 «Liebe kleine Schwalbe», worauf der Text anspielt. Gelegentliche kritische Ablehnungen und pädagogisch gemeinte Bemerkungen verärgerten Walser aber nachhaltig, er mißtraute Korrodis Fürsorglichkeit und spürte, wahrscheinlich nicht ganz zu Unrecht, etwas Herablassung darin (Äußerungen Korrodis lassen erkennen, daß er Walser eher für liebenswürdig als für wirklich bedeutend ansah). Jedenfalls war das Verhältnis in den zwanziger Jahren zeitweise gespannt.

S. 36 *Ottilie Wildermuth:* Trotz der Anhalte, die der Text bietet, ließ sich dieses Stück nicht sicher datieren. Am 3. April 1926 wurde in Allmendingen bei Thun, also in der Berner Umgegend, eine 62 cm hohe Statuette einer Göttin aus römischer Zeit gefunden, es ist aber nicht sehr wahrscheinlich, daß dieser Fund derselbe ist, von dem Walser schreibt («Prinzessinstatue»). – Ottilie Wildermuth (1817-1877) war zu ihrer Zeit und noch lange darüber hinaus eine sehr beliebte Jugendschriftstellerin und Erzählerin.

S. 38 *Radio:* In der drittletzten Zeile dieser Seite wurde das im Erstdruck fehlende «der» eingefügt.

S. 68 *Das schöne Städtchen:* Während den beiden vorhergehenden Skizzen «Städtebild» und «Reise in eine Kleinstadt» möglicherweise reale Vorwürfe zugrunde liegen, ohne daß sich die Lokalitäten deutlich erkennen ließen – im zweiten Fall könnte es sich um Burgdorf handeln –, scheint Walser in diesem Text ein Phantasiegebilde entworfen zu haben, dessen einzelne Elemente er verschiedenen Städten entlehnte. (Vgl. «Eine Stadt (II)», SW Bd. 17, S. 95.) Das Stück wäre daher eigentlich eher den Erzählungen zuzuordnen – hier wurde es der motivlichen Verwandtschaft wegen den anderen Städtebildern angefügt.

S. 70 8. Z. v. u. «Ladymilford-Hand» usw.: Anspielung auf Schillers «Kabale und Liebe».

S. 71 *Was sie für einen Erfolg hat:* Der Entwurf dieses erst am 4. Januar 1935 in der «Prager Presse» erschienenen Prosastücks findet sich auf einem Teil eines Kalenderblatts aus dem Jahr 1926.

S. 76 *Wissen und Leben:* Den Titel übernahm Walser von der renommierten, damals von Max Rychner redigierten schweizerischen Zeitschrift, in der er selber mit gelegentlichen Beiträgen vertreten war. Ab 1927 hieß sie im Haupttitel «Neue

Schweizer Rundschau». – Zum Hamlet-Motiv vgl. «Hamlet-Essay», SW Bd. 18, S. 184.

S. 80 «Titel eines Buches von dem Schweizer Albert Steffen»: «Der rechte Liebhaber des Schicksals», Roman, 1917. (Zu Steffen vgl. w. o. die Anmerkung zu «Eine Art Novelle».)

S. 81 1. Absatz, drittletzte Zeile, «dem ich schon einigemal»: «dem» wurde für ein offenbar versehentlich «das» des Manuskripts gesetzt.

S. 82 *Der Mann mit der eisernen Maske:* Geheimnisvoller Staatsgefangener, der bis 1703 lebte, zuletzt in der Bastille, und über dessen Identität viele Theorien aufgestellt wurden. Daß seine Maske aus Eisen gewesen sei, geht auf Voltaires «Le Siècle de Louis XIV» zurück, tatsächlich war sie aus Samt.

S. 86 *Die schöne Nacht:* Der Entwurf des erst am 2. April 1933 in der «Prager Presse» abgedruckten Stücks findet sich auf einem Kalenderblatt von 1926; die in Prag erhaltene Handschrift scheint zu einer auf 1928/29 datierten Manuskriptgruppe zu gehören.

S. 87 «. . . umflog meine Seele wie eine Philomele»: Philomele ist eine aus dem Französischen übernommene poetische Benennung der Nachtigall. (Philomela, athenische Königstochter, wurde nach der griechischen Sage von Tereus, dem Mann ihrer Schwester Prokne, entehrt und der Zunge beraubt. Nachdem Prokne die Tat gerächt hatte, indem sie ihren und Tereus' Sohn tötete und ihm zum Mahl vorsetzte, verwandelten die Götter Philomela in eine Schwalbe, Prokne in eine Nachtigall und Tereus in einen Wiedehopf. In der lateinischen Tradition wird aber Philomela zur Nachtigall – ihr Name bedeutet «gesangliebend» – und Prokne zur Schwalbe.)

S. 88 Ende des ersten Absatzes, «Une heure d'oubli»: frz., «Eine Stunde des Vergessens». Der Erstdruck und die Manuskriptvorlage haben «d'oublie», vermutlich ein Fehler, vielleicht aber auch ein hintersinniges Wortspiel, indem «oublie» in der Schweiz ein Hippen- oder Waffelgebäck bezeichnet, das andererseits unter dem Namen «plaisir» bekannt ist – Walser hätte also «oublie» für «plaisir» gesetzt.

S. 96 *Ich bin zur Zeit kränklich:* letzter Absatz, «Einer unserer lebenden Schweizer Dichter»: vermutlich Paul Schoeck (1882–1952), dessen in Schwyzer Mundart geschriebener «Tell» 1920 in Zürich uraufgeführt wurde.

Neujahrsblatt: Das Manuskript gehört zu den der «Prager Presse» eingereichten und von Otto Pick zurückgehaltenen Arbeiten Walsers; es gelangte mit anderen Manuskripten und Briefen Walsers ins Nationalmuseum des tschechischen Schrifttums, Strahov-Archiv, Prag. – Der vorletzte Absatz bietet einen genauen Datierungsanhalt: Den Literatur-Nobelpreis erhielten 1927 Grazia Deledda, 1928 Sigrid Undset, Walser schrieb den Text also auf die Jahreswende 1928/29. – Die am Anfang erwähnte Beziehung zu der «alternden Millionärin» kann sich als Reminiszenz auf Walsers letzte Berliner Zeit (1912) beziehen, ein entsprechendes Vermächtnis ist jedoch biographisch nicht belegt. (In den Jahren 1922/23, in denen seine literarische Produktion auffällig gering war und aus denen kaum Briefe vorliegen, lebte Walser vermutlich unter anderem von zwei Erbschaften, die ihm aber von seinem Bruder Hermann und von seiten eines wohlhabenden Onkels zugekommen waren.)

S. 98 «. . . einem Schlingel . . ., der seiner feinfühlenden Frau Mama . . .»: In den Mundartszenen «Der Teich» (SW Bd. 14), die Walser zwischen Ende 1899 und Frühjahr 1902 geschrieben haben dürfte und die vielleicht einen autobiographischen Kern haben, lenkt ein Knabe die liebende Beachtung seiner Mutter auf sich, indem er einen Selbstmord vorspiegelt.

S. 99 *Das Erlebnis Josefs:* Während sich der Anfang des Textes möglicherweise auf Walsers Verhältnis zu dem Berliner Verleger, Kunsthändler und zeitweiligen Direktor der Berliner Sezession Paul Cassirer bezieht, dessen Sekretär er kurze Zeit gewesen war und der Anfang 1926 aus dem Leben geschieden war, scheint die auf S. 102 einsetzende Erzählung auf noch frühere Eindrücke Walsers in Berlin, vielleicht bei seinem ersten vergeblichen Versuch, als 19jähriger 1897 dort Fuß zu fassen, zurückzugehen.

S. 102 «. . . Oper, betitelt ‹Josef von Ägypten›»: «Joseph in Ägypten», musikalisches Drama von E. N. Méhul, Text von A. Duval, Uraufführung Paris 1807.

S. 106 *Der verlorene Sohn:* 13. Z. «Ernst Zahnsche Bücher»: E. Z. (1867–1952), vielgelesener Volksschriftsteller, der Stoffe aus der schweizerischen Berg- und Bauernwelt spannend und mit sentimentalem Einschlag behandelte.

S. 109 *Was eine Frau sagte:* Der Entwurf dieses erst am 31. Januar 1932 in der «Prager Presse» erschienenen Stücks findet sich auf einem Kalenderblatt aus dem Jahr 1926, und zwar zusammen mit dem Entwurf zu «Der rote Faden» (S. 186), wobei dieses Stück zu einem auf (1926/) 1927 zu datierenden Manuskripttyp gehört.

S. 116 *Ich schreibe hier einen Aufsatz:* Die im letzten Absatz des Stücks erwähnten «Maßnahmen gegen den Schund und Schmutz in Wort und Schrift» dürften auf das entsprechende deutsche Gesetz anspielen, das am 18. Dezember 1926 in Kraft trat, wodurch das Stück etwa auf Dezember 1926/ Januar 1927 datierbar ist.

S. 119 *Bleistiftskizze:* Über seine «Bleistiftmethode», von der die sehr schwer entzifferbaren Konzeptmanuskripte («Mikrogramme») im Nachlaß Zeugnis ablegen, schreibt Walser am 20. Juni 1927 ausführlich in einem Brief an Max Rychner; die Annahme, das Prosastück sei etwa in der Zeit dieses Briefes geschrieben worden, liegt nahe, da Walser häufig in zeitlich parallelen Briefen und Texten die gleichen Motive anklingen ließ. In jenem Brief erwähnt Walser, daß er «vor ungefähr zehn Jahren anfing, alles, was ich produziere, zuerst scheu und andächtig mit Bleistift hinzuskizzieren», und er gibt an, daß diesem Beginn eine schwere Krise vorausging: «ich darf Sie versichern, daß ich (es begann dies schon in Berlin) mit der Feder einen wahren Zusammenbruch meiner Hand erlebte, eine Art Krampf, aus dessen Klammern ich mich auf dem Bleistiftweg mühsam, langsam befreite.» Auch in «Meine Bemühungen» (SW Bd. 20, S. 427) spielt er auf diese fast in eine Agraphie (durch seelische Störung begründete Unfähigkeit zum Schreiben) mündende Krise an, deren Zeit jedoch nicht genauer zu bestimmen ist, als es in der zitierten Briefstelle geschieht. Die Übung des Bleistiftentwurfs ist erst ab 1918/19 (Entstehung des verlorenen Romans «Tobold») anzunehmen. (Vgl. hierzu die von Bernhard Echte und Werner Morlang transkribierten und herausgegebenen Texte in R. W., «Aus dem Bleistiftgebiet», 3 Bde., Frankfurt a. M. 1985/6; ferner die in der vorliegenden Ausgabe enthaltenen Transkriptionen des «Räuber»-Romans, Bd. 12, und der «Felix»-Szenen, in Bd. 14.)

S. 123 *Krisis:* 3. Absatz, Mitte, «sachermasochelig»: von Leopold von Sacher-Masoch (1836-1895) abgeleitet; auf die Erotik seiner späteren Romane und Erzählungen bezieht sich der geläufigere Begriff des Masochismus, der passiven Entsprechung zum Sadismus, den Walser hier mutwillig umgeht.

S. 126 *Artikel:* In der von Carl Seelig herausgegebenen Auswahl «Unveröffentlichte Prosadichtungen» unter dem abgeänderten Titel «In der Bahnhofswirtschaft». – Der Abreißkalender war ein Werbemittel der Maggi AG, er enthielt in diesen Jahren mehrfach Zitate aus Werken Walsers.

S. 129 «. . . einen Aufsatz über die Ehe»: die Angabe, er habe diesen Aufsatz in einem «lebhaft und klug redigierten Blatt» gefunden, ist vielleicht eine Mystifikation Walsers – es könnte sich vielmehr um den Beitrag von Richard Wilhelm «Die chinesische Ehe» zu der Sammlung «Das Ehebuch», hg. von Graf Hermann Keyserling (1925) handeln, das Walser in einem Brief an Frieda Mermet von Ende Oktover 1925 erwähnt hatte.

S. 134 «Cyrano de Bergerac»: Französischer Schriftsteller, Zeitgenosse Molières, von Edmond Rostand zum Titelhelden eines vielgespielten Schauspiels gemacht (1897), den u. a. der berühmte Josef Kainz verkörperte.

S. 142 *Das stolze Schweigen:* Das Manuskript im Nachlaß Walsers trägt den Stempel (mit handschriftlichem Eintrag der Ziffern): «Angenommen 16. 8. 27 / Bezahlt 16. 8. 27 Mk 75,–». Es hat offenbar dem «Berliner Tageblatt» vorgelegen, wurde aber trotz erfolgter Honorierung retourniert. An Frieda Mermet schrieb Walser am 31. August 1927, daß er sehr stolz auf einen Beitrag sei, der sich «Das stolze Schweigen» betitele und den ihm «eine Auslandsbildungszentrale abkaufte». Am 30. November jedoch meldete er: «Was jenes ‹stolze Schweigen› betrifft, so werden Sie es nicht zu lesen bekommen, da es nicht hat veröffentlicht werden können, weil sein Inhalt doch gar zu bescheiden und gerade darum zu stolz anmutete.»

S. 144 *Der verkrüppelte Shakespeare:* In «Unveröffentlichte Prosadichtungen» unter dem Titel: «Verkrüppelter Shakespeare». – Im September 1925 schrieb Walser in einem sehr scherzhaft getönten Brief an Max Rychner: «Lieber Monsieur, ich hielt für angebracht, nach Wien, im K. und K.-Stil, kund und zu wissen zu tun, Sie hätten gesagt, ich sei etwas wie ein Shakespeare des Prosastücklis.» Der Wiener Adressat ist nicht bekannt, der Zusammenhang dieses Prosastücks mit Rychners Apostrophierung Walsers aber sehr wahrscheinlich. – Im viertletzten Absatz hat der Erstdruck statt «einst» «nicht», zweifellos ein Lesefehler des Setzers.

S. 150 *Stück ohne Titel (I):* Robert Walser gab seinen Prosastücken meistens erst nach Fertigstellung der Reinschrift Titel (die Entwürfe sind bis auf wenige Ausnahmen unbetitelt, nicht wenige Reinschriften enthalten im Titel wiederholte Streichungen und Ersetzungen). Bei einigen Manuskripten blieb die Titelzeile leer. Mit Ausnahme des «Tagebuch»-Fragments von 1926 werden diese Texte in der vorliegenden Ausgabe unter die Bezeichnung «Stück ohne Titel» gestellt und ihrer vermutlichen chronologischen Ordnung nach mit römischen Ziffern bezeichnet.

S. 154 *Katze und Schlange:* 1906, als Robert Walser in Berlin mit seinem Bruder Karl zusammen in dessen Atelierwohnung lebte und «Geschwister Tanner» schrieb, war die schwarze Katze Muschi seine Gefährtin. Er erwähnt sie auch in den Prosastücken «Geschwister Tanner» («Kleine Dichtungen», SW Bd. 4, S. 127)und «Essen» (I)» (Bd. 15, S. 110) sowie später im Gespräch Carl Seelig gegenüber. Nach «Essen (I)» gab Walser sie aber an einen Bäcker ab, und erst als sie dort das Mäusefangen vernachlässigte, wurde sie dem Zoologischen Garten als Schlangenfutter übergeben. In diesem Stück denkt er mit Wehmut an sie zurück.

S. 158 *Der Zapfenstreich:* 2. Z., «die schöne Otero«: Carolina Otero, «La belle Otéro», berühmte Tänzerin der Jahrzehnte um die Jahrhundertwende; 1926 erschienen in Paris ihre Memoiren, in denen sie ihre zahlreichen skandalumwitterten, auch verschiedene europäische Monarchen einschließenden Liebesaffären schilderte.

S. 161 *Klassischer Brief:* «Reproschen»: Walsersche Eindeutschung von frz. reproches, Vorwürfe.

S. 167 *Zwei Gesellschaftsstücke:* Erst am 31. Januar 1932 erschienen, findet sich der Entwurf des ersten Textes auf einem Blatt, das frühestens Januar, spätestens August 1928 beschrieben wurde; der Entwurf des zweiten Textes scheint aus der gleichen Zeit zu stammen.

S. 178 *Der Pavillon:* Diese Skizze bezieht sich auf die St.-Peters-Insel im Bieler See, wie aus den Details der Beschreibung eindeutig hervorgeht. Der erwähnte «Dichter» ist Jean-Jacques Rousseau, der hier 1765 nahezu drei Monate verbrachte.

S. 183 *Der Saubub:* Am 26. September 1927 schreibt Robert Walser an Therese Breitbach: «Ich sandte übrigens einen ländlichen Zeitungsartikel in die weite Ferne hinaus, der betitelt ist ‹Der Saubub›.» In einem späteren Brief wird der Text nochmals erwähnt; er erschien jedoch erst am 10. April 1932 in der «Prager Presse».

S. 185 «Coriolanus»: Titelheld eines Dramas von Shakespeare, römischer Feldherr und Politiker, der, unter Anklage gestellt, in den Dienst der Feinde Roms übertritt (nach Plutarch).

S. 202 *Der Blaustrumpf:* «Ich schrieb einen Frauenaufsatz . . .»: vgl. «Frauenaufsatz», SW Bd. 18, S. 179.

S. 205 *Das Knabenhafte:* Der Entwurf dieses Textes ist wahrscheinlich auf Frühjahr 1928 zu datieren, da das Konzeptpapier dem von «Es war einmal» (am 11. Mai 1928 in «Sport im Bild») entspricht. Er erschien allerdings erst am 16. Juli 1929 im «Berliner Tageblatt». – Die Komödie, auf die sich Walser bezieht, ist möglicherweise «Helden» von Bernard Shaw. Die Uraufführung (London 1894) lag zwar schon mehr als 22 Jahre zurück, aber Walser bezieht sich wahrscheinlich auf die deutsche Erstaufführung in Berlin 1904; mit dem Shaw-Übersetzer Siegfried Trebitsch war er in Berlin bekannt.

S. 206 «Sacher-Masoch»: vgl. das Prosastück, das Walser diesem Romancier (1836-1895) in seiner Sammlung «Die Rose» widmete (SW Bd. 8, S. 68).

S. 226 *Das Drama:* Charles Lindbergh hatte 1927 als erster den

Atlantik ohne Zwischenlandung überflogen (New York–Paris, in 33 Stunden). Die (wegen des Gegenwindes) schwierigere umgekehrte Überfliegung glückte nach mehreren erfolglosen Versuchen erst April 1928 durch Baron E. von Hünefeld, Hauptmann H. Köhl und Kommandant James Fitzmaurice (von Baldonel bei Dublin nach der Insel Greenly an der Labradorküste, in 36 Stunden). Das Prosastück entstand offensichtlich vor dieser ersten gelungenen Ost-West-Überfliegung; sein Entwurf findet sich auf einem Kalenderblatt von 1926, die Reinschrift gehört zu einer auf 1928/29 datierten Manuskriptgruppe; es erschien jedoch erst am 12. Juli 1931 in der «Prager Presse».

S. 227 viertletzte Z., «temerär»: von frz. téméraire, verwegen, vermessen, frech.

S. 228 *Der Flieger:* Das Stück bezieht sich auf Charles Lindbergh und seine Ozeanüberfliegung.

S. 230 «Löl»: berndeutsche Form des schweizerdeutschen «Löli».

S. 231 *Sätze:* Der Erstabdruck dieser Aphorismen geschah in zwei Folgen, die erste endete mit «Musik macht auf mich . . .»; Walser klebte die beiden Belegausschnitte aber zusammen. Der erhaltene Entwurf zeigt an, daß diese Sätze eine Auswahl aus einer noch etwas größeren Zahl waren.

S. 240 *Literarische Revue:* Mit der Bemerkung, er habe acht seiner besten Jahre in einem Dachzimmer zugebracht, spielt Walser wieder auf seinen Bieler Aufenthalt 1913 bis 1920 an.

S. 241 *Literaturbrief:* Das Bildnis Goethes von Tischbein, das Walser erwähnt, zeigt ihn nicht im Elternhaus in Frankfurt, sondern 1787 am Fenster seiner römischen Wohnung.

S. 242 2. Z., «Nebenbei betete ich ein Mädchen an . . .»: wohl Anspielung auf Balzacs Erzählung «Das Mädchen mit den Goldaugen» (vgl. «Balzac-Phantasie», SW Bd. 17, S. 225, und Anmerkung).

S. 246 *Kurt vom Walde:* Die Titelfigur tritt in Gottfried Kellers Novelle «Die mißbrauchten Liebesbriefe» auf.

S. 251 *An einen Poeten:* Hans Dieter Zimmermann («Der babylonische Dolmetscher. Zu Franz Kafka und Robert Walser», Frankfurt a. M. 1985, S. 264 f.) versteht auch dieses Prosastück als an den Dichter und Anthroposophen Albert Steffen gerichtet. Vgl. «Eine Art Novelle», S. 17, und Anm. dazu w. o.

S. 252 Vorletzter Absatz, vorletzte Zeile: »denen» wurde anstelle eines «dem» des Erstdrucks gesetzt, das keinen Bezug ergibt.

S. 255 *Kleist-Essay:* Im erhaltenen Entwurf geht dieser Text ohne Absatz in den folgenden *Weiteres zu Kleist* über, wahrscheinlich wurde das zusammenhängende Prosastück (von Walser an Otto Pick eingesandt mit Brief vom 13. Oktober 1927) erst von der Redaktion der «Prager Presse» in zwei Artikel aufgeteilt. Sie erschienen erst am 2., bzw. 10. Dezember 1936 in dieser Zeitung. – Über Kleist schrieb Walser schon über 20 Jahre früher seine Erzählung «Kleist in Thun» (in «Geschichten», SW Bd. 2, S. 70). Vgl. auch «Was braucht es zu einem Kleist-Darsteller» (Bd. 15, S. 23).

S. 261 *Ein Dramatiker:* Walsers Skizze läßt unschwer das nicht genannte Modell erkennen: Georg Büchner (1813-1837), der 1835 vor der gerichtlichen Verfolgung wegen politischer Agitation von Darmstadt nach Straßburg geflohen war, in Zürich mit einer Abhandlung über das Nervensystem der Barben promovierte und sich dort auch als Privatdozent für vergleichende Anatomie niederlassen wollte, aber kurz nach der Habilitation an Typhus starb. Walser hatte ihm fünfzehn Jahre früher schon ein Prosastück gewidmet: «Büchners Flucht» (in «Aufsätze», SW Bd. 3, S. 106). «Ein Dramatiker» erregte Anstoß bei einem literarischen Mitarbeiter der «Frankfurter Zeitung», Friedrich Heymann, der dort am übernächsten Tag (6. April 1927, Nr. 257) eine «Antwort an Robert Walser» veröffentlichte:

«Ein Dramatiker? Und zwar ein kränklicher, höchst unlustiger, über und über gefühlvoller, zu vielerlei ganz unpassenden Lyrismen neigender, der nicht im geringsten Theatraliker ist? Es mag angenehm sein, mit solchem Urteil gegen den Strom einer fest zu einheitlichem Empfinden gelangten literarischen Meinung zu schwimmen. Aber bis zur Quelle des Stroms muß man gelangen, will man überzeugen können . . » Es folgt eine eingehende Verwahrung Büchners und seiner einzelnen Werke gegen die Apostrophierung, die sie bei Walser fanden.

Am 22. Mai 1927 (Nr. 367) gab die Redaktion dann noch einmal Robert Walser das Wort zu einer Verteidigung: «Der nachfolgende Brief, der uns mit einem Manuskript vor einiger Zeit zugegangen ist, verdient vielleicht doch das Interesse unserer Leser.»

«Wenn ich mich nicht irre, so war es dem Herrn Erwiderer auf meinen Aufsatz ‹Der Dramatiker›, eigentlich möchte man sagen, mit seiner Entgegnung ernst, weshalb ich mich zu einer kurzen Erklärung verpflichtet fühle. Die Sache mit meinem Essay trug sich so zu:

Ich erblickte an der Litfaßsäule eine Ankündigung, daß Büchners ‹Leonce und Lena› aufgeführt würde, und da überkam mich mit einmal die Lust, über Büchner etwas zu sagen, aber diese Essaylust verwandelte sich, indem ich an die Arbeit schritt, in eine Gedichtherstellungslust, indem ich nämlich in der Tat den ‹Dramatiker› mit Ihrer geschätzten Erlaubnis für ein Gedicht in Prosa halte, in welcher inneren Stellung oder Verfassung mich der Herr Erwiderer nicht recht erfaßt zu haben scheint, was ich ihm natürlich keineswegs übelnehme. Vielmehr bedeutet ja sein tapferes, ernsthaftes Bezugnehmen auf meinen ‹Aufsatz›, der ein kleiner Roman sein mag, eine Ehre. Ich dichte ja auch in der Tat selbst lyrische Gedichte, indem ich der Meinung bin, jeder anständige Schriftgelehrte habe sich im Jugendlich- oder Verliebtsein zu versuchen. Weil ich nicht einen Essay über Büchner hergestellt haben wollte, erlaubte ich mir ja, die Namenserwähnung sorgsam zu streichen. Ich bin gern mir selbst gegenüber ein bißchen streng. Der Aufsatz, den Sie die Freundlichkeit besaßen, abzudrucken, stelle lediglich etwas wie eine phantasiehafte, kleine, kurze, dünne, schlanke, nervöse, gesunde, kecke, zaghafte Erzählung dar, fing ich während der Niederschrift an zu merken, und der vortreffliche Büchner wurde mir ganz einfach nur eine Art Modell, nur Halt, eine Imagination, woran ich mich vorübergehend festhielt. Da ich nur phantasierte, klavierspielte usw., so fiel für mich von Anfang jede Verpflichtung weg, Richtigkeiten, Zutreffendes auszusprechen, ich brauchte vielmehr bloß dafür zu sorgen, daß ich mich von der Möglichkeit, d. h. von ihrem Veranlassungge-

ben fernhielt, man könne irgendwie meine Vorlage, d. h. mein Modell feststellen. Die Leser, so sprach es in mir, würden mit Leichtigkeit das Novellistische meines anscheinenden Essays spüren und mir infolgedessen jede Freiheit, jede poetische Zwanglosigkeit gönnen und gewähren, insofern sie wahrnehmen könnten, ich triebe mit der Freiheit nicht Mißbrauch. Anwesend war ich bei der Vorstellung nicht, obwohl mir beliebte, zu sagen, ich sei mit dabei gewesen. Als Poet hatte ich doch schlankweg das Recht hierzu, denn wenn ein prosaschreibender Poet ‹lügt›, dann phantasiert, dichtet er eben, und in diesem ‹Gelogenen› besteht ja gerade das Leben, das er im Flug des ihn umarmenden, befruchtenden Gedankens kreiert. Die Erwiderung des Herrn Erwiderers ist durchaus vernünftig; das nicht ganz Geschickte, Passende darin ist nur darin zu suchen, daß er auf eine Lustigkeit nicht lustig antwortet, denn Sie, sehr verehrter Herr, zweifeln doch wohl keine Minute lang daran, daß, wenn ich seriös, sachgemäß, analysierend über Büchner hätte schreiben wollen, was nicht meine Intention war, der Versuch einen ganz andern Anblick erhalten hätte, er dann nicht mit dem Charakter einer Teppichweberei, eines Spieles mit Worten, von etwas Mosaikartigem an Ihre werte Adresse adressiert worden wäre. Ich hörte und sah noch überhaupt nie ein Büchnersches Stück auf der Bühne. Dieser Dichter bildet für mich mehr eine ‹Figur› als eine genaue Kenntnis seines Schaffens und dessen Wirkung, und dann versuche ich immer (oder es geschieht eher nur instinktiv), in der Zeitung irgendeine Anregung zu geben, mich glauben machend, es könne von irgendwelchem Nutzen sein, in dem oder jenem Leser einen Einfall aufflammen zu lassen, der ihn beglücke oder der ihn zu irgendeiner Leistung veranlasse. Ich meine, es kränke ja den Größten nicht, ein bißchen bemokiert zu werden, wenn letzteres Lebende zum Denken nötige; oder sie dazu einlade.
Mit hochachtungsvollem Gruß bin ich Ihr ergebener

Robert Walser.»

Was Walser in diesem Brief verschweigt, ist die zumindest partielle Selbstidentifikation mit dem «Modell», die in diesen Text wie in die meisten anderen seiner Dichterbildnisse einging – er ironisiert hier gewisse Züge seines eigenen Wesens.

S. 265 *Wenn Autoren krank sind:* Bei diesem Stück dachte Walser zweifellos an Jens Peter Jacobsen (1847-1885) und seinen Roman «Niels Lyhne» (1880). Dem dänischen Erzähler, dessen schmales, zum Teil schwerer Krankheit (Tuberkulose) abgerungenes Werk vor allem in den 90er Jahren des vorigen Jahrhunderts außerordentliche Wirkung ausübte und offenbar auch Walser stark beeinflußte, widmete er noch zwei Prosastücke: «Jens P. Jacobsen» und «Der gestiefelte Kater» (SW Bd. 20, S. 416, bzw. 414).

S. 270 *Literatursituation:* 8. Z., «. . . eine seine Schriftstellerexistenz umabgründende Tiefsinnsbeute . . .»: so auch in der erhaltenen Manuskriptvorlage des Zeitungserstdrucks.

S. 274 *Hier wird kritisiert:* 1927 erhielt Robert Walser vom Wiener Zsolnay Verlag den Roman «Die Frau, nach der man sich sehnt» von Max Brod zugesandt. Auf die begleitende Karte «Im Auftrag des Autors ergebenst überreicht . . .» entwarf Walser den vorliegenden Text; er fühlte sich in die Rolle eines Rezensenten versetzt oder sogar genötigt und entwand sich ihr, indem er sie reflektierte und indem er seine kritischen Anmerkungen zu dem Werk des alten Freundes und Förderers – Brod hatte sich schon seit 1911 lebhaft für Walser eingesetzt – in einem Prosastück versteckte, das seinen Gegenstand nicht verriet (der Bezug ist gleichwohl eindeutig; tatsächlich fehlt auf einer Seite jener Zsolnay-Ausgabe auch die Seitenzahl). Davon gab er wiederum Max Brod Mitteilung in einem Brief vom November 1927: «. . . wurde Ihr Romanbuch nun doch, wenn nicht direkt Gegenstand, so doch Ursache einer Kritik von mir, die eine unabhängigkeitanstrebende schweizerische Zeitschrift demnächst bringen wird. Ihren schätzenswerten Roman nannte ich natürlich bei dem Geschäft nicht. Auch den Herren gegenüber, die die genannte Zeitschrift leiten, verschwieg ich ihn sorgfältig. Ich schrieb nicht über Ihr Buch, vielmehr nur wegen Ihrem Buch, aus Anlaß des Empfangs desselben, ein Scherzo. Ihr Buch wurde zu einem Roß, d. h. nein, Ihr Buch war plötzlich eine Reiterin, die Lektüre dieser Amazone machte mich zu ihrem Roß, und Ihr Buch oder die reitende Dame gab mir die

Sporen, spornte mich sozusagen an, kritisch zu werden. Unter so einer Amazone wird man leicht feurig, und so geschah es, daß ich mich gesattelt und beritten fühlte und in eine Buchbesprechung hineinsprang, die durchaus getrennt von Ihrem Buch dasteht, vollständig frei für sich, wobei immer richtig bleibt, daß Sie eine Amazone schufen, die sich auf mich setzte und mir zu schaffen gab.» Seine kritische Meinung über den Roman Brods, den er «teilweise recht gequält, forciert geschrieben fand», teilte Walser aber z. B. auch Otto Pick mit.

S. 279 *Gnädige Frau:* «Temerität»: von frz. témérité, Verwegenheit, Vermessenheit.

S. 285 *Gartenlauben-Aufsatz:* «Die Gartenlaube», 1853 in Leipzig gegründet, war eine bis ins 20. Jahrhundert hinein erscheinende und zeitweilig außerordentlich erfolgreiche illustrierte Familien-Wochenschrift, ursprünglich volkstümlich-aufklärerisch, später trivial-kitschig.

S. 287 *Dic Glossc:* 7. Z., «in dic Lust schöncrcr Übungcn»: «Lust» wurde anstelle von wiederholter «Luft» des Erstdrucks gesetzt.

S. 292 *Kleine Komödie:* «Rednertoupet», von frz. toupet, figurativ (auch im Schweizerischen gebräuchlich) im Sinne von Anmaßung, Dreistigkeit.

S. 303 *Stück ohne Titel (II):* In Carl Seeligs Auswahlausgabe «Unveröffentlichte Prosadichtungen» unter dem vom Herausgeber eingesetzten Titel «Die Primadonna». – «Ich kam noch immer nicht vom Kinopfarrer los . . .»: bezieht sich offenbar auf die Verfilmung von Selma Lagerlöfs «Gösta Berling» (mit Greta Garbo; Regie: Mauritz Stiller, 1924). Vgl. «Über einen Film», SW Bd. 17, S. 48.

S. 306 *Worte über Mozarts «Zauberflöte»:* In «Unveröffentlichte Prosadichtungen» unter dem Titel «Worte über die ‹Zauberflöte›».

S. 311 *Der Hochstapler:* Der Entwurf dieses erst am 21. Dezember 1930 in der «Prager Presse» erschienenen Prosastücks schließt an einen Text an, der bereits am 27. Dezember 1926 abgedruckt wurde.

S. 314 *Brief eines Sohnes an seine Mutter:* «vojaschieren»: mutwillige Eindeutschung von frz. voyager, reisen.

S. 330 *Aus dem Leben eines Commis:* Hier verarbeitet Walser autobiographische Reminiszenzen an seine Zürcher Lebensjahre – in dem erwähnten «vornehmen jungen Herrn» ist andeutungsweise Franz Blei zu erkennen, die Zeitschrift, in der Walsers frühe Gedichte ab 1899 erschienen, war die Münchner «Insel».

S. 335 *Sebastian:* Stoffliche Vorlage sind Erinnerungen aus Walsers Berliner Zeit 1906-1912, insbesondere wohl sein Verhältnis zu seinem Verleger Bruno Cassirer. (Vgl. «Rückblick», SW Bd. 16, S. 244, wo wahrscheinlich die gleiche Zeit gespiegelt ist.)

S. 339 *Ein Flaubertprosastück:* Das Manuskript trug ursprünglich den Titel «Der Heimgekehrte». Walsers Heimkehr nach Biel 1913 ist wohl der biographische Hintergrund.

S. 346 *Kanzleigeschichte:* Im Frühjahr 1921 arbeitete Robert Walser einige Monate als 2. Bibliothekar auf dem Berner Staatsarchiv, auf diese Tätigkeit spielt das Stück deutlich an. Über seine Beziehungen zu der darin erwähnten Frau ist biographisch nichts bekannt, auch der Anlaß seines Ausscheidens aus der Stellung ist nicht ganz geklärt.

S. 352 *Schnori:* Schori ist ein häufiger bernischer Familienname, «Schnori» dagegen bezeichnet im Schweizerdeutschen einen Schwätzer, wortreichen Windbeutel.

S. 355 *Lebensweg eines Eitlen:* «‹Ein Kind und eine große Tat› glückten ihm nie . . .»: Anspielung auf eine Stelle in einem Brief Kleists an seine Schwester Ulrike: «. . . – kurz, ich habe keinen andern Wunsch als zu sterben, wenn mir drei Dinge gelungen sind: ein Kind, ein schön Gedicht und eine große Tat.» (Aus Thun, 1. Mai 1802.)

S. 366 *Dichtergeschichte:* In Carl Seeligs Auswahlausgabe «Unveröffentlichte Prosadichtungen» unter dem Titel: «Eine Dichtergeschichte».

S. 373 *Gebirgsgeschichte:* Der Entwurf des erst am 14. April 1929 in der «Prager Presse» abgedruckten Stücks findet sich auf einer Kalenderblatthälfte aus dem Jahr 1926.

S. 384 *Die rote Ledertasche:* Im Entwurf, der nach der Datierung von Bernhard Echte noch aus der Zeit vor Mitte Juni 1925 stammt (demnach wäre dieser Text hier wesentlich zu spät eingeordnet), gehört zu dem Prosastück ein Gedicht, das Walser bei der Reinschrift fortließ: «Ach, all dies viel zu lange dauernde Ungewisse!», in: «Aus dem Bleistiftgebiet», Bd. 2, S. 392.

S. 411 *Ein geheimnisvolles Individuum:* Die in Prag erhaltene Vorlage des Abdrucks trägt den Untertitel «Variation»; in seinem Begleitbrief an O. Pick bezeichnete Walser das Stück als eine «Variation des Mädchenhändlers», der kurz zuvor erschienen war (S. 319). – In «Unveröffentlichte Prosadichtungen» unter dem Titel «Ein geheimnisvoller Mann».

S. 422 *Eroberung einer Festung:* bezieht sich wahrscheinlich auf die Hinrichtung der Besatzung von Schloß Greifensee im «Alten Zürichkrieg» am 28. Mai 1444. – 3. Z. v. u., «das Kalb macht»: s Chalb mache, schweizer. für sich zur Unterhaltung spaßig aufführen (vgl. S. 130).

S. 424 *Der freigebige Lord:* Unter den von Bernhard Echte und Werner Morlang aus den Mikrogrammen der Jahre 1924/25 transkribierten Entwürfen findet sich ein szenischer Text «Lady, Lord, Straßenfegerin, Der Seesoldat», das motivlich eine frühere Variante darstellt («Aus dem Bleistiftgebiet», Bd. 2, S. 427). Während dieser Entwurf auf Dez. 1924/Jan. 1925 datiert ist, findet sich der Entwurf des Prosastücks auf einem Kalenderblatt des Jahres 1926, kann also nicht vor dessen Anfang entstanden sein.

S. 430 *Burschen:* «Mekontenten», Walsersche Eindeutschung von frz. mécontent, unzufrieden.

S. 432 *Der falsche Ganina:* Der Roman, auf den Walser sich bezieht, ist vermutlich «Die Gruft» (1910) des Russen Alexander Kuprin (1870-1938) (Angabe von Anne Gabrisch in der von ihr herausgegebenen Auswahl R. W. «Prosastücke», 2 Bde., [Ost-] Berlin 1978).

S. 435 3. Z.: «zu retten» wurde für ein «rette» des Manuskripts gesetzt.

S. 438 *Weihnachtsgeschichte I und II:* Wie «Neujahrsblatt» w. o. blieben diese beiden Texte in der Redaktion der «Prager Presse» unveröffentlicht liegen und kamen später in den Besitz des Nationalmuseums des tschechischen Schrifttums, Strahov-Archiv, Prag. «II» wird in dieser Ausgabe erstveröffentlicht. – Zur Datierung: Zu Weihnachten 1927 hatte Walser der «Prager Presse» die hier folgenden «Zwei Weihnachtsaufsätzchen» eingereicht, die auch erschienen. Am 15. Dezember 1928 übersandte er laut Brief an O. Pick wieder «weihnachtliche Prosa und Verse», deren Abdruck nicht aufzufinden ist. Die Handschriften sind ihrem Typ nach nicht vor 1927 und nicht nach 1929 entstanden, am ehesten also Ende 1928.

S. 441 «Hudel»: schweizerd./südd. für Lappen, Lumpen. – «Speumuttli»: schweizerd. für Spucknapf.

S. 443 *Zwei Weihnachtsaufsätzchen:* Am 26. Dezember 1927 schrieb Walser an Frieda Mermet: «Ich veröffentlichte soeben in der ‹Prager Presse› zwei gewiß ganz niedliche Weihnachtsaufsätzchen, deren Gegenstandsgebiet mir die Städte Biel und Zürich gegeben haben.» Er knüpft daran die Erwägung, ein Schriftsteller müsse, um in der «Gegenwartskulturwelt» nicht getadelt zu werden, eine Erinnerung, die er behandeln will, «in etwas Heutestattfindendes, Gegenwärtiges . . . verwandeln».

ZEITTAFEL

1878	Robert Otto Walser am 15. April in Biel geboren.
1884-1892	Besuch der dortigen Volksschule und des Progymnasiums.
1892-1895	Lehre bei der Bernischen Kantonalbank in Biel.
1894	22. Oktober: Tod der Mutter.
1895	April bis August in Basel, anschließend für ein Jahr in Stuttgart, wo damals auch sein Bruder Karl lebte. Vergebliche Versuche, Schauspieler zu werden.
1896	Rückkehr in die Schweiz. Anmeldung am 30. September in Zürich, wo er, abgesehen von kürzeren anderweitigen Aufenthalten, in den folgenden zehn Jahren lebt. 1. Oktober bis 20. November 1897 Hilfsbuchhalter bei der Allg. Versicherungs-A.G. «Schweiz».
1897	Ende November: Reise nach Berlin.
1898	8. Mai: Erste Veröffentlichung (eine Auswahl Gedichte) durch Josef Viktor Widmann im «Sonntagsblatt des Bund» in Bern. Hierdurch Bekanntschaft mit Franz Blei.
1899	Frühjahr in Thun. Mai bis Mitte Oktober vermutlich erster, nicht belegter Aufenthalt in München, wo ihn Franz Blei in den Dichter- und Künstlerkreis der Zeitschrift «Die Insel» eingeführt haben dürfte.
1900	Oktober 1899 bis April 1900 in Solothurn.
1901	September in München. Wanderung nach Würzburg, wo er Max Dauthendey besucht.
1902	Januar in Berlin, Februar bis April bei seiner Schwester Lisa in Täuffelen am Bielersee, anschließend wieder in Zürich.
1903	März in Winterthur, 15. Mai bis 30. Juni Rekrutenschule in Bern, Ende Juli bis Dezember «Gehülfe» des Ingenieurs Dubler in Wädenswil am Zürichsee.
1904	Ab Januar wieder in Zürich, Angestellter der Zürcher Kantonalbank. November erster Militär-Wiederholungskurs in Bern. Ende November erscheint im Insel-Verlag Leipzig sein erstes Buch «Fritz Kochers Aufsätze».

1905 Im März Übersiedlung nach Berlin, wohnt bei seinem Bruder Karl. Juni kurzer Aufenthalt in Zürich. Oktober bis Ende 1905 Diener auf Schloß Dambrau in Oberschlesien.

1906 Anfang Januar Rückkehr nach Berlin. Niederschrift des Romans «Geschwister Tanner» (erscheint im Frühjahr 1907 bei Bruno Cassirer). Kurzzeitig Sekretär des Kunsthändlers, Verlegers und Geschäftsführers der Berliner Sezession Paul Cassirer (ev. auch erst im folgenden Jahr). Sommer/Herbst Niederschrift eines zweiten, nicht erhaltenen Romans.

1907 Januar: Weitere Roman-Pläne, von deren Ausführung nichts überliefert ist. Juni/Juli: Abschluß des Manuskripts «Der Gehülfe» (erscheint im Frühling 1908 bei Bruno Cassirer). Bezug einer eigenen Wohnung in Berlin-Charlottenburg, Wilmersdorfer Str. 141.

1908 Entstehung des Romans «Jakob von Gunten» (erscheint im Frühling 1909 bei Bruno Cassirer). Juni/Juli: Ballonfahrt von Berlin nach Königsberg mit Paul Cassirer.

1909 Bibliophile Ausgabe der «Gedichte» mit Radierungen von Karl Walser bei Bruno Cassirer.

Aus der Zeit von 1909 bis November 1912 sind nicht nur keine Briefe erhalten, sondern es fehlen auch sonstige Belege für seine damaligen Lebensumstände.

1912 November: Wohnt in einer eigenen Wohnung oder einem Zimmer in Charlottenburg, Spandauerberg 1. Vorbereitung der Prosabände «Aufsätze» (erscheint im Frühling 1913 bei Kurt Wolff in Leipzig) und «Geschichten» (erscheint 1914 ebenfalls bei Kurt Wolff).

1913 März: Rückkehr in die Schweiz. Wohnt zunächst bei seiner Schwester Lisa in Bellelay, dann kurz bei seinem Vater im Hause Akeret in Biel. Bezieht im Juli eine Mansarde im Hotel Blaues Kreuz in Biel, wo er während der nächsten sieben Jahre bleiben wird. Beginn der Freundschaft mit Frieda Mermet.

1914 9. Februar: Tod des Vaters.

Frühling: Vorbereitung des Prosabandes «Kleine Dichtungen», für den Walser im Sommer einen Preis des

«Frauenbundes zur Ehrung rheinländischer Dichter» erhält. Die erste Auflage, «hergestellt für den Frauenbund . . .», wird im Herbst 1914 gedruckt, die zweite erscheint 1915 bei Kurt Wolff in Leipzig.

Kriegsausbruch. 5. August bis 4. September: (1.) Militärdienst in Erlach; 21. September bis 13. Oktober: (2.) Militärdienst in St. Maurice.

1915 Anfang Januar: Kurze Reise nach Leipzig und Berlin.

25. Januar: Gebrüder-Walser-Abend des Lesezirkels Hottingen in Zürich.

6. April bis 13. Mai: (3.) Militärdienst in Cudrefin (Jura); 6. Oktober bis 3. Dezember: (4.) Militärdienst in Wisen.

1916 Sommer: Anfragen der Verlage Huber und Rascher wegen eventueller Veröffentlichungen. September: Manuskript «Der Spaziergang» abgeschlossen (erscheint April 1917 bei Huber & Co. in Frauenfeld). Oktober: Zusammenstellung des Bandes «Prosastücke» (erscheint Ende November 1916 mit Druckvermerk «1917» bei Rascher in Zürich).

17. November: Tod des Bruders Ernst in der Heilanstalt Waldau bei Bern.

1917 Frühjahr: Zusammenstellung der Sammlungen «Kleine Prosa» (erscheint im April bei A. Francke in Bern) und «Studien und Novellen» (in dieser Form nicht erschienen). Mai: Abschluß des Manuskripts «Poetenleben» (erscheint November 1917 mit Druckvermerk «1918» bei Huber & Co. in Frauenfeld).

16. Juli bis 8. September: (5.) Militärdienst im Tessin.

1918 Januar: Abschluß des Manuskripts «Seeland» (erscheint mit Druckvermerk «1919» erst 1920 bei Rascher in Zürich). 18. Februar bis 16. März: (6.) Militärdienst in Courroux. Mai: Abschluß des Manuskripts für den nicht erschienenen Prosaband «Kammermusik».

Winter: Arbeit an dem Roman «Tobold».

1919 März: Fertigstellung des Manuskripts «Tobold».

Eine zweite Auflage der «Gedichte» und der Band «Komödie» erscheinen bei Bruno Cassirer in Berlin.

1. Mai: Tod des Bruders Hermann.

November/Dezember: Zusammenstellung einer kleinen, nicht erschienenen Prosasammlung «Mäuschen» (vermutlich identisch mit der in der gleichen Zeit brieflich erwähnten, ebenfalls nicht erschienenen Sammlung «Liebe kleine Schwalbe»).

1920 8. November: Leseabend im Kleinen Tonhallensaal in Zürich.

1921 Januar: Übersiedlung nach Bern. Während einiger Monate zweiter Bibliothekar des Berner Staatsarchivs.

Arbeit am Roman «Theodor», der im November abgeschlossen wird.

1922 8. März: Vorlesung aus dem Roman «Theodor» im Lesezirkel Hottingen in Zürich, anschließend für acht Tage Gast beim Maler Ernst Morgenthaler in Wollishofen.

Anfang der zwanziger Jahre erhielt Robert Walser aus zwei Erbschaften (des Bruders Hermann und des Onkels Friedrich Walser) insgesamt 15 Tsd. Franken.

1923 Juni: Spitalaufenthalt wegen Ischias.

Herbst: Wanderung nach Genf.

1924 22. Juli: Austritt aus dem Schweizerischen Schriftstellerverein.

1925 Februar: das letzte Buch, «Die Rose», erscheint bei E. Rowohlt in Berlin.

Frühjahr: Arbeit an den «Felix»-Szenen.

Zusammenstellung eines nicht erschienenen Prosabandes und Arbeit am «Räuber»-Roman.

Anfang September: Ferienaufenthalt mit Frau Mermet in Murten.

Oktober: Beginn der Korrespondenz mit Therese Breitbach.

1928 15. April: 50. Geburtstag des Dichters.

1929 25. Januar: Eintritt in die Heilanstalt Waldau, Bern. Nach einer Pause von vermutlich einigen Monaten Wiederaufnahme der Korrespondenz mit Redaktionen und Fortsetzung der literarischen Arbeit (bis 1933).

1933 Juni: Verbringung nach Herisau, in die dortige Heil- und Pflegeanstalt seines Heimatkantons Appenzell-Außerrhoden, wo er bis zum Lebensende bleibt. Keine schriftstellerische Arbeit mehr.

Neuauflage der «Geschwister Tanner» bei Rascher in Zürich.

1936 Carl Seelig besucht erstmals den Dichter in Herisau. Beginn gemeinsamer Wanderungen und Gespräche.

Neuausgabe «Der Gehülfe» im Verlag der Bücherfreunde, St. Gallen.

1937 Auswahl «Große kleine Welt», herausgegeben von Carl Seelig.

1943 28. September: Tod des Bruders Karl.

1944 7. Januar: Tod der Schwester Lisa.

Carl Seelig übernimmt die Vormundschaft. Von ihm besorgte Auswahlbände und Neuausgaben: «Vom Glück des Unglücks und der Armut», «Stille Freuden», «Der Spaziergang» und «Gedichte».

1947 Auswahl «Dichterbildnisse» und die erste Biographie des Dichters: Otto Zinniker, «Robert Walser der Poet».

1950 Neuausgabe «Jakob von Gunten».

1953 Beginn der von Carl Seelig herausgegebenen «Dichtungen in Prosa».

1956 Tod Robert Walsers am Weihnachtstag (25. Dezember) auf einem einsamen Spaziergang.

INHALT

RAPPORT

WISSEN UND LEBEN

LITERARISCHE REVUE

THEATER

MÄRCHEN

DAS KLEINE GENIE

EINE EINFACHE GESCHICHTE

Verzeichnis
der suhrkamp taschenbücher

Eine Auswahl

2/1/6.84

2/2/6.84

2/3/6.84

2/4/6.84

2/5/6.84

2/6/6.84